GRöLS
Verlage

„BÜCHER SIND WIE FALLSCHIRME. SIE NÜTZEN UNS NICHTS, WENN WIR SIE NICHT ÖFFNEN."

Gröls Verlag

Redaktionelle Hinweise und Impressum

Das vorliegende Werk wurde zugunsten der Authentizität sehr zurückhaltend bearbeitet. So wurden etwa ursprüngliche Rechtschreibfehler *nicht* systematisch behoben, denn kleine Unvollkommenheiten machen das Buch – wie im Übrigen den Menschen – erst authentisch. Mitunter wurden jedoch zum Beispiel Absätze behutsam neu getrennt, um den Lesefluss zu erleichtern.

Um die Texte zu rekonstruieren, werden antiquarische Bücher von Lesegeräten gescannt und dann durch eine Software lesbar gemacht. Der so entstandene Text wird von Menschen gegengelesen und korrigiert – hierbei treten auch Fehler auf. Wenn Sie ebenfalls antiquarische Texte einreichen möchten, finden Sie weitere Informationen auf www.groels.de

Viel Freude bei der Lektüre wünscht Ihnen das Team des Gröls-Verlags.

Adressen

Verleger: Sophia Gröls, Im Borngrund 26, 61440 Oberursel

Externer Dienstleister für Distribution & Herstellung: BoD, In de Tarpen 42, 22848 Norderstedt

Band II

1847

Entwurf

einer physischen Weltbeschreibung

von Alexander von Humboldt

Inhalt

A. Anregungsmittel zum Naturstudium

Reflex der Außenwelt auf die Einbildungskraft: Dichterische Naturbeschreibung – Landschaftmalerei – Cultur exotischer Gewächse, den physiognomischen Charakter der Pflanzendecke auf der Erdoberfläche bezeichnend.

Wir treten aus dem Kreise der Objecte in den Kreis der Empfindungen. Die Hauptresultate der Beobachtung, wie sie, von der Phantasie entblößt, der reinen Objectivität wissenschaftlicher Naturbeschreibung angehören, sind, eng an einander gereiht, in dem ersten Bande dieses Werks, unter der Form eines *Naturgemäldes*, aufgestellt worden. Jetzt betrachten wir den Reflex des durch die äußeren Sinne empfangenen Bildes auf das Gefühl und die dichterisch gestimmte Einbildungskraft. Es eröffnet sich uns eine innere Welt. Wir durchforschen sie: nicht um in diesem *Buche von der Natur* zu ergründen, – wie es von der Philosophie der Kunst gefordert wird –, was in der Möglichkeit ästhetischer Wirkungen dem Wesen der Gemüthskräfte und den mannigfaltigen Richtungen geistiger Thätigkeit zukommt; sondern vielmehr um die Quelle lebendiger Anschauung, als Mittel zur Erhöhung eines reinen Naturgefühls, zu schildern; um den Ursachen nachzuspüren, welche, besonders in der neueren Zeit, durch Belebung der Einbildungskraft so mächtig auf die Liebe zum Naturstudium und auf den Hang zu fernen Reisen gewirkt haben.

Die *Anregungsmittel* sind, wie wir schon früher bemerkt haben, von dreierlei Art: ästhetische Behandlung von Naturscenen, in belebten Schilderungen der Thier- und Pflanzenwelt: ein sehr moderner Zweig der Litteratur; Landschaftmalerei, besonders in so fern sie angefangen hat die Physiognomik der Gewächse aufzufassen; mehr verbreitete Cultur von Tropen-Gewächsen und contrastirende Zusammenstellung exotischer Formen. Jedes der hier bezeichneten Anregungsmittel könnte schon seiner historischen Beziehungen wegen der Gegenstand vielumfassender Erörterung werden; aber nach dem Geiste und dem Zweck meiner Schrift scheint es geeigneter nur wenige leitende Ideen zu entwickeln: daran zu erinnern, wie die Naturwelt in verschiedenen Zeitepochen und bei verschiedenen Volksstämmen so ganz anders auf die Gedanken- und Empfindungswelt eingewirkt hat, wie in einem Zustande allgemeiner Cultur das ernste Wissen und die zarteren Anregungen der Phantasie sich gegenseitig zu durchdringen streben. Um die Natur in ihrer ganzen erhabenen Größe zu schildern, darf man nicht bei den äußeren Erscheinungen allein verweilen; die Natur muß auch dargestellt werden, wie sie sich im Inneren des Menschen abspiegelt, wie sie durch diesen Reflex bald das Nebelland physischer Mythen mit anmuthigen Gestalten füllt, bald den edlen Keim darstellender Kunstthätigkeit entfaltet.

Indem wir uns hier auf die einfache Betrachtung der Anregungsmittel zum wissenschaftlichen Naturstudium beschränken, erinnern wir zuerst an die mehrfach sich wiederholende Erfahrung, daß oft sinnliche Eindrücke und zufällig scheinende Umstände in jungen Gemüthern die ganze Richtung eines Menschenlebens bestimmen. Kindliche Freude an der Form von Ländern und eingeschlossenen Meeren, wie sie auf Karten dargestellt sind; der Hang nach dem Anblick der südlichen Sternbilder, dessen unser Himmelsgewölbe entbehrt*Dante, Purg.* I, 25–28:

Goder pareva il ciel di lor fiammelle:
O settentrional vedovo sito,
Poi che privato se' di mirar quelle!

; Abbildungen von Palmen und libanotischen Cedern in einer Bilderbibel können den frühesten Trieb nach Reisen in ferne Länder in die Seele pflanzen. Wäre es mir erlaubt eigene Erinnerungen anzurufen; mich selbst zu befragen, was einer unvertilgbaren Sehnsucht nach der Tropengegend den ersten Anstoß gab; so müßte ich nennen: Georg Forster's Schilderungen der Südsee-Inseln; Gemälde von Hodges, die Ganges-Ufer darstellend, im Hause von Warren Hastings zu London; einen colossalen Drachenbaum in einem alten Thurme des botanischen Gartens bei Berlin. Die Gegenstände, welche wir hier beispielsweise aufzählen, gehörten den drei Classen von Anregungsmitteln an, die wir früher bezeichneten: der Naturbeschreibung, wie sie einer begeisterten Anschauung des Erdenlebens entquillt: der darstellenden Kunst als Landschaftmalerei, und der unmittelbaren objectiven Betrachtung charakteristischer Naturformen. Diese Anregungsmittel üben aber ihre Macht nur da aus, wo der Zustand moderner Cultur und ein eigenthümlicher Gang der Geistesentwicklung unter Begünstigung ursprünglicher Anlagen die Gemüther für Natureindrücke empfänglicher gemacht hat.

I.

Naturbeschreibung. – Naturgefühl nach Verschiedenheit der Zeiten und der Völkerstämme.

Es ist oftmals ausgesprochen worden, daß die Freude an der Natur, wenn auch dem Alterthume nicht fremd, doch in ihm als Ausdruck des Gefühls sparsamer und minder lebhaft gewesen sei denn in der neueren Zeit. „Wenn man sich“, sagt Schiller in seinen Betrachtungen über die naive und sentimentale Dichtung, „der schönen Natur erinnert, welche die alten Griechen umgab; wenn man nachdenkt, wie vertraut dieses Volk unter seinem glücklichen Himmel mit der freien Natur leben konnte; wie sehr viel näher seine Vorstellungsart, seine Empfindungsweise, seine Sitten der einfältigen Natur lagen und welch ein treuer Abdruck derselben seine Dichterwerke sind: so muß die Bemerkung befremden, daß man so wenig Spuren von dem sentimentalischen Interesse, mit welchem wir Neueren an Naturscenen und Naturcharakteren hangen können, bei denselben antrifft. Der Grieche ist zwar im höchsten Grade genau, treu, umständlich in Beschreibung derselben: aber mit nicht mehrerem Herzensantheil, als er es in der Beschreibung eines Gewandes, eines Schildes, einer Rüstung ist. Die Natur scheint mehr seinen Verstand als sein moralisches Gefühl zu interessiren; er hängt nicht mit Innigkeit und süßer Wehmuth an derselben, wie die Neueren." So viel wahres und vortreffliches auch im einzelnen in diesen Aeußerungen liegt, so können sie doch keinesweges auf das ganze Alterthum ausgedehnt werden. Auch dürfen wir es wohl eine beschränkte Ansicht nennen, unter dem *Alterthum*, wenn dasselbe der neueren Zeit entgegengesetzt werden soll, immer nur ausschließlich die hellenische und römische Welt zu verstehen. Tiefes Naturgefühl spricht sich in den ältesten Dichtungen der Hebräer und Inder aus: also bei Volksstämmen sehr verschiedener, semitischer und indogermanischer Abkunft.

Wir können auf die Sinnesart der alten Völker nur aus den Aeußerungen der Naturgefühle schließen, welche in den Ueberbleibseln ihrer Litteratur ausgesprochen sind; wir müssen daher diesen Aeußerungen um so sorgfältiger nachspüren und sie um so vorsichtiger beurtheilen, als sie sich unter den großen Formen der lyrischen und epischen Dichtung nur sparsam darbieten. In dem hellenischen Alterthum, in dem Blüthenalter der Menschheit, finden wir allerdings den zartesten Ausdruck tiefer Naturempfindung den dichterischen Darstellungen menschlicher Leidenschaft, einer der Sagengeschichte entnommenen Handlung beigemischt; aber das eigentlich Naturbeschreibende zeigt sich dann nur als ein Beiwerk, weil in der griechischen Kunstbildung sich alles gleichsam im Kreise der Menschheit bewegt.

Beschreibung der Natur in ihrer gestaltenreichen Mannigfaltigkeit, Naturdichtung als ein abgesonderter Zweig der Litteratur war den *Griechen* völlig fremd. Auch die Landschaft erscheint bei ihnen nur als Hintergrund eines Gemäldes, vor dem menschliche Gestalten sich bewegen. Leidenschaften in Thaten ausbrechend fesselten fast allein den Sinn. Ein bewegtes öffentliches Volksleben zog ab von der dumpfen, schwärmerischen Versenkung in das stille Treiben der Natur; ja den physischen Erscheinungen wurde immer eine Beziehung auf die Menschheit beigelegt, sei es in den Verhältnissen der äußeren Gestaltung oder der inneren anregenden Thatkraft. Fast nur solche Beziehungen machten die Naturbetrachtung würdig, unter der sinnigen Form des *Gleichnisses*, als abgesonderte kleine Gemälde voll objectiver Lebendigkeit in das Gebiet der Dichtung gezogen zu werden.

Zu Delphi wurden *Frühlings-PäanePlut. de EI apud Delphos* cap. 9. Vergl. über eine Stelle des Apollonius Dyscolus aus Alexandrien (*Mirab. Hist.* cap. 40) die letzte Schrift von Otfr. *Müller: Gesch. der griech. Litteratur* Bd. I1. 1845 S. 31. gesungen, wahrscheinlich bestimmt die Freude des Menschen nach der überstandenen Noth des Winters auszudrücken. Eine naturbeschreibende Darstellung des Winters ist den *Werken und TagenHesiodi Opera et Dies* v. 502–561; *Göttling in Hes. Carm.* 1831 p. XIX; *Ulrici, Gesch. der hellenischen Dichtkunst* Th. I. 1835 S. 337; *Bernhardy, Grundriß der griech.*

Litteratur Th. II. S. 176; doch nach dem Ausspruch von Gottfr. *Hermann* (*Opuscula* Vol. VI. p. 239) „trägt des Hesiodus malerische Beschreibung des Winters alle Zeichen eines hohen Alterthums". des Hesiodus (vielleicht von der fremden Hand eines späteren ionischen Rhapsoden?) eingewebt. In edler Einfachheit, aber in nüchtern didactischer Form giebt dies Gedicht Anweisungen zum Feldbau, Erwerbs- und Arbeitsregeln, ethische Mahnungen zu tadellosem Wandel. Es erhebt sich ebenfalls zu mehr lyrischem Schwunge nur, wenn der Sänger das Elend des Menschengeschlechts oder die schöne allegorische Mythe des Epimetheus und der Pandora in ein anthropomorphisches Gewand einhüllt. Auch in der *Theogonie* des Hesiodus, die aus sehr verschiedenen uralten Elementen zusammengesetzt ist, finden sich mehrfach, z. B. bei Aufzählung der Nereiden*Hes. Theog.* v. 233–264. Auch die Nereide Mära (*Od.* XI, 326; *Il.* XVIII, 48) soll vielleicht das phosphorische Leuchten der Meeresfläche ausdrücken, wie derselbe Name μαῖρα den *funkelnden* Hundsstern (Sirius) bezeichnet., Naturschilderungen des neptunischen Reichs unter bedeutsamen Namen mythischer Personen versteckt. Die böotische Sängerschule und überhaupt die ganze alte Dichtkunst wenden sich den Erscheinungen der Außenwelt zu, um sie menschenartig zu personificiren.

Ist, wie so eben bemerkt, Naturbeschreibung: sei sie Darstellung des Reichthums und der Ueppigkeit tropischer Vegetation, sei sie lebensfrische Schilderung der Sitten der Thiere, gleichsam nur in der neuesten Zeit ein abgesonderter Zweig der Litteratur geworden: so ist es nicht als habe da, wo so viel Sinnlichkeit athmet, die Empfänglichkeit für das Naturschöne gemangelt; als müsse man da, wo die schaffende Kraft der Hellenen in der Poesie und der bildenden Kunst unnachahmliche Meisterwerke erzeugte, den lebensfrischen Ausdruck einer anschauenden Dichternatur vermissen. Was wir, nach dieser Richtung hin, im Gefühl unserer modernen Sinnesart, in jenen Regionen der antiken Welt nur zu sparsam auffinden, bezeugt in seiner Negation weniger den Mangel der Empfänglichkeit als den eines regen Bedürfnisses das Gefühl des Naturschönen durch Worte zu offenbaren. Minder der unbelebten Erscheinungswelt als dem handelnden Leben und der inneren, spontanen Anregung der Gefühle zugewandt: waren die frühesten und auch die edelsten Richtungen des dichterischen Geistes episch und lyrisch. In diesen Kunstformen aber können Naturschilderungen sich nur wie zufällig beigemischt finden. Sie erscheinen nicht als gesonderte Erzeugnisse der Phantasie. Je mehr der Einfluß der alten Welt verhallte, je mehr ihre Blüthen dahinwelkten, ergoß sich die Rhetorik in die beschreibende wie in die belehrende, didactische Poesie. Diese war ernst, großartig und schmucklos in ihrer ältesten philosophischen, halb priesterlichen Form: als *Naturgedicht* des Empedocles; sie verlor allmälig durch die Rhetorik von ihrer Einfachheit und früheren Würde.

Möge es uns erlaubt sein, um das allgemein Gesagte zu erläutern, hier bei einzelnen Beispielen zu verweilen. Wie der Charakter des Epos es erheischt, finden sich in den Homerischen Gesängen immer nur als Beiwerk die anmuthigsten Scenen des

Naturlebens. „Der Hirte freut sich der Windstille der Nacht, des reinen Aethers und des Sternenglanzes am Himmelsgewölbe; er vernimmt aus der Ferne das Toben des plötzlich angeschwollenen, Eichenstämme und trüben Schlamm fortreißenden Waldstroms.“ Mit der großartigen Schilderung der Waldeinsamkeit des Parnassos und seiner dunkeln, dickbelaubten Felsthäler contrastiren die heiter lieblichen Bilder des quellenreichen Pappelhaines in der Phäaken-Insel Scheria, und vor allem das Land der Cyclopen: „wo schwellend von saftreichem, wogendem Grase die Auen den ungepflegten Rebenhügel umgrenzen“.*Od.* XIX, 431–445; VI, 290; IX, 115–199. Vergl. „des grünenden Haines Umschattung“ bei der Felsengrotte der Kalypso: „wo ein Unsterblicher selbst würde bewunderungsvoll weilen und sich herzlich erfreuen des Anblicks“: V, 55–73; die Brandung im Lande der Phäaken V, 400–442; die Gärten des Alcinous VII, 113–130. – Ueber den Frühlings-Dithyrambus des Pindaros s. *Böckh, Pindari Opera* T. II. P. 2. p. 575–579. Pindaros besingt in einem Frühlings-Dithyrambus, den er zu Athen hat aufführen lassen, „die mit neuen Blüthen bedeckte Erde, wenn in der Argeischen Nemea der sich zuerst entwickelnde Sprößling des Palmbaums dem Seher den anbrechenden, duftenden Frühling verkündigt“; er besingt den Aetna: „die Säule des Himmels, Nährerinn dauernden Schnees“; aber eilend wendet er sich ab von der todten Natur und ihren Schauern, um Hieron von Syracus zu feiern und die siegreichen Kämpfe der Hellenen gegen das mächtige Volk der Perser.

Vergessen wir nicht, daß die *griechische Landschaft* den eigenthümlichen Reiz einer innigeren Verschmelzung des Starren und Flüssigen: des mit Pflanzen geschmückten oder malerisch felsigen, luftgefärbten Ufers; und des wellenschlagenden, lichtwechselnden, klangvollen Meeres darbietet. Wenn anderen Völkern Meer und Land, das Erd- und Seeleben wie zwei getrennte Sphären der Natur erschienen sind; so ward dagegen den Hellenen: und nicht etwa bloß den Inselbewohnern, sondern auch den Stämmen des südlichen Festlandes, fast überall gleichzeitig der Anblick dessen, was im Contact und durch Wechselwirkung der Elemente dem Naturbilde seinen Reichthum und seine erhabene Größe verleiht. Wie hätten auch jene sinnigen, glücklich gestimmten Völker nicht sollen angeregt werden von der Gestalt waldbekränzter Felsrippen an den tief-eingeschnittenen Ufern des Mittelmeeres, von dem stillen nach Jahreszeit und Tagesstunden wechselnden Verkehr der Erdfläche mit den unteren Schichten des Luftkreises, von der Vertheilung der vegetabilischen Gestalten? Wie sollte in dem Zeitalter, wo die dichterische Stimmung die höchste war, sich nicht jegliche Art lebendiger sinnlicher Regung des Gemüthes in idealische Anschauung auflösen? Der Grieche dachte sich die Pflanzenwelt in mehrfacher mythischer Beziehung mit den Heroen und Göttern. Diese rächten strafend eine Verletzung geheiligter Bäume und Kräuter. Die Einbildungskraft belebte gleichsam die vegetabilischen Gestalten; aber die Formen der Dichtungsarten, auf welche bei der Eigenthümlichkeit griechischer Geistesentwicklung das Alterthum sich beschränkte, gestatteten dem naturbeschreibenden Theile nur eine mäßige Entfaltung.

Einzeln bricht indeß selbst bei den Tragikern mitten in dem Gewühl aufgeregter Leidenschaft und wehmüthiger Gefühle ein tiefer Natursinn in begeisterte Schilderungen der Landschaft aus. Wenn Oedipus sich dem Haine der Eumeniden naht, singt der Chor „den edeln Ruhesitz des glanzvollen Kolonos: wo die melodische Nachtigall gern einkehrt und in helltönenden Lauten klagt"; er singt „die grünende Nacht der Epheu-Gebüsche, die von himmlischem Thau getränkten Narcissen, den goldstrahlenden Kronos und den unvertilgbaren, stets selber sich wiedererzeugenden Oelbaum". Indem Sophocles seinen Geburtsort, den Gau von Kolonos, zu verherrlichen strebt: stellt er die hohe Gestalt des schicksalverfolgten, herumirrenden Königs an die schlummerlosen Gewässer des Kephissos, von heiteren Bildern sanft umgeben. Die Ruhe der Natur vermehrt den Eindruck des Schmerzes, welchen die hehre Gestalt des Erblindeten, das Opfer verhängnißvoller Leidenschaft, hervorruft. Auch EuripidesNach *Strabo* (lib. VIII pag. 366, Casaub.), wo er den Tragiker wegen einer geographisch unrichtigen Begrenzung von Elis anklagt. Die schöne Stelle des *Euripides* ist aus dem *Kresphontes*, und die Beschreibung der Trefflichkeit Messene's stand mit der Exposition der politischen Verhältnisse (der Theilung der Länder unter die Herakliden) in genauer Verbindung. Die Naturschilderung war also auch hier, wie Böckh scharfsinnig bemerkt, an menschliche Verhältnisse geknüpft. gefällt sich in der malerischen Beschreibung von „Messeniens und Lakoniens Triften: die, unter dem ewig milden Himmel, durch tausend Quellenbrunnen genährt, von dem schönen Pamisos durchströmt werden".

Die bukolische Dichtung, in den Gefilden von Sicilien entstanden und zum Dramatischen volksthümlich hingeneigt, führt mit Recht den Namen einer Uebergangsform. Sie schildert im kleinen Hirten-Epos mehr den Naturmenschen als die Landschaft. So erscheint sie in ihrer anmuthigsten Vollendung, in Theokrit. Ein weiches elegisches Element ist übrigens dem Idyll eigen: gleichsam als wäre es „aus der Sehnsucht nach einem verlorenen Ideal" entstanden, als sei immerdar in der Brust des Menschen dem tiefen Naturgefühl eine gewisse Wehmuth beigemischt.

Wie nun mit dem freien Volksleben die Poesie in Hellas erstarb; wurde diese beschreibend, didactisch, eine Trägerinn des Wissens. Sternkunde, Erdbeschreibung, Jagd und Fischfang treten auf in der alexandrinischen Zeit als Gegenstände der Dichtkunst, oft geziert durch eine sehr vorzügliche metrische Technik. Die Gestalten und Sitten der Thierwelt werden mit Anmuth und oft mit einer Genauigkeit geschildert, daß die neuere classificirende Naturkunde Gattungen und selbst Arten in den Beschreibungen erkennen kann. Es fehlt aber allen diesen Dichtungsarten das innere Leben, eine begeisterte Anschauung der Natur: das, wodurch die Außenwelt dem angeregten Dichter fast unbewußt ein Gegenstand der Phantasie wird. Das Uebermaaß des beschreibenden Elements findet sich in den durch kunstreichen Versbau ausgezeichneten 48 Gesängen der *Dionysiaca* des Aegyptiers Nonnus. Der Dichter gefällt sich in der Darstellung großer Natur-Umwälzungen: er läßt durch ein vom Blitz entzündetes Waldufer, im Flußbette des Hydaspes, selbst die Fische verbrennen; er lehrt, wie aufsteigende Dämpfe den meteorologischen Proceß des Gewitters und eines electrischen Regens erzeugen. Zur romantischen Poesie hingeneigt, ist Nonnus von Panopolis wundersam ungleich: bald begeistert und anregend, bald langweilig und wortreich.

Mehr Naturgefühl und Zartheit der Empfindung offenbaren sich in einzelnen Theilen der griechischen Blumenlese (*Anthologie*), welche auf so verschiedenen Wegen und aus verschiedenen Zeiten zu uns gelangt ist. In der anmuthigen Uebersetzung von Jacobs ist alles, was das Thier- und Pflanzenleben betrifft, in eine Abtheilung vereinigt. Es sind kleine Bilder, meist nur Anspielungen auf individuelle Formen. Die Platane, welche „in ihrem Gezweige die mostschwellende Traube ernährt", und aus Kleinasien über die Insel des Diomedes erst unter Dionysius dem Aelteren bis zu den Ufern des sicilischen Anapus vordrang, wird vielleicht nur zu oft besungen; doch scheint im ganzen der antike Sinn in diesen Liedern und Epigrammen mehr der Thier- als der Pflanzenwelt zugewandt. Eine edle und zugleich etwas größere Composition ist das Frühlings-Idyllium des Meleager von Gadara in Cölesyrien.

Schon des alten Rufes der Gegend wegen muß ich der Schilderung des Waldthales von Tempe erwähnen, welche Aelian*Aeliani Var. Hist. et Fragm.* lib. III cap. 1 pag. 139 Kühn. Vergl. A. *Buttmann, quaest. de Dicaearcho* (Naumb. 1832) p. 32 und *Geogr. gr. min.* ed. Gail Vol. II. p. 140–145. – Eine merkwürdige Naturliebe, besonders eine Blumenliebhaberei, die William Jones schon mit der der indischen Dichter zusammengestellt hat, bemerkt man bei einem Tragiker, dem Chäremon; s. *Welcker, griechische Tragödien* Abth. III. S. 1088. wahrscheinlich nach dem Vorbilde des Dicäarchus entworfen hat. Es ist das Ausführlichste, was uns von Naturbeschreibungen aus den griechischen Prosaikern erhalten ist: topographisch freilich, aber doch auch malerisch zugleich; denn das schattige Thal wird belebt durch den pythischen Aufzug (theoria), „welcher vom heiligen Lorbeer die sühnenden Zweige bricht". In der späten byzantinischen Zeit, seit dem Ende des vierten Jahrhunderts, sehen wir landschaftliche Schilderungen schon häufiger in die Romane der griechischen Prosaiker eingewebt. Durch diese Schilderungen zeichnet sich der Schäferroman des Longus*Longi Pastoralia* (Daphnis et Chloe, ed. Seiler 1843) lib. I, 9; III, 12 und IV, 1–3; pag. 92, 125 und 137. Vergl. *Villemain* sur les Romans grecs in seinen *Mélanges de Littérature* T. II. p. 435–448, wo Longus mit Bernardin de St. Pierre verglichen ist. aus: in welchem aber doch zarte *Lebensbilder* den Ausdruck der *Naturgefühle* weit übertreffen.

Es war nicht der Zweck dieser Blätter mehr zu liefern, als was durch specielle Erinnerung an einzelne Kunstformen die allgemeinen Betrachtungen über die dichterische Auffassung der Außenwelt zu erläutern vermag. Ich würde schon den Blüthenkreis des hellenischen Alterthums verlassen: wenn in einem Werke, dem ich gewagt den Namen *Kosmos* vorzusetzen, mit Stillschweigen die Naturschilderung übergangen werden dürfte, mit der das Pseudo-Aristotelische Buch vom Kosmos (oder von der *Weltordnung*) anhebt. Es zeigt uns dieselbe „den Erdball mit üppigem Pflanzenwuchse geschmückt, reich bewässert und (als das Preiswürdigste) von denkenden Wesen bewohnt".*Pseudo-Aristot.*, *de Mundi* cap. 3, 14–20, pag. 392 Bekker. Die rhetorische Färbung eines so reichen Naturbildes, der concisen und rein wissenschaftlichen Darstellungsweise des Stagiriten völlig unähnlich, ist selbst als eines der vielen Zeichen der Unächtheit jener Schrift *über den Kosmos* erkannt worden. Mag sie immerhin dem Appulejus oder dem Chrysippus*Osann* a. a. O. S. 194–266. oder wem sonst zugehören! Die naturbeschreibende Stelle, die wir als aristotelisch entbehren, wird uns gleichsam durch eine andere ächte ersetzt, welche Cicero uns erhalten hat. Aus einem verlorenen Werke des Aristoteles führt dieser in wörtlicher Uebertragung*Cicero de Natura Deorum* II, 37. Eine Stelle, in welcher *Sextus Empiricus* (*adversus Physicos* lib. IX, 22 p. 554 Fabr.) eine ähnliche Aeußerung des Aristoteles anführt, verdient um so mehr Aufmerksamkeit, als Sextus kurz vorher (IX, 20) auf einen anderen, für uns ebenfalls verlorenen Text (über Divination und Träume) anspielt. folgendes an: „Wenn es Wesen gäbe, die in den Tiefen der Erde immerfort in Wohnungen lebten, welche mit Statuen und Gemälden und allem dem verziert wären, was die für glücklich Gehaltenen in reicher Fülle besitzen; wenn dann diese Wesen Kunde erhielten von dem Walten und der Macht der Götter, und durch die geöffneten Erdspalten aus jenen verborgenen Sitzen heraustäten an die Orte, die wir bewohnen; wenn sie urplötzlich Erde und Meer und das Himmelsgewölbe erblickten, den Umfang der Wolken und die Kraft der Winde erkennten, die Sonne bewunderten in ihrer Größe, Schönheit und lichtausströmenden Wirkung; wenn sie endlich, sobald die einbrechende Nacht die Erde in Finsterniß hüllt, den Sternenhimmel, den lichtwechselnden Mond, den Auf- und Untergang der Gestirne und ihren von Ewigkeit her geordneten unveränderlichen Lauf erblickten: so würden sie wahrlich aussprechen, es gebe Götter und so große Dinge seien ihr Werk." Man hat mit Recht gesagt, daß diese Worte allein schon hinreichen Cicero's Ausspruch über „den goldenen Strom der Aristotelischen Rede" zu bewähren"Aristoteles flumen orationis aureum fundens", *Cic. Acad. Quaest.* II cap. 38. (Vergl. *Stahr*, *Aristotelia* Th. II. S. 161 und in desselben Schrift: *Aristoteles bei den Römern* S. 53.), daß in ihnen etwas von der begeisternden Kraft des Platonischen Genius weht. Ein solcher Beweis für das Dasein himmlischer Mächte aus der Schönheit und unendlichen Größe der Werke der Schöpfung steht in dem Alterthum sehr vereinzelt da.

Was wir, ich sage nicht in der Empfänglichkeit des griechischen Volkes, sondern in den Richtungen seiner litterarischen Productivität vermissen, ist noch sparsamer bei den *Römern* zu finden. Eine Nation, die nach alter siculischer Sitte dem Feldbau und dem Landleben vorzugsweise zugethan war, hätte zu anderen Hoffnungen berechtigt; aber neben so vielen Anlagen zur praktischen Thätigkeit war der Volkscharakter der Römer in seinem kalten Ernste, in seiner abgemeßnen, nüchternen Verständigkeit, sinnlich weniger erregbar, der alltäglichen Wirklichkeit mehr als einer idealisirenden dichterischen Natur-Anschauung hingegeben. Diese Unterschiede des inneren Lebens der Römer und der griechischen Stämme spiegeln sich ab in der Litteratur als dem geistigen Ausdruck alles Volkssinnes. Zu ihnen gesellt sich noch, trotz der Verwandtschaft in der Abstammung, die anerkannte Verschiedenheit in dem organischen Bau der beiden Sprachen. Der Sprache des alten Latium wird mindere Bildsamkeit, eine beschränktere Wortfügung, „eine mehr realistische Tendenz“ als idealische Beweglichkeit zugeschrieben. Dazu konnte im Augusteischen Zeitalter der entfremdende Hang griechischen Vorbildern nachzustreben den Ergießungen heimischer Gemüthlichkeit und eines freien Naturgefühls hinderlich werden; aber, von Vaterlandsliebe getragen, wußten kräftige Geister durch schöpferische Individualität, durch Erhabenheit der Ideen, wie durch zarte Anmuth der Darstellung jene Hindernisse zu überwinden.

Reichlich mit poetischem Genius ausgestattet ist das begeisterte Naturgedicht des Lucretius. Es umfaßt den ganzen Kosmos; dem Empedocles und Parmenides verwandt, erhöht die archaistische Diction den Ernst der Darstellung. Die Poesie ist hier tief mit der Philosophie verwachsen: ohne deshalb in die „Frostigkeit“ der Composition zu verfallen, welche, gegen die phantasiereiche Natur-Ansicht Plato's abstechend, schon von dem Rhetor Menander in dem über die *physischen Hymnen* gefällten Urtheil so bitter getadelt wird. Mein Bruder hat mit vielem Scharfsinn die auffallenden Analogien und Verschiedenheiten entwickelt, welche aus der Verwachsung metaphysischer Abstractionen mit der Poesie in den alten griechischen Lehrgedichten, in dem des Lucretius und in der Episode Bhagavad-Gita, aus dem indischen Epos Mahabharata“Es mag wunderbar scheinen, die Dichtung, die sich überall an Gestalt, Farbe und Mannigfaltigkeit erfreut, gerade mit den einfachsten und abgezogensten Ideen verbinden zu wollen; aber es ist darum nicht weniger richtig. Dichtung, Wissenschaft, Philosophie, Thatenkunde sind nicht in sich und ihrem Wesen nach gespalten; sie sind eins, wo der Mensch auf seinem Bildungsgange noch eins ist oder sich durch wahrhaft dichterische Stimmung in jene Einheit zurückversetzt.“ *Wilhelm v. Humboldt, gesammelte Werke* Bd. I. S. 98–102 (vergl. auch *Bernhardy, röm. Litteratur* S. 215–218 und *Fried. Schlegel's sämmtliche Werke* Bd. I. S. 108–110). *Cicero* (*ad Quint. fratrem* II, 11) schrieb freilich, wo nicht mürrisch, doch mit vieler Strenge, dem, von Virgil, Ovid und Quintilian so hochgepriesenen Lucretius mehr Kunst als schöpferisches Talent (ingenium) zu., entstanden sind. Das große physische Weltgemälde des römischen Dichters contrastirt in seiner erkältenden Atomistik und seinen oft wilden geognostischen Träumen mit seiner lebensfrischen Schilderung von dem Uebergange des Menschengeschlechts aus dem Dickicht der Wälder zum Feldbau, zur Beherrschung der Naturkräfte, zur erhöhten Cultur des Geistes und also auch der Sprache, zur bürgerlichen Gesittung.*Lucret.* lib. V v. 930–1455.

Wenn bei einem Staatsmann, in einem bewegten und vielbeschäftigten Leben, in einem durch politische Leidenschaft aufgeregten Gemüthe, lebendiges Naturgefühl und Liebe zu ländlicher Einsamkeit sich erhalten; so liegt die Quelle davon in den Tiefen eines großen und edlen Charakters. Cicero's eigene Schriften bezeugen die Wahrheit dieser Behauptung. Allerdings ist, wie allgemein bekannt, in dem Buche *von den Gesetzen* und in dem *vom Redner* manches dem Phädrus des Plato*Plato, Phaedr.* p. 230; *Cicero de Leg.* I. 5, 15; II. 2, 1–3; II. 3, 6 (vergl. *Wagner, Comment. perp. in Cic. de Leg.* 1804 p. 6; *Cic. de Oratore* I. 7, 28 (pag. 15 Ellendt). nachgebildet; das italische Naturbild hat aber darum nichts von seiner Individualität verloren. Plato preist in allgemeinen Zügen den „dunkeln Schatten der hochbelaubten Platane, die Kräuterfülle in vollem Dufte der Blüthen; die Lüfte, welche süß und sommerlich in den Chor der Cicaden wehen". In Cicero's kleinem Naturbilde ist, wie noch neuerlichst ein sinniger Forscher bemerkt hat, alles so dargestellt, wie man es heute noch in der wirklichen Landschaft wiederfindet. Den Liris sehen wir von hohen Pappeln beschattet; man erkennt, wenn man von dem steilen Berge hinter der alten Burg von Arpinum gegen Osten hinabsteigt, den Eichenhain am Bache Fibrenus: wie die Insel, jetzt Isola di Carnello genannt, welche durch die Theilung des Flüßchens entsteht und in die Cicero sich zurückzog, um, wie er sagt, „seinen Meditationen nachzuhangen, zu lesen oder zu schreiben". Arpiunm am Volscischen Gebirge war des großen Staatsmannes Geburtssitz, und die herrliche Umgebung hat gewiß auf seine Stimmung im Knabenalter gewirkt. Dem Menschen unbewußt, gesellt sich früh, was die umgebende, mehr oder minder anregende Natur in der Seele abspiegelt, zu dem, was tief und frei in den ursprünglichen Anlagen, in den inneren geistigen Kräften gewurzelt ist.

Mitten unter den verhängnißvollen Stürmen des Jahres 708 (nach Erbauung der Stadt) fand Cicero Trost in seinen Villen: abwechselnd in Tusculum, in Arpinum, bei Cumä und Antium. „Nichts ist erfreulicher", schreibt er*Cic. Epist. ad Atticum* XII, 9 und 15. an Atticus, „als diese Einsamkeit; nichts anmuthiger als dieser Landsitz, als das nahe Ufer und der Blick auf das Meer. – In der Einöde der Insel Astura, an der Mündung des gleichnamigen Flusses, am Ufer des tyrrhenischen Meeres, stört mich kein Mensch; und wenn ich mich früh Morgens in einem dichten und rauhen Wald verborgen halte, verlasse ich denselben vor Abend nicht. Nächst meinem Atticus ist mir nichts so lieb als die Einsamkeit; in ihr pflege ich meinen Verkehr mit den Wissenschaften: doch wird dieser oft durch Thränen unterbrochen. Ich kämpfe (als Vater) dagegen an, so viel ich es vermag; aber noch bin ich solch einem Kampfe nicht gewachsen." Man hat mehrfach bemerkt, daß in diesen Briefen und in denen des jüngeren Plinius Anklänge moderner Sentimentalität nicht zu verkennen seien. Ich finde darin nur Anklänge tiefer Gemüthlichkeit: die in jedem Zeitalter, bei jedem Volksstamme aus dem schmerzlich beklommenen Busen emporsteigen.

Die Kenntniß der großen Dichterwerke des Virgil, des Horatius und des Tibullus ist mit der allgemeinen Verbreitung der römischen Litteratur so innigst verwebt, daß es überflüssig wäre hier bei einzelnen Zeugnissen des zarten und immer regen Naturgefühls, das einige dieser Werke belebt, zu verweilen. In Virgils National-Epos konnte nach der Natur dieser Dichtung die Beschreibung des Landschaftlichen allerdings nur als Beiwerk erscheinen und einen sehr kleinen Raum einnehmen. Individuelle Auffassung bestimmter Localitäten bemerkt man nicht, wohl aber in mildem Farbenton ein inniges Verständniß der Natur. Wo ist das sanfte Spiel der Meereswogen, wo die Ruhe der Nacht glücklicher beschrieben? Wie contrastiren mit diesen heiteren Bildern die kräftigen Darstellungen des einbrechenden Ungewitters im ersten Buche vom *Landbau*, der Meerfahrt und Landung bei den Strophaden, des Felsensturzes oder des flammensprühenden Aetna's in der Aeneis! *Virg. Georg.* I, 356–392; III, 349–380; *Aen.* III, 191–211; IV, 246–251; IV, 522–528; XII, 684–689. Von Ovidius hätten wir als Frucht seines langen Aufenthalts in den Ebenen von Tomi (in Unter-Mösien) eine dichterische Naturbeschreibung der Steppen erwarten können, deren keine aus dem Alterthum auf uns gekommen ist. Der Verbannte sah freilich nicht die Art von Steppen, welche im Sommer mit vier bis sechs Fuß hohen, saftreichen Kräutern dicht bedeckt sind und bei jedem Windeshauch das anmuthige Bild bewegter Blüthenwellen darbieten; der Verbannungsort des Ovidius war ein ödes, sumpfreiches Steppenland: und der gebrochene Geist des unmännlich Klagenden war mit Erinnerungen an die Genüsse der geselligen Welt, an die politischen Ereignisse in Rom, nicht mit der Anschauung der ihn umgebenden scythischen Einöde erfüllt. Als Ersatz hat uns der hochbegabte, jeder lebensfrischen Darstellung so mächtige Dichter: neben den, freilich nur zu oft wiederholten, allgemeinen Schilderungen von Höhlen, Quellen und „stillen Mondnächten"; eine überaus individualisirte, auch geognostisch wichtige Beschreibung des vulkanischen Ausbruchs bei Methone, zwischen Epidaurus und Trözen, gegeben. Es ist dieser Beschreibung schon an einem anderen Orte, in dem *Naturgemälde*, gedacht. Ovidius zeigt uns, „wie durch der eingezwängten Dämpfe Kraft der Boden gleich einer luftgefüllten Blase, gleich dem Fell des zweigehörnten Bockes anschwillt und sich als ein Hügel erhebt".

Am meisten ist zu bedauern, daß Tibullus keine große naturbeschreibende Composition von individuellem Charakter hat hinterlassen können. Unter den Dichtern des Augusteischen Zeitalters gehört er zu den wenigen, die: der alexandrinischen Gelehrsamkeit glücklicherweise fremd, der Einsamkeit und dem Landleben ergeben, gefühlvoll und darum einfach, aus eigener Quelle schöpften. Elegien müssen freilich als Sittenbilder betrachtet werden, in welchen die Landschaft den Hintergrund bildet; aber die *Feldweihe* und die 6te Elegie des ersten Buches lehren, was von Horazens und Messala's Freund wäre zu erwarten gewesen.

Lucanus, der Enkel des Rhetors M. Annäus Seneca, ist diesem freilich durch rednerischen Schmuck der Diction nur zu sehr verwandt; doch finden wir bei ihm ein vortreffliches und naturwahres Gemälde von der Zerstörung des Druidenwaldes*Lucan. Phars.* III, 400–452 (Vol. I. p. 374–384 Weber). an dem jetzt baumlosen Gestade von Marseille. Die gefällten Eichenstämme erhalten sich schwebend an einander gelehnt; entblättert lassen sie den ersten Lichtstrahl in das schauervolle, heilige Dunkel dringen. Wer lange in den Wäldern der Neuen Welt gelebt, fühlt, wie lebendig mit wenigen Zügen der Dichter die Ueppigkeit eines Baumwuchses schildert, dessen riesenmäßige Reste noch in einigen Torfmooren von Frankreich begraben liegen. In dem didactischen Gedichte *Aetna* des Lucilius Junior, eines Freundes des L. Annäus Seneca, sind allerdings die Ausbruchs-Erscheinungen eines Vulkans mit Wahrheit geschildert; aber die Auffassung ist ohne Individualität: mit viel minderer, als wir schon oben an dem *Aetna dialogus* des jungen Bembo gerühmt haben.

Als endlich die Dichtkunst in ihren großen und edelsten Formen, wie erschöpft, dahinwelkte: seit der zweiten Hälfte des 4ten Jahrhunderts; waren die poetischen Bestrebungen, vom Zauber schöpferischer Phantasie entblößt, auf die nüchternen Realitäten des Wissens und des Beschreibens gerichtet. Eine gewisse rednerische Ausbildung des Styls konnte nicht ersetzen, was an einfachem Naturgefühl und idealisirender Begeisterung abging. Als Erzeugniß dieser unfruchtbaren Zeit, in der das poetische Element nur wie ein zufälliger äußerer Schmuck des Gedankens erscheint, nennen wir das *Mosel-Gedicht* des Ausonius. Im aquitanischen Gallien geboren, hatte der Dichter dem Feldzuge Valentinians gegen die Alemannen beigewohnt. Die *Mosella*, in dem alten Trier gedichtet, besingt in einzelnen Stellen nicht ohne Anmuth die schon damals rebenbepflanzten Hügel eines der schönsten Ströme unsres vaterländischen Bodens; aber die nüchterne Topographie des Landes, die Aufzählung der der Mosel zuströmenden Bäche, die Charakteristik der Fischgattungen in Gestalt, Farbe und Sitten sind Hauptgegenstände dieser ganz didactischen Composition.

In den römischen Prosaikern, unter denen wir schon oben einige denkwürdige Stellen des Cicero angeführt haben, sind Naturbeschreibungen eben so selten als in den griechischen. Nur die großen Historiker Julius Cäsar, Livius und Tacitus bieten einzelne Beispiele dar: wo sie veranlaßt sind Schlachtfelder, Uebergänge von Flüssen oder unwegsame Bergpässe zu beschreiben; da, wo sie das Bedürfniß fühlen den Kampf der Menschen mit Naturhindernissen zu schildern. In den Annalen des Tacitus entzücken mich die Beschreibung der unglücklichen Schifffahrt des Germanicus auf der Ems (Amisia) und die großartige geographische Schilderung der Bergketten von Syrien und Palästina.*Tac. Ann.* II, 23–24; *Hist.* V, 6. Das einzige Fragment, das uns der Rhetor *Seneca* (*Suasor.* I p. 11 Bipont.) aus einem Heldengedichte erhalten hat, in welchem Ovids Freund *Pedo Albinovanus* die Thaten des Germanicus besang, beschreibt ebenfalls die unglückliche Schifffahrt auf der Ems (*Ped. Albinov. Elegiae* Amst. 1703 p. 172). Seneca hält diese Schilderung des stürmischen Meeres für malerischer als alles, was die römischen Dichter hervorgebracht haben. Freilich sagt er selbst: latini declamatores in Oceani descriptione non nimis viguerunt: nam aut tumide scripserunt aut curiose. Curtius*Curt. in Alex. Magno* VI, 16. (Vergl. *Droysen, Gesch. Alexanders des Großen* 1833 S. 265.) In dem nur zu rhetorischen *Lucius Annaeus Seneca* (*Quaest. Natur.* lib. III c. 27–30 pag. 677–686 ed. Lips. 1741) findet sich die merkwürdige Beschreibung eines der verschiedenen Untergänge des einst reinen, dann sündhaft gewordenen Menschengeschlechts durch eine fast allgemeine Wasserfluth: Cum fatalis dies diluvii venerit.... bis: peracto exitio generis humani exstinctisque pariter feris in quarum homines ingenia transierant.... Vergl. die Schilderung chaotischer Erdrevolutionen im *Bhagavata-Purana* Buch III cap. 17 (ed. Burnouf T. I. p. 441). hat uns ein schönes Naturbild von einer waldigen Wildniß hinterlassen, die das macedonische Heer westlich von Hekatompylos in dem feuchten Mazenderan durchziehen mußte. Ich würde desselben hier ausführlicher erwähnen, wenn man mit einiger Sicherheit unterscheiden könnte: was ein Schriftsteller, dessen Zeitalter so ungewiß ist, aus seiner lebhaften Phantasie; was er aus historischen Quellen geschöpft hat.

Des großen encyclopädischen Werkes des älteren Plinius, dem an Reichthum des Inhalts kein anderes Werk des Alterthums gleich kommt, wird späterhin, in der *Geschichte der Weltanschauung*, gedacht werden. Es ist, wie der Neffe (der jüngere Plinius) sich schön ausdrückt, „mannigfach wie die Natur". Ein Erzeugniß des unwiderstehlichen Hanges zu allumfassendem, oft unfleißigem Sammeln; im Style ungleich: bald einfach und aufzählend, bald gedankenreich, lebendig und rhetorisch geschmückt: ist die Naturgeschichte des älteren Plinius, schon ihrer Form wegen, an individuellen Naturschilderungen arm; aber überall, wo die Anschauung auf ein großartiges Zusammenwirken der Kräfte im Weltall, auf den wohlgeordneten Kosmos (Naturae majestas) gerichtet ist, kann eine wahre, aus dem Innern quellende Begeisterung nicht verkannt werden. Das Werk hat auf das ganze Mittelalter mächtig nachgewirkt.

Als Beweise des Naturgefühls bei den Römern würden wir gern auch die anmuthig gelegenen Villen auf dem Pincius, bei Tusculum und Tibur, am Vorgebirge Misenum, bei Puteoli und Bajä anführen: wenn sie nicht, wie die des Scaurus und Mäcenas, des Lucullus und des Hadrian, mit Prachtgebäuden überfüllt gewesen wären. Tempel, Theater und Rennbahnen wechselten ab mit Vogelhäusern und Gebäuden der Zucht von Schnecken und Haselmäusen bestimmt. Seinen, allerdings einfacheren Landsitz zu Liternum hatte der ältere Scipio festungsartig mit Thürmen umgeben. Der Name eines Freundes des Augustus (Matius) ist uns aufbewahrt, weil er, Zwang und Unnatur liebend, zuerst die Sitte des Beschneidens der Bäume aufbrachte, um sie nach architectonischen und plastischen Vorbildern kunstmäßig umzuformen. Die Briefe des jüngeren Plinius liefern uns anmuthige Beschreibungen zweier seiner zahlreichen Villen (Laurentinum und Tuscum). Wenn man auch in beiden der Baulichkeiten, von beschnittenem Buxus umgeben, mehr zusammengedrängt findet, als nach unserm Naturgefühl zu wünschen wäre; so beweisen doch diese Schilderungen, wie die Nachahmung des Thals von Tempe in der tiburtinischen Villa des Hadrian, daß: neben der Liebe zur Kunst, neben der ängstlichsten Sorgfalt für Behaglichkeit durch Stellung der Landhäuser nach Verhältniß zur Sonne und zu vorherrschenden Winden, auch Liebe zu freiem Genuß der Natur den römischen Stadtbewohnern nicht fremd war. Mit Freude setzen wir hinzu, daß dieser Genuß auf den Landgütern des Plinius durch den widrigen Anblick des Sklaven-Elendes minder gestört war. Der reiche Mann war nicht bloß einer der gelehrtesten seiner Zeit: er hatte auch, was im Alterthum wenigstens selten ausgedrückt ist, rein menschliche Gefühle des Mitleids für die unfreien unteren Volksclassen. Auf den Villen des jüngeren Plinius gab es keine Fesseln; der Sklave als Landbauer vererbte frei, was er sich erworben.*Plin. Epist.* III, 19; VIII, 16.

Von dem ewigen Schnee der Alpen, wenn sie sich am Abend oder am frühen Morgen röthen; von der Schönheit des blauen Gletscher-Eises, von der großartigen Natur der schweizerischen Landschaft ist keine Schilderung aus dem Alterthum auf uns gekommen: und doch gingen ununterbrochen Staatsmänner, Heerführer, und in ihrem Gefolge Litteraten durch Helvetien nach Gallien. Alle diese Reisenden wissen nur über die unfahrbaren, scheußlichen Wege zu klagen; das Romantische der Naturscenen beschäftigte sie nie. Es ist sogar bekannt, daß Julius Cäsar, als er zu seinen Legionen nach Gallien zurückkehrte, die Zeit benutzte, um „während des Ueberganges über die Alpen" eine grammatische Schrift *de analogia* anzufertigen. Silius Italicus (er starb unter Trajan, wo die Schweiz schon sehr angebaut war) beschreibt die Alpengegend als eine schreckenerregende, vegetationslose Einöde*Sil. Ital. Punica* lib. III v. 477., während er mit Liebe alle Felsenschluchten Italiens und die buschigen Ufer des Liris (Garigliano) besingtA. a. O. lib. IV v. 348, lib VIII v. 399.. Auffallend ist dabei, daß der wundersame Anblick gegliederter Basaltsäulen: wie das mittlere Frankreich, die Rheinufer und die Lombardei sie in vielfältigen Gruppen darbieten; die Römer zu keiner Beschreibung, ja nicht einmal zu einer Erwähnung angeregt hat.

Während die Gefühle abstarben, welche das classische Alterthum belebten und den Geist auf *Handlung* und Aeußerung menschlicher Thatkraft, nicht auf *Zustände* und Beschauung der Außenwelt, leiteten; gewann eine neue Sinnesart Raum. Es verbreitete sich allmälig das *Christenthum*; und wie dieses, selbst wo es als Staatsreligion auftrat, in der großen Angelegenheit der bürgerlichen *Freiheit* des Menschengeschlechts für die niederen Volksclassen wohlthätig wirkte, so erweiterte es auch den Blick in die *freie* Natur. Das Auge haftete nicht mehr an den Gestalten der olympischen Götter; der Schöpfer (so lehren es die Kirchenväter in ihrer kunstgerechten, oft dichterisch phantasiereichen Sprache) zeigt sich groß in der todten Natur wie in der lebendigen, im wilden Kampf der Elemente wie im stillen Treiben der organischen Entfaltung. Bei der allmäligen Auflösung der römischen Weltherrschaft verschwinden freilich nach und nach, in den Schriften jener traurigen Zeit, die schöpferische Kraft, die Einfachheit und Reinheit der Diction; sie verschwinden zuerst in den lateinischen Ländern, später auch in dem griechischen Osten. Hang zur Einsamkeit, zu trübem

Nachdenken, zu innerer Versenkung des Gemüths wird sichtbar; sie wirkt gleichzeitig auf die Sprache und auf die Färbung des Styls.

Wenn sich auf einmal etwas Neues in den Gefühlen der Menschen zu entwickeln scheint, so kann fast immer ein früher, tiefliegender Keim, wie vereinzelt, aufgespürt werden. Die Weichheit des Mimnermos hat man oft eine sentimentale Richtung des Gemüthes genannt. Die alte Welt ist nicht schroff von der neueren geschieden; aber Veränderungen in den religiösen Ahndungen der Menschheit, in den zartesten sittlichen Gefühlen, in der speciellen Lebensweise derer, welche Einfluß auf den Ideenkreis der Massen ausüben, machten plötzlich vorherrschend, was früher der Aufmerksamkeit entgehen mußte. Die christliche Richtung des Gemüths war die: aus der Weltordnung und aus der Schönheit der Natur die Größe und die Güte des Schöpfers zu beweisen. Eine solche Richtung, die Verherrlichung der Gottheit aus ihren Werken, veranlaßte den Hang nach Naturbeschreibungen. Die frühesten und ausführlichsten finden wir bei einem Zeitgenossen des Tertullianus und Philostratus, bei einem rhetorischen Sachwalter zu Rom: Minucius Felix, aus dem Anfang des dritten Jahrhunderts. Man folgt ihm gern im Dämmerlichte an den Strand bei Ostia: den er freilich malerischer und der Gesundheit zuträglicher schildert, als wir ihn jetzt finden. In dem religiösen Gespräch *Octavius* wird der neue Glaube gegen die Einwürfe eines heidnischen Freundes muthvoll vertheidigt.

Es ist hier der Ort aus den griechischen Kirchenvätern einige Naturschilderungen fragmentarisch einzuschalten, da sie meinen Lesern gewiß weniger bekannt sind als, was aus der römischen Litteratur uns die altitalische Liebe zum Landleben überliefert hat. Ich beginne mit einem Briefe Basilius des Großen, für den ich lange schon eine besondere Vorliebe hege. Aus Cäsarea in Cappadocien gebürtig, hatte Basilius, nicht viel über dreißig Jahre alt, dem heiteren Leben zu Athen entsagt, auch schon die christlichen Einsiedeleien in Cölesyrien und Ober-Aegypten besucht: als er sich nach Art der vorchristlichen Essener und Therapeuten in eine Wildniß am armenischen Flusse Iris zurückzog. Dort war sein zweiter BruderUeber den Tod des Naucratius um das Jahr 357 s. *Basilii Magni Opera omnia* ed. Par. 1730 T. III. p. XLV. Die jüdischen Essener führten zwei Jahrhunderte vor unsrer Zeitrechnung ein Einsiedlerleben am westlichen Ufer des todten Meeres, *in Verkehr mit der Natur. Plinius* sagt schön von ihnen (V, 15): "mira gens, socia palmarum". Die Therapeuten wohnten ursprünglich, und in mehr klösterlicher Gemeinschaft, in einer anmuthigen Gegend am See Möris (*Neander, allg. Geschichte der christl. Religion und Kirche* Bd. I. Abth. 1. 1842 S. 73 und 103). Naucratius nach fünfjährigem strengen Anachoreten-Leben beim Fischen ertrunken. „Ich glaube endlich", schreibt er an Gregorius von Nazianz, „das Ende meiner Wanderungen zu finden. Die Hoffnung mich mit Dir zu vereinigen, ich sollte sagen meine süßen Träume (denn mit Recht hat man Hoffnungen Träume des wachenden Menschen genannt), sind unerfüllt geblieben. Gott hat mich einen Ort finden lassen, wie er uns beiden oft in der Einbildungskraft vorgeschwebt. Was diese uns in weiter Ferne gezeigt, sehe ich jetzt vor mir. Ein hoher Berg, mit dichter Waldung bedeckt, ist gegen Norden von frischen, immerfließenden Wassern befeuchtet. Am Fuß des Berges dehnt sich eine weite Ebene hin: fruchtbar durch die Dämpfe, die sie benetzen. Der umgebende Wald, in welchem sich vielartige Bäume zusammendrängen, schließt mich ab wie in eine feste Burg. Die Einöde ist von zwei tiefen Thalschluchten begrenzt. Auf der einen Seite bildet der Fluß, wo er vom Berge schäumend herabstürzt, ein schwer zu überschreitendes Hinderniß; auf der anderen verschließt ein breiter Bergrücken den Eingang. Meine Hütte ist auf dem Gipfel so gelegen, daß ich die weite Ebene überschaue, wie den ganzen Lauf des Iris: welcher schöner und wasserreicher ist als der Strymon bei Amphipolis. Der Fluß meiner Einöde, reißender als irgend einer, den ich kenne, bricht sich an der vorspringenden Felswand und wälzt sich schäumend in den Abgrund: dem Bergwanderer ein anmuthiger, wundervoller Anblick; den Eingeborenen nutzbar zu reichlichem Fischfang. Soll ich Dir beschreiben die befruchtenden Dämpfe, welche aus der (feuchten) Erde; die kühlen Lüfte, welche aus dem (bewegten) Wasserspiegel aufsteigen? soll ich reden von dem lieblichen Gesang der Vögel und der Fülle blühender Kräuter? Was mich vor allem reizt, ist die stille Ruhe der Gegend. Sie wird bisweilen nur von Jägern besucht; denn meine Wildniß nährt Hirsche und Heerden wilder Ziegen, nicht eure Bären und eure Wölfe. Wie möchte ich einen anderen Ort mit diesem vertauschen! Alkmäon, nachdem er die Echinaden gefunden, wollte nicht weiter umherirren." Es sprechen sich in dieser einfachen Schilderung der Landschaft und des Waldlebens Gefühle aus, welche sich mit denen der modernen Zeit inniger verschmelzen als alles, was uns aus dem griechischen und römischen Alterthume überkommen ist. Von der einsamen Berghütte, in die Basilius sich zurückgezogen, senkt sich der Blick auf das feuchte Laubdach des tief liegenden Waldes. Der Ruhesitz, nach welchem er und sein Freund Gregorius von Nazianz so lange sich gesehnt, ist endlich gefunden. Die dichterisch mythische Anspielung am Ende des Briefes erklingt wie eine Stimme, die aus einer anderen, früheren Welt in die christliche herüberschallt.

Auch des Basilius Homilien über das Hexaëmeron zeugen von seinem Naturgefühl. Er beschreibt die Milde der ewig heiteren Nächte in Kleinasien: wo, wie er sich ausdrückt, die Sterne, „die ewigen Blüthen des Himmels", den Geist des Menschen vom Sichtbaren zum Unsichtbaren erheben.*Basilii Homil. in Hexaem.* VI, 1 und IV, 6 (*Bas. Opp. omnia* ed. Jul. Garnier 1839 T. I. p. 54 und 70). Vergl. damit den Ausdruck der tiefsten Schwermuth in dem schönen Gedichte des *Gregorius von Nazianz* unter der Ueberschrift. *„von der Natur des Menschen"* (*Gregor. Naz. Opp. omnia* ed. Par. 1611 T. II. Carm. XIII p. 85). Wenn er in der Sage von der Weltschöpfung die „Schönheit des Meeres" preisen will, so beschreibt er den Anblick der grenzenlosen Fläche in ihren verschiedenen, wechselnden Zuständen: „wie sie, vom Hauch der Lüfte sanft bewegt, vielfarbig, bald weißes, bald blaues, bald röthliches Licht zurückwirft; wie sie die Küste liebkost in ihren friedlichen Spielen." Dieselbe sentimental-schwermüthige, der Natur zugewandte Stimmung finden wir bei Gregorius von Nyssa, dem Bruder des Großen

Basilius. „Wenn ich", ruft er aus, „jeden Felsenrücken, jeden Thalgrund, jede Ebene mit neu-entsprossenem Grase bedeckt sehe: dann den mannigfaltigen Schmuck der Bäume, und zu meinen Füßen die Lilien, doppelt von der Natur ausgestattet mit Wohlgeruch und mit Farbenreiz; wenn ich in der Ferne sehe das Meer, zu dem hin die wandelnde Wolke führt: so wird mein Gemüth von Schwermuth ergriffen, die nicht ohne Wonne ist. Verschwinden dann im Herbste die Früchte, fallen die Blätter, starren die Aeste des Baumes ihres Schmuckes beraubt; so versenken wir uns (bei dem ewig und regelmäßig wiederkehrenden Wechsel) in den Einklang der Wunderkräfte der Natur. Wer diese mit dem sinnigen Auge der Seele durchschaut, fühlt des Menschen Kleinheit bei der Größe des Weltalls."

Leitete eine solche Verherrlichung Gottes in liebevoller Anschauung der Natur die christlichen Griechen zu dichterischen Naturschilderungen; so waren sie dabei auch immer, in den früheren Zeiten des neuen Glaubens, nach der Eigenthümlichkeit ihrer Sinnesart, voll Verachtung aller Werke der menschlichen Kunst. Chrysostomus sagt in unzähligen Stellen: „Siehst du schimmernde Gebäude, will dich der Anblick der Säulengänge verführen; so betrachte schnell das Himmelsgewölbe und die freien Felder, in welchen die Heerden am Ufer der Seen weiden. Wer verachtet nicht alle Schöpfungen der Kunst, wenn er in der Stille des Herzens früh die aufgehende Sonne bewundert, indem sie ihr goldenes (krokosgelbes) Licht über den Erdkreis gießt; wenn er, an einer Quelle im tiefen Grase oder unter dem dunkeln Schatten dichtbelaubter Bäume ruhend, sein Auge weidet an der weiten dämmernd hinschwindenden Ferne."S. *Joannis Chrysostomi Opp. omnia* Par. 1838 (8°) T. IX. p. 687 A, T. II. p. 821 A und 851 E, T. I. p. 79. Vergl. auch *Joannis Philoponi in cap. I Geneseos de creatione Mundi* libri septem, Viennae Austr. 1630 p. 192, 236 und 272; wie auch *Georgii Pisidae Mundi opificium* ed. 1596 v. 367–375, 560, 933 und 1248. Die Werke des Basilius und des Gregorius von Nazianz hatten schon früh, seitdem ich anfing Naturschilderungen zu sammeln, meine Aufmerksamkeit gefesselt; aber alle angeführten trefflichen Uebersetzungen von Gregorius von Nyssa, Chrysostomus und Thalassius verdanke ich meinem vieljährigen, mir immer so hülfreichen Collegen und Freunde, Herrn Hase, Mitglied des Instituts und Conservator der Königl. Bibliothek zu Paris. Antiochien war damals von Einsiedeleien umgeben, und in einer derselben lebte Chrysostomus. Es war als hätte die Beredsamkeit am Quell der Natur, in den damals waldigen Berggegenden von Syrien und Kleinasien ihr Element, die Freiheit, wiedergefunden.

Als aber in den späteren, aller Geistescultur feindlichen Zeiten das Christenthum sich unter germanische und celtische Volksstämme verbreitete, die vormals, dem Naturdienst ergeben, in rohen Symbolen die erhaltenden und zerstörenden Mächte verehrten; wurden allmälig der nahe Umgang mit der Natur und das Aufspüren ihrer Kräfte, als zur Zauberei anregend, verdächtigt. Dieser Umgang schien eben so gefahrbringend wie dem Tertullian, dem Clemens von Alexandrien und fast allen älteren Kirchenvätern die Pflege der plastischen Künste. In dem zwölften und dreizehnten

Jahrhunderte untersagten Kirchenversammlungen zu Tours (1163) und zu Paris (1209) den Mönchen das sündhafte Lesen physikalischer Schriften. Erst durch Albert den Großen und Roger Bacon wurden die Geistesfesseln muthvoll gebrochen, wurde die „Natur entsündigt“ und in ihre alten Rechte eingesetzt.

Wir haben bisher die Contraste geschildert, welche bei Griechen und Römern, in zwei so nahe mit einander verwandten Litteraturen, sich nach Verschiedenheit der Zeitepochen offenbarten. Aber nicht die Zeit allein: d. h. die Weltbegebenheiten, welche Regierungsform, Sitten und religiöse Anschauungen unaufhaltsam umwandeln, bringen diese Contraste in der Gefühlsweise hervor; noch auffallender sind die, welche die Stammverschiedenheit der Menschen und ihre geistigen Anlagen erzeugen. Wie ganz anders zeigen sich uns Lebendigkeit des Naturgefühls und dichterische Färbung der Naturschilderungen bei den Hellenen, den Germanen des Nordens, den semitischen Stämmen, den Persern und Indern. Es ist eine vielfach geäußerte Meinung, daß bei den nordischen Völkern die Freude an der Natur, eine alte Sehnsucht nach den anmuthigen Gefilden von Italien und Griechenland, nach der wundervollen Ueppigkeit der Tropen-Vegetation hauptsächlich einer langen winterlichen Entbehrung alles Naturgenusses zuzuschreiben sei. Wir läugnen nicht, daß die Sehnsucht nach dem Palmen-Klima abnimmt, je nachdem man sich dem mittäglichen Frankreich oder der iberischen Halbinsel nähert; aber der jetzt so allgemein gebrauchte, auch ethnologisch richtige Name *indogermanischer* Stämme sollte allein schon daran erinnern, daß man jenen Einflüssen des nordischen Winters nicht eine zu allgemeine Wirksamkeit zuschreiben müsse. Die überreiche dichterische Litteratur der Inder lehrt, daß zwischen den Wendekreisen und denselben nahe, südlich von der Himalaya-Kette, immer grüne und immer blüthenreiche Wälder die Einbildungskraft der *ost-arischen* Völker von je her lebhaft anregten; daß diese Völker sich zur naturbeschreibenden Poesie mehr noch hingeneigt fühlten als die im unwirthbaren Norden bis Island verbreiteten ächt germanischen Stämme. Eine Entbehrung oder wenigstens eine gewisse Unterbrechung des Naturgenusses ist aber auch den beglückteren Klimaten des südlichen Asiens eigen. Die Jahreszeiten sind schroff von einander geschieden, durch Wechsel von allbefruchtendem Regen und staubig verödender Dürre. In Persien (der westarischen Hochebene) dringt die pflanzenleere Wüste mannigfach busenförmig in die gesegnetsten Fruchtländer ein. Waldung bildet oft in Mittel- und Vorder-Asien das Ufer der weitgedehnten inneren Steppenmeere. So gewähren dem Bewohner jener heißen Klimate die räumlichen Verhältnisse des Bodens in horizontaler Richtung denselben Contrast der Oede und des Pflanzenreichthums als in senkrechter Richtung die schneebedeckten Bergketten von Indien und Afghanistan. Großartige Contraste der Jahreszeiten, der Vegetation und der Höhe sind aber überall, wo eine lebendige Natur-Anschauung mit der ganzen Cultur und den religiösen Ahndungen eines Volksstammes verwebt ist, die anregenden Elemente dichterischer Phantasie.

Freude an der Natur, dem beschaulichen Hang der germanischen Nationen eigenthümlich, spricht sich in einem hohen Grade in den frühesten Gedichten des Mittelalters aus. Die ritterliche Poesie der Minnesänger in der hohenstaufischen Zeit giebt zahlreiche Beweise dafür. So mannigfaltige historische Berührungspunkte auch diese Poesie mit der romanischen der Provenzalen hat, ist doch das ächt germanische Princip nie daran verkannt worden. Ein inniges, alles durchdringendes Naturgefühl leuchtet aus den germanischen Sitten und allen Einrichtungen des Lebens, ja aus dem Hange zur Freiheit hervor. Viel in höfischen Kreisen lebend, ja oft aus ihnen entsprossen, blieben die *wandernden* Minnesänger mit der Natur in beständigem Verkehr. Es erhielt sich frisch in ihnen eine idyllische, oft elegische Gemüthsstimmung. Um das zu würdigen, was eine solche Stimmung hervorgebracht, wende ich mich zu den Forschungen der tiefsten Kenner unseres deutschen Mittelalters, zu meinen edeln Freunden *Jacob* und *Wilhelm Grimm*. „Die vaterländischen Dichter jener Epoche", sagt der Letztere, „haben sich nirgends einer abgesonderten Naturschilderung hingegeben: einer solchen, die kein anderes Ziel hat als, den Eindruck der Landschaft auf das Gemüth mit glänzenden Farben darzustellen. Der Sinn für die Natur fehlte den altdeutschen Meistern gewiß nicht; aber sie hinterließen uns keine andre *Aeußerung* dieses Sinnes als die, welche der Zusammenhang mit geschichtlichen Vorfällen oder mit den Empfindungen erlaubte, die in lyrische Gedichte ausströmten. Um mit dem Volks-Epos, den ältesten und werthvollsten Denkmälern, zu beginnen: so findet sich weder in den *Nibelungen* noch in der *Gudrun*S. die Vergleichung beider Epen, der *Nibelungen* (die Rache der Chriemhild schildernd, der Gemahlinn des *hörnernen* Siegfried) und der Gudrun (der Tochter Königs Hetel), in *Gervinus Gesch. der deutschen Litt.* Bd. I. S. 354–381. die Schilderung einer Naturscene: selbst da, wo dazu Veranlassung war. Bei der sonst umständlichen Beschreibung der Jagd, auf welcher Siegfried ermordet wird, geschieht nur Erwähnung der blumenreichen Heide und des kühlen Brunnens unter der Linde. In der *Gudrun*, die eine gewisse feinere Ausbildung zeigt, bricht der Sinn für die Natur etwas mehr durch. Als die Königstochter mit ihren Gefährten, zu niedrigem Sklavendienst gezwungen, die Gewänder ihrer grausamen Gebieter an das Ufer des Meeres trägt, wird die Zeit bezeichnet, wo der Winter sich eben gelöst und der Wettgesang der Vögel beginnt. Noch fallen Schnee und Regen herab, und das Haar der Jungfrauen wird vom rauhen Märzwinde gepeitscht. Als Gudrun, ihre Befreier erwartend, das Lager verläßt und nun das Meer beim Aufgang des Morgensterns zu schimmern beginnt, unterscheidet sie die dunkeln Helme und die Schilde der Freunde. Es sind wenige Worte, welche dies andeuten: aber sie geben ein anschauliches Bild, bestimmt, die Spannung vor einem wichtigen geschichtlichen Ereigniß zu vermehren. Nicht anders macht es Homer, wenn er die Cyclopen-Insel schildert und die geordneten Gärten des Alcinous; er will anschaulich machen die üppige Fülle der Wildniß, in der die riesigen Ungeheuer leben, und den prächtigen Wohnsitz eines mächtigen Königs. Beide Dichter gehen nicht darauf aus eine für sich bestehende Naturschilderung zu entwerfen."

„Dem schlichten Volks-Epos stehen die inhaltreichen Erzählungen der ritterlichen Dichter des dreizehnten Jahrhunderts entgegen: die eine bewußte Kunst übten und unter welchen sich Hartmann von Aue, Wolfram von Eschenbach und Gottfried von Strasburg im Beginn des Jahrhunderts so sehr hervorheben, daß man sie die großen und classischen nennen kann. Aus ihren umfangreichen Werken würde man Beweise genug von tiefem Gefühl für die Natur, wie es zumal in Gleichnissen ausbricht, sammeln können; aber der Gedanke an unabhängige Naturschilderungen war auch ihnen fremd. Sie hemmten nicht den Fortschritt der Handlung, um bei der Betrachtung des ruhigen Lebens der Natur stille zu stehn. Wie verschieden davon sind die neueren dichterischen Compositionen! Bernardin de St. Pierre braucht die Ereignisse nur als Rahmen für sein Gemälde. Die lyrischen Dichter des dreizehnten Jahrhunderts, zumal wenn sie die *Minne* besingen (was sie nicht immer thun), reden oft genug von dem milden Mai, dem Gesang der Nachtigall, dem Thau, welcher an den Blüthen der Heide glänzt: aber immer nur in Beziehung der Gefühle, die sich darin abspiegeln sollen. Um traurende Stimmungen zu bezeichnen, wird der falben Blätter, der verstummenden Vögel, der in Schnee vergrabenen Saaten gedacht. Dieselben Gedanken, freilich schön und sehr verschiedenartig ausgedrückt, kehren unablässig wieder. Der seelenvolle Walther von der Vogelweide und der tiefsinnige Wolfram von Eschenbach, von dem wir leider nur wenige lyrische Gesänge besitzen, sind hier als glänzende Beispiele aufzuführen."

„Die Frage: ob der Contact mit dem südlichen Italien, oder durch die Kreuzzüge mit Kleinasien, Syrien und Palästina die deutsche Dichtkunst nicht mit neuen Naturbildern bereichert habe? kann im allgemeinen nur verneint werden. Man bemerkt nicht, daß die Bekanntschaft mit dem Orient dem Minnegesang eine andere Richtung gegeben habe. Die Kreuzfahrer kamen wenig in nahe Verbindung mit den Sarazenen; ja sie lebten selbst mit anderen Völkern, die für dieselbe Sache kämpften, in großer Spannung. Einer der ältesten lyrischen Dichter war Friedrich von Hausen. Er kam in dem Heere Barbarossa's um. Seine Lieder enthalten vielfache Beziehungen auf die Kreuzfahrt, aber sie drücken nur religiöse Ansichten aus oder den Schmerz sich von der Geliebten getrennt zu sehen. Von dem Lande fanden er und alle, die an den Kreuzzügen Theil nahmen: wie Reinmar der Alte, Rubin, Neidhart und Ulrich von Lichtenstein, nicht Veranlassung etwas zu sagen. Reinmar kam als Pilgrim nach Syrien: wie es scheint, im Gefolge Herzogs Leopolds VI von Oestreich. Er klagt, daß die Gedanken an die Heimath ihn nicht loslassen, und ihn von Gott abziehen. Die Dattelpalme wird hier einige Male genannt, wo der Palmenzweige gedacht ist, welche fromme Pilger auf der Schulter tragen sollen. Ich erinnere mich auch nicht, daß die herrliche Natur Italiens die Phantasie der Minnesänger angeregt habe, welche die Alpen überstiegen. Walther von der Vogelweide, der weit umhergezogen, hatte nur den Po gesehn; aber Freidank war in Rom. Er bemerkt bloß, daß in den Palästen derer, welche sonst dort herrschten, Gras wachse."

Das deutsche *Thier-Epos*, welches nicht mit der *Thierfabel* des Orients verwechselt werden darf, ist aus einem Zusammenleben mit der Thierwelt entstanden, ohne die

Absicht zu haben diese darzustellen. Das Thier-Epos, welches Jacob Grimm in der Einleitung zu seiner Ausgabe des *Reinhart Fuchs* so meisterhaft behandelt, bezeugt eine innige Freude an der Natur. Die nicht an den Boden gefesselten, mit Stimme begabten, leidenschaftlich aufgeregten Thiere contrastiren mit dem Stillleben der schweigsamen Pflanzen. Sie sind ein immerdar thätiges, die Landschaft belebendes Princip. „Die alte Poesie betrachtet das Naturleben gern mit menschlichem Auge; sie leiht den Thieren und bisweilen selbst den Pflanzen Sinn und Empfindungen des Menschen, indem sie phantasiereich und kindlich alles Wahrgenommene in Gestalt und Trieben zu deuten weiß. Kräuter und Blumen sind von Göttern und Helden gepflückt und gebraucht worden, sie führen dann nach ihnen den Namen. Man fühlt, daß wie ein alter Waldgeruch uns aus dem deutschen Thiergedicht anwehe."

An die Denkmäler germanischer Naturdichtung hätte man vormals geneigt sein können Reste celtisch-irischer Dichtung anzuschließen, die ein halbes Jahrhundert lang unter dem Namen Ossians wie Nebelgestalten von Volk zu Volk gewandelt sind; aber der Zauber ist verschwunden, seitdem des talentvollen Macpherson's litterarisches Benehmen durch die Herausgabe des von ihm geschmiedeten galischen Urtextes (einer Rückübertragung des englischen Werkes) vollkommen aufgedeckt worden ist. Es giebt alt-irische Fingal-Lieder, unter dem Namen der *Finnianischen* aufgezeichnet, aus christlicher Zeit, vielleicht nicht einmal bis zu der des achten Jahrhunderts hinaufreichend, aber diese Volksgesänge enthalten wenig von den sentimentalen Naturschilderungen, welche den Macpherson'schen Gedichten einen besonderen Reiz geben.*Die Unächtheit der Lieder Ossian's und des Macpherson'schen Ossian's insbesondere,* von *Talvj* (1840), der geistreichen Uebersetzerinn der serbischen Volkspoesien. Die erste Publication des Ossian von Macpherson ist von 1760. Die Finnianischen Lieder ertönen allerdings in den schottischen Hochlanden wie in Irland, aber sie sind nach O'Reilly und Drummond von Irland aus dahin übergetragen.

Wir haben schon oben bemerkt, daß, wenn sentimental-romantische Anregungen der Gefühle dem indogermanischen Menschenstamme des nördlichen Europa's in einem hohen Grade eigenthümlich sind, man diese Erscheinung nicht allein als Folge des Klima's, d. h. der durch lange Entbehrung gesteigerten Sehnsucht, betrachten darf. Wir haben erinnert, wie die indische und persische Litteratur, unter der Gluth des südlichen Himmels entwickelt, die reizendsten Schilderungen liefert sowohl der organischen als der todten elementarischen Natur: des Ueberganges der Dürre zum tropischen Regen, der Erscheinung des ersten Gewölkes im tiefen Blau der reinen Lüfte, wenn die langersehnten etesischen Winde in dem gefiederten Laube der Palmengipfel allmälig zu rauschen beginnen.

Es ist hier der Ort etwas tiefer in das Gebiet der indischen Naturschilderung einzudringen. „Denken wir uns", sagt Lassen in seiner vortrefflichen indischen Alterthumskunde, „einen Theil des arischen Stammes aus seinem Ursitz, dem

Nordwestlande, nach Indien eingewandert, so fand sich derselbe dort von einer ganz neuen, wundervoll reichen Natur umgeben. Die Milde des Klima's, die Fruchtbarkeit des Bodens, seine freigebige Fülle an herrlichen Gaben mußten dem neuen Leben eine heitere Farbe mittheilen. Bei den ursprünglichen herrlichen Anlagen des arischen Volkes, bei dem Besitze einer höheren Ausstattung des Geistes: in der alles Erhabene und Große, das von den Indern ausgeführt ist, wie in einem Keime wurzelt; erzeugte früh die Anschauung der Außenwelt ein tiefes Nachdenken über die Kräfte der Natur: ein Nachdenken, welches die Grundlage der contemplativen Richtung ist, die wir innigst mit der ältesten Poesie der Inder verwebt finden. Ein so allbeherrschender Eindruck, welchen die Natur auf das Bewußtsein des Volkes gemacht, bethätigt sich am deutlichsten in seiner religiösen Grundansicht, in der Erkenntniß des Göttlichen in der Natur. Die sorgenlose Leichtigkeit des äußeren Daseins kam einer contemplativen Richtung fördernd entgegen. Wer konnte sich ungestörter und inniger der Betrachtung hingeben; nachsinnen über das irdische Leben, den Zustand des Menschen nach dem Tode, über das Wesen des Göttlichen: als die indischen Büßer, die waldbewohnenden Brahmanen? deren alte Schulen eine der eigenthümlichsten Erscheinungen des indischen Lebens bilden und auf die geistige Entwickelung des ganzen Stammes einen wesentlichen Einfluß ausgeübt haben."

Soll ich hier, wie ich, von meinem Bruder und anderen Sanskritkundigen geleitet, in meinen öffentlichen Vorlesungen gethan, einzeln an das erinnern, was ein lebendiges und häufig ausbrechendes Naturgefühl in die beschreibenden Theile der indischen Poesie eingewebt hat; so beginne ich mit den *Veden*, dem ersten und heiligsten Denkmale der Cultur ost-arischer Völker. Ihr Hauptgegenstand ist die Verehrung der Natur. Reizende Schilderungen der Morgenröthe und des Anblicks der „goldhändigen" Sonne enthalten die Hymnen des *Rigveda*. Die großen Heldengedichte *Ramayana* und *Mahabharata* sind jünger als die Veden, älter als die *Puranen*. In den epischen Schöpfungen ist ihrem Wesen nach die Verherrlichung der Natur an die Sage geknüpft. Wenn in den Veden sich selten örtlich die Scene angeben läßt, welche die heiligen Weisen begeisterte, so sind dagegen in den Heldengedichten die Naturschilderungen meist individuell und an bestimmte Localitäten gebunden: daher, was hauptsächlich Leben giebt, aus selbstempfangenen Eindrücken geschöpft. Von reicher Färbung ist die Reise Rama's von Ayodhya nach der Residenzstadt Dschanaka's, sein Leben im Urwalde, das Bild von dem Einsiedlerleben der Panduiden.

Der Name *Kalidasa's* ist vielfach und früh unter den westlichen Völkern gefeiert worden. Der große Dichter glänzte an dem hochgebildeten Hofe des Vikramaditya, also gleichzeitig mit Virgil und Horaz. Die englischen und deutschen Uebersetzungen der *Sakuntala* haben die Bewunderung angeregt, welche dem Kalidasa in so reichem Maaße gezollt worden ist.

Willst du die Blüthe des frühen, die Früchte des späteren Jahres;
Willst du, was reizt und entzückt, willst du, was sättigt und nährt;
Willst du den Himmel, die Erde mit einem Namen begreifen:
Nenn' ich, Sakontala, Dich, und so ist alles gesagt.

Die neueste deutsche Uebersetzung des indischen Drama's, nach den wichtigen von Brockhaus aufgefundenen Urtexten, ist die von Otto *Böhtlingk* (Bonn 1812).

Zartheit der Empfindungen und Reichthum schöpferischer Phantasie weisen ihm seinen hohen Rang unter den Dichtern aller Nationen an. Den Reiz seiner Naturschilderungen bezeugen das liebliche Drama *Vikrama und Urvasi:* wo der König im Dickicht der Wälder umherirrt, um die Nymphe Urvasi zu suchen; das Gedicht der *Jahreszeiten* und der *Wolkenbote* (*Meghaduta*). Mit bewundernswürdiger Naturwahrheit ist in diesem die Freude geschildert, mit welcher nach langer tropischer Dürre die erste Erscheinung eines aufsteigenden Gewölkes als Anzeige der nahen Regenzeit begrüßt wird. Der Ausdruck *Naturwahrheit*, dessen ich mich eben bedient habe, kann allein die Kühnheit rechtfertigen neben dem indischen *Wolkenboten* an ein Naturbild von dem Eintritt der Regenzeit zu erinnern*Humboldt über Steppen und Wüsten* in den *Ansichten der Natur*, 2te Ausg. 1826 Bd. I. S. 33–37., das ich in Südamerika zu einer Epoche entworfen, wo Kalidasa's *Meghaduta* nur auch nicht einmal aus Chézy's Uebersetzung bekannt sein konnte. Die geheimnißvollen meteorologischen Processe, welche im Luftkreise vorgehen: in Dunstbildung, Wolkengestalt und leuchtenden electrischen Erscheinungen, sind zwischen den Wendekreisen dieselben in beiden Continenten; und die idealisirende Kunst, deren Beruf es ist die Wirklichkeit zu einem *Bilde* zu erheben, würde nicht von ihrem Zauber verlieren, wenn es dem zergliedernden Beobachtungsgeiste späterer Jahrhunderte glückte die Naturwahrheit einer alten, nur beschauenden Dichtung zu bekräftigen.

Von den Ost-Ariern, den brahmanischen Indern, und der entschiedenen Richtung ihres Sinnes auf die malerische Schönheit der Natur:

„Unter allen Einflüssen, welche die geistige Entwickelung des indischen Volkes erfahren, scheint mir derjenige der erste und wichtigste, welchen die reiche Natur des Landes auf das Volk ausgeübt hat. Das tiefste Naturgefühl ist zu allen Zeiten der Grundzug des indischen Geistes gewesen. Drei Epochen lassen sich mit Bezug auf die Weise angeben, in welcher sich dieses Naturgefühl offenbart hat. Jede derselben hat ihren bestimmten, im Leben und in der Tendenz des Volkes tiefbegründeten Charakter. Daher können wenige Beispiele hinreichen, um die fast dreitausendjährige Thätigkeit der indischen Phantasie zu bezeichnen. Die erste Epoche des Ausdrucks eines regen Naturgefühls offenbaren die *Vedas*. Aus dem Rigveda führen wir an die einfach erhabenen Schilderungen der Morgenröthe (*Rigveda-Sanhitâ* ed. Rosen 1838 hymn. XLVI p. 88, hymn. XLVIII p. 92, hymn. XCII p. 184, hymn. CXIII p. 233; vergl. auch *Höfer, ind. Gedichte* 1841 Lese 1. S. 3) und der „goldhändigen“ Sonne (s. a. a. O. hymn. XXII p. 31, hymn. XXXV p. 65). Die Verehrung der Natur war hier, wie bei anderen Völkern, der Beginn des Glaubens; sie hat aber in den Vedas die besondere Bestimmtheit, daß der Mensch sie stets in ihrem tiefsten Zusammenhange mit seinem eigenen äußern und inneren Leben auffaßt. – Sehr verschieden ist die zweite Epoche. In ihr wird eine populäre Mythologie geschaffen; sie hat den Zweck die Sagen der Vedas für das der Urzeit schon entfremdete Bewußtsein faßlicher auszubilden und mit historischen Ereignissen, die in das Reich der Mythe erhoben werden, zu verweben. Es fallen in diese zweite Epoche die beiden großen Heldengedichte Ramayana und Mahabharata: von denen das letztere, jüngere, noch den Nebenzweck hat die Brahmanen-Caste unter den vieren, welche die Verfassung des alten Indiens constituiren, zu der einflußreichsten zu machen. Darum ist das Ramayana auch schöner, an Naturgefühl reicher: es ist auf dem Boden der Poesie geblieben, und nicht genöthigt gewesen Elemente, die diesem fremd, ja fast widersprechend sind, aufzunehmen. In beiden Dichtungen ist die Natur nicht mehr, wie in den Vedas, das ganze Gemälde, sondern nur ein Theil desselben. Zwei Punkte unterscheiden die Auffassung der Natur in dieser Epoche der Heldengedichte wesentlich von derjenigen, welche die Vedas darthun: des Abstandes in der Form nicht zu gedenken, welcher die Sprache der Verehrung von der Sprache der Erzählung trennt. Der eine Punkt ist die Localisirung der Naturschilderung (z. B. im *Ramayana* nach Wilhelm von Schlegel das erste Buch oder *Balakanda* und das zweite Buch oder *Ayodhyakanda*; s. auch über den Unterschied der genannten beiden großen Epen *Lassen, Ind. Alterthumskunde* Bd. I. S. 482); der andere Punkt, mit dem ersten nahe verbunden, betrifft den Inhalt, um den sich das Naturgefühl bereichert hat. Die Sage und zumal die historische brachte es mit sich, daß Beschreibung bestimmter Oertlichkeiten an die Stelle allgemeiner Naturschilderung trat. Die Schöpfer der großen epischen Dichterformen: sei es Valmiki, der die Thaten Rama's besingt; seien es die Verfasser des Mahabharata, welche die Tradition unter dem Gesammtnamen Vyasa zusammenfaßt: alle zeigen sich beim Erzählen wie vom Naturgefühl überwältigt. Die Reise Rama's von Ayodhya nach der Residenzstadt Dschanaka's, sein Leben im Walde, sein Aufbruch nach Lanka (Ceylon): wo der wilde Ravana, der Räuber seiner Gattinn Sita, haust; bieten, wie das Einsiedlerleben der Panduiden, dem begeisterten Dichter Gelegenheit dar dem ursprünglichen Triebe des indischen Gemüthes zu folgen und an die Erzählung der Heldenthaten Bilder einer reichen Natur zu knüpfen (*Ramayana* ed. Schlegel lib. I cap. 26 v. 13–15, lib. II. cap. 56 v. 6–11; vergl. *Nalus* ed. Bopp 1832 Ges. XII v. 1–10). Ein anderer Punkt, in welchem sich in Hinsicht auf das Naturgefühl diese zweite Epoche von der der Vedas unterscheidet, betrifft den reicheren Inhalt der Poesie selbst. Dieser ist nicht mehr, wie dort, die Erscheinung der himmlischen Mächte; er umfaßt vielmehr die ganze Natur: den Himmelsraum und die Erde, die Welt der Pflanzen und Thiere in ihrer üppigen Fülle und in ihrem Einfluß auf das Gemüth des Menschen. – In der dritten Epoche der poetischen Litteratur Indiens (wenn wir die *Puranen* ausnehmen, welche die Aufgabe haben das religiöse Element im Geiste der Secten fortzubilden) übt die Natur die alleinige Herrschaft, aber der beschreibende Theil der Dichtkunst ist auf eine gelehrtere und örtliche Beobachtung gegründet. Um einige der großen Gedichte zu nennen, welche zu dieser Epoche gehören, erwähnen wir hier des *Bhattikavya*, d. i. des Gedichts von Bhatti: das gleich dem Ramayana die Thaten des Rama zum Gegenstande hat und in welchem erhabene Schilderungen des Waldlebens während einer Verbannung, des Meeres und seiner lieblichen Gestade wie des Morgenanbruchs in Lanka auf einander folgen (*Bhattikavya*. ed. Calc. P. I. Ges. VII p. 432, Ges. X p. 715, Ges. XI p. 814; vergl. auch *Schütz*, Prof. zu Bielefeld, *fünf Gesänge des Bhatti-Kâvya* 1837 S. 1–18); des *Sisupalabadha* von Magha mit einer anmuthigen Beschreibung der Tageszeiten; des *Naischada-tscharita* von Sri Harscha: wo aber in der Geschichte des Nalus und der Damayanti der Ausdruck des Naturgefühls in das Maaßlose übergeht. Mit diesem Maaßlosen contrastirt die edle Einfachheit des Ramayana: wenn z. B. Visvamitra seinen Zögling an die Ufer des Sona führt (*Sisupalabadha* ed. Calc. p. 298 und 372, vergl. *Schütz* a. a. O. S. 25–28; *Naischada-tscharita* ed. Calc. P. I. c. 77–129; *Ramayana* ed. Schlegel lib. I cap. 35 v. 15–18). Kalidasa, der gefeierte Dichter der Sakuntala, ist Meister in der Darstellung des Einflusses, welchen die Natur auf das Gemüth der Liebenden ausübt. Die Waldscene, die er in dem Drama Vikrama und Urvasi geschaffen, gehört zu den schönsten dichterischen Erzeugnissen, welche je eine Zeit hervorgebracht (*Vikramorvasi* ed. Calc. 1830 p. 71; Uebersetzung in *Wilson's select specimens of the Theatre of the Hindus* Calc. 1827 Vol. II. p. 63). In dem Gedichte der *Jahreszeiten*, besonders der *Regenzeit* und des *Frühlings* (*Ritusanhâra* ed. Bohlen 1840 p. 11–18 und 37–45, Uebersetzung von Bohlen S. 80–88 und S. 107–114), wie in dem *Wolkenboten* (alles Schöpfungen des Kalidasa) ist der Einfluß der Natur auf die Gefühle des Menschen wieder der Hauptgegenstand der Composition. Der Wolkenbote (Meghaduta): den Wilson und Gildemeister edirt, auch Wilson und Chézy übersetzt haben, schildert die Trauer eines Verbannten auf dem Berge Ramagiri. In der Sehnsucht nach der Geliebten, von welcher er getrennt ist, bittet er eine vorüberziehende Wolke, sie möge Nachricht von seinem Schmerze geben. Er bezeichnet der Wolke den Weg, welchen sie nehmen soll, und schildert die Landschaft, wie sie sich in einem tief aufgeregten Gemüthe abspiegelt. Unter den Schätzen, welche die indische Poesie in dieser dritten Periode dem Naturgefühl des Volkes verdankt, gebührt dem *Gitagovinda* des Dschayadeva (*Rückert* in der *Zeitschrift für die Kunde des Morgenlandes* Bd. I. 1837 S. 129–173; *Gitagovinda Jayadevae poetae indici drama lyricum ed.* Chr. Lassen 1836) die rühmlichste Erwähnung. Wir besitzen von diesem Gedichte, einem der anmuthigsten und schwierigsten der ganzen Litteratur, Rückert's meisterhafte rhythmische Uebersetzung; es giebt dieselbe mit bewundernswürdiger Treue den Geist des Originals und eine Natur-Auffassung wieder, deren Innigkeit alle Theile der großen Composition belebt.“

gehen wir zu den West-Ariern, den Persern, über: welche sich im nördlicheren Zendlande getrennt hatten und ursprünglich einer geistigen Verehrung der Natur neben der dualistischen Anschauung von Ahriman und Ormuzd zugethan waren. Was wir *persische Litteratur* nennen, steigt nur in die Zeit der Sassaniden hinauf; die ältesten Denkmale der Dichtung sind untergegangen. Erst nachdem das Land von den Arabern unterjocht und sich selbst entfremdet war, erhielt es wieder eine National-Litteratur unter den Samaniden, Gazneviden und Seldschuken. Der Flor der Poesie von Firdusi bis Hafiz und Dschami dauerte kaum vier- bis fünfhundert Jahre; er reicht fast nur bis zur Schifffahrt von Vasco de Gama. Wenn wir dem Naturgefühl bei Indern und Persern nachspüren, so dürfen wir nicht vergessen, daß beide Völker, nach dem Maaß ihrer Bildung betrachtet, gleichmäßig durch Zeit und Raum von einander getrennt erscheinen. Die persische Litteratur gehört dem Mittelalter, die große indische im eigentlichsten Sinne dem Alterthume zu. Die Natur im iranischen Hochlande hat nicht die Ueppigkeit der Baum-Vegetation, die wundersame Mannigfaltigkeit von Gestalt und Farbe der Gewächse, welche den Boden von Hindustan schmücken. Die Vindhya-Kette, lange die Grenzscheide der ost-arischen Völker, fällt noch in die Tropenzone: während ganz Persien jenseits des Wendekreises liegt, ja die persische Dichtung theilweise sogar dem nördlichen Boden von Balkh und Fergana zugehört. Die von den persischen Dichtern gefeierten *vier Paradiese* waren das anmuthige Thal von Soghd bei Samarkand, Maschanrud bei Hamadan, Scha'abi Bowan bei Kal'eh Sofid in Fars, und Ghute, die Ebene von Damascus. Beiden, Iran und Turan, fehlt indeß die Waldnatur und mit ihr das Einsiedlerleben des Waldes: welche beide so mächtig auf die Einbildungskraft der indischen Dichter gewirkt haben. Gärten, durch springende Wasser erfrischt, mit Rosengebüsch und Fruchtbäumen gefüllt, ersetzen nicht die wilden, großartigen Naturscenen von Hindustan. Kein Wunder daher, daß die beschreibende Poesie minder lebensfrisch, oft nüchtern und von gekünstelter Zierlichkeit ist. Wenn nach dem Sinne der Eingebornen das höchste Lob dem gezollt wird, was wir durch die Worte Geist und Witz bezeichnen: so muß die Bewunderung sich auf die Fruchtbarkeit der persischen Dichter, auf die unabsehbare Mannigfaltigkeit der Formen*Göthe* im Commentar zum *west-östlichen Divan*, in seinen *Werken* Bd. VI. 1828 S. 73–78 und 111. beschränken, unter welchen sie denselben Stoff zu behandeln wissen; Tiefe und Innigkeit der Gefühle werden vermißt.

Auch die Schilderung der Landschaft unterbricht nur selten die Erzählung in dem National-Epos oder geschichtlichen Heldenbuche des Firdusi. Besonders anmuthig und von localer Wahrheit, die Milde des Klima's und Kraft der Vegetation beschreibend, scheint mir das Lob des Küstenlandes Mazenderan im Munde eines wandernden Sängers. Der König Kei Kawus wird durch dies Lob zu einem Zuge nach dem caspischen Meere und zu einer neuen Eroberung angereizt. Die Frühlingsgedichte von Enweri, Dschelal-eddin Rumi, Adhad und des halb-indischen Feisi (der zweite gilt für den größten mystischen Dichter des Orients) athmen ein frisches Leben, da wo der kleinliche

Drang nach spielenden Gleichnissen den Genuß nicht unbehaglich stört.Vergl. in Jos. von *Hammer, Gesch. der schönen Redekünste Persiens* 1818: S. 96 *Ewhadeddin Enweri* aus dem 12ten Jahrhundert, in dessen Gedichte an Schedschai man eine denkwürdige Anspielung auf die gegenseitige Attraction der Himmelskörper entdeckt hat; S. 183 *Dschelaleddin Rumi* den Mystiker; S. 259 *Dschelaleddin Adhad* und S. 403 *Feisi*, welcher als Vertheidiger der Brahma-Religion an Akbars Hofe auftrat und in dessen Ghaselen eine indische Zartheit der Gefühle wehen soll. Sadi im Bostan und Gulistan (Frucht- und Rosengarten), Hafiz, dessen fröhliche Lebensphilosophie man mit der des Horaz verglichen hat, bezeichnen, wie Joseph von Hammer in seinem großen Werke über die Geschichte der persischen Dichtung sich ausdrückt, der erste ein Zeitalter der Sittenlehre, der zweite als Minnesänger den höchsten Schwung der Lyrik; aber Schwulst und Ziererei verunstalten oft die Schilderung der Natur"Die Nacht bricht ein, wenn die Tintenflasche des Himmels umgestürzt ist"; dichtet geschmacklos Chodschah *Abdullah Wassaf:* der aber das Verdienst hat die große Sternwarte von Meragba mit ihrem hohen Gnomon zuerst beschrieben zu haben. *Hilali* aus Asterabad läßt „die Mondscheibe vor Hitze glühen", und hält so den Thau für „den Schweiß des Mondes" (Jos. von *Hammer* S. 247 und 371).. Der Lieblingsgegenstand der persischen Dichtung, „die Liebe der Nachtigall und der Rose", kehrt immer ermüdend wieder, und in den conventionellen Künsteleien der *Blumensprache* erstirbt im Morgenlande das innere Naturgefühl.

Wenn wir von dem iranischen Hochlande durch Turan (im Zend Tûirja)*Tûirja* oder *Turan* sind Benennungen unentdeckter Herleitung. Doch hat *Burnouf* (*Yaçna* T. I. p. 427–430) scharfsinnig an die bei Strabo (lib. XI p. 517 Cas.) genannte bactrische Satrapie *Turiua* oder *Turiva* erinnert. Du Theil und Groskurd (letzterer Th. II. S. 410) wollen aber *Tapyria* lesen. nordwärts in die Europa und Asien scheidende Uralkette übergehn, so gelangen wir zu dem Ursitze des finnischen Stammes; denn der Ural ist ein *alt-finnisches*, wie der Altai ein *alt-türkisches* Land. Bei den finnischen Stämmen nun, die sich weit in Westen auf europäischem Boden in der Niederung angesiedelt, hat aus dem Munde der Karelier und der Landleute von Olonez Elias Lönnrot eine große Zahl finnischer Lieder gesammelt, in denen nach dem Ausdruck von Jacob Grimm*Ueber ein finnisches Epos* von *Jacob Grimm* 1845 S. 5. „ein reges sinniges Naturgefühl waltet, wie es fast nur in indischen Dichtungen angetroffen wird". Ein altes Epos von fast dreitausend Versen dreht sich um den Kampf zwischen Finnen und Lappen und um die Schicksale eines göttlichen Helden, der Vaino genannt wird. Es enthält das Epos eine anmuthvolle Beschreibung des finnischen Landlebens: besonders da, wo die Frau des Eisenschmidts Ilmarinen ihre Heerden in die Wälder sendet und Gebete zum Schutze der Thiere spricht. Wenige Völkerstämme bieten in ihrer Geistesbildung und in der Richtung ihrer Gefühle: wie sie durch entartende Knechtschaft, oder kriegerische Wildheit, oder ausdauerndes Streben nach politischer Freiheit bestimmt worden ist, mannigfaltigere und wundersamere Abstufungen dar als der finnische Stamm in seinen sprachverwandten Unterabtheilungen. Wir erinnern an jene, jetzt so friedlichen Landleute, bei denen das Epos aufgefunden worden; an die lange mit Mongolen verwechselten weltstürmenden Hunnen, und an ein großes und edles Volk: die Magyaren.

Bei der Betrachtung dessen, was in der Lebendigkeit des Naturgefühls und der Form seiner Aeußerungen von der Verschiedenheit der Racen, von dem eigenthümlichen Einflusse der Gestaltung des Bodens, von der Staatsverfassung und der religiösen Stimmung abzuhangen scheint: bleibt uns übrig einen Blick auf die Völker Asiens zu werfen, welche mit den arischen oder indogermanischen Stämmen, den Indern und Persern, am meisten contrastiren. Die *semitischen* oder *aramäischen* Nationen zeigen uns in den ältesten und ehrwürdigsten Denkmälern ihrer dichterischen Gemüthsart und schaffenden Phantasie Beweise eines tiefen Naturgefühls. Der Ausdruck desselben offenbart sich großartig und belebend in Hirtensagen, in Tempel- und Chorgesängen, in dem Glanz der lyrischen Poesie unter David, in der Seher- und Prophetenschule: deren hohe Begeisterung, der Vergangenheit fast entfremdet, ahndungsvoll auf die Zukunft gerichtet ist.

Die hebräische Dichtungsweise bietet den Bewohnern des Abendlandes bei ihrer inneren, erhabnen Größe noch den besonderen Reiz, daß sie mit den localen Glaubens-Erinnerungen der Anhänger von drei weitverbreiteten Religionen: der mosaischen, christlichen und mohammedanischen, vielfach verwebt ist. Durch Missionen, welche der Handelsgeist und die Eroberungssucht schifffahrender Nationen begünstigen, sind geographische Namen und Naturschilderungen des Morgenlandes, wie sie die Schriften des alten Bundes uns aufbewahrt, tief in die Wälder der Neuen Welt und in die Inseln der Südsee eingedrungen.

Es ist ein charakteristisches Kennzeichen der Naturpoesie der Hebräer, daß, als Reflex des Monotheismus, sie stets das Ganze des Weltalls in seiner Einheit umfaßt: sowohl das Erdenleben als die leuchtenden Himmelsräume. Sie weilt seltener bei dem Einzelnen der Erscheinung, sondern erfreut sich der Anschauung großer Massen. Die Natur wird nicht geschildert als ein für sich Bestehendes, durch eigene Schönheit Verherrlichtes; dem hebräischen Sänger erscheint sie immer in Beziehung auf eine höher waltende geistige Macht. Die Natur ist ihm ein *Geschaffenes, Angeordnetes*, der lebendige Ausdruck der Allgegenwart Gottes in den Werken der Sinnenwelt. Deshalb ist die lyrische Dichtung der Hebräer schon ihrem Inhalte nach großartig und von feierlichem Ernst: sie ist trübe und sehnsuchtsvoll, wenn sie die irdischen Zustände der Menschheit berührt. Bemerkenswerth ist auch noch, daß diese Poesie trotz ihrer Größe, selbst im Schwunge der höchsten, durch den Zauber der Musik hervorgerufenen Begeisterung, fast nie maaßlos wie die indische Dichtung wird. Der reinen Anschauung des Göttlichen hingegeben, sinnbildlich in der Sprache, aber klar und einfach in dem Gedanken: gefällt sie sich in Gleichnissen, die fast rhythmisch, immer dieselben, wiederkehren.

Als Naturbeschreibungen sind die Schriften des alten Bundes eine treue Abspiegelung der Beschaffenheit des Landes, in welchem das Volk sich bewegte: der Abwechslung von Oede, Fruchtbarkeit und libanotischer Waldbedeckung, die der Boden von Palästina darbietet. Sie schildern die Verhältnisse des Klima's in geregelter Zeitfolge, die Sitten der Hirtenvölker und deren angestammte Abneigung gegen den Feldbau. Die epischen oder historischen Darstellungen sind von naiver Einfachheit, fast noch schmuckloser als Herodot, naturwahr: wie, bei so geringer Umwandlung der Sitten und aller Verhältnisse des Nomadenlebens, die neueren Reisenden einstimmig es bezeugen. Geschmückter aber und ein reiches Naturleben entfaltend ist die Lyrik der Hebräer. Man möchte sagen, daß in dem einzigen 104ten Psalm das Bild des ganzen *Kosmos* dargelegt ist: „Der Herr, mit Licht umhüllet, hat den *Himmel* wie einen Teppich aufgespannt. Er hat den *Erdball* auf sich selbst gegründet, daß er in Ewigkeit nicht wanke. Die *Gewässer* quellen von den *Bergen* herab in die Thäler; zu den Orten, die ihnen beschieden: daß sie nie überschreiten die ihnen gesetzten Grenzen, aber tränken alles Wild des Feldes. Der Lüfte Vögel singen unter dem Laube hervor. Saftvoll stehen des Ewigen Bäume; Libanons Cedern, die der Herr selbst gepflanzt: daß sich das Federwild dort niste, und auf Tannen sein Gehäus der Habicht baue.“ Es wird beschrieben „das *Weltmeer*, in dem es wimmelt von Leben ohne Zahl. Da wandeln die Schiffe, und es regt sich das Ungeheuer, das Du schufest darin zu scherzen.“ Es wird „die *Saat* der Felder, durch Menschenarbeit bestellt, der fröhliche *Weinbau* und die Pflege der *Oelgärten*“ geschildert.. Die *Himmelskörper* geben diesem Naturbilde seine Vollendung. „Der Herr schuf den Mond, die Zeiten einzutheilen; die Sonne, die das Ziel kennt ihrer Bahn. Es wird Nacht: da schwärmt Gewild umher. Nach Raube brüllen junge Löwen und verlangen Speise von Gott. Erscheint die Sonne, so heben sie sich davon und lagern sich in ihre Höhlen; dann geht der Mensch zu seiner Arbeit, zu seinem Tagewerk bis Abend.“ Man erstaunt, in einer lyrischen Dichtung von so geringem Umfange, mit wenigen großen Zügen, das Universum, Himmel und Erde geschildert zu sehen. Dem bewegten Elementarleben der Natur ist hier des Menschen stilles, mühevolles Treiben vom Aufgang der Sonne bis zum Schluß des Tagewerks am Abend entgegengestellt. Dieser Contrast, diese Allgemeinheit der Auffassung in der Wechselwirkung der Erscheinungen, dieser Rückblick auf die allgegenwärtige unsichtbare Macht, welche „die Erde verjüngen“ oder in Staub zertrümmern kann, begründen das Feierliche einer minder lebenswarmen und gemüthlichen als erhaben poetischen Dichtung.

Aehnliche Ansichten des Kosmos kehren mehrmals wieder (Psalm 65, 7–14 und 74, 15–17): am vollendetsten vielleicht in dem 37ten Capitel des alten, wenn auch nicht vormosaischen Buches Hiob. Die meteorologischen Processe, welche in der Wolkendecke vorgehen: die Formbildung und Auflösung der Dünste bei verschiedener Windrichtung, ihr Farbenspiel, die Erzeugung des Hagels und des rollenden Donners, werden mit individueller Anschaulichkeit beschrieben; auch viele Fragen vorgelegt, die unsre heutige Physik in wissenschaftlicheren Ausdrücken zu formuliren, aber nicht befriedigend zu lösen vermag. Das Buch Hiob wird allgemein für die vollendetste Dichtung gehalten, welche die hebräische Poesie hervorgebracht hat. Es ist so malerisch in der Darstellung einzelner Erscheinungen als kunstreich in der Anlage der ganzen didactischen Composition. In allen modernen Sprachen, in welche das Buch Hiob übertragen worden ist, lassen seine Naturbilder des Orients einen tiefen Eindruck. „Der Herr wandelt auf des Meeres Höhen, auf dem Rücken der vom Sturm aufgethürmten Wellen. – Die Morgenröthe erfaßt der Erde Saumen und gestaltet mannigfach die Wolkenhülle, wie des Menschen Hand den bildsamen Thon." – Es werden die Sitten der Thiere geschildert: des Waldesels und der Rosse, des Büffels, des Nilpferds und der Crocodile, des Adlers und des Straußen. – Wir sehen „den reinen Aether in der Schwüle des Südwindes wie einen gegossenen Spiegel über die dürstende Wüste hingedehnt." Wo die Natur kärglich ihre Gaben spendet, schärft sie den Sinn des Menschen: daß er auf jeden Wechsel im bewegten Luftkreise wie in den Wolkenschichten lauscht, daß er in der Einsamkeit der starren Wüste wie in der des wellenschlagenden Oceans jedem Wechsel der Erscheinungen bis zu seinen Vorboten nachspürt. Das Klima ist besonders in dem dürren und felsigen Theile von Palästina geeignet solche Beobachtungen anzuregen. Auch an Mannigfaltigkeit der Form fehlt es der dichterischen Litteratur der Hebräer nicht. Während von Josua bis Samuel die Poesie eine kriegerische Begeisterung athmet, bietet das kleine Buch der ährenlesenden Ruth ein Naturgemälde dar von der naivesten Einfachheit und von unaussprechlichem Reize. Göthe in der Epoche seines Enthusiasmus für das Morgenland nennt es „das lieblichste, das uns episch und idyllisch überliefert worden ist".

Selbst in den neueren Zeiten, in den ersten Denkmalen der Litteratur der *Araber*, bemerkt man einen schwachen Abglanz der großartigen Natur-Anschauung, welche dem semitischen Stamme so früh eigenthümlich war. Ich erinnere an die malerische Schildrung des beduinischen Wüstenlebens, die der Grammatiker Asmai an den großen Namen Antars geknüpft und mit anderen vor-mohammedanischen Sagen ritterlicher Thaten zu einem großen Werke verschmolzen hat. Die Hauptperson dieser romantischen Novelle ist derselbe Antar aus dem Stamme Abs, Sohn des fürstlichen Häuptlings Scheddad und einer schwarzen Sklavinn, dessen Verse unter den in der Kaaba *aufgehangenen* Preisgedichten (moallakât) bewahrt werden. Der gelehrte englische Uebersetzer Terrick Hamilton hat selbst schon auf die biblischen Anklänge des Styls im Antar aufmerksam gemacht.*Antar, a bedoueen Romance*, transl. from the arabic by Terrick *Hamilton* Vol. I. p. XXVI; *Hammer* in den *Wiener Jahrbüchern der Litteratur* Bd. VI. 1819 S. 229; *Rosenmüller* in den *Charakteren der vornehmsten Dichter aller Nationen* Bd. V. (1798) S. 251. Den Sohn der Wüste läßt Asmai nach Constantinopel reisen: wodurch ein malerischer Gegensatz von griechischer Cultur und nomadischer Roheit herbeigeführt wird. Daß in der frühesten arabischen Dichtung die Naturschilderung des Bodens nur einen sehr geringen Raum einnimmt, darf nach der Bemerkung eines berühmten Kenners dieses Zweiges der Litteratur, meines Freundes

Freytag zu Bonn, um so weniger Wunder nehmen, als die Hauptgegenstände der Dichtung Erzählungen von Waffenthaten, Lob der Gastfreundschaft und der Liebestreue sind; als fast kein einziger der Sänger aus dem *glücklichen Arabien* stammte. Eine traurige Einförmigkeit von Grasfluren und staubbedeckte Einöden konnten nur in eigenthümlichen seltneren Stimmungen das Naturgefühl beleben.

Wo dem Boden der Schmuck der Wälder fehlt, beschäftigen, wie wir bereits früher bemerkt, die Lufterscheinungen: Sturm, Gewitter und langersehnter Regen, um so mehr die Einbildungskraft. Ich erinnere vorzugsweise hier, um naturwahre Bilder dieser Art den arabischen Dichtern zu entlehnen, an *Antar's Moallakat:* welches die vom Regen befruchtete, vom Schwarm summender Insecten besuchte Flur beschreibt; an die herrlichen und dazu noch örtlichen Schilderungen des Gewitters von *Amru'l Kais* und im 7ten Buche der berühmten *HamasaAmrulkeisi Moallakat* ed. E. G. Hengstenberg 1823; *Hamasa* ed. Freytag P. I. 1828 lib. VII p. 785. Vergl. auch das poetische Werk: *Amrilkais, der Dichter und König*, übersetzt von Fr. *Rückert* 1843 S. 29 und 62: wo zweimal die südlichen Regenschauer überaus naturwahr geschildert sind. Der königliche Dichter besuchte, mehrere Jahre vor der Geburt Mohammeds, den Hof des Kaisers Justinian, um Hülfe gegen seine Feinde zu erbitten. S. *le Diwan d'Amro'lkaïs*, accomp. d'une traduction par le Bon *Mac Guckin de Slane* 1837 p. 111.; endlich an das Anschwellen des Euphrat, wenn der Strom Schilfmassen und Baumstämme in seinen Fluthen fortrollt, im *Nabegha DhobyaniNabeghah Dhobyani* in *Silvestre de Sacy, Chrestom. arabe* 1806 T. III. p. 47. Vergl. über die früheste arabische Litteratur im allgemeinen *Weil, die poet. Litteratur der Araber vor Mohammed* 1837 S. 15 und 90, wie auch *Freytag's Darstellung der arabischen Verskunst* 1830 S. 372–392. Eine herrliche und vollständige Uebertragung der arabischen Naturpoesie aus der Hamasa haben wir von unserem großen Dichter Friedrich Rückert bald zu erwarten.. Das achte Buch der Hamasa, welches „Reise und Schläfrigkeit" überschrieben ist, mußte natürlich meine besondere Aufmerksamkeit auf sich lenken. Ich wurde bald belehrt, daß die Schläfrigkeit*Hamasae carmina* ed. Freytag P. I. 1828 p. 788. Es ist hier vollendet, heißt es ausdrücklich p. 796, „das Capitel der Reise und der Schläfrigkeit". sich nur auf das erste Fragment des Buches bezieht: und auch in diesem um so verzeihlicher ist, als sie einer Nachtreise auf dem Kameel zugeschrieben wird.

Ich habe in diesem Abschnitt fragmentarisch zu entwickeln gesucht, wie die Außenwelt, d. h. der Anblick der belebten und unbelebten Natur, zu verschiedenen Zeitepochen und bei verschiedenen Volksstämmen ungleichartig auf die Gedanken- und Empfindungswelt eingewirkt hat. Aus der Geschichte der Litteratur wurde das aufgehoben, was die lebendige Aeußerung des Naturgefühls charakterisirt. Es kam dabei, wie in meinem ganzen Werke vom *Kosmos*, nicht auf Vollständigkeit: sondern nur auf Allgemeinheit der Ansicht, auf die Auswahl solcher Beispiele an, in denen sich die Eigenthümlichkeiten der Zeiten und der Menschenracen offenbaren. Ich habe die Griechen und Römer geschildert bis zu dem allmäligen Absterben der Gefühle, die dem classischen Alterthume in den Abendlanden einen unverlöschbaren Glanz gegeben; ich habe in den Schriften der christlichen Kirchenväter dem schönen Ausdruck des Naturgefühls nachgespürt, den in stiller Rührung das Einsiedlerleben erzeugte. Bei Betrachtung der indogermanischen Völker (ich nehme die Benennung hier in dem engeren Sinne des Worts) sind wir übergegangen von den Dichtungen der Deutschen im Mittelalter zu denen der hochgebildeten alten Ost-Arier (Inder) und der minder begabten West-Arier, der Bewohner des alten Iran. Nach einem flüchtigen Blicke auf die celtischen (galischen) Gesänge und ein neu-entdecktes finnisches Epos, habe ich das reiche Naturleben geschildert, das in einem Zweige des semitischen (aramäischen) Stammes: in den erhabenen Gedichten der Hebräer und in denen der Araber, athmet. So haben wir die Erscheinungswelt abgespiegelt gesehen in der Phantasie der Völker im Norden und Südosten von Europa, in Vorder-Asien, in den persischen Hochebenen und dem indischen Tropenlande. Um die Natur in ihrer ganzen Größe zu umfassen, glaubte ich sie nach zweierlei Ansichten: einmal objectiv, als thatsächliche Erscheinung, und dann in den Gefühlen der Menschheit reflectirt, darstellen zu müssen.

Nach dem Hinschwinden aramäischer, griechischer und römischer Herrlichkeit, ich könnte sagen nach dem Untergange der alten Welt: zeigt uns der große und begeisterte Schöpfer einer neuen, Dante Alighieri, von Zeit zu Zeit das tiefste Gefühl des irdischen Naturlebens. Er entzieht sich dann den Leidenschaften, wie dem Subjectiven seines weiten Ideenkreises, einer ahndungsschweren Mystik. Die Zeitepoche, in der er lebte, folgt unmittelbar der, in welcher diesseits der Alpen der schwäbische Minnegesang, den wir oben geschildert, zu verhallen anfing. Unnachahmlich malt Dante am Ende des ersten Gesanges des *Purgatorio*:

L'alba vinceva l'ora mattutina,
Che fuggia innanzi, sì che di lontano
Conobbi il tremolar della marina ....

den Morgenduft und das zitternde Licht des sanft bewegten fernen Meeresspiegels (il tremolar de la marina); im fünften Gesange den Wolkenbruch und das Anschwellen der Flüsse, wobei nach der Schlacht von Campaldino der Leichnam des Buonconte da Montefeltro in den Arno versank*Purg.* canto V v. 109–127:

Ben sai come nell' aer si raccoglie
Quell' umido vapor, che in acqua riede,
Tosto che sale, dove'l freddo il coglie ....

. Der Eingang in den dichten Hain des irdischen Paradieses erinnert den Dichter an den Pinienwald bei Ravenna, "la pineta in sul lito di Chiassi"*Purg.* canto XXVIII v. 1–24.: wo in den Wipfeln der Frühgesang der Vögel erschallt. Mit der örtlichen Wahrheit dieses Naturbildes contrastirt im himmlischen Paradiese der Lichtstrom, aus welchem Funken*Parad.* canto XXX v. 61–69:

E vidi lume in forma di riviera
Fulvido di fulgore intra duo rive,
Dipinte di mirabil primavera.
Di tal fiumana uscian faville vive,
E d'ogni parte si mettean ne' fiori,
Quasi rubin, che oro circonscrive.
Poi, come inebriate dagli odori,
Riprofondavan se nel miro gurge,
E s' una entrava, un' altra n'uscia fuori.

Vergl. die Uebertragung des, als Dichter und Maler vielbegabten August *Kopisch* 1842 S. 399–401. Ich habe nichts aus den Canzonen der *Vita nuova* entlehnt, weil die Gleichnisse und Bilder, die sie enthalten, nicht in den reinen Naturkreis irdischer Erscheinungen gehören.

sprühen: „die sich in die Blumen des Ufers senken, aber wie von Düften berauscht zurücktauchen in den Strom, während andere sich erheben". Man möchte glauben, einer solchen Fiction liege die Erinnerung an den eigenthümlichen und seltneren Zustand der Phosphorescenz des Oceans zum Grunde, wo leuchtende Punkte beim Zusammenschlagen der Wellen sich über der Oberfläche zu erheben scheinen und die ganze flüssige Ebene ein bewegtes Sternenmeer bildet. Die außerordentliche Concision des Styls vermehrt in der *Divina Commedia* den Ernst und die Tiefe des Eindrucks.

Um noch auf italiänischem Boden zu verweilen, aber dem frostigen Schäferromane fremd zu bleiben, nenne ich hier, nach dem Dante: Petrarca's Trauer-Sonett: den Eindruck schildernd, welchen das anmuthige Thal von Vaucluse ihm ohne Laura, seit ihrem Hinsterben, gemacht; die kleineren Dichtungen des Bojardo, des Freundes des Hercules von Este; und die späteren Stanzen der Vittoria Colonna.

Quando miro la terra ornata e bella,
Di mille vaghi ed odorati fiori ....

Eine schöne und sehr individuelle Naturbeschreibung des Landsitzes des Fracastoro am Hügel von Incassi (Mons Caphius) bei Verona giebt dieser, als Arzt, Mathematiker und Dichter ausgezeichnete Mann in seinem "*Naugerius de poetica dialogus*". (Hieron. *Fracastorii Opp.* 1591 p.I. p. 321–326). Vergl. auch in einem seiner Lehrgedichte lib. II v. 208–219 (*Opp.* p. 636) die anmuthige Stelle über die Cultur des Citrus in Italien. Mit Verwunderung vermisse ich dagegen allen Ausdruck von Naturgefühl in den Briefen des *Petrarca:* sei es, daß er 1345, also drei Jahre vor dem Tode der Laura, von Vaucluse aus den Mont Ventoux zu besteigen versucht und sehnsuchtsvoll hofft in sein Vaterland hinüberzublicken, oder daß er die Rheinufer bis Cöln, oder den Golf von Bajä besucht. Er lebte mehr in den classischen Erinnerungen an Cicero und die römischen Dichter oder in den begeisternden Anregungen seiner ascetischen Schwermuth, als in der ihn umgebenden Natur (s. *Petrarchae Epist. de Rebus familiaribus* lib. IV, 1; V, 3 und 4: pag. 119, 156 und 161 ed. Lugdun. 1601). Nur die Beschreibung eines großen Sturmes, den Petrarca in Neapel 1343 beobachtete (lib. V, 5 p. 165), ist überaus malerisch.

Als nun die classische Litteratur allgemeiner wieder aufblühte durch den plötzlichen Verkehr mit dem politisch tief gesunkenen Griechenlande, finden wir unter den Prosaikern das erste Beispiel reizender Naturbeschreibungen bei dem kunstliebenden Cardinal *Bembo*, Raphaels Rathgeber und Freunde. Seine kleine Jugendschrift "*Aetna dialogus* giebt uns ein lebendiges Bild der geographischen Vertheilung der Gewächse an dem Abhange des Gebirges, von Siciliens kornreichen Fluren bis zu dem schneebedeckten Rande des Kraters. Das vollendete Werk des reiferen Alters, die *Historiae Venetae*, charakterisiren auf eine noch mehr malerische Weise das Klima und die Vegetation des Neuen Continents.

Alles war damals dazu geeignet den Geist gleichzeitig mit den großen Bildern des plötzlich erweiterten Weltraums und der Erhöhung menschlicher Kräfte zu erfüllen. Wie, in dem Alterthume, der macedonische Zug nach dem Paropamisus und den waldreichen Flußthälern von Vorder-Indien, durch den Anblick einer reich geschmückten exotischen Natur, Eindrücke zurückließ, deren Lebendigkeit sich nach Jahrhunderten noch, in den Werken hochbegabter Schriftsteller, offenbart; so wirkte zum zweiten Male, und selbst in einem höheren Maaßstabe als die Kreuzzüge, auf die westlichen Völker die Entdeckung von Amerika. Die Tropenwelt mit der ganzen Ueppigkeit ihrer Vegetation in der Ebene, mit allen Abstufungen des Organismus am Abhange der Cordilleren, mit allen Anklängen nördlicher Klimate in den bewohnten Hochebenen von Mexico, Neu-Granada und Quito wurde nun zuerst den Europäern eröffnet. Die Phantasie, ohne deren Anregung kein wahrhaft großes Werk der Menschheit gedeihen kann, gab den Naturschilderungen von Columbus und Vespucci einen eigenthümlichen Reiz. Den Letzteren charakterisirt in der Beschreibung der brasilischen Küste eine genaue Bekanntschaft mit den Dichtern alter und neuer Zeit; jenen in der Beschreibung des milden Himmels von Paria und der (wie er wähnt) dem östlichen Paradiese entströmenden Wassermenge des Orinoco eine ernste religiöse Stimmung. Bei zunehmendem Alter, beim Ankämpfen gegen ungerechte Verfolgung ging diese Stimmung in Trübsinn und schwärmerische Begeisterung über.

In den heroischen Zeiten der portugiesischen und castilianischen Volksstämme führte nicht Golddurst allein (wie man aus Unkunde des damaligen Volkslebens behauptet hat), sondern allgemeine Aufregung zu den Wagnissen ferner Reisen. Die Namen *Haiti*, *Cubagua* und *Darien* wirkten, im Anfang des sechzehnten Jahrhunderts, auf die Einbildungskraft der Menschen wie in den neueren Zeiten die, seit Anson und Cook gefeierten Namen von *Tinian* und *Otaheiti*. Wenn damals die Kunde weit entlegener Länder die Jugend aus der spanischen Halbinsel, aus Flandern, Mailand und

Süddeutschland unter die siegreichen Fahnen des großen Kaisers auf den Rücken der Andeskette oder in die heißen Fluren von Uraba und Coro lockte: so gewann unter dem milden Einflusse späterer Gesittung, bei gleichmäßigerer Eröffnung aller Theile des Erdraums, jenes unruhige Sehnen nach der Ferne andere Motive und eine andere Richtung. Leidenschaftliche Liebe zum Naturstudium, welche hauptsächlich vom Norden ausging, entflammte die Gemüther. Intellectuelle Größe der Ansichten wurde der materiellen Erweiterung des Wissens beigesellt: und die dichterisch sentimentale Stimmung des Zeitalters individualisirte sich, seit dem Ende des verflossenen Jahrhunderts, in litterarischen Werken, deren Formen der Vorzeit unbekannt waren.

Werfen wir noch einmal den Blick zurück in die Zeit der großen Entdeckungen, welche jene moderne Stimmung vorbereiteten, so müssen wir vor allem der Naturschilderungen gedenken, die wir von Columbus selbst besitzen. Erst seit kurzem kennen wir sein eigenes Schiffsjournal; seine Briefe an den Schatzmeister Sanchez, an die Amme des Infanten Don Juan, Frau Juana de la Torre, und an die Königinn Isabella. Ich habe schon an einem anderen Orte, in den *kritischen Untersuchungen über die Geschichte der Geographie des 15ten und 16ten Jahrhunderts*, zu zeigen gesucht, mit welchem tiefen Naturgefühle der große Entdecker begabt war; wie er das Erdenleben und den *neuen Himmel*, die sich seinem Blicke offenbarten (*viage nuevo al nuevo cielo y mundo que fasta entonces estaba en occulto*), mit einer Schönheit und Einfachheit des Ausdrucks beschrieb, die nur diejenigen ganz zu schätzen vermögen, welche mit der alten Kraft der Sprache jener Zeit vertraut sind.

Die physiognomische Gestaltung der Pflanzen; das undurchdringliche Dickicht der Wälder: „in denen man kaum unterscheiden kann, welche Blüthen und Blätter jedem Stamme zugehören"; die wilde Ueppigkeit des krautbedeckten Bodens der feuchten Ufer; die rosenfarbigen Flamingos, welche fischend schon am frühen Morgen die Mündung der Flüsse beleben: beschäftigen den alten Seemann, als er längs den Küsten von Cuba, zwischen den kleinen lucayischen Inseln und den, auch von mir besuchten *Jardinillos* hinfuhr. Jedes neu entdeckte Land scheint ihm noch schöner als das früher beschriebene: er beklagt, nicht Worte zu finden, um die süßen Eindrücke wiederzugeben, die er empfangen. Mit der Kräuterkunde völlig unbekannt, wenn gleich durch Einfluß arabischer und jüdischer Aerzte sich damals schon einige oberflächliche Kenntniß der Gewächse in Spanien verbreitet hatte: treibt das einfache Naturgefühl den Entdecker an, alles fremdartige einzeln aufzufassen. Er unterscheidet in Cuba schon sieben oder acht verschiedene Palmenarten, die schöner und höher als die Dattelpalme sind (variedades de palmas superiores a las nuestras en su belleza y altura): er meldet seinem geistreichen Freunde Anghiera, daß er in derselben Ebene Tannen und Palmen zusammengruppirt, palmeta und pineta wundervoll gemengt gesehen; er betrachtet die Vegetation mit solchem Scharfblick, daß er zuerst bemerkt, es gebe im Cibao auf den Bergen Pinien, deren Früchte nicht Tannenzapfen sind, sondern Beeren wie die Oliven des Axarafe de Sevilla. Columbus hat also schon, wie ich bereits oben erinnert, das Geschlecht Podocarpus von der Familie der Abietineen getrennt.

„Die Anmuth dieses neuen Landes“, sagt der Entdecker, „steht hoch über der der campiña de Cordoba. Alle Bäume glänzen von immer grünem Laube und sind ewig mit Früchten beladen. Auf dem Boden stehen die Kräuter hoch und blühend. Die Lüfte sind lau wie im April in Castilien; es singt die Nachtigall süßer, als man es beschreiben kann. Bei Nacht singen wieder süß andere, kleinere Vögel; auch höre ich unseren Grashüpfer und die Frösche. Einmal kam ich in eine tief eingeschlossene Hafenbucht und sah, was kein Auge gesehen: hohes Gebirge, von dem lieblich die Wasser (lindas aguas) herabströmen. Das Gebirge war bedeckt mit Tannen und anderen vielfach gestalteten, mit schönen Blüthen geschmückten Bäumen. Den Strom hinaufsteuernd, der in die Bucht mündete, war ich erstaunt über die kühlen Schatten, die krystallklaren Wasser und die Zahl der Singvögel. Es war mir als möchte ich so einen Ort nie verlassen, als könnten tausend Zungen dies alles nicht wiedergeben, als weigere sich die verzauberte Hand es niederzuschreiben (para hacer relacion a los Reyes de las cosas que vian no bastáran mil lenguas a referillo, ni la mano para lo escribir, que le parecia questaba encantado).“

Wir lernen hier aus dem Tagebuche eines litterarisch ganz ungebildeten Seemannes, welche Macht die Schönheit der Natur in ihrer individuellen Gestaltung auf ein empfängliches Gemüth auszuüben vermag. Gefühle veredeln die Sprache; denn die Prosa des Admirals ist: besonders da wo er, bereits 67 Jahre alt, auf der vierten Reise seinen großartigen Wundertraum an der Küste von Veragna erzählt, wenn auch nicht beredter, doch anregender als der allegorische Schäferroman des Boccaccio und die zwei Arcadien von Sannazaro und Sidney, als Garcilasso's *Salicio y Nemoroso* oder die Diana des Jorge de Montemayor. Das elegisch idyllische Element war leider! nur zu lange vorherrschend in der italiänischen und in der spanischen Litteratur. Es bedurfte des lebensfrischen Bildes, in dem Cervantes die Abenteuer des Ritters aus der Mancha darstellte, um die Galatea desselben Schriftstellers zu verdunkeln. Der Hirtenroman, so sehr ihn auch bei den eben genannten großen Dichtern Schönheit der Sprache und Zartheit der Empfindungen veredelten, bleibt seiner Natur nach, wie die allegorischen Verstandeskünsteleien des Mittelalters, frostig und ermüdend. Individualität des Beobachteten führt allein zur Naturwahrheit in der Darstellung: auch hat man in den herrlichsten beschreibenden Stanzen des *befreiten Jerusalem* Eindrücke von der malerischen Umgebung des Dichters, Erinnerungen an die anmuthige Landschaft von Sorrent zu erkennen geglaubt.

Jene individuelle Naturwahrheit, die aus eigner Anschauung entspringt, glänzt im reichsten Maaße in dem großen National-Epos der portugiesischen Litteratur. Es weht wie ein indischer Blüthenduft durch das ganze unter dem Tropen-Himmel (in der Felsgrotte bei Macao und in den Molukken) geschriebene Gedicht. Mir geziemt es nicht einen kühnen Ausspruch Friedrich Schlegel's zu bekräftigen, nach welchem die *Lusiaden* des Camoens „an Farbe und Fülle der Phantasie den Ariost bei weitem übertreffen"S. *Friedrich Schlegel's sämmtl. Werke* Bd. II. S. 96; und über den, freilich störenden Dualismus der Mythik, das Gemisch der alten Fabel mit christlichen Anschauungen Bd. X. S. 54. Camoens hat in den, nicht genug beachteten Stanzen 82–84 diesen mythischen Dualismus zu rechtfertigen versucht. Tethys gesteht auf eine fast naive Weise, doch in dem herrlichsten Schwunge der Poesie: „daß sie selbst, wie Saturn, Jupiter und aller Götter Schaar, eitle Fabeleien sind, die blinder Wahn den Sterblichen gebar; sie dienen bloß, dem Liede Reiz zu geben. A Sancta Providencia que em Jupiter aqui se repesenta ..."; aber als Naturbeobachter darf ich wohl hinzufügen, daß in den beschreibenden Theilen der *Lusiaden* nie die Begeisterung des Dichters, der Schmuck der Rede und die süßen Laute der Schwermuth der Genauigkeit in der Darstellung physischer Erscheinungen hinderlich werden. Sie haben vielmehr: wie dies immer der Fall ist, wenn die Kunst aus ungetrübter Quelle schöpft, den belebenden Eindruck der Größe und Wahrheit der Naturbilder erhöht. Unnachahmlich sind in Camoens die Schilderungen des ewigen Verkehrs zwischen Luft und Meer, zwischen der vielfach gestalteten Wolkendecke, ihren meteorologischen Processen und den verschiedenen Zuständen der Oberfläche des Oceans. Er zeigt uns diese Oberfläche, bald wenn milde Winde sie kräuseln und die kurzen Wellen im Spiel des zurückgeworfenen Lichtstrahls funkelnd leuchten, bald wenn Coelho's und Paul de Gama's Schiffe in einem furchtbaren Sturme gegen die tief aufgeregten Elemente ankämpfen. Camoens ist im eigentlichsten Sinne des Worts ein großer Seemaler. Als Kriegsmann hatte er gefochten an dem Fuße des Atlas im marokkanischen Gebiete, im rothen Meere und im persischen Meerbusen; zweimal hatte er das Cap umschifft und, mit tiefem Naturgefühl begabt, 16 Jahre lang an dem indischen und chinesischen Gestade alle Phänomene des Weltmeers belauscht. Er beschreibt das electrische St. Elmsfeuer (Castor und Pollux der alten griechischen Seefahrer): „das lebende LichtDas Elmsfeuer: "o lume vivo, que a maritima gente tem por santo, em tempo de tormenta ..." canto V est. 18. Eine Flamme, *Helena* des griechischen Seevolks, bringt Unglück (*Plin.* II. 37); zwei Flammen, *Castor* und *Pollux:* mit Geräusch erscheinend, „als flatterten Vögel", sind heilsame Zeichen (Stob. *Eclog. phys.* I p. 514; *Seneca, Nat. Quaest.* I, 1. Ueber den hohen Grad eigenthümlicher Anschaulichkeit in den Naturbeschreibungen des Camoens s. die große Pariser Edition von 1818 in der *Vida de Camões* von Dom Joze Maria de *Souza* p. CII., dem Seevolke heilig"; er beschreibt die gefahrdrohende Trombe in ihrer allmäligen Entwickelung: „wie der Dunst, aus seinem Duft gewoben, sich im Kreise dreht, ein dünnes Rohr herabläßt und die Fluth dürstend aufpumpt; wie er, wenn das schwarze Gewölk sich satt gesogen, den Fuß des Trichters zurückzieht und, zum Himmel fliegend, auf der Flucht als süßes Wasser den Wogen wiedergiebt, was die Trombe ihnen brausend entzogen." Die Schriftgelehrten, sagt der Dichter (und er sagt es fast auch zum Spott der jetzigen Zeit), die Schriftgelehrten mögen versuchen „der Welt verborgene Wunderdinge zu erklären:

da, vom Geist allein und von der Wissenschaft geleitet, sie so gern für falsch ausgeben, was man aus dem Munde des Schiffers hört, dem einziger Leiter die Erfahrung ist.“

Das naturbeschreibende Talent des begeisterten Dichters weilt aber nicht bloß bei den einzelnen Erscheinungen; es glänzt auch da, wo es große Massen auf einmal umfaßt. Der dritte Gesang schildert mit wenigen Zügen die Gestaltung von EuropaCanto III est. 7–21. Ich befolge immer den Text des *Camoens* der Editio princeps von 1572, welche die vortreffliche und splendide Ausgabe des Dom Joze Maria de *Souza-Botelho* (Paris 1818) uns wiedergegeben hat. In den deutschen Citaten bin ich meist der Uebertragung *Donner's* (1833) gefolgt. Der Hauptzweck der Lusiaden des Camoens war die Verherrlichung seiner Nation. Es wäre ein Monument, eines solchen dichterischen Ruhmes und einer solchen Nation würdig, wenn, nach dem edlen Beispiele der *Säle von Schiller* und *Göthe* im großherzoglichen Schlosse zu Weimar, in Lissabon selbst die zwölf grandiosen Compositionen meines hingeschiedenen geistreichen Freundes *Gérard*, welche Souza's Ausgabe schmücken, in recht beträchtlichen Dimensionen als Fresken an wohl beleuchteten Wänden ausgeführt würden. Das Traumgesicht des Königs Dom Manoel, in welchem ihm die Flüsse Indus und Ganges erscheinen, der Gigant Adamastor über dem Vorgebirge der guten Hoffnung schwebend („Eu sou aquelle occulto e grande Cabo, A quem chamais vós outros Tormentorio“), der Mord der Ignes de Castro und die liebliche Ilha de Venus würden von der herrlichsten Wirkung sein. vom kältesten Norden an bis „zum Lusitanen-Reiche und zu der Meerenge, wo Hercules sein letztes Werk gethan“. Ueberall wird auf die Sitten und den Culturzustand der Völker angespielt, welche den vielgegliederten Welttheil bewohnen. Von den Preußen, Moscoviten und den Stämmen, “que o Rheno *frio* lava“, eilt er zu den herrlichen Auen von Hellas: “que creastes os peitos eloquentes, e os juizos de alta phaneasia“. Im zehnten Gesange erweitert sich der Blick. Tethys führt den Gama auf einen hohen Berg, um ihm die Geheimnisse des Weltbaues (machina do mundo) und der Planeten Lauf (nach Ptolemäischen Ansichten) zu enthüllen.Canto X est. 79–90. Camoens nennt wie Vespucci die dem Südpol nächste Himmelsgegend sternenarm: canto V est. 14; auch kennt er das Eis der südlichen Meere: canto V est. 27. Es ist ein Traumgesicht im Styl des Dante; und da die Erde das Centrum des Bewegten bildet, so wird zuletzt bei Beschreibung des Erdglobus die ganze Kenntniß der damals erforschten Länder und ihrer Erzeugnisse dargelegt.Canto X est. 91–141. Es gilt hier nicht mehr Europa allein zu schildern, wie früher im dritten Gesange: alle Erdtheile werden durchmustert; selbst das *Land des heiligen Kreuzes* (Brasilien) und die Küsten werden genannt, die Magelhan entdeckte: „durch die That, aber nicht durch die Treue ein Sohn Lusitaniens“.

Wenn ich vorher den Camoens vorzugsweise als Seemaler rühmte, so war es, um anzudeuten, daß das Erdeleben ihn minder lebhaft angezogen hat. Schon Sismondi bemerkt mit Recht, daß das ganze Gedicht keine Spur von etwas Anschaulichem über die tropische Vegetation und ihre physiognomische Gestaltung enthält. Nur die Arome und nützlichen Handelsproducte werden bezeichnet. Die Episode der Zauberinsel bietet freilich das reizendste Gemälde einer Landschaft dar; aber die Pflanzendecke ist gebildet, wie eine Ilha de Venus es erfordert, von „Myrten, dem Citrus-Baume, duftenden Limonen und Granaten“: alle dem Klima des südlichen Europa's angeeignet. Bei dem größten der damaligen Seefahrer, Christoph Columbus, finden wir mehr Freude an den Küstenwäldern, mehr Aufmerksamkeit auf die Formen des Gewächsreiches; aber Columbus schreibt ein Reisejournal und verzeichnet in diesem die lebendigen Eindrücke jedes Tages, während das Epos des Camoens die Großthaten der Portugiesen verherrlicht. Pflanzennamen den Sprachen der Eingebornen zu entlehnen und sie in die Beschreibung einer Landschaft einzuflechten, in der, wie vor einem Hintergrund, die Handelnden sich bewegen: konnte den an harmonische Klänge gewöhnten Dichter wenig reizen.

Neben der ritterlichen Gestalt des Camoens hat man oft die eben so romantische eines spanischen Kriegers aufgestellt, der unter dem großen Kaiser in Peru und Chili diente und unter jenen fernen Himmelsstrichen die Thaten besang, an denen er rühmlichst Theil genommen. In dem ganzen Epos der *Araucana* des Don Alonso de Ercilla hat die unmittelbare Anschauung, der Anblick mit ewigem Schnee bedeckter Vulkane, heißer Waldthäler und weit in das Land eindringender Meeresarme fast nichts hervorgebracht, was man darstellend nennen könnte. Das übermäßige Lob, welches Cervantes, bei Gelegenheit der geistreich satirischen Bücherschau des Quixote, dem Ercilla gespendet hat, ist wohl nur durch leidenschaftliche Rivalität zwischen der spanischen und italiänischen Poesie hervorgerufen worden. Man möchte fast sagen, es habe Voltaire'n und viele neuere Kritiker irre geführt. Die *Araucana* ist allerdings ein Werk, welches ein edles Nationalgefühl durchdringt; die Schilderung der Sitten eines wilden Volksstammes, der im Kampf für die Freiheit des Vaterlandes erliegt, ist darin nicht ohne Leben: aber die Diction des Ercilla ist schleppend, mit Eigennamen überhäuft, ohne alle Spur dichterischer Begeistrung.

„Climas passè, mudè constelaciones,
Golfos inavegables navegando,
Estendiendo, Señor, Vuestra Corona
Hasta la austral frigida zona ...“

„Die Blüthenzeit meines Lebens ist dahin; ich werde, spät belehrt, dem Irdischen entsagen, weinen und nicht mehr singen.“ Die Naturbeschreibungen (der Garten des Zauberers, der Sturm, den Eponamon erregt, die Schilderung des Meeres; P. I. p. 80, 135 und 173, P. II. p. 130 und 161 in der Ausgabe von 1733) entbehren alles Naturgefühls; die geographischen Wortregister (canto XXVII) sind so gehäuft, daß in einer Ottave 27 Eigennamen unmittelbar auf einander folgen. Die Parte II der *Araucana* ist nicht von Ercilla, sondern eine Fortsetzung in 20 cantos von Diego de Santistevan *Osorio*, den 37 cantos des Ercilla folgend und diesen angeheftet.

Diese Begeisterung findet sich in mehreren Strophen des *Romancero caballeresco*Im *Romancero de Romances caballerescos é historicos*, ordenado por D. Agustin *Duran* P. I. p. 189 und P. II. 237 erinnere ich an die schönen Strophen: Yba declinando el dia – Su curso y ligeras horas ... und an die Flucht des Königs Rodrigo, welche beginnt:

Quando las pintadas aves
Mudas estan y la tierra
Atenta escucha los rios ...

; in der religiösen Melancholie des Fray Luis de Leon: z. B. in seiner „heiteren Nacht", wenn er die ewigen Lichter (resplandores eternales) des gestirnten Himmels besingtFray Luis de *Leon, Obras proprias y traducciones* dedicadas á Don Pedro Portocarrero 1681 p. 120: Noche serena. Ein tiefes Naturgefühl offenbart sich bisweilen auch in den alten mystischen Poesien der Spanier (Fray Luis de Granada, Santa Teresa de Jesus, Malon de Chaide); aber die Naturbilder sind meist nur die Hülle, in der ideale religiöse Anschauungen symbolisirt sind.; und in den großen Schöpfungen des Calderon. „Als sich die Comödie der Spanier bis zu einer hohen Vollendung ausgearbeitet hatte", sagt der tiefste Forscher aller dramatischen Litteratur, mein edler Freund Ludwig Tieck, „finden wir oft beim Calderon und bei seinen Zeitgenossen, in romanzen- und canzonartigen Sylbenmaaßen, blendend schöne Schilderungen vom Meere, von Gebirgen, Gärten und waldigen Thälern: doch fast immer mit allegorischen Beziehungen, und mit einem künstlichen Glanz übergossen: der uns nicht sowohl die freie Luft der Natur, die Wahrheit des Gebirges, die Schatten der Thäler fühlen läßt; als daß in harmonischen, wohlklingenden Versen eine geistvolle Beschreibung gegeben wird, die mit kleinen Nüancen immer wiederkehrt. In dem Schauspiel *das Leben ein Traum* (*la vida es sueño*) läßt Calderon den Prinzen Sigismund das Unglück seiner Gefangenschaft in anmuthigen Gegensätzen mit der Freiheit der ganzen organischen Natur beklagen. Es werden geschildert die Sitten der Vögel, „die im weiten Himmelsraume sich in raschen Flügen regen": die Fische, „welche, kaum aus Laich und Schlamm entsprossen, schon das weite Meer suchen: dessen Unendlichkeit ihnen bei ihren kecken Zügen nicht zu genügen scheint. Selbst dem Bache, der im Ringelgange zwischen Blüthen hingleitet, gewährt die Flur einen freien Pfad." Und ich, ruft Sigismund verzweiflungsvoll aus, der mehr Leben hat, soll bei freierem Geiste mich in mindre Freiheit fügen! Auf ähnliche Weise: aber auch oft durch Antithesen, witzige Gleichnisse und Künsteleien aus Gongora's Schule verunstaltet, spricht im *standhaften Prinzen* Don Fernando zum Könige von Fez. Wir erinneren an diese einzelnen Beispiele, weil sie zeigen, wie in der dramatischen Dichtung: die es vornehmlich mit Begebenheiten, Leidenschaften und Charakteren zu thun hat, „die Beschreibungen nur Abbildungen des Gemüths, der Stimmung der handelnden Personen werden. Shakespeare, der in dem Drang seiner bewegten Handlung fast nie Zeit und Gelegenheit hat sich auf Naturschilderungen geflissentlich einzulassen, malt durch

Vorfälle, Andeutungen und Gemüthsbewegung der Handelnden Landschaft und Natur: daß wir sie vor uns zu sehen glauben und in ihr zu leben scheinen. So leben wir in der *Sommernacht* im Walde, sehen wir in den letzten Scenen des *Kaufmanns von Venedig* den Mondschein, welcher eine warme Sommernacht erhellt, ohne daß beide geschildert werden. Eine wirkliche Naturbeschreibung ist aber die der Dover-Klippe im *König Lear*, wo der sich wahnsinnig stellende Edgar seinem blinden Vater Gloster, auf der Ebene gehend, vorbildet, sie erstiegen die Klippe. Schwindelerregend ist die Schilderung des Blicks in die Tiefe von oben hinab."

Wenn in Shakespeare innere Lebendigkeit der Gefühle und großartige Einfachheit der Sprache die Anschaulichkeit und den individuellen Natur-Ausdruck so wundervoll beleben: so ist in Milton's erhabener Dichtung des *verlornen Paradieses*, dem Wesen einer solchen Composition nach, das Beschreibende mehr prachtvoll als darstellend. Der ganze Reichthum der Phantasie und der Sprache ist auf die Schilderung der blühenden Natur des Paradieses ausgegossen; aber hier wie in Thomson's lieblichem Lehrgedichte der *Jahreszeiten* hat die Schilderung der Vegetation nur in allgemeinen, unbestimmteren Umrissen entworfen werden können. Nach dem Urtheile tiefer Kenner der indischen Dichtkunst individualisirt zwar Kalidasa's ähnliches indisches Gedicht, *Ritusanhara*, das weit über anderthalbtausend Jahre älter ist, die kräftige Tropennatur mit größerer Lebendigkeit; es entbehrt aber der Anmuth, welche in Thomson aus der den höheren Breiten eignen vielfacheren Scheidung der Jahreszeiten, aus den Uebergängen des obstreichen Herbstes zum Winter und des Winters zum wiederbelebenden Frühling, aus der Schilderung des arbeitsamen oder heiteren Treibens der Menschen in jedem Theile des Jahres entspringt.

Gehen wir zu der uns näheren Zeit über, so bemerken wir, daß seit der zweiten Hälfte des achtzehnten Jahrhunderts sich vorzugsweise die darstellende Prosa in eigenthümlicher Kraft entwickelt hat. Wenn auch bei dem nach allen Seiten hin erweiterten Naturstudium die Masse des Erkannten übermäßig angewachsen ist, so hat sie darum doch nicht bei den Wenigen, die einer hohen Begeisterung fähig sind, die intellectuelle Anschauung unter dem materiellen Gewichte des Wissens erdrückt. Diese intellectuelle Anschauung (das Werk dichterischer Spontaneität) hat vielmehr selbst an Umfang und an Erhabenheit des Gegenstandes zugenommen, seitdem die Blicke tiefer in den Bau der Gebirge (der geschichteten Grabstätte untergegangener Organisationen), in die geographische Verbreitung der Thiere und Pflanzen, in die Verwandtschaft der Menschenstämme eingedrungen sind. So haben zuerst, durch Anregung der Einbildungskraft, mächtig auf die Belebung des Naturgefühls, den Contact mit der Natur und den davon unzertrennlichen Trieb zu fernen Reisen gewirkt: in Frankreich Jean Jacques *Rousseau*, *Buffon*, *Bernardin de St. Pierre* und, um hier ausnahmsweise einen noch lebenden Schriftsteller zu nennen, mein vieljähriger Freund *August von Chateaubriand;* in den britischen Inseln der geistreiche *Playfair*; in Deutschland Cook's

Begleiter auf seiner zweiten Weltumseglung, der beredte und dabei jeder Verallgemeinerung der Natur-Ansicht glücklich zugewandte *Georg Forster*.

Es muß diesen Blättern fremd bleiben, zu untersuchen: was jeden dieser Schriftsteller charakterisirt, was in ihren überall verbreiteten Werken den Schilderungen der Landschaft Reiz und Anmuth verleiht, was die Eindrücke stört, die sie hervorrufen wollten; aber einem Reisenden, welcher sein Wissen hauptsächlich der unmittelbaren Anschauung der Welt verdankt, wird es erlaubt sein hier einige zerstreute Betrachtungen über einen jüngeren und im ganzen wenig bearbeiteten Theil der Litteratur einzuschalten. *Buffon:* großartig und ernst; Planetenbau, Organisation, Licht und magnetische Kraft gleichzeitig umfassend; in physikalischen Untersuchungen weit gründlicher, als es seine Zeitgenossen wähnten: ist, wenn er von den Sitten der Thiere zu der Beschreibung des Landschaftlichen übergeht, in kunstreichem Periodenbau, mehr rhetorisch pomphaft als individualisirend wahr, mehr zur Empfänglichkeit des Erhabenen stimmend als das Gemüth durch anschauliche Schilderung des wirklichen Naturlebens, gleichsam durch Anklang der Gegenwart, ergreifend. Man fühlt, selbst in den mit Recht bewunderten Versuchen dieser Art, daß er Mittel-Europa nie verließ, daß ihm die eigene Ansicht der Tropenwelt fehlt, die er zu beschreiben glaubt. Was wir aber besonders in den Werken dieses großen Schriftstellers vermissen, ist die harmonische Verknüpfung der Darstellung der Natur mit dem Ausdruck der angeregten Empfindung; es fehlt fast alles, was der geheimnißvollen Analogie zwischen den Gemüthsbewegungen und den Erscheinungen der Sinnenwelt entquillt.

Größere Tiefe der Gefühle und ein frischerer Lebensgeist athmen in Jean Jacques *Rousseau,* in *Bernardin de St. Pierre* und in *Chateaubriand.* Wenn ich hier der hinreißenden Beredsamkeit des Ersten, der malerischen Scenen von Clarens und Meillerie am Leman-See erwähne; so ist es, weil in den Hauptwerken des, wenig gelehrten, aber eifrigen Pflanzensammlers (sie sind um zwanzig Jahre älter als Buffon's phantasiereiche *Weltepochen* die Begeisterung sich hauptsächlich in der innersten Eigenthümlichkeit der Sprache offenbart: ja in der Prosa eben so überströmend ausbricht als in Klopstock's, Schiller's, Göthe's und Byron's unsterblichen Dichtungen. Auch da, wo nichts beabsichtigt wird, was unmittelbar an das Studium der Natur geknüpft ist, kann doch unsere Liebe zu diesem Studium durch den Zauber einer poetischen Darstellung des Naturlebens: sei es auch in den engsten, uns wohlbekannten Erdräumen, erhöht werden.

Indem wir zu den Prosaikern wieder zurückkehren, verweilen wir gern bei der kleinen Schöpfung, welcher *Bernardin de St. Pierre* den schöneren Theil seines litterarischen Ruhmes verdankt. *Paul und Virginia,* ein Werk, wie es kaum eine andere Litteratur aufzuweisen hat, ist das einfache Naturbild einer Insel mitten im tropischen Meere: wo, bald von der Milde des Himmels beschirmt, bald von dem mächtigen Kampf der Elemente bedroht, zwei anmuthvolle Gestalten in der wilden Pflanzenfülle des Waldes sich malerisch wie von einem blüthenreichen Teppich abheben. Hier und in der *Chaumière indienne*, ja selbst in den *Études de la Nature*, welche leider durch abenteuerliche Theorien und physikalische Irrthümer verunstaltet werden: sind der Anblick des Meeres, die Gruppirung der Wolken, das Rauschen der Lüfte in den Bambus-Gebüschen, das Wogen der hohen Palmengipfel mit unnachahmlicher Wahrheit geschildert. Bernardin de St. Pierre's Meisterwerk *Paul und Virginia* hat mich in die Zone begleitet, der es seine Entstehung verdankt. Viele Jahre lang ist es von mir und meinem theuren Begleiter und Freunde Bonpland gelesen worden; dort nun (man verzeihe den Anruf an das eigene Gefühl) in dem stillen Glanze des südlichen Himmels, oder wenn in der Regenzeit, am Ufer des Orinoco, der Blitz krachend den Wald erleuchtete, wurden wir beide von der bewundernswürdigen Wahrheit durchdrungen, mit der in jener kleinen Schrift die mächtige Tropennatur in ihrer ganzen Eigenthümlichkeit dargestellt ist. Ein solches Auffassen des Einzelnen, ohne dem Eindruck des Allgemeinen zu schaden, ohne dem zu behandelnden äußeren Stoffe die freie innere Belebung dichterischer Phantasie zu rauben, charakterisirt in einem noch höheren Grade den geistreichen und gefühlvollen Verfasser von *Attala*, *René*, der *Märtyrer* und der *Reise nach Griechenland und Palästina*. In seinen Schöpfungen sind alle Contraste der Landschaft in den verschiedenartigsten Erdstrichen mit wundervoller Anschaulichkeit zusammengedrängt. Die ernste Größe historischer Erinnerungen konnte allein den Eindrücken einer schnellen Reise Tiefe und Ruhe verleihen.

In unserm deutschen Vaterlande hat sich das Naturgefühl wie in der italiänischen und spanischen Litteratur nur zu lange in der Kunstform des Idylls, des Schäferromans und des Lehrgedichts offenbart. Auf diesem Wege wandelten oft der persische Reisende Paul Flemming, Brockes, der gefühlvolle Ewald von Kleist, Hagedorn, Salomon Geßner und einer der größten Naturforscher aller Zeiten: Haller, dessen locale Schilderungen wenigstens bestimmtere Umrisse und eine mehr objective Wahrheit des Colorits darbieten. Das elegisch-idyllische Element beherrschte damals eine schwermüthige Landschaftspoesie; und die Dürftigkeit des Inhalts konnte, selbst in Voß, dem edeln und tiefen Kenner des classischen Alterthums, nicht durch eine höhere und glückliche Ausbildung der Sprache verhüllt werden. Erst als das Studium der Erdräume an Tiefe und Mannigfaltigkeit gewann, als die Naturwissenschaften sich nicht mehr auf tabellarische Aufzählungen seltsamer Erzeugnisse beschränkten, sondern sich zu den großartigen Ansichten einer vergleichenden Länderkunde erhoben: konnte jene Ausbildung der Sprache zu lebensfrischen Bildern ferner Zonen benutzt werden.

Die älteren Reisenden des Mittelalters: wie John Mandeville (1353), Hans Schiltberger aus München (1425) und Bernhard von Breytenbach (1486), erfreuen uns noch heute durch eine liebenswürdige Naivetät, durch ihre Freiheit der Rede: durch die Sicherheit, mit welcher sie vor einem Publikum auf treten, das ganz unvorbereitet, und darum um so neugieriger und leichtgläubiger anhört, weil es sich noch nicht schämen gelernt hat ergötzt oder gar erstaunt zu scheinen. Das Interesse der Reisen war damals fast ganz dramatisch, ja die nothwendige und dazu so leichte Einmischung des Wunderbaren gab ihnen beinahe eine epische Färbung. Die Sitten der Völker werden minder beschrieben, als sie sich durch den Contact des Reisenden mit den Eingeborenen anschaulich machen. Die Vegetation bleibt namenlos und unbeachtet, wenn nicht hier und da einer sehr angenehmen oder seltsam gestalteten Frucht oder einer außerordentlichen Dimension von Stamm und Blättern gedacht wird. Unter den Thieren werden zunächst die menschenähnlichen, dann die reißenden, gefahrbringenden mit besondrer Vorliebe beschrieben. Die Zeitgenossen des Reisenden glaubten noch an alle Gefahren, die in solchen Klimaten Wenige unter ihnen getheilt; ja die Langsamkeit der Schifffahrt und der Mangel an Verbindungsmitteln ließ die *indischen Länder* (so nannte man die ganze Tropenzone) wie in einer unabsehbaren Ferne erscheinen. Columbus hatte noch nicht das Recht gehabt der Königinn Isabella zu schreiben: „die Erde ist nicht gar groß, viel kleiner denn das Volk es wähnt“.

In Hinsicht auf Composition hatten demnach die vergessenen Reisen des Mittelalters, die wir hier schildern, bei aller Dürftigkeit des Materials viele Vorzüge vor unseren meisten neueren Reisen. Sie hatten die Einheit, welche jedes Kunstwerk erfordert; alles war an eine *Handlung* geknüpft, alles der Reisebegebenheit selbst untergeordnet. Das Interesse entstand aus der einfachen, lebendigen, meist für glaubwürdig gehaltenen Erzählung überwundener Schwierigkeiten. Christliche Reisende: unbekannt mit dem, was Araber, spanische Juden und buddhistische Missionare vor ihnen gethan, rühmten sich alles zuerst gesehen und beschrieben zu haben. Bei der Dunkelheit, in welche der Orient und Inner-Asien gehüllt erschienen, vermehrte die Ferne selbst die Größe einzelner Gestalten. Eine solche Einheit der Composition fehlt meist den neueren Reisen: besonders denen, welche wissenschaftliche Zwecke verfolgen. Die Handlung steht dann den Beobachtungen nach, sie verschwindet in der Fülle derselben. Nur mühselige, wenn gleich wenig belehrende Bergbesteigungen und vor allem kühne Seefahrten, eigentliche Entdeckungsreisen in wenig erforschten Meeren oder der Aufenthalt in der schauervollen Oede der beeisten Polarzone gewähren ein dramatisches Interesse, wie die Möglichkeit einer individualisirenden Darstellung. Die Einsamkeit der Umgebung und die hülflose Abgeschiedenheit der Seefahrer isoliren dann das Bild und wirken um so anregender auf die Einbildungskraft.

Wenn es nun nach den vorliegenden Betrachtungen unläugbar ist, daß in den neueren Reisebeschreibungen das Element der Handlung in den Hintergrund tritt, daß sie der größeren Zahl nach nur ein Mittel geworden sind Natur- und Sitten-Beobachtungen der Zeitfolge nach an einander zu ketten; so bieten sie dagegen für diese theilweise Entfärbung einen vollen Ersatz durch den Reichthum des Beobachteten, die Größe der Weltansicht und das rühmliche Bestreben die Eigenthümlichkeit jeder vaterländischen Sprache zu anschaulichen Darstellungen zu benutzen. Was die neuere Cultur uns gebracht: ist die unausgesetzt fortschreitende Erweiterung unseres Gesichtskreises, die wachsende Fülle von Ideen und Gefühlen, die thätige Wechselwirkung beider. Ohne den heimathlichen Boden zu verlassen, sollen wir nicht bloß erfahren können, wie die Erdrinde in den entferntesten Zonen gestaltet ist, welche Thier- und Pflanzenformen sie beleben; es soll uns auch ein Bild verschafft werden, das wenigstens einen Theil der Eindrücke lebendig wiedergiebt, welche der Mensch in jeglicher Zone von der Außenwelt empfängt. Dieser Anforderung zu genügen, diesem Bedürfniß einer Art geistiger Freuden, welche das Alterthum nicht kannte, arbeitet die neuere Zeit; die Arbeit gelingt, weil sie das gemeinsame Werk aller gebildeten Nationen ist, weil die Vervollkommnung der Bewegungsmittel auf Meer und Land die Welt zugänglicher, ihre einzelnen Theile in der weitesten Ferne vergleichbarer macht.

Ich habe hier die Richtung zu bezeichnen versucht, in welcher das Darstellungsvermögen des Beobachters, die Belebung des naturbeschreibenden Elements und die Vervielfältigung der Ansichten auf dem unermeßlichen Schauplatze schaffender und zerstörender Kräfte als Anregungs- und Erweiterungsmittel des wissenschaftlichen Naturstudiums auftreten können. Der Schriftsteller, welcher in unsrer vaterländischen Litteratur nach meinem Gefühle am kräftigsten und am gelungensten den Weg zu dieser Richtung eröffnet hat, ist mein berühmter Lehrer und Freund *Georg Forster* gewesen. Durch ihn begann eine neue Aera wissenschaftlicher Reisen, deren Zweck vergleichende Völker- und Länderkunde ist. Mit einem feinen ästhetischen Gefühle begabt; in sich bewahrend die lebensfrischen Bilder, welche auf Tahiti und anderen, damals glücklicheren Eilanden der Südsee seine Phantasie (wie neuerlichst wieder die von Charles Darwin erfüllt hatten: schilderte Georg Forster zuerst mit Anmuth die wechselnden Vegetations-Stufen, die klimatischen Verhältnisse, die Nahrungsstoffe in Beziehung auf die Gesittung der Menschen nach Verschiedenheit ihrer ursprünglichen Wohnsitze und ihrer Abstammung. Alles, was der Ansicht einer erotischen Natur Wahrheit, Individualität und Anschaulichkeit gewähren kann, findet sich in seinen Werken vereint. Nicht etwa bloß in seiner trefflichen Beschreibung der zweiten Reise des Capitän Cook, mehr noch in den *kleinen Schriften* liegt der Keim zu vielem Großen, das die spätere Zeit zur Reife gebracht hat.Ueber die Verdienste Georg Forster's als Menschen und als Schriftstellers s. *Gervinus, Gesch. der poet. National-Litteratur der Deutschen* Th. V. S. 390–392. Aber auch dieses so edle, gefühlreiche, immer hoffende Leben durfte kein glückliches sein!

Hat man die Naturschilderungen, deren sich die neuere Zeit: vorzüglich in der deutschen, französischen, englischen und nordamerikanischen Litteratur, erfreut, mit den Benennungen „beschreibender Poesie und Landschaftsdichtung“ tadelnd belegt; so bezeichnen diese Benennungen wohl nur den Mißbrauch, welcher vermeintlichen Grenz-Erweiterungen des Kunstgebietes schuld gegeben wird. Dichterische Beschreibungen von Natur-Erzeugnissen, wie sie am Ende einer langen und rühmlichen Laufbahn Delille geliefert, sind bei allem Aufwande verfeinerter Sprachkunst und Metrik keinesweges als Naturdichtungen im höheren Sinne des Worts zu betrachten. Sie bleiben der Begeisterung und also dem poetischen Boden fremd, sind nüchtern und kalt: wie alles, was nur durch äußere Zierde glänzt. Wenn demnach die sogenannte „beschreibende Poesie“ als eine eigene, für sich bestehende Form der Dichtung mit Recht getadelt worden ist, so trifft eine solche Mißbilligung gewiß nicht ein ernstes Bestreben die Resultate der neueren inhaltreicheren Weltbetrachtung durch die Sprache, d. h. durch die Kraft des bezeichnenden Wortes, anschaulich zu machen. Sollte ein Mittel unangewandt bleiben, durch welches uns das belebte Bild einer fernen, von Andern durchwanderten Zone, ja ein Theil des Genusses verschafft werden kann, den die unmittelbare Natur-Anschauung gewährt? Die Araber sagen figürlich und sinnig, die beste Beschreibung sei die, „in welcher das Ohr zum Auge umgewandelt wird“. Es gehört in die Leiden der Gegenwart, daß ein unseliger Hang zu inhaltloser poetischer Prosa, zu der Leere sogenannter gemüthlicher Ergüsse, gleichzeitig in vielen Ländern, verdienstvolle Reisende und naturhistorische Schriftsteller ergriffen hat. Verirrungen dieser Art sind um so unerfreulicher, wenn der Styl aus Mangel litterarischer Ausbildung, vorzüglich aber aus Abwesenheit aller inneren Anregung in rhetorische Schwülstigkeit und trübe Sentimentalität ausartet.

Naturbeschreibungen, wiederhole ich hier, können scharf umgrenzt und wissenschaftlich genau sein, ohne daß ihnen darum der belebende Hauch der Einbildungskraft entzogen bleibt. Das Dichterische muß aus dem geahndeten Zusammenhange des Sinnlichen mit dem Intellectuellen, aus dem Gefühl der Allverbreitung, der gegenseitigen Begrenzung und der Einheit des Naturlebens hervorgehen. Je erhabener die Gegenstände sind, desto sorgfältiger muß der äußere Schmuck der Rede vermieden werden. Die eigentliche Wirkung eines Naturgemäldes ist in seiner Composition begründet; jede geflissentliche Anregung von Seiten dessen, der es aufstellt, kann nur störend sein. Wer, mit den großen Werken des Alterthums vertraut, in sicherem Besitze des Reichthums seiner Sprache, einfach und individualisirend wiederzugeben weiß, was er durch eigene Anschauung empfangen, wird den Eindruck nicht verfehlen; er wird es um so weniger, als er, die äußere, ihn umgebende Natur und nicht seine eigene Stimmung schildernd, die Freiheit des Gefühls in Anderen unbeschränkt läßt.

Aber nicht die lebendige Beschreibung jener reich geschmückten Länder der Aequinoctial-Zone allein, in welcher Intensität des Lichts und feuchte Wärme die Entwicklung aller organischen Keime beschleunigen und erhöhen, hat in unseren Tagen dem gesammten Naturstudium einen mächtigen Reiz verschafft. Der geheime Zauber, durch den ein tiefer Blick in das organische Leben anregend wirkt, ist nicht auf die Tropenwelt allein beschränkt. Jeder Erdstrich bietet die Wunder fortschreitender Gestaltung und Gliederung, nach wiederkehrenden oder leise abweichenden Typen, dar. Allverbreitet ist das furchtbare Reich der Naturmächte, welche den uralten Zwist der Elemente in der wolkenschweren Himmelsdecke wie in dem zarten Gewebe der belebten Stoffe zu bindender Eintracht lösen. Darum können alle Theile des weiten Schöpfungskreises, vom Aequator bis zur kalten Zone, überall wo der Frühling eine

Knospe entfaltet, sich einer begeisternden Kraft auf das Gemüth erfreuen. Zu einem solchen Glauben ist unser deutsches Vaterland vor allem berechtigt. Wo ist das südlichere Volk, welches uns nicht den großen Meister der Dichtung beneiden sollte, dessen Werke alle ein tiefes Gefühl der Natur durchdringt: in den *Leiden des jungen Werthers* wie in den *Erinnerungen an Italien*, in der *Metamorphose der Gewächse* wie in seinen *vermischten Gedichten?* Wer hat beredter seine Zeitgenossen angeregt „des Weltalls heilige Räthsel zu lösen“: das Bündniß zu erneuern, welches im Jugendalter der Menschheit Philosophie, Physik und Dichtung mit Einem Bande umschlang? wer hat mächtiger hingezogen in das ihm geistig heimische Land, wo

Ein sanfter Wind vom blauen Himmel weht,
Die Myrte still und hoch der Lorbeer steht?

II.

Landschaftmalerei in ihrem Einfluß auf die Belebung des Naturstudiums. – Graphische Darstellung der Physiognomik der Gewächse. – Charakteristik ihrer Gestaltung unter verschiedenen Zonen.

Wie eine lebensfrische Naturbeschreibung, so ist auch die *Landschaftmalerei* geeignet die Liebe zum Naturstudium zu erhöhen. Beide zeigen uns die Außenwelt in ihrer ganzen gestaltenreichen Mannigfaltigkeit; beide sind fähig, nach dem Grade eines mehr oder minder glücklichen Gelingens in Auffassung der Natur, das Sinnliche an das Unsinnliche anzuknüpfen. Das Streben nach einer solchen Verknüpfung bezeichnet das letzte und erhabenste Ziel der darstellenden Künste. Diese Blätter sind durch den wissenschaftlichen Gegenstand, dem sie gewidmet sind, auf eine andere Ansicht beschränkt: es kann hier der Landschaftmalerei nur in der Beziehung gedacht werden, als sie den physiognomischen Charakter der verschiedenen Erdräume anschaulich macht, die Sehnsucht nach fernen Reisen vermehrt, und auf eine eben so lehrreiche als anmuthige Weise zum Verkehr mit der freien Natur anreizt.

In dem Alterthum, welches wir vorzugsweise das classische nennen, bei den Griechen und Römern, war nach der besonderen Geistesrichtung dieser Völker die Landschaftmalerei eben so wenig als die dichterische Schilderung einer Gegend ein für sich bestehendes Object der Kunst. Beide wurden nur als Beiwerk behandelt. Anderen Zwecken untergeordnet, diente die Landschaftmalerei lange nur als Hintergrund historischer Compositionen oder als zufälliges Ornament in Wandgemälden. Auf eine ähnliche Weise versinnlichte der epische Dichter durch eine malerische Beschreibung der Landschaft – ich könnte wieder sagen des Hintergrundes, vor dem die handelnden Personen sich bewegen – das Local eines geschichtlichen Vorganges. Die Kunstgeschichte lehrt, wie allmälig das Beiwerk zur Hauptsache der Darstellung wurde; wie die Landschaftmalerei, von der historischen gesondert, als eine eigene Gattung auftrat; wie die menschlichen Gestalten bald nur als Staffage einer Berg- und

Waldgegend, eines Seestrandes oder einer Gartenanlage gedient haben. Die Trennung zweier Gattungen, der Geschichts- und Landschaftmalerei, ist so, den allgemeinen Fortschritt der Kunst auf verschiedenen Bildungsstufen begünstigend, allmälig vorbereitet worden; und man hat mit Recht bemerkt, daß, wenn überhaupt bei den Alten die Malerei der Plastik untergeordnet blieb, insbesondere das Gefühl für die landschaftliche Schönheit, welche der Pinsel wiedergeben soll, kein antikes, sondern ein modernes Gefühl ist.

Graphische Andeutung von der Eigenthümlichkeit einer Gegend mußte sich allerdings schon in den ältesten Gemälden der Griechen finden: wenn, um einzelne Beispiele anzuführen, nach Herodot'sHerodot IV, 88.Berichte Mandrokles von Samos für den großen Perserkönig den Uebergang des Heeres über den Bosporus darstellen ließ, oder wenn PolygnotEin Theil der Werke des Polygnot und des Mikon (das Gemälde der Schlacht von Marathon in der Pökile zu Athen) wurde nach dem Zeugnisse des Himerius noch am Ende des vierten Jahrhunderts (nach dem Anfange unsrer Zeitrechnung) gesehen; diese Werke waren damals also gegen 850 Jahre alt (*Letronne, lettres sur la Peinture historique murale* 1835 p. 202 und 453). in der Lesche zu Delphi den Untergang von Troja malte. Unter den Bildern, die der ältere Philostrat beschreibt, wird sogar eine Landschaft erwähnt, in der man Rauch aus dem Gipfel eines Vulkans aufsteigen und Lavaströme sich in das nahe Meer ergießen sah. In dieser sehr verwickelten Composition einer Ansicht von sieben Inseln glauben die neuesten Commentatoren sogar die Darstellung einer wirklichen Gegend, die kleine Aeolische oder Liparische Vulkan-Gruppe, nördlich von Sicilien, zu erkennen. Die perspectivische Bühnenmalerei, durch welche die Aufführung der Meisterwerke des Aeschylus und Sophocles verherrlicht worden war, erweiterte allmälig diesen Theil des KunstgebietesVorzüglich durch Agatharchus oder wenigstens nach dessen Vorschrift: *Aristot. Poet.* IV, 16; *Vitruv.* lib. V. cap. 7, lib. VII in praef. (ed. Alois. Marinius 1836 T. I. p. 292, T. II. p. 56); vergl. *Letronne* a. a. O. p. 271–280., indem sie das Bedürfniß einer täuschenden Nachahmung lebloser Gegenstände (von Baulichkeiten, Wald und Felsen) vermehrte.

Von der Bühne, durch die Vervollkommnung der *Scenographie*, ging die Landschaftmalerei bei den Griechen und den nachahmenden Römern in die durch Säulen gezierten Hallen über: wo lange Wandflächen erst mit eingeschränkten NaturscenenObjecte der rhopographia: s. *Welcker* ad *Philostr. Imag.* p. 397., bald aber mit großen Prospecten von Städten, Seeufern und weiten Triften bedeckt wurden, auf denen Viehheerden weiden*Vitruv.* lib. VII cap. 5 (T. II. p. 91).. Solche anmuthige Wandverzierungen hatte in dem Augusteischen Zeitalter, nicht erfunden, aber allgemein beliebt gemacht*Hirt, Gesch. der bildenden Künste bei den Alten* 1833 S. 332. *Letronne* p. 262 und 468. und durch die Staffage kleiner Figuren erheitertLudius qui primus (?) instituit amoenissimam parietum picturam: *Plin.* XXXV, 10. Die topiaria opera des Plinius und varietates topiorum des Vitruvius waren kleine landschaftliche Decorations-Gemälde. – Die im Text citirte Stelle des *Kalidasa* steht in *Sakuntala* Act VI

(Böhtlingk's Uebers. 1842 S. 90). der römische Maler Ludius. Fast zu derselben Zeit und wohl noch ein halbes Jahrhundert früher finden wir schon bei den Indern in der glänzenden Epoche des Vikramaditya der Landschaftmalerei als einer sehr geübten Kunst erwähnt. In dem reizenden Drama Sakuntala wird dem König Duschmanta das Bild seiner Geliebten gezeigt. Er ist nicht zufrieden damit, denn er will: „daß die Malerinn die Plätze abbilde, welche der Freundinn besonders lieb sind: den Malini-Fluß mit einer Sandbank, auf der die rothen Flamingos stehen; eine Hügelkette, welche sich an den Himalaya anlehnt, und Gazellen auf dieser Hügelkette gelagert". Das sind Anforderungen nicht geringer Art; sie deuten wenigstens auf den Glauben an die Ausführbarkeit einer verwickelten Composition.

Seit den Cäsaren trat die Landschaftmalerei zu Rom als eine eigene abgesonderte Kunst auf; aber nach dem vielen, was uns die Ausgrabungen von Herculaneum, Pompeji und Stabiä zeigen, waren diese Naturbilder oft nur landkartenähnliche Uebersichten der Gegend: wieder mehr Darstellung von Hafenstädten, Villen und Kunstgärten als der freien Natur zugewandt. Den Griechen und Römern schien fast allein das gemächlich *Bewohnbare* anziehend in der Landschaft: nicht das, was wir wild und *romantisch* nennen. Die Nachahmung konnte genau sein, so weit eine oft störende Sorglosigkeit in der Perspective und ein Streben nach conventioneller Anordnung es erlaubten; ja die arabeskenartigen Compositionen, denen der strenge Vitruvius abhold war, vereinigten, rhythmisch wiederkehrend und genialisch aufgefaßt, Thier- und Pflanzengestalten; aber, um mich eines Ausspruchs von Otfried Müller zu bedienen, „der ahndungsvolle Dämmerschein des Geistes, mit welchem die Landschaft uns anspricht, erschien den Alten nach ihrer Gemüthsrichtung jeder künstlerischen Ausbildung unfähig: ihre Landschaften waren mehr scherzhaft als mit Ernst und Gefühl entworfen."

Wir haben die Analogie des Entwickelungsganges bezeichnet, auf dem im classischen Alterthume zwei Mittel die Natur anschaulich darzustellen, durch die Sprache (das begeisterte Wort) und durch graphische Nachbildungen, allmälig zu einiger Selbstständigkeit gelangt sind. Was uns die, neuerlichst so glücklich fortgesetzten Ausgrabungen in Pompeji von antiker Landschaftmalerei in der Manier des Ludius zeigen, gehört höchst wahrscheinlich einer einzigen und zwar sehr kurzen Zeitepoche von Nero bis Titus an; denn die Stadt war 16 Jahre vor dem berühmten Ausbruch des Vesuvs schon einmal durch Erdbeben gänzlich zerstört worden.

Die spätere christliche Malerei blieb nach ihrem Kunstcharakter, von Constantin dem Großen an bis zu dem Anfange des Mittelalters, der ächt griechischen und römischen nahe verwandt. Es offenbart uns dieselbe einen Schatz von alten Erinnerungen sowohl in den MiniaturenS. *Waagen, Kunstwerke und Künstler in England und Paris* Th. III. 1839 S. 195–201, und besonders S. 217–224: wo das berühmte Psalterium der Pariser Bibliothek (aus dem 10ten Jahrhundert) beschrieben wird: welches beweist, wie lange in Constantinopel sich „die antike Auffassungsweise" erhalten hat. – Den freundschaftlichen und leitenden Mittheilungen dieses tiefen Kunstkenners (des Professor Waagen, Directors der Gemälde-Gallerie in meiner Vaterstadt) habe ich zur Zeit meiner öffentlichen Vorträge im Jahr 1828 interessante Notizen über die Kunstgeschichte nach der römischen Kaiserzeit verdankt. Was ich später über die allmälige Entwickelung der Landschaftmalerei aufgeschrieben, theilte ich im Winter 1835 dem berühmten, leider uns so früh entrissenen Verfasser der *italienischen Forschungen*, Freiherrn von *Rumohr* in Dresden, mit. Ich erhielt von dem edel mittheilenden Manne eine große Zahl historischer Erläuterungen: die er mir sogar, wenn es nach der Form meines Werkes geschehen könnte, vollständig zu veröffentlichen erlaubte., welche prachtvolle und wohlerhaltene Manuscripte zieren, wie in den seltneren Mosaiken derselben Epochen. Rumohr gedenkt eines Psalmen-Manuscripts in der Barberina zu Rom, wo in einer Miniatur „David die Harfe schlägt, von einem anmuthigen Haine umgeben, aus dessen Gezweige Nymphen hervorlauschen. Diese Personification deutet auf die antike Wurzel des ganzen Bildes." Seit der Mitte des sechsten Jahrhunderts, wo Italien verarmt und politisch zerrüttet war, bewahrte vorzugsweise die byzantinische Kunst im östlichen Reiche den Nachklang und die schwer verlöschenden Typen einer besseren Zeit. Solche Denkmäler bilden den Uebergang zu den Schöpfungen des späteren Mittelalters, nachdem die Liebe zu der Ausschmückung der Manuscripte sich aus dem griechischen Orient nach den Abendländern und dem Norden: in die fränkische Monarchie, unter den Angelsachsen und in die Niederlande, verbreitet hatte. Es ist daher von nicht geringer Wichtigkeit für die Geschichte der neueren Kunst, „daß die berühmten Brüder Hubert und Johann van Eyck dem Wesentlichen nach aus einer Schule der Miniaturmaler hervorgegangen sind, welche seit der zweiten Hälfte des 14ten Jahrhunderts in Flandern eine so große Vollkommenheit erlangt hatte."

Sorgfältige Ausbildung des Landschaftlichen findet sich nämlich zuerst in den historischen Bildern dieser Brüder van Eyck. Beide haben nie Italien gesehen; aber der jüngere Bruder Johann genoß den Anblick einer südeuropäischen Vegetation, als er im Jahr 1428 die Gesandtschaft begleitete, welche der Herzog von Burgund Philipp der Gute wegen seiner Bewerbung um die Tochter König Johanns I von Portugal nach Lissabon schickte. Wir besitzen hier in dem Museum zu Berlin die Flügel des herrlichen Bildes, welches die eben genannten Künstler, die eigentlichen Begründer der großen niederländischen Malerschule, für die Cathedralkirche zu Gent angefertigt hatten. Auf den Flügeln, welche die heiligen Einsiedler und Pilger darstellen, hat Johann van Eyck die Landschaft durch Orangenbäume, Dattelpalmen und Cypressen geschmückt: welche äußerst naturgetreu über andere dunkele Massen einen ernsten, erhabenen Charakter verbreiten. Man fühlt bei dem Anblick des Bildes, daß der Maler selbst den Eindruck einer Vegetation empfangen hat, die von lauen Lüften umweht ist.

Bei dem Meisterwerke der Gebrüder van Eyck stehen wir noch in der ersten Hälfte des 15ten Jahrhunderts, als die vervollkommnete Oelmalerei eben erst angefangen hatte die

Malerei in Tempera zu verdrängen und doch schon eine hohe technische Vollendung erlangt hatte. Das Streben nach einer lebendigen Darstellung der Naturformen war erweckt; und will man die allmälige Verbreitung eines sich erhöhenden Naturgefühls verfolgen, so muß man erinnern, wie Antonello di Messina, ein Schüler der Brüder van Eyck, den Hang zu landschaftlicher Auffassung nach Venedig verpflanzte, und wie die Bilder der van Eyck'schen Schule selbst in Florenz auf den Domenico Ghirlandajo und andere Meister in ähnlichem Sinne eingewirkt haben". Die Bestrebungen dieser Zeit waren auf eine sorgsame, aber meist ängstliche Nachahmung der Natur gerichtet. Frei und großartig aufgefaßt erscheint diese erst in den Meisterwerken des Tizian, dem auch hier Giorgione zum Vorbild gedient. Ich habe das Glück gehabt viele Jahre lang im Pariser Museum das Gemälde des Tizian bewundern zu können, welches den Tod des von einem Albigenser im Walde überfallenen Petrus MartyrGemalt für die Kirche San Giovanni e Paolo zu Venedig. in Gegenwart eines anderen Dominicaner-Mönches darstellt. Die Form der Waldbäume und ihre Belaubung, die bergige blaue Ferne, die Abtönung und Beleuchtung des Ganzen lassen einen feierlichen Eindruck von Ernst und Größe, von einer Tiefe der Empfindungen, welche die überaus einfache landschaftliche Composition durchdringt. So lebendig war das Naturgefühl des Tizian, daß er nicht etwa bloß in Bildnissen schöner Frauen, wie in dem Hintergrunde der üppigen Gestalt der Dresdner Venus, sondern auch in den Bildnissen strengerer Auffassung, z. B. in dem des Dichters Pietro Aretino: sei es der Landschaft, sei es dem Himmel einen der individuellen Darstellung entsprechenden Charakter gab. Einem solchen Charakter der Erhabenheit blieben treu in der Bologneser Schule Annibal Carracci und Domenichino.

War aber die große Kunst-Epoche der Historienmalerei das cinquecento, so ist die Epoche der größten Landschafter das 17te Jahrhundert. Bei dem immer mehr erkannten und sorgsamer beobachteten Reichthum der Natur konnte das Kunstgefühl sich über eine größere Mannigfaltigkeit von Gegenständen verbreiten; auch vermehrte sich zugleich die Vollkommenheit der technischen Darstellungsmittel. Beziehungen auf die Stimmung des Gemüths wurden inniger: und durch sie erhöhte sich der zarte und milde Ausdruck des *Naturschönen*, wie der Glaube an die Macht, mit welcher die Sinnenwelt uns anregen kann. Wenn diese Anregung, dem erhabenen Zwecke aller Kunst gemäß, die wirklichen Gegenstände in ein Object der Phantasie verwandelt, wenn sie harmonisch in unserm Inneren den Eindruck der *Ruhe* erzeugt: so ist der Genuß nicht ohne *Rührung;* sie ergreift das Herz, so oft wir in die Tiefen der Natur oder der Menschheit blicken. In ein Jahrhundert finden wir zusammengedrängt Claude Lorrain, den idyllischen Maler des Lichts und der duftigen Ferne, Ruysdael's dunkele Waldmassen und sein drohendes Gewölk, die heroischen Baumgestalten von Gaspard und Nicolaus Poussin; die naturwahren Darstellungen von Everdingen, Hobbema und Cuyp.Das große Jahrhundert der Landschaftmalerei vereinigte: Johann Breughel 1569–1625, Rubens 1577–1640, Domenichino 1581–1641, Philippe de Champaigne 1602–1674,

Nicolas Poussin 1594–1655, Gaspard Poussin (Dughet) 1613–1675, Claude Lorrain 1600–1682, Albert Cuyp 1606–1672, Jan Both 1610–1650, Salvator Rosa 1615–1673, Everdingen 1621–1675, Nicolaus Berghem 1624–1683, Swanevelt 1620–1690, Ruysdael 1635–1681, Minderhoot Hobbema, Jan Wynants, Adriaan van de Velde 1639–1672, Carl Dujardin 1644–1687.

In dieser glücklichen Entwicklungsperiode der Kunst ahmte man geistreich nach, was die Vegetation des Nordens von Europa, was das südliche Italien und die iberische Halbinsel darboten. Man schmückte die Landschaft mit Orangen und Lorbeerbäumen, mit Pinien und Dattelpalmen. Die letzten (das einzige Glied dieser herrlichen Familie, das man außer der kleinen, ursprünglich europäischen Strandpalme, Chamaerops, durch eigenen Anblick kannte) wurden meist conventionell mit schlangenartig schuppigem Stamme dargestellt; sie dienten lange zum Repräsentanten der ganzen Tropen-Vegetation, wie Pinus pinea nach einem noch sehr verbreiteten Glauben die Vegetation Italiens ausschließlich charakterisiren soll. Die Umrisse hoher Gebirgsketten wurden wenig studirt; ja Schneegipfel, welche sich über grüne Alpenwiesen erheben, wurden damals noch von Naturforschern und Landschaftmalern für unerreichbar gehalten. Die Physiognomik der Felsmassen reizte fast nur da zu einer genaueren Nachbildung an, wo der Gießbach sich schäumend und furchend eine Bahn gebrochen hat. Auch hier ist wieder die Vielseitigkeit eines freien, sich in die ganze Natur versenkenden, künstlerischen Geistes zu bezeichnen. Ein Geschichtsmaler, derselbe Rubens, der in seinen großen Jagdstücken das wilde Treiben der Waldthiere mit unnachahmlicher Lebendigkeit geschildert hat, faßte beinahe gleichzeitig die Gestaltung des Erdreichs in der dürren, gänzlich öden, felsigen Hochebene des Escorials mit seltenem Glücke landschaftlich auf.A. a. O. No. 917.

Die Darstellung individueller Naturformen, den Theil der Kunst berührend, welcher der eigentliche Gegenstand dieser Blätter ist, konnte an Mannigfaltigkeit und Genauigkeit erst dann zunehmen, als der geographische Gesichtskreis erweitert, das Reisen in ferne Klimate erleichtert und der Sinn für die relative Schönheit und Gliederung der vegetabilischen Gestalten, wie sie in Gruppen *natürlicher Familien* vertheilt sind, angeregt wurden. Die Entdeckungen von Columbus, Vasco de Gama und Alvarez Cabral in Mittel-Amerika, Süd-Asien und Brasilien; der ausgebreitete Specerei- und Droguen-Handel der Spanier, Portugiesen, Italiäner und Niederländer; die Gründung botanischer, aber noch nicht mit eigentlichen Treibhäusern versehener Gärten in Pisa, Padua und Bologna zwischen 1544 und 1568 machten die Maler allerdings mit vielen wunderbaren Formen exotischer Producte, selbst mit denen der Tropenwelt, bekannt. Einzelne Früchte, Blüthen und Zweige wurden von Johann Breughel, dessen Ruhm schon am Ende des 16ten Jahrhunderts begann, mit anmuthiger Naturtreue dargestellt; aber es fehlte bis kurz vor der Mitte des 17ten Jahrhunderts an Landschaften, welche den individuellen Charakter der heißen Zone, von dem Künstler selbst an Ort und Stelle aufgefaßt, wiedergeben konnten. Das erste Verdienst einer solchen

Darstellung gehört wahrscheinlich, wie mich Waagen belehrt, dem niederländischen Maler Franz Post aus Harlem, der den Prinzen Moritz von Nassau nach Brasilien begleitete: wo dieser, mit den Erzeugnissen der Tropenwelt lebhaft beschäftigte Fürst in den Jahren 1637 bis 1644 holländischer Statthalter in den eroberten portugiesischen Besitzungen war. Post machte viele Jahre lang Studien nach der Natur am Vorgebirge San Augustin, in der Bucht Aller Heiligen, an den Ufern des Rio San Francisco und am unteren Laufe des Amazonenstroms. Diese Studien wurden von ihm selbst theils als Gemälde ausgeführt, theils mit vielem Geiste radirt. Zu derselben Zeit gehören die in Dänemark (in einer Gallerie des schönen Schlosses Frederiksborg) aufbewahrten, sehr ausgezeichneten großen Oelbilder des Malers Eckhout, der 1641 sich ebenfalls mit Prinz Moritz von Nassau an der brasilianischen Küste befand. Palmen, Melonenbäume, Bananen und Heliconien sind überaus charakteristisch abgebildet: auch die Gestalten der Eingeborenen, buntgefiederte Vögel und kleine Quadrupeden.

Solchen Beispielen physiognomischer Naturdarstellung sind bis zu Cook's zweiter Weltumseglung wenige begabte Künstler gefolgt. Was Hodges für die westlichen Inseln der Südsee, was unser verewigter Landsmann Ferdinand Bauer für Neu-Holland und Van Diemens Land geleistet: haben in den neuesten Zeiten in viel größerem Style und mit höherer Meisterschaft für die amerikanische Tropenwelt Moritz Rugendas, der Graf Clarac, Ferdinand Bellermann und Eduard Hildebrandt; für viele andere Theile der Erde Heinrich von Kittlitz, der Begleiter des russischen Admirals Lütke auf seiner Weltumseglung, gethan.

Wer, empfänglich für die Naturschönheit von Berg-, Fluß- und Waldgegenden, die heiße Zone selbst durchwandert ist: wer Ueppigkeit und Mannigfaltigkeit der Vegetation nicht etwa bloß an den bebauten Küsten, sondern am Abhange der schneebedeckten Andes, des Himalaya und des mysorischen Nilgherry-Gebirges, oder in den Urwäldern des Flußnetzes zwischen dem Orinoco und Amazonenstrom gesehen hat: der allein kann fühlen, welch ein unabsehbares Feld der Landschaftmalerei zwischen den Wendekreisen beider Continente oder in der Inselwelt von Sumatra, Borneo und der Philippinen zu eröffnen ist: wie das, was man bisher geistreiches und treffliches geleistet, nicht mit der Größe der Naturschätze verglichen werden kann, deren einst noch die Kunst sich zu bemächtigen vermag. Warum sollte unsere Hoffnung nicht gegründet sein, daß die Landschaftmalerei zu einer neuen, nie gesehenen Herrlichkeit erblühen werde: wenn hochbegabte Künstler öfter die engen Grenzen des Mittelmeers überschreiten können; wenn es ihnen gegeben sein wird, fern von der Küste, mit der ursprünglichen Frische eines reinen jugendlichen Gemüthes, die vielgestaltete Natur in den feuchten Gebirgsthälern der Tropenwelt lebendig aufzufassen?

Jene herrlichen Regionen sind bisher meist nur von Reisenden besucht worden, denen Mangel an früher Kunstbildung und anderweitige wissenschaftliche Beschäftigung wenig Gelegenheit gaben sich als Landschaftmaler zu vervollkommnen. Die Wenigsten von ihnen wußten bei dem botanischen Interesse, welches die individuelle Form der Blüthen und Blätter erregte, den Total-Eindruck der tropischen Zone aufzufassen. Oft wurden die Künstler, welche große auf Kosten des Staats ausgerüstete Expeditionen begleiten sollten, wie durch Zufall gewählt: und dann unvorbereiteter befunden, als es eine solche Bestimmung erheischt. Das Ende der Reise nahete dann heran, wenn die Talentvolleren unter ihnen, durch den langen Anblick großer Naturscenen und durch häufige Versuche der Nachbildung, eben angefangen hatten eine gewisse technische Meisterschaft zu erlangen. Auch sind die sogenannten Weltumseglungen wenig geeignet den Künstler in ein eigentliches Waldland oder zu dem oberen Laufe großer Flüsse, und auf den Gipfel innerer Gebirgsketten zu führen.

Skizzen, in Angesicht der Naturscenen gemalt, können allein dazu leiten den Charakter ferner Weltgegenden, nach der Rückkehr, in ausgeführten Landschaften wiederzugeben; sie werden es um so vollkommner thun, als neben denselben der begeisterte Künstler zugleich eine große Zahl einzelner Studien von Baumgipfeln, wohlbelaubten, blüthenreichen, fruchtbehangenen Zweigen, von umgestürzten Stämmen, die mit Pothos und Orchideen bedeckt sind, von Felsen, Uferstücken und Theilen des Waldbodens nach der Natur in freier Luft gezeichnet oder gemalt hat. Der Besitz solcher, in recht bestimmten Umrissen entworfenen Studien kann dem Heimkehrenden alle *mißleitende* Hülfe von Treibhaus-Gewächsen und sogenannten botanischen Abbildungen entbehrlich machen.

Eine große Weltbegebenheit: die Unabhängigkeit des spanischen und portugiesischen Amerika's von europäischer Herrschaft; die zunehmende Cultur in Indien, Neu-Holland, den Sandwich-Inseln und den südlichen Colonien von Afrika werden unausbleiblich, nicht der Meteorologie und beschreibenden Naturkunde allein, sondern auch der Landschaftmalerei einen neuen, großartigen Charakter und einen Schwung geben, den sie ohne diese Localverhältnisse nicht erreichen würden. In Südamerika liegen volkreiche Städte fast bis zu 13000 Fuß Höhe über der Meeresfläche. Von da hinab bieten sich dem Auge alle klimatischen Abstufungen der Pflanzenformen dar. Wie viel ist nicht von malerischen Studien der Natur zu erwarten, wenn, nach geendigtem Bürgerzwiste und hergestellten freien Verfassungen, endlich einmal Kunstsinn in jenen Hochländern erwacht!

Alles, was sich auf den Ausdruck der Leidenschaften, auf die Schönheit menschlicher Form bezieht, hat in der temperirten nördlichen Zone, unter dem griechischen und hesperischen Himmel, seine höchste Vollendung erreichen können; aus den Tiefen seines Gemüths wie aus der sinnlichen Anschauung des eigenen Geschlechts ruft, schöpferisch frei und nachbildend zugleich, der Künstler die Typen historischer Darstellungen hervor. Die Landschaftmalerei, welche eben so wenig bloß nachahmend ist, hat ein mehr materielles Substratum, ein mehr irdisches Treiben. Sie bedarf einer großen Masse und Mannigfaltigkeit unmittelbar sinnlicher Anschauung, die das Gemüth in sich aufnehmen und, durch eigene Kraft befruchtet, den Sinnen wie ein freies Kunstwerk wiedergeben soll. Der große Styl der heroischen Landschaft ist das Ergebniß einer tiefen Natur-Auffassung und jenes inneren geistigen Processes.

Allerdings ist die Natur in jedem Winkel der Erde ein Abglanz des Ganzen. Die Gestalten des Organismus wiederholen sich in anderen und anderen Verbindungen. Auch der eisige Norden erfreut sich Monate lang der krautbedeckten Erde, großblüthiger Alpenpflanzen und milder Himmelsbläue. Nur mit den einfacheren Gestalten der heimischen Floren vertraut, darum aber nicht ohne Tiefe des Gefühls und Fülle schöpferischer Einbildungskraft, hat bisher unter uns die Landschaftmalerei ihr anmuthiges Werk vollbracht. Bei dem Vaterländischen und dem Eingebürgerten des Pflanzenreichs verweilend, hat sie einen engeren Kreis durchlaufen; aber auch in diesem fanden hochbegabte Künstler: die Carracci, Gaspard Poussin, Claude Lorrain und Ruysdael, Raum genug, um durch Wechsel der Baumgestalten und der Beleuchtung die glücklichsten und mannigfaltigsten Schöpfungen zauberisch hervorzurufen. Was die Kunst noch zu erwarten hat und worauf ich hindeuten mußte, um an den alten Bund des Naturwissens mit der Poesie und dem Kunstgefühl zu erinnern, wird den Ruhm jener Meisterwerke nicht schmälern; denn, wie wir schon oben bemerkt, in der Landschaftmalerei und in jedem anderen Zweige der Kunst ist zu unterscheiden zwischen dem, was beschränkterer Art die sinnliche Anschauung und die unmittelbare Beobachtung erzeugt, und dem, was Unbegrenztes aus der Tiefe der Empfindung und der Stärke idealisirender Geisteskraft aufsteigt. Das Großartige, was dieser schöpferischen Geisteskraft die Landschaftmalerei, als eine mehr oder minder begeisterte Naturdichtung, verdankt (ich erinnere hier an die Stufenfolge der Baumformen von Ruysdael und Everdingen durch Claude Lorrain bis zu Poussin und Hannibal Carracci hinauf); ist, wie der mit Phantasie begabte Mensch, etwas nicht an den Boden gefesseltes. Bei den großen Meistern der Kunst ist die örtliche Beschränkung nicht zu spüren; aber Erweiterung des sinnlichen Horizonts, Bekanntschaft mit edleren und größeren Naturformen, mit der üppigen Lebensfülle der Tropenwelt gewähren den Vortheil, daß sie nicht bloß auf die Bereicherung des materiellen Substrats der Landschaftmalerei, sondern auch dahin wirken, bei minder begabten Künstlern die Empfindung lebendiger anzuregen und so die schaffende Kraft zu erhöhen.

Sei es mir erlaubt hier an die Betrachtungen zu erinnern, welche ich fast vor einem halben Jahrhunderte in einer wenig gelesenen Abhandlung: *Ideen zu einer Physiognomik der Gewächse* mitgetheilt habe; Betrachtungen, die in dem innigsten Zusammenhange mit den eben behandelten Gegenständen stehen. Wer die Natur mit einem Blicke zu umfassen und von Local-Phänomenen zu abstrahiren weiß, der erkennt, wie mit Zunahme der belebenden Wärme von den Polen zum Aequator hin sich auch allmälig die organische Kraft und die Lebensfülle vermehren. Der Zauber der Natur nimmt in einem geringeren Maaße noch vom nördlichen Europa nach den schönen Küstenländern des Mittelmeeres als von der iberischen Halbinsel, von Süd-Italien und Griechenland gegen die Tropenwelt zu. Ungleich ist der Teppich gewebt, den die blüthenreiche Flora über den nackten Erdkörper ausbreitet: dichter, wo die Sonne höher an dem dunkelreinen oder von lichtem Gewölk umflorten Himmel emporsteigt; lockerer gegen den trüben Norden hin: wo der wiederkehrende Frost bald die entwickelte Knospe tödtet, bald die reifende Frucht erhascht. Wenn in der kalten Zone die Baumrinde mit dürren Flechten oder mit Laubmoosen bedeckt ist: so beleben, in der Zone der Palmen und der feingegefiederten baumartigen Farren, Cymbidium und duftende Vanille den Stamm der Anacardien und riesenmäßiger Ficus-Arten. Das frische Grün der Dracontien und der tief eingeschnittenen Pothosblätter contrastirt mit den vielfarbigen Blüthen der Orchideen; rankende Bauhinien, Passifloren und gelbblühende Banisterien umschlingen, weit und hoch durch die Lüfte steigend, den Stamm der Waldbäume; zarte Blumen entfalten sich aus den Wurzeln der Theobromen wie aus der dichten und rauhen Rinde der Crescentien und der Gustavia. Bei dieser Fülle von Blüthen und Blättern, bei diesem üppigen Wuchse und der Verwirrung rankender Gewächse wird es oft dem Naturforscher schwer zu erkennen, welchem Stamme Blüthen und Blätter zugehören; ja ein einzelner Baum, mit Paullinien, Bignonien und Dendrobium geschmückt, bietet eine Fülle von Pflanzen dar, die, von einander getrennt, einen beträchtlichen Flächenraum bedecken würden.

Aber jedem Erdstrich sind eigene Schönheiten vorbehalten: den Tropen Mannigfaltigkeit und erhabene Größe der Pflanzengestalten, dem Norden der Anblick der Wiesen und das periodische, langersehnte Wieder-Erwachen der Natur beim ersten Wehen milder Frühlingslüfte. So wie in den Musaceen (Pisang-Gewächsen) die höchste Ausdehnung, so ist in den Casuarinen und in den Nadelhölzern die höchste Zusammenziehung der Blattgefäße. Tannen, Thuja und Cypressen bilden eine nordische Form, welche in den ebenen Gegenden der Tropen sehr selten ist. Ihr ewig frisches Grün erheitert die öde Winterlandschaft; es verkündet gleichsam den nordischen Völkern, daß, wenn Schnee und Eis den Boden bedecken, das innere Leben der Pflanzen wie das prometheische Feuer nie auf unserem Planeten erlischt.

Jede Vegetations-Zone hat außer den ihr eigenen Vorzügen auch ihren eigenthümlichen Charakter, ruft andere Eindrücke in uns hervor. Wer fühlt sich nicht, um an uns nahe vaterländische Pflanzenformen zu erinnern, anders gestimmt in dem dunklen Schatten der Buchen, auf Hügeln, die mit einzelnen Tannen bekränzt sind, und auf der weiten Grasflur, wo der Wind in dem zitternden Laube der Birken säuselt? So wie man an einzelnen organischen Wesen eine bestimmte Physiognomie erkennt, wie beschreibende Botanik und Zoologie im engeren Sinne des Worts Zergliederung der Thier- und Pflanzenformen sind: so giebt es auch eine gewisse *Naturphysiognomie*, welche jedem Himmelsstriche ausschließlich zukommt. Was der Künstler mit den Ausdrücken: Schweizernatur, italiänischer Himmel bezeichnet, gründet sich auf das dunkle Gefühl eines localen Naturcharakters. Himmelsbläue, Wolkengestaltung, Duft, der auf der Ferne ruht, Saftfülle der Kräuter, Glanz des Laubes, Umriß der Berge sind die

Elemente, welche den Total-Eindruck einer Gegend bestimmen. Diesen aufzufassen und anschaulich wiederzugeben ist die Aufgabe der Landschaftmalerei. Dem Künstler ist es verliehen die Gruppen zu zergliedern: und unter seiner Hand löst sich (wenn ich den figürlichen Ausdruck wagen darf) das große Zauberbild der Natur, gleich den geschriebenen Werken der Menschen, in wenige einfache Züge auf.

Aber auch in dem jetzigen unvollkommenen Zustande bildlicher Darstellungen der Landschaft, die unsere Reiseberichte als Kupfer begleiten, ja nur zu oft verunstalten, haben sie doch nicht wenig zur physiognomischen Kenntniß ferner Zonen, zu dem Hange nach Reisen in die Tropenwelt und zu thätigerem Naturstudium beigetragen. Die Vervollkommnung der Landschaftmalerei in großen Dimensionen (als Decorations-Malerei, als Panorama, Diorama und Neorama) hat in neueren Zeiten zugleich die Allgemeinheit und die Stärke des Eindrucks vermehrt. Was Vitruvius und der Aegyptier Julius Pollux als „ländliche (*satyrische*) Verzierungen der Bühne" schildern; was in der Mitte des sechzehnten Jahrhunderts, durch Serlio's Coulissen-Einrichtungen, die Sinnestäuschung vermehrte: kann jetzt, seit Prevost's und Daguerre's Meisterwerken, in Parker'schen *Rundgemälden*, die Wanderung durch verschiedenartige Klimate fast ersetzen. Die Rundgemälde leisten mehr als die Bühnentechnik, weil der Beschauer, wie in einen magischen Kreis gebannt und aller störenden Realität entzogen, sich von der fremden Natur selbst umgeben wähnt. Sie lassen Erinnerungen zurück, die nach Jahren sich vor der Seele mit den wirklich gesehenen Naturscenen wundersam täuschend vermengen. Bisher sind Panoramen: welche nur wirken, wenn sie einen großen Durchmesser haben, mehr auf Ansichten von Städten und bewohnten Gegenden als auf solche Scenen angewendet worden, in denen die Natur in wilder Ueppigkeit und Lebensfülle prangt. Physiognomische Studien, an den schroffen Berggehängen des Himalaya und der Cordilleren oder in dem Inneren der indischen und südamerikanischen Flußwelt entworfen: ja durch *Lichtbilder* berichtigt, in denen nicht das Laubdach, aber die Form der Riesenstämme und der charakteristischen Verzweigung sich unübertrefflich darstellt; würden einen magischen Effect hervorbringen.

Alle diese Mittel, deren Aufzählung recht wesentlich in ein Buch vom *Kosmos* gehört, sind vorzüglich geeignet die Liebe zum Naturstudium zu erhöhen: ja die Kenntniß und das Gefühl von der erhabenen Größe der Schöpfung würden kräftig vermehrt werden, wenn man in großen Städten neben den Museen, und wie diese dem Volke frei geöffnet, eine Zahl von Rundgebäuden aufführte, welche wechselnd Landschaften aus verschiedenen geographischen Breiten und aus verschiedenen Höhezonen darstellten. Der Begriff eines Naturganzen, das Gefühl der Einheit und des harmonischen Einklanges im *Kosmos* werden um so lebendiger unter den Menschen, als sich die Mittel vervielfältigen die Gesammtheit der Naturerscheinungen zu anschaulichen Bildern zu gestalten.

III.

Cultur von Tropengewächsen. – Contrastirende Zusammenstellung von Pflanzengestalten – Eindruck des physiognomischen Charakters der Vegetation, so weit Pflanzungen diesen Eindruck hervorbringen können.

Die Wirkung der Landschaftmalerei ist, trotz der Vervielfältigung ihrer Erzeugnisse durch Kupferstiche und durch die neueste Vervollkommnung der Lithographie, doch beschränkter und minder anregend als der Eindruck, welchen der unmittelbare Anblick exotischer Pflanzengruppen in Gewächshäusern und freien Anlagen auf die für Naturschönheit empfänglichen Gemüther macht. Ich habe mich schon früher auf meine eigene Jugenderfahrung berufen; ich habe daran erinnert, wie der Anblick eines colossalen Drachenbaums und einer Fächerpalme in einem alten Thurme des botanischen Gartens bei Berlin den ersten Keim unwiderstehlicher Sehnsucht nach fernen Reisen in mich gelegt hatte. Wer ernst in seinen Erinnerungen zu dem hinaufsteigen kann, was den ersten Anlaß zu einer ganzen Lebensbestimmung gab, wird diese Macht sinnlicher Eindrücke nicht verkennen.

Ich unterscheide hier den pittoresken Eindruck der Pflanzengestaltung von den Hülfsmitteln des anschaulichen botanischen Studiums; ich unterscheide Pflanzengruppen, die durch Größe und Masse sich auszeichnen (an einander gedrängte Gruppen von Pisang und Heliconien, abwechselnd mit Corypha-Palmen, Araucarien und Mimosaceen; moosbedeckte Stämme, aus denen Dracontien, feinlaubige Farnkräuter und blüthenreiche Orchideen hervorsprossen), von der Fülle einzeln stehender niederer Kräuter, welche familienweise in Reihen zum Unterricht in der beschreibenden und systematischen Botanik cultivirt werden. Dort ist die Betrachtung vorzugsweise geleitet auf die üppige Entwickelung der Vegetation in Cecropien, Carolineen und leichtgefiederten Bambusen; auf die malerische Zusammenstellung großer und edler Formen, wie sie den oberen Orinoco oder die von Martius und Eduard Pöppig so naturwahr beschriebenen Waldufer des Amazonenflusses und des Huallaga schmücken; auf die Eindrücke, welche das Gemüth mit Sehnsucht nach den Ländern erfüllen, in denen der Strom des Lebens reicher fließt und deren Herrlichkeit unsere Gewächshäuser (einst Krankenanstalten für halbbelebte gährende Pflanzenstoffe) in schwachem, doch freudigem Abglanze darbieten.

Der Landschaftmalerei ist es allerdings gegeben ein reicheres, vollständigeres Naturbild zu liefern, als die künstlichste Gruppirung cultivirter Gewächse es zu thun vermag. Die Landschaftmalerei gebietet zauberisch über Masse und Form. Fast unbeschränkt im Raume, verfolgt sie den Saum des Waldes bis in den Duft der Ferne; sie stürzt den Bergstrom herab von Klippe zu Klippe, und er gießt das tiefe Blau des tropischen Himmels über die Gipfel der Palmen wie über die wogende, den Horizont begrenzende Grasflur. Die Beleuchtung und die Färbung, welche das Licht des dünnverschleierten oder reinen Himmels unter den Wendekreisen über alle irdischen Gegenstände verbreitet, giebt der Landschaftmalerei, wenn es dem Pinsel gelingt diesen milden Licht-Effect nachzuahmen, eine eigenthümliche, geheimnißvolle Macht. Bei tiefer Kenntniß von dem Wesen des griechischen Trauerspiels hat man sinnig den Zauber des *Chors* in seiner allvermittelnden Wirkungsweise mit dem *Himmel in der Landschaft* verglichen.

Die Vervielfältigung der Mittel, welche der Malerei zu Gebote steht, um die Phantasie anzuregen und die großartigsten Erscheinungen von Meer und Land gleichsam auf einen kleinen Raum zu concentriren, ist unseren Pflanzungen und Gartenanlagen versagt; aber wo in diesen der Total-Eindruck des Landschaftlichen geringer ist, entschädigen sie im einzelnen durch die Herrschaft, welche überall die Wirklichkeit über die Sinne ausübt. Wenn man in dem Palmenhause von Loddiges oder in dem der *Pfaueninsel* bei Potsdam (einem Denkmal von dem einfachen Naturgefühl unseres edlen, hingeschiedenen Monarchen) von dem hohen Altane bei heller Mittagssonne auf die Fülle schilf- und baumartiger Palmen herabblickt, so ist man auf Augenblicke über die Oertlichkeit, in der man sich befindet, vollkommen getäuscht. Man glaubt unter dem Tropenklima selbst, von dem Gipfel eines Hügels herab, ein kleines Palmengebüsch zu sehen. Man entbehrt freilich den Anblick der tiefen Himmelsbläue, den Eindruck einer größeren Intensität des Lichtes; dennoch ist die Einbildungskraft hier noch thätiger, die Illusion größer als bei dem vollkommensten Gemälde. Man knüpft an jede Pflanzenform die Wunder einer fernen Welt; man vernimmt das Rauschen der fächerartigen Blätter, man sieht ihre wechselnd schwindende Erleuchtung, wenn, von kleinen Luftströmen sanft bewegt, die Palmengipfel wogend einander berühren. So groß ist der Reiz, den die Wirklichkeit gewähren kann, wenn auch die Erinnerung an die künstliche Treibhaus-Pflege wiederum störend einwirkt. Vollkommenes Gedeihen und Freiheit sind unzertrennliche Ideen auch in der Natur; und für den eifrigen, vielgereisten Botaniker haben die getrockneten Pflanzen eines Herbariums, wenn sie auf den Cordilleren von Südamerika oder in den Ebenen Indiens gesammelt wurden, oft mehr Werth als der Anblick derselben Pflanzenart, wenn sie einem europäischen Gewächshause entnommen ist. Die Cultur verwischt etwas von dem ursprünglichen Naturcharakter: sie stört in der gefesselten Organisation die freie Entwickelung der Theile.

Die physiognomische Gestaltung der Gewächse und ihre contrastirende Zusammenstellung ist aber nicht bloß ein Gegenstand des Naturstudiums oder ein Anregungsmittel zu demselben; die Aufmerksamkeit, welche man der *Pflanzen-Physiognomik* schenkt, ist auch von großer Wichtigkeit für die Landschaft-Gärtnerei, d. h. für die Kunst eine *Garten-Landschaft* zu componiren. Ich widerstehe der Versuchung, in dieses, freilich sehr nahe gelegene Feld überzuschweifen: und begnüge mich hier nur in Erinnerung zu bringen, daß, wie wir bereits in dem Anfange dieser Abhandlung Gelegenheit fanden die häufigeren Ausbrüche eines tiefen Naturgefühls bei den semitischen, indischen und iranischen Völkern zu preisen, so uns auch die Geschichte die frühesten Park-Anlagen im mittleren und südlichen Asien zeige. Semiramis hatte am Fuß des Berges Bagistanos Gärten anlegen lassen, welche Diodor beschreibt und deren Ruf Alexander, auf seinem Zuge von Kelonä nach den Nysäischen Pferdeweiden, veranlaßte sich von dem geraden Wege zu entfernen. Die Park-Anlagen der persischen Könige waren mit Cypressen geschmückt, deren obeliskenartige Gestalt an Feuerflammen erinnerte und die deshalb nach der Erscheinung des Zerduscht (Zoroaster) zuerst von Guschtasp um das Heiligthum der Feuertempel gepflanzt wurden. So leitete die Baumform selbst auf die Mythe von dem Ursprunge der Cypresse aus dem Paradiese. Die asiatischen irdischen Paradiese (παράδεισοι) hatten schon früh einen Ruf in den westlichen Ländern;*Achill. Tat.* I. 25; *Longus, Past.* IV. p. 108 Schäfer. „*Gesenius* (*Thes. linguae hebr.* T. II. p. 1124) stellt sehr richtig die Ansicht auf, daß das Wort *Paradies* ursprünglich der altpersischen Sprache angehört habe; in der neupersischen Sprache ist sein Gebrauch verloren gegangen. Firdusi (obgleich sein Name selbst daher genommen) bedient sich gewöhnlich nur des Wortes behischt; aber für den altpersischen Ursprung zeugen sehr ausdrücklich *Pollux* im *Onomast.* IX, 3 und *Xenophon, Oecon.* 4, 13 und 21; *Anab.* I. 2, 7 und I. 4, 10; *Cyrop.* I. 4, 5. Als *Lustgarten* oder *Garten* ist wahrscheinlich aus dem Persischen das Wort in das Hebräische (pardês *Cant.* 4, 13; *Nehem.* 2, 8 und *Eccl.* 2, 5), Arabische (firdaus, Plur. farâdîsu; vergl. *Alcoran* 23, 11 und Luc. 23, 43), Syrische und Armenische (partês: s. *Ciakciak, Dizionario armeno* 1837 p. 1194 und *Schröder, Thes. ling. armen.* 1711 praef. p. 56) übergegangen. Die Ableitung des persischen Wortes aus dem Sanskrit (pradê'sa oder paradê'sa: Bezirk, Gegend oder Ausland), welche *Benfey* (*Griech. Wurzellexikon* Bd. I. 1839 S. 138), *Bohlen* und *Gesenius* auch schon anführen, trifft der Form nach vollkommen, der Bedeutung nach aber wenig zu." - Buschmann. ja der Baumdienst steigt bei den Iraniern bis zu den Vorschriften des Hom, des im Zend-Avesta angerufenen Verkünders des alten Gesetzes, hinauf. Man kennt aus Herodot die Freude, welche Xerxes noch an der großen Platane in Lydien hatteHerodot VII, 31 (zwischen Kallatebus und Sardes).: die er mit goldenem Schmuck beschenkte und der er in der Person eines der „zehntausend Unsterblichen" einen eigenen Wächter gab. Die uralte Verehrung der Bäume hing, wegen des erquickenden und feuchten Schattens eines Laubdaches, mit dem Dienste der heiligen Quellen zusammen.

In einen solchen Kreis des ursprünglichen Naturdienstes gehören bei den hellenischen Völkern der Ruf des wundergroßen Palmbaums auf Delos wie der einer alten Platane in Arcadien. Die Buddhisten auf Ceylon verehren den colossalen indischen Feigenbaum (Banyane) von Anurahdepura. Es soll derselbe aus Zweigen des Urstammes entsprossen sein, unter welchem Buddha, als Bewohner des alten Magadha, in Seligkeit (Selbstverlöschung, nirwâna) versunken war.*Ritter, Erdkunde* Th. IV, 2. S. 237, 251 und 681; *Lassen, Indische Alterthumskunde* Bd. I. S. 260. Wie einzelne Bäume wegen ihrer schönen Gestalt ein Gegenstand der Heiligung waren, so wurden es Gruppen von Bäumen als *Haine* der *Götter*. Pausanias ist voll des Lobes von einem Haine des Apollotempels zu Grynion in Aeolis*Pausanias* I. 21, 9. Vergl. auch *Arboretum* *sacrum* in *Meursii Opp.* ex recensione Joannis Lami Vol. X. (Florent. 1753) p. 777–844., der Hain von Kolonos wird in dem berühmten Chore des Sophocles gefeiert.

Wie nun das Naturgefühl sich in der Auswahl und sorgfältigen Pflege geheiligter Gegenstände des Pflanzenreichs aussprach, so offenbarte es sich noch lebendiger und mannigfaltiger in den Gartenanlagen früh cultivirter ostasiatischer Völker. In dem fernsten Theile des alten Continents scheinen die chinesischen Gärten sich am meisten dem genähert zu haben, was wir jetzt englische Parks zu nennen pflegen. Unter der siegreichen Dynastie der Han hatten freie Gartenanlagen so viele Meilen im Umfange, daß der Ackerbau durch sie gefährdet und das Volk zum Aufruhr angeregt wurde. „Was sucht man", sagt ein alter chinesischer Schriftsteller, *Lieu-tscheu,* „in der Freude an einem Lustgarten? In allen Jahrhunderten ist man darin übereingekommen, daß die Pflanzung den Menschen für alles Anmuthige entschädigen soll, was ihm die Entfernung von dem Leben in der freien Natur, seinem eigentlichen und liebsten Aufenthalte, entzieht. Die Kunst den Garten anzulegen besteht also in dem Bestreben Heiterkeit (der Aussicht), Ueppigkeit des Wachsthums, Schatten, Einsamkeit und Ruhe so zu vereinigen, daß durch den ländlichen Anblick die Sinne getäuscht werden. Die Mannigfaltigkeit, welche der Hauptvorzug der freien Landschaft ist, muß also gesucht werden in der Auswahl des Bodens, in dem Wechsel von Hügelketten und Thalschluchten, von Bächen und Seen, die mit Wasserpflanzen bedeckt sind. Alle Symmetrie ist ermüdend; Ueberdruß und Langeweile werden in Gärten erzeugt, in welchen jede Anlage Zwang und Kunst verräth.A. a. O. p. 318–320. Eine Beschreibung, welche uns Sir George Staunton von dem großen kaiserlichen Garten von Zhe-hol, nördlich von der chinesischen Mauer, gegeben hat, entspricht jenen Vorschriften des Lieu-tscheu: Vorschriften, denen einer unserer geistreichen Zeitgenossen, der Schöpfer des anmuthigen Parks von MuskauFürst von *Pückler-Muskau, Andeutungen über Landschaftsgärtnerei* 1834; vergl. damit seine malerischen Beschreibungen der alten und neuen englischen Parks wie die der ägyptischen Gärten von Schubra., seinen Beifall nicht versagen wird.

In dem großen beschreibenden Gedichte, in welchem der Kaiser Kien-long um die Mitte des verflossenen Jahrhunderts die ehemalige mandschuische Residenzstadt Mukden und die Gräber seiner Vorfahren verherrlichen wollte, spricht sich ebenfalls die innigste Liebe zu einer freien, durch die Kunst nur sehr theilweise verschönerten Natur aus. Der poetische Herrscher weiß in gestaltender Anschaulichkeit zu verschmelzen die heiteren Bilder von der üppigen Frische der Wiesen, von waldbekränzten Hügeln und friedlichen Menschenwohnungen mit dem ernsten Bilde der Grabstätte seiner Ahnherrn. Die Opfer, welche er diesen bringt, nach den von Confucius vorgeschriebenen Riten, die fromme Erinnerung an die hingeschiedenen Monarchen und Krieger sind der eigentliche Zweck dieser merkwürdigen Dichtung. Eine lange Aufzählung der wildwachsenden Pflanzen, wie der Thiere, welche die Gegend beleben, ist, wie alles didactische, ermüdend; aber das Verweben des sinnlichen Eindrucks von der Landschaft, die gleichsam nur als Hintergrund des Gemäldes dient, mit erhabenen Objecten der Ideenwelt, mit der Erfüllung religiöser Pflichten, mit Erwähnung großer geschichtlicher Ereignisse giebt der ganzen Composition einen eigenthümlichen Charakter. Die bei dem chinesischen Volke so tief eingewurzelte Heiligung der Berge führt Kien-long zu sorgfältigen Schilderungen der Physiognomik der unbelebten Natur, für welche die Griechen und Römer keinen Sinn hatten. Auch die Gestaltung der einzelnen Bäume, die Art ihrer Verzweigung, die Richtung der Aeste, die Form ihres Laubes werden mit besonderer Vorliebe behandelt.

Wenn ich der, leider! zu langsam unter uns verschwindenden Abneigung gegen die chinesische Litteratur nicht nachgebe und bei den Natur-Ansichten eines Zeitgenossen Friedrichs des Großen nur zu lange verweilt bin, so ist es hier um so mehr meine Pflicht sieben und ein halbes Jahrhundert weiter hinaufzusteigen und an das *Gartengedicht* des *See-ma-kuang*, eines berühmten Staatsmannes, zu erinnern. Die Anlagen, welche das Gedicht beschreibt, sind freilich theilweise voller Baulichkeiten, nach Art der alten italischen Villen; aber der Minister besingt auch eine Einsiedelei, die zwischen Felsen liegt und von hohen Tannen umgeben ist. Er lobt die freie Aussicht auf den breiten, vielbeschifften Strom Kiang; er fürchtet selbst die Freunde nicht, wenn sie kommen, ihm ihre Gedichte vorzulesen, weil sie auch die seinigen anhören. *Mémoires concernant les Chinois* T. II. p. 643–650. See-ma-kuang schrieb um das Jahr 1086: als in Deutschland die Poesie, in den Händen einer rohen Geistlichkeit, nicht einmal in der vaterländischen Sprache auftrat.

Damals, und vielleicht ein halbes Jahrtausend früher, waren die Bewohner von China, Hinter-Indien und Japan schon mit einer großen Mannigfaltigkeit von Pflanzenformen bekannt. Der innige Zusammenhang, welcher sich zwischen den buddhistischen Mönchsanstalten erhielt, übte auch in diesem Punkte seinen Einfluß aus. Tempel, Klöster und Begräbnißplätze wurden von Gartenanlagen umgeben, welche mit ausländischen Bäumen und einem Teppich vielfarbiger, vielgestalteter Blumen geschmückt waren. Indische Pflanzen wurden früh schon nach China, Korea und Nipon verbreitet. Siebold, dessen Schriften einen weitumfassenden Ueberblick aller japanischen Verhältnisse liefern, hat zuerst auf die Ursach einer Vermischung der Floren entlegener buddhistischer Länder aufmerksam gemacht.

Der Reichthum von charakteristischen *Pflanzenformen*, welche unsere Zeit der wissenschaftlichen Beobachtung wie der Landschaftmalerei darbietet, muß lebhaft anreizen den Quellen nachzuspüren, welche uns diese Erkenntniß und diesen Naturgenuß bereiten. Die Aufzählung dieser Quellen bleibt der nächstfolgenden *Abtheilung* dieses Werkes, der *Geschichte der Weltanschauung*, vorbehalten. Hier kam es darauf an in dem Reflex der Außenwelt auf das Innere des Menschen, auf seine geistige Thätigkeit und seine Empfindungsweise die *Anregungsmittel* zu schildern, welche bei fortschreitender Cultur so mächtig auf die

Belebung des Naturstudiums eingewirkt haben. Die urtiefe Kraft der Organisation fesselt, trotz einer gewissen Freiwilligkeit im Entfalten einzelner Theile, alle thierische und vegetabilische Gestaltung an feste, ewig wiederkehrende Typen; sie bestimmt in jeder Zone den ihr eingeprägten, eigenthümlichen Charakter, d. i. die *Physiognomik der Natur*. Deshalb gehört es unter die schönsten Früchte europäischer Völkerbildung, daß es dem Menschen möglich geworden sich fast überall, wo ihn schmerzliche Entbehrung bedroht, durch Cultur und Gruppirung exotischer Gewächse, durch den Zauber der Landschaftmalerei und durch die Kraft des begeisterten Wortes einen Theil des Naturgenusses zu verschaffen, den auf fernen, oft gefahrvollen Reisen durch das Innere der Continente die wirkliche Anschauung gewährt.

B. Geschichte der physischen Weltanschauung

Hauptmomente der allmäligen Entwickelung und Erweiterung des Begriffs vom Kosmos, als einem Naturganzen.

Die *Geschichte der physischen Weltanschauung* ist die Geschichte der Erkenntniß eines Naturganzen, die Darstellung des Strebens der Menschheit das Zusammenwirken der Kräfte in dem Erd- und Himmelsraume zu begreifen; sie bezeichnet demnach die Epochen des Fortschrittes in der Verallgemeinerung der Ansichten, sie ist ein Theil der Geschichte unserer Gedankenwelt: in so fern dieser Theil sich auf die Gegenstände sinnlicher Erscheinung, auf die Gestaltung der geballten Materie und die ihr inwohnenden Kräfte bezieht.

In dem ersten Theile dieses Werkes, in dem Abschnitt über die Begrenzung und wissenschaftliche Behandlung einer physischen Weltbeschreibung, glaube ich deutlich entwickelt zu haben, wie die einzelnen Naturwissenschaften sich zur Weltbeschreibung, d. h. zur Lehre vom Kosmos (vom Weltganzen), verhalten; wie diese Lehre aus jenen Disciplinen nur die Materialien zu ihrer wissenschaftlichen Begründung schöpfe. Die *Geschichte der Erkenntniß des Weltganzen*, zu welcher ich hier die leitenden Ideen darlege und welche ich der Kürze wegen bald *Geschichte des Kosmos*, bald *Geschichte der physischen Weltanschauung* nenne, darf also nicht verwechselt werden mit der *Geschichte der Naturwissenschaften*, wie sie mehrere unserer vorzüglichsten Lehrbücher der Physik oder die der Morphologie der Pflanzen und Thiere liefern.

Um Rechenschaft von der Bedeutung dessen zu geben, was hier unter den Gesichtspunkt einzelner historischer Momente zusammenzustellen ist, scheint es am geeignetsten beispielsweise aufzuführen, was nach dem Zweck dieser Blätter behandelt oder ausgeschlossen werden muß. In die Geschichte des Naturganzen gehören die Entdeckungen des zusammengesetzten Microscops, des Fernrohrs und der farbigen

Polarisation: weil sie Mittel verschafft haben das, was allen Organismen gemeinsam ist, aufzufinden; in die fernsten Himmelsräume zu dringen und das erborgte, reflectirte Licht von dem selbstleuchtender Körper zu unterscheiden: d. i. zu bestimmen, ob das Sonnenlicht aus einer festen Masse oder aus einer gasförmigen Umhüllung ausstrahle. Die Aufzählung der Versuche aber, welche seit Huygens allmälig auf Arago's Entdeckung der farbigen Polarisation geleitet haben, werden der Geschichte der Optik vorbehalten. Eben so verbleibt der Geschichte der Phytognosie oder Botanik die Entwickelung der Grundsätze, nach denen die Masse vielgestalteter Gewächse sich in Familien an einander reihen läßt: während die Geographie der Pflanzen, oder die Einsicht in die örtliche und klimatische Vertheilung der Vegetation über den ganzen Erdkörper, über die Feste und das algenreiche Becken der Meere, einen wichtigen Abschnitt in der Geschichte der physischen Weltanschauung ausmacht.

Die denkende Betrachtung dessen, was die Menschen zur Einsicht eines Naturganzen geführt hat, ist eben so wenig die ganze *Culturgeschichte der Menschheit*, als sie, wie wir eben erinnert haben, eine *Geschichte der Naturwissenschaften* genannt werden kann. Allerdings ist die Einsicht in den Zusammenhang der lebendigen Kräfte des Weltalls als die edelste Frucht der menschlichen Cultur, als das Streben nach dem höchsten Gipfel, welchen die Vervollkommnung und Ausbildung der Intelligenz erreichen kann, zu betrachten; aber das, wovon wir hier Andeutungen geben, ist nur ein Theil der Culturgeschichte selbst. Diese umfaßt gleichzeitig, was den Fortschritt der einzelnen Völker nach allen Richtungen erhöhter Geistesbildung und Sittlichkeit bezeichnet. Wir gewinnen nach einem eingeschränkteren physikalischen Gesichtspunkte der Geschichte des menschlichen Wissens nur eine Seite ab: wir heften vorzugsweise den Blick auf das Verhältniß des allmälig Ergründeten zum Naturganzen; wir beharren minder bei der Erweiterung der einzelnen Disciplinen als bei Resultaten, welche einer Verallgemeinerung fähig sind oder kräftige materielle Hülfsmittel zu genauerer Beobachtung der Natur in verschiedenen Zeitaltern geliefert haben.

Vor allem müssen sorgfältig ein frühes *Ahnden* und ein wirkliches *Wissen* scharf von einander getrennt werden. Mit der zunehmenden Cultur des Menschengeschlechts geht von dem ersten vieles in das zweite über, und ein solcher Uebergang verdunkelt die Geschichte der Erfindungen. Eine sinnige, ideelle Verknüpfung des früher Ergründeten leitet oft fast unbewußt das Ahndungsvermögen und erhöht dasselbe wie durch eine begeistigende Kraft. Wie manches ist bei Indern und Griechen, wie manches im Mittelalter über den Zusammenhang von Naturerscheinungen ausgesprochen worden: erst unerwiesen und mit dem Unbegründetsten vermengt, aber in späterer Zeit auf sichere Erfahrung gestützt und dann wissenschaftlich erkannt! Die ahndende Phantasie: die allbelebende Thätigkeit des Geistes, welche in Plato, in Columbus, in Kepler gewirkt hat, darf nicht angeklagt werden, als habe sie in dem Gebiet der Wissenschaft nichts geschaffen, als müsse sie nothwendig ihrem Wesen nach von der Ergründung des Wirklichen abziehen.

Da wir die *Geschichte der physischen Weltanschauung* als die *Geschichte der Erkenntniß eines Naturganzen*, gleichsam als die Geschichte des Gedankens von der Einheit in den Erscheinungen und von dem Zusammenwirken der Kräfte im Weltall, definirt haben; so kann die *Behandlungsweise* dieser Geschichte nur in der Aufzählung dessen bestehen, wodurch der Begriff von der Einheit der Erscheinungen sich allmälig ausgebildet hat. Wir unterscheiden in dieser Hinsicht: 1) das selbstständige Streben der Vernunft nach Erkenntniß von Naturgesetzen, also eine denkende Betrachtung der Naturerscheinungen; 2) die Weltbegebenheiten, welche plötzlich den Horizont der Beobachtung erweitert haben; 3) die Erfindung neuer Mittel sinnlicher Wahrnehmung: gleichsam die Erfindung neuer Organe, welche den Menschen mit den irdischen Gegenständen wie mit den fernsten Welträumen in näheren Verkehr bringen, welche die Beobachtung schärfen und vervielfältigen. Dieser dreifache Gesichtspunkt muß uns leiten, wenn wir die Haupt-Epochen (Hauptmomente) bestimmen, welche die Geschichte der *Lehre vom Kosmos* zu durchlaufen hat. Um das Gesagte zu erläutern, wollen wir hier wiederum solche Beispiele anführen, die die Verschiedenheit der Mittel charakterisiren, durch welche die Menschheit allmälig zum intellectuellen Besitz von einem großen Theile der Welt gelangt ist: Beispiele von erweiterter *Naturkenntniß*, von großen *Begebenheiten* und von der Erfindung neuer *Organe*.

Die *Kenntniß der Natur*, als älteste Physik der Hellenen, war mehr aus inneren Anschauungen, aus der Tiefe des Gemüths als aus der Wahrnehmung der Erscheinungen geschöpft. Die Naturphilosophie der *ionischen Physiologen* ist auf den Urgrund des Entstehens, auf den Formenwechsel eines einigen Grundstoffes gerichtet; in der mathematischen Symbolik der *Pythagoreer*, in ihren Betrachtungen über Zahl und Gestalt offenbart sich dagegen eine Philosophie des Maaßes und der Harmonie. Indem die *dorisch-italische Schule* überall numerische Elemente sucht, hat sie von dieser Seite, durch eine gewisse Vorliebe für die Zahlenverhältnisse, die sie im Raum und in der Zeit erkennt, gleichsam den Grund zur späteren Ausbildung unserer Erfahrungswissenschaften gelegt. Die *Geschichte der Weltanschauung*, wie ich sie auffasse, bezeichnet nicht sowohl die oft wiederkehrenden Schwankungen zwischen Wahrheit und Irrthum als die Hauptmomente der allmäligen Annäherung an die Wahrheit, an die richtige Ansicht der irdischen Kräfte und des Planetensystems. Sie zeigt uns, wie die Pythagoreer, nach dem Berichte des Philolaus aus Croton, die *fortschreitende* Bewegung der nicht rotirenden Erde, ihren Kreislauf um den *Weltheerd* (das Centralfeuer, *Hestia*) lehrten: wenn Plato und Aristoteles sich die Erde weder als rotirend noch fortschreitend, sondern als unbeweglich im Mittelpunkt schwebend vorstellten. Hicetas von Syracus, der mindestens älter als Theophrast ist, Heraclides Ponticus und Ecphantus kannten die Achsendrehung der Erde; aber nur Aristarch von Samos und besonders Seleucus der Babylonier, anderthalb Jahrhunderte nach Alexander, wußten, daß die Erde nicht bloß rotire, sondern sich zugleich auch um die Sonne, als das Centrum des ganzen Planetensystems, bewege. Kehrte auch in den dunkeln Zeiten des Mittelalters durch christlichen Fanatismus und den herrschend bleibenden Einfluß des ptolemäischen Systemes der Glaube an die Unbeweglichkeit der Erde zurück, wurde auch ihre Gestalt bei dem alexandrinischen Cosmas Indicopleustes wieder die Scheibe des Thales; so hatte dagegen ein deutscher Cardinal, Nicolaus de Cuß, zuerst die Geistesfreiheit und den Muth, fast hundert Jahre vor Copernicus, unserem Planeten zugleich wieder die Achsendrehung und die fortschreitende Bewegung zuzuschreiben. Nach Copernicus war Tycho's Lehre allerdings ein Rückschritt, aber ein Rückschritt von kurzer Dauer. Sobald eine große Masse genauer Beobachtungen, zu der Tycho selbst reichlich beigetragen, angesammelt war, konnte die richtige Ansicht des Weltbaues nicht auf lange verdrängt bleiben. Wir haben hier gezeigt, wie die Periode der Schwankungen vorzüglich die der Ahndungen und naturphilosophischen Phantasien gewesen ist.

Nach der vervollkommneten Kenntniß der Natur, als einer gleichzeitigen Folge unmittelbarer Beobachtung und ideeller Combinationen, haben wir oben der Aufzählung großer *Begebenheiten* gedacht: d. i. solcher, durch welche der Horizont der Weltanschauung räumlich erweitert wurde. Zu diesen Begebenheiten gehören Völkerwanderungen, Schifffahrt und Heerzüge. Sie haben von der natürlichen Beschaffenheit der Erdoberfläche (Gestaltung der Continente, Richtung der Gebirgsjoche, relativen Anschwellung der Hochebenen) Kunde verschafft, ja in weiten Länderstrecken Material zur Ergründung allgemeiner Naturgesetze dargeboten. Es bedarf bei diesen historischen Betrachtungen nicht der Darstellung eines zusammenhangenden Gewebes von Begebenheiten. Für die *Geschichte der Erkenntniß des Naturganzen* ist es hinlänglich in jeder Epoche nur an solche Begebenheiten zu erinnern, welche einen entschiedenen Einfluß auf die geistigen Bestrebungen der Menschheit und auf eine erweiterte Weltansicht auszuüben vermochten. In dieser Hinsicht sind von großer Wichtigkeit gewesen für die Völker, die um das Becken des Mittelmeeres angesiedelt waren, die Fahrt des Coläus von Samos jenseits der Hercules-Säulen, der Zug Alexanders nach Vorder-Indien, die Weltherrschaft der Römer, die Verbreitung arabischer Cultur, die Entdeckung des Neuen Continents. Wir verweilen nicht sowohl bei der Erzählung von etwas Geschehenem als bei der Bezeichnung der Wirkung, welche das Geschehene, d. i. die Begebenheit: sei sie eine Entdeckungsreise, oder das Herrschend-Werden einer hochausgebildeten, litteraturreichen Sprache, oder die plötzlich verbreitete Kenntniß der indo-afrikanischen Monsune; auf die Entwickelung der Idee des Kosmos ausgeübt hat.

Wenn ich bei der Aufzählung so heterogener Anregungen schon beispielsweise der *Sprachen* erwähne, so will ich hier im allgemeinen auf ihre unermeßliche Wichtigkeit in zwei ganz verschiedenen Richtungen aufmerksam machen. Die Sprachen wirken einzeln durch große Verbreitung als Communications-Mittel zwischen weit von einander getrennten Volkerstämmen; sie wirken, mit einander verglichen, durch die erlangte Einsicht in ihren inneren Organismus und ihre Verwandtschaftsgrade, auf das tiefere Studium der Geschichte der Menschheit. Die griechische Sprache und die mit derselben so innigst verknüpfte Nationalität der Griechen (das Griechenleben) haben eine zauberische Gewalt geübt über alle fremde von ihnen berührte Völker. Die griechische Sprache erscheint in Inner-Asien durch den Einfluß des bactrischen Reiches als eine Trägerinn des Wissens: das ein volles Jahrtausend später, mit indischem Wissen gemischt, durch die Araber in den äußersten Westen von Europa zurückgebracht wird. Die alt-indische und die malayische Sprache haben in der Inselwelt des südöstlichen Asiens wie an der Ostküste von Afrika und auf Madagascar den Handel und den Völkerverkehr befördert: ja wahrscheinlich, durch die Nachrichten von den indischen Handelsstationen der Banianen, das kühne Unternehmen von Vasco de Gama veranlaßt. Herrschend gewordene Sprachen, die leider den verdrängten Idiomen einen frühen Untergang bereiten, haben wie das Christenthum und wie der Buddhismus wohlthätig zur Einigung der Menschheit beigetragen.

Verglichen unter einander und als Objecte der *Naturkunde des Geistes* betrachtet, nach der Analogie ihres inneren Baues in Familien gesondert, sind die Sprachen (und dieses ist eines der glänzendsten Ergebnisse der Studien neuerer Zeit, der letztverflossenen sechzig bis siebzig Jahre) eine reiche Quelle des historischen Wissens geworden. Eben weil sie das Product der geistigen Kraft des Menschen sind, führen sie uns mittelst der Grundzüge ihres Organismus in eine dunkle Ferne: in eine solche, zu welcher keine Tradition hinaufreicht. Das vergleichende Sprachstudium zeigt, wie durch große Länderstrecken getrennte Völkerstämme mit einander verwandt und aus einem gemeinschaftlichen Ursitze ausgezogen sind; es offenbart den Weg und die Richtung alter Wanderungen; es erkennt, den Entwickelungsmomenten nachspürend, in der mehr oder minder veränderten Sprachgestaltung, in der Permanenz gewisser Formen oder in der bereits fortgeschrittenen Zertrümmerung und Auflösung des Formensystems, welcher Volksstamm der einst im gemeinsamen Wohnsitze üblichen, gemeinsamen Sprache näher geblieben ist. Zu dieser Art der Untersuchungen über die ersten alterthümlichen Sprachzustände, in denen das Menschengeschlecht im eigentlichsten Sinne des Worts als ein lebendiges Naturganzes betrachtet wird, giebt die lange Kette der indogermanischen Sprachen, vom Ganges bis zum iberischen West-Ende von Europa, von Sicilien bis zum Nordcap, vielfachen Anlaß. Dieselbe historische Sprachvergleichung leitet auch auf das Vaterland gewisser Erzeugnisse, welche seit den ältesten Zeiten wichtige Gegenstände des Tauschhandels gewesen sind. Die Sanskritnamen ächt indischer Producte: die von Reiß, Baumwolle, Narde und Zucker, finden wir in die griechische und theilweise sogar in die semitischen Sprachen übergegangen.

Nach den hier angedeuteten und durch Beispiele erläuterten Betrachtungen erscheint die vergleichende Sprachkunde als ein wichtiges rationelles Hülfsmittel, um durch wissenschaftliche, ächt philologische Untersuchungen zu einer Verallgemeinerung der Ansichten über die Verwandtschaft des Menschengeschlechts und seine muthmaßlich von mehreren Punkten ausgehenden *Verbreitungsstrahlen* zu gelangen. Die *rationellen* Hülfsmittel der sich allmälig entwickelnden Lehre vom Kosmos sind demnach sehr verschiedener Art: Erforschung des Sprachbaues, Entzifferung alter Schriftzüge und historischer Monumente in Hieroglyphen und Keilschrift; Vervollkommnung der Mathematik: besonders des mächtigen, Erdgestalt, Meeresfluth und Himmelsräume beherrschenden, analytischen Calculs. Zu diesen Hülfsmitteln gesellen sich endlich die *materiellen Erfindungen:* welche uns gleichsam neue Organe schaffen, die Schärfe der Sinne erhöhen, ja den Menschen in einen näheren Verkehr mit den irdischen Kräften wie mit den fernen Welträumen setzen. Um hier nur diejenigen Instrumente zu erwähnen, welche große Epochen der Culturgeschichte bezeichnen, nennen wir das Fernrohr und dessen leider zu späte Verbindung mit Meßinstrumenten; das zusammengesetzte Microscop: welches uns Mittel verschafft den Entwickelungszuständen des Organischen („der gestaltenden Thätigkeit als dem Grunde des *Werdens*", wie Aristoteles schön sagt) zu folgen; die Boussole und die verschiedenen Vorrichtungen zur Ergründung des Erd-Magnetismus, den Gebrauch des Pendels zum Zeitmaaße, das Barometer, den Wärmemesser, hygrometrische und electrometrische Apparate, das Polariscop in Anwendung auf farbige Polarisations-Phänomene im Licht der Gestirne oder im erleuchteten Luftkreise.

Die *Geschichte der physischen Weltanschauung:* gegründet, wie wir eben entwickelt haben, auf denkende Betrachtung der Naturerscheinungen, auf eine Verkettung großer Begebenheiten, auf Erfindungen, welche den Kreis sinnlicher Wahrnehmung erweitern; soll aber hier in ihren Hauptzügen nur fragmentarisch und übersichtlich dargestellt werden. Ich schmeichle mir mit der Hoffnung, daß die Kürze dieser Darstellung den Leser in den Stand setzen könne den Geist, in welchem ein so schwer zu begrenzendes Bild einst auszuführen wäre, leichter zu erfassen. Hier wie in dem *Naturgemälde*, welches der erste Band des Kosmos enthält, wird nicht nach Vollständigkeit in Aufzählung von Einzelheiten, sondern nach der klaren Entwickelung von leitenden Ideen getrachtet: solchen, welche einige der Wege bezeichnen, die der Physiker als Geschichtsforscher durchlaufen kann. Die Kenntniß von dem Zusammenhang der Begebenheiten und ihren Causalverhältnissen wird als ein Gegebenes vorausgesetzt; die Begebenheiten brauchen nicht erzählt zu werden: es genügt sie zu nennen und den Einfluß zu bestimmen, den sie auf die allmälig anwachsende Erkenntniß eines Naturganzen ausgeübt haben. Vollständigkeit, ich glaube es wiederholen zu müssen, ist hier weder zu erreichen noch als das Ziel eines solchen Unternehmens zu betrachten. Indem ich dies ausspreche, um meinem Werke vom Kosmos den eigenthümlichen Charakter zu bewahren, der dasselbe allein ausführbar macht: werde ich mich freilich von neuem dem Tadel derer aussetzen, welche weniger bei dem verweilen, was ein Buch enthält, als bei dem, was nach ihrer individuellen Ansicht darin gefunden werden sollte. In den älteren Theilen der Geschichte bin ich geflissentlich weit umständlicher als in den neueren gewesen. Wo die Quellen sparsamer fließen, ist die Combination schwieriger, und die aufgestellten

Meinungen bedürfen dann der Anführung nicht allgemein bekannter Zeugnisse. Auch Ungleichmäßigkeit in der Behandlung der Materien habe ich nur da frei gestattet, wo es darauf ankam durch Aufzählung von Einzelheiten dem Vortrag ein belebenderes Interesse zu geben.

Wie die Erkenntniß eines Weltganzen mit intuitiver Ahndung und wenigen wirklichen Beobachtungen über isolirte Naturgebiete begonnen hat, so glauben wir auch in der geschichtlichen Darstellung der Weltanschauung von einem eingeschränkten Erdraume ausgehen zu müssen. Wir wählen das Meerbecken, um welches diejenigen Völker sich bewegt haben, auf deren Wissen unsere abendländische Cultur (die einzige fast ununterbrochen fortgeschrittene) zunächst gegründet ist. Man kann die Hauptströme bezeichnen, welche die Elemente der Bildung und der erweiterten Natur-Ansichten dem westlichen Europa zugeführt haben; aber bei der Vielfachheit dieser Ströme ist nicht ein einiger Urquell zu nennen. Tiefe Einsicht in die Kräfte der Natur, Erkenntniß der Natur-Einheit gehört nicht einem sogenannten *Urvolke* an: für welches, nach dem Wechsel historischer Ansichten, bald ein semitischer Stamm im nord-chaldäischen Arpaxad (Arrahpachitis des Ptolemäus), bald der Stamm der Inder und Iranier im alten Zendlande*Bordj* der Wassernabel des Ormuzd: ungefähr da, wo das Himmelsgebirge (Thian-schan) an seinem westlichen Ende an den Bolor (Belurtagh) gangartig anschaart oder vielmehr diesen unter dem Namen der Asferah-Kette durchsetzt: nördlich von dem Hochlande *Pamer* (*Upa-Mêru*, Land *über dem Meru*). Vergl. Burnouf, *commentaire sur le Yaçna* T. I. p. 239 und Addit. p. CLXXXV mit *Humboldt, Asie centrale* T. I. p. 163; T. II. p. 16, 377 und 390. am Quellgebiet des Oxus und Jaxartes ausgegeben wurden. Die Geschichte, so weit sie durch menschliche Zeugnisse begründet ist, kennt kein *Urvolk*, keinen einigen ersten Sitz der Cultur: keine *Urphysik*, oder Naturweisheit, deren Glanz durch die sündige Barbarei späterer Jahrhunderte verdunkelt worden wäre. Der Geschichtsforscher durchbricht die vielen über einander gelagerten Nebelschichten symbolisirender Mythen, um auf den festen Boden zu gelangen, wo sich die ersten Keime menschlicher Gesittung nach natürlichen Gesetzen entwickelt haben. Im grauen Alterthume, gleichsam am äußersten Horizont des wahrhaft historischen Wissens, erblicken wir schon gleichzeitig mehrere leuchtende Punkte, Centra der Cultur, die gegen einander strahlen: so Aegypten, auf das wenigste fünftausend Jahre vor unserer Zeitrechnung; Babylon, Ninive, Kaschmir, Iran: und China seit der ersten Colonie, die vom nordöstlichen Abfall des Kuen-lün her in das untere Flußthal des Hoangho eingewandert war. Diese Centralpunkte erinnern unwillkührlich an die größeren unter den funkelnden Sternen des Firmaments, an die ewigen Sonnen der Himmelsräume: von denen wir wohl die Stärke des Glanzes, nicht aber, einige wenige ausgenommen, die relative Entfernung von unserem Planeten kennen.

Eine dem ersten Menschenstamme geoffenbarte *Urphysik*, eine durch Cultur verdunkelte *Naturweisheit wilder Völker* gehört einer Sphäre des Wissens oder vielmehr des Glaubens an, welche dem Gegenstande dieses Werkes fremd bleibt. Wir finden einen solchen Glauben indeß schon tief in der ältesten indischen Lehre Krischna's gewurzelt. „Die Wahrheit soll ursprünglich in den Menschen gelegt, aber allmälig eingeschläfert und vergessen worden sein: die Erkenntniß kehrt wie eine *Erinnerung* zurück.“ Wir lassen es gern unentschieden, ob die Volksstämme, die wir gegenwärtig Wilde nennen, alle im Zustande ursprünglich natürlicher Roheit sind: ob nicht viele unter ihnen, wie der Bau ihrer Sprachen es oft vermuthen läßt, verwilderte Stämme, gleichsam zerstreute Trümmer aus den Schiffbrüchen einer früh untergegangenen Cultur sind. Ein naher Umgang mit diesen sogenannten Naturmenschen lehrt nichts von dem, was die Liebe zum Wunderbaren von einer gewissen Ueberlegenheit roher Völker in der Kenntniß der Erdkräfte gefabelt hat. Allerdings steigt ein dumpfes, schauervolles Gefühl von der Einheit der Naturgewalten in dem Busen des Wilden auf: aber ein solches Gefühl hat nichts mit den Versuchen gemein den Zusammenhang der Erscheinungen unter Ideen zu fassen. Wahrhaft kosmische Ansichten sind erst Folge der Beobachtung und ideeller Combination, Folge eines lange dauernden Contacts der Menschheit mit der Außenwelt: auch sind sie nicht das Werk eines einzigen Volkes: sie sind die Frucht gegenseitiger Mittheilung; eines, wo nicht allgemeinen, doch großen Völkerverkehrs.

Wie in den Betrachtungen über den Reflex der Außenwelt auf die Einbildungskraft wir, im Eingange dieses Bandes, aus der allgemeinen *Litteraturgeschichte* das ausgehoben haben, was sich auf den Ausdruck eines lebendigen Naturgefühls bezieht; so wird in der Geschichte der Weltanschauung aus der allgemeinen *Culturgeschichte* dasjenige ausgesondert, was die Fortschritte in der Erkenntniß eines Naturganzen bezeichnet. Beide, nicht willkührlich, sondern nach bestimmten Grundsätzen abgesonderte Theile haben wieder unter einander dieselben Beziehungen als die Disciplinen, welchen sie entlehnt sind. Die Geschichte der Cultur der Menschheit schließt in sich die Geschichte der Grundkräfte des menschlichen Geistes: und also auch der Werke, in denen nach verschiedenen Richtungen diese Grundkräfte in Litteratur und Kunst sich offenbart haben. Auf gleiche Weise erkennen wir in der Tiefe und Lebendigkeit des Naturgefühls, die wir nach dem Unterschiede der Zeiten und der Völkerstämme geschildert, wirksame Anregungsmittel zu sorgfältigerer Beachtung der Erscheinungen, zu ernster Ergründung ihres *kosmischen* Zusammenhanges.

Eben weil nun so mannigfaltig die Ströme sind, welche die Elemente des erweiterten Naturwissens getragen und im Laufe der Zeiten ungleich über den Erdboden verbreitet haben; ist es, wie wir bereits oben bemerkt, am geeignetsten, in der Geschichte der Weltansicht von Einer Völkergruppe und zwar von der auszugehen, in der unsere jetzige wissenschaftliche Cultur und die des ganzen europäischen Abendlandes ursprünglich gewurzelt sind. Die Geistesbildung der Griechen und Römer ist allerdings ihrem Anfange nach eine sehr neue zu nennen, in Vergleich mit der Cultur der Aegypter, Chinesen und Inder; aber was ihnen von außen, von dem Orient und von Süden her, zugeströmt ist: hat sich mit dem, was sie selbst hervorgebracht und verarbeitet, trotz des ewigen Wechsels der Weltbegebenheiten und des fremdartigen Gemisches eindringender Völkermassen, ununterbrochen auf europäischem Boden fortgepflanzt. In den Regionen, wo man vor Jahrtausenden vieles früher gewußt, ist entweder eine alles verdunkelnde Barbarei wiederum eingetreten; oder neben der Erhaltung alter Gesittung und fester, complicirter Staatseinrichtungen (wie in China) ist doch der Fortschritt in Wissenschaft und gewerblichen Kunstfertigkeiten überaus geringe: noch geringer der Antheil an dem Weltverkehr gewesen, ohne den allgemeine Ansichten sich nie bilden können. Europäische Culturvölker und die von ihnen abstammenden, in andere Continente übergegangenen sind durch eine riesenmäßige Erweiterung ihrer Schifffahrt in den fernsten Meeren, an den fernsten Küsten gleichsam allgegenwärtig geworden. Was sie nicht besitzen, können sie bedrohen. In ihrem fast ununterbrochen vererbten Wissen, in ihrer lang vererbten wissenschaftlichen Nomenclatur liegen, wie Marksteine der Geschichte der Menschheit, Erinnerungen an die mannigfaltigen Wege, auf denen wichtige Erfindungen oder wenigstens der Keim zu denselben den Völkern Europa's zugeströmt sind: aus dem östlichsten Asien die Kenntniß von der Richtkraft und Abweichung eines frei sich bewegenden Magnetstabes, aus Phönicien und Aegypten chemische Bereitungen (Glas, thierische und vegetabilische Färbestoffe, Metall-Oxyde), aus Indien allgemeiner Gebrauch der *Position* zur Bestimmung des erhöhten Werthes weniger Zählzeichen.

Seitdem die Civilisation ihre ältesten Ursitze innerhalb der Tropen oder in der subtropischen Zone verlassen, hat sie sich bleibend in dem Welttheile angesiedelt, dessen nördlichste Regionen weniger kalt als unter gleicher Breite die von Asien und Amerika sind. Das Festland von Europa ist eine westliche Halbinsel von Asien; und wie es eine größere, die allgemeine Gesittung begünstigende Milde seines Klima's diesem Umstande und seiner mannigfaltigen, vielgegliederten, schon von Strabo gerühmten Form, seiner Stellung gegen das in der Aequatorial-Zone weit ausgedehnte Afrika, so wie den vorherrschenden, über den breiten Ocean hinstreichenden und deshalb im Winter warmen Westwinden verdankt: habe ich bereits früher entwickelt. Die physische Beschaffenheit von Europa hat der Verbreitung der Cultur weniger Hindernisse entgegengestellt, als ihr in Asien und Afrika gesetzt waren: da, wo weitausgedehnte Reihen von Parallelketten, Hochebenen und Sandmeeren als schwer zu überwindende Völkerscheiden auftreten. Wir beginnen demnach hier, bei der Aufzählung der *Hauptmomente* in der Geschichte der physischen Weltbetrachtung, mit einem Erdwinkel, der durch seine räumlichen Verhältnisse und seine Weltstellung den wechselnden Völkerverkehr und die Erweiterung kosmischer Ansichten, welche Folge dieses Verkehres ist, am meisten begünstigt hat.

Hauptmomente einer Geschichte der physischen Weltanschauung

I.

Das Mittelmeer als Ausgangspunkt für die Darstellung der Verhältnisse, welche die allmälige Erweiterung der Idee des Kosmos begründet haben. – Anreihung dieser Darstellung an die früheste Cultur der Hellenen. – Versuche ferner Schifffahrt gegen Nordost (Argonauten), gegen Süden (Ophir), gegen Westen (Coläus von Samos).

Ganz in dem Sinne einer großen Weltansicht schildert Plato im Phädon die Enge des Mittelmeeres. "Wir", sagt er, „die wir vom Phasis bis zu den Säulen des Hercules wohnen, haben inne nur einen kleinen Theil der Erde: in dem wir uns, wie um einen Sumpf Ameisen oder Frösche, um das (innere) Meer angesiedelt haben." Und dieses enge Becken, an dessen Rande ägyptische, phönicische und hellenische Völker zu einem hohen Glanze der Cultur erblühten, ist der Ausgangspunkt der wichtigsten Weltbegebenheiten, der Colonisirung großer Länderstrecken von Afrika und Asien, der nautischen Unternehmungen gewesen, durch welche eine ganze westliche Erdhälfte enthüllt worden ist.

Das Mittelmeer zeigt noch in seiner jetzigen Gestaltung die Spuren einer ehemaligen Unterabtheilung in drei geschlossene, an einander grenzende, kleinere Becken.Ich habe diese Idee zuerst entwickelt in meiner *Rel. historique du Voyage aux Régions équinoxiales* T. III. p. 236 und in dem *Examen crit. de l'hist. de la Géogr. au 15me siècle* T. I. p. 36–38. Vergl. auch Otfried *Müller* in den *Göttingischen gelehrten Anzeigen* aus dem J. 1838 Bd. I. S. 375. Das westlichste Bassin, welches ich im allgemeinen das *tyrrhenische* nenne, begreift nach Strabo das *iberische, ligustische* und *sardoische* Meer. Das Syrten-Bassin östlich von Sicilien begreift das *ausonische* oder *sikelische,* das *libysche* und *ionische* Meer. Der südliche und südwestliche Theil des *ägäischen* Meeres hieß das *cretische, saronische* und *myrtoische.* Die merkwürdige Stelle *Aristot. de Mundo* cap. 3 (pag. 393 Bekk.) bezieht sich bloß auf die Busenform der Küsten des Mittelmeers und ihre Wirkung auf den einströmenden Ocean. Das *ägäische* ist südlich begrenzt durch die Bogenlinie, welche, von der carischen Küste Kleinasiens an, die Inseln Rhodus, Creta und Cerigo bilden, und die sich an den Peloponnes anschließt unfern des Vorgebirges Malea. Westlicher folgt das *ionische* Meer; das *Syrten-Bassin,* in dem Malta liegt. Die Westspitze von Sicilien nähert sich dort auf 12 geographische Meilen der Küste von Afrika. Die plötzliche, aber kurzdauernde Erscheinung der gehobenen Feuerinsel Ferdinandea (1831) südwestlich von den Kalkstein-Felsen von Sciacca mahnt an einen Versuch der Natur Syrten-Bassin zwischen Cap Grantola, der von Capitän Smyth untersuchten *Adventure-Bank,* Pantellaria und dem afrikanischen Cap Bon wiederum zu schließen und so von dem westlichsten, dritten Bassin, dem *tyrrhenischen,* zu trennen.

Letzteres empfängt durch die Hercules-Säulen den von Westen her einbrechenden Ocean und umschließt Sardinien, die Balearen und die kleine vulkanische Gruppe der spanischen Colmubraten.

Diese Form des dreimal verengten Mittelmeeres hat einen großen Einfluß auf die frühеste Beschränkung und spätere Erweiterung phönicischer und griechischer Entdeckungsreisen gehabt. Die letzteren blieben lange auf das ägäische und auf das Syrtenmeer beschränkt. Zu der homerischen Zeit war das continentale Italien noch ein „unbekanntes Land". Die Phocäer eröffneten das tyrrhenische Bassin westlich von Sicilien; Tartessusfahrer gelangten zu den Säulen des Hercules. Man darf nicht vergessen, daß Carthago an der Grenze des tyrrhenischen und Syrten-Beckens gegründet ward. Die physische Gestaltung der Küsten wirkte auf den Gang der Begebenheiten, auf die Richtung nautischer Unternehmungen, auf den Wechsel der Meeresherrschaft; die letzte wirkte wiederum auf die Erweiterung des Ideenkreises.

Das nördliche Gestade des inneren oder Mittelmeeres hat den, schon von Eratosthenes nach Strabo bemerkten *Vorzug:* reicher geformt, „vielgestalteter", mehr gegliedert zu sein als das südliche libysche. Dort treten drei Halbinseln hervor. die iberische, italische und hellenische, welche, mannigfach busenförmig eingeschnitten, mit den nahen Inseln und den gegenüberliegenden Küsten Meer- und Landengen bilden. Solche Gestaltungen des Continents und der: theils abgerissenen, theils vulkanisch, reihenweise wie auf weit fortlaufenden Spalten, gehobenen Inseln haben früh zu geognostischen Ansichten über Durchbrüche, Erdrevolutionen und Ergießungen der angeschwollenen höheren Meere in die tiefer stehenden geführt. Der Pontus, die Dardanellen, die Straße von Gades und das inselreiche Mittelmeer waren ganz dazu geeignet die Ansichten eines solchen Schleusensystems hervorzurufen. Der orphische Argonautiker, wahrscheinlich aus christlicher Zeit, hat alte Sagen eingewebt; er singt von der Zertrümmerung des alten *Lyktonien* in einzelne Inseln: wie „Poseidon, der Finstergelockte, dem Vater Kronion zürnend, schlug auf Lyktonien mit dem goldenen Dreizack". Aehnliche Phantasien, die freilich oft aus einer unvollkommenen Kenntniß räumlicher Verhältnisse entstanden sein konnten, waren in der eruditionsreichen, allem Alterthümlichen zugewandten, alexandrinischen Schule ausgesponnen worden. Ob die Mythe der zertrümmerten Atlantis ein ferner und westlicher Reflex der Mythe von Lyktonien ist, wie ich an einem andern Ort wahrscheinlich zu machen glaubte; oder ob nach Otfried Müller „der Untergang von Lyktonien (Leukonia) auf die samothracische Sage von einer jene Gegend umgestaltenden großen Fluth hindeute": braucht hier nicht entschieden zu werden.

Was aber, wie schon oft bemerkt worden, die geographische Lage des Mittelmeers vor allem wohlthätig in ihrem Einfluß auf den Völkerverkehr und die fortschreitende Erweiterung des Weltbewußtseins gemacht hat, ist die Nähe des in der kleinasiatischen Halbinsel vortretenden östlichen Continents; die Fülle der Inseln des ägäischen Meeres:

welche eine Brücke für die übergehende Cultur gewesen sind*Naxos* von Ernst *Curtius* (1846) S. 11; *Droysen, Geschichte der Bildung des hellenistischen Staatensystems* (1843) S. 4–9.; die Furche zwischen Arabien, Aegypten und Abyssinien, durch die der große indische Ocean unter der Benennung des arabischen Meerbusens oder des rothen Meeres eindringt, getrennt durch eine schmale Erdenge von dem Nil-Delta und der südöstlichen Küste des inneren Meeres. Durch alle diese räumlichen Verhältnisse offenbarte sich in der anwachsenden Macht der Phönicier und später in der der Hellenen, in der schnellen Erweiterung des Ideenkreises der Völker der Einfluß des Meeres, als des *verbindenden Elementes*. Die Cultur war in ihren früheren Sitzen in Aegypten, am Euphrat und Tigris, in der indischen Pentapotamia und in China an reiche *Stromlandschaften* gefesselt gewesen; nicht so in Phönicien und Hellas. In dem bewegten Leben des Griechenthums, vorzüglich im ionischen Stamme, fand der frühe Drang nach seemännischen Unternehmungen eine reiche Befriedigung in den merkwürdigen Formen des mittelländischen Meerbeckens, in seiner relativen Stellung zu dem Ocean im Süden und Westen.

Die Existenz des arabischen Meerbusens, als Folge des Einbruchs des indischen Oceans durch die Meerenge Bab-el-Mandeb, gehört zu der Reihe großer physischer Erscheinungen, welche uns erst die neuere Geognosie hat offenbaren können. Der europäische Continent nämlich ist in seiner Haupt-Axe von Nordost gegen Südwest gerichtet; aber fast rechtwinklig mit dieser Richtung findet sich ein System von Spalten, die theils zum Eindringen der Meereswasser, theils zu Hebung paralleler Gebirgsjoche Anlaß gegeben haben. Ein solches *inverses Streichen* von Südost gegen Nordwest zeigen (vom indischen Ocean bis zum Ausfluß der Elbe im nördlichen Deutschland) das rothe Meer in dem südlichen Theile der Spalte, zu beiden Seiten von vulkanischen Gebirgsarten umgeben, der persische Meerbusen mit dem Tieflande des Doppelstromes Euphrat und Tigris, die Zagros-Kette in Luristan, die Ketten von Hellas und den nahen Inselreihen des Archipels, das adriatische Meer und die dalmatischen Kalk-Alpen. Die Kreuzung der beiden Systeme geodätischer Linien (NO–SW und SO–NW): die ihre Ursach gewiß in Erschütterungs-Richtungen des Inneren unseres Erdkörpers gehabt haben und von denen ich die Spalten SO–NW für neueren Ursprungs halte, hat den wichtigsten Einfluß auf die Schicksale der Menschheit und die Erleichterung des Völkerverkehrs gehabt. Die relative Lage und die, nach der Abweichung der Sonne in verschiedenen Jahreszeiten so ungleiche Erwärmung von Ost-Afrika, Arabien und der Halbinsel von Vorder-Indien erzeugen eine regelmäßige Abwechselung von Luftströmen (*Monsun*), welche die Schifffahrt nach der Myrrhifera Regio der Adramiten in Süd-Arabien, nach dem persischen Meerbusen, Indien und Ceylon dadurch begünstigten, daß in der Jahreszeit (April und Mai bis October), wo Nordwinde auf dem rothen Meere wehen, der Südwest-Monsun von Ost-Afrika bis zur Küste Malabar herrscht, während der dem Rückweg günstige Nordost-Monsun (October bis April) zusammentrifft mit der

Periode der Südwinde zwischen der Meerenge Bab-el-Mandeb und dem Isthmus von Suez.

Nachdem wir nun, in diesem Entwurf einer Geschichte der physischen Weltanschauung, den Schauplatz geschildert haben, auf dem von so verschiedenen Seiten fremde Elemente der Cultur- und Länderkenntniß dem Griechenvolke zugeführt werden konnten, bezeichnen wir hier zuerst diejenigen der das Mittelmeer umwohnenden Völker, welche sich einer alten und ausgezeichneten Bildung erfreuten: die Aegypter, die Phönicier sammt ihren nord- und westafrikanischen Colonien, und die Etrusker. Einwanderung und Handelsverkehr haben am mächtigsten gewirkt. Je mehr sich in der neuesten Zeit durch Entdeckung von Monumenten und Inschriften, wie durch philosophischere Sprachforschung unser historischer Gesichtskreis erweitert hat: desto mannigfältiger erscheint der Einfluß, welcher in der frühesten Zeit auch vom Euphrat her, aus Lycien und durch die mit den thracischen Stämmen verwandten Phrygier auf die Griechen ausgeübt wurde.

In dem *Nilthale*, das eine so große Rolle in der Geschichte der Menschheit spielt, „gehen sichere Königsschilder“ (ich folge den neuesten Forschungen von Lepsius und dem Resultate seiner wichtigen, das ganze Alterthum aufklärenden Expedition) „bis in den Anfang der vierten Manethonischen Dynastie: welche die Erbauer der großen Pyramiden von Giseh (Chephren oder Schafra, Cheops-Chufu und Menkera oder Mencheres) in sich schließt. Diese Dynastie beginnt mehr als 34 Jahrhunderte vor unsrer christlichen Zeitrechnung, 23 Jahrhunderte vor der dorischen Einwanderung der Herakliden in den Peloponnes. Die großen Stein-Pyramiden von Dahschur, etwas südlich von Giseh und Sakara, hält Lepsius für Werke der dritten Dynastie. Auf den Blöcken derselben finden sich Steinmetz-Inschriften, aber bis jetzt keine Königsnamen. Die letzte Dynastie des *alten Reichs*, das mit dem Einfall der Hyksos endigte, wohl 1200 Jahre vor Homer, war die 12te Manethonische: welcher Amenemha III angehörte, der Erbauer des ursprünglichen Labyrinths, der den Möris-See künstlich schuf durch Ausgrabung und mächtige Erddämme in Norden und Westen. Nach der Vertreibung der Hyksos beginnt das *neue Reich* mit der 18ten Dynastie (1600 Jahre vor Chr.). Der große *Ramses-Miamen* (Ramses II) war der zweite Herrscher der 19ten Dynastie. Seine Siege, durch Abbildungen in Stein verewigt, wurden dem Germanicus von den Priestern in Theben erklärt. *Tac. Annal.* II, 59. In dem Papyrus von Sallier (campagnes de Sésostris) fand Champollion den Namen der Javanen oder Jouni und den der Luki (Jonier und Lycier?). Vergl. *Bunsen, Aegypten* Buch I. S. 60. Herodot kennt ihn unter dem Namen *Sesostris*: wahrscheinlich durch eine Verwechselung mit dem fast eben so kriegerischen und mächtigen Eroberer *Seti* (Setos), welcher der Vater Ramses II war.“

Wir haben geglaubt hier bei diesen Einzelheiten der Zeitrechnung verweilen zu müssen, um da, wo für uns fester Geschichtsboden ist, das relative Alter großer Begebenheiten in Aegypten, Phönicien und Griechenland annäherungsweise bestimmen zu können. Wie wir vorher das Mittelmeer nach seinen räumlichen Verhältnissen mit wenigen Zügen geschildert, so mußten wir jetzt auch an die Jahrtausende erinnern, um welche die menschliche Cultur im Nilthal der von Hellas vorangegangen ist. Ohne diese simultanen Beziehungen von *Raum* und *Zeit* können wir, nach der inneren Natur der Gedankenwelt, uns kein klares und befriedigendes Geschichtsbild entwerfen.

Die Cultur im Nilthale: früh durch geistiges Bedürfniß, durch eine sonderbare physische Beschaffenheit des Landes, durch priesterliche und politische Einrichtungen erweckt und unfrei gemodelt, hat, wie überall auf dem Erdboden, zum Contact mit fremden Völkern, zu fernen Heerzügen und Ansiedelungen angeregt. Was aber Geschichte und Denkmäler uns darüber aufbewahrt haben, bezeugt vorübergehende Eroberungen auf dem Landwege und wenig ausgedehnte *eigene* Schifffahrt. Ein so altes und mächtiges Culturvolk scheint weniger dauernd nach außen gewirkt zu haben als andere vielbewegte, kleinere Volksstämme. Die lange Arbeit seiner Nationalbildung, mehr den Massen als den Individuen gedeihlich, ist wie räumlich abgeschieden und deshalb für die Erweiterung kosmischer Ansichten wahrscheinlich unfruchtbarer geblieben. Ramses-Miamen (von 1388 bis 1322 vor Chr., also volle 600 Jahre vor der ersten Olympiade des Koröbus) unternahm weite Heerzüge: nach Herodot „in Aethiopien (wo seine südlichsten Bauwerke Lepsius am Berg Barkal fand), durch das palästinische Syrien, von Kleinasien nach Europa übersetzend: zu den Scythen, Thraciern; endlich nach Kolchis und an den Phasis-Strom, wo von seinen Soldaten des Herumziehens müde Ansiedler zurückblieben. Auch habe Ramses zuerst, sagten die Priester, mit langen Schiffen die Küstenbewohner längs dem erythräischen Meere sich unterworfen, bis er endlich im Weiterschiffen in ein Meer kam, das vor Seichtigkeit nicht mehr schiffbar war.“ Diodor sagt bestimmt, daß Sesoosis (der große Ramses) in Indien bis über den Ganges ging, auch Gefangene aus Babylon zurückführte. „Die einzige sichere Thatsache in Bezug auf die eigene altägyptische Schifffahrt ist die, daß seit den frühesten Zeiten die Aegypter nicht bloß den Nil, sondern auch den arabischen Meerbusen befuhren. Die berühmten Kupferminen bei Wadi Magara auf der Sinai-Halbinsel wurden bereits unter der 4ten Dynastie, unter Cheops-Chufu, bebaut. Bis zur 6ten Dynastie gehen die Inschriften von Hamamat an der Kossêr-Straße, welche das Nilthal mit der westlichen Küste des rothen Meeres verband. Der Canal von Suez wurde unter Ramses dem Großen zu bauen versuchtNach Aristoteles, Strabo und Plinius: nicht nach Herodot; s. *Letronne* in der *Revue des deux Mondes* 1841 T. XXVII. p. 219, und *Droysen, Bildung des hellenistischen Staatensystems* S. 735., zunächst wohl wegen des Verkehrs mit dem arabischen Kupferlande.“ Größere nautische Unternehmungen, wie selbst die so oft bestrittene, mir gar nicht unwahrscheinlicheZu den wichtigen der Umschiffung von Libyen günstigen Meinungen von Rennell, Heeren und Sprengel muß man jetzt auch die eines überaus gründlichen Philologen, Etienne *Quatremère*, zählen (s. *Mém. de l'acad. des Inscriptions* T: XV. P. 2. 1845 p. 380–388). Das überzeugendste Argument für die Wahrheit des Berichts von *Herod.* IV, 42 scheint mir die dem Herodot unglaublich vorkommende Bemerkung, „daß die Seefahrer bei dem Umschiffen Libyens (von Osten nach Westen segelnd) die Sonne *zur Rechten* bekommen hatten". Im Mittelmeere sah man, ebenfalls von Osten nach Westen (von Tyrus nach Gadeira) schiffend, die Sonne um Mittag nur *zur Linken*. Uebrigens muß auch vor Neku II (Necho) schon in Aegypten eine ältere Kenntniß von der Möglichkeit einer ungehinderten Umschiffung Libyens vorhanden gewesen sein: da Herodot den Neku bestimmt den Phöniciern befehlen läßt, „sie sollten den Rückweg nach Aegypten durch die Säulen des Hercules nehmen". Sonderbar ist es immer, daß *Strabo* (lib. II pag. 98): der so weitläuftig die versuchte Umschiffung des Eudoxus von Cyzicus unter der Kleopatra discutirt, und auch der Trümmer des Schiffes aus Gadeira erwähnt, welches an der äthiopischen (östlichen) Küste gefunden war, zwar die vorgegebenen wirklichen Umschiffungen für eine *Bergäische Fabel* erklärt (lib. II pag. 100), aber die Möglichkeit der Umschiffung keinesweges läugnet (lib. I p. 38); und daß er behauptet, es sei östlich und westlich des noch Unumschifften nur wenig (lib. I p. 4). Strabo hing gar nicht der wundersamen Isthmus-Hypothese des Hipparch und Marinus Tyrius an, nach der das östliche Afrika sich an das Südost-Ende von Asien anschließt und das indische Meer zu einem Mittelmeer macht (*Humboldt, Examen crit. de l'hist. de la Géographie* T. I. p. 139–142, 145, 161 und 229; T. II. p. 370–373). Strabo citirt Herodot, nennt aber den Namen Neko's nicht: dessen Expedition er mit der von Darius veranstalteten Umschiffung von Süd-Persien und ganz Arabien verwechselt (*Herod*. IV, 44). Gossellin hat sogar allzu kühn die Lesart Darius in Neko verwandeln wollen. Ein Gegenstück zu dem Pferdekopf des Schiffes von Gadeira, welchen Eudoxus in Aegypten auf einem Marktplatze gezeigt haben soll, sind die Trümmer eines Schiffes aus dem rothen Meere, das nach der Erzählung eines sehr glaubwürdigen arabischen Geschichtsschreibers (*Masudi* in dem *Moridj-al-dzeheb, Quatremère* p. 389; und *Reinaud, relation des voyages dans l'Inde* 1845 T. I. p. XVI und T. II. p. 46) an die Küste von Creta durch westliche Strömungen gelangt ist. Umseglung von Afrika unter Neku II (611–595 vor Chr.) wurden phönicischen Schiffen anvertraut. Fast um dieselbe Zeit: etwas früher, unter Neku's Vater Psammitich (Psemetek), und etwas später nach geendigtem Bürgerkriege unter Amasis (Aahmes), legten griechische Miethstruppen und ihre Ansiedelung in Naucratis den Grund zu bleibendem auswärtigem Handelsverkehr, zur Aufnahme fremder Elemente, zu dem allmäligen Eindringen des Hellenismus in Nieder-Aegypten. Es war ein Keim geistiger Freiheit, größerer Unabhängigkeit von localisirenden Einflüssen; ein Keim, der sich in der Periode einer neuen Weltgestaltung durch die macedonische Eroberung schnell und kräftig entwickelte. Die Eröffnung der ägyptischen Häfen unter Psammitich bezeichnet eine um so wichtigere Epoche, als bis dahin das Land wenigstens an seiner nördlichen Küste sich seit langer Zeit, wie jetzt noch Japan, gegen Fremde völlig abgeschlossen hielt.

In der Aufzählung der nichthellenischen Culturvölker, welche das Becken des Mittelmeers, den ältesten Sitz und Ausgangspunkt unseres Wissens, umwohnen, reihen wir hier an die Aegypter die Phönicier an. Diese sind als die thätigsten Vermittler der Völkerverbindung vom indischen Meere bis in den Westen und Norden des allen Continents zu betrachten. Eingeschränkt in manchen Sphären geistiger Bildung, den schönen Künsten mehr als den mechanischen entfremdet, nicht großartig-schöpferisch wie die sinnigeren Bewohner des Nilthals: haben die Phönicier doch als ein kühnes, allbewegtes Handelsvolk, vorzüglich durch Ausführung von Colonien, deren eine an politischer Macht die Mutterstadt weit übertraf, früher als alle anderen Stämme des Mittelmeers auf den Umlauf der Ideen, auf die Bereicherung und Vielseitigkeit der Weltansichten gewirkt. Der phönicische Volksstamm hatte babylonisches Maaß und Gewicht*Böckh, metrologische Untersuchungen über Gewichte, Münzfuße und Maße des Alterthums in ihrem Zusammenhang* 1838 S. 12 und 273.: auch, wenigstens seit der persischen Herrschaft, geprägte metallische Münze als Tauschmittel: das – sonderbar genug – den politisch, ja künstlerisch so ausgebildeten Aegyptern fehlte. Wodurch aber die Phönicier fast am meisten zu der Cultur der Nationen beitrugen, mit denen sie in Contact traten, war die räumliche Verallgemeinerung und Mittheilung der *Buchstabenschrift*, deren sie sich schon längst selbst bedienten. Wenn auch die ganze Sagengeschichte einer angeblichen Colonie des Kadmus in Böotien in mythisches Dunkel gehüllt bleibt, so ist es darum nicht minder gewiß, daß die Hellenen die Buchstabenschrift, welche sie lange *phönicische Zeichen* nannten, durch den Handelsverkehr der Ionier mit den Phöniciern erhielten. Nach den Ansichten, die sich seit Champollion's großer Entdeckung immer mehr über die früheren Zustände alphabetischer Schrift-Entwickelung verbreiten, ist die phönicische wie die ganze semitische Zeichenschrift als ein aus der Bilderschrift allerdings ursprünglich ausgegangenes *Laut-Alphabet* zu betrachten: d. h. als ein solches, in welchem die ideelle Bedeutung der Bildzeichen völlig unbeachtet bleibt und letztere nur phonetisch, als Lautzeichen, behandelt werden. Ein solches Laut-Alphabet, seiner Natur und Grundform nach ein *Sylben-Alphabet*, war geeignet alle Bedürfnisse graphischer Darstellung von dem Lautsysteme einer Sprache zu befriedigen. „Als die semitische Schrift", sagt Lepsius in seiner Abhandlung über die Alphabete, „nach Europa zu indogermanischen Völkern überging, die durchgängig eine weit höhere Tendenz zu strenger Sonderung der Vocale und Consonanten zeigen und hierzu durch die weit höhere Bedeutung des Vocalismus in ihren Sprachen geleitet werden mußten, nahm man überaus wichtige und einflußreiche Veränderungen mit diesen Sylben-Alphabeten vor."*Lepsius* in seiner Abhandlung *über die Anordnung und Verwandtschaft des Semitischen, Indischen, Alt-Persischen, Alt-Aegyptischen und Aethiopischen Alphabets* 1836 S. 23–28 und 57; *Gesenius, scripturae Phoeniciae monumenta* 1837 p. 17. Das Streben die Syllabität aufzuheben fand bei den Hellenen seine volle Befriedigung. So verschaffte die Uebertragung der *phönicischen Zeichen* fast allen Küstenländern des Mittelmeers, ja selbst der Nordwest-Küste von Afrika, nicht bloß Erleichterung in dem materiellen Handelsverkehr und ein gemeinsames Band, das viele Culturvölker umschlang: nein die

Buchstabenschrift, durch ihre graphische Biegsamkeit verallgemeinert, war zu etwas höherem berufen. Sie wurde die Trägerinn des Edelsten, was in den beiden großen Sphären: der Intelligenz und der Gefühle, des forschenden Sinnes und der schaffenden Einbildungskraft, das Volk der Hellenen errungen und als eine unvergängliche Wohlthat der spätesten Nachwelt vererbt hat.

Die Phönicier haben aber nicht bloß vermittelnd und anregend die Elemente der Weltanschauung vermehrt; sie haben auch erfinderisch und selbstthätig nach einzelnen Richtungen hin den Kreis des Wissens erweitert. Ein industrieller Wohlstand, der auf eine ausgebreitete Schifffahrt und auf den Fabrikfleiß von Sidon in weißen und gefärbten Glaswaaren, in Geweben und Purpurfärberei gegründet war, führte hier wie überall zu Fortschritten in dem mathematischen und chemischen Wissen, vorzüglich aber in den technischen Künsten. „Die Sidonier", sagt Strabo, „werden geschildert als strebsame Forscher sowohl in der *Sternkunde* als in der *Zahlenlehre,* wobei sie ausgingen von der *Rechenkunst* und *Nachtschifffahrt:* denn beides ist dem Handel und dem Schiffsverkehr unentbehrlich." Um den Erdraum zu messen, der durch phönicische Schifffahrt und phönicischen Caravanenhandel zuerst eröffnet wurde, nennen wir die Ansiedelung im Pontus an der bithynischen Küste (Pronectus und Bithynium): wahrscheinlich in sehr früher Zeit; den Besuch der Cycladen und mehrerer Inseln des ägäischen Meeres zur Zeit des homerischen Sängers, das silberreiche südliche Spanien (Tartessus und Gades), das nördliche Afrika westlich von der kleinen Syrte (Utica, Hadrumetum und Carthago), die Zinn-Die Bestimmung des *Zinnlandes* (Britannien, die Scilly-Inseln) ist leichter als die der *Bernsteinküste*; denn daß die altgriechische Benennung κασσίτερος, schon in den homerischen Zeiten verbreitet, von einem zinnreichen Berge *Cassius* im südwestlichen Spanien herzuleiten sei, welchen der dieser Gegend sehr kundige Avienus zwischen Gaddir und die Mündung eines kleinen südlichen Iberus versetzt (*Ukert, Geogr. der Griechen und Römer* Th. II. Abth. I. S. 479), ist mir sehr unwahrscheinlich. Kassiteros ist das altindische Sanskritwort kastîra. Zinn (isländ., dän., engl. tin; schwed. tenn) heißt in der malayischen und javanischen Sprache timah: eine Laut-Aehnlichkeit, welche fast an die des altgermanischen glessum (Name für den durchsichtigen Bernstein) mit unserem Worte *Glas* erinnert. Die Benennungen von Waaren und Handelsartikeln gehen von einem Volke zum anderen in die verschiedensten Sprachfamilien über. Durch den Verkehr, welchen die Phönicier von ihren Factoreien in dem persischen Meerbusen aus mit der Ostküste von Indien trieben, hat das Sanskritwort kastîra: welches ein so nützliches hinter-indisches Product bezeichnete und sich unter den alt-aramäischen Idiomen noch jetzt im Arabischen als kasdir findet, den Griechen bekannt werden können, ehe selbst Albion und die britannischen Cassiteriden besucht wurden. (Aug. Wilh. von *Schlegel* in der *Indischen Bibliothek* Bd. II. S. 393; *Benfey, Indien* S. 307; *Pott, etymol. Forschungen* Th. II. S. 414; Lassen, *Indische Alterthumskunde* Bd. I. S. 239.) Eine Benennung wird oft ein geschichtliches Denkmal; und die etymologisirende zergliedernde Sprachforschung, von Unkundigen verspottet, trägt ihre Früchte. Den Alten war auch das Zinn, eines der seltensten Metalle auf unserem Erdkörper, im Lande der Artabrer und der Callaeci auf dem nordwestlichsten iberischen Continente bekannt (*Strabo* lib. III p. 147, *Plin.* XXXIV cap. 16): also in einer größeren Nähe für die Seefahrt auf dem Mittelmeer als die Cassiteriden (Oestrymnides des Avienus). Als ich vor meiner Einschiffung nach den canarischen Inseln im Jahr 1799 in Galicien war, wurde noch daselbst im Granitgebirge ein sehr ärmlicher Bergbau getrieben (s. meine *Relation hist.* T. I. p. 51 und 53). Dies Vorkommen des Zinnes ist von einiger geognostischen Wichtigkeit wegen des ehemaligen Zusammenhanges von Galicien, der Halbinsel Bretagne und Cornwall. und Bernsteinländer des Nordens von Europa; zwei Handelsfactoreien im persischen Meerbusen (Tylos und Aradus, die Baharein-Inseln).

Der Bernsteinhandel: welcher wahrscheinlich zuerst nach den westlichen cimbrischen Küsten und dann später nach der Ostsee, dem Lande der Aestyer, gerichtet war, verdankt der Kühnheit und der Ausdauer phönicischer Küstenfahrer seinen ersten Ursprung. Er bietet uns in seiner nachmaligen Ausdehnung für die *Geschichte der Weltanschauung* ein merkwürdiges Beispiel von dem Einflusse dar, den die Liebe zu einem einzigen fernen Erzeugniß auf die Eröffnung eines inneren Völkerverkehrs und auf die Kenntniß großer Länderstrecken haben kann. So wie die phocäischen Massilier das britische Zinn queer durch Gallien bis an den Rhodanus führten, so gelangte der Bernstein (electrum) von Volk zu Volk durch Germanien und das Gebiet der Kelten an beiden Abhängen der Alpen zum Padus, durch Pannonien an den Borysthenes. Dieser Landhandel setzte so zuerst die Küsten des nördlichen Oceans in Verbindung mit dem adriatischen Meerbusen und dem Pontus.

Von Carthago und wahrscheinlich von den 200 Jahre früher gegründeten Ansiedelungen Tartessus und Gades aus haben die Phönicier einen wichtigen Theil der Nordwest-Küste von Afrika erforscht, weit jenseits des Cap Bojador: wenn auch der Chretes des Hanno wohl weder der Chremetes der *Meteorologie* des Aristoteles, noch unser Gambia ist. Dort lagen die vielen Städte der Tyrier: deren Zahl Strabo bis zu 300 erhöht und die von den Pharusiern und Nigriten*Strabo* lib. XVII p. 826. Die Zerstörung phönicischer Colonien durch *Nigriten* (lib. II pag. 131) scheint auf eine sehr südliche Lage zu deuten: mehr vielleicht als die Crocodile und Elephanten, welche Hanno nennt: da beide bestimmt ehemals nördlich von der Wüste Sahara in Maurusien und im ganzen westlichen Atlaslande gefunden wurden, wie *Strabo* lib. XVII p. 827, *Aelian de Nat. Anim.* VII, 2, *Plin.* V, 1 und viele Vorfälle der Kriege zwischen Rom und Carthago beweisen. (Vergl. über diesen wichtigen Gegenstand der Geographie der Thiere *Cuvier*, *Ossemens fossiles* 2. éd. T. I. p. 74 und *Quatremère* a. a. O. S. 391–394.) zerstört wurden. Unter ihnen war Cerne (Dicuil's *Gaulea* nach Letronne) die Hauptstation der Schiffe wie der Hauptstapelplatz der colonisirten Küste. Die canarischen Inseln und die Azoren, welche letzteren des Columbus Sohn Don Fernando für die von den Carthagern aufgefundenen Cassiteriden hielt, sind gegen Westen; die

Orcaden, Färöer-Inseln und Island sind gegen Norden gleichsam vermittelnde Stationen geworden, um nach dem Neuen Continent überzugehen. Sie bezeichnen die zwei Wege, auf denen zuerst der europäische Theil des Menschengeschlechts mit dem von Nord- und Mittel-Amerika bekannt geworden ist. Diese Betrachtung giebt der Frage: ob und wie früh die Phönicier des Mutterlandes oder die der iberischen und afrikanischen Pflanzstädte (Gadeira, Carthago, Cerne) Porto Santo, Madera und die canarischen Inseln gekannt haben? eine große, ich möchte sagen eine weltgeschichtliche Wichtigkeit. In einer langen Verkettung von Begebenheiten spürt man gern dem ersten Kettengliede nach. Wahrscheinlich sind seit der phönicischen Gründung von Tartessus und Utica bis zur Entdeckung von Amerika auf dem nördlichen Wege: d. i. bis zu Erich Rauda's Uebergang nach Grönland, dem bald Seefahrten bis Nord-Carolina folgten, volle 2000 Jahre; auf dem südwestlichen Wege: welchen Christoph Columbus einschlug, indem er nahe bei dem altphönicischen Gadeira auslief, 2500 Jahre verflossen.

Wenn wir nun nach dem Bedürfniß der Verallgemeinerung der Ideen, welche diesem Werke obliegt, die Auffindung einer Inselgruppe, die nur 42 geographische Meilen von der afrikanischen Küste entfernt ist, als das erste Glied einer langen Reihe gleichmäßig gerichteter Bestrebungen betrachten; so ist hier nicht von einer aus dem Innern des Gemüthes erzeugten Dichtung: von dem *Elysion*, den Inseln der Seligen die Rede, welche an den Grenzen der Erde im Oceanus von der nahe untergehenden Sonnenscheibe erwärmt werden. In der weitesten Ferne dachte man sich alle Anmuth des Lebens, die kostbarsten Erzeugnisse der Erde. Das ideale Land, die geographische Mythe des Elysion, ward weiter gegen Westen geschoben, über die Säulen des Hercules hinaus, je nachdem die Kenntniß des Mittelmeers bei den Hellenen sich erweiterte. Die wirkliche Weltkunde, die frühesten Entdeckungen der Phönicier, über deren Epoche keine bestimmte Nachricht zu uns gekommen ist, haben wahrscheinlich nicht zu jener Mythe von seligen Inseln Veranlassung gegeben; es ist die Mythe erst nachher gedeutet worden. Die geographische Entdeckung hat nur ein Phantasie-Gebilde verkörpert, ihm gleichsam zum Substrat gedient.

Wo spätere Schriftsteller (wie ein unbekannter Compilator der dem Aristoteles zugeschriebenen *Sammlung wunderbarer Erzählungen*, welcher den Timäus benutzte, oder noch ausführlicher Diodor von Sicilien) der anmuthigen Inseln erwähnen, die man für die canarischen halten kann, wird großer Stürme gedacht, welche die zufällige Entdeckung veranlaßt haben. Phönicische und carthagische Schiffe, heißt es, „welche nach den (damals schon vorhandenen) Niederlassungen an der Küste Libyens segelten) wurden in das Meer hinausgetrieben. Die Begebenheit soll sich in der frühen Zeit der tyrrhenischen Seeherrschaft, in der des Streites zwischen den tyrrhenischen Pelasgern und den Phöniciern, zugetragen haben. Statius Sebosus und der numidische König Juba nannten zuerst die einzelnen Inseln: aber leider nicht mit punischen Namen, wenn auch gewiß nach Notizen, die aus punischen Büchern geschöpft waren. Weil Sertorius, aus Hispanien vertrieben, nach Verlust seiner Flotte sich mit den Seinen „nach einer Gruppe von nur zwei atlantischen Inseln, 10000 Stadien im Westen vom Ausflusse des Bätis", retten wollte; so hat man vermuthet, Plutarch habe die beiden Inseln Porto Santo und Madera gemeint, welche Plinius nicht undeutlich als Purpurariae bezeichne. Die heftige Meeresströmung, welche jenseits der Hercules-Säulen von Nordwesten gegen Südost gerichtet ist, konnte allerdings die Küstenfahrer lange hindern die vom Continent entferntesten Inseln, von denen nur die kleinere (Porto Santo) im 15ten Jahrhundert bevölkert gefunden ward, zu entdecken. Der Gipfel des großen Vulkans von Teneriffa hat, wegen der Erdkrümmung, auch bei einer starken Strahlenbrechung von den phönicischen Schiffern, die an der Continental-Küste hinschifften, nicht gesehen werden können; wohl aber nach meinen Untersuchungen von den mäßigen Anhöhen, welche das Cap Bojador umgebenVergl. die Berechnungen in meiner *Rel. hist.* T. I. p. 140 und 187. Der Pic von Teneriffa ist 2° 49' im Bogen von dem nächsten Punkte der afrikanischen Küste entfernt. Bei einer Annahme mittlerer Strahlenbrechung von 0,08 kann der Gipfel des Pics folglich von einer Höhe von 202 Toisen gesehen werden, also von den Montañas negras unfern des Vorgebirges Bojador. In dieser Rechnung ist der Pic zu 1904ᵗ über der Meeresfläche angenommen. Neuerlichst haben ihn trigonometrisch Capitän Vidal 1940, die Herren Coupvent und Dumoulin barometrisch 1900ᵗ hoch gefunden (*d'Urville, Voyage au Pôle Sud, Hist.* T. I. 1842 p. 31 und 32). Aber Lancerote mit einem 300ᵗ hohen Vulkan, la Corona (Leop. von *Buch, canarische Inseln* S. 104) und Fortaventura liegen der Küste viel näher als Teneriffa: die erste dieser Inseln in 1° 15', die zweite in 1° 2' Entfernung.: besonders bei Feuerausbrüchen und durch den Reflex eines hohen über dem Vulkan stehenden Gewölkes. Behauptet man doch in Griechenland in neueren Zeiten Ausbrüche des Aetna vom Gebirge Taygetos aus gesehen zu haben.*Roß* hat der Behauptung nur als einer Sage erwähnt, in *Hellenika* Bd. I. S. XI. Sollte die Beobachtung nicht auf einer bloßen Täuschung beruht haben? Wenn man die Höhe des Aetna über dem Meere zu 1704 Toisen (Br. 37° 45', Länge 12° 41' von Paris), die des Beobachtungsortes auf dem Taygetos am Elias-Berge zu 1236 Toisen (Br. 36° 57', Länge 20° 1') und die Entfernung beider 88 geogr. Meilen annimmt; so ergeben sich für die Höhe des Punktes, von welchem der Lichtstrahl über dem Aetna aufging, um auf dem Taygetos gesehen zu werden, volle 7612 Toisen, also 4½ mal die Höhe des Aetna. Könnte man dagegen, bemerkt mein Freund, Herr Professor Encke, den Reflex einer zwischen dem Aetna und Taygetos stehenden reflectirenden Fläche: d. i. den Reflex eines Gewölks annehmen, das 46 Meilen vom Aetna und 42 Meilen vom Taygetos entfernt wäre, so brauchte die Höhe der reflectirenden Fläche über dem Meeresspiegel nur 286 Toisen zu sein.

In der Aufzählung der Elemente einer erweiterten Erdkenntniß, welche früh den Griechen aus anderen Theilen des mittelländischen Meerbeckens zuströmten, sind wir bisher den Phöniciern und Carthagern in ihrem Verkehr mit den nördlichen Zinn- und Bernsteinländern wie in ihren der Tropengegend nahen Ansiedelungen an der Westküste von Afrika gefolgt. Es bleibt uns übrig an eine Schifffahrt gegen Süden zu erinnern, welche die Phönicier tausend geographische Meilen östlich von Cerne und Hanno's *Westhorne* weit über den Wendekreis in das prasodische und indische Meer führte. Mag auch Zweifel über die Localisirung der Namen von fernen *Goldländern* (*Ophir* und *Supara*) übrig bleiben, mögen diese Goldländer die Westküste der indischen Halbinsel oder die Ostküste von Afrika sein: immer ist es gewiß, daß derselbe regsame, alles vermittelnde, früh mit Buchstabenschrift ausgerüstete semitische Menschenstamm von den Cassiteriden an bis südlich von der Straße Bab-el-Mandeb tief innerhalb der Tropen-Region in Contact mit den Erzeugnissen der verschiedenartigsten Klimate trat. Tyrische Wimpel wehten zugleich in Britannien und im indischen Ocean. Die Phönicier hatten Handelsniederlassungen in dem nördlichsten Theile des arabischen Meerbusens in den Häfen von Elath und Ezion-Geber, wie im persischen Meerbusen zu Aradus und Tylos: wo nach Strabo Tempel standen, im Styl der Architectur denen am Mittelmeer ähnlich. Auch der Caravanenhandel, welchen die Phönicier trieben, um Gewürze und Weihrauch zu holen, war über Palmyra nach dem glücklichen Arabien und dem chaldäischen oder nabatäischen Gerrha am westlichen oder arabischen Gestade des persischen Meerbusens gerichtet.

Von Ezion-Geber aus gingen die Hiram-Salomonischen Expeditionen, gemeinschaftliche Unternehmungen der Tyrier und Israeliten, durch die Meerenge Bab-el-Mandeb nach Ophir (*Opheir, Sophir, Sophara*; das sanskritische *Supara*Ueber die Synonymie von Ophir s. mein *Examen crit. de l'hist. de la Géogr.* T. II. p. 42. *Ptolemäus* hat lib. VI cap. 7 p. 156 ein *Sapphara,* Metropolis von Arabien; und lib. VII cap. 1 p. 168 *Supara* im Golf von Camboya (Barigazenus sinus, nach Hesychius), „eine an Gold reiche Gegend"! Supara bedeutet indisch *Schönufer.* (*Lassen, diss. de Taprobane* p. 18 und *Indische Alterthumskunde* Bd. I. S. 107; *Keil,* Professor in Dorpat, *über die Hiram-Salomonische Schiffffahrt nach Ophir und Tarsis* S. 40–45.) des Ptolemäus). Der prachtliebende Salomo ließ eine Flotte am Schilfmeere bauen, Hiram gab ihm seekundige phönicische Schiffsleute und auch tyrische Schiffe, *Tarschischfahrer*Ob Tarsisschiffe Weltmeerschiffe sind? ob sie, was Michaelis bestreitet, vom phönicischen Tarsus in Cilicien ihren Namen haben? S. *Keil* S. 7, 15–22 und 71–84.. Die Waaren, welche aus Ophir zurückgebracht wurden, waren Gold, Silber, Sandelholz (algummim), Edelgesteine, Elfenbein, Affen (kophim) und Pfauen (thukkiim). Die Namen für diese Waaren sind nicht hebräisch, sondern indisch.*Gesenius, thesaurus linguae hebr.* T. I. p. 141 und derselbe in der Encykl. von *Ersch* und *Gruber* Sect. III. Th. IV. S. 401; *Lassen, Ind. Alterthumsk.* Bd. I. S. 538: *Reinaud, relation des Voyages faits par les Arabes dans l'Inde et en Chine* T. I, 1845 p. XXVIII. Der gelehrte *Quatremère*, der Ophir in einer ganz neuerlich erschienenen Abhandlung (*Mém. de l'Acad. des Inscriptions* T. XV. P. 2. 1845 p. 349–402) wieder wie Heeren für die östliche Küste von Afrika hält, erklärt das Wort thukkiim (thukkiyyim) nicht durch *Pfau,* sondern durch *Papagai* oder *Perlhuhn* (p. 375).

Ueber *Sokotora* vergl. *Bohlen, das alte Indien* Th. II. S. 139 mit *Benfey, Indien* S. 30–32. *Sofala* wird von *Edrisi* (in Amédée *Jaubert's* Uebersetzung T. I. p. 67) und später nach Gama's Entdeckungsreise von den Portugiesen (*Barros Dec.* I. liv. X cap. 1 [P. 2] p. 375; *Külb, Geschichte der Entdeckungsreisen* Th. I. 1841 S. 236) als ein goldreiches Land beschrieben. Ich habe an einem anderen Orte darauf aufmerksam gemacht, daß Edrisi in der Mitte des 12ten Jahrhunderts von der Anwendung des Quecksilbers in den Goldwäschen der Neger dieser Gegend als einer längst eingeführten Amalgamations-Methode spricht. Wenn man der häufigen Verwechselung von r und l gedenkt, so findet sich der Name des ost-afrikanischen *Sofala* vollkommen wieder in der Form *Sophara*, welche für das Salomonisch-Hiramsche Ophir in der Uebertragung der Septuaginta neben mehreren anderen Formen vorkommt. Auch Ptolemäus kennt, wie wir schon oben (Anm. 622) erwähnt, ein *Sapphara* in Arabien (*Ritter, Asien* Bd. VIII, 1. 1846 S. 252) und ein *Supara* in Indien. Auf nahe oder gegenüberstehende Küsten hatte, wie wir noch heute ähnliche Verhältnisse in dem spanisch und englisch redenden Amerika wiederfinden, das Mutterland seine eigenen bedeutsamen Sanskrit-Namen reflectirt. Das Gebiet des Ophirhandels konnte also nach meiner Ansicht eben so erweitert werden, wie eine phönicische Tartessusfahrt Cyrene und Carthago, Gadeira und Cerne: und eine Cassiteridenfahrt zugleich die Artabrer, Britannien und die cimbrische Ostküste berühren konnte. Auffallend ist es immer, daß Weihrauch, Gewürze, Seide und baumwollene Zeuge nicht unter den Ophirwaaren neben Elfenbein, Affen und Pfauen genannt werden. Die letzten sind ausschließlich indisch: wenn sie auch wegen ihrer allmäligen Verbreitung gegen Westen von den Griechen oft medische und persische Vögel genannt worden sind, ja die Samier sogar wegen der im Heiligthum der Here von Priestern genährten Pfauen sie für ursprünglich samisch hielten. Aus einer Stelle des *Eustathius* (*Comm. in Iliad.* T. IV. p. 225 ed. Lips. 1827) über die Heiligkeit der Pfauen in Libyen hat man mit Unrecht schließen wollen, daß der ταώς auch Afrika angehöre. Nach den scharfsinnigen Untersuchungen von Gesenius, Benfey und Lassen ist es überaus wahrscheinlich, daß die durch ihre Colonien am persischen Meerbusen und ihren Verkehr mit den Gerrhäern der periodisch wehenden *Monsune* früh kundigen Phönicier die westliche Küste der indischen Halbinsel besuchten. Christoph Columbus war sogar überzeugt, daß Ophir (Salomo's Eldorado) und der Berg *Sopora* ein Theil von Ost-Asien, von der Chersonesus aurea des Ptolemäus sei. Wenn es schwierig scheint sich Vorder-Indien als eine ergiebige Quelle des Goldes zu denken; so glaube ich, daß man: nicht etwa an die „goldsuchenden Ameisen“ oder an Ktesias unverkennbare Beschreibung eines *Hüttenwerkes*, in welchem aber nach seinem Vorgeben Gold und Eisen zugleich geschmolzen wurde *Ctesiae Cnidii Operum reliquiae* ed. Felix Baehr 1824 cap. 4 und 12 p. 248, 271 und 300. Aber die aus einheimischen Quellen gesammelten und deshalb gar nicht so verwerflichen Nachrichten des Arztes am persischen Hofe beziehen sich auf Gegenden im Norden von Indien: und aus diesen müßte das Gold der Daradas auf vielen Umwegen nach Abhira, nach der Indus-Mündung und der Malabar-

Küste gelangt sein; vergl. meine *Asie centrale* T. I. p. 157 und *Lassen, Ind. Alterthumsk.* Bd. I. S. 5. Sollte die wundersame Angabe des Ktesias von einer indischen Quelle, in deren Grunde man Eisen und zwar sehr schmiedbares fände, wenn das flüssige Gold abgelaufen ist, sich nicht auf die mißverstandene Erzählung von einem Hüttenwerke gründen? Man hielt das geschmolzene Eisen seiner Farbe wegen für Gold: und wenn nun die gelbe Farbe beim Erkalten verschwunden war, fand man die schwarze Eisenmasse darunter., sondern nur an die Verhältnisse der geographischen Nähe des südlichen Arabiens, der von indischen Ansiedlern bebauten Insel des Dioscorides (Diu Zokotora der Neueren, Verstümmelung des sanskritischen Dvipa Sukhatara), und an die goldführende ostafrikanische Küste von Sofala zu erinnern braucht. Arabien und die eben genannte Insel, südöstlich von der Meerenge Bab-el-Mandeb, waren für den phönicisch-jüdischen Handelsverkehr gleichsam vermittelnde Elemente zwischen der indischen Halbinsel und Ost-Afrika. In diesem hatten sich seit den ältesten Zeiten Inder wie auf einer ihrem Vaterlande gegenüberstehenden Küste niedergelassen, und die *Ophirfahrer* konnten in dem Bassin des erythräisch-indischen Meeres andere Quellen des Goldes als Indien selbst finden.

Nicht so vermittelnd als der phönicische Stamm, auch den geographischen Gesichtskreis weniger erweiternd, und früh schon unter dem griechischen Einflusse eines seewärts einbrechenden Stromes pelasgischer Tyrrhener: zeigt sich uns das düstre, strenge Volk der *Tusker*. Es trieb einen nicht unbeträchtlichen Landhandel durch das nördliche Italien über die Alpen: da, wo eine *heilige Straße* von allen umwohnenden Stämmen geschützt wurde, nach fernen Bernsteinländern. Fast auf demselben Wege scheint das tuscische Urvolk der *Rasener* aus Rhätien an den Padus und weiter südlich gelangt zu sein. Am wichtigsten ist für uns nach dem Standpunkte, den wir hier einnehmen, um immer das Allgemeinste und Dauerndste zu erfassen, der Einfluß, welchen das *Gemeinwesen* Etruriens auf die ältesten römischen *Staatseinrichtungen* und so auf das ganze *römische Leben* ausgeübt hat. Man darf sagen, daß ein solcher Reflex (in so fern er durch das Römerthum die Bildung der Menschheit gefördert oder wenigstens auf Jahrhunderte eigenthümlich gestempelt hat) in seinen abgeleiteten und entfernten Aeußerungen politisch noch heute fortwirkt.*Die Etrusker* von Otfried *Müller* Abth. II. S. 350; *Niebuhr, römische Geschichte* Th. II. S. 380.

Ein eigenthümlicher, hier besonders zu bezeichnender Charakterzug des tuscischen Stammes war die Neigung zu einem innigen Verkehr mit gewissen Naturerscheinungen. Die Divination (das Geschäft der ritterlichen Priestercaste) veranlaßte eine tägliche Beobachtung der meteorologischen Processe des Luftkreises. Die Blitzschauer (*Fulguratoren*) beschäftigten sich mit Erforschung der Richtung der Blitze, dem „*Herabziehen*“ und dem „*Abwenden*“ derselben.Wenn man ehemals in Deutschland dem Pater Angelo Cortenovis nachfabelte, daß das von Varro beschriebene, mit einem ehernen Hut und ehernen herabhangenden Ketten gezierte Grabmal des Helden von Clusium, Lars Porsena, ein atmosphärischer Electricitäts-Sammler oder ein

Blitzableitungs-Apparat (wie nach Michaelis die metallenen Spitzen auf dem Salomonischen Tempel) gewesen sei; so geschah dies zu einer Zeit, in der man den alten Völkern gern die Reste einer *geoffenbarten*, bald aber wieder verdunkelten Urphysik zuschrieb. Ueber den nicht schwer aufzufindenden Verkehr zwischen Blitz und *leitenden* Metallen scheint mir noch immer die wichtigste Notiz die des *Ktesias* (*Indica* cap. 4 pag. 169 ed. Lion, pag. 248 ed. Baehr) zu sein. „Er habe", heißt es, „zwei eiserne Schwerdter besessen, Geschenke des Königs (Artaxerxes Mnemon) und dessen Mutter (Parysatis): Schwerdter, welche, in die Erde gepflanzt, Gewölk, Hagel und Blitzstrahlen abwendeten. Er habe die Wirkung selbst gesehen, da der König zweimal vor seinen Augen das Experiment gemacht." – Die genaue Aufmerksamkeit der Tusker auf die meteorischen Processe des Luftkreises, auf alles, was von der gewöhnlichen Naturerscheinung abwich, macht es gewiß beklagenswerth, daß von den *Fulgural-Büchern* nichts auf uns gekommen ist. Die Epochen der Erscheinung großer Cometen, des Falls von Meteorsteinen und Sternschnuppenschwärmen waren gewiß darin eben so aufgezeichnet als in den von Eduard Biot benutzten älteren chinesischen Annalen. *Creuzer* (*Symbolik und Mythologie der alten Völker* Th. III. 1842 S. 659) hat zu zeigen gesucht, wie die Naturbeschaffenheit von Etrurien auf die eigenthümliche Geistesrichtung der Bewohner wirken konnte. Ein *Hervorlocken* der Blitze, welches dem Prometheus zugeschrieben wird, erinnert an das sonderbare vorgebliche *Herabziehen* der Blitze durch die Fulguratoren. Es bestand aber diese Operation in einem bloßen Herabbeschwören: und mag wohl nicht wirksamer gewesen sein als der abgehäutete Eselskopf, durch den nach tuscischen Religionsgebräuchen man sich vor einem Ungewitter schützen konnte. Sie unterschieden sorgfältig Blitze aus der hohen Wolkenregion von denen, welche Saturn, ein ErdgottOttfr. *Müller, Etrusker* Abth. II. S. 162–178. Nach der, sehr verwickelten, etruscischen Augural-Theorie unterschied man die *sanft erinnernden* Blitze: welche Jupiter aus eigener Machtvollkommenheit sendet, von den heftigeren electrischen Zuchtmitteln: die Jupiter constitutionsmäßig nur nach vorhergehender Berathung aller zwölf Götter senden durfte (*Seneca, Nat. Quaest.* II, 41)., von unten aufsteigen läßt und die man *saturnische Erdblitze* nannte: ein Unterschied, welchen die neuere Physik wieder einer besonderen Aufmerksamkeit gewürdigt hat. So entstanden officielle Verzeichnisse täglicher Gewitter-Beobachtungen. Auch die von den Tuskern geübte Kunst des *Wasserspürens* (aquaelicium) und *Quellen-Hervorlockens* setzte bei den *Aquilegen* eine aufmerksame Erforschung natürlicher Merkmale der Schichtung des Gesteins und der Unebenheiten des Bodens voraus. Diodor preist deshalb die Tusker als forschende Naturkundige. Wir wollen zu diesem Lobe hinzusetzen, daß die vornehme und mächtige *Priestercaste* von *Tarquinii* das seltene Beispiel einer Begünstigung des physikalischen Wissens dargeboten hat.

Wir haben, ehe wir zu den Hellenen: zu dem hochbegabten Stamme übergehen, in dessen Cultur die unsrige am tiefsten wurzelt und aus dessen Ueberlieferungen wir einen wichtigen Theil aller früheren Völkerkunde und Weltansicht schöpfen, die alten Sitze der Menschenbildung in Aegypten, Phönicien und Etrurien genannt. Wir haben das Becken des Mittelmeers in seiner eigenthümlichen Gestaltung und Weltstellung, in dem Einfluß dieser Verhältnisse auf den Handelsverkehr mit der Westküste von Afrika, mit dem hohen Norden, mit dem arabisch-indischen Meere betrachtet. An keinem Punkte der Erde ist mehr Wechsel der Macht und unter geistigem Einfluß mehr Wechsel eines bewegten Lebens gewesen. Die Bewegung hat sich durch Griechen und Römer, besonders seitdem letztere die phönicisch-carthagische Macht gebrochen, weit und dauernd fortgepflanzt. Dazu ist das, was wir den Anfang der Geschichte nennen, nur das Selbstbewußtsein später Generationen. Es ist ein Vorzug unserer Zeit, daß durch glänzende Fortschritte in der allgemeinen und vergleichenden Sprachkunde, durch das sorgfältigere Aufsuchen der Monumente und die sichrere Deutung derselben sich der Blick des Geschichtsforschers täglich erweitert, daß schichtweise sich ein höheres Alterthum unseren Augen zu offenbaren beginnt. Neben den Culturvölkern des Mittelmeers, die wir oben angeführt, zeigen noch manche andere Stämme Spuren alter Bildung: in Vorder-Asien die Phrygier und Lycier, im äußersten Westen die Turduler und Turdetaner. Von diesen sagt Strabo: „sie sind die gebildetsten aller Iberer, bedienen sich der Schreibkunst und haben Schriftbücher alter Denkzeit, auch Gedichte und Gesetze in Versmaaß, denen sie ein Alter von sechstausend Jahren beilegen.“ Ich habe bei diesem einzelnen Beispiele verweilt, um daran zu erinnern, wie vieles von einer alten Cultur selbst bei europäischen Nationen für uns spurlos verschwunden ist, wie die Geschichte der frühesten Weltanschauung auf einen engen Kreis beschränkt bleibt.

Ueber den 48ten Breitengrad hinaus, nördlich vom asowschen und caspischen Meere: zwischen dem Don, der nahen Wolga und dem Jaik, wo dieser dem goldreichen südlichen Ural entquillt, sind Europa und Asien durch flache Steppenländer wie in einander verflossen. Auch betrachtet Herodot wie schon Pherecydes von Syros das ganze nördliche scythische Asien (Sibirien) als zum sarmatischen Europa gehörig,*Herod.* IV, 42 (*Schweighäuser ad Herod.* T. V. p. 204). Vergl. *Humboldt, Asie cnetrale* T. I. p. 54 und 577. ja als Europa selbst. Gegen Süden ist unser Erdtheil von Asien scharf getrennt; aber die weit vorgestreckte kleinasiatische Halbinsel wie der formreiche Archipelagus des ägäischen Meeres (gleichsam eine Völkerbrücke zwischen zwei Welttheilen) haben den Menschenstämmen, den Sprachen und der Gesittung leichten Uebergang gewährt. Vorder-Asien ist seit der frühesten Zeit die große Heerstraße von Osten her einwandernder Völker gewesen, wie der Nordwesten von Hellas die Heerstraße vordringender illyrischer Stämme war. Die ägäische Inselwelt, welche theilweise nach einander phönicischer, persischer und griechischer Herrschaft unterlag, war das vermittelnde Glied zwischen dem Griechenthum und dem fernen Orient.

Als das phrygische Reich dem lydischen und dieses dem Perserreiche einverleibt wurde, erweiterte der Contact den Ideenkreis der asiatischen und europäischen Griechen. Die persische Weltherrschaft erstreckte sich durch die kriegerischen

Unternehmungen des Cambyses und Darius Hystaspis von Cyrene und dem Nil bis in die Fruchtländer des Euphrats und des Indus. Ein Grieche, Scylax von Karyanda, wurde gebraucht, den Lauf des Indus von dem damaligen Gebiete von Kaschmir (Kaspapyrus) bis zu seiner Mündung zu erforschen. Der Verkehr der Griechen mit Aegypten (mit Naucratis und dem pelusischen Nilarme) war schon lebhaft vor der persischen Eroberung, er war es unter Psammitich und Amasis.Psemetek und Achmes, s. oben *Kosmos* Bd. II. S. 159. Die hier geschilderten Verhältnisse entzogen viele Griechen dem heimischen Boden: nicht etwa bloß bei Stiftung von fernen Colonien, deren wir später erwähnen werden, sondern um als Söldner den Kern fremder Heere zu bilden: in Carthago, Aegypten, Babylon, Persien und dem bactrischen Oxus-Lande.

Ein tieferer Blick in die Individualität und volksthümliche Gestaltung der verschiedenen griechischen Stämme hat gezeigt, daß, wenn bei den Doriern und theilweise bei den Aeoliern eine ernste, fast innungsartige Abgeschlossenheit herrscht, dem heiteren ionischen Stamme dagegen ein durch Forschbegier und Thatkraft unaufhaltsam angeregtes, nach innen und außen bewegtes Leben zuzuschreiben ist. Von objectiver Sinnesart geleitet, durch Dichtung und Kunst phantasiereich verschönert: hat das *ionische Leben* überall, wo es in den Pflanzstädten verbreitet war, die wohlthätigen Keime fortschreitender Bildung ausgestreut.

War dem Charakter der *griechischen Landschaft* der eigenthümliche Reiz einer innigen Verschmelzung des Festen und Flüssigen gegeben; so mußte die Gliederung der Länderform, welche diese Verschmelzung begründet, auch früh die Griechen zu Schifffahrt, zu thätigem Handelsverkehr und zu der Berührung mit Fremden anreizen. Auf die Seeherrschaft der Creter und Rhodier folgten die, freilich anfangs auf Menschenraub und Plünderung gerichteten Expeditionen der Samier, Phocäer, Taphier und Thesproten. Die Hesiodische Abneigung gegen das Seeleben bezeugt wohl nur eine individuelle Ansicht oder die schüchterne Unkunde in der Nautik bei anfangender Gesittung im Festlande von Hellas. Dagegen haben die ältesten Sagengeschichten und Mythen Bezug auf weite Wanderungen, auf eine weite Schifffahrt: eben als erfreue sich die jugendliche Phantasie des Menschengeschlechts an dem Contraste zwischen den idealen Schöpfungen und einer beschränkten Wirklichkeit; so die Züge des Dionysus und Hercules (Melkarth im Tempel zu Gadeira), die Wanderung der Io, des oft wieder erstandenen Aristeas, des hyperboreischen Wundermannes Abaris, in dessen leitendem PfeileIn der Mythe des Abaris (*Herod.* IV, 36) fährt der Wundermann nicht auf einem Pfeile durch die Luft: sondern er trägt den Pfeil, „den ihm Pythagoras gab (*Jambl. de vita Pythag.* XXIX p. 194 Kießling), damit er ihm nützlich werde in allen Hindernissen auf einer langen Irrfahrt"; *Creuzer, Symbolik* Th. II. 1841 S. 660–664. Ueber den mehrmals verschwundenen und wieder-erschienenen Arimaspen-Sänger Aristeas von Proconnesus s. *Herod.* IV, 13–15. man einen Compaß zu erkennen gewähnt hat. In solchen Wanderungen spiegeln sich gegenseitig Begebenheiten und alte Weltansichten; ja die fortschreitende Veränderlichkeit der letzteren wirkt auf das Mythisch-Geschichtliche zurück. In den Irrfahrten der von Troja zurückkehrenden Helden ließ Aristonikus den Menelaus selbst Afrika mehr denn 500 Jahre vor Neko umschiffenStrabo lib. I pag. 38 Casaub.und von Gadeira nach Indien segeln..

In der Periode, die wir hier behandeln, in dem Griechenthum vor dem macedonischen Feldzuge nach Asien, giebt es drei Begebenheiten, welche einen vorzüglichen Einfluß auf den erweiterten Gesichtskreis hellenischer Weltanschauung gehabt haben. Diese Begebenheiten sind die Versuche aus dem Becken des Mittelmeeres gegen *Osten* und *Westen* vorzudringen, und die Gründung zahlreicher *Colonien* von der Hercules-Straße bis zum nordöstlichsten Pontus: Colonien, welche ihrer politischen Verfassung nach vielgestalteter und den Fortschritten geistiger Bildung günstiger waren als die der Phönicier und der Carthager im ägäischen Meere, in Sicilien, Iberien, an der Nord- und Westküste von Afrika.

Das Vordringen gegen Osten ungefähr zwölf Jahrhunderte vor unserer Zeitrechnung, 150 Jahre nach Ramses Miamen (Sesostris) wird, als geschichtliche Begebenheit betrachtet, der *Zug der Argonauten nach Kolchis* genannt. Die wirkliche, aber mythisch eingekleidete, d. h. in der Darstellung mit Idealem, Innerlich-Erzeugtem gemischte Begebenheit ist ihrem einfachen Sinne nach die Erfüllung eines nationalen Bestrebens den unwirthbaren Pontus zu eröffnen. Die Prometheus-Sage und die Entfesselung des *feuerzündenden* Titanen am Caucasus auf der östlichen Wanderung des Hercules, das Aufsteigen der Io aus dem Thal des HybritesWahrscheinlich das Thal des Don oder des Kuban; vergl. meine *Asie centrale* T. II. p. 164. – *Pherecydes* sagt ausdrücklich (*fragm.* 37 *ex Schol. Apollon.* II, 1214), der Caucasus habe gebrannt und Typhon sei deshalb nach Italien geflüchtet: eine Notiz, aus welcher Klausen (a. a. O. S. 298) das ideale Verhältniß des *Feuerzünders* (πυρκαεύς) Prometheus zum *Brandberge* erklärt. Wenn auch die, neuerlichst von Abich so gründlich erspähte, geognostische Beschaffenheit des Caucasus und sein Zusammenhang mit dem vulkanischen innerasiatischen Thian-schan (Himmelsgebirge), den ich an einem andern Orte glaube nachgewiesen zu haben (*Asie centrale* T. II. p. 55–59), es keinesweges unwahrscheinlich machen, daß sich in den ältesten Sagen des Menschengeschlechts Erinnerungen an große vulkanische Erscheinungen hätten erhalten können; so ist doch wohl eher anzunehmen, daß etymologische Wagnisse die Griechen auf die Hypothese des *Brennens* geleitet haben. Ueber die Sanskrit-Etymologien von *Graucasus* (Glanzberg?) s. *Bohlen's* und *Burnouf's* Aeußerungen in meiner *Asie centrale* T. I. p. 109. nach dem Caucasus, die Mythe von Phrixus und Helle bezeichnen alle dieselbe Richtung des Weges: die Bestrebung in den euxinischen Pontus vorzudringen, in welchen früh schon sich phönicische Schiffer gewagt hatten.

Vor der dorischen und äolischen Wanderung war das böotische Orchomenos, nahe dem nördlichsten Ende des Sees Kopais, ein durch Handelsverkehr reicher Seestaat der Minyer. Die Argofahrt aber begann in Iolkos, dem Hauptsitz der thessalischen Minyer am pagasetischen Meerbusen. Zu verschiedenen Zeiten mannigfach umgestaltet, hat sich das Local der Sage, als Ziel- und Endpunkt des Unternehmens, statt des unbestimmten Fernlandes Aea, an die Mündung des Phasis (Rion) und an Kolchis, einen Sitz älterer Cultur, gebunden. Die Seefahrten der Milesier und ihre zahlreichen Pflanzstädte am Pontus verschafften eine genauere Kenntniß von der Ost- und Nordgrenze des Meeres. Sie gaben dem geographischen Theile der Mythe bestimmtere Umrisse. Eine wichtige Reihe neuer Ansichten bot sich gleichzeitig dar. Von dem nahen caspischen Meere kannte man lange nur das westliche Gestade: noch Hecatäus hält dies westliche Gestade*Hecataei fragm.* ed. Klausen p. 39, 92, 98 und 119. S. auch meine Untersuchungen über die Geschichte der Geographie des caspischen Meeres von Herodot bis zu den Arabern El-Istachri, Edrisi und Ibn-el-Bardi; über den Aral-See, die Bifurcation des Oxus und den Araxes in der *Asie centr.* T. II. p. 162–297. für das des kreisenden östlichen Weltmeeres selbst. Erst der ehrwürdige Vater der Geschichte lehrte (was nach ihm sechs Jahrhunderte lang, bis Ptolemäus, wiederum bestritten ward), daß das caspische Meer ein von allen Seiten geschlossenes Becken sei.

Auch der Völkerkunde ward in dem nordöstlichen Winkel des schwarzen Meeres ein weites Feld eröffnet. Man erstaunte über die Vielzüngigkeit der Stämme*Cramer de studiis quae veteres ad aliarum gentium contulerint linguas* 1844 p. 8 und 17. Die alten Kolcher scheinen identisch gewesen zu sein mit dem Stamme der Lazen (Lazi, gentes Colchorum: *Plin.* VI, 4; die Λαζοί der byzantinischen Schriftsteller); s. *Vater* (Professor in Casan), *der Argonautenzug aus den Quellen dargestellt*, 1845 Heft I. S. 24; Heft II. S. 45, 57 und 103. Im Caucasus erklingen noch die Namen: Alanen (Alanethi für das Alanenland), Ossi und Aß. Nach den mit philosophischem Sprachsinn in den Thälern des Caucasus begonnenen Arbeiten von Georg *Rosen* enthält die Sprache der Lazen Reste des alten kolchischen Idioms. Der iberische und grusische Sprachstamm begreift: Lazisch, Georgisch, Suanisch und Mingrelisch; alle zur Familie der indogermanischen Sprachen gehörig. Die der Osseten steht dem Gothischen näher als das Litthauische., und das Bedürfniß geschickter Dolmetscher (der ersten Hülfsmittel und roher Werkzeuge vergleichender Sprachkunde) wurde hier lebhaft gefühlt. Tauschhandel leitete von dem, übermäßig groß geglaubten, mäotischen Busen durch die Steppe, in welcher jetzt die *mittlere Kirghisen-Horde* weidet, durch eine Kette scythisch-scolotischer Völkerschaften (ich halte sie für indogermanischen Ursprungs), von den Argippäern und Issedonen zu den goldreichen ArimaspenUeber die Wohnsitze der Arimaspen und den Goldverkehr im nordwestlichen Asien zu Herodots Zeiten s. *Asie centrale* T. I. pag. 389–407. an den nördlichen Abfall des Altai. Hier ist das alte *Reich der Greife*, der Sitz des *meteorologischen Mythus*“Les Hyperboréens sont un *mythe météorologique*. Le vent des montagnes (*B'Oreas*) sort des Monts *Rhipéens*. Au-delà de ces monts, doit régner un air calme, un climat heureux, comme sur les sommets alpins, dans la partie qui dépasse les nuages. Ce sont là les premiers aperçus d'une physique qui explique la distribution de la chaleur et la différence des climats par des causes locales, par la direction des vents qui dominent, par la proximité du soleil, par l'action d'un principe humide ou salin. La conséquence de ces idées systématiques était une certaine indépendance qu'on supposait entre les climats et la latitude des lieux: aussi le mythe des Hyperboréens, lié par son origine au culte dorien et primitivement boréal d'Apollon, a pu se déplacer du nord vers l'ouest, en suivant Hercule dans ses courses aux sources de l'Ister, à l'île d'Erythia et aux Jardins des Hespérides. Les *Rhipes* ou Monts *Rhipéens* sont aussi un nom significatif *météorologique*. Ce sont les montagnes de *l'impulsion* ou du souffle *glacé* (ῥιπή), celles d'où se déchaînent les tempêtes boréales.“ *Asie centr.* T. I. pag. 392 und 403. der Hyperboreer, welcher mit Hercules weit nach Westen gewandert ist.

Man darf vermuthen, daß der oben bezeichnete, in unseren Tagen durch die sibirischen Goldwäschen wieder so berühmt gewordene Theil des nördlichen Asiens, wie das viele bei den Massageten (von gothischem Stamme) zu Herodots Zeiten angehäufte Gold, eine durch den Verkehr mit dem Pontus eröffnete wichtige Quelle des Reichthums und des Luxus für die Hellenen geworden ist. Ich setze diese Quelle zwischen den 53ten und 55ten Breitengrad. Die Region des Goldsandes aber, von welcher die im Mahabharata und in des Megasthenes Fragmenten genannten Daradas (Darder oder Derder) den Reisenden Nachricht gaben und an welche wegen des zufälligen Doppelsinnes von ThiernamenIm Hindustani bezeichnet (wie schon Wilford bemerkt) von zwei Wörtern, die verwechselt werden könnten, das eine, tschiûn*tâ*, eine große schwarze Ameisenart (woher das Diminutiv tschiûn*tî*, tschîn*tî*: die kleine, gewöhnliche Ameise); das andre, tschîtâ ein geflecktes Pantherthier, den kleinen Jagdleoparden (Felis jubata, Schreb.). Das letzte Wort ist das Sanskrit-Wort tschitra, buntfarbig, gefleckt: wie der bengalische Name für das Thier (tschitâbâgh und tschitibâgh: von bâgh, sanskr. wyâghra, Tiger) beweist (*Buschmann.*) – Im Mahabharata (II, 1860) ist neuerlichst eine Stelle aufgefunden worden, in der von dem Ameisengolde die Rede ist. “Wilso invenit (*Journ. of the Asiat. Soc.* Vol. VII. 1843 p. 143) mentionem fieri etiam in Indicis litteris bestiarum aurum effodientium, quas, quum terram effodiant, eodem nomine (*pipilica*) atque formicas Indi nuncupant.“ Vergl. *Schwanbeck* in *Megasth. Indicis* 1846 p. 73. Auffallend ist es mir gewesen zu sehen, daß in basaltreichen Gegenden des mexicanischen Hochlandes die Ameisen glänzende Körner von Hyalit zusammentragen, die ich mir aus Ameisenhaufen sammeln konnte. die oft wiederholte Fabel der Riesen-Ameisen geknüpft worden ist, gehört südlicheren Breiten von 35° oder 37° zu. Sie fällt, nach zweierlei Combinationen, entweder in das tübetische Hochland östlich von der Bolor-Kette zwischen den Himalaya und Kuen-lün, westlich von Iskardo; oder nördlich vom Kuen-lün gegen die Wüste Gobi hin, welche der immer so genau beobachtende chinesische Reisende Hiuen-thsang (aus dem Anfang des 7ten Jahrhunderts unserer Zeitrechnung) ebenfalls als goldreich beschreibt. Wie viel zugänglicher mußte dem Verkehr der milesischen Colonien an der nordöstlichen Küste des Pontus der nördliche Goldreichthum der Arimaspen und Massageten sein. Es schien mir geeignet in der Geschichte der Weltanschauung hier alles das zu berühren, was als eine wichtige, spät noch wirkende Folge der Eröffnung des Pontus und des ersten Vordringens der Griechen nach Osten betrachtet werden darf.

Die große alles umgestaltende Begebenheit der dorischen Wanderung und der Rückkehr der Herakliden in den Peloponnes fällt ungefähr anderthalb Jahrhunderte nach der halb mythischen Argonautenfahrt, d. h. nach der Eröffnung des Pontus für die griechische Schifffahrt und den Handelsverkehr. Diese Wanderung hat gleichzeitig mit der Gründung neuer Staaten und neuer Verfassungen den ersten Anlaß zu dem *System* der Anlegung von Pflanzstädten gegeben: einem Colonial-System, das eine wichtige Lebensperiode des hellenischen Volkes bezeichnet und am einflußreichsten für die auf intellectuelle Cultur gegründete Erweiterung der Weltansicht geworden ist. Die engere Verkettung von Europa und Asien ist recht eigentlich durch Ausführung von Colonien begründet worden. Es bildeten dieselben eine Kette von Sinope, Dioscurias und dem taurischen Panticapäum an bis Saguntum und Cyrene, das von der regenlosen Thera gestiftet worden war.

Kein Volk der alten Welt hat zahlreichere und in der Mehrzahl mächtigere Pflanzstädte dargeboten als die Hellenen. Von der Ausführung der ältesten äolischen Colonien, unter denen Mytilene und Smyrna glänzten, bis zu der Gründung von Syracus, Croton und Cyrene sind aber auch vier bis fünf Jahrhunderte verflossen. Die Inder und Malayen haben nur schwache Ansiedelungen an der Ostküste von Afrika, in Zokotora (Dioscorides) und im südlichen asiatischen Archipel versucht. Bei den Phöniciern hat sich zwar ein sehr ausgebildetes Colonial-System auf noch größere Räume als das griechische ausgedehnt: indem dasselbe, doch mit sehr großer Unterbrechung der Stationen, sich vom persischen Meerbusen bis Cerne an der Westküste von Afrika erstreckte. Kein Mutterland hat je eine Colonie geschaffen, welche in dem Grade mächtig erobernd und handelnd zugleich gewesen ist, als es Carthago war. Aber Carthago stand trotz seiner Größe in geistiger Cultur und artistischer Bildsamkeit tief unter dem, was in den griechischen Pflanzstädten so herrlich und dauernd unter den edelsten Kunstformen erblühte.

Vergessen wir nicht, daß gleichzeitig viele volkreiche griechische Städte in Kleinasien, im ägäischen Meere, in Unteritalien und Sicilien glänzten; daß, wie Carthago, so auch die Pflanzstädte Miletus und Massilia andere Pflanzstädte gründeten; daß Syracus auf dem Gipfel seiner Macht gegen Athen und die Heere von Hannibal und Hamilkar kämpfte, daß Milet nach Tyrus und Carthago lange Zeit die erste Handelsstadt der Welt war. Indem sich durch die Thatkraft eines, in seinem Inneren oft erschütterten Volkes ein so reich bewegtes Leben nach außen entfaltete, wurden, bei zunehmendem Wohlstande, durch die Verpflanzung einheimischer Cultur überall neue Keime der geistigen National-Entwickelung hervorgerufen. Das Band gemeinsamer Sprache und Heiligthümer umfaßte die fernesten Glieder. Durch diese trat das kleine hellenische

Mutterland in die weiten Lebenskreise anderer Völker. Fremde Elemente wurden aufgenommen, ohne dem Griechenthum etwas von seinem großen und selbstständigen Charakter zu entziehen. Der Einfluß eines Contacts mit dem Orient und, über hundert Jahre vor dem Einfall des Cambyses, mit dem noch nicht persisch gewordenen Aegypten war ohnedies seiner Natur nach dauernder als der Einfluß so viel bestrittener, in tiefes Dunkel gehüllter Niederlassungen des Cecrops aus Sais, des Kadmus aus Phönicien und des Danaus aus Chemmis.

Was die griechischen Colonien von allen anderen, besonders von den starren phönicischen, unterschied und in den ganzen Organismus ihres Gemeinwesens eingriff, entsprang aus der Individualität und uralten Verschiedenheit der Stämme, in welche die Nation sich theilte. Es war in den Colonien wie im ganzen Hellenismus ein Gemisch von bindenden und trennenden Kräften. Diese Gegensätze erzeugten Mannigfaltigkeit in der Ideenrichtung und den Gefühlen, Verschiedenheiten in Dichtungsweise und melischer Kunst; sie erzeugten überall die reiche Lebensfülle, in welcher sich das scheinbar Feindliche, nach höherer Weltordnung, zu mildernder Eintracht löste.

Waren auch Milet, Ephesus und Kolophon ionisch; Cos, Rhodus und Halikarnaß dorisch; Croton und Sybaris achäisch: so übte doch mitten in dieser Vielseitigkeit der Cultur, ja da, wo in Unteritalien Pflanzstädte verschiedener Volksstämme neben einander lagen, die Macht der homerischen Gesänge, die Macht des begeisterten, tiefempfundenen Wortes ihren allvermittelnden Zauber aus. Bei fest gewurzelten Contrasten in den Sitten und in den Staatsverfassungen, bei dem wechselnden Schwanken der letzteren erhielt sich das *Griechenthum* ungetheilt. Ein weites durch die einzelnen Stämme errungenes Reich der Ideen und Kunsttypen wurde als das Eigenthum der gesammten Nation betrachtet.

Es bleibt mir übrig in diesem Abschnitt noch des dritten Punktes zu erwähnen, den wir oben als vorzüglich einflußreich auf die Geschichte der Weltansichten neben der Eröffnung des Pontus und der Stiftung der Colonien am Rande des inneren Meerbeckens bezeichnet haben. Die Gründung von Tartessus und Gades, wo ein Tempel dem wandernden Gotte Melkarth (einem Sohne des Bal) geheiligt war; die Pflanzstadt Utica, älter als Carthago: erinnern daran, daß die Phönicier schon viele Jahrhunderte lang durch den freien Ocean schifften, als den Hellenen noch die Straße, welche Pindar die *Gadeirische Pforte* nennt, verschlossen war. So wie die Milesier in Osten durch den geöffneten PontusNach Art der Alten (Strabo lib. II p. 126) rechne ich den ganzen Pontus sammt der Mäotis, wie geognostische und physikalische Ansichten es erheischen, zu dem gemeinsamen Becken des großen Inneren Meeres. Verbindungen stifteten, durch welche der *Landhandel* mit dem europäischen und asiatischen Norden und in viel späteren Zeiten mit dem Oxus und Indus belebt wurde, so suchten unter den Hellenen die SamierHerod. IV, 152. und PhocäerHerod. I, 163: wo den Phocäern sogar die Entdeckung von Tartessus zugeschrieben wird; aber die Handelsunternehmung der

Phocäer war nach *Ukert* (*Geogr. der Griechen und Römer* Th. I, 1. S. 40) 70 Jahre später als Coläus von Samos. zuerst aus dem Becken des Mittelmeers gegen Westen vorzudringen.

Coläus von Samos wollte nach Aegypten schiffen, wo zu dieser Zeit der, vielleicht nur erneuerte Verkehr mit den Griechen unter Psammitichus begonnen hatte. Er wurde durch Oststürme nach der Insel Platea und von da (Herodot fügt bedeutsam hinzu: „nicht ohne göttliche Schickung") durch die Meerenge in den Ocean getrieben. Nicht bloß der Zufall eines unerwarteten Handelsgewinnstes in dem iberischen Tartessus: sondern die räumliche Entdeckung, der Eintritt in eine unbekannte, nur mythisch geahndete Welt gab der Begebenheit Größe und Ruf, so weit im Mittelmeer die griechische Zunge verständlich war. Hier, jenseits der Säulen des Hercules (früher Säulen des Briareus, des Aegäon und Kronos genannt), an dem westlichen Erdrande, auf dem Wege zum Elysium und zu den Hesperiden: sah man zuerst die Urwasser des kreisenden *Okeanos*, in welchem damals noch der Ursprung aller Flüsse gesucht ward.

Am Phasis war der Schiffer wieder an eine den Pontus begrenzende Küste gelangt, jenseits deren er sich einen *Sonnenteich* fabeln durfte; südlich von Gadeira und Tartessus ruhte frei der Blick auf dem Unbegrenzten. Dieser Umstand hat anderthalb Jahrtausende lang der *Pforte des inneren Meeres* eine eigene Wichtigkeit gegeben. Immerfort nach dem *Jenseitigen* strebend, haben seefahrende Völker: haben hinter einander Phönicier, Hellenen, Araber, Catalanen, Mayorcaner, Franzosen aus Dieppe und la Rochelle, Genueser, Venetianer, Portugiesen und Spanier Versuche gemacht in dem atlantischen Oceane (er galt lange für ein schlammerfülltes, seichtes, nebliges Dunkelmeer, Mare tenebrosum) vorzudringen: bis gleichsam stationsweise jene südlichen Nationen, von den canarischen Inseln und den Azoren aus, endlich den Neuen Continent erreichten, welchen aber Normannen schon früher und auf anderem Wege erreicht hatten.

Während Alexander den fernen Osten eröffnete, leiteten schon Betrachtungen über die Gestalt der Erde den großen Stagiriten*Aristot. de Coelo* II, 14 (pag. 298,b Bekk.), *Meteor.* II, 5 (pag. 362 Bekk.); vergl. mein *Examen critique* T. I. p. 125–130. *Seneca* wagt zu sagen (*Nat. Quaest.* in praefat. 11): "contemnet curiosus spectator domicilii (terrae) angustias. Quantum enim est quod ab ultimis littoribus Hispaniae usque ad Indos jacet? *Paucissimorum dierum spatium*, si navem suus ventus implevit." (*Examen crit.* T. I. p. 158.) auf die Idee der Nähe von Indien zu den Säulen des Hercules; ja Strabo ahndete sogar, „daß in der nördlichen Hemisphäre: vielleicht in dem Parallelkreise, welcher durch die Säulen, die Insel Rhodus und Thinä geht, zwischen den Küsten des westlichen Europa's und des östlichen Asiens *mehrere andere bewohnbare Ländermassen**Strabo* lib. I pag. 65 und 118 Casaub. (*Examen crit.* T. I. p. 152). liegen könnten." Die Angabe einer solchen Oertlichkeit in der fortgesetzten Längen-Axe des Mittelmeeres hing mit einer großartigen, im Alterthum sehr verbreiteten Erdansicht des Eratosthenes zusammen, nach welcher der ganze alte

Continent in seiner weitesten Ausdehnung von Westen nach Osten, ungefähr im Parallel von 36°, eine wenig unterbrochene *Hebungslinie* darbietet.

Aber die Expedition des Coläus von Samos bezeichnet nicht bloß eine Epoche, in welcher sich den griechischen Stämmen und den Nationen, auf die ihre Civilisation vererbt wurde, neue Aussicht zu fernen nautischen Unternehmungen entfaltete: sie erweiterte auch unmittelbar den Kreis der Ideen. Ein großes Naturphänomen, das im periodischen Anschwellen des Meeres den Verkehr der Erde mit dem Mond und der Sonne sichtbar macht, fesselte nun zuerst dauernd die Aufmerksamkeit. In den afrikanischen Syrten hatte das Phänomen den Griechen unregelmäßiger geschienen, es war ihnen sogar bisweilen gefahrbringend gewesen. Posidonius beobachtete Ebbe und Fluth zu Ilipa und Gadeira, und verglich seine Beobachtungen mit dem, was ihm dort über den Einfluß des Mondes die erfahrneren Phönicier*Strabo* lib. III pag. 173 (*Examen crit.* T. III. p. 98). mittheilen konnten.

II.

Feldzüge der Macedonier unter Alexander dem Großen. – Umgestaltung der Weltverhältnisse. – Verschmelzung des Westens mit dem Osten. – Das Griechenthum befördert die Völkervermischung vom Nil bis zum Euphrat, dem Jaxartes und Indus. – Plötzliche Erweiterung der Weltansicht durch eigene Beobachtung der Natur wie durch den Verkehr mit altcultivirten, gewerbtreibenden Völkern.

In dem Entwickelungsgange der Menschengeschichte, so fern dieselbe eine innigere Verbindung der europäischen Abendländer mit dem südwestlichen Asien, dem Nilthale und Libyen darstellt, bezeichnen die Heerzüge der Macedonier unter Alexander dem Großen, der Untergang der Perserherrschaft, der beginnende Verkehr mit Vorder-Indien, die Einwirkung des, 116 Jahre dauernden, griechisch-bactrischen Reichs eine der wichtigsten Epochen des gemeinsamen Völkerlebens. War die Sphäre der Entwickelung fast maaßlos dem Raume nach, so gewann sie dazu noch an intensiver moralischer Größe durch das unablässige Streben des Eroberers nach Vermischung aller Stämme, nach einer Welteinheit unter dem begeistigenden Einflusse des Hellenismus . Die Gründung so vieler neuer Städte an Punkten, deren Auswahl höhere Zwecke andeutet, die Anordnung und Gliederung eines selbstständigen Gemeinwesens zur Verwaltung dieser Städte, die zarte Schonung der Nationalgewohnheiten und des einheimischen Cultus: – alles bezeugt, daß der Plan zu einem großen organischen Ganzen gelegt war. Was vielleicht ursprünglich diesem Plane nicht angehörte, hat sich, wie es immer in dem Drange vielumfassender Weltbegebenheiten der Fall ist, später aus der Natur der Verhältnisse von selbst entwickelt. Erinnert man sich nun, daß von der Schlacht am Granicus bis zu dem zerstörenden Einbruch der Saker und Tocharer in Bactrien nur 52

Olympiaden verflossen sind, so bewundert man die Ausdauer und die zauberisch vermittelnde Macht der von Westen eingeführten hellenischen Bildung. Dem Wissen der Araber, der Neuperser und Inder beigemengt, hat diese Bildung ihre Wirksamkeit bis in das Mittelalter ausgeübt: so daß es oft zweifelhaft bleibt, was der griechischen Litteratur, was unvermischt dem Erfindungsgeiste jener asiatischen Völker ursprünglich zugehört.

Das Princip der Einigung und Einheit oder vielmehr das Gefühl von dem wohlthätigen politischen Einflusse dieses Princips lag, wie alle seine Staatseinrichtungen beweisen, tief in dem Gemüth des kühnen Eroberers. Selbst auf Griechenland angewandt, war es ihm von seinem großen Lehrer schon früh eingeprägt worden. In der Politik des Aristoteles lesen wir: „den asiatischen Völkern fehlt es nicht an Thätigkeit des Geistes und Kunstgeschicklichkeit, doch muthlos leben sie in Unterwürfigkeit und Knechtschaft: während die Hellenen, kräftig und regsam, in Freiheit lebend und deshalb gut verwaltet, *wären sie zu einem Staate vereinigt, alle Barbaren beherrschen könnten.*" So schrieb der Stagirite bei seinem zweiten Aufenthalte in Athen*Stahr, Aristotelia* Th. II. S. 114., ehe noch Alexander über den Granicus ging. Die Grundsätze des Lehrers, so „widernatürlich diesem auch das unumschränkte Königthum (die παμβασιλεία) erschien", haben zweifelsohne einen lebendigeren Eindruck auf den Eroberer gemacht als die phantasiereichen Berichte des Ktesias über Indien, denen August Wilhelm von Schlegel und vor ihm schon Sainte-Croix eine so große Wirkung zuschreiben.

In dem vorhergehenden Abschnitte haben wir das Meer als ein vermittelndes, völkerverbindendes Element; die durch Phönicier und Carthager, Tyrrhener und Tusker erweiterte Schifffahrt in wenigen Zügen geschildert. Wir haben gezeigt, wie, durch zahlreiche Colonien in ihrer Seemacht verstärkt, die Griechen gegen *Osten* und *Westen*, durch die Argonauten von Jolkos und durch den Samier Coläus, aus dem Becken des Mittelmeers vorzudringen gestrebt; wie gegen *Süden* die Salomon-Hiramschen Expeditionen, in *Ophirfahrten*, durch das rothe Meer ferne *Goldländer* besuchten. Der zweite Abschnitt führt uns vorzugsweise in das Innere eines großen Continents auf Wegen, die dem Landhandel und der Fluß-Schifffahrt geöffnet werden. In den kurzen Zeitraum von zwölf Jahren fallen der Zeitfolge nach: die Feldzüge in Vorder-Asien und Syrien mit den Schlachten am Granicus und in den Strandpässen von Issus, die Einnahme von Tyrus und die leichte Besitznahme Aegyptens; der babylonisch-persische Feldzug: als bei Arbela (in der Ebene von Gaugamela) die Weltherrschaft der Achämeniden vernichtet wurde; die Expedition nach Bactrien und Sogdiana zwischen dem Hindu-Kho und dem Jaxartes (Syr), endlich das kühne Vordringen in das Fünfstromland (Pentapotamia) von Vorder-Indien. Fast überall hat Alexander hellenische Ansiedelungen gegründet und in der ungeheuren Länderstrecke vom Ammonstempel in der libyschen Oase und von Alexandria am westlichen Nil-Delta bis zum nördlichen Alexandria am Jaxartes (dem jetzigen Khodjend in Fergana) griechische Sitten verbreitet.

Die Erweiterung des Ideenkreises, – und dies ist der Standpunkt, aus welchem hier des Macedoniers Unternehmen und die längere Dauer des bactrischen Reiches betrachtet werden müssen –, war begründet: in der Größe des Raumes; in der Verschiedenheit der Klimate von Cyropolis am Jaxartes (unter der Breite von Tiflis und Rom) bis zu dem östlichen Indus-Delta bei Tira unter dem Wendekreise des Krebses. Rechnen wir dazu die wunderbar wechselnde Gestaltung des Bodens: von üppigen Fruchtländern, Wüsten und Schneebergen mannigfaltig durchzogen; die Neuheit und riesenhafte Größe der Erzeugnisse des Thier- und Pflanzenreichs, den Anblick und die geographische Vertheilung ungleich gefärbter Menschenracen; den lebendigen Contact mit theilweise vielbegabten, uralt cultivirten Völkern des Orients; mit ihren religiösen Mythen, ihren Philosophemen, ihrem astronomischen Wissen und ihren sterndeutenden Phantasien. In keiner anderen Zeitepoche (die, achtzehn und ein halbes Jahrhundert später erfolgende Begebenheit der Entdeckung und Aufschließung des tropischen Amerika's ausgenommen) ist auf einmal einem Theile des Menschengeschlechts eine reichere Fülle neuer Natur-Ansichten, ein größeres Material zur Begründung der physischen Erdkenntniß und des vergleichenden ethnologischen Studiums dargeboten worden. Für die Lebhaftigkeit des Eindrucks, welchen eine solche Bereicherung der Ansichten hervorgebracht, zeugt die ganze abendländische Litteratur; es zeugen selbst dafür, wie bei allem, was unsere Einbildungskraft in Beschreibung erhabener Naturscenen anspricht, die Zweifel, welche bei den griechischen und in der Folge bei den römischen Schriftstellern die Berichte des Megasthenes, Nearchus, Aristobulus und anderer Begleiter Alexanders erregt haben. Diese Berichterstatter: der Färbung und dem Einfluß ihres Zeitalters unterworfen, Thatsachen und individuelle Meinungen eng mit einander verwebend, haben das wechselnde Schicksal aller Reisenden, die Oscillation zwischen anfänglichem bitteren Tadel und später, mildernder Rechtfertigung, erfahren. Die letztere ist in unseren Tagen um so häufiger eingetreten: als tiefes Sprachstudium des Sanskrit, als allgemeinere Kenntniß einheimischer geographischer Namen, als bactrische Münzen in den Topen aufgefunden, und vor allem eine lebendige Ansicht des Landes und seiner organischen Erzeugnisse der Kritik Elemente verschafft haben, die dem vielverdammenden Eratosthenes, dem Strabo und Plinius bei ihrem so einseitigen Wissen unbekannt blieben.

Wenn man nach Unterschieden der Längengrade die Erstreckung des ganzen Mittelmeeres mit der Entfernung von Westen nach Osten vergleicht, welche Kleinasien von den Ufern des Hyphasis (Beas), von den *Altären der Rückkehr* trennt; so erkennt man, daß die Erdkunde der Hellenen in wenigen Jahren um das Zwiefache vermehrt wurde. Um nun näher zu bezeichnen, was ich ein, durch Alexanders Heerzüge und Städtegründung so reichlich vermehrtes *Material der physischen Geographie und Naturkunde* genannt habe, erinnere ich zuerst an die neu eingesammelten Erfahrungen über die besondere Gestaltung der Erdoberfläche. In den durchzogenen Ländern contrastiren Tiefländer (pflanzenleere Wüsten oder Salzsteppen: wie nördlich von der

Asferah-Kette, einer Fortsetzung des Thian-schan; und vier große angebaute Stromgebiete: des Euphrat, Indus, Oxus und Jaxartes) mit Schneegebirgen von fast 19000 Fuß Höhe. Der Hindu-Kho oder indische Kaukasus der Macedonier, eine Fortsetzung des nord-tübetischen Kuen-lün, westlich von der *durchsetzenden* Meridiankette des Bolor, ist in seiner Erstreckung gegen Herat hin in zwei große, das Kafiristan begrenzende Ketten getheilt; die südlichere dieser Ketten ist die mächtigere. Alexander gelangte durch das noch 8000 Fuß hohe Plateau von Bamian, in dem man die Höhle des Prometheus zu sehen wähnte*Lassen* in der *Zeitschrift für die Kunde des Morgenl.* Bd. I. S. 230., auf den Kamm des Kohibaba: um über Kabura, längs dem Choes, etwas nördlich vom jetzigen Attok, über den Indus zu setzen. Vergleichung des niedrigeren Taurus, an den die Griechen gewöhnt waren, mit dem ewigen Schnee des Hindu-Kho, welcher bei Bamian nach Burnes erst in 12200 Fuß Höhe beginnt, muß Veranlassung gegeben haben hier in einem colossaleren Maaßstabe das Uebereinanderliegen der Klimate und Pflanzenzonen zu erkennen. In regsamen Gemüthern wirkt bleibend und tiefer, was die elementare Natur dem Menschen unmittelbar vor den Sinnen entfaltet. Strabo beschreibt anschaulich den Uebergang über das Bergland der Paropanisaden wo das Heer mit Mühe sich durch den Schnee einen Weg bahnte und wo alle Baum-Vegetation aufhört.Das Land zwischen Bamian und Ghori. S. Carl *Zimmermann's* vortreffliches orographisches *Uebersichtsblatt* von Afghanistan 1842. (Vergl. *Strabo* lib. XV pag. 725, *Diod. Sicul.* XVII, 82; *Menn, Meletem. hist.* 1839 p. 25 und 31, *Ritter über Alexanders Feldzug am Indischen Kaukasus* in den *Abhandl. der Berl. Akad.* aus dem J. 1829 S. 150; *Droysen, Bildung des hellenist. Staatensystems* S. 614.) Ich schreibe *Paropanisus*, wie alle guten Codices des Ptolemäus haben, und nicht *Paropamisus*. Die Gründe habe ich entwickelt in der *Asie centrale* T. I. p. 114–118 (vergl. auch *Lassen zur Gesch. der Griechischen und Indoskythischen Könige* S. 128).

Was von indischen Erzeugnissen und Kunstproducten durch ältere Handelsverbindungen oder aus den Berichten des Ktesias von Cnidus, der 17 Jahre lang als Leibarzt des Artaxerxes Mnemon am persischen Hoflager lebte, unvollkommen, ja fast nur dem Namen nach gekannt war; davon wurde jetzt in dem Abendlande durch die macedonischen Ansiedelungen eine sichrere Kunde verbreitet. Es gehören dahin: die bewässerten Reißfelder, von deren Cultur Aristobulus besondere Nachricht gegeben; die Baumwollenstaude, wie die feinen Gewebe und das PapierStrabo lib. XV pag. 717 Casaub.zu welchen jene Staude den Stoff lieferte; Gewürze und Opium; Wein aus Reiß und aus dem Saft der Palme, deren Sanskrit-Name tala uns bei Arrian erhalten istTala, als Name der Palme *Borassus flabelliformis* (sehr charakteristisch von Amarasinha ein *König der Gräser* genannt), bei *Arrian, Ind.* VII, 3.; Zucker aus ZuckerrohrDas Wort tabaschir wird auf das sanskritische tvak-kschîrâ (Rindenmilch) zurückgeführt; Ich habe schon 1817 in den geschichtlichen Beilagen zu meinem Werke *de distributione geographica Plantarum secundum coeli temperiem et altitudinem montium* p. 215 darauf aufmerksam gemacht, daß neben dem Tabaschir der Bambusa die

Begleiter Alexanders (Strabo lib. XV pag. 693, *Peripl. maris Erythr.* p. 9) auch den wahren Rohrzucker der Inder hatten kennen gelernt. Moses von Chorene, welcher in der Mitte des 5ten Jahrhunderts lebte, hat zuerst (*Geogr.* ed. Whiston 1736 p. 364) die Bereitung des Zuckers aus dem Safte des Saccarum officinarum in der Provinz Chorasan umständlich beschrieben.: freilich oft in griechischen und römischen Schriftstellern mit dem Tabaschir des Bambusrohres verwechselt; Wolle von großen Bombax-BäumenStrabo lib. XV pag. 694., Shawls aus tübetischer Ziegenwolle, seidene (serische) Gewebe*Ritter, Erdkunde von Asien* Bd. V, 1. S. 437; Bd. VI, 1. S. 698; *Lassen, Ind. Alterthumskunde* Bd. I. S. 317–323. Die Stelle in *Aristot. hist. de Animal.* V, 17 (T. I. pag. 209 ed. Schneider) von dem Gespinnste einer großen gehörnten Raupe bezieht sich auf die Insel Cos.; Oel aus weißem Sesamum (sanskr. tila), Rosenöl und andere Wohlgerüche; Lack (sanskr. lâkschâ, in der Vulgärsprache lakkha)So λάκκος χρωμάτινος im *Peripl. maris Erythr.* p. 5 (*Lassen* S. 316).; und endlich der gehärtete indische Wetzstahl.

Neben der materiellen Kenntniß dieser Producte: welche bald ein Gegenstand des großen Welthandels wurden und von welchen die Seleuciden*Plin. Hist. Nat.* XVI, 32. (Ueber Einführung seltener asiatischer Pflanzen in *Aegypten* durch die *Lagiden* s. *Plin.* XII, 14 und 17.) mehrere nach Arabien verpflanzten, verschaffte der Anblick einer so reich geschmückten subtropischen Natur den Hellenen noch geistige Genüsse anderer Art. Große und niegesehene Thier- und Pflanzengestalten erfüllten die Einbildungskraft mit anregenden Bildern. Schriftsteller, deren nüchtern-wissenschaftliche Schreibart sonst aller Begeisterung fremd bleibt, werden dichterisch, wenn sie beschreiben die Sitten der Elephanten: die „Höhe der Bäume: deren Gipfel mit einem Pfeile nicht erreicht werden kann, deren Blätter größer als die Schilde des Fußvolks sind“: die Bambusa: ein leichtgefiedertes, baumartiges Gras, „dessen einzelne Knoten (internodia) als vielrudrige Kähne dienen“; den durch seine Zweige wurzelnden indischen Feigenbaum: dessen Stamm bis 28 Fuß Durchmesser erreicht und der, wie Onesikritus sehr naturwahr sich ausdrückt, „ein Laubdach bildet gleich einem vielsäuligen Zelte“. Der hohen baumartigen Farren, nach meinem Gefühl des größten Schmuckes der Tropenländer, erwähnen indeß Alexanders Gefährten nie*Humboldt de distributione geogr. Plantarum* p. 178.; wohl aber der herrlichen fächerartigen Schirmpalmen wie des zarten, ewig frischen Grünes angepflanzter Pisang-GebüscheIch habe seit dem Jahre 1827 oft mit Lassen über die merkwürdige Stelle des *Plinius* XII, 6 correspondirt: “Major alia (arbor) pomo et suavitate praecellentior, quo *sapientes* Indorum vivunt. Folium alas avium imitatur, longitudine trium cubitorum, latitudine duûm. Fructum cortice mittit, admirabilem succi dulcedine ut uno quaternos satiet. Arbori nomen *palae*, pomo *arienae*.“ Folgendes ist das Resultat der Untersuchung meines gelehrten Freundes: „Amarasinha stellt die Musa (Banane, Pisang) an die Spitze aller nahrhaften Pflanzen. Unter den vielen Sanskrit-Namen, die er anführt, finden sich: varanabuscha, bhanuphala (Sonnenfrucht) und moko, woraus das arabische mauza. Phala (pala) heißt *Frucht* im allgemeinen und ist also nur aus Mißverständniß für den Namen der Pflanze gehalten worden. Varana kommt ohne buscha nicht im Sanskrit als Name der Musa vor, die Abkürzung mag aber der Volkssprache angehört haben; varana wäre griechisch οὐαρενα, was gewiß von ariena nicht sehr entfernt ist." Vergl. *Lassen, Ind. Alterthumskunde* Bd. I. S. 262: mein *Essai politique sur la Nouv. Espagne* T. II. 1827 p. 382, *Relation hist.* T. I. p. 491. Den chemischen Zusammenhang des nahrhaften Amylum mit dem Zuckerstoff haben Prosper Alpinus und Abd-Allatif gleichsam geahndet, indem sie die Entstehung der Musa aus der Insertion des Zuckerrohrs oder der süßen Dattelfrucht in die Wurzel der Colocasia zu erklären suchten. (*Abd-Allatif, relation de l'Égypte*, trad. par *Silvestre de Sacy* p. 28 und 105.).

Die Kunde eines großen Theils des Erdbodens wurde nun erst wahrhaft eröffnet. Die Welt der Objecte trat mit überwiegender Gewalt dem subjectiven Schaffen gegenüber: und indem, durch Alexanders Eroberungen, griechische Sprache und Litteratur sich fruchtbringend verbreiteten, waren gleichzeitig die wissenschaftliche Beobachtung und die systematische Bearbeitung des gesammten Wissens durch Aristoteles Lehre und Vorbild dem Geiste klar geworden.Vergl. über diese Epoche *Wilhelm von Humboldt* in seinem Werke *über die Kawi-Sprache und die Verschiedenheit des menschlichen Sprachbaues* Bd. I. S. CCL und CCLIV; *Droysen, Gesch. Alexanders des Gr.* S. 547, und *hellenist. Staatensystem* S. 24. Wir bezeichnen hier ein glückliches Zusammentreffen günstiger Verhältnisse; denn gerade in der Epoche, in der sich plötzlich ein so ungeheurer Vorrath von neuem Stoffe der menschlichen Erkenntniß darbot, war durch die Richtung, welche der Stagirite gleichzeitig dem empirischen Forschen nach Thatsachen im Gebiete der Natur, der Versenkung in alle Tiefen der Speculation und der Ausbildung einer alles scharf umgrenzenden *wissenschaftlichen Sprache* gegeben hatte, die geistige Verarbeitung des Stoffes erleichtert und vervielfältigt worden. So bleibt Aristoteles, wie Dante sich schön ausdrückt, auf Jahrtausende noch: il maestro di color che sanno*Dante*, Inf. IV, 130..

Der Glaube an eine unmittelbare Bereicherung des Aristotelischen zoologischen Wissens durch die Heerzüge des Macedoniers ist jedoch durch ernste neuere Untersuchungen, wo nicht gänzlich verschwunden, doch wenigstens sehr schwankend geworden. Die elende Compilation eines Lebens des Stagiriten, welche lange dem Ammonius, Sohn des Hermias, zugeschrieben ward, hatte unter vielen historischen Irrthümern auch den verbreitet, daß der Philosoph seinen Zögling wenigstens bis an die Ufer des Nils begleitet habe*Cuvier* hat, als er das Leben des Aristoteles bearbeitete, an diese Begleitung nach Aegypten geglaubt: „von woher der Stagirite alle Materialien zu der *historia Animalium* nach Athen erst Ol. 112, 2 sollte zurückgebracht haben". Später (1830) hat der große Naturforscher diese Meinung aufgegeben: weil er nach näherer Untersuchung bemerkte, „daß die Beschreibungen der ägyptischen Thiere nicht nach dem Leben, sondern nach Notizen des Herodot entworfen wären". (Vergl. *Cuvier, Histoire des Sciences naturelles*, publiée par Magdeleine de *Saint-Agy* T. I.

1841 p. 136.). Das große Werk über die Thiere scheint um sehr weniges neuer als die Meteorologica; und diese fallen nach inneren KennzeichenZu diesen inneren Kennzeichen gehören: die Angabe von der vollkommenen Abgeschlossenheit (Isolirtheit) des caspischen Meeres; die von dem großen unter dem Archonten Nicomachus erschienenen Cometen, Ol. 109, 4 nach Corsini: der nicht mit dem, welchen Herr von Boguslawski neuerlichst den *Cometen des Aristoteles* (unter dem Archonten Asteus, Ol. 101, 4; *Aristot. Meteor.* lib. I cap. 6, 10, Vol. I. pag. 395 Ideler; identisch mit Cometen von 1695 und 1843?) genannt hat, zu verwechseln ist: die Erwähnung der Zerstörung des Tempels zu Ephesus, wie die eines in 50 Jahren zweimal gesehenen Mondregenbogens. (Vergl. *Schneider ad Aristot. hist. de Animalibus* T. I. p. XL, XLII, CIII und CXX; *Ideler ad Aristot. Meteor.* Vol. I. p. X; *Humboldt, Asie centr.* T. II. p. 168.) Daß die *Thiergeschichte* später geschrieben als die *Meteorologica,* erkennt man auch daraus, daß in diesen bereits auf jene als auf einen Gegenstand hingedeutet wird, der bald folgen soll (*Meteor.* I. 1, 3 und IV. 12, 13). in die 106te, am spätesten in die 111te Olympiade: also entweder 14 Jahre früher als Aristoteles an den Hof des Philippus kam, oder auf das höchste 3 Jahre vor dem Uebergange über den Granicus. Gegen diese Ansicht einer frühen Vollendung der neun Bücher Aristotelischer Thiergeschichte werden nun freilich einzelne Angaben als widerstreitend angeführt. Dahin gehört die genaue Kenntniß, welche Aristoteles von dem Elephanten, dem bärtigen Pferd-Hirsche (hippelaphos), dem bactrischen zweibuckligen Kameele, dem Hippardion, das man für den Jagdtiger (Guepard) hält, und von dem indischen Büffel zu haben scheint: welcher letzte erst zur Zeit der Kreuzzüge in Europa eingeführt wurde. Es ist aber zu bemerken, daß gerade der Geburtsort jenes merkwürdig großen Hirsches mit der Pferdemähne, den Diard und Duvaucel aus dem östlichen Indien an Cuvier geschickt haben und welchem dieser sogar den Namen Cervus Aristotelis gegeben hat, nach des Stagiriten eigener Angabe nicht die von Alexander durchzogene indische Pentapotamia ist, sondern Arachosien: eine Landschaft westlich von Kandahar, die mit Gedrosien eine altpersische Satrapie ausmachte. Sollten nicht die, der Mehrzahl nach so kurzen Nachrichten über die Gestalt und die Sitten der oben genannten Thiere dem Aristoteles, ganz unabhängig von dem macedonischen Heerzuge, aus Persien und dem weltverkehrenden Babylon überliefert worden sein? Bei gänzlicher Unbekanntschaft mit der Bereitung des AlkoholsIch habe an einem anderen Orte gezeigt, daß, wenn auch die Zerlegung des geschwefelten Quecksilbers durch Destillation schon im *Dioscorides* (*Mat. medica* V, 110 p. 667 Saracen.) beschrieben ist, doch die erste Beschreibung der *Destillation einer Flüssigkeit* (bei künstlicher Versüßung des Seewassers) sich in dem Commentar des Alexander von Aphrodisias zu dem Buche *de Meteorol.* des Aristoteles findet; s. mein *Examen critique de l'hist. de la Géographie* T. II. p. 308–316 und *Joannis (Philoponi) Grammatici in libr. de generat. et Alexandri Aphrod. in Meteorol. Comm.* Venet. 1527 p. 97, b. Alexander aus Aphrodisias in Carien, der gelehrte Commentator der *Meteorologica* des Aristoteles, lebte unter Septimius Severus und Caracalla; und wenn bei ihm auch chemische Apparate χυ[μ]ικὰ ὄργανα heißen, so beweist doch wohl eine Stelle des *Plutarch* (*de Iside et Osir.* cap. 33), daß das Wort *Chemie*, von den Griechen auf die ägyptische Kunst angewandt, nicht von χέω abzuleiten ist (*Hoefer, histoire de la Chimie* T. I. p. 91, 195 und 219; T. II. p. 109). konnten ohnedies nur Felle und Knochen, nicht aber weiche, der Zergliederung fähige Theile, aus dem fernen Asien nach Griechenland geschickt werden. So wahrscheinlich es übrigens auch ist, daß Aristoteles zur Förderung seiner physikalischen und naturbeschreibenden Studien, zur Herbeischaffung eines ungeheuren zoologischen Materials aus dem gesammten Griechenland und aus den griechischen Meeren: ja zur Gründung der für seine Zeit einzigen Büchersammlung, die an Theophrast und später an Neleus von Skepsis überging, von Philippus und Alexander die freigebigste Unterstützung erhalten habe; so sind doch wohl die Geschenke von achthundert Talenten und die „Beköstigung so vieler *tausend* Sammler, Aufseher von Fischteichen und Vogelhüter" nur für späte UebertreibungenVergl. *Sainte-Croix, examen des historiens d'Alexandre* 1810 p. 207 und *Cuvier, hist. des Sciences nat.* T. I. p. 137 mit Schneider *ad Aristot. de hist. Animal.* T. I. p. XLII–XLVI und *Stahr, Aristotelia* Th. I. S. 116–118. Wenn demnach die Sendungen aus Aegypten und Inner-Asien sehr unwahrscheinlich sind, so bezeugen dagegen die neuesten Arbeiten unseres großen Anatomen *Johannes Müller*, mit welcher wundervollen Feinheit Aristoteles Fische der griechischen Meere zergliederte. S. über die Adhärenz des Eies mit dem Uterus in einer der beiden im Mittelmeer lebenden Arten der Gattung Mustelus, die im Fötus-Zustande eine Placenta des Dottersacks besitzt, welche mit der Uterin-Placenta der Mutter zusammenhängt, die gelehrte Abhandlung von Johannes *Müller* und seine Untersuchungen über den γαλεὸς λεῖος des Aristoteles in den *Abhandl. der Berliner Akademie* aus dem J. 1840 S. 192–197. (Vergl. *Aristot. hist. Anim.* VI, 10 und *de gener. Anim.* II, 3.) Eben so zeugen für die feinsten anatomischen Selbstarbeiten des Stagiriten die Unterscheidung und ausführliche Zergliederung der Tintenfisch-Arten, die Beschreibung der Zähne in den Schnecken und der Organe anderer Gasteropoden. (Vergl. *hist. Anim.* IV, 1 und 4 mit *Lebert* in *Müller's Archiv der Physiologie* 1846 S. 463 und 467.) Auf die Gestalt der Schneckenzähne habe ich selbst schon 1797 die neueren Naturforscher aufmerksam gemacht; s. meine *Versuche über die gereizte Muskel- und Nervenfaser* Bd. I. S. 261. und mißverstandene Traditionen des Plinius, Athenäus und Aelian zu halten.

Die macedonische Expedition, welche einen großen und schönen Theil der Erde dem Einflusse eines einzigen und dazu eines so hochgebildeten Volkes eröffnete, kann demnach im eigentlichsten Sinne des Worts als eine *wissenschaftliche Expedition* betrachtet werden; ja als die erste, in der ein Eroberer sich mit Gelehrten aus allen Fächern des Wissens: mit Naturforschern, Landmessern, Geschichtsschreibern, Philosophen und Künstlern, umgeben hatte. Aristoteles wirkte aber nicht bloß durch das, was er selbst hervorgebracht; er wirkte auch durch die geistreichen Männer seiner Schule, welche den Feldzug begleiteten. Unter diesen glänzte vor allen des Stagiriten naher Verwandter, Callisthenes aus Olynth, der schon vor dem Heerzuge botanische Werke und eine feine anatomische Untersuchung über das Gesichtsorgan geliefert hatte. Durch die ernste Strenge seiner Sitten und die ungemessene Freiheit seiner Rede ward er dem, schon von seiner edeln und hohen Sinnesart herabgesunkenen Fürsten, wie dessen Schmeichlern, verhaßt. Callisthenes zog unerschrocken die Freiheit dem Leben vor: und als man ihn zu Bactra in die Verschwörung des Hermolaus und der Edelknaben schuldlos verwickelte, ward er die unglückliche Veranlassung zu der Erbitterung Alexanders gegen seinen früheren Lehrer. Theophrast, des Olynthiers gemüthlicher Freund und Mitschüler, hatte den Biedersinn ihn nach seinem Sturze öffentlich zu vertheidigen; von Aristoteles wissen wir nur, daß er ihn vor seiner Abreise zur Vorsicht gemahnt und, durch den langen Aufenthalt bei Philipp von Macedonien des Hoflebens, wie es scheint, sehr kundig, ihm gerathen habe: „mit dem König so wenig als möglich, und wenn es sein müßte, immer beifällig zu reden".

Von auserwählten Männern aus der Schule des Stagiriten unterstützt, hatte Callisthenes, als ein schon in Griechenland mit der Natur vertrauter Philosoph, in den neu aufgeschlossenen weiteren Erdkreisen die Forschungen seiner Mitarbeiter zu höheren Ansichten geleitet. Nicht die Pflanzenfülle und das mächtige Thierreich, nicht die Gestaltung des Bodens oder die Periodicität des Anschwellens der großen Flüsse konnten allein die Aufmerksamkeit fesseln; der Mensch und seine Geschlechter in ihren mannigfaltigen Abstufungen der Färbung und Gesittung mußten nach dem *eigenen Ausspruche des Aristoteles* als „der Mittelpunkt und Zweck der gesammten Schöpfung erscheinen: als komme der Gedanke des göttlichen Denkens hienieden erst in ihm zum Bewußtsein". Aus dem Wenigen, was uns von den Berichten des im Alterthum so getadelten Onesikritus übrig ist, ersehen wir, wie sehr man in der macedonischen Expedition, weit zum Sonnenaufgang gelangend, verwundert war, zwar die von Herodot genannten *dunkelfarbigen*, den *Aethiopen ähnlichen*, indischen Stämme: aber nicht die afrikanischen kraushaarigen Neger zu finden;*Strabo* lib. XV pag. 690 und 695 (*Herod.* III, 101). man beachtete scharf den Einfluß der Atmosphäre auf Färbung, die verschiedene Wirkung der trockenen und feuchten Wärme. In der frühesten homerischen Zeit und noch lange nach den Homeriden wurde die Abhängigkeit der Luftwärme von den Breitengraden, von den Polar-Abständen, vollkommen verkannt; Osten und Westen bestimmten damals die ganze *thermische Meteorologie* der Hellenen. Die nach dem Aufgang gelegenen Erdstriche wurden für „sonnennäher, für *Sonnenländer*" gehalten. „Der Gott färbt in seinem Laufe mit des Russes finsterem Glanze die Haut des Menschen und kräuselt ihm dörrend das Haar."So Theodectes von Phaselis; Alles Nördliche wurde mehr dem Westen, alles Südliche dem Osten zugeschrieben; vergl. *Völcker über Homerische Geographie und Weltkunde* S. 43 und 87. Das Unbestimmte des Wortes *Indien:* schon damals an Ideen der Lage, der Menschenfärbung und kostbarer Erzeugnisse geknüpft, trug zur Verbreitung solcher meteorologischen Hypothesen bei; denn Indien hießen gleichzeitig West-Arabien, das Land zwischen Ceylon und dem

Ausfluß des Indus, das troglodytische Aethiopien, und das afrikanische *Myrrhen-* und *Zimmtland* südlich vom *Vorgebirge der Arome* (*Humboldt*, *Examen crit.* T. II. p. 35).

Alexanders Heerzüge gaben zuerst Veranlassung, in einem großen Maaßstabe die, besonders in Aegypten zusammenströmenden, afrikanischen Menschenracen mit den arischen Geschlechtern jenseits des Tigris und den altindischen, sehr dunkel gefärbten, aber nicht kraushaarigen Urvölkern zu vergleichen. Die Gliederung der Menschheit in Abarten; ihre Vertheilung auf dem Erdboden: mehr als Folge geschichtlicher Ereignisse als des langdauernden klimatischen Einflusses da, wo die Typen einmal festgesetzt sind; der scheinbare Widerspruch zwischen Färbung und Wohnort mußten denkende Beobachter auf das lebhafteste anregen. Noch findet sich im Inneren des großen indischen Landes ein weites Gebiet, das von sehr dunkel, fast schwarz gefärbten, von den später eingedrungenen helleren arischen Stämmen gänzlich verschiedenen Ureinwohnern bevölkert ist. Dahin gehören unter den Vindhya-Völkern die Gonda, die Bhilla in den Waldgebirgen von Malava und Guzerat, wie die Kola von Orissa. Der scharfsinnige Lassen hält es für wahrscheinlich, daß zu Herodots Zeit die schwarze asiatische Race, dessen „Aethiopier vom Aufgang der Sonne“: den libyschen wohl in der Hautfarbe, aber nicht in der Beschaffenheit des Haares ähnlich, viel weiter als jetzt gegen Nordwesten verbreitet waren. Eben so dehnten im alten ägyptischen Reiche die eigentlichen wollhaarigen, oft besiegten Negerstämme ihre Wohnsitze weit in das nördliche Nubien aus.Die *geographische Verbreitung* der Menschenracen kann so wenig als die der Pflanzen und Thiere in ganzen Continenten nach Breitengraden bestimmt werden. Das Axiom, welches Ptolemäus (*Geogr.* lib. I cap. 9) aufstellt: daß es nördlich vom Parallel von Agisymba keine Elephanten, kein Rhinoceros und keine Neger gebe, ist völlig unbegründet (*Examen critique* T. I. p. 39). Die Lehre von dem allgemeinen Einfluß des Bodens und der Klimate auf die intellectuellen Anlagen und die Gesittung der Menschheit blieb der alexandrinischen Schule des Ammonius Sakkas eigenthümlich, besonders dem Longinus. S. *Proclus, comment. in Tim.* p. 50.

Zu der Bereicherung des Ideenkreises, welche aus dem Anblick vieler neuen physischen Erscheinungen, wie aus dem Contact mit verschiedenen Volksstämmen und ihrer contrastirenden Civilisation entsprang, gesellten sich leider! nicht die Früchte ethnologischer Sprachvergleichung: in so fern dieselbe *philosophisch*, abhängig von den Grundverhältnissen des GedankensS. Georg *Curtius, die Sprachvergleichung in ihrem Verhältniß zur classischen Philologie* 1845 S. 5–7 und dessen *Bildung der Tempora und Modi* 1846 S. 3–9. (Vergl. auch *Pott's* Artikel *indogermanischer Sprachstamm* in der *allgem. Encyklopädie* von *Ersch* und *Gruber* Sect. II. Th. XVIII. S. 1–112.) Untersuchungen über die Sprache im allgemeinen, in so fern sie die Grundverhältnisse des Gedankens berührt, finden sich aber schon bei Aristoteles: da, wo er den Zusammenhang der Kategorien mit grammatischen Verhältnissen entwickelt. S. die lichtvolle Darstellung dieser Vergleichung in Adolf *Trendelenburg's histor. Beiträgen zur Philosophie* 1846 Th. I. S. 23–32., oder bloß *historisch* ist. Diese Art der Untersuchung war dem sogenannten classischen Alterthume fremd. Dagegen lieferte Alexanders Expedition den Hellenen wissenschaftliche Materialien, welche den lange aufgehäuften Schätzen früher cultivirter Völker entnommen werden konnten. Ich erinnere hier vorzugsweise daran, daß mit der Kenntniß der *Erde* und ihrer Erzeugnisse durch die Bekanntschaft mit Babylon, nach neueren und gründlichen Untersuchungen, auch die Kenntniß des *Himmels* ansehnlich vermehrt wurde. Allerdings war durch die Eroberung des Cyrus der Glanz des astronomischen Priester-Collegiums in der orientalischen Weltstadt bereits tief gesunken. Die Treppen-Pyramide des Belus (zugleich Tempel, Grab und eine, die nächtlichen Stunden verkündende Sternwarte) war von Xerxes der Zerstörung preis gegeben; das Monument lag zur Zeit des macedonischen Heerzuges bereits in Trümmern. Aber eben weil die geschlossene Priestercaste sich bereits aufgelöst, ja der astronomischen Schulen sich eine große Zahl gebildet hatte, war es dem Callisthenes möglich geworden (wie Simplicius behauptet, auf Rath des Aristoteles) Sternbeobachtungen aus einer sehr langen Periode von Jahren (Porphyrius sagt: für eine Periode von 1903 Jahren vor Alexanders Einzug in Babylon, Ol. 112, 2) nach Griechenland zu senden. Die ältesten chaldäischen Beobachtungen, deren das Almagest erwähnt (wahrscheinlich die ältesten, welche Ptolemäus zu seinen Zwecken tauglich fand), gehen aber freilich nur bis 721 Jahre vor unserer Zeitrechnung, d. h. bis zu dem ersten messenischen Kriege. Gewiß ist es, „daß die Chaldäer die mittleren Bewegungen des Mondes mit einer Genauigkeit kannten, welche die griechischen Astronomen veranlaßte sich derselben zur Begründung der Mondstheorie zu bedienen.“ *Ideler* a. a. O. Bd. I. S. 202, 206 und 218. Wenn man den Zweifel gegen den Glauben an die von Callisthenes aus Babylon nach Griechenland gesandten astronomischen Beobachtungen darauf gründet (*Delambre, Histoire de l'Astronomie ancienne* T. I. p. 308), „daß keine Spur von diesen Beobachtungen der chaldäischen Priestercaste sich in den Schriften des Aristoteles finde“; so vergißt man, daß *Aristoteles* (*de Coelo* lib. II cap. 12) gerade da, wo er von einer von ihm selbst beobachteten Bedeckung des Mars vom Monde spricht, ausdrücklich hinzufügt: „eben dergleichen vieljährige an den übrigen Planeten gemachte Beobachtungen haben die Aegypter und die Babylonier angestellt, von denen viele zu unserer Kunde gelangt sind.“ Ueber den wahrscheinlichen Gebrauch astronomischer Tafeln bei den Chaldäern s. *Chasles* in den *Comptes rendus de l'Acad. des Sciences* T. XXIII. 1835 p. 852–854. Auch ihre Planeten-Beobachtungen, zu denen sie eine uralte Liebe der Astrologie anregte, scheinen sie zur wirkıichen Construction astronomischer Tafeln benutzt zu haben.

Wie viel von den frühesten pythagoreischen Ansichten über die wahre Beschaffenheit des Himmelsgebäudes, über den Planetenlauf und die nach Apollonius Myndius in langer geregelter Bahn wiederkehrenden Cometen den Chaldäern zugehört, ist hier nicht der Ort zu entwickeln. Strabo nennt den „Mathematiker Seleucus“ einen *Babylonier* und unterscheidet ihnVergl. *Strabo* lib. XVI p. 739 mit lib. III p. 174. so von dem Erythräer, der die Meeresfluth maß. Es genügt zu bemerken, daß auch der griechische Thierkreis höchst wahrscheinlich „von der Dodecatemoria der Chaldäer entlehnt ist, und daß derselbe nach Letronne's wichtigen UntersuchungenDiese Untersuchungen sind vom Jahr 1824 (s. *Guigniaut*, *Religions de l'Antiquité*, ouvr. trad. de l'allem. de F. *Creuzer* T. I. P. 2. p. 928). Spätere Aufsätze von *Letronne* sind die im *Journal des Savants* 1839 p. 338 und 492 wie auch die *Analyse critique des représentations zodiacales en Égypte* 1846 p. 15 und 34. (Vergl. damit *Ideler über den Ursprung des Thierkreises* in den *Abhandlungen der Akademie der Wissenschaften zu Berlin* aus dem J. 1838 S. 21.) nicht höher als bis zum Anfang des sechsten Jahrhunderts vor unserer Zeitrechnung hinaufsteigt".

Was der Contact der Hellenen mit den Völkern *indischen* Ursprungs in der Epoche der macedonischen Heerzüge unmittelbar hervorgerufen, ist in Dunkel gehüllt. Von wissenschaftlicher Seite konnte wahrscheinlich wenig gewonnen werden, weil Alexander in dem *Fünfstromlande* (in dem *Pantschanada*), nachdem er das Reich des Porus zwischen dem cederreichenDie herrlichen Waldungen von Cedrus deodvara: am häufigsten zwischen acht- und eilftausend Fuß, am oberen Hydaspes (Behut), der den Wallersee in dem Alpenthale von Kaschmir durchströmt, haben das Material zu Nearchs Flotte hergegeben (*Burnes*, *Travels* Vol. I. p. 59). Der Stamm dieser Ceder hat nach der Beobachtung des, leider der Wissenschaft (durch den Tod auf einem Schlachtfelde) entrissenen Dr. Hoffmeister, des Begleiters des Prinzen Waldemar von Preußen, oft bis 40 Fuß Umfang. Hydaspes (Jelum) und dem Acesines (Tschinab) durchzogen, nur bis zum Hyphasis vorgedrungen war: doch bis zu dem Punkte, wo dieser Fluß bereits die Wasser des Satadru (Hesidrus bei Plinius) empfangen hat. Mißmuth seiner Kriegsvölker und Besorgniß vor einem allgemeinen Aufstande in den persischen und syrischen Provinzen zwangen den Helden, der gegen Osten bis zum Ganges vordringen wollte, zur großen Catastrophe der Rückkehr. Die Länder, welche die Macedonier durchstreiften, waren der Wohnsitz wenig cultivirter Stämme. In dem Zwischenlande zwischen dem Satadru und der Yamuna (dem Indus- und Ganges-Gebiete) bildet ein unbedeutender Fluß, die heilige Sarasvati, eine uralte classische Grenze zwischen den *reinen, würdigen, frommen* Brahma-Anbetern in Osten und den *unreinen*, nicht in Casten getheilten, *königslosen* Stämmen in Westen. Demnach gelangte Alexander nicht bis zu dem eigentlichen Sitze höherer indischer Cultur. Erst Seleucus Nicator, der Gründer des großen Seleuciden-Reiches, drang von Babylon aus gegen den Ganges vor und knüpfte durch die mehrfachen Gesandtschaften des Megasthenes nach Pataliputra politische Verbindungen mit dem mächtigen Sandracottus (Tschandraguptas).

Auf diese Weise erst entstand ein lebhafter und dauernder Contact mit dem civilisirtesten Theile von *Madhya-Desa* (dem *Land der Mitte*). Zwar gab es auch im Pendschab (in der Pentapotamia) einsiedlerisch lebende gelehrte Brachmanen. Wir wissen aber nicht, ob das herrliche *indische Zahlensystem*, in dem die wenigen Zeichen ihren Werth durch bloße Stellung (*Position*) erlangen, jenen Brachmanen und Gymnosophisten bekannt war, ob (wie wohl zu vermuthen steht) damals schon im cultivirtesten Theile des indischen Landes der *Stellenwerth* erfunden war. Welch eine Revolution würde die Welt in der schnelleren Entwickelung und erleichterten Anwendung mathematischer Kenntnisse erfahren haben, wenn der, Alexanders Heer begleitende Brachmane Sphines (im Heere Kalanos genannt), wenn später zu Augusts Zeiten der Brachmane Bargosa, ehe sie beide freiwillig den Scheiterhaufen zu Susa und Athen bestiegen, den Griechen das indische Zahlensystem auf eine Weise hätten mittheilen können, durch die dasselbe zu einem allgemeinen Gebrauche gelangt wäre. Die scharfsinnigen und vielumfassenden Untersuchungen von *Chasles* haben allerdings gelehrt, daß die sogenannte Methode des pythagorischen Abacus oder Algorismus, wie sie sich in der Geometrie des *Boethius* beschrieben findet, mit dem indischen Zahlensysteme des *Stellenwerthes* fast identisch sei; aber jene Methode, lange unfruchtbar bei Griechen und Römern, hat erst im Mittelalter eine allgemeine Verbreitung gewonnen: besonders als das Nullzeichen an die Stelle des *leeren Faches* trat. Die wohlthätigen Erfindungen bedürfen oft Jahrhunderte, um anerkannt und vervollständigt zu werden.

III.

Zunahme der Weltanschauung unter den Ptolemäern. – Museum im Serapeum. – Eigenthümlicher Charakter der wissenschaftlichen Richtung in dieser Zeitepoche. – Encyclopädische Gelehrsamkeit. – Verallgemeinerung der Natur-Ansichten in den Erd- und Himmelsräumen.

Nach der Auflösung des macedonischen Weltreichs, das Gebiete dreier Continente umfaßte, entwickelten sich, doch in sehr verschiedener Gestaltung, die Keime, welche das vermittelnde, völkerverbindende Regierungssystem des großen Macedoniers in einen fruchtbaren Boden gelegt hatte. Je mehr die nationale Abgeschlossenheit der hellenischen Denkart dahinschwand, je mehr ihre schöpferische begeisternde Kraft an Tiefe und Stärke verlor: desto gewinnreicher waren durch Belebung und Erweiterung des Völkerverkehrs, wie durch rationelle Verallgemeinerung der Natur-Ansichten, die Fortschritte in der Kenntniß des Zusammenhangs der Erscheinungen. Im syrischen Reiche, bei den Attaliden von Pergamum, unter den Seleuciden und Ptolemäern wurden sie überall und fast gleichzeitig von ausgezeichneten Herrschern begünstigt. Das griechische Aegypten hatte den Vorzug politischer Einheit; es hatte auch den einer geographischen Weltstellung, die durch den Einbruch des arabischen Meerbusens von Bab-el-Mandeb bis Suez und Akaba (in der *Erschütterungs-Richtung* SSO–NNW) den Verkehr auf dem indischen Ocean dem Verkehr an den Küsten des Mittelmeers auf wenige Meilen nahe bringt.

Das Reich der Seleuciden genoß nicht diese Vortheile des Seehandels, wie sie Form und Gliederung der Ländermassen den Lagiden darboten; seine Stellung war gefährdeter: von den Zersplitterungen bedroht, welche die verschiedenartige Nationalität der Satrapien erzeugte. Der Verkehr im Seleuciden-Reiche war überdies mehr ein innerer, an *Stromgebiete* oder an *Caravanenstraßen* gefesselt: die allen hindernden Naturgewalten von schneebedeckten Gebirgsketten, Hochebenen und Wüsten trotzten. Der große Waarenzug, in welchem die Seide das kostbarste Product war, ging aus Inner-Asien von der Hochebene der Serer nördlich von Uttara-Kuru, über den *steinernen Thurm* (wahrscheinlich einen befestigten Caravanserai) südlich von den Quellen des Jaxartes nach dem Oxus-Thale zum caspischen und schwarzen Meere. Dagegen war der Hauptverkehr des Lagiden-Reiches, so lebhaft auch die Fluß-Schifffahrt auf dem Nil und die Communication zwischen den Nil-Ufern und den Kunststraßen längs dem Gestade des rothen Meeres sein mochte, doch im eigentlichsten Verstande des Wortes der Seehandel. Nach Alexanders großen Ansichten sollten, in Westen und Osten, das neugegründete ägyptische *Alexandria* und das uralte *Babylon* die beiden *Hauptstädte* des macedonischen Weltreichs werden; doch Babylon hat diesen Hoffnungen später nie entsprochen: und die Blüthe der, von Seleucus Nicator am unteren Tigris erbauten, durch Canäle*Plin.* VI, 26? mit dem Euphrat verbundenen Seleucia trug dazu bei den völligen Verfall von Babylon zu veranlassen.

Drei große Regenten: die ersten drei Ptolemäer, deren Regierung ein ganzes Jahrhundert ausfüllt, haben, durch ihre Liebe für die Wissenschaften, durch die glänzendsten Anstalten zur Beförderung geistiger Bildung und durch ununterbrochenes Streben nach Erweiterung des Seehandels, der Natur- und Länderkenntniß einen Zuwachs verschafft, wie derselbe bis dahin noch von keinem Volke errungen worden war. Dieser Schatz ächt wissenschaftlicher Cultur ging von den in Aegypten angesiedelten Hellenen zu den Römern über. Schon unter Ptolemäus Philadelphus, kaum ein halbes Jahrhundert nach dem Tode Alexanders (selbst eher als der erste punische Krieg den aristocratischen Freistaat der Carthager erschütterte), war Alexandria der größte Handelsplatz der Welt. Ueber Alexandria ging der nächste und bequemste Weg von dem Becken des Mittelmeers nach dem südöstlichen Afrika, nach Arabien und Indien. Die Lagiden haben die Straße des Weltverkehrs, welche die Natur durch die Richtung des arabischen Meerbusens gleichsam vorgezeichnet, mit beispiellosem Erfolge benutzt: eine Straße, die ihr Recht in vollem Maaße erst dann wird wieder gelten lassen, wenn die Verwilderung des morgenländischen Lebens und die störende Eifersucht der abendländischen Mächte gleichzeitig abnehmen. Selbst als Aegypten eine römische Provinz wurde, blieb es der Sitz eines unermeßlichen Reichthums, da der wachsende Luxus von Rom unter den Cäsaren auf das Nilland zurückwirkte und die Mittel seiner Befriedigung hauptsächlich in dem Weltverkehr von Alexandria fand.

Die wichtige Erweiterung der Natur- und Länderkenntniß unter den Lagiden war gegründet auf den Caravanenhandel in dem Inneren von Afrika über Cyrene und die Oasen, auf die Eroberungen in Aethiopien und dem glücklichen Arabien unter

Ptolemäus Evergetes, auf den Seehandel mit der ganzen westlichen Halbinsel Indiens vom Meerbusen von Barygaza (Guzerat und Cambay) an längs den Küsten von Canara und Malabar (*Malayavara, Gebiet von Malaya*) bis zu den brahmanischen Heiligthümern des Vorgebirges Comorin (Kumari) und der großen Insel Ceylon (Lanka im Ramayana; Taprobane, ein von den Zeitgenossen Alexanders verstümmelter"Verstümmelt aus Tâmbapannî. Diese Paliform lautet im Sanskrit Tâmraparnî; die griechische Form Taprobane giebt halb die sanskritische (Tâmbra, Tapro), halb die Paliform wieder." (*Lassen* a. a. O. S. 201; vergl. *Lassen, diss. de Taprobane insula* p. 19) Auch die Lakediven (lakke statt lakscha und dive statt dwîpa, einhundert-tausend Inseln) waren wie die Malediven (*Malayadiba*, d. i. Inseln von Malabar) den alexandrinischen Seeleuten bekannt. einheimischer Name). Schon Nearchs mühevolle, fünf Monate dauernde Beschiffung der Küsten von Gedrosien und Caramanien (zwischen Pattala an der Mündung des Indus und dem Ausfluß des Euphrat) hatte wesentlich zu den Fortschritten der Nautik beigetragen.

Die Kenntniß der *Monsun-Winde*, welche die Schifffahrt zwischen der Ostküste von Afrika und der Nord- und Westküste von Indien so wirksam begünstigen, fehlte Alexanders Gefährten nicht. Nachdem, um den Indus dem Weltverkehr zu eröffnen, der Macedonier in einer zehn Monate langen Fahrt den Fluß zwischen Nicäa am Hydaspes und Pattala untersucht hatte, eilte Nearch im Anfang des Octobers (Ol. 113, 3) von der Mündung des Indus bei Stura abzusegeln: weil er wußte, daß seine Seefahrt bis zum persischen Meerbusen von dem Nordost- und Ost-Monsun, längs der in einem Parallelkreise laufenden Küste, begünstigt werden würde. Die Ergründung eines so merkwürdigen localen Gesetzes der Windrichtung gab den Piloten später den Muth, von Ocelis an der Straße Bab-el-Mandeb geradezu durch das hohe Meer nach dem großen malabarischen Stapelplatze Muziris (südlich von Mangalor) zu schiffen: wo durch inneren Verkehr auch die Waaren der östlichen Küste der indischen Halbinsel, ja selbst das Gold der fernen Chryse (Borneo?) zusammenflossen. Die Ehre dies neue System der indischen Schifffahrt zuerst in Anwendung gebracht zu haben wird einem übrigens unbekannten Seemanne Hippalus zugeschrieben, dessen Zeitalter zweifelhaft ist.

In die Geschichte der Weltanschauung gehört die Aufzählung aller Mittel, durch welche die Völker sich genähert, große Theile des Erdkreises zugänglicher geworden, die Erkenntniß-Sphären der Menschheit erweitert worden sind. Unter diesen Mitteln ist eines der großartigsten gewesen die materielle Eröffnung einer Wasserstraße vom rothen zum mittelländischen Meere vermittelst des Nils. Wo zwei kaum zusammenhangende Continental-Massen die tiefsten maritimen Einschnitte darbieten, hatte: wenn auch nicht der große Sesostris (Ramses-Miamen), welchem Aristoteles und Strabo es zuschreiben, doch Necho (Neku) die Ausgrabung eines Canals begonnen; aber, durch priesterliche Orakelsprüche geschreckt, wiederum aufgegeben. Herodot sah und beschrieb einen vollendeten, der etwas oberhalb Bubastus in den Nil einmündete, ein Werk des Achämeniden Darius Hystaspis. Wieder in Verfall gerathen, ward endlich dieser Canal von Ptolemäus Philadelphus so vollkommen hergestellt, daß er: wenn auch nicht, trotz seiner künstlichen Schleusen-Einrichtung, zu jeder Jahreszeit schiffbar: doch bis zu der Römer-Herrschaft: bis Marc-Aurel, vielleicht bis Septimius Severus, also über vier und ein halbes Jahrhundert, den äthiopischen, arabischen und indischen Handel belebte. Zu denselben Zwecken des Völkerverkehrs durch das rothe Meer wurde der Hafenbau in Myos Hormos und Berenice sorgsam betrieben und durch eine herrliche Kunststraße mit Coptos in Verbindung gesetzt.

Allen diesen Anstalten und Unternehmungen der Lagiden, den mercantilen wie den wissenschaftlichen, lag ein unaufhaltsames Streben nach dem Ganzen und Fernen: die Idee des Anknüpfens und der vermittelnden Einigung, des Umfassens großer Massen von Verhältnissen und Anschauungen zum Grunde. Eine so fruchtbringende Richtung der hellenischen Gedankenwelt, lange im Stillen vorbereitet, war durch Alexanders Heerzüge, durch seinen Versuch den Westen mit dem Osten zu verschmelzen zu einer großartigen Manifestation gelangt. Sie charakterisirt in ihrer Erweiterung unter den Lagiden die Epoche, deren Bild ich hier entwerfe; sie darf als ein wichtiger Fortschritt zur Erkenntniß eines Weltganzen betrachtet werden.

In so fern nun zu dieser wachsenden Erkenntniß Reichthum und Fülle der Anschauungen erforderlich sind: konnte der Verkehr Aegyptens mit fernen Ländern, konnten wissenschaftliche Untersuchungsreisen in Aethiopien auf Kosten der RegierungMeteorologische Speculationen über die fernen Ursachen des Anschwellens des Nils veranlaßten einen Theil dieser Reisen: weil Philadelphus, wie *Strabo* sich ausdrückt (lib. XVII p. 789 und 790), „wegen Wißbegier und Körperschwäche immer neue Zerstreuungen und Ergötzlichkeiten suchte"., ferne Strauß- und ElephantenjagdenZwei *Jäger-Inschriften*, „von denen die eine vorzugsweise an die Elephantenjagden des Ptolemäus Philadelphus erinnert", hat Lepsius auf seiner ägyptischen Reise an den Colossen von *Abusimbel* (Ibsambul) gefunden und copirt. (Vergl. über diesen Gegenstand *Strabo* lib. XVI p. 769 und 770; *Aelian de nat. Animal.* III, 34 und VII, 3; *Athenäus* V p. 196.) Wenn gleich *indisches* Elfenbein nach dem *Periplus maris Erythraei* ein Ausfuhr-Artikel von Barygaza war, so wurde doch nach dem Berichte des Cosmas Elfenbein auch aus Aethiopien nach der westlichen Halbinsel von Indien exportirt. Die Elephanten haben sich seit dem Alterthume, auch im östlichen Afrika, mehr nach Süden zurückgezogen. Nach dem Zeugnisse des Polybius (V, 84) trieb da, wo in der Schlacht afrikanische und indische Elephanten einander gegenüber standen, der Anblick, der Geruch und das Geschrei der größeren und stärkeren indischen Elephanten die afrikanischen in die Flucht. Der letzteren sind wohl nie als Kriegs-Elephanten so viele aufgestellt worden als in den asiatischen Feldzügen: wo Kandragupta 9000, der mächtige König der Prasier 6000, ja selbst Akbar noch eben so viel versammelt hielten (*Lassen, Ind. Alterthumskunde* Bd. I. S. 305–367)., Menagerien wilder und seltener Thiere in den „Königshäusern vom Bruchium" anregend zum Studium der Naturgeschichte*Athen.* XIV p. 654; vergl. *Parthey, das Alexandrinische Museum, eine*

Preisschrift, S. 55 und 171. wirken und den Anforderungen des empirischen Wissens genügen; aber der eigenthümliche Charakter der ptolemäischen Epoche wie der ganzen *alexandrinischen Schule*, die ihre besondere Richtung bis in das dritte und vierte Jahrhundert behielt, offenbarte sich auf einem anderen Wege: minder im Selbstbeobachten des Einzelnen als in dem mühevollen Zusammenfassen des Vorhandenen; in der Anordnung, Vergleichung und geistigen Befruchtung des längst Gesammelten. Nachdem, so viele Jahrhunderte hindurch, bis zum mächtigen Auftreten des Aristoteles, die Naturerscheinungen, jeder scharfen Beobachtung entzogen, in ihrer Deutung der alleinigen Herrschaft der Ideen, ja der Willkühr dumpfer Ahndungen und wandelbarer Hypothesen anheim gefallen waren; offenbarte sich jetzt eine höhere Achtung für das empirische Wissen. Man untersuchte und sichtete, was man besaß. Die Naturphilosophie, minder kühn in ihren Speculationen und phantastischen Gebilden, trat endlich der forschenden Empirie näher auf dem sicheren Wege der Induction. Ein mühevolles Streben nach Anhäufung des Stoffes hatte eine gewisse *Polymathie* nothwendig gemacht: und wenn auch das vielseitige Wissen in den Arbeiten ausgezeichneter Denker wohlthätige Früchte darbot: so zeigte sich dasselbe doch, bei der hingesunkenen Schöpfungskraft der Hellenen, nur zu oft von Geistlosigkeit und nüchterner Erudition begleitet. Auch haben Mangel an Pflege der Form wie an Lebendigkeit und Anmuth der Diction dazu beigetragen die alexandrinische Gelehrsamkeit strengen Urtheilen der Nachwelt auszusetzen.

Es ist diesen Blättern vorbehalten hauptsächlich das hervorzuheben, was die Epoche der Ptolemäer durch das Zusammenwirken äußerer Verhältnisse, durch Stiftung und planmäßige Ausstattung zweier großer Anstalten (des *alexandrinischen Museums* und *zweier Büchersammlungen* im Bruchium und in Rhakotis), durch die collegialische Annäherung so vieler Gelehrten, die ein praktischer Sinn belebte, geleistet hat. Das encyclopädische Wissen erleichterte die Vergleichung des Beobachteten, die Verallgemeinerung von Natur-Ansichten. Das große wissenschaftliche Institut, welches den ersten beiden Lagiden seinen Ursprung verdankte, hat unter vielen Vorzügen lange auch den behauptet, daß seine Mitglieder frei nach ganz verschiedenen Richtungen arbeiteten und dabei doch, in einem fremden Lande angesiedelt und von vielerlei Volksstämmen umgeben, das Charakteristische hellenischer Sinnesart, hellenischen Scharfsinnes bewahrten.

Wenige Beispiele mögen, nach dem Geiste und der Form dieser historischen Darstellung, genügen, um zu beweisen, wie in der Erd- und Himmelskunde unter dem schützenden Einfluß der Ptolemäer Erfahrung und Beobachtung sich als die wahren Quellen der Erkenntniß Geltung verschafften, wie in der Richtung des alexandrinischen Zeitalters neben dem stoffanhäufenden Sammelfleiße doch immer eine glückliche Verallgemeinerung der Ansichten sich offenbarte. Hatten auch die verschiedenen griechischen Philosophenschulen, nach Nieder-Aegypten verpflanzt, in ihrer orientalischen Ausartung, zu vielen mythischen Deutungen über die Natur der Dinge

Anlaß gegeben; so blieb doch im *Museum* den platonischen Lehren*Fries, Geschichte der Philosophie* Bd. II. S. 5 und dessen *Lehrbuch der Naturlehre* Th. I. S. 42. Vergl. auch die Betrachtungen über den Einfluß, welchen Plato auf die Begründung der Erfahrungswissenschaften durch Anwendung der Mathematik ausgeübt hat, in *Brandis Geschichte der Griechisch-Römischen Philosophie* Th. II. Abth. 1. S. 276. als sicherste Stütze das mathematische Wissen. Die Fortschritte dieses Wissens umfaßten fast gleichzeitig reine Mathematik, Mechanik und Astronomie. In Plato's hoher Achtung für mathematische Gedankenentwicklung wie in den alle Organismen umfassenden morphologischen Ansichten des Stagiriten lagen gleichsam die Keime aller späteren Fortschritte der Naturwissenschaft. Sie wurden der Leitstern, welcher den menschlichen Geist durch die Verirrungen der Schwärmerei finsterer Jahrhunderte sicher hindurchgeleitet, sie haben die gesunde wissenschaftliche Geisteskraft nicht ersterben lassen.

Der Mathematiker und Astronom Eratosthenes von Cyrene, der berühmteste in der Reihe der alexandrinischen Bibliothekare, benutzte die Schätze, welche ihm geöffnet standen, um sie zu einer systematischen *Universal-Geographie* zu verarbeiten. Er reinigte die Erdbeschreibung von den mythischen Sagen. Selbst mit Chronologie und Geschichte beschäftigt, trennte er doch die Erdbeschreibung von den geschichtlichen Einmischungen, welche dieselbe früher nicht ohne Anmuth belebten. Einen befriedigenden Ersatz lieferten mathematische Betrachtungen über die *gegliederte* Form und Ausdehnung der Continente; geognostische Vermuthungen über den *Zusammenhang der Bergketten*, die Wirkung der *Strömungen* und die vormalige *Wasserbedeckung* von Ländern, welche jetzt noch alle Spuren des trockenen Meeresbodens an sich tragen. Der oceanischen Schleusen-Theorie des Strato von Lampsacus günstig, leitete der Glaube an das einstige Anschwellen des Pontus, an den Durchbruch der Dardanellen und die dadurch veranlaßte Eröffnung der Hercules-Säulen den alexandrinischen Bibliothekar auf die wichtige Untersuchung des Problems von der Gleichheit des Niveau's aller *äußeren die Continente umfließenden Meere*. Wie glücklich er in Verallgemeinerung der Ansichten war, bezeugt ferner seine Behauptung, daß der ganze Continent von Asien in dem Parallel von Rhodus (in dem Diaphragma des Dicäarchus) von einer zusammenhangenden, west-östlich streichenden Bergkette durchschnitten sei.*Strabo* lib. XI p. 519; *Agathem.* in Hudson, *Geogr. graeci min.* Vol. II p. 4. Ueber die Richtigkeit der großartigen orographischen Ansichten des Eratosthenes s. meine *Asie centrale* T. I. p. 104–150, 198, 208–227, 413–415; T. II. p. 367 und 414–435, und *Examen critique de l'hist. de la Géogr.* T. I. p. 152–154. Ich habe die Gradmessung des Eratosthenes mit Vorsicht die *erste hellenische* genannt, da eine uralte chaldäische Bestimmung der Größe des Grades nach *Kameelschritten* nicht unwahrscheinlich ist. S. *Chasles, recherches sur l'Astronomie indienne et chaldéenne* in den *Comptes rendus de l'Acad. des Sciences* T. XXIII. 1846 p. 851.

Ein reger Wunsch nach Allgemeinheit der Ansichten, Folge der geistigen Bewegung jener Zeit, veranlaßte auch die erste (hellenische) Gradmessung zwischen Syene und Alexandrien: d. i. den Versuch des Eratosthenes den Umfang der Erde annäherungsweise zu bestimmen. Es ist nicht das erlangte Resultat, auf unvollkommene Angaben von *Bematisten* gegründet, welches unser Interesse erregt; es ist das Streben sich von dem engen Raume des heimathlichen Landes zu der Kenntniß der Größe des Erdballs zu erheben.

Ein ähnliches Streben nach Verallgemeinerung der Ansichten bezeichnet in dem Zeitalter der Ptolemäer die glänzenden Fortschritte einer wissenschaftlichen Kenntniß der Himmelsräume. Ich erinnere hier an die Bestimmung der Fixstern-Oerter der frühesten alexandrinischen Astronomen Aristyllus und Timochares; an Aristarch von Samos, den Zeitgenossen des Kleanthes: welcher, mit alt-pythagoreischen Ansichten vertraut, die räumliche Construction des ganzen Weltgebäudes zu ergründen wagte, den unermeßlichen Abstand des Fixsternhimmels von unserem kleinen Planetensysteme zuerst erkannte, ja die zwiefache Bewegung der Erde um ihre Achse und fortschreitend um die Centralsonne muthmaßte; an den Seleucus aus Erythrä (oder aus): der ein Jahrhundert später die, noch wenig Anklang findende (kopernicanische) Meinung des Samiers zu begründen suchte; an Hipparch, den Schöpfer der wissenschaftlichen Astronomie, den größten selbstbeobachtenden Astronomen des ganzen Alterthums. Hipparch war unter den Griechen der eigentliche Urheber astronomischer Tafeln*Ideler, Handbuch der Chronologie* Bd. I. S. 212 und 329., der Entdecker des Vorrückens der Nachtgleichen. Seine eigenen Fixstern-Beobachtungen (zu Rhodus, nicht zu Alexandria, angestellt), als er sie mit denen des Timochares und Aristyllus verglichen, leiteten ihn (wahrscheinlich ohne*Delambre, Histoire de l'Astronomie ancienne* T. I. p. 290. das Auflodern eines neuen Sternes) zu dieser großen Entdeckung, auf welche eine langfortgesetzte Beobachtung des Frühaufgangs des Sirius die Aegypter allerdings sollte geführt haben können.

Ein eigenthümlicher Charakterzug der Hipparchischen Bestrebungen ist noch der gewesen, Erscheinungen in den Himmelsräumen zu geographischen Ortsbestimmungen zu benutzen. Eine solche Verbindung der Erd- und Himmelskunde, der Reflex der einen auf die andere, belebte wie durch einigende Vermittelung die große Idee des Kosmos. Die Construction einer neuen Weltkarte des Hipparchus, auf die des Eratosthenes gegründet, beruht, wo die Anwendung astronomischer Beobachtungen möglich war, auf Mondfinsternissen und Schattenmessungen für die geographischen Längen und Breiten. Die hydraulische Uhr des Ktesibius, eine Vervollkommnung der früheren Klepsydren, *konnte* genauere *Zeitmessungen* verschaffen: während für Bestimmungen im *Raume* vom alten Gnomon und den Skaphen an bis zu der Erfindung von Astrolabien, von Solstitial-Armillen und Diopter-Linealen den alexandrinischen Astronomen allmälig bessere Winkelmesser dargeboten wurden. So gelangte stufenweise der Mensch wie durch *neue Organe* zu einer genaueren Kenntniß der Bewegungen im Planetensysteme.

Nur die Kenntniß von der absoluten Größe, Gestaltung. Masse und physischen Beschaffenheit der Weltkörper machte Jahrtausende lang keine Fortschritte.

Nicht allein mehrere selbstbeobachtende Astronomen des alexandrinischen Museums waren ausgezeichnete Geometer, das Zeitalter der Ptolemäer war überhaupt die glänzendste Epoche der Bearbeitung des mathematischen Wissens. Es erscheinen in demselben Jahrhundert Euclides, der Schöpfer der Mathematik als Wissenschaft, Apollonius von Perga und Archimedes, der Aegypten besuchte und durch Conon mit der alexandrinischen Schule zusammenhing. Der lange Weg, welcher von der sogenannten *geometrischen Analysis* des Plato und den Menächmeischen Dreigestalten bis zu dem Zeitalter von Kepler und Tycho, Euler und Clairaut, d'Alembert und Laplace führt, bezeichnet eine Reihe mathematischer Entdeckungen, ohne welche die Gesetze der Bewegung der Weltkörper und ihre gegenseitigen Verhältnisse in den Himmelsräumen dem Menschengeschlechte nicht offenbart worden wären. Wie das Fernrohr, ein *sinnliches* näherndes, raumdurchdringendes Hülfsmittel: hat die Mathematik durch *Ideenverknüpfung* in jene fernen Himmelsregionen geführt, von einem Theil derselben sicheren Besitz genommen; ja bei Anwendung aller Elemente, die der Standpunkt der heutigen Astronomie gestattet, hat in unseren, für Erweiterung des Wissens glücklichen Tagen das geistige Auge einen WeltkörperDer von le Verrier entdeckte Planet. gesehen, ihm seinen Himmelsort, seine Bahn und seine Masse angewiesen: ehe noch ein Fernrohr auf ihn gerichtet war!

IV.

Römische Weltherrschaft. – Einfluß eines großen Staatsverbandes auf die kosmischen Ansichten. – Fortschritte der Erdkunde durch Landhandel. – Strabo und Ptolemäus. – Anfänge der mathematischen Optik und des chemischen Wissens. – Versuch einer physischen Weltbeschreibung durch Plinius. – Die Entstehung des Christenthums erzeugt und begünstigt das Gefühl von der Einheit des Menschengeschlechtes.

Wenn man die geistigen Fortschritte der Menschheit und die allmälige Erweiterung *kosmischer* Ansichten verfolgt, so tritt die Periode der *römischen Weltherrschaft* als einer der wichtigsten Zeitpunkte hervor. Alle die fruchtbaren Erdstriche, welche das Becken des Mittelmeers umgeben, finden wir nun zum ersten Male in einem engen Staatsverbande vereinigt. Große Ländermassen haben sich ihm besonders in Osten angeschlossen.

Es ist hier der Ort auf's neue daran zu erinnern, wie das Bild, das ich mich bestrebe als *Geschichte der Weltanschauung* in allgemeinen Zügen zu entwerfen, eben durch das Auftreten eines solchen Staatsverbandes eine objective Einheit der Darstellung empfängt. Unsere Civilisation, d. i. die geistige Entwickelung aller Völker des ganzen europäischen Continents, kann man als gewurzelt betrachten in der der Anwohner des mittelländischen Meerbeckens, und zunächst in der Civilisation der Griechen und Römer. Was wir vielleicht nur zu ausschließlich *classische Litteratur* nennen, erhielt diese Bezeichnung durch die Kenntniß von dem Ursprunge unseres frühesten Wissens, von der ersten Anregung zu solchen Ideenkreisen und Gefühlen, die mit der Vermenschlichung und Geisteserhebung eines Volksstammes am innigsten verwandt sind. Es wird in dieser Betrachtungsweise keinesweges für unwichtig erklärt, was dem großen Strome griechischer und römischer Cultur auf mannigfaltigen, noch nicht genugsam ergründeten Wanderungswegen aus dem Nilthale und aus Phönicien, vom Euphrat her oder aus Indien zugeführt worden ist; aber auch diese fremdartigen Elemente verdanken wir zuerst dem Griechenthume und den von Etruskern und Griechen umgebenen Römern. Wie spät erst haben die großen Denkmäler älterer Culturvölker unmittelbar durchforscht, gedeutet, nach ihrem relativen Alter geordnet werden können! wie spät sind Hieroglyphen und Keilschriften *gelesen* worden: vor denen Jahrtausende lang Heerschaaren und Caravanen vorbeigezogen waren, ohne etwas von ihrem Inhalte zu ahnden!

Das Becken des Mittelmeeres ist allerdings in seinen beiden vielgegliederten, nördlichen Halbinseln der Ausgangspunkt rationeller und politischer Bildung für diejenigen Nationen gewesen, welche jetzt den, wir hoffen, unvergänglichen, täglich sich mehrenden Schatz wissenschaftlicher Kenntnisse und schöpferischer Kunstthätigkeiten besitzen; welche Gesittung und mit ihr erst Knechtschaft und dann unwillkührlich Freiheit über eine andere Erdhälfte verbreiten: aber es bleiben doch auch in unserer Erdhälfte, wie durch die Gunst des Schicksals, wieder Einheit und Mannigfaltigkeit anmuthig mit einander gepaart. Die Elemente, die aufgenommen wurden, waren so verschieden als ihre Aneignung und Transformation nach den grell contrastirenden Eigenthümlichkeiten und den individuellen Gemüthsrichtungen der einzelnen Völkerracen von Europa. Selbst jenseits des Oceans bewahren Colonien und Ansiedelungen, die mächtige freie Staaten geworden sind oder hoffentlich einst sich organisch dazu ausbilden werden, den Reflex dieser Contraste.

Der römische Staat in der Form einer Monarchie unter den Cäsaren ist, nach seinem Flächeninhalte betrachtet, an absoluter Größe allerdings von der chinesischen Weltherrschaft unter der Dynastie der Thsin und der östlichen Han (30 Jahre vor bis 116 Jahre nach unserer Zeitrechnung), von der Weltherrschaft der Mongolen unter Dschingischan und dem jetzigen Areal des russischen, europäisch-asiatischen Kaiserreichs übertroffen worden; aber: die einzige spanische Monarchie, so lange sie über den Neuen Continent ausgebreitet war, ausgenommen, ist nie eine größere Masse durch Klima, Fruchtbarkeit und Weltstellung begünstigter Erdstriche unter einem Scepter verbunden gewesen denn in dem römischen Reiche von Octavian bis Constantin.

Von dem westlichen Ende Europa's bis zum Euphrat, von Britannien und einem Theile Caledoniens bis Gätulien und zur Grenze des *wüsten Libyens* bot sich nicht bloß die größte Mannigfaltigkeit von Bodengestaltung, organischen Erzeugnissen und physischen Erscheinungen dar; auch das Menschengeschlecht zeigte sich dort in allen Abstufungen seiner Cultur und Verwilderung, im Besitze alten Wissens und lang geübter Künste, wie im ersten Dämmerlichte des intellectuellen Erwachens. Ferne Expeditionen in Norden und Süden: nach den Bernsteinküsten, und unter Aelius Gallius und Balbus nach Arabien und zu den Garamanten wurden mit ungleichem Glücke ausgeführt. Vermessungen des ganzen Reichs wurden durch griechische Geometer (Zenodoxus und Polycletus) schon unter Augustus begonnen, auch Itinerarien und Special-Topographien angefertigt (was freilich im chinesischen Reiche viele Jahrhunderte früher geschah), um sie unter die einzelnen Statthalter der Provinzen zu vertheilen. Es waren die ersten statistischen Arbeiten, welche Europa aufzuweisen hat. Römerstraßen, in Milien getheilt, durchschnitten viele ausgedehnte Präfecturen; ja Hadrian besuchte, doch nicht ohne Unterbrechung, in einer eilfjährigen Reise sein Weltreich von der iberischen Halbinsel an bis Judäa, Aegypten und Mauretanien. So war ein großer der römischen Herrschaft unterworfener Theil der Welt aufgeschlossen und wegsam gemacht: pervius orbis, wie mit minderem Rechte von dem ganzen Erdkreise der ChorAct. II v. 371: in der vielberufenen Weissagung, welche schon seit Columbus dem Sohne auf die Entdeckung von Amerika gedeutet wurde. in der Medea des Seneca weissagt.

Bei dem Genusse eines langen Friedens hätte man vielleicht erwarten sollen, daß die Vereinigung so ausgedehnter, unter den verschiedenartigsten Klimaten gelegener Länder zu einer Monarchie; daß die Leichtigkeit, mit der Staatsbeamte mit einem zahlreichen Gefolge vielseitig gebildeter Männer die Provinzen durchreisten, nicht bloß der Erdbeschreibung, sondern der gesammten Naturkunde und den höheren Ansichten über den Zusammenhang der Erscheinungen auf eine außerordentliche Weise förderlich gewesen sein würde: aber so hochgespannte Erwartungen sind nicht in Erfüllung gegangen. In dieser langen Periode der ungetheilten römischen Weltherrschaft, in fast vier Jahrhunderten, erhoben sich als Beobachter der Natur nur Dioscorides der Cilicier und Galenus von Pergamus. Der Erstere, die Zahl der beschriebenen Pflanzenarten ansehnlich vermehrend, steht tief unter dem philosophisch combinirenden Theophrast: während durch Feinheit der Zergliederung und den Umfang physiologischer Entdeckungen Galenus, welcher seine Beobachtungen auf mehrere Thiergattungen ausgedehnt hat, „sehr nahe neben Aristoteles und meist über ihn gestellt werden kann“. Dieses Urtheil hat Cuvier gefällt.

Neben Dioscorides und Galenus glänzt nur noch ein dritter großer Name, der des Ptolemäus. Wir nennen ihn hier nicht als astronomischen Systematiker oder als Geographen; sondern als experimentirenden, die Strahlenbrechung messenden Physiker, als ersten Gründer eines wichtigen Theils der Optik. Seine ganz unbezweifelbaren Rechte sind erst spät erkannt worden.*Liber Ptholemei de opticis sive aspectibus*: das seltene Manuscript der königlichen Pariser Bibliothek No. 7310, welches ich bei Gelegenheit der Auffindung einer denkwürdigen Stelle über die

Strahlenbrechung im *Sextus Empiricus* (*adversus Astrologos* lib. V p. 351 Fabr.) untersucht habe. Die Auszüge, die ich aus dem Pariser Manuscripte 1811: also vor Delambre und Venturi, gegeben, stehen in der Einleitung meines *Recueil d'Observations astronomiques* Vol. I. p. LXV–LXX. Das griechische Original ist uns nicht erhalten, sondern nur eine lateinische Uebersetzung zweier arabischen Manuscripte der Optik des Ptolemäus. Der lateinische Uebersetzer nennt sich Amiracus Eugenius, Siculus. Vergl. *Venturi, comment. sopra la storia e le teorie dell' Ottica* (Bologna 1814) p. 227; *Delambre, Hist. de l'Astronomie ancienne* (1716) T. I. p. LI und T. II. p. 410–432. So wichtig auch die Fortschritte in der Sphäre des organischen Lebens und in den allgemeinen Ansichten der vergleichenden Zootomie waren: müssen doch hier in einer Periode, welche der der Araber um ein halbes Jahrtausend vorhergeht, *physische Experimente* über den Gang der Lichtstrahlen unsere Aufmerksamkeit besonders fesseln. Es ist wie der erste Schritt in einer neugeöffneten Laufbahn, in dem Streben nach einer *mathematischen Physik*.

Die ausgezeichneten Männer, welche wir so eben genannt als wissenschaftlichen Glanz über die Kaiserzeit verbreitend (der tiefsinnige, aber noch symbollose, arithmetische Algebrist Diophantus gehört einer späteren Zeit an), sind alle griechischen Stammes. Bei dem Zwiespalt der Bildung, den die römische Weltherrschaft darbietet, blieb dem älteren, glücklicher organisirten Culturvolke, den Hellenen, die Palme: aber es zerstreuten sich nach dem allmäligen Untergange der ägyptisch-alexandrinischen Schule die geschwächten Lichtpunkte des Wissens und des rationellen Forschens: sie erscheinen erst später wieder in Griechenland und Kleinasien. Wie in allen unumschränkten Monarchien, welche bei einem ungeheuren Umfange aus den heterogensten Elementen zusammengesetzt sind: war das Streben der Regierung hauptsächlich darauf gerichtet durch militärischen Zwang und durch die innere Rivalität einer vielfach getheilten Administration die drohende Zerstückelung des Länderverbandes abzuwenden, durch Wechsel von Strenge und Milde den Familienzwist im Hause der Cäsaren zu verdecken; unter edeln Herrschern den Völkern die Ruhe zu geben, welche der ungehinderte, still ertragene Despotismus periodenweise gewähren kann.

Das Erringen der römischen Weltherrschaft ist allerdings ein Werk gewesen der Größe des römischen Charakters, einer lang bewährten Sittenstrenge, einer ausschließlichen, mit hohem Selbstgefühl gepaarten Vaterlandsliebe. Nachdem aber die Weltherrschaft errungen war, fanden sich nach dem unvermeidlichen Einflusse der hervorgerufenen Verhältnisse jene herrlichen Eigenschaften allmälig geschwächt und umgewandelt. Mit dem Nationalgeiste erlosch die volksthümliche Beweglichkeit der Einzelnen. Es verschwanden Oeffentlichkeit und Bewahrung der Individualität der Menschen, die zwei Hauptstützen freier Verfassungen. Die *ewige Stadt* war das Centrum eines zu großen Kreises geworden. Es fehlte der Geist, der einen so vieltheiligen Staatskörper hätte dauernd beseelen können. Das Christenthum wurde Staatsreligion, als das Reich bereits tief erschüttert und die Milde der neuen Lehre durch den dogmatischen Zwist der Partheien in ihren wohlthätigen Wirkungen gestört war. Auch begann schon damals „der lästige Kampf des Wissens und des Glaubens“, welcher unter mancherlei Gestaltung, der Forschung hinderlich, durch alle Jahrhunderte fortgesetzt wird.

Wenn aber auch seinem Umfange und seiner durch den Umfang bedingten Verfassung nach das römische Kaiserreich, ganz im Gegensatz des partiellen selbstständigen Lebens der kleinen hellenischen Republiken, die schaffende geistige Kraft der Menschheit nicht zu beleben und zu stärken vermochte: so bot es dagegen andere eigenthümliche Vortheile dar, die hier zu bezeichnen sind. Es entstand ein großer Reichthum von Ideen als Folge der Erfahrung und vielseitiger Beobachtung. Die Welt der Objecte wurde ansehnlich vergrößert, und so für spätere Zeiten einer denkenden Betrachtung der Naturerscheinungen vorgearbeitet. Der Völkerverkehr wurde durch die Römerherrschaft belebt, die römische Sprache verbreitet über den ganzen *Occident* und einen Theil des nördlichen Afrika's. Im *Orient* blieb das Griechenthum heimisch, nachdem das bactrische Reich schon längst unter Mithridates I (dreizehn Jahre vor dem Einfall der Sacen oder Scythen) zerstört war.

Der Ausdehnung, d. h. der geographischen Verbreitung nach, gewann, selbst ehe der Sitz des Reichs nach Byzanz verlegt wurde, die römische Sprache über die griechische. Dieses Eindringen zweier hochbegabter, an litterarischen Denkmalen reicher Idiome wurde ein Mittel der größeren Verschmelzung und Einigung der Volksstämme: ein Mittel zugleich die Gesittung und Bildungsfähigkeit zu vermehren, „den Menschen (wie Plinius sagt) menschlich zu machen und ihm ein gemeinsames Vaterland zu geben“. So viel Verachtung auch im ganzen der Sprache der Barbaren (der stummen, ἄγλωσσοι nach Pollux) zugewandt war: gab es doch einzelne Beispiele, daß in Rom, nach dem Vorbilde der Lagiden, die Uebertragung eines litterarischen Werkes aus dem Punischen in das Lateinische befördert wurde. Die Schrift des Mago vom Ackerbau ist bekanntlich auf Befehl des römischen Senats übersetzt worden.

Wenn das Weltreich der Römer im Westen des alten Continents, wenigstens an der nördlichen Küste des Mittelmeeres, schon das heilige Vorgebirge, also das äußerste Ende erreicht hatte; so erstreckte es sich in Osten selbst unter Trajan, der den Tigris beschiffte, doch nur bis zum Meridian des persischen Meerbusens. Nach dieser Seite hin war in der Periode, welche wir schildern, der Fortschritt des Völkerverkehrs, des für die Erdkunde wichtigen *Landhandels* am größten. Nach dem Sturze des griechisch-bactrischen Reiches begünstigte dazu die aufblühende Macht der Arsaciden den Verkehr mit den Serern: doch war derselbe nur ein mittelbarer: indem der unmittelbare Contact der Römer mit Inner-Asien durch den lebhaften Zwischenhandel der Parther gestört wurde. Bewegungen, die aus dem fernsten China ausgingen, veränderten stürmisch schnell, wenn auch nicht auf eine lange Dauer, den politischen Zustand der ungeheuren Länderstrecke, welche sich zwischen dem vulkanischen Himmelsgebirge (Thian-schan) und der Kette des nördlichen Tübet (dem Kuen-lün) hinzieht. Eine chinesische Kriegsmacht bedrängte die Hiungnu, machte zinsbar die kleinen Reiche von Khotan und Kaschgar, und trug ihre siegreichen Waffen bis an die östliche Küste des caspischen Meeres. Das ist die große Expedition des Feldherrn Pantschab unter dem Kaiser Mingti aus der Dynastie der Han. Sie fällt in die Zeiten des Vespasian und Domitianus. Chinesische Schriftsteller schreiben sogar dem kühnen und glücklichen Feldherrn einen großartigeren Plan zu; sie behaupten, er habe das Reich der Römer (Tathsin) angreifen wollen, aber die Perser hätten ihn abgemahnt. o entstanden Verbindungen zwischen den Küsten des stillen Meeres, dem Schensi und jenem Oxus-Gebiete, in welchem von früher Zeit her ein lebhafter Handel mit dem schwarzen Meere getrieben wurde.

Die Richtung der großen Völkerfluthen in Asien war von Osten nach Westen, in dem Neuen Continente von Norden gegen Süden. Anderthalb Jahrhunderte vor unserer Zeitrechnung, fast zur Zeit der Zerstörung von Korinth und Carthago, gab der Anfall der Hiungnu (eines türkischen Stammes, den Deguignes und Johannes Müller mit den finnischen Hunnen verwechseln) auf die blonde und blauäugige, wahrscheinlich indogermanische RaceZu dieser blonden, blauäugigen indogermanischen, gothischen oder arischen Race des östlichsten Asiens gehören die Usün, Tingling, Hutis und großen Yueten. Die letzten werden von den chinesischen Schriftstellern ein tübetischer Nomadenstamm genannt, der schon 300 Jahre vor unserer Zeitrechnung zwischen dem oberen Lauf des Huangho und dem Schneegebirge Nanschan eingewandert war. Ich erinnere hier an diese Abkunft, da die Serer (*Plin.* VI, 22) ebenfalls rutilis comis et caeruleis oculis beschrieben werden (vergl. *Ukert, Geogr. der Griechen und Römer* Th. III. Abth. 2, 1845 S. 275). Die Kenntniß dieser blonden Racen, welche in dem östlichsten Theil von Asien auftreten und den ersten Anstoß zur sogenannten *großen Völkerwanderung* gaben, haben wir den Nachforschungen von Abel-Rémusat und Klaproth zu verdanken; sie gehören zu den glänzenden geschichtlichen Entdeckungen unseres Zeitalters. der Yueti (Geten?) und Usün, nahe an der chinesischen Mauer, den ersten Anstoß zu der *Völkerwanderung:* welche die Grenzen von Europa erst um ein halbes Jahrtausend später berührte. So hat sich langsam die Völkerwelle vom oberen Flußthal des Huangho nach Westen bis zum Don und zur Donau fortgepflanzt; und Bewegungen nach entgegengesetzten Richtungen haben in dem nördlichen Gebiete des alten Continents einen Theil des Menschengeschlechts mit dem anderen zuerst in feindlichen, später in commerciellen, friedlichen Contact gebracht. So werden große Volksströmungen, fortschreitend wie die Strömungen des Oceans zwischen ruhenden, unbewegten Massen, Begebenheiten von kosmischer Bedeutung.

Unter der Regierung des Kaisers Claudius kam die Gesandtschaft des Rachias aus Ceylon über Aegypten nach Rom. Unter dem Marcus Aurelius Antoninus (bei den Geschichtsschreibern der Dynastie der Han An-tun genannt) erschienen römische Legaten am chinesischen Hofe. Sie waren zu Wasser über Tunkin gekommen. Wir bezeichnen hier die ersten Spuren eines ausgebreiteten Verkehrs des Römerreiches mit

China und Indien schon deshalb, weil höchst wahrscheinlich durch diesen Verkehr in beide Länder, ohngefähr in den ersten Jahrhunderten unserer Zeitrechnung, die Kenntniß der griechischen Sphäre, des griechischen Thierkreises und der astrologischen Planetenwoche verbreitet worden ist. Die großen indischen Mathematiker Warahamihira, Brahmagupta und vielleicht selbst Aryabhatta sind neuer als die Periode, die wir hier schildern;Der gründliche Colebrooke setzt Warahamihira in das fünfte, Brahmagupta an das Ende des sechsten Jahrhunderts, und Arvabhatta ziemlich unbestimmt zwischen 200 und 400 unserer Zeitrechnung. (Vergl. *Holtzmann über den griechischen Ursprung des indischen Thierkreises* 1841 S. 23.) aber was früher schon auf ganz einsamen, abgesonderten Wegen in Indien entdeckt war und diesem altgebildeten Volke ursprünglich zugehört, *kann* auch vor Diophantus durch den unter den Lagiden und Cäsaren so ausgebreiteten Welthandel theilweise in den Occident eingedrungen sein. Es soll hier nicht unternommen werden abzusondern, was jedem Völkerstamme und jeder Zeitepoche eigenthümlich ist; es ist genug, an die Wege zu erinnern, die dem Ideenverkehr geöffnet waren.

Wie vielfach diese Wege und alle Fortschritte des allgemeinen Verkehrs geworden waren, bezeugen am lebhaftesten die Riesenwerke des *Strabo* und *Ptolemäus*. Der geistreiche Geograph von Amasea hat nicht die Hipparchische Genauigkeit des Meßbaren und die Ansichten mathematischer Erdkunde des Ptolemäus; aber an Mannigfaltigkeit des Stoffes, an Großartigkeit des entworfenen Planes übertrifft sein Werk alle geographischen Arbeiten des Alterthums. Strabo hatte, wie er sich dessen gern rühmt, einen beträchtlichen Theil des Römerreichs mit eigenen Augen gesehen: „von Armenien bis an die tyrrhenischen Küsten, vom Euxinus bis an die Grenzen Aethiopiens“. Nachdem er als Fortsetzung des Polybius 43 Geschichtsbücher vollendet, hatte er in seinem drei-und-achtzigsten Lebensjahre den Muth die Redaction seines geographischen Werkes zu beginnen. Er erinnert, „daß zu seiner Zeit die Herrschaft der Römer und Parther die Welt eröffnet haben: mehr noch als Alexanders Heerzüge, auf die Eratosthenes sich stützen konnte“. Der indische Handel war nicht mehr in den Händen der Araber; Strabo staunte in Aegypten über die vermehrte Zahl der Schiffe, die von Myos Hormos unmittelbar nach Indien segeln*Strabo* lib. I p. 14, lib. II p. 118, lib. XVI p. 781, lib. XVII p. 798 und 815.. Ja seine Einbildungskraft führte ihn weiter über Indien hinaus an die östliche Küste von Asien. Da, wo nach ihm in dem Parallel der Hercules-Säulen und der Insel Rhodos eine zusammenhangende Gebirgskette (Fortsetzung des Taurus) den alten Continent in seiner größten Breite durchzieht, ahndet er die Existenz eines anderen Festlandes zwischen dem westlichen Europa und Asien. „Es ist sehr wohl möglich“, sagt er, „daß in demselben gemäßigten Erdgürtel nahe an dem Parallelkreise von Thinä (oder Athen?), welcher durch das atlantische Meer geht, außer der von uns bewohnten Welt noch eine andere oder selbst mehrere liegen: mit Menschen bevölkert, die von uns verschieden sind.“ Es muß Wunder nehmen, daß dieser Ausspruch nicht die Aufmerksamkeit der spanischen Schriftsteller auf sich gezogen hat, welche am Anfang des sechzehnten Jahrhunderts überall in den Classikern Spuren einer Kenntniß des neuen Welttheils zu finden glaubten.

„Wie bei allen Kunstwerken", sagt Strabo schön, „die etwas großes darstellen sollen, es nicht vorzüglich auf die Vollendung einzelner Theile ankommt", so wolle er „in seinem Riesenwerke" auch vor allem den Blick auf die Gestaltung des Ganzen heften. Dieser Hang nach Verallgemeinerung der Ideen hat ihn nicht abgehalten gleichzeitig eine große Zahl trefflicher physikalischer, besonders geognostischer Resultate*Strabo* lib. I p. 49–60, lib. II p. 95 und 97, lib. VI p. 277, lib. XVII p. 830. Ueber Hebung der Inseln und des Festlandes s. besonders lib. I p. 51, 54 und 59. Schon der alte Eleate Xenophanes lehrte, durch die Fülle fossiler Seeproducte fern von den Küsten geleitet. „daß der jetzt trockene Erdboden aus dem Meere gehoben sei" (*Origen. Philosophumena* cap. 4). Appulejus sammelte zur Zeit der Antonine Versteinerungen auf den gätulischen (mauretanischen) Gebirgen und schrieb sie der Deucalionischen Fluth zu: welche er sich demnach eben so allgemein dachte als die Hebräer die Noachidische und die mexicanischen Azteken die Fluth des Coxcox. Die Behauptungen *Beckmann's* und *Cuvier's* (*Gesch. der Erfindungen* Bd. II. S. 370 und *Hist. des Sciences nat.* T. I. p. 350), daß Appulejus eine Naturaliensammlung gehabt, hat Prof. Franz durch sehr sorgfältige Untersuchung widerlegt. aufzustellen. Er behandelt wie Posidonius und Polybius den Einfluß der schneller oder langsamer auf einander folgenden Durchgänge der Sonne durch den Zenith auf das Maximum der Luftwärme unter dem Wendekreise oder dem Aequator; die mannigfaltigen Ursachen der Veränderungen, welche die Erdfläche erlitten; den Durchbruch ursprünglich abgeschlossener Seen; das allgemeine, schon von Archimedes anerkannte Niveau der Meere; die Strömungen derselben; die Eruption unterseeischer Vulkane, Muschel-Versteinerungen und Fisch-Abdrücke; ja, was am meisten unsere Aufmerksamkeit auf sich zieht, weil es der Kern der neueren Geognosie geworden ist: die periodischen Oscillationen der Erdrinde. Strabo sagt ausdrücklich, daß die veränderten Grenzen zwischen Meer und Land mehr der Hebung und Senkung des Bodens als den kleinlichen Anschwemmungen zuzuschreiben seien: „daß nicht bloß einzelne Felsmassen oder kleine und große Inseln, sondern ganze *Continente* können emporgehoben werden". Wie Herodot, ist Strabo auch auf die Abstammung der Völker und die Racen-Verschiedenheit des Menschen aufmerksam: welchen er merkwürdig genug „ein Land- und Luftthier" nennt, das *„vieles Lichtes bedürftig"* ist. Die ethnologische Absonderung der Stämme finden wir am schärfsten aufgefaßt in den Commentaren des Julius Cäsar wie in des Tacitus herrlicher Lobrede auf den Agricola.

Leider ist Strabo's großes, an Thatsachen so reichhaltiges Werk, dessen kosmische Ansichten wir hier zusammenstellen, in dem römischen Alterthume bis in das fünfte Jahrhundert fast unbekannt, selbst von dem vielsammelnden Plinius unbenutzt geblieben. Es hat erst am Ende des Mittelalters auf die Richtung der Ideen gewirkt: aber in minderem Maaße als die mehr mathematische, den physikalischen Ansichten fast ganz entfremdete, tabellarisch-nüchterne Geographie des *Claudius Ptolemäus*. Letztere ist bis in das sechzehnte Jahrhundert der Leitfaden aller Reisenden gewesen. Was man entdeckte, glaubte man fast immer in ihr unter anderen Benennungen zu erkennen. Wie die Naturhistoriker lange neu aufgefundene Pflanzen und Thiere den classischen Verzeichnissen des Linnäus anschlossen; so erschienen auch die frühesten Karten des Neuen Continents in dem Atlas des Ptolemäus, welchen Agathodämon zu derselben Zeit anfertigte, als im fernsten Asien bei den hochgebildeten Chinesen schon die westlichen Provinzen des Reichs in vier-und-vierzig Abtheilungen verzeichnet waren. Die Universal-Geographie des Ptolemäus hat allerdings den Vorzug uns die ganze alte Welt sowohl graphisch (in Umrissen) als numerisch (in sogenannten *Ortsbestimmungen* nach Längen, Polhöhen und Tagesdauer) darzustellen; aber so oft auch in derselben der Vorzug astronomischer Resultate vor den Angaben der Weglängen zu Wasser und zu Lande ausgesprochen wird, ist doch leider in jenen unsicheren *Ortsbestimmungen* (über 2500 an der Zahl) nicht zu erkennen, auf welche Art von Fundamenten sie gegründet sind, welche relative Wahrscheinlichkeit nach den damaligen Itinerarien ihnen zugeschrieben werden könne. Die völlige Unkenntniß der Nordweisung der Magnetnadel, d. i. der Nichtgebrauch der *Boussole*, welche schon 1250 Jahre vor Ptolemäus neben einem Wegmesser in der Construction der *magnetischen Wagen* des chinesischen Kaisers Tsching-wang angebracht war, machte bei Griechen und Römern die ausführlichsten Itinerarien wegen Mangels der Sicherheit in den RichtungenS. die auffallendsten Beispiele falscher Orientirungen von Bergketten bei Griechen und Römern zusammengestellt in der Einleitung zu meiner *Asie centrale* T. I. p. XXXVII bis XL. Ueber die Ungewißheit der *numerischen* Fundamente von Ptolemäus Ortsbestimmungen finden sich die befriedigendsten speciellen Untersuchungen in einer Abhandlung von *Ukert* im *Rheinischen Museum für Philologie* Jahrg. VI. 1838 S. 314 bis 324. (in dem Winkel mit dem Meridian) höchst ungewiß.

Je mehr man in der neuesten Zeit mit den indischen Sprachen und der altpersischen (dem Zend) bekannt geworden ist, desto mehr hat man erstaunen müssen, wie ein großer Theil der geographischen Nomenclatur des Ptolemäus als geschichtliches Denkmal von den Handelsverbindungen zwischen dem Occident und den fernsten Regionen von Süd- und Mittel-Asien zu betrachten ist.Beispiele von Zend- und Sanskrit-Wörtern, die uns in der Geographie des Ptolemäus erhalten sind, s. in *Lassen, diss. de Taprobane insula* p. 6, 9 und 17; in *Burnouf's Comment. sur le Yaçna* T. I. p. XCIII–CXX und CLXXXI–CLXXXV, in meinem *Examen crit. de l'hist. de la Géogr.* T. I. p. 45–49. In seltenen Fällen giebt Ptolemäus den Sanskrit-Namen und dessen Bedeutung zugleich, wie für die Insel Java als eine Gersteninsel: Ἰαβαδίον, ὃ σημαίνει κριθῆς νῆσος; *Ptol.* VII, 2 (*Wilhelm von Humboldt über die Kawi-Sprache* Bd. I. S. 60–63). Noch heute wird nach Buschmann in den hauptsächlichsten indischen Sprachen (dem Hindustani, Bengali und Nepal; in der mahrattischen, guzeratischen und cingalesischen Sprache) wie im Persischen und Malayischen die zweizeilige Gerste, Hordeum distichon: yava, dschav oder dschau, im Orissa yaa genannt (vergl. die *indischen* Bibel-Uebersetzungen in der Stelle Joh. VI, 9 und 13; und Ainslie, *Materia medica of Hindoostan*, Madras 1813, p. 217). Für eine der wichtigsten Folgen solcher Handelsverbindungen darf auch die richtige Ansicht der völligen *Abgeschlossenheit des caspischen Meeres* gelten: eine Ansicht, welche die Ptolemäische Erdkunde nach fünfhundertjährigem Irrthume wiederherstellte. Herodot und Aristoteles (der Letztere schrieb seine *Meteorologica* glücklicherweise vor den asiatischen Feldzügen Alexanders) hatten diese Abgeschlossenheit gekannt. Die Olbiopoliten, aus deren Munde der Vater der Geschichte seine Nachrichten schöpfte, waren vertraut mit der nördlichen Küste des caspischen Meers zwischen der Kuma, der Wolga (Rha) und dem Jaik (Ural). Nichts konnte dort bei ihnen die Idee eines Ausflusses nach dem Eismeere anregen. Ganz andere Ursachen der Täuschung boten sich dem Heere Alexanders dar, welches über Hekatompylos (Damaghan) in die feuchten Waldungen des Mazenderan herabstieg und das caspische Meer bei Zadrakarta, etwas westlich von dem jetzigen Asterabad, sich endlos gegen Norden hindehnen sah. Dieser Anblick erzeugte, wie Plutarch in dem Leben Alexanders erzählt, zuerst die Vermuthung, das gesehene Meer sei ein Busen des Pontus. Die macedonische Expedition, im ganzen wohlthätig für die Fortschritte der Erdkunde, führte zu einzelnen Irrthümern, die sich lange erhalten haben. Der Tanais wurde mit dem Jaxartes (Herodots Araxes), der Caucasus mit dem Paropanisus (Hindu-Kho) verwechselt. Ptolemäus konnte durch seinen Aufenthalt in Alexandrien sichere Nachrichten aus den Ländern, welche das caspische Meer zunächst umgrenzen (aus Albanien, Atropatene und Hyrcanien), wie von den Zügen der Aorser haben, deren Kameele indische und babylonische Waaren zum Don und zum schwarzen Meere führten*Strabo* lib. XI p. 506.. Wenn er, gegen Herodots richtigere Kenntniß, die große Axe des caspischen Binnenmeeres von Westen gegen Osten gerichtet glaubte, so verführte ihn vielleicht eine dunkle Kenntniß der ehemaligen großen Ausdehnung des *scythischen Golfes* (Karabogas) und der Existenz des *Aral-Sees:* dessen erste bestimmte Andeutung wir bei einem byzantinischen Schriftsteller, dem Menander, welcher den Agathias fortsetzte, finden.

Es ist zu beklagen, daß Ptolemäus, der das caspische Meer wiederum geschlossen, nachdem es durch die Hypothese von *vier Meerbusen* und selbst nach Reflexen in der Mondscheibe *Plutarch de facie in orbe Lunae* p. 921, 19 (vergl. mein *Examen crit.* T. I. p. 145 und 191). Die Hypothese des Agesianax, nach welcher die Mondflecken, in denen *Plutarch* (p. 935, 4) eine eigene Art (vulkanischer?) *Lichtberge* zu sehen glaubte, bloß abgespiegelte Erdländer und Erdmeere mit ihren Isthmen sind, habe ich selbst bei einigen sehr gebildeten Persern wiedergefunden. „Was man uns“, sagten sie, „durch Fernröhre auf der Mondfläche zeigt, sind zurückgeworfene Bilder unseres Landes.“ lange für geöffnet gehalten wurde, nicht die Mythe von dem *unbekannten Südlande* aufgegeben hat, welches das Vorgebirge Prasum mit Cattigara und Thinä, Sinarum metropolis, also Ost-Afrika mit dem Lande der *Tsin* (China), verbinden sollte. Diese Mythe, welche den indischen Ocean zu einem Binnenmeer macht, wurzelt in Ansichten, die von Marinus aus Tyrus zu Hipparch und Seleucus dem Babylonier, ja selbst bis zum Aristoteles hinaufsteigen.*Ptolem.* lib. IV cap. 9, lib. VII cap. 3 und 5. Vergl. *Letronne* im *Journal des Savans* 1831 p. 476–480 und 545–555; *Humboldt, Examen crit.* T. I. p. 144, 161 und 329, T. II. p. 370–373. Es muß in diesen *kosmischen* Schilderungen fortschreitender Weltansicht genügen durch einige wenige Beispiele daran erinnert zu haben, wie durch lange Schwankungen im Erkennen und Wissen das schon halb Erkannte oft wieder verdunkelt wird. Je mehr durch Erweiterung der Schifffahrt und des Landhandels man glauben durfte das Ganze der Erdgestaltung zu begreifen: desto mehr versuchte, besonders im alexandrinischen Zeitalter, unter den Lagiden und der römischen Weltherrschaft, die nie schlummernde Einbildungskraft der Hellenen in sinnreichen Combinationen alte Ahndungen mit neuem wirklichen Wissen zu verschmelzen und die kaum entworfene Erdkarte vorschnell zu vollenden.

Wir haben bereits oben beiläufig daran erinnert, wie Claudius Ptolemäus durch seine Optik, welche uns die Araber, wenn gleich sehr unvollständig, erhalten haben, der Gründer eines Theils der mathematischen Physik geworden ist: eines Theils, der freilich nach Theon von Alexandrien in Hinsicht auf die Strahlenbrechung schon in der Catoptrik des Archimedes berührt worden war. Es ist ein wichtiger Fortschritt, wenn physische Erscheinungen, statt bloß beobachtet und mit einander verglichen zu werden: wovon wir denkwürdige Beispiele in dem griechischen Alterthume in den inhaltreichen pseudo-aristotelischen Problemen, in dem römischen Alterthume bei Seneca vorfinden, willkührlich unter veränderten Bedingungen hervorgerufenOft ist es in der Physik der Alten schwer zu entscheiden, ob ein Resultat Folge einer *hervorgerufenen* Erscheinung oder einer zufällig beobachteten ist. Wo *Aristoteles* (*de Coele* IV, 4) von der Schwere der Luft handelt, was freilich *Ideler* zu läugnen scheint (*Meteorologia veterum Graecorum et Romanorum* p. 23), sagt er bestimmt: „ein aufgeblasener Schlauch ist schwerer als ein leerer“. Der Versuch muß mit verdichteter Luft gemacht worden sein, falls er wirklich unternommen wurde. und gemessen werden. Dieses Hervorrufen und Messen charakterisirt die Untersuchungen des Ptolemäus über die Brechung der Lichtstrahlen bei ihrem Durchgange durch Mittel ungleicher Dichtigkeit. Ptolemäus leitet die Strahlen von der Luft in Wasser und in Glas, wie von Wasser in Glas unter verschiedenen Einfallswinkeln. Die Resultate solcher physischen *Experimente* werden von ihm in Tabellen zusammengestellt. Diese Messung einer absichtlich hervorgerufenen physischen Erscheinung, eines Naturprocesses, der nicht auf Bewegung von Lichtwellen reducirt ist (Aristoteles*Aristot. de Anima* II, 7; *Biese, die Philosophie des Aristoteles* Bd. II. S. 147. nahm beim Lichte eine Bewegung des Mittels zwischen dem Auge und dem Gesehenen an), steht ganz isolirt in dem Zeitraume, den wir hier behandeln. Es bietet derselbe in der Erforschung der elementaren Natur nur noch einige wenige chemische Arbeiten (Experimente) des Dioscorides dar und, wie ich an einem anderen Orte entwickelt habe, die technische Kunst des Auffangens übergetriebener tropfbarer

Flüssigkeiten*Joannis (Philoponi) Grammatici in libr. de generat.* und *Alexandri Aphrodis. in Meteorol. Comment.* (Vent. 1527) p. 97, b. Vergl. mein *Examen crit.* T. II. p. 306–312. in ächten Destillir-Apparaten. Da *Chemie* erst dann beginnt, wenn der Mensch sich mineralische *Säuren*, als mächtige Mittel der Lösung und Entfesselung der Stoffe, verschaffen kann, so ist die von Alexander aus Aphrodisias unter Caracalla beschriebene Destillation des Seewassers einer großen Beachtung werth. Sie bezeichnet den Weg, auf welchem man allmälig zur Kenntniß der Heterogeneität der Stoffe, ihrer chemischen Zusammensetzung und gegenseitigen Anziehungskraft gelangt ist.

In der organischen Naturkunde ist neben dem Anatomen Marinus, dem Affen-Zergliederer Rufus von Ephesus, welcher Empfindungs- und Bewegungs-Nerven unterschied, und dem alle verdunkelnden Galenus von Pergamus kein anderer Name zu nennen. Die Thiergeschichte des Aelianus aus Präneste, das Fischgedicht des Ciliciers Oppianus enthalten zerstreute Notizen, nicht Thatsachen auf eigene Forschung gegründet. Es ist kaum zu begreifen, wie die Unzahl seltener Thiere, welche vier Jahrhunderte lang im römischen Circus gemordet wurden (Elephanten, Rhinoceros, Nilpferde, Elennthiere, Löwen, Tiger, Panther, Crocodile und Strauße), für die vergleichende Anatomie so völlig unbenutzt blieben. Des Verdienstes des Dioscorides um die gesammte Pflanzenkunde ist schon oben gedacht worden; er hat einen mächtigen, langdauernden Einfluß auf die Botanik und pharmaceutische Chemie der Araber ausgeübt. Der botanische Garten des über hundert Jahre erreichenden Arztes Antonius Castor zu Rom, vielleicht den botanischen Gärten des Theophrast und Mithridates nachgebildet, hat den Wissenschaften wahrscheinlich nicht mehr genützt als die Sammlung fossiler Knochen des Kaisers Augustus oder die Naturaliensammlung, die man aus sehr schwachen Gründen dem geistreichen Appulejus von Madaura zugeschrieben hat.

Am Schluß der Darstellung dessen, was zu der Zeit römischer Weltherrschaft in Erweiterung des kosmischen Wissens geleistet worden ist, muß noch des großartigen Unternehmens einer *Weltbeschreibung* gedacht werden, welche Cajus Plinius Secundus in 37 Büchern zu umfassen strebte. Im ganzen Alterthume ist nichts ähnliches versucht worden; und wenn das Werk auch während seiner Ausführung in eine Art von *Encyclopädie der Natur und Kunst* ausartete (der Verfasser, in der Zueignung an den Titus, scheuet sich selbst nicht den damals edleren griechischen Ausdruck ἐγκυκλοπαιδεία, gleichsam den „Inbegriff und *Vollkreis* allgemeiner Bildungswissenschaften", auf sein Werk anzuwenden): so ist doch nicht zu läugnen, daß trotz des Mangels eines inneren Zusammenhanges der Theile das Ganze den Entwurf einer physischen Weltbeschreibung darbietet.

Die *Historia naturalis* des Plinius: in der tabellarischen Uebersicht, welche jetzt das sogenannte erste Buch bildet, *Historiae Mundi*; in einem Briefe des Neffen an seinen Freund Macer schöner *Naturae Historia* genannt, begreift Himmel und Erde zugleich:

die Lage und den Lauf der Weltkörper, die meteorologischen Processe des Luftkreises, die Oberflächen-Gestaltung der Erde; alles tellurische, von der Pflanzendecke und den Weich-Gewürmen des Oceans an bis hinauf zu dem Menschengeschlechte. Dieses ist betrachtet nach Verschiedenheit seiner geistigen Anlagen wie in der Verherrlichung derselben zu den edelsten Blüthen der bildenden Künste. Ich nenne die Elemente des allgemeinen Naturwissens, welche in dem großen Werke fast ungeordnet vertheilt liegen. „Der Weg, den ich wandeln werde", sagt Plinius mit edler Zuversicht zu sich selbst, „ist unbetreten (non trita auctoribus via); Keiner unter uns, Keiner unter den Griechen hat unternommen, Einer, das Ganze (der Natur) zu behandeln (nemo apud Graecos qui unus omnia tractaverit). Wenn mein Unternehmen mir nicht gelingt, so ist es doch etwas schönes und glänzendes (pulchrum atque magnificum) dergleichen versucht zu haben."

Es schwebte dem geistreichen Manne ein einziges großes Bild vor; aber, durch Einzelheiten zerstreut, bei mangelnder lebendiger Selbstanschauung der Natur, hat er dies Bild nicht festzuhalten gewußt. Die Ausführung ist unvollkommen geblieben: nicht etwa bloß wegen der Flüchtigkeit und oftmaligen Unkenntniß der zu behandelnden Gegenstände (wir urtheilen nach den excerpirten Werken, welche uns noch heute zugänglich sind) als wegen der Fehler in der Anordnung. Man erkennt in dem Verfasser einen vielbeschäftigten vornehmen Mann, der sich gern seiner Schlaflosigkeit und nächtlichen Arbeit rühmte, aber als Statthalter in Spanien und Oberaufseher der Flotte in Unteritalien gewiß nur zu oft seinen wenig gebildeten Untergebenen das lockere Gewebe einer endlosen Compilation anvertraute. Dies Streben nach Compilation: d. h. nach mühevollem Sammeln einzelner Beobachtungen und Thatsachen, wie sie das damalige Wissen liefern konnte, ist an sich keinesweges zu tadeln; das unvollkommene Gelingen des Unternehmens lag in der Unfähigkeit den eingesammelten Stoff zu beherrschen, das Naturbeschreibende höheren, allgemeineren Ansichten unterzuordnen, den Gesichtspunkt einer *vergleichenden Naturkunde* festzuhalten. Die Keime zu solchen höheren, nicht bloß orographischen, sondern wahrhaft geognostischen Ansichten liegen in Eratosthenes und Strabo; der Erstere wird ein einziges Mal, der Zweite nie benutzt. Aus der anatomischen Thiergeschichte des Aristoteles hat Plinius weder die auf die Hauptverschiedenheit der inneren Organisation gegründete Eintheilung in große Thierclassen, noch den Sinn für die allein sichere Inductions-Methode in Verallgemeinerung der Resultate zu schöpfen gewußt.

Mit pantheistischen Betrachtungen anhebend, steigt Plinius aus den Himmelsräumen zum Irdischen herab. Wie er die Nothwendigkeit anerkennt der Natur Kräfte und Herrlichkeit (naturae vis atque majestas) als ein großes und zusammenwirkendes Ganzes darzustellen, so unterscheidet er auch, im Eingange des 3ten Buches, generelle und specielle Erdkunde: aber dieser Unterschied wird bald wieder vernachlässigt, wenn er sich in die dürre Nomenclatur von Ländern, Bergen und Flüssen versenkt. Den größeren Theil der Bücher VIII–XXVII, XXXIII und XXXIV, XXXVI und XXXVII füllen Verzeichnisse aus den drei Reichen der Natur aus. Der jüngere Plinius charakterisirt in einem seiner Briefe die Arbeit des Oheims sehr richtig als ein „inhaltschweres und gelehrtes Werk, das nicht minder mannigfaltig als die Natur selbst ist (opus diffusum, eruditum, nec minus varium quam ipsa natura)". Manches, das dem Plinius zum Vorwurf gemacht worden ist, als wäre es eine unnöthige und zu fremdartige Einmischung, bin ich geneigt hier lobend hervorzuheben. Es scheint mir besonders erfreulich, daß er so oft und immer mit Vorliebe an den Einfluß erinnert, welchen die Natur auf die Gesittung und geistige Entwickelung der Menschheit ausgeübt hat. Nur die Anknüpfungspunkte sind selten glücklich gewählt (VII, 24–47; XXV, 2; XXVI, 1; XXXV, 2; XXXVI, 2–4; XXXVII, 1). Die Natur der Mineral- und Pflanzenstoffe z. B. führt zu einem Fragment aus der Geschichte der bildenden Künste: einem Fragmente, das für den heutigen Stand unseres Wissens freilich wichtiger geworden ist als fast alles, was wir von beschreibender Naturgeschichte aus dem Werke schöpfen können.

Der Styl des Plinius hat mehr Geist und Leben als eigentliche Größe; er ist selten malerisch bezeichnend. Man fühlt, daß der Verfasser seine Eindrücke nicht aus der freien Natur, so viel er auch diese unter sehr verschiedenen Himmelsstrichen genossen, sondern aus Büchern geschöpft hat. Eine ernste, trübe Färbung ist über das Ganze ausgegossen. In diese sentimentale Stimmung ist Bitterkeit gemischt, so oft die Zustände des Menschengeschlechts und seine Bestimmung berührt werden. Fast wie in Cicero", doch in minderer Einfachheit der Diction, wird dann als aufrichtend und tröstlich geschildert der Blick in das große Weltganze der Natur.

Der Schluß der *Historia naturalis* des Plinius: des größten römischen Denkmals, welches der Litteratur des Mittelalters vererbt wurde, ist in dem ächten Geiste einer Weltbeschreibung abgefaßt. Er enthält, wie wir ihn erst seit 1831 kennen*Plin.* XXXVII, 13 (ed. Sillig T. V. 1836 p. 320). Alle früheren Ausgaben endigten bei den Worten Hispaniam, quacunque ambitur mari. Der Schluß des Werks ist 1831 in einem Bamberger Codex von Hrn. Ludwig v. Jan (Professor zu Schweinfurt) entdeckt worden., einen Blick auf die vergleichende Naturgeschichte der Länder in verschiedenen Zonen, das Lob des südlichen Europa's zwischen den natürlichen Grenzen des Mittelmeeres und der Alpenkette, das Lob des hesperischen Himmels: „wo Mäßigung und sanfte Milde des Klima's (ein Dogma der ältesten Pythagoreer) früh die Entwilderung der Menschheit beschleunigt" hätten.

Der Einfluß der Römerherrschaft als ein fortwirkend einigendes und verschmelzendes Element hat in einer *Geschichte der Weltanschauung* um so ausführlicher und kräftiger bezeichnet werden dürfen, als dieser Einfluß: selbst zu einer Zeit, wo die Einigung lockerer gemacht, ja durch den Sturm einbrechender Barbaren zerstört wurde, bis in seine entfernten Folgen erkannt werden kann. Noch singt Claudian: der zu einer trüben und späten Zeit, unter Theodosius dem Großen und dessen Söhnen, im Verfall der

Litteratur mit neuer dichterischer Productivität auftritt, freilich nur zu lobend, von der Herrschaft der Römer:

Haec est, in gremium victos quae sola recepit,
Humanumque genus communi nomine fovit,
Matris, non dominae, ritu; civesque vocavit
Quos domuit, nexuque pio longinqua revinxit.
Hujus pacificis debemus moribus omnes
Quod veluti patriis regionibus utitur hospes.....

Aeußere Mittel des Zwanges, kunstreiche Staatsverfassungen, eine lange Gewohnheit der Knechtschaft konnten freilich einigen, sie konnten das vereinzelte Dasein der Völker aufheben; aber das Gefühl von der Gemeinschaft und Einheit des ganzen Menschengeschlechts, von der gleichen Berechtigung aller Theile desselben hat einen edleren Ursprung. Es ist in den inneren Antrieben des Gemüths und religiöser Ueberzeugungen gegründet. Das Christenthum hat hauptsächlich dazu beigetragen den Begriff der Einheit des Menschengeschlechts hervorzurufen; es hat dadurch auf die „Vermenschlichung" der Völker in ihren Sitten und Einrichtungen wohlthätig gewirkt. Tief mit den frühesten christlichen Dogmen verwebt, hat der Begriff der Humanität sich aber nur langsam Geltung verschaffen können: da zu der Zeit, als der neue Glaube aus politischen Motiven in Byzanz zur Staatsreligion erhoben wurde, die Anhänger desselben bereits in elenden Partheistreit verwickelt, der ferne Verkehr der Völker gehemmt und die Fundamente des Reichs mannigfach durch äußere Angriffe erschüttert waren. Selbst die persönliche Freiheit ganzer Menschenclassen hat lange in den christlichen Staaten, bei geistlichen Grundbesitzern und Corporationen, keinen Schutz gefunden.

Solche unnatürlichen Hemmungen, und viele andere, welche dem geistigen Fortschreiten der Menschheit wie der Veredlung des gesellschaftlichen Zustandes im Wege stehen, werden allmälig verschwinden. Das Princip der individuellen und der politischen Freiheit ist in der unvertilgbaren Ueberzeugung gewurzelt von der gleichen Berechtigung des einigen Menschengeschlechts. So tritt dieses, wie schon an einem andern Orte gesagt worden ist, „als Ein großer verbrüderter Stamm, als ein zur Erreichung Eines Zweckes (*der freien Entwickelung innerlicher Kraft*) bestehendes Ganzes" auf. Diese Betrachtung der *Humanität*, des bald gehemmten, bald mächtig fortschreitenden Strebens nach derselben (keinesweges die Erfindung einer neueren Zeit!) gehört durch die Allgemeinheit ihrer Richtung recht eigentlich zu dem, was das *kosmische Leben* erhöht und begeistigt. In der Schilderung einer großen welthistorischen Epoche: der der Herrschaft der Römer, ihrer Gesetzgebung und der Entstehung des Christenthums, mußte vor allem daran erinnert werden, wie dieselbe die Ansichten des Menschengeschlechts erweitert und einen milden, langdauernden, wenn gleich langsam wirkenden Einfluß auf Intelligenz und Gesittung ausgeübt hat.

V.

Einfall der Araber. – Geistige Bildsamkeit dieses Theils des semitischen Volksstammes. – Einfluß eines fremdartigen Elements auf den Entwickelungsgang europäischer Cultur. – Eigenthümlichkeit des Nationalcharakters der Araber. – Hang zum Verkehr mit der Natur und ihren Kräften. – Arzneimittellehre und Chemie. – Erweiterung der physischen Erdkunde im Innern der Continente, der Astronomie und der mathematischen Wissenschaften.

Wir haben in dem Entwurf einer Geschichte der physischen Weltanschauung, d. h. in der Darstellung der sich allmälig entwickelnden *Erkenntniß von einem Weltganzen*, bereits vier Hauptmomente aufgezählt. Es sind: die Versuche aus dem Becken des Mittelmeeres gegen Osten nach dem Pontus und Phasis, gegen Süden nach Ophir und den tropischen Goldländern, gegen Westen durch die Hercules-Säulen in den „alles umströmenden Oceanus" vorzudringen; der macedonische Feldzug unter Alexander dem Großen, das Zeitalter der Lagiden und die römische Weltherrschaft. Wir lassen nun folgen den mächtigen Einfluß, welchen die Araber, ein fremdartiges Element europäischer Civilisation, und sechs bis sieben Jahrhunderte später die maritimen Entdeckungen der Portugiesen und Spanier auf das allgemeine physische und mathematische Naturwissen, auf Kenntniß der Erd- und Himmelsräume, ihrer meßbaren Gestaltung, der Heterogeneität der Stoffe und der ihnen inwohnenden Kräfte ausgeübt haben. Die Entdeckung und Durchforschung des Neuen Continents, seiner vulkanreichen Cordilleren, seiner Hochebenen, in denen gleichsam die Klimate über einander gelagert sind, seiner in 120 Breitengraden entfalteten Pflanzendecke bezeichnet unstreitig die Periode, wo dem menschlichen Geiste in dem kürzesten Zeitraum die größte Fülle neuer physischer Wahrnehmungen dargeboten wurde.

Von da an ist die Erweiterung des kosmischen Wissens nicht an einzelne politische, räumlich wirkende Begebenheiten zu knüpfen. Die Intelligenz bringt fortan Großes hervor aus eigener Kraft, nicht durch einzelne äußere Ereignisse vorzugsweise angeregt. Sie wirkt in vielen Richtungen gleichzeitig; schafft durch neue Gedankenverbindung sich neue Organe, um das zarte Gewebe des Thier- und Pflanzenbaues als Substrat des Lebens, wie die weiten Himmelsräume zu durchspähen. So erscheint das ganze siebzehnte Jahrhundert: glänzend eröffnet durch die große Erfindung des Fernrohrs, wie durch die nächsten Früchte dieser Erfindung: von Galilei's Entdeckung der Jupiterstrabanten, der sichelförmigen Gestalt der Venusscheibe und der Sonnenflecken an bis zu Isaac Newton's Gravitations-Theorie; als die wichtigste Epoche einer neugeschaffenen *physischen Astronomie*. Es zeigt sich hier noch einmal, durch Einheit der Bestrebungen in der Beobachtung des Himmels und der mathematischen Forschung hervorgerufen, ein scharf bezeichneter Abschnitt in dem großen, von nun an ununterbrochen fortlaufenden Processe intellectueller Entwickelung.

Unseren Zeiten näher wird das Herausheben einzelner Momente um so schwieriger, als die menschliche Thätigkeit sich vielseitiger bewegt und als mit einer neuen Ordnung in den geselligen und staatlichen Verhältnissen auch ein engeres Band alle wissenschaftlichen Richtungen umschließt. In den einzelnen Disciplinen, deren Entwickelung eine *Geschichte der physischen Wissenschaften* darstellt: in der Chemie und der beschreibenden Botanik, ist es möglich bis in die neueste Zeit Perioden zu isoliren, in denen die Fortschritte am größten waren oder plötzlich neue Ansichten herrschend wurden; aber in der *Geschichte der Weltanschauung*, welche ihrem Wesen nach der Geschichte der einzelnen Disciplinen nur das entlehnen soll, was am unmittelbarsten sich auf die Erweiterung des Begriffs vom Kosmos als einem Naturganzen bezieht, wird das Anknüpfen an bestimmte Epochen schon darum gefahrvoll und unthunlich, weil das, was wir eben einen intellectuellen Entwickelungsproceß nannten, ein ununterbrochenes gleichzeitiges Fortschreiten in allen Sphären des kosmischen Wissens voraussetzt. An dem wichtigen Scheidepunkte angelangt, wo nach dem Untergange der römischen Weltherrschaft ein neues, fremdartiges Element der Bildung sich offenbart, wo unser Continent dasselbe zum ersten Male unmittelbar aus einem Tropenlande empfängt: schien es mir nützlich einen allgemeinen, übersichtlichen Blick auf den Weg zu werfen, welcher noch zu durchlaufen übrig ist.

Die Araber, ein semitischer Urstamm, verscheuchen theilweise die Barbarei, welche das von Völkerstürmen erschütterte Europa bereits seit zwei Jahrhunderten bedeckt hat. Sie führen zurück zu den ewigen Quellen griechischer Philosophie; sie tragen nicht bloß dazu bei die wissenschaftliche Cultur zu erhalten: sie erweitern sie und eröffnen der Naturforschung neue Wege. In unserm Continent begann die Erschütterung erst, als unter Valentinian I die Hunnen (finnischen, nicht mongolischen Ursprungs) in dem letzten Viertel des vierten Jahrhunderts über den Don vordrangen und die Alanen, später mit diesen die Ostgothen bedrängten. Fern im östlichen Asien war der Strom wandernder Völker in Bewegung gesetzt mehrere Jahrhunderte früher, als unsere Zeitrechnung beginnt. Den ersten Anstoß zur Bewegung gab, wie wir schon früher erinnert, der Anfall der Hiungnu (eines türkischen Stammes) auf das blonde und blauäugige, vielleicht indogermanische Volk der Usün: die, an die Yueti (Geten?) grenzend, im oberen Flußthal des Huangho im nordwestlichen China wohnten. Der verheerende Völkerstrom, fortgepflanzt von der, gegen die Hiungnu (214 vor Chr.) errichteten großen Mauer bis in das westlichste Europa, bewegte sich durch Mittel-Asien, nördlich von der Kette des *Himmelsgebirges*. Kein Religionseifer beseelte diese asiatischen Horden, ehe sie Europa berührten; ja man hat bestimmt erwiesen, daß die Mongolen noch nicht Buddhisten waren, als sie siegreich bis nach Polen und Schlesien vordrangen. Ganz andere Verhältnisse gaben dem kriegerischen Ausbruch eines südlichen Volkes, der Araber, einen eigenthümlichen Charakter.

In dem wenig gegliederten *Kosmos Band I.*. Continent von Asien dehnt sich, ausgezeichnet durch seine Form, als ein merkwürdig abgesondertes Glied, die arabische Halbinsel zwischen dem rothen Meere und dem persischen Meerbusen, zwischen dem Euphrat und dem syrisch-mittelländischen Meere hin. Es ist die westlichste der drei Halbinseln von Süd-Asien, und ihre Nähe zu Aegypten und einem europäischen Meeresbecken bietet ihr große Vortheile sowohl der politischen Weltstellung als des Handels dar. In dem *mittleren* Theile der arabischen Halbinsel lebte das Volk des Hedschaz: ein edler, kräftiger Menschenstamm; unwissend, aber nicht roh, phantasiereich und doch der sorgfältigen Beobachtung aller Vorgänge in der freien Natur (an dem ewig heiteren Himmelsgewölbe und auf der Erdfläche) ergeben. Nachdem dies Volk, Jahrtausende lang fast ohne Berührung mit der übrigen Welt, größtentheils nomadisch umhergezogen, brach es plötzlich aus, bildete sich durch geistigen Contact mit den Bewohnern alter Cultursitze, bekehrte und herrschte von den Hercules-Säulen bis zum Indus: bis zu dem Punkt, wo die Bolor-Kette den Hindu-Kho durchschneidet. Schon seit der Mitte des neunten Jahrhunderts unterhielt es Handelsverkehr gleichzeitig mit den Nordländern Europa's und Madagascar, mit Ost-Afrika, Indien und China; es verbreitete Sprache, Münze und indische Zahlen: gründete einen mächtigen, langdauernden, durch religiösen Glauben zusammengehaltenen Länderverband. Oft bei diesen Zügen wurden große Provinzen nur vorübergehend durchstreift. Der schwärmende Haufe, von den Eingeborenen bedroht, lagerte sich (so sagt die einheimische Naturdichtung) „wie Wolkengruppen, die bald der Wind zerstreut". Eine lebensreichere Erscheinung hat keine andere Völkerbewegung dargeboten, und die dem Islam scheinbar inwohnende geistbedrückende Kraft hat sich im ganzen minder thätig und hemmend unter der arabischen Herrschaft als bei den türkischen Stämmen gezeigt. Religiöse Verfolgung war hier wie überall (auch unter christlichen Völkern) mehr Wirkung eines schrankenlosen dogmatisirenden Despotismus als Wirkung der ursprünglichen Glaubenslehre, der religiösen Anschauung der Nation. Die Strenge des Korans ist vorzugsweise gegen Abgötterei und den *Götzendienst* aramäischer Stämme gerichtet.

Da das Leben der Völker außer den inneren geistigen Anlagen durch viele äußere Bedingnisse des Bodens, des Klima's und der Meeresnähe bestimmt wird, so muß hier zuvörderst an die ungleichartige Gestaltung der arabischen Halbinsel erinnert werden. Wenn auch der erste Impuls zu den großen Veränderungen, welche die Araber in drei Continenten hervorgebracht haben, von dem ismaelitischen Hedschaz ausging und seine hauptsächlichste Kraft einem einsamen Hirtenstamme verdankte, so ist doch der übrige Theil der Halbinsel an seinen Küsten seit Tausenden von Jahren nicht von dem übrigen Weltverkehr abgeschnitten geblieben. Um den Zusammenhang und die Möglichkeit großer und seltsamer Ereignisse einzusehen, muß man zu den Ursachen aufsteigen, welche dieselben allmälig vorbereitet haben.

Gegen Südwesten, am erythräischen Meere, liegt das schöne Land der Joctaniden"Ein starker Zweig der Hebräer war, der Sage nach, lange vor Abraham unter dem Namen Jokthan (Qachthan) in das südliche Arabien hinabgewandert und hatte dort blühende Reiche gegründet." (*Ewald, Geschichte des Volkes Israel* Bd. I. S. 337 und 450.), Yemen: fruchtbar und ackerbauend, der alte Cultursitz von Saba. Es erzeugt Weihrauch (lebonah der Hebräer, vielleicht Boswellia thurifera Colebr.)Der Baum, welcher den arabischen, seit der urältesten Zeit berühmten *Weihrauch von Hadhramaut* giebt (auf der Insel Socotora fehlt derselbe ganz), ist noch von keinem Botaniker, selbst nicht von dem mühsam forschenden Ehrenberg, aufgefunden und bestimmt worden. In Ostindien findet sich ein ähnliches Product, vorzüglich in Bundelkhund, mit welchem von Bombay aus ein beträchtlicher Handel nach China getrieben wird. Dieser indische Weihrauch wird nach *Colebrooke* (*Asiatic Researches* Vol. IX p. 377) von einer durch Roxburgh bekannt gewordenen Pflanze: Boswellia thurifera oder serrata, aus der Familie der Burseraceen von Kunth, gewonnen. Da wegen der ältesten Handelsverbindungen zwischen den Küsten von Süd-Arabien und des westlichen Indiens (*Gildemeister, Scriptorum Arabum loci de rebus Indicis* p. 35) man in Zweifel ziehen konnte, ob der λίβανος des Theophrastus (das thus der Römer) ursprünglich der arabischen Halbinsel zugehört habe: so ist *Lassen's* Bemerkung sehr wichtig (*Indische Alterthumskunde* Bd. I. S. 286), daß der Weihrauch im *Amara-Koscha* selbst „yâwana, javanisch, d. h. arabisch, genannt": demnach als ein aus Arabien nach Indien gebrachtes Erzeugniß aufgeführt wird. „Turuschka' pin*d*aka' sihlô (drei Benennungen des Weihrauchs) yâwanô": heißt es im Amara-Koscha (*Amarakocha* publ. par *A. Loiseleur Deslongchamps* P. I. 1839 p. 156). Auch Dioscorides unterscheidet den arabischen von dem indischen Weihrauch. *Carl Ritter* in seiner vortrefflichen Monographie der Weihrauch-Arten (*Asien* Bd. VIII. Abth. 1. S. 356–372) bemerkt sehr richtig, dieselbe Pflanzenart (Boswellia thurifera) könne wegen der Aehnlichkeit des Klima's wohl ihre Verbreitungssphäre von Indien durch das südliche Persien nach Arabien ausdehnen. Der amerikanische Weihrauch (Olibanum americanum unserer Pharmacopöen) kommt von Icica gujanensis Aubl. und Icica tacamahaca: die wir, Bonpland und ich, häufig in den großen Gras-Ebenen (Llanos) von Calabozo in Südamerika gefunden haben. Icica ist wie Boswellia aus der Familie der Burseraceen. Die Rothtanne (Pinus abies Linn.) erzeugt den gemeinen Weihrauch unserer Kirchen. – Die Pflanze, welche die Myrrhe trägt und welche Bruce glaubte gesehen zu haben (*Ainslie, Materia medica of Hindoostan*, Madras 1813, p. 29), ist bei el-Gisan in Arabien von Ehrenberg entdeckt und nach den von ihm gesammelten Exemplaren durch Nees von Esenbeck unter dem Namen Balsamodendron myrrha beschrieben worden. Man hielt lange fälschlich Balsamodendron Koraf Kunth., eine Amyris von Forskål, für den Baum der ächten Myrrhe., Myrrhe (eine Amyris-Art, von Ehrenberg zuerst genau beschrieben) und den sogenannten Mekka-Balsam (Balsamodendron gileadense, Kunth): Gegenstände eines wichtigen Handels der Nachbarvölker; verführt zu den Aegyptern, Persern und

Indern wie zu den Griechen und Römern. Auf diese Erzeugnisse gründet sich die geographische Benennung des „glücklichen Arabiens", welche wir zuerst bei Diodor und Strabo finden. Im Südosten der Halbinsel, am persischen Meerbusen, lag Gerrha, den phönicischen Niederlassungen von Aradus und Tylus gegenüber, ein wichtiger Stapelplatz des Verkehrs mit indischen Waaren. Wenn gleich fast das ganze Innere des arabischen Landes eine baumlose Sandwüste zu nennen ist, so findet sich doch in Oman (zwischen Jailan und Batna) eine ganze Reihe wohl cultivirter, durch unterirdische Canäle bewässerter Oasen; ja der Thätigkeit des verdienstvollen Reisenden Wellsted. verdanken wir die Kenntniß dreier Gebirgsketten, deren höchster, waldbedeckter Gipfel, Dschebel Akhdar, sich bis sechstausend Fuß Höhe über dem Meeresspiegel bei Maskat erhebt. Auch in dem Berglande von Yemen östlich von Loheia und in der Küstenkette von Hedschaz, in Asyr, wie östlich von Mekka bei Tayef, befinden sich Hochebenen, deren perpetuirlich niedrige Temperatur schon dem Geographen Edrisi bekannt war*Jomard, études géogr. et hist. sur l'Arabie* 1839 p. 14 und 32..

Dieselbe Mannigfaltigkeit der Gebirgslandschaft charakterisirt die Halbinsel Sinai, das *Kupferland* der Aegypter des *alten Reiches* (vor der Hyksos-Zeit), und die Felsthäler von Petra. Der phönicischen Handelsniederlassungen an dem nördlichsten Theile des rothen Meeres und der Hiram-Salomonischen *Ophirfahrt*, die von Ezion-Geber ausging, habe ich bereits an einem anderen Orte erwähnt. Arabien und die von indischen Ansiedlern bewohnte nahe Insel Socotora (die Insel des Dioscorides) waren Mittelglieder des Welthandels nach Indien und der Ostküste von Afrika. Die Producte dieser Länder wurden gemeinhin mit denen von Hadhramaut und Yemen verwechselt. „Aus Saba werden sie kommen" (die Dromedare von Midian), singt der Prophet Jesaias, „werden *Gold* und *Weihrauch* bringen." Petra war der Stapelplatz kostbarer Waaren, für Tyrus und Sidon bestimmt; ein Hauptsitz des einst so mächtigen Handelsvolks der Nabatäer, denen der sprachgelehrte Quatremère als ursprünglichen Wohnsitz die Gerrhäer-Gebirge am unteren Euphrat anweist. Dieser nördliche Theil von Arabien ist vorzugsweise durch die Nähe von Aegypten, durch die Verbreitung arabischer Stämme in dem syrisch-palästinischen Grenzgebirge und den Euphratländern, wie durch die berühmte Caravanenstraße von Damascus über Emesa und Tadmor (Palmyra) nach Babylon in belebendem Contact mit anderen Culturstaaten gewesen. Mohammed selbst, entsprossen aus einem vornehmen, aber verarmten Geschlecht des Koreischiten-Stammes, hatte, ehe er als inspirirter Prophet und Reformator auftrat, in Handelsgeschäften die Waarenmesse von Bosra an der syrischen Grenze, die in Hadhramaut, dem Weihrauchlande, und am meisten die zwanzigtägige von Okadh bei Mekka besucht: wo Dichter, meist Beduinen, sich alljährlich zu lyrischen Kampfspielen versammelten. Wir berühren diese Einzelheiten des Verkehrs und seiner Veranlassungen, um ein lebendigeres Bild von dem zu geben, was vorbereitend auf eine Weltveränderung wirkte.

Die Verbreitung der arabischen Bevölkerung gegen Norden erinnert zunächst an zwei Begebenheiten: deren nähere Verhältnisse freilich noch in Dunkel gehüllt sind, welche aber doch dafür zeugen, daß schon Jahrtausende vor Mohammed die Bewohner der Halbinsel sich durch Ausfälle nach Westen und Osten, gegen Aegypten und den Euphrat hin, in die großen Welthändel gemischt hatten. Die semitische oder aramäische Abstammung der Hyksos, welche unter der zwölften Dynastie, 2200 Jahre vor unserer Zeitrechnung, dem *alten* Reiche ein Ende machten, wird jetzt fast allgemein von Geschichtsforschern angenommen. Auch Manetho sagt: „Einige behaupten, daß diese *Hirten* Araber waren". In anderen Quellen werden sie Phönicier genannt: ein Name, der im Alterthume auf die Bewohner des Jordanthales und auf alle arabischen Stämme ausgedehnt wird. Der scharfsinnige Ewald gedenkt besonders der Amalekiter (Amalekäer): welche ursprünglich in Yemen wohnten, dann über Mekka und Medina sich nach Canaan und Syrien verbreiteten, und in arabischen Urkunden als zu Josephs Zeit über Aegypten herrschend genannt werden. Auffallend ist es immer, wie die nomadischen Stämme der Hyksos das mächtige, wohleingerichtete *alte* Reich der Aegypter haben überwältigen können. Freier gesinnte Menschen traten glücklich gegen die an lange Knechtschaft gewöhnten auf; und doch waren die siegreichen arabischen Einwanderer damals nicht, wie in neuerer Zeit, durch religiöse Begeisterung aufgeregt. Aus Furcht vor den Assyrern (Stämmen von Arpachschad) gründeten die Hyksos den Waffenplatz und die Feste Avaris am östlichen Nilarme. Vielleicht deutet dieser Umstand auf nachdringende Kriegsschaaren, auf eine große gegen Westen gerichtete Völkerwanderung. Eine zweite, wohl um tausend Jahre spätere Begebenheit ist die, welche Diodor*Diod. Sic.* lib. II cap. 2 und 3. dem Ktesias nacherzählt. Ariäus, ein mächtiger Himyariten-Fürst, wird Bundesgenosse des Ninus am Tigris, schlägt mit ihm die Babylonier und kehrt mit reicher Beute beladen in seine Heimath, das südliche Arabien, zurück.*Ctesiae Cnidii Operum reliquiae* ed. Baehr: fragmenta Assyriaca p. 421, und *Carl Müller* in *Dindorf's* Ausgabe des *Herodot* (Par. 1844) p. 13–15.

War im ganzen das freie Hirtenleben das herrschende im Hedschaz, war es das Leben einer großen und kräftigen Volkszahl: so wurden doch auch dort die Städte Medina und Mekka (letztere mit ihrem uralten räthselhaften Tempelheiligthum, der Kaaba) als ansehnliche, von fremden Nationen besuchte Orte bezeichnet. In Gegenden, welche den Küsten oder den Caravanenstraßen, die wie Flußthäler wirken, nahe lagen, herrschte wohl nirgends die völlige rohe Wildheit, welche die Abgeschlossenheit erzeugt. Schon Gibbon, der die menschlichen Zustände immer so klar auffaßt, erinnert daran, wie in der arabischen Halbinsel das Nomadenleben sich wesentlich von dem unterscheidet, welches Herodot und Hippocrates in dem sogenannten Scythenlande beschreiben: weil in diesem kein Theil des Hirtenvolkes sich je in Städten angesiedelt hat, während auf der großen arabischen Halbinsel das Landvolk noch jetzt mit den Städtebewohnern verkehrt, die es von gleicher ursprünglicher Abkunft mit sich selbst hält. In der Kirghisen-Steppe: einem Theile der Ebenen, welche die alten Scythen (Scoloten und

Sacer) bewohnten, hat es auf einem Raume, der an Flächeninhalt Deutschland übertrifft*Humboldt, Asie centr.* T. II. p. 128., seit Jahrtausenden nie eine Stadt gegeben; und doch überstieg, zur Zeit meiner sibirischen Reise, die Zahl der Zelte (*Yurten* oder *Kibitken*) in den drei Wanderhorden noch 400000: was ein Nomadenvolk von zwei Millionen andeutet. Wie sehr solche Contraste der größeren oder minderen Abgeschlossenheit des Hirtenlebens (selbst wenn man gleiche innere Anlagen voraussetzen will) auf die geistige Bildsamkeit wirken, bedarf hier keiner umständlicheren Entwicklung.

Bei dem edeln, von der Natur begünstigten Stamme der Araber machen gleichzeitig die inneren Anlagen zu geistiger Bildsamkeit, die von uns angedeuteten Verhältnisse der natürlichen Beschaffenheit des Landes und der alte Handelsverkehr der Küsten mit hochcultivirten Nachbarstaaten erklärlich, wie der Einbruch nach Syrien und Persien und später der Besitz von Aegypten so schnell Liebe zu den Wissenschaften und Hang zu eigener Forschung in den Siegern erwecken konnten. In den wundersamen Bestimmungen der Weltordnung lag es, daß die christliche Secte der Nestorianer, welche einen sehr wichtigen Einfluß auf die räumliche Verbreitung der Kenntnisse ausgeübt hat, auch den Arabern, ehe diese nach dem vielgelehrten und streitsüchtigen Alexandrien kamen, nützlich wurde; ja daß der christliche Nestorianismus unter dem Schutze des bewaffneten Islam tief in das östliche Asien dringen konnte. Die Araber wurden nämlich mit der griechischen Litteratur erst durch die Syrer, einen ihnen verwandten semitischen Stamm, bekannt: während die Syrer selbst, kaum anderthalb Jahrhunderte früher, die Kenntniß der griechischen Litteratur erst durch die verketzerten Nestorianer empfangen hatten. Aerzte, die in den Lehranstalten der Griechen und auf der berühmten von den nestorianischen Christen zu Edessa in Mesopotamien gestifteten medicinischen Schule gebildet waren, lebten schon zu Mohammeds Zeiten, mit diesem und mit Abu-Bekr befreundet, in Mekka.

Die Schule von Edessa, ein Vorbild der Benedictiner-Schulen von Monte-Cassino und Salerno, erweckte die naturwissenschaftliche Untersuchung der *Heilstoffe* aus dem Mineral und Pflanzenreiche. Als durch christlichen Fanatismus unter Zeno dem Isaurier sie aufgelöst wurde, zerstreuten sich die Nestorianer nach Persien: wo sie bald eine politische Wichtigkeit erlangten und ein neues, vielbesuchtes medicinisches Institut zu Dschondisapur in Khusistan stifteten. Es gelang ihnen ihre Kenntnisse und ihren Glauben gegen die Mitte des siebenten Jahrhunderts bis nach China unter der Dynastie der Thang zu verbreiten, 572 Jahre nachdem der Buddhismus dort aus Indien eingedrungen war.

Der Saamen abendländischer Cultur, in Persien durch gelehrte Mönche und durch die von Justinian verfolgten Philosophen der letzten platonischen Schule von Athen ausgestreuet, hatte einen wohlthätigen Einfluß auf die Araber während ihrer ersten asiatischen Feldzüge ausgeübt. So schwach auch die Kenntnisse der nestorianischen

Priester mögen gewesen sein, konnten sie doch, ihrer eigenthümlichen medicinisch-pharmaceutischen Richtung nach, anregend auf einen Menschenstamm wirken, der lange im Genuß der freien Natur gelebt und einen frischeren Sinn für jede Art der Natur-Anschauung bewahrte als die griechischen und italischen Städtebewohner. Was der Epoche der Araber die kosmische Wichtigkeit giebt, die wir hier hervorheben müssen, hängt großentheils mit dem eben bezeichneten Zuge ihres Nationalcharakters zusammen. Die Araber sind, wir wiederholen es, als die eigentlichen Gründer der *physischen Wissenschaften* zu betrachten: in der Bedeutung des Worts, welche wir ihm jetzt zu geben gewohnt sind.

Allerdings ist in der Gedankenwelt, bei der inneren Verkettung alles Gedachten, ein absoluter Anfang schwer an einen bestimmten Zeitabschnitt zu knüpfen. Einzelne Lichtpunkte des Wissens, wie der Processe, durch die das Wissen erlangt werden kann, zeigen sich frühe zerstreut. Wie weit ist nicht Dioscorides, welcher Quecksilber aus dem Zinnober übertrieb, vom arabischen Chemiker Dscheber, wie weit ist Ptolemäus als Optiker von Alhazen getrennt! aber die Gründung der physischen Disciplinen, der Naturwissenschaften selbst, hebt da erst an, wo auf neu geöffneten Wegen zugleich von Vielen, wenn auch mit ungleichem Erfolge, fortgeschritten wird. Nach der bloßen *Naturbeschauung*, nach dem *Beobachten* der Erscheinungen, die sich in den irdischen und himmlischen Räumen zufällig dem Auge darbieten, kommt das *Erforschen*, das *Aufsuchen* des Vorhandenen, das *Messen* von Größe und Dauer der Bewegung. Die früheste Epoche einer solchen, doch aber meist auf das Organische beschränkten *Naturforschung* ist die des Aristoteles gewesen. Es bleibt eine dritte und höhere Stufe übrig in der fortschreitenden Kenntniß physischer Erscheinungen, die Ergründung der Naturkräfte: die des *Werdens*, bei dem diese Kräfte wirken; die der Stoffe selbst, die entfesselt werden, um neue Verbindungen einzugehen. Das Mittel, welches zu dieser Entfesselung führt, ist das willkührliche Hervorrufen von Erscheinungen, das *Experimentiren*.

Auf diese letzte, in dem Alterthum fast ganz unbetretene Stufe haben sich vorzugsweise im großen die Araber erhoben. Sie gehörten einem Lande an, das ganz des Palmen- und zur größeren Hälfte des Tropen-Klima's genießt (der Wendekreis des Krebses durchschneidet die Halbinsel ungefähr von Maskat nach Mekka hin): also einer Weltgegend, in der bei erhöhter Lebenskraft der Organe das Pflanzenreich eine Fülle von Aromen, von balsamischen Säften, dem Menschen wohlthätigen oder gefahrdrohenden Stoffen liefert. Früh mußte daher die Aufmerksamkeit des Volkes auf die Erzeugnisse des heimischen Bodens und der durch Handel erreichbaren malabarischen, ceylanischen und ost-afrikanischen Küsten gerichtet sein. In diesen Theilen der heißen Zone „individualisiren" sich die organischen Gestalten in den kleinsten Erdräumen. Jeder derselben bietet eigenthümliche Erzeugnisse dar und vervielfältigt durch stete Anregung zum Beobachten den Verkehr des Menschen mit der Natur. Es kam darauf an so kostbare, der Medicin, den Gewerben, dem Luxus der Tempel und Palläste wichtige Waaren sorgfältig von einander zu unterscheiden und ihrem, oft mit gewinnsüchtiger List verheimlichten Vaterlande nachzuspüren. Ausgehend von dem Stapelplatze Gerrha am persischen Meerbusen und aus dem Weihrauch-Districte von Yemen, durchstrichen zahlreiche Caravanenstraßen das ganze Innere der arabischen Halbinsel bis Phönicien und Syrien: und die Namen jener *kräftigen* Naturproducte, wie das Interesse für dieselben, wurden überall verbreitet.

Die *Arzneimittellehre*, gegründet von Dioscorides in der alexandrinischen Schule, ist ihrer wissenschaftlichen Ausbildung nach eine Schöpfung der Araber: denen jedoch eine reiche Quelle der Belehrung und die älteste von allen, die der indischen Aerzte, schon früher geöffnet war. Die chemische Apothekerkunst ist von den Arabern geschaffen worden; und die ersten obrigkeitlichen Vorschriften über Bereitung der Arzneimittel, die jetzt so genannten *Dispensatorien*, sind von ihnen ausgegangen. Sie wurden später von der Salernitanischen Schule durch das südliche Europa verbreitet. Pharmacie und Materia medica, die ersten Bedürfnisse der praktischen Heilkunst, leiteten nach zwei Richtungen gleichzeitig zum Studium der Botanik und zu dem der Chemie. Aus den engen Kreisen der *Nützlichkeit* und einseitiger Anwendung gelangte die Pflanzenkunde allmälig in ein weiteres und freieres Feld; sie erforschte die Structur des organischen Gewebes, die Verbindung der *Structur* mit den *Kräften*, die Gesetze, nach welchen die Pflanzenformen familienweise auftreten und sich geographisch nach Verschiedenheit der Klimate und Höhen über den Erdboden vertheilen.

Seit den asiatischen Eroberungen, für deren Erhaltung später Bagdad ein Centralpunkt der Macht und der Cultur wurde, bewegten sich die Araber in dem kurzen Zeitraume von 70 Jahren über Aegypten, Cyrene und Carthago durch das ganze nördliche Afrika bis zu der fernsten iberischen Halbinsel. Der geringe Bildungszustand des Volkes und seiner Heerführer konnte allerdings jeglichen Ausbruch wilder Roheit vermuthen lassen; aber die Mythe von Verbrennung der alexandrinischen Bibliothek durch Amru (das sechsmonatliche Heizen von 4000 Badstuben) beruht auf dem alleinigen Zeugniß von zwei Schriftstellern, welche 580 Jahre später lebten, als die Begebenheit sich soll zugetragen haben. Wie in friedlicheren Zeiten, doch ohne daß die geistige Cultur der ganzen Volksmasse einen freien Aufschwung hätte gewinnen können: in der glanzvollen Epoche von Al-Mansur, Harun Al-Raschid, Mamun und Motasem, die *Höfe* der Fürsten und die *öffentlichen wissenschaftlichen Institute* eine große Zahl der ausgezeichnetsten Männer vereinigen konnten; bedarf hier keiner besonderen Entwicklung. Es gilt nicht in diesen Blättern eine Charakteristik der so ausgedehnten und in ihrer Mannigfaltigkeit so ungleichartigen arabischen Litteratur zu geben; oder zu unterscheiden: was in den verborgenen Tiefen der Organisation eines Menschenstammes und der Naturentfaltung seiner Anlagen, was in äußeren Anregungen und zufälligen Bedingnissen gegründet ist. Die Lösung dieser wichtigen Aufgabe gehört einer anderen Sphäre der Ideen an. Unsere historische Betrachtungen sind auf eine fragmentarische Herzählung dessen beschränkt, was in mathematischen, astronomischen und naturwissenschaftlichen Kenntnissen das Volk der Araber zur allgemeineren Weltanschauung beigetragen hat.

Alchymie, Zauberkunst und mystische Phantasien, durch scholastische Dialectik jeder dichterischen Anmuth entblößt, verunreinigen freilich auch hier, wie überall im Mittelalter, die wahren Resultate der Erforschung; aber unablässig selbstarbeitend, mühevoll durch Uebersetzungen sich die Früchte früher gebildeter Generationen aneignend: haben die Araber die Natur-Ansichten erweitert und vieles Eigene geschaffen. Man hat mit Recht auf den großen Unterschied der Cultur-Verhältnisse aufmerksam gemacht zwischen den einwandernden germanischen und den arabischen Stämmen. Jene bildeten sich erst nach der Einwanderung aus; diese brachten mit sich schon aus der Heimath nicht bloß ihre Religion: auch eine hochausgebildete Sprache, und die zarten Blüthen einer Poesie, welche nicht ganz ohne Einfluß auf die Provenzalen und die Minnesänger geblieben ist.

Die Araber besaßen merkwürdige Eigenschaften, um aneignend und vermittelnd zu wirken vom Euphrat bis zum Guadalaquivir und bis zu dem Süden von Mittel-Afrika. Sie besaßen eine beispiellose weltgeschichtliche Beweglichkeit; eine Neigung, von dem abstoßenden israelitischen Castengeiste entfernt, sich mit den besiegten Völkern zu verschmelzen und doch trotz des ewigen Bodenwechsels ihrem Nationalcharakter und den traditionellen Erinnerungen an die ursprüngliche Heimath nicht zu entsagen. Beispiele von größeren Landreisen einzelner Individuen: nicht immer des Handels wegen, sondern um Kenntnisse einzusammeln, hat kein anderer Volksstamm aufzuweisen; selbst die buddhistischen Priester aus Tübet und China, selbst Marco Polo und die christlichen Missionare, welche zu den Mongolen-Fürsten gesandt wurden, haben sich nur in engeren Räumen bewegt. Durch die vielen Verbindungen der Araber mit Indien und China (schon am Ende des 7ten Jahrhunderts unter dem Chalifat der Ommajaden wurden die Eroberungen bis nach Kaschgar, Kabul und dem Pendschab ausgedehnt) gelangten wichtige Theile des asiatischen Wissens nach Europa. Die scharfsinnigen Forschungen von Reinaud haben gelehrt, wie viel aus arabischen Quellen für die Kenntniß von Indien zu schöpfen ist. Der Einfall der Mongolen in China störte zwar den Verkehr über den Oxus*Reinaud* et *Favé du feu grégeois* 1845 p. 200.; aber die Mongolen selbst wurden bald ein vermittelndes Glied für die Araber: welche durch eigene Anschauung und mühevolles Forschen von den Küsten des stillen Meeres bis zu denen West-Afrika's, von den Pyrenäen bis zu des Scherifs Edrisi Sumpflande des Wangarah in Inner-Afrika die Erdkunde aufgeklärt haben. Die Geographie des Ptolemäus wurde nach Frähn schon auf Befehl des Chalifen Mamun zwischen 813 und 833 in das Arabische übersetzt; und es ist sogar nicht unwahrscheinlich, daß bei der Uebersetzung einige nicht auf uns gekommene Fragmente des Marinus Tyrius benutzt werden konnten.

Von der langen Reihe vorzüglicher Geographen, welche die arabische Litteratur uns liefert, ist es genug die äußersten Glieder, El-IstachriDie *Oriental Geography* von Ebn-Haukal, welche Sir William Ouseley im Jahr 1800 zu London herausgegeben hat, ist die des *Abu-Ishak el-Istachri* und, wie *Frähn* erwiesen (*Ibn Fozlan* p. IX, XXII und p. 256–263), ein halbes Jahrhundert älter als Ebn-Haukal. Die Karten, welche das Buch der Klimate vom Jahr 920 begleiten und von denen die Bibliothek zu Gotha eine schöne Handschrift besitzt, sind mir sehr nützlich bei meinen Arbeiten über das caspische Meer und den Aral-See geworden (*Asie centrale* T. II. p. 192–196). Wir besitzen vom *Istachri* seit kurzem eine Ausgabe und eine deutsche Uebersetzung (*Liber climatum*. Ad similitudinem dcodicis Gothani delineandum cur. J. H. *Moeller* Goth. 1839. – *Das Buch der Länder*. Aus dem Arab. übers. von A. D. *Mordtmann*. Hamb. 1845). und Alhassan (Johannes Leo, den Afrikaner), zu nennen. Eine größere Bereicherung hat die Erdkunde nie auf einmal vor den Entdeckungen der Portugiesen und Spanier erhalten. Schon funfzig Jahre nach dem Tode des Propheten waren die Araber bis an die äußerste westliche Küste von Afrika, bis an den Hafen Asfi, gelangt. Ob später, als die unter dem Namen der Almagrurin bekannten Abenteurer das Mare tenebrosum beschifften, die Inseln der Guanschen von arabischen Schiffen besucht worden sind, wie mir lange wahrscheinlich war, ist neuerdings wieder in Zweifel gezogen worden.Vergl. Joaquim José *da Costa de Macedo, Memoria em que se pretende provar que os Arabes não con hecerão as Canarias antes dos Portuguezes* (Lisboa 1833) p. 86–99, 205–227 mit *Humboldt, Examen crit. de l'hist. de la Géographie* T. II. p. 137–141. Die große Masse arabischer Münzen, die man in den Ostsee-Ländern und im hohen Norden von Scandinavien vergraben findet, ist nicht der eigenen Schifffahrt, sondern dem weit verbreiteten inneren Handelsverkehr der Araber zuzuschreiben.Leopold von *Ledebur über die in den Baltischen Ländern gefundenen Zeugnisse eines Handels-Verkehrs mit dem Orient zur Zeit der Arabischen Weltherrschaft* (1840) S. 8 und 75.

Die Erdkunde blieb nicht auf die Darstellung räumlicher Verhältnisse, auf Breiten- und Längen-BestimmungenDie Längen-Bestimmungen, welche *Abul-Hassan Ali* aus Marokko, Astronom des 13ten Jahrhunderts, seinem Werke über die astronomischen Instrumente der Araber einverleibt hat, sind alle nach dem *ersten Meridian von Arin* gerechnet. Herr *Sédillot* der Sohn richtete zuerst die Aufmerksamkeit der Geographen auf diesen Meridian. Es hat derselbe ebenfalls ein Gegenstand meiner sorgfältigen Untersuchungen werden müssen, da Christoph *Columbus:* wie immer, von der *Imago Mundi* des Cardinals *d'Ailly* geleitet, in seinen Phantasien über die Ungleichartigkeit der Erdgestalt in der östlichen und westlichen Hemisphäre einer *Isla de Arin* erwähnt: "centro de el hemispherio del qual habla Toloméo y quès debaxo la linea equinoxial entre el Sino Arabico y aquel de Persia." (Vergl. J. J. *Sédillot, traité des Instruments astronomiques des Arabes*, publ. par L. Am. *Sédillot*, T. I. 1834 p. 312–318, T. II. 1835 Préface mit *Humboldt, Examen crit. de l'hist. de la Géogr.* T. III. p. 64 und *Asie centrale* T. III. p. 593–596: wo die Angaben stehen, welche ich in der *Mappa*

Mundi des *Alliacus* von 1410, in den *Alphonsinischen Tafeln* von 1483 und in *Madrignano's Itinerarium Portugallensium* von 1508 aufgefunden habe.) Sonderbar ist es, daß Edrisi nichts von Khobbet Arin (Cancadora, eigentlich Kankder) zu wissen scheint. *Sédillot* der Sohn (*mémoire sur les systèmes géographiques des Grecs et des Arabes* 1842 p. 20–25) setzt den Meridian von Arin in die Gruppe der Azoren: während der gelehrte Commentator des Abulfeda, Herr *Reinaud* (*mémoire sur l'Inde antérieurement au XI*[e] *siècle de l'ère chrétienne, d'après les écrivains Arabes et Persans*, p. 20–24), annimmt: „daß Arin aus Verwechslung mit azyn, ozein und *Odjein*, dem Namen eines alten Cultursitzes (nach Burnouf Udjijayani) in Malva, Ὀζήνη des Ptolemäus, entstanden ist. Dies Ozene liege im Meridian von Lanka, und in späterer Zeit sei Arin für eine Insel an der Küste Zanguebar gehalten worden: vielleicht Ἔσσυνον des Ptolemäus.“ Vergl. auch Am. *Sédillot, mém. sur les Instr. astron. des Arabes* 1841 p. 75., wie sie Abul-Hassan vervielfältigt hat, auf Beschreibung von Flußgebieten und Bergketten beschränkt; sie leitete vielmehr das mit der Natur so befreundete Volk auf die organischen Erzeugnisse des Bodens, besonders auf die der Pflanzenwelt. Der Abscheu, welchen die Bekenner des Islams vor anatomischen Untersuchungen hatten, hinderte sie an allen Fortschritten in der Thiergeschichte. Sie begnügten sich für diese mit dem, was sie aus Uebersetzungen des AristotelesDer Chalif Al-Mamun ließ viele kostbare griechische Handschriften in Constantinopel, Armenien, Syrien und Aegypten aufkaufen und unmittelbar aus dem Griechischen in das Arabische übertragen: da früher die arabischen Uebersetzungen sich lange auf syrische Uebersetzungen gründeten (*Jourdain, recherches critiques sur l'âge et sur l'orogine des traductions latines d'Aristote* 1819 p. 85, 88 und 226). Durch Al-Mamun's Bemühungen wurde daher manches gerettet, was ohne die Araber ganz für uns verloren gegangen wäre. Einen ähnlichen Dienst haben, wie Neumann in München zuerst gezeigt, armenische Uebersetzungen geleistet. Leider läßt eine Notiz des Geschichtsschreibers Geuzi aus Bagdad, die der berühmte Geograph *Leo Africanus* in einer Schrift *de viris inter Arabes illustribus* uns erhalten hat, vermuthen, daß zu Bagdad selbst manche griechische Originale, die man für unbrauchbar hielt, verbrannt worden sind; aber die Stelle bezieht sich wohl nicht auf wichtige schon übersetzte Handschriften. Sie ist mehrfacher Erklärung fähig: wie *Bernhardy* (*Grundriß der Griech. Litteratur* Th. I. S. 489) gegen *Heeren's Geschichte der classischen Litteratur* (Bd. I. S. 135) gezeigt hat. – Die arabischen Uebersetzungen haben allerdings oft zu den lateinischen des Aristoteles gedient (z. B. der 8 Bücher der Physik und der Geschichte der Thiere), doch ist der größere und bessere Theil der lateinischen Uebertragungen unmittelbar aus dem Griechischen gemacht (*Jourdain, rech. crit. sur l'âge des traductions d'Aristote* p. 230–236). Diese zwiefache Quelle erkennt man auch in dem denkwürdigen Briefe angegeben, mit welchem Kaiser Friedrich II von Hohenstaufen im Jahr 1232 seinen Universitäten, besonders der zu Bologna, Uebersetzungen des Aristoteles sandte und anempfahl. Dieser Brief enthält den Ausdruck erhabener Gesinnungen; er beweist, daß es nicht die Liebe zur Naturgeschichte allein war, welche Friedrich II den Werth der Philosopheme, “compilationes varias quae ab Aristotele aliisque philosophis sub graecis arabicisque vocabulis antiquitus editae sunt“, schätzen lehrte. „Wir haben von frühester Jugend an der Wissenschaft nachgestrebt, wenn gleich die Sorgen der Regierung uns von ihr abgezogen haben; wir verwendeten unsere Zeit mit freudigem Ernste zum Lesen trefflicher Werke, damit die Seele sich aufhelle und kräftige durch Erwerbungen, ohne welche das Leben des Menschen der Regel und der Freiheit entbehrt (ut animae clarius vigeat instrumentum in acquisitione scientiae, sine qua mortalium vita non regitur liberaliter). Libros ipsos tamquam praemium amici Caesaris gratulanter accipite, et ipsos antiquis philosophorum operibus, qui vocis vestrae ministerio reviviscunt, aggregantes in auditorio vestro......“ (Vergl. *Jourdain* p. 169–178 und Friedrichs von *Raumer* vortreffliche *Geschichte der Hohenstaufen* Bd. III. 1841 S. 413.) Die Araber sind vermittelnd zwischen dem alten und neuen Wissen aufgetreten. Ohne sie und ihre Uebersetzungslust wäre den folgenden Jahrhunderten ein großer Theil von dem verloren gegangen, was die griechische Welt geschaffen oder sich angeeignet hatte. Nach dieser Ansicht haben die hier berührten, scheinbar bloß linguistischen Verhältnisse ein allgemeines kosmisches Interesse. und Galenus sich aneignen konnten; doch ist die Thiergeschichte des Avicenna, welche die königliche Bibliothek zu Paris besitzt, von der des Aristoteles verschieden. Als Botaniker ist Ibn-Baithar aus MalagaUeber Ibn-Baithar s. *Sprengel, Gesch. der Arzneykunde* Th. II. (1823) S. 468 und Royle *on the antiquity of Hindoo Medicine* p. 28. Eine deutsche Uebersetzung des Ibn-Baithar besitzen wir (seit 1840) unter dem Titel: *Große Zusammenstellung über die Kräfte der bekannten einfachen Heil- und Nahrungsmittel.* Aus dem Arab. übers. von J. v. *Sontheimer.* 2 Bände. zu nennen: den man wegen seiner Reisen in Griechenland, Persien, Indien und Aegypten auch als ein Beispiel von dem Streben ansehen kann durch eigene Beobachtungen die Erzeugnisse verschiedener Zonen des Morgen- und Abendlandes mit einander zu vergleichen. Der Ausgangspunkt aller dieser Bestrebungen war aber immer die *Arzneimittelkunde:* durch welche die Araber die christlichen Schulen lange beherrschten und zu deren Ausbildung Ibn-Sina (Avicenna), aus Afschena bei Bochara gebürtig, Ibn-Roschd (Averroes) aus Cordova, der jüngere Serapion aus Syrien, und Mesue aus Maridin am Euphrat alles benutzten, was der arabische Caravanen- und Seehandel darbieten konnten. Ich nenne geflissentlich weit von einander entfernte Geburtsörter berühmter arabischer Gelehrten, weil diese Geburtsörter recht lebhaft daran erinnern, wie das Naturwissen sich durch die eigenthümliche Geistesrichtung des Stammes über einen großen Erdraum erstreckte, wie durch gleichzeitige Thätigkeit sich der Kreis der Ansichten erweitert hatte.

In diesen Kreis wurde auch das Wissen eines älteren Culturvolkes, das der Inder, gezogen: da unter dem Chalifate von Harun Al-Raschid mehrere wichtige Werke, wahrscheinlich die unter den halb fabelhaften Namen des *Tscharaka* und *Susruta**Royle* p. 35–65. *Susruta*, Sohn des Visvamitra, wird nach

Wilson für einen Zeitgenossen des Rama ausgegeben. Von seinem Werke haben wir eine Sanskrit-Ausgabe (*The Su'sruta, or system of medicine*, taught by *Dhanwantari*, and composed by his disciple *Su'sruta*. Ed. by Sri *Madhusúdana Gupta*. Vol. I. II. Calcutta 1835, 1836) und eine lateinische Uebersetzung: *Su'srutas, Áyurvédas*. Id est *Medicinae systema*, a venerabili *D'Hanvantare* demonstratum, a *Su'sruta* discipulo compositum. Nunc pr. ex Sanskrĭta in Latinum sermonem vertit Franc. *Hessler*. Erlangae 1844, 1847; 2 Bände. bekannten, aus dem Sanskrit in das Arabische übersetzt wurden. Avicenna: ein vielumfassender Geist, den man oft mit Albert dem Großen verglichen, giebt in seiner *Materia medica* selbst einen recht auffallenden Beweis dieses Einflusses indischer Litteratur. Er kennt, wie der gelehrte Royle bemerkt, die Deodvara-Ceder" der schneebedeckten, gewiß im 11ten Jahrhundert von keinem Araber besuchten Himalaya-Alpen unter ihrem wahren Sanskrit-Namen und hält sie für einen hohen Wachholder-Baum, eine Juniperus-Art, welche zu Terpentinöl benutzt wird. Die Söhne von Averroes lebten am Hofe des großen Hohenstaufen, Friedrichs II, der einen Theil seiner naturhistorischen Kenntniß indischer Thiere und Pflanzen dem Verkehr mit arabischen Gelehrten und sprachkundigen spanischen JudenSpanische Juden aus Cordova brachten die Lehren des Avicenna nach Montpellier und trugen am meisten zur Stiftung dieser berühmten medicinischen Schule bei: die, nach arabischen Mustern gebildet, schon in das 12te Jahrhundert fällt. (*Cuvier, Hist. des Sciences naturelles* T. I. p. 387) verdankte. Der Chalife Abdurrahman I legte selbst einen *botanischen Garten* bei Cordova anUeber die Gartenanlagen in dem Palast von Rißafah, welchen Abdurrahman Ibn-Moawijeh erbaute, s. *history of the Mohammedan dynasties in Spain*, extracted from Ahmed Ibn Mohammed *Al-Makkarí* by Pascual de *Gayangos* Gol. I. 1840 p. 209–211. „En su Huerta plantó el Rey Abdurrahman una palma que era entonces (756) unica, y de ella procediéron todas las que hay en España. La vista del arbol acrecentaba mas que templaba su melancolia." (Antonio *Conde, hist. de la dominacion de los Arabes en España* T. I. p. 169.) und ließ durch eigene Reisende in Syrien und andern asiatischen Ländern seltene Sämereien sammeln. Er pflanzte bei dem Pallaste der Rißafah die erste Dattelpalme: die er in einem Gedichte voll schwermüthiger Sehnsucht nach seiner Heimath Damascus besang.

Der wichtigste Einfluß aber, den die Araber auf das allgemeine Naturwissen ausgeübt haben, ist der gewesen, welcher auf die Fortschritte der *Chemie* gerichtet war. Mit den Arabern fing gleichsam ein neues Zeitalter für diese Wissenschaft an. Allerdings waren bei ihnen alchymistische und neuplatonische Phantasien mit der Chemie eben so verschwistert wie Astrologie mit der Sternkunde. Die Bedürfnisse der Pharmacie und die gleich dringenden der technischen Künste leiteten zu Entdeckungen, welche von den alchymistisch-metallurgischen Bestrebungen bald absichtlich, bald durch glückliche Zufälle begünstigt wurden. Die Arbeiten von Geber oder vielmehr Djaber (Abu-Mußah Dschafar al-Sufi) und die viel späteren des Razes (Abu-Bekr Arrasi) sind von den wichtigsten Folgen gewesen. Die Bereitung von Schwefel- und Salpetersäure, von

Königswasser, Quecksilber-Präparaten und anderen Metall-Oxyden, die Kenntniß des alkoholischenUeber die Vorschrift des Razes zur Weingährung von Amylum und Zucker und zur Destillation des Alkohols s. *Hoefer, hist. de la Chimie* T. I. p. 325. Wenn auch Alexander von Aphrodisias (*Joannis Philoponi Grammatici in libr. de generatione et interitu Comm.* Venet. 1527 p. 97) eigentlich nur die Destillation des Seewassers umständlich beschreibt, so erinnert er doch schon daran, daß auch Wein destillirt werden könne. Diese Behauptung ist um so merkwürdiger, als Aristoteles die irrige Meinung vorträgt, durch natürliche Verdunstung steige aus dem Wein nur süßes Wasser auf (*Meteorol.* II, 3 p. 358 Bekker), wie aus dem Salzwasser des Meeres. Gährungsprocesses bezeichnen diese Epoche. Die erste wissenschaftliche Begründung und die Fortschritte der *Chemie* sind für die Geschichte der Weltanschauung um so wichtiger, als nun zuerst die Heterogenität der Stoffe und die Natur von Kräften erkannt wurden, die sich nicht durch Bewegung sichtbar verkündigen und neben der pythagoreisch-platonischen „Vollkommenheit“ der *Form* auch der *Mischung* Geltung verschafften. Unterschiede der *Form* und *Mischung* sind aber die Elemente unseres ganzen Wissens von der Materie: die Abstractionen, unter denen wir glauben das allbewegte *Weltganze* zu *erfassen*, messend und zersetzend zugleich.

Was die arabischen Chemiker mögen aus ihrer Bekanntschaft mit der indischen Litteratur (den Schriften über das RasayanaDie Chemie der Inder, die alchymistischen Künste umfassend, heißt rasâyana (rasa: Saft, Flüssiges, auch Quecksilber; und âyana, Gang) und bildet nach Wilson die siebente Abtheilung des *Âyur-Veda* der *Wissenschaft des Lebens* oder der *Lebensverlängerung* (*Royle, Hindoo Medicine* p. 39–48). Die Inder kennen seit der ältesten Zeit (*Royle* p. 131) die Anwendung der *Beizen* bei der Calico- oder Kattun-Druckerei: einer ägyptischen Kunst, die man bei *Plinius* lib. XXXV cap. 11 no. 150 auf das deutlichste beschrieben findet. Der Name *Chemie* für Scheidekunst bezeichnet wörtlich *ägyptische Kunst, Kunst des schwarzen Landes*; denn schon *Plutarch* wußte (*de Iside et Osir.* cap. 33), „daß die Aegypter ihr Land wegen der schwarzen Erde Χημία nannten“. Die Inschrift von Rosette hat Chmi. Das Wort *Chemie*, auf Scheidekunst angewandt, finde ich zuerst in dem Decrete des Diocletian „gegen die alten Schriften der Aegypter, welche von der *Chemie* des Goldes und Silbers handeln (περὶ χημίας ἀργύρου καὶ χρυσοῦ)“: vergl. mein *Examen crit. de l'hist. de la Géographie et de l'Astronomie nautique* T. II. p. 314.), aus den uralten technischen Künsten der Aegypter, aus den neuen alchymistischen Vorschriften des Pseudo-Democritus und des Sophisten Synesius, oder gar aus chinesischen Quellen durch Vermittelung der Mongolen geschöpft haben: ist für jetzt schwer zu entscheiden. Nach den neuesten sehr sorgfältigen Untersuchungen eines berühmten Orientalisten, Herrn Reinaud, darf wenigstens die Erfindung des *SchießpulversReinaud* et *Favé* du feu grégeois, des feux de guerre des des origines de la poudre à canon, in ihrer *histoire de l'Artillerie* T. I. 1845 pag. 89–97, 201 und 211; *Piobert, traité d'Artillerie* 1836 p. 25; *Beckmann, Technologie* S. 342. und dessen Anwendung zur Fortschleuderung von hohlen

Projectilen nicht den Arabern zugeschrieben werden. Hassan Al-Rammah, welcher zwischen 1285 und 1295 schrieb, kannte diese Anwendung nicht: während daß bereits im zwölften Jahrhundert, also fast 200 Jahre vor Berthold Schwarz, im Rammelsberge am Harz eine Art Schießpulver zur Sprengung des Gesteins gebraucht wurde. Auch die Erfindung eines *Luft-Thermometers* wird nach einer Angabe des Sanctorius dem Avicenna zugeschrieben: aber diese Angabe ist sehr dunkel: und es verflossen noch sechs volle Jahrhunderte, bis Galilei, Cornelius Drebbel und die Academia del Cimento durch die Begründung einer genauen *Wärmemessung* ein großartiges Mittel verschafften in eine Welt unbekannter Erscheinungen einzudringen: den *kosmischen Zusammenhang* von Wirkungen im Luftkreise, in den über einander gelagerten Meeresschichten und in dem Inneren der Erde zu begreifen: Erscheinungen, deren Regelmäßigkeit und Periodicität Erstaunen erregt. Unter den Fortschritten, welche die Physik den Arabern verdankt, darf man nur Alhazen's Arbeit über die Strahlenbrechung, vielleicht theilweise der Optik des Ptolemäus entlehnt, und die Kenntniß und erste Anwendung des Pendels als Zeitmessers durch den großen Astronomen Ebn-Junis erwähnen.

Wenn auch die Reinheit und dabei so selten gestörte Durchsichtigkeit des arabischen Himmels das Volk bereits in dem Zustand der frühesten Uncultur in seiner Heimath auf die Bewegung der Gestirne besonders aufmerksam gemacht hatte (neben dem Sterndienst des Jupiter unter den Lachmiten finden wir, bei dem Stamm der Asediten, selbst die Heiligung eines sonnennahen, seltener sichtbaren Planeten, des *Merkur*), so ist die so ausgezeichnete wissenschaftliche Thätigkeit der gebildeten Araber in allen Theilen der praktischen Astronomie doch wohl mehr chaldäischen und indischen Einflüssen zuzuschreiben. Zustände der Atmosphäre begünstigen nur, was durch geistige Anlagen und den Verkehr mit gebildeteren Nachbarvölkern bei hochbegabten Stämmen hervorgerufen wird. Wie viele regenlose Gegenden des tropischen Amerika's (Cumana, Coro, Payta) haben eine noch durchsichtigere Luft als Aegypten, Arabien und Bochara! Das tropische Klima, die ewige Heiterkeit des in Sternen und Nebelflecken prangenden Himmelsgewölbes wirken überall auf das Gemüth: doch folgenreich: d. h. zu Ideen führend, zur Arbeit des Menschengeistes in Entwickelung mathematischer Gedanken, regen sie nur da an, wo andere, vom Klima ganz unabhängige, innere und äußere Antriebe einen Völkerstamm bewegen: wo z. B. die genaue Zeiteintheilung zur Befriedigung religiöser oder agronomischer Bedürfnisse eine Nothwendigkeit des geselligen Zustandes wird. Bei rechnenden Handelsvölkern (Phöniciern); bei construirenden, baulustigen, feldmessenden Nationen (Chaldäern und Aegyptern) werden früh *empirische Regeln* der Arithmetik und der Geometrie aufgefunden: aber alles dies kann nur die Entstehung mathematischer und astronomischer *Wissenschaft* vorbereiten. Erst bei höherer Cultur wird gesetzliche Regelmäßigkeit der Veränderungen am Himmel in den irdischen Erscheinungen wie reflectirt erkannt; auch in letzteren, laut dem Ausspruch unseres großen Dichters, nach dem „ruhenden Pole“ geforscht. Die Ueberzeugung von dem Gesetzmäßigen in der Planeten-Bewegung hat unter allen Klimaten am meisten dazu beigetragen: in dem wogenden Luftmeere, in den Oscillationen des Oceans, in dem periodischen Gange der Magnetnadel, in der Vertheilung des Organismus auf der Erdfläche Gesetz und Ordnung zu suchen.

Die Araber erhielten indische Planetentafeln schon am Ende des achten Jahrhunderts. Wir haben bereits oben erinnert, daß der *Susruta*, der uralte Inbegriff aller medicinischen Kenntnisse der Inder, von Gelehrten übersetzt wurde, welche zu dem Hofe des Chalifen Harun Al-Raschid gehörten: ein Beweis, wie sehr die Sanskrit-Litteratur früh Eingang gefunden hatte. Der arabische Mathematiker Albyruni ging selbst nach Indien, um dort Astronomie zu studiren. Seine Schriften, die erst neuerlichst zugänglich geworden sind, beweisen, wie genau er das Land, die Traditionen und das vielumfassende Wissen der Inder kannte.

Aber die arabischen Astronomen: so viel sie den früher civilisirten Völkern, vorzüglich den indischen und alexandrinischen Schulen, verdankten, haben doch auch, bei ihrem eigenthümlichen praktischen Sinne: durch die große Zahl und die Richtung ihrer Beobachtungen, durch die Vervollkommnung der winkelmessenden Instrumente, durch das eifrigste Bestreben die älteren Tafeln bei sorgfältiger Vergleichung mit dem Himmel zu verbessern, das Gebiet der Astronomie ansehnlich erweitert. In dem siebenten Buche von dem Almagest des Abul-Wefa hat Sédillot die wichtige Störung der Länge des Mondes erkannt: welche in den Syzygien und Quadraturen verschwindet, ihren größten Werth in den Octanten hat und bisher unter dem Namen der *Variation* lange für Tycho's Entdeckung gehalten wurde.*Sédillot, matériaux pour servir à l'histoire comparée des sciences mathématiques chez les Grecs et les Orientaux* T. I. p. 50–89; derselbe in den *Comptes rendus de l'Acad. des Sciences* T. II. 1836 p. 202, T. XVII. 1843 p. 163–173, T. XX. 1845 p. 1308. Gegen diese Meinung behauptet Herr *Biot*, daß die schöne Entdeckung des Tycho dem Abul-Wefa keinesweges gehöre: daß dieser nicht die variation, sondern nur den zweiten Theil der évection gekannt habe; s. *Journal des Savants* 1843 p. 513–532, 609–626, 719–737; 1845 p. 146–166, und *Comptes rendus* T. XX. 1845 p. 1319–1323. Die Beobachtungen von Ebu-Junis in Cairo sind für die Störungen und secularen Bahn-Aenderungen der beiden größten Planeten, Jupiter und Saturn, besonders wichtig geworden.*Laplace, expos. du Système du Monde* note V p. 407. Eine Gradmessung, welche der Chalif Al-Mamun in der großen Ebene von Sindschar zwischen Tadmor und Rakka durch Beobachter ausführen ließ, deren Namen uns Ebu-Junis erhalten hat, ist minder wichtig durch ihr Resultat als durch das Zeugniß geworden, das sie uns von der wissenschaftlichen Bildung des arabischen Menschenstammes gewährt.

Als der Abglanz einer solchen Bildung müssen betrachtet werden: im Westen, im christlichen Spanien, der astronomische Congreß zu Toledo unter Alfons von Castilien: auf dem der Rabbiner Isaac Ebn-Sid-Hazan die Hauptrolle spielte; im fernen Osten die von Ilschan Holagu, dem Enkel des Weltstürmers Dschingischan, auf einem Berge bei Meragha mit vielen Instrumenten ausgerüstete Sternwarte, in welcher Naßir-Eddin aus Tus in Chorasan seine Beobachtungen anstellte. Diese Einzelheiten verdienen in der Geschichte der Weltanschauung in so fern Erwähnung, als sie lebhaft daran erinnern, wie die Erscheinung der Araber vermittelnd in weiten Räumen auf Verbreitung des Wissens und Anhäufung der numerischen Resultate gewirkt hat: Resultate, die in der großen Epoche von Kepler und Tycho wesentlich zur Begründung der theoretischen Sternkunde und einer richtigen Ansicht von den Bewegungen im Himmelsraume beigetragen haben. Das Licht, welches in dem von tartarischen Völkern bewohnten Asien angezündet war, verbreitete sich im 15ten Jahrhundert weiter in Westen bis Samarkand: wo der Timuride Ulugh Beig neben der Sternwarte ein Gymnasium nach Art des alexandrinischen Museums stiftete und einen Sternencatalog anfertigen ließ, der sich ganz auf neue und eigene Beobachtungen gründete.

Nach dem Lobe, welches hier dem Naturwissen der Araber in beiden Sphären, der Erdräume und des Himmels, gezollt worden ist, haben wir auch an das zu erinnern, was sie, am den einsamen Wegen der Gedankenentwickelung, dem Schatze des reinen mathematischen Wissens hinzufügten. Nach den neuesten Arbeiten, welche in England, Frankreich und Deutschland über die Geschichte der Mathematik unternommen worden sind, ist die Algebra der Araber „wie aus zwei lange von einander unabhängig fließenden Strömen, einem indischen und einem griechischen, ursprünglich entstanden“. Das Compendium der Algebra, welches auf Befehl des Chalifen Al-Mamun der arabische Mathematiker Mohammed Ben-Musa (der Chorawezmier) verfaßte, gründet sich, wie mein so früh dahingeschiedener gelehrter Freund Friedrich Rosen erwiesen hat*Algebra* of *Mohammed ben Musa*, edited and translated by F. *Rosen*, 1831 p. VIII, 72 und 196–199. Auch nach China verbreiteten sich gegen das Jahr 720 die mathematischen Kenntnisse der Inder: aber zu einer Zeit, wo schon viele Araber in Canton und in anderen chinesischen Städten angesiedelt waren; *Reinaud, relation des Voyages faits par les Arabes dans l'Inde et à la Chine* T. I. p. XIV, T. II. p. 36., nicht auf Diophantus, sondern auf indisches Wissen; ja schon unter Almansor am Ende des achten Jahrhunderts waren indische Astronomen an den glänzenden Hof der Abbassiden berufen. Diophantus wurde nach Casiri und Colebrooke erst gegen das Ende des zehnten Jahrhunderts von Abul-Wefa Buzjani ins Arabische übersetzt. Was bei den alten indischen Algebristen soll vermißt werden, die von Satz zu Satz fortschreitende Begründung des Erlangten, hatten die Araber der alexandrinischen Schule zu verdanken. Ein so schönes von ihnen vermehrtes Erbtheil ging im zwölften Jahrhunderte durch Johannes Hispalensis und Gerhard von Cremona in die europäische Litteratur des Mittelalters über.*Chasles, histoire de l'Algèbre* in den *Comptes rendus* T. XIII. 1841 p. 497–524, 601–626; vergl. auch *Libri* eben daselbst p. 559–563. „In den algebraischen Werken der Inder findet sich die allgemeine Lösung der unbestimmten Gleichungen des ersten Grades und eine weiter ausgebildete Behandlung derer des zweiten als in den auf uns gekommenen Schriften der Alexandriner; es unterliegt daher keinem Zweifel, daß, wären die Werke der Inder zwei Jahrhunderte früher und nicht erst in unseren Tagen den Europäern bekannt geworden, sie auf die Entwickelung der modernen Analysis fordernd hätten einwirken müssen."

Auf demselben Wege und durch dieselben Verhältnisse, welche den Arabern die Kenntniß der indischen Algebra zuführten, erhielten diese auch in Persien und am Euphrat die indischen Zahlzeichen im neunten Jahrhundert. Perser waren damals als Zollbediente am Indus angestellt, und der Gebrauch der indischen Zahlen hatte sich allgemein in die Zollämter der Araber im nördlichen Afrika (den Küsten von Sicilien gegenüber) verpflanzt. Dennoch machen die wichtigen und überaus gründlichen historischen Untersuchungen, zu welchen ein ausgezeichneter Mathematiker, Herr Chasles, durch seine richtige Interpretation der sogenannten pythagorischen Tafel in der Geometrie des Boethius veranlaßt worden ist, es mehr als wahrscheinlich, daß die Christen im Abendlande selbst früher als die Araber mit den indischen Zahlen vertraut waren und daß sie unter dem Namen des *Systems des Abacus* den Gebrauch der neun Ziffern nach ihrem Stellenwerthe kannten.

Es ist hier nicht der Ort diesen Gegenstand, welcher mich schon früher (1819 und 1829) in zwei, der Académie des Inscriptions zu Paris und der Akademie der Wissenschaften zu Berlin vorgelegten Abhandlungen beschäftigt hat*Humboldt über die bei verschiedenen Völkern üblichen Systeme von Zahlzeichen und über den Ursprung des Stellenwerthes in den indischen Zahlen*, in *Crelle's Jonrnal für die reine und angewandte Mathematik* Bd. IV. (1829) S. 205–231: vergl. auch mein *Examen crit. de l'hist. de la Géographie* T. IV. p. 275. „In der einfachen Herzählung der verschiedenen Methoden, welche Völker, denen die indische Positions-Arithmetik unbekannt war, angewandt haben, um die multipla der Fundamental-Gruppen auszudrücken, liegt, glaube ich, die Erklärung von der allmäligen Entstehung des indischen Systems. Wenn man die Zahl 3568 perpendicular oder horizontal durch Hülfe von Indicatoren ausdrückt, welche den verschiedenen Abtheilungen des Abacus entsprechen (also

$$M^{3} \quad C^{5} \quad X^{6} \quad I^{8}$$),

so erkennt man leicht, daß die Gruppenzeichen (M, C . . .) weggelassen werden können. *Unsere indischen Zahlen sind aber nichts anderes als jene Indicatoren; sie sind Multiplicatoren der verschiedenen Gruppen.* An diese alleinige Bezeichnung durch Indicatoren erinnert auch der alt-asiatische *Suanpan* (die Rechenmaschine, welche die Mongolen in Rußland eingeführt haben) mit auf einander folgenden Reihen von Schnüren der Tausende, Hunderte, Zehner und Einheiten. Diese Schnüre würden bei dem eben angeführten numerischen Beispiele 3, 5, 6 und 8 Kugeln darbieten. Im *Suanpan* ist kein Gruppenzeichen sichtbar; die Gruppenzeichen sind die Stellen selbst, und diese Stellen (Schnüre) werden mit Einheiten (3, 5, 6 und 8), als Multiplicatoren oder Indicatoren, angefüllt. *Auf beiden Wegen, dem der figurativen (schreibenden) und dem der palpablen (betastenden) Arithmetik, gelangt man demnach zur Position: zum Stellenwerth, zum einfachen Gebrauch von neun Zahlen.* Ist die Schnur *leer*, so bleibt die Stelle im Schreiben offen; fehlt eine Gruppe (ein Glied der Progression), so wird graphisch die Leere durch die Hieroglyphen der Leere (sûnya, sifron, tzüphra) ausgefüllt. In der *Methode des Eutocius* finde ich bei der Gruppe der Myriaden die erste Spur des für den Orient so wichtigen Exponential- oder vielmehr Indications-Systems unter den Grieche. M^{α}, M^{β}, M^{γ} bezeichnen 10000, 20000, 30000. Was hier bei den Myriaden allein angewandt wird: geht bei den Chinesen und den Japanesen, die ihre Cultur von den Chinesen erst 200 Jahre vor unserer Zeitrechnung erhielten, durch alle multipla der Gruppen hindurch. Im *Gobar*, der arabischen *Staubschrift*, welche von meinem verewigten Freunde und Lehrer Silvestre de Sacy in einem Manuscript aus der Bibliothek der alten Abtei St. Germain des Prés entdeckt worden ist, sind die Gruppenzeichen Punkte, also Nullen; denn in Indien, Tübet und Persien sind Nullen und Punkte identisch. Man schreibt im Gobar 3· statt 30, 4·· statt 400, 6··· statt 6000. Die indischen Zahlen und die Kenntniß des Stellenwerths muß neuer sein als die Trennung der Inder und der Arier: denn das Zendvolk bediente sich der unbehülflichen Pehlwi-Zahlen. Für eine *successive* Vervollkommnung der Zahlenbezeichnung in Indien scheinen mir besonders die *Tamul*-Ziffern zu sprechen: welche durch neun Zeichen der Einheiten und durch besondere Gruppenzeichen für 10, 100 und 1000 alle Werthe mittelst links zugefügter Multiplicatoren ausdrücken. Für eine solche allmälige Vervollkommnung sprechen auch die sonderbaren ἀριθμοὶ ἰνδικοί in einem vom Prof. Brandis in der Pariser Bibliothek aufgefundenen und mir gütigst zur Bekanntmachung mitgetheilten Scholion des Mönches Neophytos. Die neun Ziffern des Neophytos sind, außer der 4, ganz den jetzigen persischen ähnlich; aber diese neun Einheiten werden 10fach, 100fach, 1000fach dadurch erhöht, daß man ein oder zwei oder drei Nullzeichen darüber schreibt: gleichsam wie

o

2 für zwanzig,

o

24 für vierundzwanzig, also durch Juxtaposition;

oo

5 für fünfhundert,

oo

Denken wir uns statt der Null bloß Punkte, so haben wir die arabische Staubschrift, *Gobar*. So wie nach der oftmaligen Aeußerung meines Bruders, Wilhelms von Humboldt, das *Sanskrit* sehr unbestimmt durch die Benennungen *indische* und *alt-indische* Sprache bezeichnet wird, da es auf der indischen Halbinsel mehrere sehr alte, vom Sanskrit gar nicht abstammende Sprachen giebt; so ist auch der Ausdruck: indische, altindische Ziffern im allgemeinen sehr unbestimmt; und eine solche Unbestimmtheit bezieht sich sowohl auf die *Gestaltung der Zahlzeichen* als auf den *Geist der Methoden:* der sich ausspricht bald durch bloße Beifügung (*Juxtaposition*), bald durch *Coefficienten* und *Indicatoren*, bald durch eigentlichen *Stellenwerth*. Selbst die Existenz eines *Nullzeichens* ist, wie das Scholion des Neophytos beweist, in indischen Ziffern noch kein nothwendiges Bedingniß des einfachen Stellenwerthes. Die tamulsprechenden Inder haben von ihrem Alphabet scheinbar abweichende Zahlzeichen, von denen die 2 und die 8 eine schwache Aehnlichkeit mit den Devanagari-Ziffern von 2 und 5 haben (Rob. *Anderson, rudiments of Tamul grammar* 1821 p. 135; und doch beweist eine genaue Vergleichung, daß die tamulischen Ziffern von der alphabetischen Tamulschrift abgeleitet sind. Noch verschiedener von den Devanagari-Zahlen sind nach Carey die cingalesischen. In diesen nun und in den tamulischen findet man keinen Stellenwerth und kein Nullzeichen, sondern Hieroglyphen für die Gruppen von Zehnern, Hunderten und Tausenden. Die Cingalesen operiren wie die Römer durch Juxtaposition, die Tamulen durch Coefficienten. Das wirkliche Nullzeichen als etwas fehlendes wendet Ptolemäus sowohl im Almagest als in seiner Geographie in der abwärts steigenden Scala für *fehlende Grade und Minuten* an. Das Nullzeichen ist demnach im Occident weit älter als der Einbruch der Araber.“ (S. meine oben angeführte und in Crelle's mathematischem Journale abgedruckte Abhandlung S. 215, 219, 223 und 227.)

, näher zu erläutern; aber bei einem historischen Probleme, über das noch viel zu entdecken übrig ist, entsteht die Frage: ob auch der *Stellenwerth*, der sinnreiche Kunstgriff der Position, welcher schon im tuscischen Abacus wie im Suanpan von Inner-Asien hervortritt, zweimal abgesondert, im Orient und Occident, erfunden worden? oder ob durch die Richtung des Welthandels unter den Lagiden das System des Stellenwerthes von der indischen westlichen Halbinsel aus nach Alexandrien verpflanzt und in der Erneuerung der Träumereien der Pythagoreer für eine Erfindung des ersten Stifters des Bundes ausgegeben worden ist? An die bloße Möglichkeit uralter, uns völlig unbekannter Verbindungen vor der 60ten Olympiade ist wohl nicht zu erinnern. Warum sollten in dem Gefühl ähnlicher Bedürfnisse dieselben Ideenverbindungen sich nicht bei hochbegabten Völkern verschiedenen Stammes abgesondert dargeboten haben?

Wie nun die Algebra der Araber durch das, was dies morgenländische Volk von Griechen und Indern aufgenommen und selbst geschaffen, trotz einer großen

Dürftigkeit in der symbolischen Bezeichnung, wohlthätig auf die glänzende Periode der italiänischen Mathematiker des Mittelalters gewirkt hat; so bleibt auch den Arabern das Verdienst, von Bagdad bis Cordova durch ihre Schriften und ihren ausgebreiteten Handelsverkehr den Gebrauch des indischen Zahlensystems beschleunigt zu haben. Beide Wirkungen, die gleichzeitige Verbreitung der Wissenschaft und der numerischen Zeichen mit Stellenwerth, haben verschiedenartig, aber mächtig, die Fortschritte des mathematischen Theils des Naturwissens befördert: den Zugang zu entlegenen Regionen in der Astronomie, in der Optik, in der physischen Erdkunde, in der Wärmelehre, in der Theorie des Magnetismus erleichtert: welche ohne jene Hülfsmittel uneröffnet geblieben wären.

Man hat mehrmals in der Völkergeschichte die Frag aufgeworfen, welche Folge die Weltbegebenheiten würden gehabt haben, wenn *Carthago Rom* besiegt und das europäische Abendland beherrscht hätte? „Man kann mit gleichem Rechte fragen", sagt Wilhelm von Humboldt, „in welchem Zustande sich unsere heutige Cultur befinden würde, wenn die *Araber*, wie sie es eine lange Zeit hindurch waren, im alleinigen Besitz der Wissenschaft geblieben wären und sich über das Abendland dauernd verbreitet hätten? Ein weniger günstiger Erfolg scheint mir in beiden Fällen nicht zweifelhaft. Derselben Ursache, welche die römische Weltherrschaft hervorbrachte: dem *römischen Geist und Charakter*, nicht äußeren mehr zufälligen Schicksalen, verdanken wir den Einfluß der Römer auf unsere bürgerlichen Einrichtungen, auf unsere Gesetze, Sprache und Cultur. Durch diesen wohlthätigen Einfluß und durch innere Stammverwandtschaft wurden wir für griechischen Geist und griechische Sprache empfänglich: da die Araber vorzugsweise nur an den *wissenschaftlichen* Resultaten griechischer Forschung (den naturbeschreibenden, physischen, astronomischen, rein mathematischen) hingen." Die Araber haben, bei sorgsamer Bewahrung der reinsten heimischen Mundart und des Scharfsinnes ihrer bildlichen Reden, dem Ausdruck der Gefühle und edeln Weisheitssprüchen allerdings die Anmuth dichterischer Färbung zu geben gewußt; aber sie würden, nach dem zu urtheilen, was sie unter den Abbassiden waren, auch auf der Grundlage desselben Alterthums, mit dem wir sie vertraut finden, wohl nie vermocht haben die Werke erhabener Dichtung und bildend-schaffenden Kunstsinnes ins Leben zu rufen, deren sich in harmonischer Verschmelzung die Blüthezeit unserer europäischen Cultur zu rühmen hat.

VI.

Zeit der oceanischen Entdeckungen. – Eröffnung der westlichen Hemisphäre. – Begebenheiten und Erweiterung wissenschaftlicher Kenntnisse, welche die oceanischen Entdeckungen vorbereitet haben. –

Columbus, Sebastian Cabot und Gama. – Amerika und das stille Meer. – Cabrillo, Sebastian Vizcalno, Mendaña und Quiros. – Die reichste Fülle des Materials zur Begründung der physischen Erdbeschreibung wird den westlichen Völkern Europa's dargeboten.

Das funfzehnte Jahrhundert gehört zu den seltenen Zeitepochen, in denen alle Geistesbestrebungen einen bestimmten und gemeinsamen Charakter andeuten, die unabänderliche Bewegung nach einem vorgesteckten Ziele offenbaren. Die Einheit dieses Strebens, der Erfolg, welcher es gekrönt, die handelnde Thatkraft ganzer Völkermassen geben dem Zeitalter des Columbus, des Sebastian Cabot und Gama Größe und dauernden Glanz. In der Mitte von zwei verschiedenen Bildungsstufen der Menschheit, ist das funfzehnte Jahrhundert gleichsam eine Uebergangs-Epoche, welche beiden, dem Mittelalter und dem Anfang der neueren Zeit, angehört. Es ist die Epoche der größten Entdeckungen im Raume: solcher, die fast alle Breitengrade und alle Höhen der Erdoberfläche umfassen. Wenn dieselbe für die Bewohner Europa's die Werke der Schöpfung verdoppelt hat, so bot sie zugleich der Intelligenz neue und mächtige Anregungsmittel zur Vervollkommnung der Naturwissenschaften in ihren physischen und mathematischen Theilen dar.

Wie in Alexanders Heerzügen, aber mit noch überwältigenderer Macht, drängte sich jetzt die Welt der Objecte, in den Einzelformen des Wahrnehmbaren wie in dem Zusammenwirken lebendiger Kräfte, dem combinirenden Geiste auf. Die zerstreuenden Bilder sinnlicher Anschauung wurden, trotz ihrer Fülle und Verschiedenartigkeit, allmälig zu einem concreten Ganzen verschmolzen, die irdische Natur in ihrer Allgemeinheit aufgefaßt: eine Frucht wirklicher Beobachtung: nicht nach bloßen Ahndungen, die in wechselnden Gestalten der Phantasie vorschweben. Auch das Himmelsgewölbe entfaltete dem noch immer unbewaffneten Auge neue Gebiete, nie gesehene Sternbilder, einzeln kreisende Nebelwolken. Zu keiner anderen Zeit (wir haben es bereits oben bemerkt) ist einem Theile des Menschengeschlechts ein größerer Reichthum von Thatsachen, ein größeres Material zur Begründung der vergleichenden physischen Erdbeschreibung dargeboten worden. Niemals haben aber auch Entdeckungen im Raume, in der materiellen Welt: durch Erweiterung des Gesichtskreises, durch Vervielfältigung der Erzeugnisse und Tauschmittel, durch Colonien von einem Umfange, wie man sie nie gekannt, außerordentlichere Veränderungen in den Sitten, in den Zuständen langer Knechtschaft eines Theils der Menschheit und ihres späten Erwachens zu politischer Freiheit hervorgerufen.

Was in jedem einzelnen Zeitpunkte des Völkerlebens einen wichtigen Fortschritt der Intelligenz bezeichnet, hat seine tiefen Wurzeln in der Reihe vorhergehender Jahrhunderte. Es liegt nicht in der Bestimmung des menschlichen Geschlechts, eine Verfinsterung zu erleiden, die gleichmäßig das ganze Geschlecht ergriffe. Ein erhaltendes Princip nährt den ewigen Lebensproceß der fortschreitenden

Vernunft. Die Epoche des Columbus erlangte nur deshalb so schnell die Erfüllung ihrer Bestimmungen, weil befruchtende Keime von einer Reihe hochbegabter Männer ausgestreuet worden waren, die wie ein Lichtstreifen durch das ganze Mittelalter, durch finstere Jahrhunderte hindurchgeht. Ein einziges derselben, das dreizehnte, zeigt uns Roger Baco, Nicolaus Scotus, Albert den Großen, Vincentius von Beauvais. Die erweckte Geistesthätigkeit trug bald ihre Früchte in Erweiterung der Erdkunde. Als Diego Ribero im Jahr 1525 von dem geographisch-astronomischen Congreß zurückkam, welcher an der Puente de Caya nahe bei Yelves zur Schlichtung der Streitigkeiten über die Grenze zweier Weltreiche, der portugiesischen und spanischen Monarchie, gehalten wurde: waren schon die Umrisse des Neuen Continents von dem Feuerlande bis an die Küsten von Labrador verzeichnet. Auf der westlichen Seite, Asien gegenüber, waren die Fortschritte natürlich langsamer. Doch war Rodriguez Cabrillo 1543 schon nördlicher als Monterey vorgedrungen; und wenn auch dieser große und kühne Seefahrer seinen Tod in dem Canal von Santa Barbara bei Neu-Californien fand, so führte der Steuermann der Expedition, Bartholomäus Ferrelo, doch die Expedition bis 43° der Breite, wo Vancouver's Vorgebirge Orford liegt. Die wetteifernde Thätigkeit der Spanier, Engländer und Portugiesen, auf einen und denselben Gegenstand gerichtet, war damals so groß, daß ein halbes Jahrhundert genügte, um die äußere Gestaltung der Ländermasse in der westlichen Halbkugel, d. h. die Hauptrichtung ihrer Küsten, zu bestimmen.

Wenn die Bekanntschaft der Völker Europa's mit dem westlichen Theile des Erdballes der Hauptgegenstand ist, welchem wir diesen Abschnitt widmen und um welchen sich als folgenreichste Begebenheit so viele Verhältnisse der richtigeren und großartigeren Weltansicht gruppiren, so muß die unbestreitbar erste Entdeckung von Amerika in seinen nördlichen Theilen durch die Normänner von der Wieder-Auffindung desselben Continents in seinen tropischen Theilen streng geschieden werden. Als noch das Chalifat in Bagdad unter den Abbassiden blühete, wie in Persien die der Poesie so günstige Herrschaft der Samaniden, wurde Amerika um das Jahr 1000 von Leif, dem Sohne Erik's des Rothen, vom Norden her bis zu 41°½ nördlicher Breite entdeckt. Der erste, aber zufällige Anstoß zu dieser Begebenheit kam aus Norwegen. Naddod war in der zweiten Hälfte des neunten Jahrhunderts, da er nach den schon früher von den Irländern besuchten Färöern hatte schiffen wollen, durch Sturm nach Island verschlagen. Die erste normännische Ansiedelung daselbst geschah (875) durch Ingolf. Grönland: die östliche Halbinsel einer Ländermasse, welche überall durch Meereswasser vom eigentlichen Amerika getrennt erscheint, wurde früh gesehenGunnbjörn wurde nach den von ihm benannten Gunnbjörns-Scheeren, die Capitän Graab neuerlichst wieder-entdeckt hat, im Jahre 876 oder 877 verschlagen: er hat zuerst die Ostküste von Grönland gesehen, ohne dort zu landen. (*Rafn*, *Antiquit. Amer.* p. 11, 93 und 304.), aber erst hundert Jahre nachher (983) von Island aus bevölkert. Die Colonisirung von Island, welches Naddod zuerst Schneeland, Snjoland, genannt hatte, führte nun über Grönland in südwestlicher Richtung nach dem Neuen Continent.

Die Färöer und Island muß man als Zwischenstationen, als Anfangspunkte zu Unternehmungen nach dem amerikanischen Scandinavien betrachten. Auf ähnliche Weise hatte die Niederlassung zu Carthago den Tyriern zur Erreichung der Meerenge von Gadeira und des Hafens Tartessus gedient: eben so führte Tartessus dies unternehmende Volk von Station zu Station nach Cerne, dem Gauleon (der Schiffsinsel) der Carthager.

Trotz der Nähe der gegenüberliegenden Küste von Labrador (Helluland it mikla) vergingen doch 125 Jahre von der ersten Ansiedelung der Normänner auf Island bis zu Leif's großer Entdeckung von Amerika. So gering waren die Mittel, welche zur Förderung der Schifffahrt in diesen abgelegenen öden Erdwinkel von einem edeln, kräftigen, aber armen Menschenstamme angewandt werden konnten. Die Küstenstrecke Winland, so wegen der von einem Deutschen, Tyrker, dort aufgefundenen wilden Weintrauben genannt, reizte durch Fruchtbarkeit des Bodens und Milde des Klima's in Vergleich mit Island und Grönland. Durch Leif mit dem Namen des *guten Winlands* (Vinland it goda) bezeichnet, begriff es das Littoral zwischen Boston und Neu-York: also Theile der jetzigen Staaten Massachusetts, Rhode-Island und Connecticut, zwischen den Breitenparallelen von Civitä vecchia und Terracina; denen aber hier doch nur die mittleren Jahres-Temperaturen von 8°,8 und 11°,2 entsprechen. Das war die Haupt-Ansiedelung der Normänner. Die Colonisten hatten oft mit dem recht kriegerischen Stamme der Esquimaux, welcher damals unter dem Namen der Skrälinger viel südlicher verbreitet war, zu kämpfen. Der erste grönländische Bischof, Erik Upsi, ein Isländer, unternahm 1121 eine christliche Missionsfahrt nach Winland; und der Name des colonisirten Landes ist sogar in alten National-Gesängen bei den Eingeborenen der Färöer aufgefunden worden.

Von der Thätigkeit und dem kühnen Unternehmungsgeiste der isländischen und grönländischen Abenteurer zeugt der Umstand, daß, nachdem sie sich im Süden bis unter 41°½ Breite angesiedelt, sie an der Ostküste der Baffinsbai unter der Breite von 72° 55' auf einer der *Weiber-Inseln*Der Runenstein war auf dem höchsten Punkte der Insel *Kingiktorsoak* gesetzt: „an dem Samstage vor dem Siegestage", d. i. vor dem 21 April: einem heidnischen Hauptfeste der alten Scandinavier, das bei der Annahme des Christenthums in ein christliches Fest verwandelt wurde; *Rafn, Antiquit. Amer.* p. 347–355. Ueber die Zweifel an den Runenzahlen, welche Brynjulfsen, Mohnike und Klaproth geäußert, s. mein *Examen crit.* T. II. p. 97–101; doch halten Brynjulfsen und Graah nach anderen Kennzeichen das wichtige Monument der Woman's Islands (wie die zu Igalikko und Egegeit, Br. 60° 51' und 60° 0', gefundenen Runenschriften und die Ruinen von Gebäuden bei Upernavik, Br. 72° 50') bestimmt für dem 11ten und 12ten Jahrhundert angehörig., nordwestlich von der jetzt nördlichsten dänischen Colonie Upernavick, drei Grenzsäulen aufrichteten. Der Runenstein, welchen man im Herbst des Jahres 1824 aufgefunden, enthält nach Rask und Finn Magnusen die Jahrzahl 1135. Von dieser östlichen Küste der Baffinsbai aus besuchten die Ansiedler des Fischfangs wegen sehr regelmäßig den Lancaster-Sund und einen Theil der Barrow-Straße, und zwar mehr denn sechs Jahrhunderte vor den kühnen Unternehmungen von Parry und Roß. Die Localität des Fischfanges ist sehr bestimmt beschrieben, und grönländische Priester aus dem Bisthum Gardar leiteten (1266) die erste Entdeckungsfahrt. Man nannte diese nordwestliche Sommerstation die Kroksfjardar-Heide. Es geschieht schon Erwähnung des angeschwemmten (gewiß sibirischen) Treibholzes, welches man dort sammelte; der vielen Wallfische, Phoken, Wallrosse und Seebären.*Rafn, Antiquit. Amer.* p. 20, 274 und 415–418 (*Wilhelmi über Island, Hvitramannaland, Grönland und Vinland* S. 117–121). – Nach einer sehr alten *Saga* wurde auch 1194 die nördlichste Ostküste von Grönland unter der Benennung *Svalbard* in einer Gegend besucht, die dem Scoresby-Lande entspricht: nahe dem Punkte, wo mein Freund, der damalige Capitän Sabine, seine Pendel-Beobachtungen gemacht und wo ich (73° 16') ein sehr unfreundliches Vorgebirge besitze: *Rafn, Amtiquit. Amer.* p. 303 und *aperçu de l'ancienne Géographie des régions arctiques de l'Amérique* 1847 p. 6.

Ueber den Verkehr des hohen europäischen Nordens, wie über den der Grönländer und Isländer mit dem eigentlichen amerikanischen Continent reichen sichere Nachrichten nur bis in die Mitte des 14ten Jahrhunderts. Noch im Jahr 1347 wurde von Grönland aus ein Schiff nach Markland (Neu-Schottland) gesandt, um Bauholz und andere Bedürfnisse einzusammeln. Auf der Rückreise von Markland wurde das Schiff vom Sturme verschlagen und mußte in Straumfjörd im Westen von Island landen. Dies ist die letzte Nachricht von dem *normännischen Amerika*, welche uns altscandinavische Quellenschriften aufbewahrt haben.

Wir sind bisher sorgfältig auf historischem Boden geblieben. Durch die kritischen, nicht genug zu lobenden Bemühungen von Christian Rafn und der königlichen Gesellschaft für nordische Alterthumskunde in Kopenhagen sind die Sagas und Urkunden über die Fahrten der Normänner nach Helluland (Neufundland), nach Markland (der Mündung des St. Lorenz-Flusses mit Nova Scotia) und nach Winland (Massachusetts) einzeln abgedruckt und befriedigend commentirt worden.Hauptquellen sind die geschichtlichen Erzählungen von *Erik dem Rothen*, Thorfinn Karlsefne und Snorre Thorbrandsson: wahrscheinlich in Grönland selbst und schon im 12ten Jahrhundert niedergeschrieben, zum Theil von Abkömmlingen in Winland geborener Ansiedler: *Rafn, Antiquit. Amer.* p. VII, XIV und XVI. Die Sorgfalt, mit welcher die Geschlechtstafeln gehalten sind, war so groß, daß man die des Thorfinn Karlsefne, dessen Sohn Snorre Thorbrandsson in Amerika geboren war, von 1007 bis zu 1811 herabgeführt hat. Die Länge der Fahrt, die Richtung, in der man gesegelt, die Zeit des Aufganges und Unterganges der Sonne sind genau angegeben.

Geringere Gewißheit gewähren noch die Spuren, die man von einer früheren irischen Entdeckung von Amerika, vor dem Jahre 1000, glaubt gefunden zu haben. Die Skrälinger erzählten den in Winland angesiedelten Normännern: weiter in Süden jenseit der

Chesapeak-Bai wohnten „weiße Menschen, die in langen weißen Kleidern einhergingen, Stangen, an welche Tücher geheftet seien, vor sich her trügen und mit lauter Stimme riefen.“ Diese Erzählung wurde von den christlichen Normännern auf Processionen gedeutet, in denen man Fahnen trug und sang. In den ältesten Sagas, in den geschichtlichen Erzählungen von Thorfinn Karlsefne und dem isländischen Landnama-Buche sind diese südlichen Küsten zwischen Virginien und Florida durch den Namen des *Weißmännerlandes* bezeichnet. Sie werden darin bestimmt *Groß-Irland* (Irland it mikla) genannt, und es wird behauptet, sie seien von den Iren bevölkert worden. Nach Zeugnissen, die bis 1064 hinaufreichen, wurde, ehe noch Leif Winland entdeckte, wahrscheinlich schon um das Jahr 982, Ari Marsson, aus dem mächtigen isländischen Geschlechte Ulf's des Schielers, auf einer Fahrt von Island gegen Süden durch Sturm an die Küste des Weißmännerlandes verschlagen: in demselben als Christ getauft und, da man ihm nicht erlaubte sich zu entfernen, dort von Männern aus den Orkney-Inseln und Island erkannt.

Die Meinung einiger nordischen Alterthumsforscher ist nun, daß, da in den ältesten isländischen Documenten die ersten Bewohner der Insel „über das Meer gekommene *Westmänner*“ genannt werden (Ankömmlinge, die sich in Papyli an der Südost-Küste und auf dem nahe gelegenen kleinen Papar-Eilande niedergelassen), Island zuerst nicht unmittelbar von Europa: sondern von Virginien und Carolina her, d. i. aus Groß-Irland (dem amerikanischen Weißmännerlande), von nach Amerika früh verpflanzten Iren bevölkert worden sei. Die wichtige Schrift des irländischen Mönches Dicuil, *De Mensura Orbis Terrae*, welche um das Jahr 825 verfaßt wurde, also 38 Jahre früher als die Normänner durch Naddod Kenntniß von Island erhielten, bestätigt aber nicht diese Meinung.

Im Norden von Europa haben christliche Anachoreten, im Inneren Asiens fromme Buddhisten-Mönche unzugängliche Gegenden zu erforschen und der Civilisation zu eröffnen gewußt. Das emsige Bestreben religiöse Dogmen zu verbreiten hat bald kriegerischen Unternehmungen, bald friedlichen Ideen und Handelsverbindungen den Weg gebahnt. Der den Religionssystemen von Indien, Palästina und Arabien so eigenthümliche, dem Indifferentismus der polytheistischen Griechen und Römer durchaus fremde Eifer hat die Fortschritte der Erdkunde in der ersten Hälfte des Mittelalters belebt. Letronne, der Commentator des Dicuil, hat auf eine scharfsinnige Weise dargethan, daß, seitdem die *irländischen Missionare* von den Normännern aus den Färöer-Inseln verdrängt waren, sie um das Jahr 795 Island zu besuchen anfingen. Die Normänner, als sie Island betraten, fanden daselbst irländische Bücher, Meßglocken und andere Gegenstände, welche frühere Ankömmlinge, die Papar genannt werden, dort zurückgelassen hatten. Diese Papae (Väter) aber sind die Clerici des Dicuil. Gehörten nun, wie man nach seinem Zeugniß vermuthen muß, jene Gegenstände irländischen Mönchen, die aus den Färöer-Inseln kamen; so fragt sich, warum die Mönche (Papar) nach einheimischen Sagen *Westmänner*, Vestmenn, „von Westen über das Meer gekommene (komnir til vestan um haf)“ genannt wurden? Ueber die Schifffahrt des galischen Häuptlings Madoc, Sohnes des Owen Guineth, nach einem großen westlichen Lande im Jahr 1170 und den Zusammenhang dieser Begebenheit mit dem Groß-Irland der isländischen Sagas ist bis jetzt alles in tiefes Dunkel gehüllt. Auch verschwindet nach und nach die Race der Celto-Amerikaner, welche leichtgläubige Reisende in mehreren Theilen der Vereinigten Staaten wollten gefunden haben; sie verschwindet, seitdem eine ernste, auf grammatische Formen und organischen Bau, nicht auf zufällige Laut-Aehnlichkeiten, gegründete Sprachvergleichung eingeführt ist.Was schon seit Ralegh's Zeiten über rein celtisch sprechende Eingeborene von Virginien gefabelt worden ist: wie man dort den galischen Gruß hao, hui, iach zu hören geglaubt: wie Owen Chapelain 1669 sich aus den Händen der Tuscaroras, welche ihn scalpiren wollten, rettete, „weil er sie in seiner galischen Muttersprache anredete“: habe ich in einer Beilage zu dem neunten Buche meiner Reise zusammengetragen (*Relation historique* T. III. 1825 p. 149). Diese Tuscaroren in Nord-Carolina sind aber, wie man jetzt bestimmt nach Sprachuntersuchungen weiß, ein Iroquesen-Stamm; s. Albert *Gallatin, synopsis of the Indian tribes* in der *Archaeologia Americana* Vol. II. (1836) p. 23 und 57. Eine beträchtliche Sammlung von Tuscarora-Wörtern giebt *Catlin:* einer der vortrefflichsten Sittenbeobachter, welche je unter den amerikanischen Eingeborenen gelebt. Er ist aber doch geneigt die weißliche, oft blauäugige Nation der Tuscaroren für ein Mischvolk von alten Wälschen und amerikanischen Ureinwohnern zu halten. S. seine *Letters and Notes on the manners, customs, and conditions of the North American Indians* 1841 Vol. I. p. 207, Vol. II. p. 259 und 262–265. Eine andere Sammlung von Tuscarora-Wörtern findet sich in den handschriftlichen Spracharbeiten *meines Bruders* auf der königl. Bibliothek zu Berlin. “Comme la structure des idiomes américains paraît singulièrement bizarre aux différens peuples qui parlent les langues modernes de l'Europe occidentale et se laissent facilement tromper par de fortuites analogies de quelques sons, les théologiens ont cru généralement y voir de l'*hébreu*, les colons espagnols du *basque*, les colons anglais ou français du *gallois*, de l'*irlandais* ou du *bas-breton*. - - - J'ai rencontré un jour, sur les côtes du Pérou, un officier de la marine espagnole et un baleinier anglais, dont l'un prétendait avoir entendu parler basque à Tahiti, et l'autre gale-irlandais aux îles Sandwich.“ *Humboldt, Voyage aux Régions équinoxiales, Relat. hist.* T. III. 1825 p. 160. Wenn aber auch bisher kein Zusammenhang der Sprachen erwiesen worden ist, so will ich doch auf keine Weise in Abrede stellen, daß die Basken und die Völker celtischen Ursprungs von Irland und Wales, welche früh an den entlegensten Küsten mit Fischfang beschäftigt waren, im nördlichen Theile des atlantischen Meeres beständige Nebenbuhler der Scandinavier gewesen, ja daß auf den Färöer-Inseln und Island die Irländer den Scandinaviern zuvorgekommen sind. Es ist sehr zu wünschen, daß in unseren Tagen: wo eine gesunde Kritik zwar strenge geübt wird, aber keinen verschmähenden Charakter annimmt, die alten Untersuchungen von *Powel* und Richard *Hakluyt* (*Voyages and Navigations* Vol. III. p. 4) in England und Irland selbst wieder aufgenommen werden mögen. Ist es gegründet, daß Madoc's Irrfahrt 15 Jahre vor der Entdeckung durch Columbus in dem Gedichte des wälschen Sängers Mereditho verherrlicht wurde? Ich theile nicht den wegwerfenden Sinn, mit welchem nur zu oft Volksüberlieferungen verdunkelt werden: ich lebe vielmehr der festen Ueberzeugung, daß mit mehr Emsigkeit und mehr Ausdauer viele der geschichtlichen Probleme, welche sich auf die Seefahrten im frühesten Mittelalter; auf die auffallende Uebereinstimmung in religiösen Ueberlieferungen, Zeiteintheilung und Werken der Kunst in Amerika und dem östlichen Asien; auf die Wanderungen der mexicanischen Völker; auf jene alten Mittelpunkte aufdämmernder Civilisation in Aztlan, Quivira und der oberen Luisiana, so wie in den Hochebenen von Cundinamarca und Peru beziehen: eines Tages durch Entdeckungen von Thatsachen werden aufgehellt werden, die uns bisher gänzlich unbekannt geblieben sind. S. mein *Examen crit. de l'hist. de la Géogr. du Nouveau Continent* T. II. p. 142–149.

Daß diese erste Entdeckung von Amerika in oder vor dem 11ten Jahrhundert nichts großes und bleibendes zu Erweiterung der physischen Weltanschauung schaffen konnte, wie es das Wieder-Auffinden desselben Continents durch Columbus am Ende des 15ten Jahrhunderts hervorbrachte, ergiebt sich aus dem Zustande der Uncultur des Volksstammes, welcher die erste Entdeckung machte, und aus der Natur der Gegenden, auf welche dieselbe beschränkt blieb. Durch keine wissenschaftliche Kenntniß waren die Scandinavier vorbereitet, um, über die Befriedigung des nächsten Bedürfnisses hinaus, die Länder, in denen sie sich angesiedelt, zu durchforschen. Als das eigentliche Mutterland jener neuen Colonien waren Grönland und Island zu betrachten: Regionen, in denen der Mensch alle Beschwerden eines unwirthbaren Klima's zu bekämpfen hatte. Der wunderbar organisirte isländische Freistaat erhielt allerdings seine Selbstständigkeit viertehalbhundert Jahre lang, bis die bürgerliche Freiheit unterging und das Land sich dem norwegischen König Hakon VI unterwarf. Die Blüthe der isländischen Litteratur: die Geschichtsschreibung, die Aufsammlung der Sagas und der Edda-Lieder, bezeichnen das 12te und 13te Jahrhundert.

Es ist eine merkwürdige Erscheinung in der Culturgeschichte der Völker, den Nationalschatz der ältesten Ueberlieferungen des europäischen Nordens, durch Unruhen in der Heimath gefährdet und nach Island übergetragen, dort sorgsam gepflegt und für die Nachwelt gerettet zu sehen. Diese Rettung, die entfernte Folge von Ingolf's erster Ansiedelung auf Island (875), ist eine wichtige Begebenheit in den Kreisen der Dichtung und schaffender Einbildungskraft in der formlosen Nebelwelt scandinavischer Mythen und sinnbildlicher Cosmogonien geworden. Nur das Naturwissen gewann keine Erweiterung. Reisende Isländer besuchten allerdings die Lehranstalten Deutschlands und Italiens; aber die Entdeckungen der Grönländer im Süden, der geringe Verkehr mit Winland, dessen Vegetation keinen merkwürdig eigenthümlichen physiognomischen Charakter darbot, zogen Ansiedler und Seefahrer so wenig von ihrem ganz europäischen Interesse ab, daß sich unter den Culturvölkern des südlichen Europa's keine Nachricht von jenen neu-angesiedelten Ländern verbreitete. Ja in Island selbst scheint eine solche Nachricht nicht einmal zu den Ohren des großen genuesischen Seefahrers gelangt zu sein. Island und Grönland waren nämlich damals schon über zwei Jahrhunderte von einander getrennt: da Grönland 1261 seine republicanische Verfassung verloren hatte und ihm, als *Krongut* Norwegens, aller Verkehr mit Fremden und auch mit Island förmlich untersagt wurde. Christoph Columbus erzählt in seiner so selten gewordenen Schrift „über die fünf bewohnbaren Erdzonen", daß er im Monat Februar 1477 Island besuchte: „wo damals das Meer nicht mit Eis bedeckt war und das von vielen Kaufleuten von Bristol besucht wurde". Hätte er dort von der alten Colonisation eines gegenüberliegenden ausgedehnten zusammenhangenden Landstriches: von Helluland it mikla, Markland und dem „guten Winland" reden hören; hätte er diese Kenntniß eines nahen Continents mit den Projecten in Verbindung gesetzt, welche ihn schon seit 1470 und 1473 beschäftigten: so würde in dem berühmten, erst 1517 beendigten Processe über das Verdienst der ersten Entdeckung um so mehr von der Reise nach Thyle (Island) die Rede gewesen sein, als der argwöhnische Fiscal selbst einer Seekarte (mappamundo) erwähnt, die Martin Alonso Pinzon in Rom gesehen hatte und auf der der Neue Continent soll abgebildet gewesen sein. Wenn Columbus ein Land hätte aufsuchen wollen, von dem er in Island Kenntniß erhalten, so würde er gewiß nicht auf seiner ersten Entdeckungsreise von den canarischen Inseln aus in südwestlicher Richtung gesteuert haben. Zwischen Bergen und Grönland gab es aber noch Handelsverbindungen bis 1484, also bis sieben Jahre nach des Columbus Reise nach Island.

Ganz verschieden von der ersten Entdeckung des Neuen Continents im 11ten Jahrhundert ist durch ihre weltgeschichtliche Folgen, durch ihren Einfluß auf die Erweiterung physischer Weltanschauung die Wieder-Auffindung dieses Continents durch Christoph Columbus, die Entdeckung der Tropenländer von Amerika geworden. Wenn auch der Seefahrer, welcher am Ende des 15ten Jahrhunderts das große Unternehmen leitete, keinesweges die Absicht hatte einen neuen Welttheil zu entdecken; wenn es auch entschieden ist, daß Columbus und Amerigo Vespucci in der festen Ueberzeugung gestorben sind, sie hätten bloß Theile des östlichen Asiens berührt: so hat die Expedition doch ganz den Charakter der Ausführung eines nach wissenschaftlichen Combinationen entworfenen Planes gehabt. Es wurde sicher geschifft nach Westen: durch die Pforte, welche die Tyrier und Coläus von Samos geöffnet, durch das „unermeßliche Dunkelmeer" (mare tenebrosum) der arabischen Geographen. Man strebte nach einem Ziele, dessen Abstand man zu kennen glaubte. Die Schiffer wurden nicht zufällig verschlagen: wie Naddod und Gardar nach Island; wie Gunnbjörn, der Sohn von Ulf Kraka, nach Grönland. Auch wurde der Entdecker nicht durch Zwischenstationen geleitet. Der große Nürnberger Cosmograph Martin Behaim, welcher den Portugiesen Diego Cam auf seinen wichtigen Expeditionen nach der Westküste von Afrika begleitet hatte, lebte vier Jahre, von 1486 bis 1490, auf den Azoren; und nicht von diesen Inseln aus, welche zwischen den iberischen Küsten und der Küste Pennsylvaniens in $^3/_5$ Entfernung von der letzteren liegen, wurde Amerika entdeckt. Das Vorsätzliche der That ist dichterisch schön in den Stanzen des Tasso gefeiert. Er singt von dem, was Hercules nicht wagte:

Non osò di tentar l'alto Oceano:
Segnò le mete, e'n troppo brevi chiostri
L'ardir ristrinse dell' ingegno umano – –
Tempo verrà che fian d'Ercole i segni
Favola vile ai naviganti industri – –
Un uom della Liguria avrà ardimento
All' incognito corso esporsi in prima – –
Tasso XV st. 25, 30 und 31.

Und doch weiß von diesem "uom della Liguria der große portugiesische Geschichtsschreiber Johann Barros, dessen erste Decade 1552 erschienen ist, nicht mehr zu sagen, als daß er ein eitler phantastischer Schwätzer gewesen sei (homem fallador, e glorioso em mostrar suas habilidades, e mais fantastico, e de imaginações com sua Ilha Cypango). So hat durch alle Jahrhunderte, durch alle Abstufungen der errungenen Civilisation hindurch Nationalhaß den Glanz ruhmvoller Namen zu verdunkeln gestrebt.

Die Entdeckung der Tropenländer von Amerika durch Christoph Columbus, Alonso de Hojeda und Alvarez Cabral kann in der Geschichte der Weltanschauung nicht als eine isolirte Begebenheit betrachtet werden. Ihr Einfluß auf die Erweiterung des physischen Wissens und auf die Bereicherung der Ideenwelt im allgemeinen wird nur dann richtig aufgefaßt, wenn man einen flüchtigen Blick auf diejenigen Jahrhunderte wirft, welche das Zeitalter der großen nautischen Unternehmungen von dem der Blüthe wissenschaftlicher Cultur unter den Arabern trennen. Was der Aera des Columbus ihren eigenthümlichen Charakter gab: den eines ununterbrochenen und gelingenden Strebens nach Entdeckungen im Raume, nach erweiterter Erdkenntniß, wurde langsam und auf vielfachen Wegen vorbereitet. Es wurde es durch eine kleine Zahl kühner Männer, welche früher auftraten und gleichzeitig zu allgemeiner Freiheit des Selbstdenkens wie zum Erforschen einzelner Naturerscheinungen anregten; durch den Einfluß, welchen auf die tiefsten Quellen des geistigen Lebens ausübte die in Italien erneuerte Bekanntschaft mit den Werken der griechischen Litteratur und die Erfindung einer Kunst, die dem Gedanken Flügel und lange Dauer verlieh: durch die erweiterte Kenntniß des östlichen Asiens, welche Mönchsgesandtschaften an die Mongolen-Fürsten und reisende Kaufleute unter die weltverkehrenden Nationen des südwestlichen Europa's verbreiteten: unter solche, denen ein kürzerer Weg nach den Gewürzländern ein Gegenstand der eifrigsten Wünsche war. Zu den hier genannten Anregungsmitteln gesellten sich noch, was die Befriedigung jener Wünsche gegen das Ende des funfzehnten Jahrhunderts am meisten erleichterte: die Fortschritte der Schifffahrtskunde, die allmälige Vervollkommnung der nautischen Instrumente, der magnetischen wie der astronomisch messenden, endlich die Anwendung gewisser Methoden zur Ortsbestimmung des Schiffes und der allgemeinere Gebrauch der Sonnen- und Mond-Ephemeriden des Regiomontanus.

Ohne, was diesen Blättern fremd bleiben muß, auf das Einzelne in der Geschichte der Wissenschaften einzugehen, nennen wir nur unter den Menschen, welche die Epoche von Columbus und Gama vorbereitet haben, drei große Namen: Albertus Magnus, Roger Baco und Vincenz von Beauvais. Sie sind hier der Zeitfolge nach aufgeführt; denn der wichtigere, mehrumfassende, geistreichere ist Roger Baco: ein Franciscaner-Mönch aus Ilchester, der sich zu Oxford und Paris für die Wissenschaften ausbildete. Alle drei sind ihrem Zeitalter vorangeeilt und haben mächtig auf dasselbe eingewirkt. In den langen, meist unfruchtbaren Kämpfen dialectischer Speculationen und des logischen Dogmatismus einer Philosophie, die man mit dem unbestimmten, vieldeutigen Namen der scholastischen belegt hat, läßt sich der wohlthätige Einfluß, man könnte sagen die Nachwirkung der Araber nicht verkennen. Die Eigenthümlichkeit ihres Nationalcharakters, die wir im vorigen Abschnitte geschildert, ihr Hang zum Verkehr mit der Natur hatte den neu übersetzten Schriften des Aristoteles eine Verbreitung verschafft, welche mit der Vorliebe und der Begründung der Erfahrungswissenschaften auf das innigste zusammenhing. Bis an das Ende des 12ten und den Anfang des 13ten Jahrhunderts herrschten mißverstandene Lehren der platonischen Philosophie in den Schulen. Schon die Kirchenväter glaubten in derselben die Vorbilder zu ihren eigenen religiösen Anschauungen zu finden. Viele der symbolisirenden physikalischen Phantasien des Timäus wurden mit Begeisterung aufgenommen; und durch christliche Autorität lebten wieder verworrene Ideen über den Kosmos auf, deren Nichtigkeit die mathematische Schule der Alexandriner längst erwiesen hatte. So pflanzten sich von Augustinus an bis Alcuin, Johannes Scotus und Bernhard von Chartres tief in das Mittelalter hinab, unter wechselnden Formen, die Herrschaft des Platonismus oder richtiger zu sagen neuplatonische Anklänge fort.

Als nun, diese verdrängend, die aristotelische Philosophie den entschiedensten Einfluß auf die Bewegungen des Geistes gewann, war es in zwei Richtungen zugleich: in den Forschungen der speculativen Philosophie und in der philosophischen Bearbeitung des *empirischen Naturwissens*. Die erste dieser Richtungen, wenn sie auch dem Gegenstande meiner Schrift entfernter zu liegen scheint, darf hier schon deshalb nicht unberührt bleiben, weil sie mitten in der Zeit dialectischer Scholastik einige edle, hochbegabte Männer zum freien Selbstdenken in den verschiedenartigsten Gebieten des Wissens antrieb. Eine großartige *physische Weltanschauung* bedarf nicht bloß der reichen Fülle der Beobachtungen, als Substrats der Verallgemeinerung der Ideen; sie bedarf auch der vorbereitenden Kräftigung der Gemüther, um in den ewigen Kämpfen zwischen Wissen und Glauben nicht vor den drohenden Gestalten zurückzuschrecken, die bis in die neuere Zeit an den Eingängen zu gewissen Regionen der Erfahrungswissenschaft auftreten und diese Eingänge zu versperren trachten. Man darf nicht trennen, was in dem Entwickelungsgange der Menschheit gleichmäßig belebt hat das Gefühl der Berechtigung zur intellectuellen Freiheit und das lange unbefriedigte Streben nach Entdeckungen in fernen Räumen. Jene freien Selbstdenker bildeten eine Reihe, welche im Mittelalter mit Duns Scotus, Wilhelm von Occam und Nicolaus von Cusa anhebt und durch Ramus, Campanella und Giordano Bruno bis zu Descartes leitet.

Die unübersteiglich scheinende „Kluft zwischen dem Denken und dem Sein, die Beziehungen zwischen der erkennenden Seele und dem erkannten Gegenstande" trennten die Dialectiker in jene zwei berühmten Schulen der *Realisten* und *Nominalisten.* Des fast vergessenen Kampfes dieser mittelalterlichen Schulen muß hier gedacht werden, weil er einen wesentlichen Einfluß auf die endliche Begründung der Erfahrungswissenschaften ausgeübt hat. Die Nominalisten, welche den allgemeinen Begriffen nur ein subjectives Dasein in dem menschlichen Vorstellungsvermögen zugestanden, wurden nach vielen Schwankungen zuletzt im 14ten und 15ten Jahrhundert die siegreiche Parthei. Bei ihrer größeren Abneigung vor leeren Abstractionen drangen sie zuerst auf die Nothwendigkeit der Erfahrung, auf die Vermehrung der sinnlichen Grundlage der Erkenntniß. Eine solche Richtung wirkte wenigstens mittelbar auf die Bearbeitung des empirischen Naturwissens; aber auch schon da, wo sich nur noch realistische Ansichten geltend machten, hatte die Bekanntschaft mit der Litteratur der Araber Liebe zum Naturwissen, in glücklichem Kampfe mit der alles absorbirenden Theologie, verbreitet. So sehen wir in den verschiedenen Perioden des Mittelalters, dem man vielleicht eine zu große Charakter-Einheit zuzuschreiben gewohnt ist, auf ganz verschiedenen Wegen: auf rein ideellen und empirischen, das große Werk der Entdeckungen im Erdraume und die Möglichkeit ihrer glücklichen Benutzung zur Erweiterung des kosmischen Ideenkreises sich allmälig vorbereiten.

Unter den gelehrten Arabern war das Naturwissen eng an Arzneikunde und Philosophie, im christlichen Mittelalter war es neben der Philosophie an die theologische Dogmatik geknüpft. Die letztere, ihrer Natur nach zur Alleinherrschaft strebend, bedrängte die empirische Forschung in den Gebieten der Physik, der organischen Morphologie und der, meist mit Astrologie verschwisterten Sternkunde. Das von den Arabern und jüdischen Rabbinern überkommene Studium des allumfassenden Aristoteles hatte aber die Richtung nach einer philosophischen Verschmelzung aller Disciplinen hervorgerufen; daher galten Ibn-Sina (Avicenna) und Ibn-Roschd (Averroes), Albertus Magnus und Roger Bacon für die Repräsentanten des ganzen menschlichen Wissens ihrer Zeit. Der Ruhm, welcher im Mittelalter ihre Namen umstrahlte, läßt sich diesem allgemein verbreiteten Glauben beimessen.

Albert der Große, aus dem Geschlechte der Grafen von Bollstädt, muß auch als Selbstbeobachter in dem Gebiete der zerlegenden Chemie genannt werden. Seine Hoffnungen waren freilich auf die Umwandlung der Metalle gerichtet; aber, um sie zu erfüllen, vervollkommnete er nicht bloß die praktischen Handgriffe in Behandlung der Erze, er vermehrte auch die Einsicht in die allgemeine Wirkungsart der chemischen Naturkräfte. Ueber den organischen Bau und die Pflanzen-Physiologie enthalten seine Werke einzelne überaus scharfsinnige Bemerkungen. Er kannte den Schlaf der Pflanzen, das periodische sich Oeffnen und Schließen der Blumen, die Verminderung des Saftes durch Verdunstung aus der Oberhaut der Blätter, den Einfluß der Theilung der Gefäßbündel auf die Ausschnitte des Blattrandes. Er commentirte alle physikalischen Schriften des Stagiriten, doch die Thiergeschichte nur nach der lateinischen Uebersetzung des Michael Scotus aus dem Arabischen. Ein Werk Alberts des Großen, welches den Titel führt: *Liber cosmographicus de natura locorum*, ist eine Art physischer Geographie. Ich habe darin Betrachtungen aufgefunden über die gleichzeitige Abhängigkeit der Klimate von der Breite und der Höhe des Orts, wie über die Wirkung des verschiedenen Einfallswinkels der Sonnenstrahlen auf Erwärmung des Bodens, die mich sehr überrascht haben. Daß Albert von *Dante* gefeiert worden ist, verdankt er vielleicht nicht so sehr sich selbst als seinem geliebten Schüler, dem heiligen Thomas von Aquino, welchen er 1245 von Cöln nach Paris und 1248 nach Deutschland zurückführte;

Questi, che m'è a destra più vicino,
Frate e maestro fummi; ed esso Alberto
E' di Cologna, ed io Thomas d' Aquino.
Il Paradiso X, 97–99.

In dem, was unmittelbar auf die Erweiterung der Naturwissenschaften gewirkt hat, auf ihre Begründung durch Mathematik und durch das Hervorrufen von Erscheinungen auf dem Wege des Experiments, ist Alberts von Bollstädt Zeitgenosse Roger Bacon die wichtigste Erscheinung des Mittelalters gewesen. Beide Männer füllen fast das ganze dreizehnte Jahrhundert aus; aber dem *Roger Bacon* gehört der Ruhm, daß der Einfluß, welchen er auf die Form und Behandlung des Naturstudiums ausgeübt hat, wohlthätiger und dauernd wirksamer gewesen ist als das, was man ihm von eigenen Erfindungen mit mehr oder minderem Rechte zugeschrieben hat. Zum Selbstdenken erweckend, rügte er streng den blinden Autoritätsglauben der Schule: doch, weit davon entfernt sich nicht um das zu kümmern, was das griechische Alterthum erforscht, pries er gleichzeitig gründliche Sprachkunde, Anwendung der Mathematik und die Scientia experimentalis: der er einen eigenen Abschnitt des *Opus majus* gewidmet hat"Scientia experimentalis a vulgo studentium penitus ignorata: duo tamen sunt modi cognoscendi, scilicet per argumentum et experientiam (der ideelle Weg und der des Experiments). Sine experientia nihil sufficienter sciri potest, Argumentum concludit, sed non certificat, neque removet dubitationem, ut quiescat animus in intuitu veritatis, nisi eam inveniat via experientiae." (*Opus majus* Pars VI cap. 1.) Ich habe alle Stellen, welche sich auf die physischen Kenntnisse und Erfindungsvorschläge des Roger Bacon beziehen, zusammengetragen im *Examen crit. de l'hist. de la Géogr.* T. II. p. 295–299. Vergl. auch *Whewell, the Philosophy of the inductive Sciences* Vol. II. p. 323–337.. Von Einem Pabste (Clemens IV) geschützt und begünstigt, von zwei anderen (Nicolaus III und IV der Magie beschuldigt und eingekerkert: hatte er die wechselnden Schicksale der großen Geister aller Zeiten. Er kannte die Optik des Ptolemäus. Ich finde die Optik des Ptolemäus citirt im *Opus majus* (ed. Jebb, Lond. 1733) p. 79. 288 und 404. Daß die aus Alhazen geschöpfte Kenntniß von der vergrößernden Kraft von Kugelsegmenten den Bacon wirklich veranlaßt habe Brillen (Augengläser) zu construiren, wird mit Recht geläugnet (*Wilde, Geschichte der Optik* Th. I. S. 92–96); die Erfindung soll schon 1299 bekannt gewesen sein oder dem Florentiner Salvino degli Armati gehören: welcher 1317 in der Kirche Santa Maria Maggiore zu Florenz begraben wurde. Wenn Roger *Bacon*, der das *Opus majus* 1267 vollendete, von Instrumenten spricht, durch welche kleine Buchstaben groß erscheinen, utiles senibus habentibus oculos debiles; so beweisen seine Worte und die thatsächlich irrigen Betrachtungen, die er hinzufügt, daß er nicht selbst ausgeführt haben kann, was ihm als etwas mögliches dunkel vor der Seele schwebte. und das Almagest. Da er den Hipparch immer, wie die Araber, *Abraxis* nennt, so darf man schließen, daß auch er sich nur einer aus dem Arabischen herstammenden lateinischen Uebersetzung bediente. Neben Bacon's chemischen Versuchen über brennbare explodirende Mischungen sind seine theoretisch optischen Arbeiten über die Perspective und die Lage des Brennpunktes bei Hohlspiegeln am wichtigsten. Sein gedankenvolles *Großes Werk* enthält Vorschläge und Entwürfe zu möglicher Ausführung, nicht deutliche Spuren gelungener optischer Erfindungen. Tiefe des mathematischen Wissens ist ihm nicht zuzuschreiben. Was ihn charakterisirt, ist vielmehr eine gewisse Lebhaftigkeit der Phantasie: deren ungemessene Aufregung bei den Mönchen des Mittelalters in ihren naturphilosophischen Richtungen durch den Eindruck so vieler unerklärter, großer Naturerscheinungen wie durch langes angstvolles Spähen nach Lösung geheimnißvoller Probleme krankhaft erhöht wurde.

Die durch das Kostspielige des Abschreibens vermehrte Schwierigkeit, vor Erfindung des Bücherdrucks eine große Zahl einzelner Handschriften zu sammeln, erzeugte im Mittelalter, als der Ideenkreis sich seit dem 13ten Jahrhunderte wieder zu erweitern anfing, eine große Vorliebe für encyclopädische Werke. Diese verdienen hier eine besondere Beachtung, weil sie zu Verallgemeinerung der Ansichten führten. Es erschienen, meist auf einander gegründet, die zwanzig Bücher *de rerum natura* von Thomas Cantipratensis, Professor in Löwen (1230); der *Naturspiegel* (*Speculum naturale*), welchen Vincenz von Beauvais (Bellovacensis) für den heiligen Ludwig und dessen Gemahlinn Margarethe von Provence schrieb (1250); das *Buch der Natur* von Conrad von Meygenberg, Priester zu Regensburg (1349); und das *Weltbild* (*Imago Mundi*) des Cardinals Petrus de Alliaco, Bischofs von Cambray (1410). Diese Encyclopädien waren die Vorläufer der großen *Margarita philosophica* des Pater Reisch: deren erste Ausgabe 1486 erschien und welche ein halbes Jahrhundert lang die

Verbreitung des Wissens auf eine merkwürdige Weise befördert hat. Bei dem Weltbilde (der Weltbeschreibung) des Cardinals Alliacus (Pierre d'Ailly) müssen wir hier noch besonders verweilen. Ich habe an einem anderen Orte erwiesen, daß das Buch *Imago Mundi* mehr Einfluß auf die Entdeckung von Amerika als der Briefwechsel mit dem gelehrten Florentiner Toscanelli ausgeübt hat. Alles, was Christoph Columbus von den griechischen und römischen Schriftstellern wußte: alle Stellen des Aristoteles, des Strabo und des Seneca über die Nähe des östlichen Asiens zu den Hercules-Säulen, welche, wie der Sohn Don Fernando sagt, den Vater hauptsächlich anregten die indischen Länder zu entdecken (autoridad de los escritores para mover al Almirante á descubrir las Indias); schöpfte der Admiral aus den Schriften des Cardinals. Er hatte sie bei sich auf seinen Reisen; denn in einem Briefe, den er im Monat October 1498 von der Insel Haiti an die spanischen Monarchen schrieb, übersetzt er wörtlich eine Stelle aus des Alliacus Abhandlung *de quantitate terrae habitabilis*, welche ihm den tiefsten Eindruck gemacht hatte. Er wußte wahrscheinlich nicht, daß Alliacus auch von seiner Seite ein anderes, früheres Buch, das *Opus majus* des Roger Bacon, wörtlich ausgeschrieben hatte. Sonderbares Zeitalter, in welchem ein Gemisch von Zeugnissen des Aristoteles und Averroes (Avenryz), des Esra und Seneca über die geringe Ausdehnung der Meere in Vergleich mit der der Continental-Massen den Monarchen die Ueberzeugung von der Sicherheit eines kostspieligen Unternehmens geben konnte!

Wir haben erinnert, wie mit dem Ende des dreizehnten Jahrhunderts sich eine entschiedene Vorliebe zum Studium der Kräfte der Natur. auch eine fortschreitend philosophischere Richtung in der Form dieses Studiums, in seiner wissenschaftlichen Begründung durch Experimente, zeigte. Es bleibt uns übrig in wenigen Zügen den Einfluß zu schildern, welchen die Erweckung der classischen Litteratur seit dem Ende des vierzehnten Jahrhunderts auf die tiefsten Quellen des geistigen Lebens der Völker, und also auch auf eine allgemeine Weltanschauung ausgeübt hat. Die Individualität einzelner hochbegabter Männer hatte dazu beigetragen den Reichthum der Ideenwelt zu vermehren. Die Empfänglichkeit für eine freiere Ausbildung des Geistes war vorhanden, als, durch viele zufällig scheinende Verhältnisse begünstigt, die griechische Litteratur, in ihren alten Wohnsitzen bedrängt, eine sichere Stelle in den Abendländern gewann. Die classischen Studien der Araber waren allem fremd geblieben, was der begeisterten Sprache angehört. Sie waren auf eine sehr geringe Anzahl von Schriftstellern des Alterthums beschränkt: nach der entschiedenen Vorliebe des Volkes für das Naturstudium vorzugsweise auf die physischen Bücher des Aristoteles, auf das Almagest des Ptolemäus, die Botanik und Chemie des Dioscorides, die cosmologischen Phantasien des Plato. Die aristotelische Dialectik wurde bei den Arabern mit der Physik, wie in den früheren Zeiten des christlichen Mittelalters mit der Theologie verschwistert. Man entlehnte den Alten, was man zu speciellen Anwendungen benutzen konnte; aber man war weit entfernt den Geist des Griechenthums im ganzen zu erfassen, in den organischen Bau der Sprache einzudringen, sich der dichterischen Schöpfungen zu erfreuen, den wundervollen Reichthum in dem Gebiet der Redekunst und der Geschichtsschreibung zu ergründen.

Fast zwei Jahrhunderte vor Petrarca und Boccaccio hatten allerdings schon Johann von Salisbury und der platonisirende Abälard wohlthätig auf die Bekanntschaft mit einigen Werken des classischen Alterthums gewirkt. Beide hatten Sinn für die Anmuth von Schriften, in denen Freiheit und Maaß, Natur und Geist sich stets mit einander verschwistert finden; aber der Einfluß des in ihnen angeregten ästhetischen Gefühls schwand spurlos dahin. Der eigentliche Ruhm, den geflüchteten griechischen Musen in Italien einen bleibenden Wohnsitz vorbereitet, an der Wiederherstellung der classischen Litteratur am kräftigsten gearbeitet zu haben, gebührt zwei innigst befreundeten Dichtern: Petrarca und Boccaccio. Ein Mönch aus Calabrien, Barlaam, der lange in Griechenland in der Gunst des Kaisers Andronicus gelebt hatte, unterrichtete beide. Mit ihnen fing die sorgfältige Sammlung römischer und griechischer Handschriften an. Selbst der historische Sinn für Sprachvergleichung war bei PetrarcaKlaproth, *mémoires relatifs à l'Asie* T. III. p. 113. erwacht, dessen philologischer Scharfsinn wie nach einer allgemeineren Weltanschauung strebte. Wichtige Beförderer der griechischen Studien waren Emanuel Chrysoloras, welcher als griechischer Gesandter nach Italien und England (1391) geschickt wurde, der Cardinal Bessarion aus Trapezunt, Gemistus Pletho und der Athener Demetrius Chalcondylas, dem man die erste gedruckte Ausgabe des Homer verdanktDie florentiner Ausgabe des Homer von 1488; aber das erste gedruckte griechische Buch war die Grammatik des Constantin Lascaris von 1476.. Alle diese griechischen Einwanderungen geschahen vor der verhängnißvollen Einnahme von Constantinopel (29 Mai 1453); nur Constantin Lascaris, dessen Vorfahren dort einst auf dem Throne gesessen, kam später nach Italien. Die kostbare Sammlung griechischer Handschriften, die er mitbrachte, ist in die selten benutzte Bibliothek des Escorials*Villemain*, *Mélanges historiques et littéraires* T. II. p. 135. verschlagen. Das erste griechische Buch wurde nur 14 Jahre vor der Entdeckung von Amerika gedruckt: wenn gleich die Erfindung der Buchdruckerkunst selbst, wahrscheinlich gleichzeitig und ganz selbstständigDas Resultat der Untersuchungen des Bibliothekars Ludwig *Wachler* zu Breslau (s. dessen *Geschichte der Litteratur* 1833 Th. I. S. 12–23). Der Druck ohne bewegliche Lettern geht auch in China nicht über den Anfang des zehnten Jahrhunderts unserer Zeitrechnung hinauf. Die 4 ersten Bücher des Confucius wurden nach Klaproth in der Provinz Szütschuen zwischen 890 und 925 gedruckt, und die Beschreibung der technischen Manipulation der chinesischen Druckerei hätten die Abendländer schon 1310 in Raschid-eddin's persischer Geschichte der Herrscher von Khatai lesen können. Nach dem neuesten Resultate der wichtigen Forschungen von Stanislas Julien hatte aber in China selbst ein Eisenschmidt zwischen den Jahren 1041 und 1048, also fast 400 Jahre vor Guttenberg, bewegliche Typen von gebranntem Thone angewandt. Das ist die Erfindung des Pi-sching, die aber ohne Anwendung blieb. von Guttenberg in Strasburg und Mainz, von Lorenz Jansson Koster in Harlem gemacht, zwischen 1436 und 1439 fällt: also in die glückliche Epoche der ersten Einwanderung der gelehrten Griechen in Italien.

Zwei Jahrhunderte früher als alle Quellen der griechischen Litteratur dem Abendlande eröffnet wurden, 25 Jahre vor der Geburt des Dante, einer der großen Epochen in der Culturgeschichte des südlichen Europa's: ereigneten sich im inneren Asien wie im östlichen Afrika Begebenheiten, welche bei dem erweiterten Handelsverkehr die Umschiffung von Afrika und die Expedition des Columbus beschleunigten. Die Heerzüge der Mongolen, in 26 Jahren von Peking und der chinesischen Mauer bis Krakau und Liegnitz, erschreckten die Christenheit. Eine Zahl rüstiger Mönche wurden als Bekehrer und Diplomaten ausgesandt: Johann de Plano Carpini und Nicolas Ascelin an Batu Chan, Ruisbroeck (Rubruquis) an Mangu Chan nach Karakorum. Von diesen reisenden Missionaren hat uns der zuletzt genannte feine und wichtige Bemerkungen über die räumliche Vertheilung der Sprach- und Völkerstämme in der Mitte des 13ten Jahrhunderts aufbewahrt. Er erkannte zuerst, daß die Hunnen, die Baschkiren (Einwohner von Paskatir, Baschgird des Ibn-Fozlan) und die Ungarn finnische (uralische) Stämme sind: er fand noch gothische Stämme, die ihre Sprache beibehalten, in den festen Schlössern der Krim. Rubruquis machte die beiden mächtigen seefahrenden Nationen Italiens, die Venetianer und Genueser, lüstern nach den unermeßlichen Reichthümern des östlichen Asiens. Er kennt, ohne den großen Handelsort zu nennen, „die silbernen Mauern und goldenen Thürme“ von Quinsay: dem heutigen Hangtschenfu, welches 25 Jahre später durch den größten Landreisenden aller Jahrhunderte, Marco PoloDas große und herrliche Werk des Marco Polo (*il Milione* di Messer *Marco Polo*), wie wir es in der correcten Ausgabe des Grafen Baldelli besitzen, wird fälschlich eine *Reise* genannt; es ist größtentheils ein beschreibendes, man möchte sagen statistisches Werk: in welchem schwer zu unterscheiden ist, was der Reisende selbst gesehen, was er von Anderen erfahren oder aus topographischen Beschreibungen, an denen die chinesische Litteratur so reich ist und die ihm durch seinen persischen Dolmetscher zugänglich werden konnten, geschöpft habe. Die auffallende Aehnlichkeit des Reiseberichts von Hinen-thsang, dem buddhistischen Pilger des siebenten Jahrhunderts, mit dem, was Marco Polo von dem Pamir-Hochlande 1277 erfahren, hatte früh meine ganze Aufmerksamkeit auf sich gelenkt. Der der asiatischen Sprachkunde leider so früh entzogene Jacquet, der sich, wie Klaproth und ich, lange mit dem venetianischen Reisenden beschäftigt hatte, schrieb mir kurz vor seinem Tode: “Je suis frappé comme Vous de la forme de rédaction littéraire du *Milione*. Le fond appartient sans doute à l'observation directe et personnelle du voyageur, mais il a probablement employé des documents qui lui ont été communiqués soit officiellement, soit en particulier. Bien des choses paraissent avoir été empruntées à des livres chinois et mongols, bien que ces influences sur la composition du *Milione* soient difficiles à reconnaître dans les traductions successives sur lesquelles Polo aura fondé ses extraits.“ Eben so sehr als die neueren Reisenden sich nur zu gern mit ihrer Person beschäftigen, ist dagegen Marco Polo bemüht seine eigenen Beobachtungen mit den ihm mitgetheilten officiellen Angaben: deren er, als Gouverneur der Stadt Yangui, viele haben konnte, zu vermengen. (S. meine *Asie centrale* T. II. p. 395) Die compilirende Methode des berühmten Reisenden macht auch begreiflich, daß er im Gefängniß in Genua 1295 wie im Angesicht vorliegender Documente seinem mitgefangenen Freunde Messer Rustigielo aus Pisa sein Buch dictiren konnte. (Vergl. *Marsden, travels of Marco Polo* d. XXXIII.), so berühmt geworden ist. Wahrheit und naiver Irrthum finden sich sonderbar in Rubruquis, dessen Reisenachrichten uns Roger Bacon aufbewahrt, vermischt. Nahe bei dem Khatai, „das vom östlichen Meere begrenzt ist", beschreibt er ein glückliches Land, „in welchem fremde Männer und Frauen, so wie sie eingewandert sind, zu altern aufhören". Leichtgläubiger noch als der Brabanter Mönch, aber deshalb auch weit mehr gelesen, war der englische Ritter John Mandeville. Er beschreibt Indien und China, Ceylon und Sumatra. Der Umfang und die individuelle Form seiner Beschreibungen haben (wie die Itinerarien von Balducci Pegoletti und die Reise des Ruy Gonzalez de Clavijo) nicht wenig dazu beigetragen den Hang zu einem großen Weltverkehr zu beleben.

Man hat oft und mit sonderbarer Bestimmtheit behauptet, das vortreffliche Werk des wahrheitsliebenden Marco Polo, besonders die Kenntniß, welche dasselbe über die chinesischen Häfen und den indischen Archipelagus verbreitete, habe einen großen Einfluß auf Columbus ausgeübt, ja dieser sei sogar im Besitz eines Exemplars von Marco Polo auf seiner ersten Entdeckungsreise gewesen.*Navarrete, coleccion de los Viages y Descubrimientos que hiciéron por mar los Españoles* T. I. p. 261; Washington *Irving, history of the life and voyages of Christopher Columbus* 1828 Vol. IV. p. 297. Ich habe bewiesen, daß Christoph Columbus und sein Sohn Fernando wohl des Aeneas Sylvius (Pabsts Pius II) Geographie von Asien, aber nie Marco Polo und Mandeville nennen. Was sie von Quinsay, Zaitun, Mango und Zipangu wissen: kann aus dem berühmten Briefe des Toscanelli von 1474 über die Leichtigkeit das östliche Asien von Spanien aus zu erreichen, aus den Erzählungen des Nicolo de' Conti, welcher 25 Jahre lang Indien und das südliche China durchreist war, genommen sein, ohne unmittelbare Bekanntschaft mit den Capiteln 68 und 77 des 2ten Buchs des Marco Polo. Die älteste gedruckte Ausgabe seiner Reise ist eine, dem Columbus und Toscanelli gewiß gleich unverständlich gebliebene, deutsche Uebersetzung von 1477. Daß Columbus zwischen den Jahren 1471 und 1492, in denen er sich mit seinem Projecte, „den Osten durch den Westen zu suchen (buscar el levante por el poniente, pasar á donde nacen las especerias, navegando al occidente)", beschäftigte, ein Manuscript des venetianischen Reisenden gesehen haben könne: darf als Möglichkeit freilich nicht geläugnet werden; aber warum würde er sich in dem Briefe an die Monarchen aus Jamaica vom 7 Junius 1503, wo er die Küste von Veragua als einen Theil des asiatischen *Ciguare* nahe beim Ganges beschreibt und Pferde mit goldenem Geschirr zu sehen hofft, nicht lieber des Zipangu von Marco Polo als des Papa Pio erinnert haben?

Wenn die diplomatischen Missionen der Mönche und wohlgeleitete mercantilische Landreisen zu einer Zeit, wo die Weltherrschaft der Mongolen vom stillen Meere bis an die Wolga das Innere von Asien zugänglich machte, den großen seefahrenden Nationen eine Kenntniß von Khatai und Zipangu (China und Japan) verschafften; so bahnte die Sendung des Pedro de Covilham und Alonso de Payva (1487), welche König Johann II veranstaltete, um den „afrikanischen Priester Johannes" aufzusuchen, den Weg: wenn auch nicht für Bartholomäus Diaz, doch für Vasco de Gama. Vertrauend den Nachrichten, welche in Calicut, Goa und Aden wie in Sofala an der Ostküste Afrika's von indischen und arabischen Piloten eingezogen wurden: ließ Covilham den König Johann II durch zwei Juden aus Cairo wissen, daß, wenn die Portugiesen ihre Entdeckungsreisen an der Westküste gegen Süden weiter fortsetzten, sie an die Endspitze von Afrika gelangen würden: von wo aus die Schifffahrt nach der *Mond-Insel* (Magastar des Polo), nach Zanzibar und dem goldreichen Sofala überaus leicht wäre. Ehe aber diese Nachrichten nach Lissabon gelangten, wußte man dort längst, daß Bartholomäus Diaz das Vorgebirge der guten Hoffnung (Cabo tormentoso) nicht bloß entdeckt, sondern (wenn auch nur auf eine kleine Strecke) umschifft hatte. Durch Aegypten, Abyssinien und Arabien konnten sich übrigens sehr früh im Mittelalter Nachrichten von den indischen und arabischen Handelsstationen an der afrikanischen Ostküste und von der Configuration der Südspitze des Continents nach Venedig verbreitet haben. Die triangulare Gestalt von Afrika ist in der That schon auf dem Planisphärium des SanutoDas Planisphärium des *Sanuto*, der sich selbst "Marinus Sanuto dictus Torxellus de Veneciis" nennt, gehört zu dem Werke *Secreta fidelium Crucis*. „Marinus prêcha adroitement une croisade dans l'intérêt du commerce, voulant détruire la prospérité de l'Égypte et diriger toutes les marchandises de l'Inde par Bagdad, Bassora et Tauris (Tebriz) à Kaffa, Tana (Azow), et aux côtes asiatiques de la Méditerranée. Contemporain et compatriote de Polo, dont il n'a pas connu le *Milione*, Sanuto s'élève à de grandes vues de politique commerciale. C'est le Raynal du moyen-âge, moins l'incrédulité d'un abbé philosophe du 18me siècle." (*Examen crit.* T. I. p. 231 und 333–348.) Das Vorgebirge der guten Hoffnung heißt Capo du Diab auf der Karte des Fra Mauro, welche zwischen 1457 und 1459 zusammengetragen wurde; s. die gelehrte Schrift des Cardinals *Zurla: il Mappamondo di Fra Mauro Camaldolese* 1806 § 54. von 1306, in dem genuesischen *Portulano della Mediceo-Laurenziana* von 1351, welchen der Graf Baldelli aufgefunden, und auf der Weltkarte von Fra Mauro deutlich abgebildet. Die Geschichte der Weltanschauung bezeichnet, ohne dabei zu verweilen, die Epochen, in denen die Hauptgestaltung der großen Continental-Massen zuerst erkannt wurde.

Indem die sich allmälig entwickelnde Kenntniß der Raumverhältnisse dazu anregte auf Abkürzungen von Seewegen zu denken, wuchsen auch schnell die Mittel, durch Anwendung der Mathematik und Astronomie, durch Erfindung neuer Meßinstrumente und geschicktere Benutzung der magnetischen Kräfte die praktische Nautik zu vervollkommnen. Die Benutzung der *Nord-* und *Südweisung* des Magnets, d. i. den

Gebrauch des Seecompasses, verdankt Europa sehr wahrscheinlich den Arabern und diese verdanken sie wiederum den *Chinesen*. In einem chinesischen Werke (in dem historischen *Szuki* des Szumathsian, eines Schriftstellers aus der ersten Hälfte des zweiten Jahrhunderts vor unserer Zeitrechnung) wird der *magnetischen Wagen* erwähnt, welche der Kaiser Tschingwang aus der alten Dynastie der Tscheu über 900 Jahre früher den Gesandten von Tunkin und Cochinchina geschenkt hatte, damit sie ihren Landweg zur Rückkehr nicht verfehlen möchten. Im dritten Jahrhundert unserer Zeitrechnung, unter der Dynastie der Han, wird in Hintschin's Wörterbuche *Schuewen* die Art beschrieben, wie man durch methodisches Streichen einem Eisenstabe die Eigenschaft giebt sich mit dem einen Ende gegen Süden zu richten. Wegen der gewöhnlichsten Richtung der dasigen Schifffahrt wird immer vorzugsweise die Südweisung erwähnt. Hundert Jahre später, unter der Dynastie der Tsin, benutzen dieselbe schon chinesische Schiffe, um ihre Fahrt auf offenem Meere sicher zu leiten. Durch diese Schiffe hatte die Kenntniß der Boussole sich nach Indien und von da nach der Ostküste von Afrika verbreitet. Die arabischen Benennungen zohron und aphron (für Süd und Nord), welche Vincenz von Beauvais in seinem Naturspiegel den beiden Enden der Magnetnadel giebt, bezeugen (wie die vielen arabischen Sternnamen, deren wir uns heute noch bedienen), auf welchem Wege und durch wen das Abendland belehrt wurde. In dem christlichen Europa ist von dem Gebrauch der Nadel, als von einem ganz bekannten Gegenstande, zuerst in einem politisch-satirischen Gedichte la Bible des Guyot von Provins 1190 und in der Beschreibung von Palästina des Bischofs von Ptolemais Jacob von Vitry zwischen 1204 und 1215 geredet worden. Auch Dante (*Parad.* XII, 29) erwähnt in einem Gleichniß der Nadel (ago), „die nach dem Sterne weist".

Dem Flavio Gioja aus Positano, unweit des schönen und durch seine weit verbreiteten Seegesetze so berühmten Amalfi, hat man lange die Erfindung des Seecompasses zugeschrieben; vielleicht war von demselben (1302) irgend eine Vervollkommnung in der Vorrichtung angegeben worden. Eine viel frühere Benutzung des Compasses in den europäischen Gewässern als im Anfang des 14ten Jahrhunderts beweist auch eine nautische Schrift des Raymundus Lullus aus Majorca: des sonderbaren geistreichen, excentrischen Mannes, dessen Doctrinen Giordano Bruno schon als Knaben begeisterten und der zugleich philosophischer Systematiker, Scheidekünstler, christlicher Bekehrer und Schifffahrtskundiger war. In seinem Buche *Fenix de las maravillas del orbe*, das im Jahr 1286 verfaßt ist, sagt Lullus, daß die Seefahrer seiner Zeit sich der „Meßinstrumente, der Seekarten und der Magnetnadel" bedienten."Tenian los mareantes *instrumento, carta, compas y aguja.*" *Salazar, discurso sobre los progresos de la Hydrigrafia en España* 1809 p. 7. Die frühen Schifffahrten der Catalanen nach der Nordküste von Schottland und nach der Westküste des tropischen Afrika's (Don Jayme Ferrer gelangte im Monat August 1346 an den Ausfluß des Rio de Ouro), die Entdeckung der Azoren (*Bracir*-Inseln der Weltkarte von Picigano 1367) durch die Normänner erinnern uns, daß lange vor Columbus man den freien westlichen Ocean durchschiffte. Was unter der

Römerherrschaft im indischen Meere zwischen Ocelis und der malabarischen Küste bloß im Vertrauen auf die Regelmäßigkeit der Windesrichtungen. ausgeführt wurde, geschah jetzt unter Leitung der Magnetnadel.

Die Anwendung der Astronomie auf die Schifffahrtskunde war vorbereitet durch den Einfluß, welchen vom 13ten zum 15ten Jahrhundert in Italien Andalone del Nero und der Berichtiger der Alphonsinischen Himmelstafeln Johann Bianchini: in Deutschland Nicolaus von Cusa, Georg von Peurbach und Regiomontanus ausübten. Astrolabien zur Bestimmung der Zeit und der geographischen Breite durch Meridianhöhen, anwendbar auf einem immer bewegten Elemente, erhielten allmälige Vervollkommnung: sie erhielten sie von dem Astrolabium der Piloten von Majorca an, welches Raymund Lullus in dem Jahre 1295 in seiner *Arte de navegar* beschreibt, bis zu dem, das Martin Behaim 1484 zu Lissabon zu Stande brachte und das vielleicht nur eine Vereinfachung des Meteoroscops seines Freundes Regiomontanus war. Als der Infant Heinrich der Seefahrer (Herzog von Viseo) in Sagres eine Piloten-Akademie stiftete, wurde Maestro Jayme aus Majorca zum Director derselben ernannt. Martin Behaim hatte den Auftrag vom König Johann II von Portugal, Tafeln für die Abweichung der Sonne zu berechnen und die Piloten zu lehren „nach Sonnen- und Sternhöhen zu schiffen“. Ob man schon am Ende des 15ten Jahrhunderts die Vorrichtung der *Logleine* gekannt habe, um neben der durch den Compaß bestimmten Richtung auch die Länge des zurückgelegten Weges zu schätzen, kann nicht entschieden werden; doch ist gewiß, daß Pigafetta, Magellan's Begleiter, von dem Log (la catena a poppa) wie von einem längst bekannten Mittel spricht den zurückgelegten Weg zu messen.Es ist in allen Schriften über die *Schifffahrtskunde,* die ich untersucht, die irrige Meinung verbreitet, als sei das *Log* zur Messung des zurückgelegten Weges nicht früher angewandt worden als seit dem Ende des 16ten oder im Anfang des 17ten Jahrhunderts. In der *Encyclopaedia britannica* (7th edit. von 1842) Vol. XIII. p. 416 heißt es noch: “the author of the device for measuring the ship's way is not known and *no mention of it occurs* till the year 1607 in an East India voyage published by Purchas.“ Dieses Jahr ist auch in allen früheren und späteren Wörterbüchern (*Gehler* Bd. VI. 1831 S. 450) als äußerste Grenze angeführt worden. Nur Navarrete in der *disertacion sobre los progresos del Arte de Navegar* 1802 setzt den Gebrauch der Loglinie auf englischen Schiffen in das Jahr 1577 (*Duflot de Mofras, notice biographique sur Mendoza et Navarrete* 1845 p. 64); später, an einem anderen Orte (*coleccion de los Viages de los Españoles* T. IV. 1837 p. 97), behauptet er: „zu Magellan's Zeiten sei die Schnelligkeit des Schiffes nur á ojo (nach dem Augenmaaße) geschätzt worden, bis erst im 16ten Jahrhunderte die corredera (das Log) erfunden wurde“. Die Messung der „gesegelten Distanz“ durch Auswerfen der Loglinie ist, wenn auch das Mittel an sich unvollkommen genannt werden muß, doch von so großer Wichtigkeit für die Kenntniß der Schnelligkeit und Richtung oceanischer *Strömungen* geworden, daß ich sie zu einem Gegenstande sorgfältiger Untersuchungen habe machen müssen. Ich theile hier die Hauptresultate mit, die in dem noch nicht erschienenen 6ten Bande meines *Examen critique de l'histoire de la Géogr. et des progrès de l'Astronomie nautique* enthalten sind. Die Römer hatten zur Zeit der Republik auf ihren Schiffen Wegmesser, die in 4 Fuß hohen, mit Schaufeln versehenen Rädern an dem äußern Schiffsborde bestanden: ganz wie bei unseren Dampfschiffen und wie bei der Vorrichtung zur Bewegung von Fahrzeugen, welche Blasco de Garay 1543 zu Barcelona dem Kaiser Carl V angeboten hatte (*Arago, Annuaire du Bur. des Long.* 1829 p. 152). Der altrömische Wegmesser („ratio a majoribus tradita, qua in via rheda sedentes vel mari navigantes scire possumus quot millia numero itineris fecerimus") ist umständlich von *Vitruvius* (lib. X cap. 14), dessen Augusteisches Zeitalter freilich neuerlichst von C. Schultz und Osann sehr erschüttert worden ist, beschrieben. Durch drei in einander greifende gezähnte Räder und das Herabfallen kleiner runder Steinchen aus einem Radgehäuse (loculamentum), das nur ein einziges Loch hat, ward die Zahl der Umgänge der äußeren Räder, welche in das Meer tauchten, und die Zahl der zurückgelegten Meilen in einer Tagereise angegeben. Ob diese *Hodometer* im mittelländischen Meere viel gebraucht worden sind, „da sie Nutzen und auch Vergnügen" gewähren konnten, sagt Vitruvius nicht. In der Lebensbeschreibung des Kaisers Pertinax von *Julius Capitolinus* wird des verkauften Nachlasses des Kaisers Commodus erwähnt (cap. 8; in *Hist. Augustae Script.* ed. Ludg. Bat. 1671 T. I. p. 554): in welchem sich ein Reisewagen, mit einer ähnlichen Hodometereinrichtung versehen, befand. Die Räder gaben zugleich „das Maaß des zurückgelegten Weges und die Dauer der Reise", in Stunden, an. Einen viel vollkommneren, ebenfalls zu Wasser und zu Lande gebrauchten *Wegmesser* hat Hero von Alexandrien, der Schüler des Ktesibius, in seiner, griechisch noch unedirten Schrift über die Dioptern beschrieben (s. *Venturi, comment. sopra la storia dell' Ottica*, Bologna 1814 T. I. p. 134–139). In der Litteratur des ganzen Mittelalters findet sich wohl nichts über den Gegenstand, den wir hier behandeln, bis man zu der Epoche der vielen, kurz nach einander verfaßten oder in Druck erschienenen *Lehrbücher der Nautik* von Antonio *Pigafetta* (*trattato di Navigazione*, wahrscheinlich vor 1530), Francisco *Falero* (1535: Bruder des Astronomen Ruy Falero, der den Magellan auf seiner Reise um die Welt begleiten sollte und ein *regimiento para observar la longitud en la mar* hinterließ), Pedro de *Medina* aus Sevilla (*arte de navegar* 1545), Martin *Cortes* aus Bujalaroz (*breve compendio de la esfera y de la arte de navegar* 1551) und Andres Garcia de *Cespedes* (*regimiento de Navegacion y Hidrografia* 1606) gelangt. Aus fast allen diesen, zum Theil jetzt sehr seltenen Werken, wie aus der *Suma de Geografia*, welche Martin Fernandez de *Enciso* 1519 herausgab, erkennt man deutlichst, daß die „gesegelte Distanz" auf spanischen und portugiesischen Schiffen nicht durch irgend unmittelbare Messung. sondern nur durch Schätzung nach dem Augenmaaße und nach gewissen numerisch festgesetzten Grundsätzen zu bestimmen gelehrt wird. *Medina* sagt (libro III cap. 11 und 12): „um den *Curs* des Schiffes in der Länge des durchlaufenen Raumes zu kennen, muß der Pilot nach Stunden (d. h. durch die Sanduhr, ampolleta, geleitet) in seinem Register aufzeichnen, wie viel das

Schiff zurückgelegt; er muß deshalb wissen, daß das meiste, was er in einer Stunde fortschreitet, vier Meilen sind; bei schwächerem Winde drei, auch nur zwei . . . ." *Cespedes* (*Regimiento* p. 99 und 156) nennt dies Verfahren wie Medina echa punto por fantasia. Diese fantasia hängt allerdings, wenn man großen Irrthum vermeiden will, wie Enciso richtig bemerkt, von der Kenntniß ab, welche der Pilot von der Qualität seines Schiffes hat; aber im ganzen wird jeder, der lange auf dem Meere war, doch meist mit Verwunderung bemerkt haben, wie übereinstimmend die bloße Schätzung der Geschwindigkeit des Schiffes, bei nicht sehr hohem Wellenschlage, mit dem später erhaltenen Resultate des ausgeworfenen Logs ist. Einige spanische Piloten nennen die alte, freilich gewagte Methode bloßer Schätzung (cuenta de estima), gewiß sehr ungerecht sarcastisch: la corredera de los Holandeses, corredera de los perezosos. In dem Schiffsjournale des Christoph Columbus wird oft des Streites gedacht mit Alonso Pinzon über die Länge des zurückgelegten Weges seit der Abfahrt von Palos. Die gebrauchten Sanduhren, ampolletas, liefen in einer halben Stunde ab, so daß der Zeitraum von Tag und Nacht zu 48 ampolletas gerechnet wurde. Es heißt in jenem wichtigen Schiffsjournale des Columbus (z. B. den 22 Januar 1493): "andaba 8 millas por hora hasta pasadas 5 ampolletas, y 3 antes que comenzase la guardia, que eran 8 ampolletas" (*Navarrete* T. I. p. 143). Das Log, la corredera, wird nie genannt. Soll man annehmen, Columbus habe es gekannt, benutzt und als ein schon sehr gewöhnliches Mittel nicht zu nennen nöthig erachtet: wie Marco Polo nicht des Thees und der chinesischen Mauer erwähnt hat? Eine solche Annahme scheint mir schon deshalb sehr unwahrscheinlich, weil in den Vorschlägen, welche der Pilot Don Jayme Ferrer 1495 einreicht, um die Lage der päbstlichen Demarcations-Linie genau zu ergründen, es auf die Bestimmung der „gesegelten Distanz" ankommt, und doch nur das übereinstimmende *Urtheil* (juicio) von 20 sehr erfahrenen Seeleuten angerufen wird (que apunten en su carta de 6 en 6 horas el camino que la nao fará segun su juicio). Hätte das Log angewandt werden sollen, so würde Ferrer gewiß vorgeschrieben haben, wie oft es ausgeworfen werden sollte. Die erste Anwendung des *Loggens* finde ich in einer Stelle von Pigafetta's Reisejournal der Magellanischen Weltumseglung, das lange in der Ambrosianischen Bibliothek in Mailand unter den Handschriften vergraben lag. Es heißt darin im Januar 1521, als Magellan schon in die Südsee gelangt war: "secondo la misura che facevamo del viaggio colla catena a poppa, noi percorrevamo da 60 in 70 leghe al giorno" (*Amoretti, primo Viaggio intorno al Globo terracqueo, ossia Navigazione fatta dal Cavaliere Antonio Pigafetta sulla squadra del Cap. Magaglianes*, 1800, p. 46). Was kann diese Vorrichtung der *Kette am Hintertheil des Schiffes* (catena a poppa): „deren wir uns auf der ganzen Reise bedienten, um den Weg zu messen", anders gewesen sein als eine unserem *Log* ähnliche Einrichtung? Der aufgewickelten, in *Knoten* getheilten *Loglinie*, des *Logbrettes* oder *Logschiffes* und des *Halb-Minuten-* oder *Logglases* geschieht keine besondere Erwähnung; aber dieses Stillschweigen kann nicht verwundern, wenn von einer längst bekannten Sache geredet wird. Auch in dem Theile des *trattato di*

Navigazione des Cavaliere Pigafetta, den Amoretti im Auszuge geliefert hat (freilich nur von 10 Seiten), wird die catena della poppa nicht wieder genannt.

Der Einfluß der arabischen Civilisation, der astronomischen Schulen von Cordova, Sevilla und Granada auf das Seewesen in Spanien und Portugal ist nicht zu übersehen. Man ahmte für das Seewesen im kleinen die großen Instrumente der Schulen von Bagdad und Cairo nach. Auch die Namen gingen über. Der des *Astrolabon*, welches Martin Behaim an den großen Mast befestigte, gehört ursprünglich dem Hipparch. Als Vasco de Gama an der Ostküste von Afrika landete, fand er, daß die indischen Piloten in Melinde den Gebrauch der Astrolabien und Ballestillen kannten. So war durch Mittheilung bei zunehmendem Weltverkehr wie durch eigene Erfindungsgabe und gegenseitige Befruchtung des mathematischen und astronomischen Wissens alles vorbereitet, um die Entdeckung des tropischen Amerika's, die schnelle Bestimmung seiner Gestaltung, die Schifffahrt um die Südspitze von Afrika nach Indien, und die erste Weltumseglung: d. h. alles, was großes und ruhmwürdiges für die erweiterte Kenntniß des Erdraumes in dreißig Jahren (von 1492 bis 1522) geschehen ist, zu erleichtern. Auch der Sinn der Menschen war geschärfter, um die grenzenlose Fülle neuer Erscheinungen in sich aufzunehmen, zu verarbeiten und durch Vergleichung für allgemeine und höhere Weltansichten zu benutzen.

Von den Elementen dieser höheren Weltansichten: solcher, die zu der Einsicht in den Zusammenhang der Erscheinungen auf dem Erdkörper leiten konnten, genügt es hier nur die vorzüglicheren zu berühren. Wenn man sich ernsthaft mit den Originalwerken der frühesten Geschichtsschreiber der Conquista beschäftigt, so erstaunt man, oft schon den Keim wichtiger physischer Wahrheiten in den spanischen Schriftstellern des 16ten Jahrhunderts zu entdecken. Bei dem Anblick eines Festlandes, welches in den weiten Einöden des Oceans von allen anderen Gebieten der Schöpfung getrennt erschien, bot sich sowohl der angeregten Neugierde der ersten Reisenden als denen, welche ihre Erzählungen sammelten, ein großer Theil der wichtigen Fragen dar, die uns noch heute beschäftigen: Fragen über die Einheit des Menschengeschlechts und dessen Abweichungen von einer gemeinsamen Urgestaltung; über die Wanderungen der Völker und die Verschwisterung von Sprachen, welche in ihren Wurzelwörtern oft größere Verschiedenheit als in den Flexionen oder grammatischen Formen offenbaren: über die Möglichkeit der Wanderung von Pflanzen und Thierarten, über die Ursache der Passatwinde und der constanten Meeresströmungen, über die regelmäßige Wärme-Abnahme an dem Abhange der Cordilleren und in der Tiefe des Oceans in über einander gelagerten Wasserschichten, über die gegenseitige Einwirkung der in Ketten auftretenden Vulkane und den Einfluß derselben auf die Frequenz der Erdbeben und die Ausdehnung der Erschütterungskreise. Die Grundlage von dem, was man heute *physikalische Erdbeschreibung* nennt, ist, die mathematischen Betrachtungen abgerechnet, in des Jesuiten Joseph Acosta *Historia natural y moral de las Indias* wie in dem, kaum 20 Jahre nach dem Tode des Columbus erschienenen Werke von Gonzalo

Hernandez de Oviedo enthalten. In keinem anderen Zeitpunkte seit dem Entstehen des gesellschaftlichen Zustandes war der Ideenkreis in Bezug auf die Außenwelt und die räumlichen Verhältnisse so plötzlich und auf eine so wunderbare Weise erweitert, das Bedürfniß lebhafter gefühlt worden die Natur unter verschiedenen Breitengraden und in verschiedenen Höhen über der Meeresfläche zu beobachten; die Mittel zu vervielfältigen, durch welche sie befragt werden kann.

Man möchte sich vielleicht, wie ich schon an einem anderen Orte bemerkt habe, zu der Annahme verleiten lassen, daß der Werth so großer Entdeckungen, die sich gegenseitig hervorriefen, der Werth dieser zwiefachen Eroberungen in der physischen und in der intellectuellen Welt erst in unseren Tagen anerkannt worden ist, seitdem die Culturgeschichte des Menschengeschlechts sich einer philosophischen Behandlung erfreut. Eine solche Annahme wird durch die Zeitgenossen des Columbus widerlegt. Die talentvollsten unter ihnen ahndeten den Einfluß, welchen die Begebenheiten der letzten Jahre des funfzehnten Jahrhunderts auf die Menschheit ausüben würden. „Jeder Tag", schreibt Peter Martyr von AnghieraVergl. *Opus Epistolarum* Petri Martyris *Anglerii* Mediolanensis 1670 ep. CXXX und CLII. „Prae laetitia prosiliisse te, vixque à lachrymis prae gaudio temperasse, quando literas adspexisti meas, quibus de Antipodum Orbe, latenti hactenus, te certiorem feci, mi suavissime Pomponi, insinuasti. Ex tuis ipse literis colligo, quid senseris. Sensisti autem, tantique rem fecisti, quanti virum summa doctrina insignitum decuit. quis namque cibus sublimibus praestari potest ingeniis isto suavior? quod condimentum gratius? à me facio conjecturam. Beari sentio spiritus meos, quando accitos alloquor prudentes aliquos ex his qui ab ea redeunt provincia (Hispaniola insula)." Der Ausdruck Christophorus quidam Colonus erinnert, ich sage nicht an das zu oft und mit Unrecht citirte nescio quis Plutarchus des Aulus *Gellius* (*Noct. Atticae* XI, 16), aber wohl an das quodam Cornelio scribente in dem Antwortsschreiben des Königs Theodorich an den Fürsten der Aestyer, welcher aus der *Germania* cap. 45 des *Tacitus* über den wahren Ursprung des Bernsteins belehrt werden sollte. in seinen Briefen aus den Jahren 1493 und 1494, „bringt uns neue Wunder aus einer Neuen Welt; von jenen Antipoden des Westens, die *ein gewisser* Genueser (Christophorus quidam, vir Ligur) aufgefunden hat. Von unseren Monarchen, Ferdinand und Isabella, ausgesandt, hatte er mit Mühe drei Schiffe erlangen können: weil man für fabelhaft hielt, was er sagte. Unser Freund Pomponius Lätus (einer der ausgezeichnetsten Beförderer der classischen Litteratur und wegen seiner religiösen Meinungen zu Rom verfolgt) hat sich kaum der Freudenthränen enthalten können, als ich ihm die erste Nachricht von einem so unverhofften Ereignisse mittheilte." Anghiera, dem wir diese Worte entlehnen, war ein geistreicher Staatsmann an dem Hofe Ferdinands des Catholischen und Carls V: einmal Gesandter in Aegypten; persönlicher Freund von Columbus, Amerigo Vespucci, Sebastian Cabot und Cortes. Sein langer Lebenslauf umfaßt die Entdeckung der westlichsten azorischen Insel, Corvo; die Expeditionen von Diaz, Columbus, Gama und Magellan. Der Papst Leo X las seiner

Schwester und den Cardinälen „bis in die tiefe Nacht“ die *Oceanica* des Anghiera vor. „Spanien“, sagt dieser, „möchte ich von jetzt an nicht wieder verlassen, weil ich hier an der Quelle der Nachrichten aus den neu entdeckten Ländern stehe und als Geschichtsschreiber so großer Begebenheiten hoffen darf meinem Namen einigen Ruhm bei der Nachwelt zu verschaffen.“ So lebhaft wurde von den Zeitgenossen gefühlt, was glänzend in den spätesten Erinnerungen aller Jahrhunderte leben wird.

Columbus, indem er das westlich von dem Meridian der azorischen Inseln noch ganz unerforschte Meer durchschiffte und zur Ortsbestimmung das neu vervollkommnete Astrolabium anwandte, suchte das östliche Asien auf dem Wege gegen Westen nicht als ein Abenteurer; er suchte es nach einem festen vorgefaßten Plane. Er hatte allerdings die Seekarte am Bord, welche ihm der florentiner Arzt und Astronom Paolo Toscanelli 1477 geschickt hatte und welche 53 Jahre nach seinem Tode noch Bartholomäus de las Casas besaß. Nach der handschriftlichen Geschichte des Letzteren, die ich untersucht, war dies auch die Carta de marearS. mein *Examen crit.* T. I. p. 210–249. Nach der handschriftlichen *Historia general de las Indias* lib. I cap. 12 war “la carta de marear, que Maestro Paulo Fiscio (Toscanelli) envió á Colon“ in den Händen von Bartholomé de las *Casas*, als er sein Werk schrieb. Das Schiffsjournal des Columbus, von dem wir einen Auszug besitzen (*Navarrete* T. I. p. 13), stimmt nicht ganz mit der Erzählung überein, welche ich in der Handschrift des Las Casas finde, deren gütige Mittheilung ich Herrn Ternaux-Compans verdanke. Das Schiffsjournal sagt: “Iba hablando el Almirante (martes 25 de Setiembre 1492) con Martin Alonso Pinzon, capitan de la otra carabela Pinta, sobre una carta que le habia enviado tres dias hacia á la carabela, donde segun parece *tenia pintadas el Almirante* ciertas islas por aquella mar....“ Dagegen steht in der Handschrift des *Las Casas* lib. I cap. 12: „La carta de marear que embió (Toscanelli al Almirante) yo que esta historia escrivo la tengo en mi poder. Creo que todo su viage sobre esta carta fundó“; lib. I cap. 38: „asi fué que el martes 25 de Setiembre llegase Martin Alonso Pinzon con su caravela Pinta á hablar con Christobal Colon sobre una carta de marear que Christobal Colon le avia embiado... *Esta carta es la que le embió Paulo Fisico el Florentin, la qual yo tengo en mi poder* con otras cosas del Almirante y escrituras de su misma mano que traxéron á mi poder. En ella le pintó muchas islas...“ Soll man annehmen, der Admiral habe in die Karte des Toscanelli die zu erwartenden Inseln hineingezeichnet? oder soll tenia pintadas bloß sagen: „der Admiral hatte eine Karte, auf der gemalt waren . . . .“?, welche der Admiral am 25 September 1492 dem Martin Alonso Pinzon zeigte und auf der mehrere vorliegende Inseln eingezeichnet waren. Wäre indeß Columbus der Karte seines Rathgebers Toscanelli allein gefolgt, so würde er einen nördlicheren Curs und zwar im Parallelkreise von Lissabon gehalten haben; er steuerte dagegen, in der Hoffnung Zipangu (Japan) schneller zu erreichen, die Hälfte des Weges in der Breite der canarischen Insel Gomera: und später in Breite abnehmend, befand er sich am 7 October 1492 unter 25°½. Unruhig darüber die Küsten von Zipangu nicht zu entdecken, die er nach seiner Schiffsrechnung schon 216 Seemeilen östlicher hatte finden sollen: gab er nach langem Streite dem Befehlshaber der Caravele Pinta, dem eben genannten Martin Alonso Pinzon (einem der drei reichen, einflußvollen, ihm feindlichen Brüder), nach und steuerte gegen Südwest. Diese Veränderung der Richtung führte am 12 October zur Entdeckung von Guanahani.

Wir müssen hier bei einer Betrachtung verweilen, die eine wundersame Verkettung kleiner Begebenheiten und den nicht zu verkennenden Einfluß einer solchen Verkettung auf große Weltschicksale offenbart. Der verdienstvolle Washington Irving hat mit Recht behauptet, daß, wenn Columbus, dem Rathe des Martin Alonso Pinzon widerstehend, fortgefahren hätte gegen Westen zu segeln, er in den warmen *Golfstrom* gerathen wäre und nach Florida und von dort vielleicht nach dem Cap Hatteras und Virginien würde geführt worden sein: ein Umstand von unermeßlicher Wichtigkeit, da er den jetzigen Vereinigten Staaten von Nordamerika statt einer spät angelangten protestantisch-englischen Bevölkerung eine catholisch-spanische hätte geben können. „Es ist mir", sagte Pinzon zu dem Admiral, „wie eine *Eingebung* (el corazon me da), daß wir anders steuern müssen." Auch behauptete er deshalb in dem berühmten Processe, der (1513-1515) gegen die Erben des Columbus geführt wurde, daß die Entdeckung von Amerika ihm allein gehöre. Die *Eingebung* aber und, „was das Herz ihm sagte", verdankte Pinzon, wie in demselben Proceß ein alter Matrose aus Moguer erzählt, dem Flug einer Schaar von Papageien, die er Abends hatte gegen Südwesten fliegen sehen, um, wie er vermuthen konnte, in einem Gebüsch am Lande zu schlafen. Niemals hat der Flug der Vögel gewichtigere Folgen gehabt. Man könnte sagen, er habe entschieden über die ersten Ansiedelungen im Neuen Continent, über die ursprüngliche Vertheilung romanischer und germanischer Menschenracen.

Der Gang großer Begebenheiten ist wie die Folge der Naturerscheinungen an ewige Gesetze gefesselt, deren wir nur wenige vollständig erkennen. Die Flotte, welche König Emanuel von Portugal auf dem Wege, den Gama entdeckt, unter dem Befehle des Pedro Alvarez Cabral nach Ostindien schickte, wurde unvermuthet am 22 April 1500 an die Küste von Brasilien verschlagen. Bei dem Eifer, welchen die Portugiesen seit der Unternehmung des Diaz (1487) für die Umschiffung des Vorgebirges der guten Hoffnung zeigten, hätte es nicht an einer Wiederholung von Zufällen fehlen können, denen ähnlich, welche oceanische Strömungen auf Cabral's Schiffe ausgeübt haben. Die afrikanischen Entdeckungen würden demnach die Entdeckung von Amerika südlich vom Aequator veranlaßt haben. So durfte Robertson sagen, es habe in den Schicksalen der Menschheit gelegen, daß vor dem Ende des 15ten Jahrhunderts der Neue Continent den europäischen Seefahrern bekannt würde.

Unter den Charakter-Eigenschaften von Christoph Columbus müssen besonders der durchdringende Blick und der Scharfsinn hervorgehoben werden, womit er: ohne gelehrte Bildung, ohne physikalische und naturhistorische Kenntnisse, die Erscheinungen der Außenwelt erfaßt und combinirt. Bei seiner Ankunft „in einer neuen

Welt und unter einem neuen Himmel"Ueber das naturbeschreibende, oft dichterische Talent des Columbus beachtet er aufmerksam die Form der Ländermassen, die Physiognomik der Vegetation, die Sitten der Thiere, die Vertheilung der Wärme und die Variationen des Erd-Magnetismus. Während der alte Seemann sich bestrebt die Specereien Indiens und den Rhabarber (ruibarba) aufzufinden, der durch die arabischen und jüdischen Aerzte, durch Rubruquis und die italiänischen Reisenden schon eine so große Berühmtheit erlangt hatte, untersuchte er auf das genaueste Wurzeln und Früchte und Blattbildung der Pflanzen. Indem hier an den Einfluß erinnert werden soll, welchen die große Epoche der Seefahrten auf die Erweiterung der Natur-Ansichten ausgeübt, wird die Schilderung an Lebendigkeit gewinnen, wenn sie an die Individualität eines großen Mannes geknüpft ist. In seinem Reisejournal und in seinen Berichten, die erst 1825 bis 1829 veröffentlicht worden sind, findet man bereits fast alle Gegenstände berührt, auf welche sich in der letzten Hälfte des 15ten und im ganzen 16ten Jahrhundert die wissenschaftliche Thätigkeit gerichtet hat.

Was die Geographie der westlichen Hemisphäre gleichsam durch Eroberungen im Raume von der Epoche an gewonnen hat, wo der Infant Dom Henrique der Seefahrer (auf seinem Landgute Terça naval an der schönen Bai von Sagres) seine ersten Entdeckungspläne entwarf, bis zu den Südsee-Expeditionen von Gaetano und Cabrillo, bedarf nur einer allgemeinen Erinnerung. Die kühnen Unternehmungen der Portugiesen, der Spanier und Engländer bezeugen, daß sich auf einmal wie ein neuer Sinn für das Große und Unbegrenzte erschlossen hatte. Die Fortschritte der Nautik und die Anwendung astronomischer Methoden zur Correction der *Schiffsrechnung* begünstigten jene Bestrebungen: welche dem Zeitalter einen eigenthümlichen Charakter gaben, das Erdbild vervollständigten, den Weltzusammenhang dem Menschen offenbarten. Die Entdeckung des festen Landes des *tropischen Amerika's* (1 August 1498) war 17 Monate später als Cabot's Beschiffung der labradorischen Küste von Nordamerika. Columbus sah zuerst die Tierra firme von Südamerika: nicht, wie man bisher geglaubt, in der Gebirgsküste von Paria, sondern in dem Delta des Orinoco östlich vom Caño Macareo. Sebastian Cabot*Biddle, memoir of Sebastian Cabot* 1831 p. 52–61; *Examen crit.* T. IV. p. 231. landete schon am 24 Junius 1497 an der Küste von Labrador zwischen 56° und 58° Breite. Daß diese unwirthbare Gegend ein halbes Jahrtausend früher von dem Isländer Leif Erikson besucht worden war, ist schon oben entwickelt worden.

Columbus legte bei seiner *dritten Reise* mehr Werth auf die Perlen der Inseln Margarita und Cubagna als auf die Entdeckung der Tierra firme: da er bis zu seinem Tode fest überzeugt war schon im November 1492 auf der *ersten Reise* in Cuba einen Theil des festen Landes von Asien berührt zu habenEs heißt in einer wenig beachteten Stelle des Tagebuchs von Columbus vom 1 Nov. 1492: „ich habe (in Cuba) gegenüber und nahe *Zayto y Guinsay* (Zaitun et Quinsay, *Marco Polo* II, 77) del Gran Can.." (*Navarrete, Viages y descubrim. de los Españoles* T. I. p. 46) Die Krümmung gegen

Süden, welche Columbus auf der zweiten Reise in dem westlichsten Theile des Landes Cuba bemerkte, hat einen wichtigen Einfluß auf die Entdeckung von Südamerika, auf die des Orinoco-Delta und des Vorgebirges Paria, ausgeübt: wie ich an einem anderen Orte gezeigt; s. *Examen crit.* T. IV. p. 246–250. „Putat (Colonus)", schreibt *Anghiera* (*Epist.* CLXVIII, ed. Amst. 1670 p. 96), "regiones has (Pariae) esse Cubae contiguas et adhaerentes: ita quod utraeque sint Indiae Gangetidis continens ipsum......". Von diesem Theile würde er (wie sein Sohn Don Fernando und sein Freund, der Cura de los Palacios, erzählen), wenn er Lebensmittel genug gehabt hätte, „die Schifffahrt gegen Westen fortsetzend, entweder zu Wasser über Ceylon (Taprobane) und rodeando toda la tierra de lso Negros, oder zu Lande über Jerusalem und Jaffa nach Spanien zurückgekehrt sein." Solche Projecte nährte der Admiral bereits 1494: also vier Jahre vor Vasco de Gama, und eine Weltumseglung träumend 27 Jahre vor Magellan und Sebastian de Elcano. Die Vorbereitungen zur zweiten Reise des Cabot, auf welcher dieser bis 67°½ nördlicher Breite zwischen Eisschollen vordrang und eine nordwestliche Durchfahrt zum Chatai (China) suchte, ließen ihn „für spätere Zeiten an eine Fahrt nach dem Nordpol (à lo del polo arctico)" denken. Je mehr man nach und nach erkannte, daß das Entdeckte von dem Labrador an bis zum Vorgebirge Paria und: wie die berühmte, spät erkannte Karte von Juan de la Cosa (1500) beweist, bis jenseits des Aequators weit in die südliche Halbkugel einen zusammenhangenden Erdstrich bildete; desto heißer wurde der Wunsch nach einer Durchfahrt im Süden oder im Norden. Nächst der Wieder-Auffindung des Festlandes von Amerika und der Ueberzeugung von der meridianartigen Ausdehnung des Neuen Continents von der Hudsonsbai bis zu dem von Garcia Jofre de LoaysaDas Cap Horn wurde auf der Expedition des Comendador Garcia de Loaysa, welche, der des Magellan folgend, nach den Molukken bestimmt war, im Februar 1526 von Francisco de Hoces entdeckt. Indeß Loaysa durch die Magellanische Straße segelte, hatte sich Hoces mit seiner Caravele San Lesmes von der Flotille getrennt und war bis 55° südlicher Breite verschlagen worden. "Dijéron los del buque que les parecia que era alli acabamiento de tierra"; *Navarrete, Viages de los Españoles* T. V. p. 28 und 404–488. Fleurieu behauptet, Hoces habe nur das Cabo del buen Successo westlich von der Staaten-Insel gesehen. Gegen das Ende des 16ten Jahrhunderts war bereits wieder eine so sonderbare Ungewißheit über die Gestaltung des Landes verbreitet, daß der Sänger der *Araucana* glauben konnte (Canto I oct. 9), die Magellanische Meerenge habe sich durch ein Erdbeben und durch *Hebung* des Seebodens geschlossen: wogegen *Acosta* (*Historia natural y moral de las Indias* lib. III cap. 10) das Feuerland für den Anfang seines großen südlichen Polarlandes hielt entdeckten Cap Horn ist die erlangte Kenntniß der Südsee: eines Meeres, das die westlichen Küsten von Amerika bespült, das wichtigste kosmische Ereigniß der großen Zeitepoche, welche wir hier schildern.

Zehn Jahre ehe Balboa die Südsee (25 Sept. 1513) von der Höhe der Sierra de Quarequa auf der Landenge von Panama erblickte, hatte bereits Columbus, als er die östliche Küste von Veragua beschiffte, bestimmt erfahren, daß westlich von diesem Lande ein Meer liege, „welches in weniger als neun Tagesfahrten nach der Chersonesus aurea des Ptolemäus und der Mündung des Ganges führe". In derselben Carta rarissima, welche die schöne und so poetische Erzählung eines Traumes enthält, sagt der Admiral, daß „die sich gegenüberliegenden Küsten von Veragua bei dem Rio de Belen sich in ihrer Lage gegenseitig verhalten wie Tortosa nahe am Mittelmeer und Fuenterrabia in Biscaya, wie Venedig und Pisa". Der *Große Ocean* (die Südsee) erschien damals nur noch wie eine Fortsetzung des Sinus magnus (μέγας κόλπος) des Ptolemäus, dem der goldene Chersones vorlag: während sein östliches Ufer Cattigara und das Land der Sinen (*Thinen*) bilden sollte. Hipparchs phantastische Hypothese, nach welcher diese östliche Küste des Großen Busens sich an den gegen Morgen weit vorgestreckten Theil des afrikanischen Continents anschloß und so aus dem *indischen Meere* ein gesperrtes *Binnenmeer* machte, war glücklicherweise im Mittelalter, trotz der Anhänglichkeit an die Aussprüche des Ptolemäus, wenig beachtet worden: sie würde gewiß auf die Richtung großer nautischer Unternehmungen einen nachtheiligen Einfluß ausgeübt haben.

Die Entdeckung und Beschiffung der Südsee bezeichnen für die Erkenntniß großer *kosmischer Verhältnisse* eine um so wichtigere Epoche, als durch dieselben zuerst und also vor kaum viertehalbhundert Jahren nicht bloß die Gestaltung der Westküste des Neuen und der Ostküste des Alten Continents bestimmt wurde: sondern weil auch, was meteorologisch noch weit folgereicher wurde, die numerische Größen-Vergleichung der Areale des *Festen* und *Flüssigen* auf der Oberfläche unseres Planeten nun endlich von den irrigsten Ansichten befreit zu werden anfing. Durch die Größe dieser *Areale*, durch die relative Vertheilung des Festen und Flüssigen werden aber der Feuchtigkeits-Gehalt der Atmosphäre, der wechselnde Luftdruck, die Vegetationskraft der Pflanzendecke, die größere oder geringere Verbreitung gewisser Thiergeschlechter und so viele andere allgemeine Erscheinungen und physische Processe mächtig bedingt. Der größere Flächenraum, welcher dem Flüssigen, als dem das Feste bedeckenden Elemente, eingeräumt ist (im Verhältniß von $2^4/_5$ zu 1): vermindert allerdings das bewohnbare Feld für die Ansiedelung des Menschengeschlechts, die nährende Fläche für den größeren Theil der Säugethiere, Vögel und Reptilien: er ist aber nach den jetzt herrschenden Gesetzen des Organismus ein nothwendiges Bedingniß der Erhaltung, eine wohlthätige Natureinrichtung für alles, was die Continente belebt.

Als am Ende des 15ten Jahrhunderts der lebhafte Drang nach dem kürzesten Wege entstanden war, der zu den asiatischen Gewürzländern führen konnte: als fast gleichzeitig in zwei geistreichen Männern Italiens, in dem Seefahrer Christoph Columbus und dem Arzte und Astronomen Paul Toscanelli, die Idee aufkeimte den Orient durch eine Schifffahrt gegen Westen zu erreichen: war die Meinung herrschend, welche Ptolemäus im Almagest aufgestellt, daß der Alte Continent von der westlichen Küste der iberischen Halbinsel bis zu dem Meridian der östlichsten Sinen einen Raum von 180 Aequatorial-Graden ausfülle: d. i. seiner Erstreckung nach von Westen nach Osten die ganze Hälfte des Erdsphäroids. Columbus, durch eine lange Reihe falscher Schlüsse verleitet, erweiterte diesen Raum auf 240°: die erwünschte asiatische Ostküste schien ihm bis in den Meridian von San Diego in Neu-Californien vorzutreten. Columbus hoffte demnach, daß er nur 120 Meridiangrade würde zu durchschiffen haben: statt der 231°, um welche z. B. die reiche sinesische Handelsstadt Quinsay westlich von der Endspitze der iberischen Halbinsel wirklich gelegen ist. Auf eine noch sonderbarere, seine Entwürfe begünstigende Weise verminderte Toscanelli in seinem Briefwechsel mit dem Admiral das Gebiet des flüssigen Elements. Das Wassergebiet sollte von Portugal bis China auf 52° Meridian-Unterschied eingeschränkt werden: so daß, ganz wie nach dem alten Ausspruche des Propheten Esdras, 6/7 der Erde trocken lägen. Columbus zeigte sich dieser Annahme in späteren Jahren (in einem Briefe, den er an die Königinn Isabella von Haiti aus gleich nach vollbrachter dritter Reise richtete) um so geneigter, als dieselbe von dem Manne, welcher für ihn die höchste Autorität war, von dem Cardinal d'Ailly, in seinem *Weltgemälde* (*Imago Mundi*) vertheidigt worden war.

Erst sechs Jahre nachdem Balboa: ein Schwerdt in der Hand, bis zum Knie in die Fluthen tretend, für Castilien Besitz von der Südsee zu nehmen glaubte: zwei Jahre nachdem sein Haupt in dem Aufruhr gegen den tyrannischen Pedrarias Davila durch Henkers Hand gefallen war: erschien Magellan (27 November 1520) in der Südsee, durchschiffte den weiten Ocean von Südost nach Nordwest in einer Strecke von mehr als drittehalbtausend geographischen Meilen; und sah, durch ein sonderbares Geschick, ehe er die Marianen (seine Islas de los Ladrones oder de las Velas Latinas) und die Philippinen entdeckte, kein anderes Land als zwei kleine unbewohnte Inseln (die *Unglücklichen*, Desventuradas): von denen, wenn man seinem Journale und seiner Schiffsrechnung trauen könnte, die eine östlich von den *Niedrigen Inseln* (Low Islands), die andere etwas südwestlich vom Archipel des Mendaña liegtS. über die geographische Lage der zwei Unglücklichen Inseln (San Pablo lat. 16°¼ Süd, long. 135°¾ westlich von Paris; Isla de Tiburones lat. 10°¾ Süd, long. 145°) das *Examen crit.* T. I. p. 286 und *Navarrete* T. IV. p. LIX, 52, 218 und 267. – Zu so ruhmvollen Wappen-Ausschmückungen, als wir im Texte für die Nachkommen des Sebastian de Elcano erwähnt haben (der Weltkugel mit der Inschrift: Primus circumdedisti me), gab die große Zeit der Entdeckungen im Raume mehrfache Veranlassung. Das Wappen, welches dem Columbus, „um seine Person bei der Nachwelt zu verherrlichen, para sublimarlo", schon den 20 Mai 1493 gegeben wurde, enthält die erste Karte von Amerika: eine Inselreihe, die einem Golf vorliegt. (*Oviedo, Hist. general de las Indias*, ed. de 1547, lib. II cap. 7 fol. 10,a; *Navarrete* T. II. p. 37, *Exam. crit.* T. IV. p. 236.) Kaiser Carl V gab dem Diego de Ordaz, der sich rühmte den Vulkan von Orizaba erstiegen zu haben, das Bild dieses Kegelberges; dem Geschichtsschreiber *Oviedo*, welcher 34 Jahre (von 1513–1547) ununterbrochen im tropischen Amerika lebte, die vier schönen Sterne des südlichen Kreuzes zu Wappenschildern (*Oviedo* lib. II cap. 11 fol. 16,b).. Sebastian de Elcano vollendete nach Magellan's Ermordung auf der Insel Zebu die erste Weltumseglung in der Nao Victoria; und erhielt zum Wappen einen Erdglobus, mit der ruhmvollen Inschrift: Primus circumdedisti me. Er lief erst im September 1522 in den Hafen von San Lucar ein: und noch war kein volles Jahr vergangen, so drang schon Kaiser Carl, von Cosmographen belehrt, in einem Briefe an Hernan Cortes auf die Entdeckung einer Durchfahrt, „die den Weg nach den Gewürzländern um ⅔ verkürzen würde". Die Expedition des Alvaro de Saavedra wird aus einem Hafen der Provinz Zacatula an der Westküste von Mexico nach den Molukken geschickt. Hernan Cortes correspondirt (1527) von der neu eroberten mexicanischen Hauptstadt Tenochtitlan aus „mit den Königen von Zebu und Tidor in der asiatischen Inselwelt". So schnell vergrößerte sich räumlich die Weltansicht und mit ihr die Lebhaftigkeit des Weltverkehrs!

Später ging der Eroberer von Neu-Spanien selbst auf Entdeckungen in der Südsee und durch die Südsee auf die einer nord-östlichen Durchfahrt aus. Man konnte sich nicht an die Idee gewöhnen, daß das Festland undurchbrochen sich von so hohen Breiten der südlichen bis zu hohen Breiten der nördlichen Hemisphäre meridianartig ausdehne. Als von den Küsten Californiens her das Gerücht von dem Untergange der Expedition des Cortes verbreitet wurde, ließ die Gemahlinn des Helden, Juana de Zuñiga, die schöne Tochter des Grafen von Aguilar, zwei Schiffe ausrüsten, um sichere Nachricht einzuholen. Californien wurde, was man im 17ten Jahrhundert wieder vergaß, schon vor 1541 für eine dürre, waldlose Halbinsel erkannt. Aus den uns jetzt bekannten Berichten von Balboa, Pedrarias Davila und Hernan Cortes leuchtet übrigens hervor, daß man damals in der Südsee, als in einem Theile des *indischen Oceans*, gruppenweise „an Gold, Edelsteinen, Gewürzen und Perlen reiche Inseln" zu entdecken hoffte. Die aufgeregte Phantasie trieb zu großen Unternehmungen an: wie denn die Kühnheit dieser im Gelingen und Nicht-Gelingen auf die Phantasie zurückwirkte und sie mächtiger entflammte. So vereinigte sich vieles in dieser wunderbaren Zeit der Conquista (Zeit der Anstrengung, der Gewaltthätigkeit und des Entdeckungsschwindels auf Meer und Land), das, trotz des gänzlichen Mangels politischer Freiheit, die individuelle Ausbildung der Charaktere begünstigte und Einzelnen höher begabten manches Edle erringen half, was nur den Tiefen des Gemüthes entquillt. Man irrt, wenn man die Conquistadores allein von Goldgeiz oder gar von religiösem Fanatismus geleitet glaubt. Gefahren erhöhen immer die Poesie des Lebens; dazu gab das mächtige Zeitalter, das wir hier in seinem Einflusse auf die Entwickelung kosmischer Ideen schildern, allen Unternehmungen, wie den Natureindrücken, welche ferne Reisen darbieten, einen Reiz, der unserem gelehrten Zeitalter in den jetzt so vielfach aufgeschlossenen Erdräumen zu mangeln beginnt: den Reiz der Neuheit und staunenerregender Ueberraschung. Nicht eine Erdhälfte, sondern fast ⅔ der Erdkugel waren damals noch eine neue und unerforschte Welt: ungesehen wie die eine abgewandte Mondhälfte, welche nach den waltenden Gravitations-Gesetzen dem Blick der Erdbewohner für immer entzogen bleibt. Unserem tiefer forschenden und in Ideenreichthum fortgeschrittenen Zeitalter ist ein Ersatz geworden für die Abnahme jener Ueberraschung, welche die Neuheit großer, massenhaft imponirender Naturerscheinungen einst hervorrief: ein Ersatz, freilich nicht für den großen Haufen, sondern lange noch für die kleine Zahl der mit dem Zustand der Wissenschaften vertrauten Physiker. Ihn gewährt die zunehmende Einsicht in das stille Treiben der Kräfte der Natur: sei es in dem Electro-Magnetismus oder in der Polarisation des Lichtes, in dem Einfluß diathermaner Substanzen oder in den physiologischen Erscheinungen lebendiger Organismen; – eine sich enthüllende Wunderwelt, an deren Eingang wir kaum gelangt sind!

Noch in der ersten Hälfte des 16ten Jahrhunderts wurden die Sandwich-Inseln, das Land der Papuas und einige Theile von Neu-Holland entdeckt. Diese Entdeckungen bereiteten vor zu denen von Cabrillo, Sebastian Vizcaino, MendañaNach dem Tode von Mendaña übernahm in der Südsee seine durch persönlichen Muth und große Geistesgaben ausgezeichnete Frau Doña Isabela Baretos den Befehl der Expedition: welche erst 1596 endigte (*Essai sur la Nouv. Esp.* T. IV. p. 111). – Quiros führte auf seinen Schiffen die Entsalzung des Seewassers im großen ein, und sein Beispiel wurde mehrfach befolgt (*Navarrete* T. I. p. LIII). Die ganze Operation war, wie ich an einem anderen Orte durch das Zeugniß des Alexander von Aphrodisias erwiesen, schon im dritten Jahrhundert nach unserer Zeitrechnung bekannt, wenn auch wohl nicht auf Schiffen benutzt. und Quiros: dessen Sagittaria Tahiti, dessen Archipelago del Espiritu Santo die Neuen Hebriden von Cook sind. Quiros war von dem kühnen Seefahrer begleitet, welcher später der Torres-Straße seinen Namen gab. Die Südsee erschien nun nicht mehr, wie dem Magellan, eine Einöde; sie erschien durch Inseln belebt: die aber freilich aus Mangel genauer astronomischer Ortsbestimmungen, wie schlecht gewurzelt, auf den Karten hin und her schwankten. Die Südsee blieb auch lange der alleinige Schauplatz von den Unternehmungen der Spanier und Portugiesen. Die wichtige südindisch-malayische Inselwelt: von Ptolemäus, Cosmas und Polo dunkel beschrieben, entfaltete sich in bestimmteren Umrissen, seitdem Albuquerque (1511) sich in Malacca festsetzte und Anton Abreu schiffte. Es ist das besondere Verdienst des classischen portugiesischen Geschichtsschreibers Barros, eines Zeitgenossen von Magellan und Camoens, die Eigenthümlichkeit des physischen und ethnischen Charakters der Inselwelt so lebendig erkannt zu haben, daß er zuerst das australische Polynesien als einen fünften Erdtheil abzusondern vorschlug. Erst als die holländische Macht in den Molukken die herrschende wurde, fing Australien an aus dem Dunkel herauszutreten und sich für den Geographen zu gestalten. Es begann nun die große Epoche von Abel Tasman. Wir liefern hier nicht die Geschichte der einzelnen geographischen Entdeckungen; wir erinnern bloß an die Haupt-Ereignisse, durch welche in kurzer Zeit und in enger Verkettung: folgend dem plötzlich erwachten Streben nach allem Weiten, Unbekannten und Fernen, zwei Dritttheile der Erdoberfläche erschlossen wurden.

Einer solchen erweiterten Kenntniß von Land- und Meeresräumen entsprach auch die erweiterte Einsicht in das Wesen und die Gesetze der Naturkräfte, in die Vertheilung der Wärme auf dem Erdkörper, in den Reichthum der Organismen und die Grenzen ihrer Verbreitung. Die Fortschritte, welche am Schlusse des, wissenschaftlich zu gering geachteten Mittelalters die einzelnen Disciplinen gemacht hatten, beschleunigten das Auffassen und die sinnige Vergleichung einer maaßlosen Fülle physischer Erscheinungen, die auf einmal der Beobachtung dargeboten wurden. Die Eindrücke waren um so tiefer, zur Ergründung von kosmischen Gesetzen um so anregender, als die westlichen Völker Europa's vor der Mitte des 16ten Jahrhunderts den Neuen Continent bereits in den verschiedensten Breitengraden beider Hemisphären, wenigstens den Küsten nahe, durchforscht hatten; als sie hier zuerst in der eigentlichen Aequatorial-Gegend festen Fuß gefaßt, und als durch die dortige sonderbare Höhengestaltung der Erdoberfläche auf engen Räumen die auffallendsten Contraste der vegetabilischen Organisation und der Klimate sich ihren Blicken dargestellt hatten. Wenn ich mich hier wieder veranlaßt finde die begeistigenden Vorzüge der Gebirgsländer in der Aequinoctial-Zone besonders hervorzuheben, so kann mich der schon mehrfach wiederholte Ausspruch rechtfertigen, daß es den Bewohnern dieser Länder allein verliehen ist alle Gestirne der Himmelsräume wie fast alle Familien-Gestaltungen der Pflanzenwelt zu schauen; aber schauen ist nicht beobachten, d. h. vergleichend combiniren.

Wenn sich auch in Columbus, wie ich in einem anderen Werke glaube bewiesen zu haben: bei *völligem* Mangel naturhistorischer Vorkenntnisse, bloß durch den Contact mit großen Naturphänomenen, der Sinn für genaue Beobachtung auf mannigfaltige Weise entwickelte; so darf man keinesweges eine ähnliche Entwickelung in der rohen und kriegerischen Masse der *Conquistadoren* voraussetzen. Was Europa unbestreitbar durch die Entdeckung von Amerika als Bereicherung seines naturhistorischen und physikalischen Wissens über die Constitution des Luftkreises und seine Wirkungen auf die menschliche Organisation, über die Vertheilung der Klimate am Abhange der Cordilleren, über die Höhe des ewigen Schnees nach Maaßgabe der verschiedenen Breitengrade in beiden Hemisphären, über die Reihenfolge der Vulkane, die Begrenzung der Erschütterungskreise bei Erdbeben, die Gesetze des Magnetismus, die Richtung der Meeresströme, die Abstufungen neuer Thier- und Pflanzenformen allmälig erlangt hat: verdankt es einer anderen, friedsameren Classe von Reisenden: einer geringen Zahl ausgezeichneter Männer unter den Municipal-Beamten, Geistlichen und Aerzten. Diese konnten, in alt-indischen Städten wohnend, deren einige zwölftausend Fuß hoch über dem Meere liegen, mit eigenen Augen beobachten, während eines langen Aufenthaltes das von Anderen Gesehene prüfen und combiniren; Naturproducte sammeln, beschreiben und ihren europäischen Freunden zusenden. Es genügt hier Gomara, Oviedo, Acosta und Hernandez zu nennen. Einige Naturproducte (Früchte und Thierfelle) hatte Columbus bereits von seiner ersten Entdeckungsreise heimgebracht. In einem Briefe aus Segovia (August 1494) fordert die Königinn Isabella den Admiral auf in seinem Einsammeln fortzufahren. Sie begehrt von ihm besonders „alle Strand- und Waldvögel von Ländern, die ein anderes Klima und andere Jahreszeiten haben". Man hat bisher wenig darauf geachtet, daß von derselben Westküste Afrika's, von der Hanno fast 2000 Jahre früher „gegerbte Felle wilder Frauen" (der großen *Gorilla-Affen*) mitbrachte, um sie in einem Tempel aufzuhängen: Martin Behaim's Freund Cadamosto schwarzes, 1½ Palmen langes Elephantenhaar für den Infanten Heinrich den Seefahrer sammelte. Hernandez: Leibarzt Philipps II und von diesem Monarchen nach Mexico gesandt, um alle vegetabilischen und zoologischen Merkwürdigkeiten des Landes in herrlichen Abbildungen darstellen zu lassen, konnte seine Sammlungen durch die Copie mehrerer sehr sorgfältig ausgeführter naturhistorischer Gemälde bereichern, welche auf Befehl eines Königs von Tezcuco, Nezahualcoyotl, (ein halbes Jahrhundert vor Ankunft der Spanier) angefertigt worden waren. Auch benutzte Hernandez eine Zusammenstellung von Medicinalpflanzen, die er in dem berühmten altmexicanischen Garten von Huaxtepec noch vegetirend gefunden. Wegen eines nahen neu angelegten spanischen Krankenhauses hatten die *Conquistadoren* jenen Garten nicht verwüstet. Fast gleichzeitig sammelte man und beschrieb, was später für die Theorie der successiven Hebung der Gebirgsketten so wichtig wurde, fossile Mastodonten-Knochen auf den Hochebenen von Mexico, Neu-Granada und Peru. Die Benennungen: *Giganten-Knochen* und *Giganten-Felder* (Campos de Gigantes) bezeugen das Phantastische der ersten Deutungen.

Was in dieser vielbewegten Zeit auch wesentlich zur Erweiterung der Weltansichten beitrug, war der unmittelbare Contact einer zahlreichen europäischen Menschenmasse mit der freien und dabei großartigen exotischen Natur in den Ebenen und Gebirgsländern von Amerika, wie auch (als Folge der Schifffahrt von Vasco de Gama) an den östlichen Küsten von Afrika und Südindien. Hier legte schon im Anfange des 16ten Jahrhunderts ein portugiesischer Arzt, Garcia de Orta: da wo jetzt Bombay liegt, unter dem Schutze des edlen Martin Alfonso de Sousa, einen botanischen Garten an, in welchem er die Arzneigewächse der Umgegend cultivirte. Die Muse des Camoens hat ihm ein patriotisches Lob gespendet. Der Trieb zum Selbstbeobachten war nun überall erwacht: während die cosmographischen Schriften des Mittelalters minder das Resultat eigener Anschauung gewesen sind als Compilationen, welche die Meinungen des classischen Alterthums einförmig wiedergaben. Zwei der größten Männer des 16ten Jahrhunderts, Conrad Gesner und Andreas Cäsalpinus, haben in Zoologie und Botanik einen neuen Weg rühmlichst vorgezeichnet.

Um anschaulicher den frühen Einfluß zu bezeichnen, welchen die *oceanischen Entdeckungen* auf die erweiterte Sphäre des physischen und astronomisch-nautischen Wissens ausgeübt haben, will ich, am Schluß dieser Schilderung, auf einige Lichtpunkte aufmerksam machen, die wir bereits in den Berichten des Columbus aufglimmen sehen. Ihr erster schwacher Glanz verdient um so sorgfältiger beachtet zu werden, als sie die

Keime allgemeiner kosmischer Ansichten enthalten. Ich übergehe die Beweise von Resultaten, welche ich hier aufstelle, weil ich dieselben in einer anderen Schrift: *„Kritische Untersuchungen über die historische Entwickelung der geographischen Kenntnisse von der Neuen Welt und der nautischen Astronomie in dem 15ten und 16ten Jahrhundert“*, ausführlich gegeben habe. Um aber dem Verdacht zu entgehen, daß ich die Ansichten der neueren Physik den Beobachtungen des Columbus unterlege, fange ich ausnahmsweise damit an aus einem Briefe, den der Admiral im Monat October 1498 aus Haiti geschrieben, einige Zeilen wörtlich zu übersetzen. Es heißt in diesem Briefe: „Jedesmal wenn ich von Spanien nach Indien segle, finde ich, sobald ich hundert Seemeilen nach Westen von den Azoren gelange, eine außerordentliche Veränderung in der Bewegung der himmlischen Körper, in der Temperatur der Luft und in der Beschaffenheit des Meeres. Ich habe diese Veränderungen mit besonderer Sorgfalt beobachtet: und erkannt, daß die Seecompasse (agujas de marear), deren Declination bisher in Nordosten war, sich nun nach Nordwesten hinüberbewegten; und wenn ich diesen Strich (raya), wie den Rücken eines Hügels (como quien traspone una cuesta), überschritten hatte, fand ich die See mit einer solchen Masse von Tang, gleich kleinen Tannenzweigen, die Pistacien-Früchte tragen, bedeckt, daß wir glauben mußten, die Schiffe würden aus Mangel von Wasser auf eine Untiefe *auflaufen*. Vor dem eben bezeichneten Striche aber war keine Spur von solchem Seekraute zu sehen. Auch wird auf der Grenzscheide (hundert Meilen westlich von den Azoren) auf einmal das Meer still und ruhig, fast nie von einem Winde bewegt. Als ich von den canarischen Inseln bis zum Parallel von Sierra Leone herabkam, hatte ich eine furchtbare Hitze zu ertragen; sobald wir aber uns jenseits der oben erwähnten raya (in Westen des Meridians der azorischen Inselgruppe) befanden, veränderte sich das Klima: die Luft wurde gemäßigt, und die Frische nahm zu, je weiter wir vorwärts kamen.“

Diese Stelle, welche durch mehrere andere in den Schriften des Columbus erläutert wird, enthält Ansichten der physischen Erdkunde; Bemerkungen über den Einfluß der geographischen Länge auf die Abweichung der Magnetnadel, über die Inflexion der isothermen Linien zwischen den Westküsten des Alten und den Ostküsten des Neuen Continents, über die Lage der großen Sargasso-Bank in dem Becken des atlantischen Meeres, und die Beziehungen, in welchen dieser Meeresstrich zu dem über ihm liegenden Theile der Atmosphäre steht. Irrige Beobachtungen der Bewegung des Polarsternes in der Nähe der azorischen Inseln hatten Columbus schon auf der ersten Reise, bei der Schwäche seiner mathematischen Kenntnisse, zu dem Glauben an eine Unregelmäßigkeit in der Kugelgestalt der Erde verführt. In der westlichen Hemisphäre ist nach ihm „die Erde *angeschwollener:* die Schiffe gelangen allmälig in größere Nähe des Himmels, wenn sie an den Meeresstrich (raya) kommen, wo die Magnetnadel nach dem wahren Norden weist: eine solche Erhöhung (cuesta) ist die Ursach der kühleren Temperatur.“ Der feierliche Empfang des Admirals in Barcelona war im April 1493: und schon am 4 Mai desselben Jahres wird jene berühmte Bulle, welche die *Demarcations-*

Linie zwischen dem spanischen und portugiesischen Besitzrechte in einer Entfernung von 100 Meilen westlich von den Azoren „auf ewige Zeiten" feststellt, vom Pabste Alexander VI unterzeichnet. Wenn man dazu erwägt, daß Columbus gleich nach seiner Rückkehr von der ersten Entdeckungsreise die Absicht hatte selbst nach Rom zu gehen: um, wie er sagt, „dem Pabste über alles, was er entdeckt, Bericht abzustatten"; wenn man der Wichtigkeit gedenkt, welche die Zeitgenossen des Columbus auf die Auffindung der *magnetischen Curve ohne Abweichung* legten: so kann man wohl eine von mir zuerst aufgestellte historische Behauptung gerecht fertigt finden, die Behauptung, daß der Admiral in dem Augenblicke der höchsten Hofgunst daran gearbeitet hat „die *physische Abgrenzungslinie* in eine *politische* verwandeln zu lassen".

Der Einfluß, welchen die Entdeckung von Amerika und die damit zusammenhangenden oceanischen Unternehmungen so schnell auf das gesammte physikalische und astronomische Wissen ausgeübt haben, wird am lebendigsten fühlbar gemacht, wenn man an die frühesten Eindrücke der Zeitgenossen und an den weiten Umfang wissenschaftlicher Bestrebungen erinnert, von denen der wichtigere Theil in die erste Hälfte des 16ten Jahrhunderts fällt. Christoph Columbus hat nicht allein das unbestreitbare Verdienst zuerst eine *Linie ohne magnetische Abweichung* entdeckt: sondern auch, durch seine Betrachtungen über die fortschreitende Zunahme der westlichen Abweichung, indem er sich von jener Linie entfernte, das Studium des Erd-Magnetismus in Europa zuerst angeregt zu haben. Daß meist überall die Endspitzen einer sich frei bewegenden Magnetnadel nicht genau nach dem geographischen Nord- und Südpol hinweisen: würde zwar in dem mittelländischen Meere und an allen Orten, wo im zwölften Jahrhunderte die Abweichung über 8 bis 10 Grade betrug, auch bei einer großen Unvollkommenheit der Instrumente leicht mehrfach erkannt worden sein. Es ist aber nicht unwahrscheinlich, daß die Araber oder die Kreuzfahrer, die mit dem Orient von 1096 bis 1270 in Berührung standen, indem sie den Gebrauch der chinesischen und indischen Seecompasse verbreiteten, zugleich auch damals schon auf die Nordost- und Nordwest-Weisung in verschiedenen Weltgegenden wie auf eine längst erkannte Erscheinung aufmerksam machten. Wir wissen nämlich bestimmt aus dem chinesischen Penthsaoyan, welches unter der Dynastie der Song zwischen 1111 und 1117 geschrieben ist, daß man damals die Quantität der westlichen Abweichung längst zu messen verstand. Was dem Columbus gehört, ist nicht die erste Beobachtung der Existenz der Abweichung (letztere findet sich z. B. schon auf der Karte von Andrea Bianco 1436 angegeben), sondern die Bemerkung, welche er am 13 September 1492 machte: „daß 2°½ östlich von der Insel Corvo die magnetische Variation sich verändert, daß sie von NO nach NW überging".

Diese Entdeckung einer *magnetischen Linie ohne Abweichung* bezeichnet einen denkwürdigen Zeitpunkt in der nautischen Astronomie. Sie wird, mit gerechtem Lobe, von Oviedo, las Casas und Herrera gefeiert. Wenn man dieselbe mit Livio Sanuto dem berühmten Seemann Sebastian Cabot zuschreibt, so vergißt man, daß dessen erste, auf

Kosten einiger Kaufleute von Bristol unternommene und durch die Berührung des Festlandes von Amerika gekrönte Reise um fünf Jahre später fällt als die erste Expedition des Columbus. Dieser aber hat nicht bloß das Verdienst gehabt im atlantischen Oceane eine Gegend aufgefunden zu haben, in welcher damals der magnetische Meridian mit dem geographischen zusammenfiel; er machte zugleich auch die sinnreiche Bemerkung, daß die magnetische Abweichung mit dazu dienen könne den Ort des Schiffes in Hinsicht auf dessen *Länge* zu bestimmen. In dem Journal der zweiten Reise (April 1496) sehen wir den Admiral sich wirklich nach der beobachteten Abweichung orientiren. Die Schwierigkeiten, welche dieser Längen-Methode besonders da entgegenstehen, wo die magnetischen Abweichungs-Curven sich so beträchtlich krümmen, daß sie nicht der Richtung der Meridiane, sondern in großen Strecken der der Parallele folgen; waren freilich damals noch unbekannt. Magnetische und astronomische Methoden wurden ängstlich gesucht, um auf Land und Meer die Punkte zu bestimmen, welche von der ideal aufgestellten Demarcations-Linie durchschnitten werden. Die Wissenschaft und der unvollkommene Zustand aller am dem Meere zu brauchender, raum- und zeitmessender Instrumente waren 1493 der praktischen Lösung einer so schwierigen Aufgabe noch nicht gewachsen. Unter diesen Verhältnissen leistete Pabst Alexander VI, indem er den Uebermuth hatte eine Erdhälfte unter zwei mächtige Reiche zu theilen: ohne es zu wissen, gleichzeitig wesentliche Dienste der astronomischen Nautik und der physikalischen Lehre vom Erd-Magnetismus. Auch wurden die Seemächte von da an mit einer Unzahl unausführbarer Vorschläge bedrängt. Sebastian Cabot (so berichtet sein Freund Richard Eden) rühmte sich noch auf seinem Sterbebette, daß ihm „durch *göttliche Offenbarung* eine untrügliche Methode mitgetheilt worden sei die geographische Länge zu finden“. Diese Offenbarung war der feste Glaube an die mit den Meridianen sich regelmäßig und schnell verändernde magnetische Abweichung. Der Cosmograph Alonso de Santa Cruz, einer der Lehrer des Kaisers Carls V, unternahm es die erste allgemeine *Variations-Karte* zu entwerfen: schon um das Jahr 1530, also anderthalb Jahrhunderte vor Halley, freilich nach sehr unvollständigen Beobachtungen.

Von dem Fortschreiten, d. h. der *Bewegung* der magnetischen Linien, deren Kenntniß man gewöhnlich dem Gassendi zuschreibt, hatte selbst William Gilbert noch keine Ahndung: während früher Acosta, „durch portugiesische Seefahrer unterrichtet“, auf dem ganzen Erdboden vier Linien ohne Abweichung annahm*Acosta, Hist. natural de las Indias* lib. I cap. 17. Diese vier magnetischen Linien ohne Abweichung haben Halley durch die Streitigkeiten zwischen Henry Bond und Beckborrow auf die Theorie von vier magnetischen Polen geführt.. Kaum war in England durch Robert Norman 1576 die Inclinations-Boussole erfunden, so rühmte sich Gilbert, mittelst dieses Instruments in dunkler, sternloser Nacht (aëre caliginoso) den Ort des Schiffes zu bestimmen*Gilbert de Magnete Physiologia nova* lib. V cap. 8 pag. 200.. Ich habe, auf eigene Beobachtungen in der Südsee gestützt, gleich nach meiner Rückkehr nach Europa gezeigt, wie unter gewissen Localverhältnissen, z. B. an den Küsten von Peru in der Jahreszeit der beständigen Nebel (garua), aus der Inclination die Breite mit einer für die Bedürfnisse der Schifffahrt hinreichenden Genauigkeit bestimmt werden kann. Es ist hier bei diesen Einzelheiten in der Absicht verweilt worden, um an der gründlichen Betrachtung eines wichtigen kosmischen Gegenstandes zu zeigen wie (wenn man die Messung der Intensität der magnetischen Kraft und der stündlichen Veränderungen der Declination abrechnet) im 16ten Jahrhundert schon alles zur Sprache kam, was die Physiker noch heute beschäftigt. Auf der merkwürdigen Karte von Amerika, welche der römischen Ausgabe der Geographie des Ptolemäus vom Jahre 1508 beigefügt ist, findet sich nördlich von Gruentlant (Grönland), das als ein Theil von Asien dargestellt wird, der *magnetische Pol* als ein Inselberg verzeichnet. Martin Cortes in dem *breve Compendio de la Sphera* (1545) und Livio Sanuto in der *Geographia di Tolomeo* (1588) setzen ihn südlicher. Letzterer nährte schon das, leider! noch bis in die neuere Zeit verbreitete Vorurtheil, daß, „wenn man so glücklich wäre den magnetischen Pol (il calamitico) selbst zu erreichen, man dort alcun miracoloso stupendo effetto erleben würde."

In dem Gebiete der Wärme-Vertheilung und Meteorologie war schon am Ende des 15ten und in dem Anfange des 16ten Jahrhunderts die Aufmerksamkeit gerichtet auf die mit westlicher geographischer Länge abnehmende Wärme (auf die Krümmung der isothermen Linien), auf das von Bacon von Verulam verallgemeinerte Drehungsgesetz der WindeEine Beobachtung von Columbus (*Vida del Almirante* cap. 55, *Examen crit.* T. IV. p. 253, auf die Abnahme der Luftfeuchtigkeit und Regenmenge durch Zerstörung der Waldungen, auf die mit der zunehmenden Höhe über dem Meeresspiegel sich vermindernde Temperatur und auf die untere Grenze des ewigen Schnees. Daß diese Grenze *Function der geographischen Breite* ist, wurde zuerst von Petrus Martyr Anghiera 1510 erkannt. Alonso de Hojeda und Amerigo Vespucci hatten die Schneeberge von Santa Marta (Tierras nevadas de Citarma) bereits 1500 gesehen, Rodrigo Bastidas und Juan de la Cosa untersuchten sie mehr in der Nähe 1501: aber erst nach den Nachrichten, welche der Pilot Juan Vespucci, Neffe des Amerigo, seinem Beschützer und Freunde Anghiera über die Expedition des Colmenares mittheilte, bekam die an dem Gebirgsufer des antillischen Meeres sichtbare *tropische Schneeregion* eine große, man möchte sagen eine kosmische Bedeutung. Die untere Schneegrenze wurde nun mit allgemeinen Verhältnissen der Wärme-Abnahme und der Verschiedenheit der Klimate in Verbindung gesetzt. Herodot in seinen Untersuchungen über das Steigen des Nils hatte (II, 22) die Existenz der Schneeberge südlich vom Wendekreise des Krebses gänzlich geläugnet. Alexanders Heerzüge führten die Griechen zwar zu den Nevados des Hindu-Kho (ὄρη ἀγάννιφα): aber diese liegen zwischen 34° und 36° nördlicher Breite. Die einzige, von Physikern sehr unbeachtete, Angabe von „Schnee in der Aequatorial-Zone", die ich vor der Entdeckung von Amerika und vor dem Jahre 1500 kenne, ist in der berühmten Inschrift von Adulis enthalten, welche von Niebuhr für jünger als Juba und August gehalten wurde. Die gewonnene Erkenntniß der Abhängigkeit der unteren Schneegrenze von dem Polar-Abstande des Orts, die erste Einsicht in das Gesetz der senkrecht abnehmenden Wärme und die dadurch bedingte Senkung einer ohngefähr gleich kalten oberen Luftschicht vom Aequator gegen die Pole hin bezeichnen einen nicht unwichtigen Zeitpunkt in der Geschichte unseres physikalischen Wissens.

Begünstigten dieses Wissen zufällige, ihrem Ursprunge nach ganz unwissenschaftliche Beobachtungen in den plötzlich erweiterten Naturkreisen; so blieb dagegen dem Zeitalter, das wir schildern, eine andere Begünstigung: die einer rein scientifischen Anregung, durch das Mißgeschick sonderbarer Verhältnisse entzogen. Der größte Physiker des funfzehnten Jahrhunderts, welcher mit ausgezeichneten mathematischen Kenntnissen den bewundernswürdigsten Tiefblick in die Natur verband, Leonardo da Vinci, war der Zeitgenosse des Columbus; er starb drei Jahre nach ihm. Die Meteorologie hatte den ruhmgekrönten Künstler eben so viel als die Hydraulik und Optik beschäftigt. Er wirkte bei seinem Leben durch die großen Werke der Malerei, welche er schuf, und durch seine begeisterte Rede: nicht durch Schriften. Wären die physischen Ansichten des Leonardo da Vinci nicht in seinen Manuscripten vergraben geblieben, so würde das Feld der Beobachtung, welches die neue Welt darbot, schon vor der großen Epoche von Galilei, Pascal und Huygens in vielen Theilen wissenschaftlich bearbeitet worden sein. Wie Francis Bacon und ein volles Jahrhundert vor diesem, hielt er die *Induction* für die einzige sichere Methode in der Naturwissenschaft; dobbiamo cominciare dall' esperienza, e per mezzo di questa scoprirne la ragione.

So wie nun, selbst bei dem Mangel messender Instrumente, klimatische Verhältnisse in den tropischen Gebirgsländern: durch Vertheilung der Wärme, Extreme der Lufttrockenheit und Frequenz electrischer Explosionen, in den Schriften über die ersten Landreisen häufig besprochen wurden; so faßten auch sehr früh die Seefahrer richtige Ansichten von der Direction und Schnelligkeit von Strömungen, die, Flüssen von sehr veränderlicher Breite vergleichbar, den atlantischen Ocean durchsetzen. Der eigentliche *Aequatorial-Strom*, die Bewegung der Wasser zwischen den Wendekreisen, ist zuerst von Columbus beschrieben worden. Es drückt sich derselbe darüber auf das bestimmteste und in großer Allgemeinheit in seiner dritten Reise aus. „Die Wasser bewegen sich con los cielos (wie das Himmelsgewölbe) von Osten nach Westen.“ Selbst die Richtung einzeln schwimmender Massen von Seetang bekräftigten diesen Glauben. Eine kleine Pfanne von leichtem Eisenblech, welche er in den Händen der Eingebornen der Insel Guadalupe fand, leitete Columbus auf die Vermuthung, daß sie europäischen Ursprungs und aus den Trümmern eines gescheiterten Schiffes entlehnt sein konnte, welche die Aequatorial-Strömung von den iberischen Küsten nach den amerikanischen geführt hätte. In seinen geognostischen Phantasien hielt er die Existenz der Inselreihe der *kleinen Antillen* wie die eigenthümliche Gestaltung der *großen*, d. i. die Uebereinstimmung der Richtung ihrer Küsten mit der der Breiten-Parallele, für die lange Wirkung der ost-westlichen Meeresbewegung zwischen den Wendekreisen.

Als auf seiner vierten und letzten Reise der Admiral die nord-südliche Richtung der Küsten des Continents vom Vorgebirge Gracias á Dios bis zur Laguna de Chiriqui erkannte, fühlte er die Wirkungen der heftigen Strömung, welche nach N und NNW treibt und eine Folge des Stoßes des ost-westlichen Aequatorial-Stromes gegen die dammartig vorliegende Küste ist. Anghiera überlebte den Columbus lange genug, um die Ablenkung der atlantischen Gewässer in ihrem ganzen Zusammenhange aufzufassen, um den Wirbel in dem Golf von Mexico und die Fortpflanzung der Bewegung bis zu der Tierra de los Bacallaos (Neufundland) und der Mündung des St. Lorenzflusses zu erkennen. Ich habe an einem anderen Orte umständlich entwickelt, wie viel die Expedition des Ponce de Leon im Jahr 1512 zur genaueren Feststellung der Ideen beigetragen hat; und daß man in einer von Sir Humphrey Gilbert zwischen 1567 und 1576 geschriebenen Abhandlung die *Bewegung der Gewässer des atlantischen Meeres von dem Vorgebirge der guten Hoffnung bis zur Bank von Neufundland* nach Ansichten behandelt findet, welche mit denen meines vortrefflichen dahingeschiedenen Freundes, des Major Rennell, fast ganz übereinstimmen.

Mit der Kenntniß der Strömungen verbreitete sich auch die der großen Bänke von Seetang (Fucus natans): der *oceanischen Wiesen*, welche das merkwürdige Schauspiel der Zusammenhäufung einer *geselligen Pflanze* auf einem Raume darbieten, dessen Flächeninhalt fast siebenmal den von Frankreich übertrifft. Die *große Fucus-Bank*, das eigentliche Mar de Sargasso, breitet sich aus zwischen 19° und 34° nördlicher Breite. Ihre Haupt-Axe liegt ohngefähr sieben Grad westlich von der Insel Corvo. Die *kleine Fucus-Bank* fällt dagegen in den Raum zwischen den Bermuden und den Bahama-Inseln. Winde und partielle Strömungen wirken nach Verschiedenheit der Jahre auf die Lage und den Umfang dieser atlantischen *Tangwiesen:* deren erste Beschreibung wir dem Columbus verdanken. Kein anderes Meer beider Hemisphären zeigt in ähnlicher Größe diese Gruppirung geselliger Pflanzen.

Aber die wichtige Zeitepoche der Entdeckungen im *Erdraume*, die plötzliche Eröffnung einer unbekannten Erdhälfte hat auch die Ansicht der *Welträume* oder, wie ich mich bestimmter ausdrücken sollte, des scheinbaren Himmelsgewölbes erweitert. Weil der Mensch, nach einem schönen Ausdruck des elegischen Garcilaso de la Vega, in der Wanderung nach fernen Ländern (unter verschiedenen Breitengraden) „Land und Gestirne" gleichzeitig sich ändern sieht; so mußte das Vordringen zum Aequator an beiden Küsten von Afrika und bis über die Südspitze des Neuen Continents den Seefahrern und Landreisenden jetzt länger und öfter das prachtvolle Schauspiel der südlichen Sternbilder vorführen, als es zu den Zeiten des Hiram und der Ptolemäer, zu der der römischen Weltherrschaft und des arabischen Handelsverkehrs im rothen Meere oder in dem indischen Ocean zwischen der Straße Bab-el-Mandeb und der westlichen Halbinsel Indiens geschehen konnte. Amerigo Vespucci in seinen Briefen, Vicente Yañez Pinzon, Pigafetta, der Magellan's und Elcano's Begleiter war: haben, wie Andrea Corsali auf der Fahrt nach Cochin in Ostindien, in dem Anfange des 16ten Jahrhunderts die ersten und lebendigsten Anschauungen des südlichen Himmels (jenseits der Füße des Centauren und des herrlichen Sternbildes des Schiffes Argo) geliefert. Amerigo: litterarisch gelehrter, aber auch ruhmrediger als die anderen, preist nicht ohne Anmuth die Lichtfülle, die malerische Gruppirung und den fremdartigen Anblick von Gestirnen, die um den sternarmen Südpol kreisen. Er behauptet in seinem Briefe an Pierfrancesco de' Medici, daß er sich auf seiner dritten Seefahrt sorgfältig mit den südlichen Constellationen beschäftigt, den Polar-Abstand der hauptsächlichsten gemessen und sie gezeichnet habe. Was er davon mittheilt, läßt freilich den Verlust jener Messungen leicht verschmerzen.

Die räthselhaften schwarzen Flecke (*Kohlensäcke*) finde ich zuerst von Anghiera im Jahr 1510 beschrieben. Sie waren schon 1199 von den Begleitern des Vicente Yañez Pinzon bemerkt worden auf der Expedition, die von Palos auslief und Besitz von dem brasilianischen Cap San Augustin nahm. Der Canopo fosco(Canopus niger) des Amerigo ist wahrscheinlich auch einer der coalbags. Der scharfsinnige Acosta vergleicht sie mit dem verfinsterten Theile der Mondscheibe (in partieller Finsterniß) und scheint sie einer Leerheit im Himmelsraume, einer Abwesenheit von Sternen zuzuschreiben. Rigaud hat gezeigt, wie ein berühmter Astronom die Kohlensäcke: von denen Acosta bestimmt sagt, daß sie in Peru (nicht in Europa) sichtbar sind und wie andere Sterne sich um den Südpol bewegen, für die erste Angabe von Sonnenflecken gehalten hat.*Acosta, Hist. natural de las Indias* lib. I cap. 2; *Rigaud, account of Harriot's astron. papers* 1833 p. 37. Die Kenntniß der beiden *Magellanischen Wolken* wird mit Unrecht dem Pigafetta zugeschrieben. Ich finde, daß Anghiera, gestützt auf die Beobachtungen portugiesischer Seefahrer, dieser Wolken schon 8 Jahre vor der Beendigung der Magellanischen Weltumschiffung erwähnt. Er vergleicht ihren milden Glanz mit dem der Milchstraße. Der Scharfsichtigkeit der Araber scheint aber die große Wolke nicht entgangen zu sein. Sie ist sehr wahrscheinlich der weiße Ochse, el Bakar, ihres südlichen Himmels: d. h. der *weiße Flecken*, von dem der Astronom Abdurrahman Sofi sagt, daß man ihn nicht in Bagdad, nicht im nördlichen Arabien, wohl aber im Tehama und in dem Parallel der Meerenge Bab-el-Mandeb sehen kann. Griechen und Römer sind denselben Weg unter den Lagiden und später gewandert: und haben nichts bemerkt oder wenigstens in auf uns gekommenen Schriften nichts aufgezeichnet über eine Lichtwolke, welche doch unter 11° bis 12° nördlicher Breite zu der Zeit des Ptolemäus sich 3°, zu der des Abdurrahman im Jahr 1000 zu mehr als 4 Graden über den Horizont erhob. Jetzt kann die Meridianhöhe der Mitte der Nubecula major bei Aden 5° erreichen. Wenn Seefahrer die Magellanischen Wolken gewöhnlich erst in weit südlicheren Breiten, dem Aequator nahe oder gar südlich von demselben, deutlich erkennen, so liegt der Grund davon wohl in der Beschaffenheit der Atmosphäre und den weißes Licht reflectirenden Dünsten am Horizont. Im südlichen Arabien muß im Innern des Landes die dunkle Bläue des Himmelsgewölbes und die große Trockenheit der Luft das Erkennen der Magellanischen

Wolken begünstigen. Beispiele von der Sichtbarkeit von Cometenschweifen am hellen Tage zwischen den Wendekreisen und in sehr südlichen Breiten sprechen dafür.

Die Einreihung der dem antarctischen Pole nahen Gestirne in neue Sternbilder gehört dem 17ten Jahrhundert an. Was die holländischen Seefahrer Petrus Theodori von Emden und Friedrich Houtman, der (1596–1599) ein Gefangener des Königs von Bantam und Atschin auf Java und Sumatra war, mit unvollkommenen Instrumenten beobachteten, wurde in die Himmelskarten von Hondius, Bleauw (Jasonius Caesius) und Bayer eingetragen.

Der an zusammengedrängten Nebelflecken und Sternschwärmen so reichen Zone des südlichen Himmels zwischen den Parallelkreisen von 50° und 80° giebt die ungleichmäßigere Vertheilung der Lichtmassen einen eigenthümlichen, man möchte sagen landschaftlichen Charakter; einen Reiz, der aus der Gruppirung der Sterne erster und zweiter Größe und ihrer Trennung durch Regionen hervorgeht, welche dem bloßen Auge verödet und glanzlos erscheinen. Diese sonderbaren Contraste, die mehrfach in ihrem Laufe heller auflodernde Milchstraße, die isolirt kreisenden, abgerundeten Magellanischen Lichtwolken und die Kohlensäcke, von denen der größere einer schönen Constellation so nahe liegt, vermehren die Mannigfaltigkeit des Naturbildes; sie fesseln die Aufmerksamkeit empfänglicher Beschauer an einzelne Regionen in der äußersten Hälfte des südlichen Himmelsgewölbes. Eine dieser Regionen ist seit dem Anfang des sechzehnten Jahrhunderts durch besondere, zum Theil religiöse Beziehungen sowohl christlichen Seefahrern in den tropischen und südlicheren Meeren wie christlichen Missionaren in beiden Indien wichtig geworden: es ist die des *südlichen Kreuzes*. Die vier Hauptsterne, welche es bilden, werden im Almagest, also in den Epochen des Hadrian und Antonius des Frommen, den Hinterfüßen des Sternbildes des Centauren beigezählt. Es darf fast Wunder nehmen, da die Gestaltung des Kreuzes so auffallend ist und sich merkwürdig absondernd *individualisirt:* wie in dem großen und kleinen Wagen (den Bären), im Scorpion, in der Cassiopea, im Adler, im Delphin: daß jene vier Sterne nicht früher von dem mächtigen alten Sternbilde des Centauren getrennt worden sind; es muß es um so mehr, als der Perser Kazwini und andere mohammedanische Astronomen aus dem Delphin und Drachen eigene *Kreuze* mit Mühe zusammensetzten. Ob höfische Schmeichelei alexandrinischer Gelehrten, welche den Canopus in ein *Ptolemäon* umgewandelt, auch die Gestirne unseres jetzigen südlichen Kreuzes, zur Verherrlichung des Augustus, „an einen, in Italien nie sichtbaren Caesaris thronon" geheftet hatte; bleibt ziemlich ungewiß. Zur Zeit des Claudius Ptolemäus erreichte der schöne Stern am Fuß des südlichen Kreuzes bei seinem Durchgang durch den Meridian in Alexandrien noch 6° 10' Höhe, während er jetzt daselbst mehrere Grade unter dem Horizonte culminirt. Um gegenwärtig (1847) α Crucis in 6° 10' Höhe zu sehen, müßte man mit Rücksicht auf Strahlenbrechung sich 10° südlich von Alexandrien, in 21° 43' nördlicher Breite, befinden. Auch die christlichen Einsiedler in der Thebaide können im vierten Jahrhundert das Kreuz noch in 10° Höhe gesehen haben. Ich zweifle indeß, daß von ihnen seine Benennung herrühre; denn Dante in der berühmten Stelle des *Purgatorio*:

Io mi volsi a man destra, e posi mente
All' altro polo, e vidi quattro stelle
Non viste mai fuor ch' alla prima gente

und Amerigo Vespucci: welcher dieser Stelle in seiner dritten Reise bei dem Anblick des gestirnten südlichen Himmels zuerst gedachte, ja sich rühmte „die vier nur von dem ersten Menschenpaar gesehenen Sterne nun selbst zu schauen", kennen die Benennung des *Südkreuzes* noch nicht. Amerigo sagt ganz einfach: die vier Sterne bilden eine rhomboidale Figur, una mandorla; und diese Bemerkung ist vom Jahr 1501. Je mehr die Seereisen auf den durch Gama und Magellan eröffneten Wegen sich um das Vorgebirge der guten Hoffnung und durch die Südsee vervielfältigten und christliche Missionare in den neu entdeckten Tropenländern Amerika's vordrangen, desto mehr nahm der Ruf jenes Sternbildes zu. Ich finde es zuerst als ein Wunderkreuz (croce maravigliosa), „herrlicher als alle Constellationen des ganzen Himmels", von dem Florentiner Andrea Corsali (1517), später(1520) auch von Pigafetta genannt. Der belesenere Florentiner rühmt Dante's *prophetischen Geist:* als hätte der große Dichter nicht eben so viel Erudition wie Schöpfungsgabe besessen, als hätte er nicht arabische Sterngloben gesehen und mit vielen orientalischen Reisenden aus Pisa verkehrt. Daß in den spanischen Niederlassungen im tropischen Amerika die ersten Ansiedler sich gern, wie noch jetzt, der verschiedentlich geneigten oder senkrechten Stellung des südlichen Kreuzes als einer *Himmelsuhr* bedienten, bemerkt schon Acosta in seiner *Historia natural y moral de las Indias.Acosta* lib I cap. 5. Vergl. meine *Relation historique* T. I. p. 209. Da die Sterne α und γ des südlichen Kreuzes fast einerlei Geradaufsteigung haben, so erscheint das Kreuz senkrecht, wenn es durch den Meridian geht; aber die Eingeborenen vergessen nur zu oft, daß diese Himmelsuhr jeden Tag um 3' 56" voreilt. – Alle Berechnungen über das Sichtbar-Sein südlicher Sterne in nördlichen Breiten verdanke ich den freundschaftlichen Mittheilungen des Herrn Dr. Galle, der zuerst den Planeten von le Verrier am Himmel aufgefunden. „Die Unsicherheit der Berechnung, nach welcher der Stern α des südlichen Kreuzes, mit Rücksicht auf Refraction, für 52° 25' nördlicher Breite um das Jahr 2900 vor der christlichen Zeitrechnung anfing unsichtbar zu werden, kann vielleicht mehr als 100 Jahre betragen; und würde sich auch bei strengster Berechnungsform nicht ganz beseitigen lassen, da die eigene Bewegung der Fixsterne für so lange Zeiträume wohl nicht gleichförmig ist. Die eigene Bewegung von α Crucis beträgt etwa ⅓ Secunde jährlich, meist im Sinne der Rectascension. Von der durch Vernachlässigung derselben erzeugten Unsicherheit steht zu erwarten, daß sie die obige Zeitgrenze nicht übersteige."

Durch das Vorrücken der Nachtgleichen verändert sich an jedem Punkte der Erde der Anblick des gestirnten Himmels. Das alte Menschengeschlecht hat im hohen Norden prachtvolle südliche Sternbilder aufsteigen sehen: welche, lange unsichtbar, erst nach Jahrtausenden wiederkehren werden. Canopus war schon zur Zeit des Columbus zu Toledo (Br. 39° 54') voll 1° 20' unter dem Horizont; jetzt erhebt er sich noch fast eben so viel über den Horizont von Cadix. Für Berlin und die nördlichen Breiten überhaupt sind die Sterne des südlichen Kreuzes, wie α und β des Centauren, mehr und mehr im Entfernen begriffen, während sich die Magellanischen Wolken unseren Breiten langsam nähern. Canopus ist in dem verflossenen Jahrtausend in seiner größten nördlichen Annäherung gewesen: und geht jetzt, doch überaus langsam wegen seiner Nähe am *Südpol* der Ekliptik, immer mehr südlich. Das Kreuz fing in 52°½ nördlicher Breite an unsichtbar zu werden 2900 Jahre vor unserer Zeitrechnung: da dieses Sternbild, nach Galle, sich vorher auf mehr als 10° Höhe hatte erheben können. Als es an dem Horizont unserer baltischen Länder verschwand, stand in Aegypten schon ein halbes Jahrtausend die große Pyramide des Cheops. Das Hirtenvolk der Hyksos machte seinen Einfall 700 Jahre später. Die Vorzeit tritt uns scheinbar näher, wenn man ihr Maaß an denkwürdige Ereignisse knüpft.

Gleichzeitig mit der Erweiterung einer mehr beschaulichen als wissenschaftlichen Kenntniß der Himmelsräume waren die Fortschritte in der nautischen Astronomie, d. h. in der Vervollkommnung der Methoden den Ort des Schiffes (seine geographische Breite und Länge) zu bestimmen. Alles, was in dem Laufe der Zeiten diese Fortschritte der Schifffahrtskunde hat begünstigen können: der Compaß und die sichrere Ergründung der magnetischen Abweichung, die Messung der Geschwindigkeit durch die sorgfältigere Vorrichtung des Logs wie den Gebrauch der Chronometer und Mond-Abstände, die bessere Construction der Fahrzeuge, die Ersetzung der Kräfte des Windes durch eine andere Kraft, vor allem aber die geschickte Anwendung der Astronomie auf die Schiffsrechnung: darf als kräftige Mittel betrachtet werden zur Erschließung der gesammten Erdräume, zur beschleunigten Belebung des Weltverkehrs, zur Ergründung kosmischer Verhältnisse. Diesen Standpunkt auffassend, erinnern wir hier von neuem daran, wie schon in der Mitte des 13ten Jahrhunderts in der Marine der Catalanen und der Insel Majorca „nautische Instrumente üblich waren, um die Zeit durch Sternhöhen zu finden"; und wie das von Raymundus Lullus in seiner *Arte de Navegar* beschriebene Astrolabium fast zweihundert Jahre älter ist als das des Martin Behaim. Die Wichtigkeit der astronomischen Methoden wurde in Portugal so lebhaft anerkannt, daß gegen das Jahr 1484 Behaim zum Präsidenten einer "Junta de Mathematicos" ernannt wurde, welche Tafeln der Declination der Sonne berechnen und, wie Barros sagt*Barros da Asia* Dec. I. liv. IV cap. 2 (1778) p. 282., die Piloten lehren sollte die maneira de navegar per altura do Sol. Von dieser Schifffahrt „nach den Meridianhöhen der Sonne" wurde damals schon scharf die Schifffahrt por la altura del Este-Oeste*Navarrete, coleccion de los Viages y Descubrimientos que hiciéron por mar los Españoles* T. IV. p. XXXII (in der Noticia biografica de Fernando de Magallanes)., d. h. durch Längen-Bestimmungen, unterschieden.

Das Bedürfniß die Lage der päbstlichen *Demarcations-Linie,* und so in dem neu entdeckten Brasilien und den südindischen Inseln die Grenze zwischen dem rechtmäßigen Besitze der portugiesischen und spanischen Krone aufzufinden vermehrte, wie wir schon oben bemerkt, den Drang nach praktischen Längen-Methoden. Man fühlte, wie selten die alte unvollkommene hipparchische Methode der Mondfinsternisse anzuwenden sei; und der Gebrauch der Mond-Distanzen wurde schon 1514 von dem Nürnberger Astronomen Johann Werner, und bald nachher von Orontius Finäus und Gemma Frisius anempfohlen. Leider mußte aber diese Methode lange unanwendbar bleiben: bis, nach den vielen vergeblichen Versuchen mit den Instrumenten von Peter Apianus (Bienewitz) und Alonso de Santa Cruz, durch Newton's Scharfsinn (1700) der Spiegel-Sextant erfunden und durch Hadley (1731) unter die Seefahrer verbreitet wurde.

Der Einfluß der arabischen Astronomen wirkte von Spanien aus auch auf die Fortschritte der nautischen Astronomie. Man versuchte freilich zur Längen-Bestimmung vieles, das nicht gelang; und die Schuld des Nicht-Gelingens wurde seltener auf die Unvollkommenheit der Beobachtung als auf Druckfehler in den astronomischen Ephemeriden des Regiomontanus geschoben, deren man sich bediente. Die Portugiesen verdächtigten sogar die Ergebnisse der astronomischen Angaben der Spanier, deren Tafeln aus politischen Gründen verfälscht sein sollten. *Barros* Dec. III. Parte 2. 1777 p. 650 und 658–662. Das auf einmal erwachte Bedürfniß nach den Hülfsmitteln, welche die nautische Astronomie wenigstens theoretisch verhieß, spricht sich besonders lebhaft aus in den Reiseberichten des Columbus, Amerigo Vespucci, Pigafetta und Andres de San Martin: des berühmten Piloten der Magellanischen Expedition, der die Längen-Methoden des Ruy Falero besaß. Oppositionen der Planeten, Sternbedeckungen, Höhen-Differenzen zwischen dem Monde und Jupiter, Veränderungen der Declination des Mondes wurden mit mehr oder wenigerem Erfolge versucht. Wir besitzen Conjunctions-Beobachtungen von Columbus in der Nacht des 13 Januar 1493 aus Haiti. Die Nothwendigkeit einen eigenen, wohlunterrichteten Astronomen jeder großen Expedition beizugeben wurde so allgemein gefühlt, daß die Königinn Isabella dem Columbus am 5 Sept. 1493 schreibt: „ob er gleich in seinem Unternehmen bewiesen habe, daß er mehr wisse als irgend ein sterblicher Mensch (que ninguno de los nacidos), so rathe sie ihm doch den Fray Antonio de Marchena, als einen gelehrten und fügsamen Sternkundigen, mit sich zu nehmen". Columbus sagt in der Beschreibung seiner vierten Reise: „Es giebt nur Eine untrügliche Schiffsrechnung, die der Astronomen. Wer diese versteht, kann zufrieden sein. Was sie gewährt, gleicht einer vision profetica. Unsere unwissenden Piloten, wenn sie viele Tage die Küste aus den Augen verloren haben, wissen nicht, wo sie sind. Sie würden die Länder nicht wiederfinden, die ich entdeckt. Zum Schiffen gehört Compas y arte, die *Bussole* und das *Wissen*, die Kunst der Astronomen."

Ich habe diese charakteristischen Einzelheiten erwähnt, weil sie anschaulicher machen, wie die nautische Sternkunde, das mächtige Werkzeug der Sicherung der Schifffahrt und durch diese Sicherung das Mittel der erleichterten Zugänglichkeit zu allen Erdräumen, in dem hier geschilderten Zeitabschnitt die erste Entwickelung empfing; wie in der allgemeinen Bewegung der Geister früh die Möglichkeit von Methoden erkannt wurde, die erst nach Vervollkommnung der Uhren, der winkelmessenden Instrumente und der Sonnen- und Mondtafeln von ausgebreiteter praktischer Anwendung sein konnten. Wenn der Charakter eines Jahrhunderts „die Offenbarung des menschlichen Geistes in einer bestimmten Zeitepoche" ist, so hat das Jahrhundert des Columbus und der großen nautischen Entdeckungen, indem es auf eine unerwartete Weise die Objecte des Wissens und der Anschauungen vermehrte, auch den folgenden Jahrhunderten einen neuen und höheren Schwung gegeben. Es ist die Eigenthümlichkeit wichtiger Entdeckungen, daß sie zugleich den Kreis der Eroberungen und die Aussicht in das Gebiet, das noch zu erobern übrig bleibt, erweitern. Schwache Geister glauben in jeder Epoche wohlgefällig, daß die Menschheit auf den Culminationspunkt intellectueller Fortschritte gelangt sei; sie vergessen, daß durch die innige Verkettung aller Naturerscheinungen, in dem Maaße als man vorschreitet, das zu durchlaufende Feld eine größere Ausdehnung gewinnt: daß es von einem Gesichtskreise begrenzt ist, der unaufhörlich vor dem Forscher zurückweicht.

Wo hat die Geschichte der Völker eine Epoche aufzuweisen, der gleich, in welcher die folgenreichsten Ereignisse: die Entdeckung und erste Colonisation von Amerika, die Schifffahrt nach Ostindien um das Vorgebirge der guten Hoffnung und Magellan's erste Erdumseglung: mit der höchsten Blüthe der Kunst, mit dem Erringen geistiger, religiöser Freiheit und der plötzlichen Erweiterung der Erd- und Himmelskunde zusammentrafen? Eine solche Epoche verdankt einen sehr geringen Theil ihrer Größe der Ferne, in der sie uns erscheint: dem Umstand, daß sie ungetrübt von der störenden Wirklichkeit der Gegenwart nur in der geschichtlichen Erinnerung auftritt. Wie in allen irdischen Dingen, ist auch hier des Glückes Glanz mit tiefem Weh verschwistert gewesen. Die Fortschritte des kosmischen Wissens wurden durch alle Gewaltthätigkeiten und Gräuel erkauft, welche die sogenannten *civilisirenden Eroberer* über den Erdball verbreiten. Es ist aber eine unverständig vermessene Kühnheit, in der unterbrochenen Entwickelungsgeschichte der Menschheit über das Abwägen von Glück und Unglück dogmatisch zu entscheiden. Es geziemt dem Menschen nicht, Weltbegebenheiten zu richten, welche, in dem Schooße der Zeit langsam vorbereitet, nur theilweise dem Jahrhundert zugehören, in das wir sie versetzen.

Die erste Entdeckung des mittleren und südlichen Theils der Vereinigten Staaten von Nordamerika durch die Scandinavier ist fast gleichzeitig mit der Erscheinung und dem geheimnißvollen Auftreten von Manco Capac in dem Hochlande von Peru, sie ist 200 Jahre älter als die Ankunft der Azteken im Thale von Mexico. Die Gründung der Hauptstadt (Tenochtitlan) fällt um volle 325 Jahre später. Hätten diese normännischen

Colonisationen langedauernde Folgen gehabt, wären sie von einem mächtigen, politisch einigen Mutterlande genährt und beschützt worden: so würden die vordringenden *germanischen Stämme* viele unstäte Jägerhorden noch da umherziehend gefunden haben, wo die *spanischen* Eroberer ansässige Ackerbauer fanden.

Die Zeiten der Conquista, das Ende des funfzehnten und den Anfang des sechzehnten Jahrhunderts, bezeichnet ein wundersames Zusammentreffen großer Ereignisse in dem politischen und sittlichen Leben der Völker von Europa. In demselben Monat, in welchem Hernan Cortes nach der Schlacht von Otumba gegen Mexico anzog, um es zu belagern, verbrannte Martin Luther die päbstliche Bulle zu Wittenberg und begründete die Reform, welche dem Geiste Freiheit und Fortschritte auf fast unversuchten Bahnen verhieß.Ueber die Hoffnung, welche Luther bei der Ausführung seines großen freisinnigen Werkes zuerst vorzugsweise auf die jüngere Generation, auf die Jugend Deutschlands setzte, s. die merkwürdigen Aeußerungen in einem Briefe vom Monat Junius 1518 (*Neander de Vicelio* p. 7). Früher noch traten, wie aus ihren Gräbern, die herrlichsten Gebilde der alten hellenischen Kunst hervor: der Laocoon, der Torso, der Apoll von Belvedere und die mediceische Venus. Es blüheten in Italien Michelangelo, Leonardo da Vinci, Titian und Raphael; in unserem deutschen Vaterlande Holbein und Albrecht Dürer. Die Weltordnung war von Copernicus aufgefunden, wenn auch nicht öffentlich verkündigt, in dem Todesjahr von Christoph Columbus: vierzehn Jahre nach der Entdeckung des Neuen Continents.

Die Wichtigkeit dieser Entdeckung und der ersten Ansiedelung der Europäer berührt auch andere Sphären als die, welcher diese Blätter vorzugsweise gewidmet sind; sie gehört jenen intellectuellen und moralischen Wirkungen an, welche die plötzliche Vergrößerung der Gesammtmasse der Ideen auf die Verbesserung des gesellschaftlichen Zustandes ausgeübt hat. Wir erinnern daran, wie seit jenem großen Zeitpunkte ein neues, regsameres Leben des Geistes und der Gefühle, wie muthige Wünsche und schwer enttäuschte Hoffnungen allmälig sämmtliche Classen der bürgerlichen Gesellschaft durchdrungen haben; wie die geringe Bevölkerung einer Hälfte der Erdkugel, besonders an den Europa gegenüberliegenden Küsten, die Niederlassung von Colonien begünstigen konnte, welche ihre Ausdehnung und ihre Lage zu unabhängigen, in der Wahl ihrer freien Regierungsform unbeschränkten Staaten umwandelte: wie endlich die religiöse Reform, ein Vorspiel großer politischer Umwälzungen, die verschiedenen Phasen ihrer Entwickelung unter einem Himmelsstrich durchlaufen mußte, welcher der Zufluchtsort aller Glaubensmeinungen und der verschiedenartigsten Ansichten von göttlichen Dingen geworden war. Die Kühnheit des genuesischen Seefahrers ist das erste Glied in der unermeßlichen Kette dieser verhängnißvollen Begebenheiten. Zufall, nicht Betrug und Ränke, haben dem Festland von Amerika den Namen des Columbus entzogen. Durch Handelsverkehr und Vervollkommnung der Schifffahrt seit einem halben Jahrhundert Europa näher gebracht: hat der Neue Welttheil einen wichtigen Einfluß auf die politischen Institutionen, auf die Ideen und Neigungen der Völker ausgeübt, welche in Osten das, scheinbar immer enger werdende Thal des atlantischen Oceans begrenzen.

VII.

Große Entdeckungen in den Himmelsräumen durch Anwendung des Fernrohrs. – Haupt-Epoche der Sternkunde und Mathematik von Galilei und Kepler bis Newton und Leibnitz. – Gesetze der Planeten-Bewegung und allgemeine Gravitations-Theorie.

Indem wir uns bestreben die am meisten gesonderten Perioden und Entwickelungsstufen kosmischer Anschauung aufzuzählen, haben wir zuletzt die Periode geschildert, in welcher den Culturvölkern der einen Erdhälfte die andere bekannt geworden ist. Auf das Zeitalter der größten Entdeckungen im Raume an der Oberfläche unsers Planeten folgt unmittelbar die Besitznahme eines beträchtlichen Theils der Himmelsräume durch das Fernrohr. Die Anwendung eines neugeschaffenen Organes, eines Werkzeuges von raumdurchdringender Kraft ruft eine neue Welt von Ideen hervor. Es beginnt ein glänzendes Zeitalter der Astronomie und der Mathematik; für die letztere beginnt die lange Reihe tiefsinniger Forscher, welche zu dem „alles umgestaltenden" Leonhard Euler führt: dessen Geburtsjahr (1707) dem Todesjahre von Jacob Bernoulli so nahe liegt.

Wenige Namen können genügen, um an die Riesenschritte zu erinnern, welche der menschliche Geist vorzugsweise in Entwickelung mathematischer Gedanken: durch eigne innere Kraft, nicht durch äußere Begebenheiten angeregt, im Laufe des siebzehnten Jahrhunderts gemacht hat. Die Gesetze des Falles der Körper und der Planeten-Bewegung werden erkannt. Der Druck der Luft, die Fortpflanzung des Lichts, seine Brechung und Polarisation werden erforscht. Die mathematische Naturlehre wird geschaffen und auf feste Grundpfeiler gestützt. Die Erfindung der Infinitesimal-Rechnung bezeichnet den Schluß des Jahrhunderts; und dadurch erstarkt: hat die menschliche Intelligenz sich in den folgenden hundert-und-funfzig Jahren mit Glück an die Lösung von Problemen wagen können, welche die Störungen der Weltkörper, die Polarisation und Interferenz der Lichtwellen, die strahlende Wärme, die electro-magnetischen in sich zurückkehrenden Ströme, die schwingenden Saiten und Flächen, die Capillar-Anziehung enger Röhren, und so viele andere Naturerscheinungen darbieten.

Die Arbeit in der Gedankenwelt geht nun ununterbrochen und sich gegenseitig unterstützend fort. Keiner der früheren Keime wird erstickt. Es nehmen gleichzeitig zu die Fülle des zu verarbeitenden Materials, die Strenge der Methoden und die Vervollkommnung der Werkzeuge. Wir beschränken uns hier hauptsächlich auf das einige siebzehnte Jahrhundert: das Zeitalter von Kepler, Galilei und Bacon; von Tycho, Descartes und Huygens; von Fermat, Newton und Leibnitz. Die Leistungen dieser

Männer sind so allgemein bekannt, daß es nur leiser Andeutungen bedarf, um das herauszuheben, wodurch sie in Erweiterung kosmischer Ansichten glänzen.

Wir haben schon früher gezeigt, wie dem Auge, dem Organ sinnlicher Weltanschauung, durch die Erfindung des telescopischen Sehens eine Macht verliehen wurde, deren Grenze noch lange nicht erreicht ist, die aber schon in ihrem ersten schwachen Anfange, bei einer kaum 32maligen Linear-Vergrößerung" der Fernröhre, in die bis dahin uneröffneten Tiefen des Weltraums drang. Die genaue Kenntniß vieler Himmelskörper, welche zu unserem Sonnensystem gehören; die ewigen Gesetze, nach denen sie in ihren Bahnen kreisen: die vervollkommnete Einsicht in den wahren Weltbau sind das Charakteristische der Epoche, welche wir hier zu schildern versuchen. Was diese Epoche hervorgebracht, bestimmt gleichsam die Hauptumrisse von dem großen *Naturbilde des Kosmos;* es fügt den neu erkannten Inhalt der *Himmelsräume*, wenigstens in einer Planetengruppe sinnig geordnet, dem früher durchforschten Inhalt der *tellurischen* Räume hinzu. Nach allgemeinen Ansichten strebend, begnügen wir uns, hier nur die wichtigsten Objecte der astronomischen Arbeiten des 17ten Jahrhunderts zu nennen. Wir weisen zugleich auf den Einfluß hin, welchen diese auf eine kräftige Anregung zu großen und unerwarteten mathematischen Entdeckungen wie zu der mehr umfassenden, erhabneren Anschauung des *Weltganzen* ausgeübt haben.

Es ist bereits früher erwähnt worden, wie das Zeitalter von Columbus, Gama und Magellan: das der nautischen Unternehmungen, verhängnißvoll mit großen Ereignissen: mit dem Erwachen religiöser Denkfreiheit, mit der Entwickelung eines edleren Kunstsinnes und der Verbreitung des copernicanischen Weltsystems, zusammentraf. Nicolaus Copernicus (in zwei noch vorhandenen Briefen nennt er sich *Koppernik*) hatte bereits sein 21tes Lebensjahr erreicht und beobachtete mit dem Astronomen Albert Brudzewski zu Krakau, als Columbus Amerika entdeckte. Kaum ein Jahr nach dem Tode des Entdeckers: nach einem sechsjährigen Aufenthalte in Padua, Bologna und Rom, finden wir ihn, wieder in Krakau, mit gänzlicher Umwandlung der astronomischen Weltansicht beschäftigt. Durch die Gunst seines Oheims, des Bischofs von Ermland Lucas Waißelrode von Allen, 1510 zum Domherrn in Frauenburg ernannt, arbeitete er dort noch dreiunddreißig Jahre lang an der Vollendung seines Werkes *de Revolutionibus orbium coelestium*. Das erste gedruckte Exemplar wurde ihm gebracht, als, an Körper und Geist gelähmt, er sich schon zum Tode bereitete. Er sah es, berührte es auch, aber sein Sinn war nicht mehr auf das Zeitliche gerichtet; er starb nicht, wie Gassendi in dem Leben des Copernicus erzählt, wenige StundenSo *Gassendi* in *Nicolai Copernici vita*, angehängt seiner Lebensbeschreibung des Tycho (*Tychonis Brahei vita*) 1655, Hagae-Comitum, p. 320: eodem die et horis non multis priusquam animam efflaret. Nur *Schubert* in seiner *Astronomie* Th. I. S. 115 und Robert *Small* in dem sehr lehrreichen *account of the astron. discoveries of Kepler* 1804 p. 92 behaupten, daß Copernicus „wenige Tage nach dem Erscheinen seines Werkes" verschieden sei. Dies ist auch die Meinung des Archiv-Directors Voigt zu Königsberg: weil in einem Briefe, den der ermländische Domherr Georg Donner kurz nach dem Tode des Copernicus an den Herzog von Preußen schrieb, gesagt wird: „der achtbare und würdige Doctor Nicolaus Koppernick habe sein Werk kurz vor den Tagen seines letzten Abschiedes von diesem Elend, gleichsam als einen süßen Schwanengesang, ausgehen lassen." Nach der gewöhnlichen Annahme (*Westphal, Nikolaus Kopernikus* 1822 S. 73 und 82) war das Werk 1507 begonnen und 1530 schon so weit vollendet, daß späterhin nur wenige Verbesserungen angebracht wurden. Durch einen Brief des Cardinals Schonberg, aus Rom vom November 1536, wird die Herausgabe beeilt. Der Cardinal will durch Theodor von Reden das Manuscript abschreiben und sich schicken lassen. Daß die ganze Bearbeitung des Buchs sich bis in das quartum novennium verzögert habe, sagt Copernicus selbst in der Zueignung an Pabst Paul III. Wenn man nun bedenkt, wie viel Zeit zum Druck einer 400 Seiten langen Schrift erforderlich war und daß der große Mann schon im Mai 1543 starb, so ist zu vermuthen, daß die Zueignung nicht im zuletzt genannten Jahre geschrieben ist: woraus dann für den Anfang der Bearbeitung sich uns (36 Jahre zurückrechnend) nicht ein späteres, sondern ein früheres Jahr als 1507 ergiebt. – Daß die zu Frauenburg dem Copernicus allgemein zugeschriebene Wasserleitung nach seinen Entwürfen ausgeführt worden sei, bezweifelt Prof. Voigt. Er findet, daß erst 1571 zwischen dem Domcapitel und dem „kunstreichen Meister Valentin Zendel, Rohrmeister in Breslau", ein Contract geschlossen wurde, um das Wasser zu Frauenburg aus dem Mühlgraben in die Wohnungen der Domherren zu leiten. Von einer früher vorhandenen Wasserleitung ist keine Rede. Die jetzige ist also erst 28 Jahre nach dem Tode des Copernicus entstanden., sondern mehrere Tage nachher, am 24 Mai 1543. Zwei Jahre früher war aber schon ein wichtiger Theil seiner Lehre durch den Brief eines seiner eifrigsten Schüler und Anhänger, Joachim Rhäticus, an Johann Schoner, Professor zu Nürnberg, durch den Druck bekannt geworden. Doch ist es nicht die Verbreitung des copernicanischen Systems, die erneuerte Lehre von einer Centralsonne (von der täglichen und jährlichen Bewegung der Erde) gewesen, welche etwas mehr als ein halbes Jahrhundert nach seinem ersten Erscheinen zu den glänzenden Entdeckungen in den Himmelsräumen geführt hat, die den Anfang des 17ten Jahrhunderts bezeichnen. Diese Entdeckungen sind die Folge einer zufällig gemachten Erfindung, des Fernrohrs, gewesen. Sie haben die Lehre des Copernicus vervollkommnet und erweitert. Durch die Resultate der *physischen Astronomie* (durch das aufgefundene Satelliten-System des Jupiter und die Phasen der Venus) bekräftigt und erweitert, haben die Grundansichten des Copernicus der *theoretischen Astronomie* Wege vorgezeichnet, die zu sicherem Ziele führen mußten; ja zur Lösung von Problemen anregten, welche die Vervollkommnung des analytischen Calcüls nothwendig machten. So wie Georg Peurbach und Regiomontanus (Johann Müller aus Königsberg in Franken) wohlthätig einwirken auf Copernicus und seine Schüler Rhäticus, Reinhold und Möstlin; so wirken diese, wenn gleich der Zeit nach getrennter, auf die Arbeiten von Kepler, Galilei und Newton. Dies ist die ideelle Verkettung zwischen dem sechzehnten und siebzehnten Jahrhundert; und man kann die erweiterte astronomische Weltansicht in diesem nicht schildern, ohne die Anregungen zu berühren, welche aus jenem überströmen.

Es ist eine irrige und leider! noch in neuerer Zeit sehr verbreitete Meinung, daß Copernicus aus Furchtsamkeit und in der Besorgniß priesterlicher Verfolgung die planetarische Bewegung der Erde und die Stellung der Sonne im Centrum des ganzen Planetensystems als eine bloße *Hypothese* vorgetragen habe: welche den astronomischen Zweck erfülle die Bahn der Himmelskörper bequem der Rechnung zu unterwerfen, „aber weder wahr noch auch nur wahrscheinlich zu sein brauche". Allerdings liest man diese seltsamen Worte"Neque enim necesse est, eas hypotheses esse veras, imo ne verisimiules quodem; sed sufficit hoc unum, si calculum observationibus congruentem exhibeant": sagt der Vorbericht des *Osiander*. „Der Bischof von Culm: Tidemann Gise, aus Danzig gebürtig, welcher Jahre lang den Copernicus wegen der Herausgabe seines Werkes bedrängte, erhielt endlich das Manuscript mit dem Auftrage, es ganz nach seiner freien Wahl zum Druck zu befördern. Er schickte dasselbe zuerst an den Rhäticus, Professor in Wittenberg, der kurz vorher lange bei seinem Lehrer in Frauenburg gelebt hatte. Rhäticus hielt Nürnberg geeigneter für die Herausgabe und trug die Besorgung des Druckes dem dortigen Professor Schoner und dem Andreas Osiander auf." (*Gassendi, Vita Copernici* p. 319) Die Lobsprüche, welche am Ende des Vorberichts dem Werke des Copernicus ertheilt werden, hätten auch schon, ohne das ausdrückliche Zeugniß des Gassendi, darauf führen müssen, daß der Vorbericht von fremder Hand sei. Auch auf dem Titel der ersten Ausgabe, der von Nürnberg von 1543, hat Osiander den in allem, was Copernicus selbst geschrieben, sorgfältig vermiedenen Ausdruck: motus stellarum novis insuper ac admirabilibus hypothesibus ornati neben dem überaus unzarten Zusatze: "igitur, studiose lector, eme, lege, fruere" angebracht. In der zweiten, Baseler Ausgabe von 1566: die ich sehr sorgfältig mit der ersten, Nürnberger, verglichen, ist auf dem Titel des Buchs nicht mehr der „bewundernswürdigen Hypothesen" gedacht; aber Osiander's Praefatiuncula de hypothesibus hujus operis, wie Gassendi den eingeschobenen Vorbericht nennt, ist beibehalten. Daß übrigens Osiander, ohne sich zu nennen, selbst hat darauf hinweisen wollen, die Praefatiuncula sei von fremder Hand; erhellt auch daraus, daß er die Dedication an Paul III als Praefatio authoris bezeichnet. Die erste Ausgabe hat nur 196 Blätter, die zweite 213 wegen der angefügten Narratio prima des Astronomen Georg Joachim Rhäticus, eines erzählenden an Schoner gerichteten Briefes: der, wie ich im Texte bemerkt, bereits 1541 durch den Mathematiker Gassarus in Basel zum Druck befördert, der gelehrten Welt die erste genauere Kenntniß des copernicanischen Systemes gab. Rhäticus hatte 1539 seine Professur in Wittenberg niedergelegt, um zu Frauenburg selbst des Copernicus Unterricht zu genießen. (Vergl. über diese Verhältnisse *Gassendi* p. 310–319.) Die Erläuterung von dem, was sich Osiander aus Furchtsamkeit zuzusetzen bewogen fand, giebt Gassendi: "Andraeas porro Osiander fuit, qui non modo operarum inspector (der Besorger des Druckes) fuit, sed Praefatiunculam quoque ad lectorem (tacito licet nomine) de Hypothesibus operis adhibuit. Ejus in ea consilium fuit, ut, tametsi Copernicus Motum Terrae habuisset, non solum pro Hypothesi, sed pro vero etiam placito; ipse tamen ad rem, ob illos, qui heinc offenderentur, leniendam, excusatum eum faceret, quasi talem Motum non pro dogmate, sed pro Hypothesi mera assumpsisset." in dem anonymen Vorbericht, mit dem des Copernicus Werk anhebt und der *de Hypothesibus hujus operis* überschrieben ist; sie enthalten aber Aeußerungen, welche, dem Copernicus ganz fremd, in geradem Widerspruch mit seiner Zueignung an den Pabst Paul III stehen. Der Verfasser des Vorberichts ist, wie Gassendi in seinem Leben des großen Mannes auf das bestimmteste sagt, ein damals in Nürnberg lebender Mathematiker, Andreas Osiander: der mit Schoner den Druck des Buches *de Revolutionibus* besorgte und, ob er gleich keines biblischen Scrupels ausdrücklich Erwähnung thut, es doch für rathsam hielt die neuen Ansichten eine Hypothese und nicht, wie Copernicus, eine erwiesene Wahrheit zu nennen.

Der Gründer unseres jetzigen Weltsystems (die wichtigsten Theile desselben, die großartigsten Züge des Weltgemäldes gehören allerdings ihm) war durch seinen Muth und die Zuversicht, mit welcher er auftrat, fast noch ausgezeichneter als durch sein Wissen. Er verdiente in hohem Grade das schöne Lob, das ihm Kepler giebt, wenn er ihn in der Einleitung zu den *Rudolphinischen Tafeln* "den Mann freien Geistes" nennt; „vir fuit maximo ingeno et, quod in hoc exercitio (in der Bekämpfung der Vorurtheile) magni momenti est, *animo liber*." Da, wo Copernicus in der Zueignung an den Pabst die Entstehung seines Werkes schildert, steht er nicht an, die auch unter den Theologen allgemein verbreitete Meinung von der Unbeweglichkeit und der Centralstellung der Erde ein „absurdes acroama" zu nennen und die Stupidität derer anzugreifen, welche einem so irrigen Glauben anhingen. „Wenn etwa leere Schwätzer (ματαιολόγοι), alles mathematischen Wissens unkundig, sich doch ein Urtheil über sein Werk anmaßen wollten durch absichtliche Verdrehung irgend einer Stelle der heiligen Schrift (propter aliquem locum scripturae male ad suum propositum detortum), so werde er einen solchen verwegenen Angriff verachten! Es sei ja weltbekannt, daß der berühmte Lactantius, den man freilich nicht zu den Mathematikern zählen könne, recht kindisch (pueriliter) von der Gestalt der Erde gesprochen und diejenigen verhöhnt habe, welche sie für kugelförmig halten. Ueber mathematische Gegenstände dürfe man nur für Mathematiker schreiben. Um zu beweisen, daß er, von der Richtigkeit seiner Resultate tief durchdrungen, kein Urtheil zu scheuen habe, wende er sich aus einem fernen Erdwinkel an das Oberhaupt der Kirche: auf daß es ihn vor dem Biß der Verläumder schütze, da die Kirche selbst von seinen Untersuchungen über die Jahreslänge und Mondbewegungen Vortheil ziehen werde." Astrologie und Calender-Verbesserung verschafften der Sternkunde lange allein Schutz bei der weltlichen und geistlichen Macht, wie Chemie und Botanik zuerst nur der Arzneimittellehre dienten.

Die kräftige, aus der innersten Ueberzeugung hervorbrechende, freie Sprache des Copernicus widerlegt hinlänglich die alte Behauptung: er habe das System, das seinen unsterblichen Namen führt, als eine dem rechnenden Astronomen bequeme Hypothese; als eine solche, die wohl auch unbegründet sein könne, vorgetragen. „Durch keine andere Anordnung", sagt er begeistert, „habe ich eine so bewundernswürdige Symmetrie des Universums, eine so harmonische Verbindung der Bahnen finden können, als da ich die *Weltleuchte* (lucernam mundi), die *Sonne,* die ganze Familie kreisender Gestirne lenkend (circumagentem gubernans astrorum familiam), wie in die Mitte des schönen Naturtempels auf einen königlichen Thron gesetzt." Auch die Idee von der allgemeinen Schwere oder Anziehung (appetentia quaedam naturalis partibus indita) gegen den Welt-Mittelpunkt (centrum mundi), die Sonne, aus der Schwerkraft in kugelförmigen Körpern geschlossen, scheint dem großen Manne vorgeschwebt zu haben: wie eine denkwürdige Stelle" des 9ten Capitels im ersten Buche der *Revolutionen* beweist.

Wenn wir die verschiedenen Entwickelungsstufen kosmischer Anschauungen durchlaufen, so sehen wir in den frühesten Zeiten Ahndungen von Massen-Anziehung und Centrifugalkräften. Jacobi in seinen, leider noch handschriftlichen Untersuchungen über das mathematische Wissen der Griechen verweilt mit Recht bei der „tiefen Naturbetrachtung des Anaxagoras: von dem wir nicht ohne Staunen vernehmen, daß der Mond*Plut. de facie in orbe Lunae* pag. 923 C. (Vergl. *Ideler, Meteorologia veterum Graecorum et Romanorum* 1832 p. 6) In der Stelle des Plutarch wird Anaxagoras nicht genannt; daß dieser aber dieselbe Theorie „vom Fall beim Nachlassen des Umschwunges" auf alle (steinerne) Himmelskörper anwendet, lehren *Diog. Laert.* II, 12 und die vielen Stellen, welche ich oben gesammelt. Vergl. auch *Aristot. de Coelo* II, 1 pag. 284,a Bekker, und eine merkwürdige Stelle des *Simplicius* pag. 491,b, in den Scholien nach der Ausgabe der Berliner Akademie: wo des „Nicht-Herabfallens der himmlischen Körper" gedacht wird, „wenn der Umschwung die Oberhand habe über die eigene Fallkraft oder den Zug nach unten". An diese Ideen, welche übrigens theilweise dem Empedocles und Democritus wie dem Anaxagoras zugehören, knüpft sich das von *Simplicius* (l. c.) angeführte Beispiel: „daß das Wasser in einer Phiole nicht ausgegossen wird beim Umschwung derselben, wenn der Umschwung schneller ist als die Bewegung des Wassers nach unten, τῆς ἐπὶ τὸ κάτω τοῦ ὕδατος φορᾶς.", wenn seine Schwungkraft aufhörte, zur Erde fallen würde, wie der Stein in der Schleuder." Von ähnlichen Aeußerungen des Klazomeniers und des Diogenes von Apollonia über „Nachlassung im Umschwunge" habe ich bei Gelegenheit der Aërolithenfälle schon früher gehandelt. Von der *Ziehkraft,* welche das Centrum der Erde ausübt gegen alle schwere Massen, die man von demselben trennt, hatte allerdings Plato einen klareren Begriff als Aristoteles: der zwar, wie Hipparch, die Beschleunigung der Körper im Fall kannte, ohne jedoch ihren Grund richtig aufzufassen. Im Plato und bei Democritus wird die *Anziehung* auf die Affinität, das Streben *gleichartiger* elementarer Stoffe beschränkt. Nur der Alexandriner Johannes Philoponus: ein Schüler des Ammonius Hermeae, wahrscheinlich erst aus dem 6ten Jahrhundert, schreibt die Bewegung der Weltkörper einem primitiven Stoße zu, und verbindet mit dieser Idee die des Falles: des Strebens aller schweren und leichten Stoffe gegen die Erde. Was Copernicus ahndete, Kepler aber in seinem herrlichen Werke *de Stella Martis* deutlicher aussprach, dort selbstEr gab später die richtige Meinung auf (*Brewster, Martyrs of Science* 1846 p. 211); aber daß dem Centralkörper des Planetensystems, der Sonne, eine Kraft inwohne, welche die Bewegungen der Planeten beherrsche; daß diese Sonnenkraft entweder wie das Quadrat der Entfernungen oder in geradem Verhältniß abnehme: äußert schon Kepler in der 1618 vollendeten *Harmonia Mundi*. auf die Ebbe und Fluth des Oceans anwandte: findet man neu belebt und reich befruchtet (1666 und 1674) durch den Scharfsinn des geistreichen Robert Hooke. Nach solchen Vorbereitungen bot Newton's Lehre von der Gravitation das großartige Mittel dar die ganze physische Astronomie in eine *Mechanik des Himmels* zu verwandeln.

Copernicus kannte, wie man nicht bloß aus der Zueignung an den Pabst, sondern in mehreren Stellen des Werkes selbst sieht, ziemlich vollständig die Vorstellungen der Alten vom Weltbau. Er nennt indeß aus der vor-hipparchischen Zeit nur Hicetas aus Syracus: den er immer als Nicetas aufführt, Philolaus den Pythagoreer, den Timäus des Plato, Ecphantus, Heraklides den Pontiker und den großen Geometer Apollonius von Perga. Von den beiden seinem Systeme am nächsten stehenden Mathematikern, dem *Aristarch von Samos* und *Seleucus dem Babylonier*, erwähnt er den ersteren ohne alle Bezeichnung und den zweiten gar nicht. Man hat oft behauptet, er habe die Meinung des Aristarch von Samos von der Centralsonne und der planetarischen Erde darum nicht gekannt, weil der *Arenarius* und alle Werke des Archimedes erst ein Jahr nach seinem Tode, ein volles Jahrhundert nach Erfindung der Buchdruckerkunst, erschienen seien; aber man vergißt, daß Copernicus in der Zueignung an den Pabst Paul III eine lange Stelle über Philolaus, Ecphantus und Heraklides vom Pontus aus des Plutarchus Werke *über die Meinungen der Philosophen* (III, 13) citirt und daß er in demselben (II, 24) hätte lesen können, wie Aristarch von Samos die Sonne den Fixsternen beigezählt habe. Was unter allen Meinungen der Alten den tiefsten Einfluß auf die Richtung und allmälige Entwickelung seiner Ideen ausgeübt haben könnte, sind nach Gassendi's Behauptung eine Stelle in dem encyclopädischen, in halb barbarischer Sprache abgefaßten Werke des Martianus Mineus Capella und das Weltsystem des Apollonius von Perga. Nach der Vorstellungsart des Martianus Mineus aus Madaura: die mit zu großer Zuversicht bald den Aegyptern, bald den Chaldäern zugeschrieben wird, ruht die Erde unbeweglich im Mittelpunkte, aber die Sonne wird, als kreisender Planet, von zwei Satelliten (Merkur und Venus) umgeben. Eine solche Ansicht des Weltgebäudes konnte freilich zu der der Centralkräfte der Sonne vorbereiten. Nichts rechtfertigt aber: weder in dem Almagest und überhaupt in den Schriften der Alten, noch in dem Werke des Copernicus *de Revolutionibus*, die von Gassendi so bestimmt ausgesprochene Behauptung über die vollkommene Aehnlichkeit des tychonischen Systems mit dem, welches man dem Apollonius von Perga zuschreiben will. Von der Verwechselung des copernicanischen Systems mit dem des Pythagoreers Philolaus: in welchem die nicht rotirende Erde (die Antichthon oder Gegenerde ist nicht ein eigener Planet, sondern die entgegengesetzte Halbkugel unseres Planeten) wie die Sonne selbst sich um den Weltheerd, das Centralfeuer, die Lebensflamme des ganzen Planetensystems, bewegt; kann nach Böckh's vollendeten Untersuchungen ferner keine Rede sein.

Die wissenschaftliche Revolution, deren Urheber Nicolaus Copernicus war, hat das seltene Glück gehabt (eine kurze rückschreitende Bewegung der tychonischen Hypothese abgerechnet) ununterbrochen zum Ziele, zur Entdeckung des wahren Weltbaues zu führen. Die reiche Fülle genauer Beobachtungen, welche der eifernde Gegner selbst, Tycho de Brahe, lieferte; begründete die Entdeckung der ewigen Gesetze planetarischer Bewegung, die Kepler's Namen einen unsterblichen Ruhm bereiteten und: von Newton gedeutet, theoretisch als nothwendig erwiesen, in das Lichtreich des Gedankens, eines *denkenden Erkennens der Natur*, übertragen wurden. Man hat mit Scharfsinn, aber vielleicht mit zu schwacher Bezeichnung des freien, selbstständig die Gravitations-Theorie schaffenden Geistes gesagt: „Kepler schrieb ein Gesetzbuch, Newton den Geist der Gesetze".

Die sinnbildlichen dichterischen Mythen pythagorischer und platonischer Weltgemälde: wandelbarPlato ist philolaisch im Phädrus: im Timäus dagegen ganz dem System der unbewegten im Centrum ruhenden Erde, das man später hipparchisch und ptolemäisch genannt hat, zugethan. (*Böckh de Platonico systemate coelestium globorum et de vera indole astronomiae Philolaicae* p. XXVI–XXXII; derselbe im *Philolaos* S. 104–108. Vergl. auch *Fries, Geschichte der Philosophie* Bd. I. S. 325–347 mit *Martin, études sur Timée* T. II. p. 64–92.) Das astronomische Traumbild, in welches der Weltbau am Ende des Buchs von der Republik gehüllt ist, erinnert zugleich an das eingeschachtelte Sphärensystem der Planeten und den Einklang der Töne „als Stimmen der mit umschwingenden Sirenen". (S. über Entdeckung des wahren Weltsystems die schöne, vielumfassende Schrift von *Apelt: Epochen der Geschichte der Menschheit* Bd. I. 1845 S. 205–305 und 379–445.) wie die Phantasie, die sie erzeugt, fanden theilweise noch ihren Reflex in Kepler; sie erwärmten und erheiterten sein oft getrübtes Gemüth: aber sie lenkten nicht ab von der ernsten Bahn, die er verfolgte und an deren Ziel*Kepler, Harmonices Mundi* libri quinque 1619 p. 189. „Am 8 März 1618 kam Kepler nach vielen vergeblichen Versuchen auf den Gedanken die Quadrate der Umlaufszeiten der Planeten mit den Würfeln der mittleren Entfernungen zu vergleichen, allein er verrechnete sich und verwarf diesen Gedanken wieder. Am 15 Mai 1618 kam er auf den Gedanken zurück und rechnete richtig. Das *dritte Kepler'sche* Gesetz war nun entdeckt." Diese Entdeckung und die damit verwandten fallen gerade in die unglückliche Epoche, in welcher der, von früher Kindheit an den härtesten Schlägen des Schicksals ausgesetzte Mann daran arbeitet seine 70jährige Mutter, die der Giftmischung, Thränenlosigkeit und Zauberei angeklagt ist, in einem 6 Jahre dauernden Hexenprocesse von der Folter und dem Scheiterhaufen zu retten. Der Verdacht ward dadurch verstärkt, daß ihr eigener

Sohn, der bösartige Zinngießer Christoph Kepler, die Mutter anklagte; und daß diese bei einer Tante erzogen war, welche zu Weil als Hexe verbrannt wurde. S. eine überaus interessante, im Auslande wenig bekannt gewordene und nach neu aufgefundenen Manuscripten abgefaßte Schrift des Freiherrn von *Breitschwert: Johann Keppler's Leben und Wirken* 1831 S. 12, 97–147 und 196. Nach derselben Schrift ward Kepler, der sich in *deutschen* Briefen immer *Keppler* unterzeichnet, nicht den 21 Dec. 1571 in der Reichsstadt Weil, wie man gewöhnlich annimmt, sondern den 27 Dec. 1571 in dem würtembergischen Dorfe Magstatt geboren. Von Copernicus ist es ungewiß, ob er am 19 Jan. 1472, oder am 19 Febr. 1473, wie Möstlin will, oder (nach Czynski) den 12 Februar desselben Jahres geboren ist. Des Columbus Geburtsjahr schwankte lange um 19 Jahre. Ramusio setzt es in 1430; Bernaldez, der Freund des Entdeckers, in 1436; der berühmte Geschichtsschreiber Muñoz in das Jahr 1446. er gelangte zwölf Jahre vor seinem Tode in der denkwürdigen Nacht des 15 Mai 1618. Copernicus hatte durch die tägliche Rotation der Erde um ihre Achse eine genügende Erklärung der scheinbaren Umwälzung des Fixsternhimmels und durch die jährliche Bewegung um die Sonne eine eben so vollkommene Auflösung der auffallendsten Bewegungen der Planeten (Stationen und Rückgänge) gegeben und so den wahren Grund der sogenannten *zweiten Ungleichheit* der Planeten gefunden. Die *erste Ungleichheit,* die ungleichförmige Bewegung der Planeten in ihren Bahnen, ließ er unerklärt. Getreu dem uralten pythagorischen Principe von der den Kreisbewegungen inwohnenden Vollkommenheit: bedurfte Copernicus noch zu seinem Weltenbau *excentrischer,* im Mittelpunkt leerer Kreise, auch einiger *Epicykeln* des Apollonius von Perga. So kühn der Weg war, den man eingeschlagen, konnte man doch nicht auf einmal sich von allen früheren Ansichten befreien.

Der gleiche Abstand, in welchem die Sterne von einander bleiben, indem das ganze Himmelsgewölbe sich von Osten nach Westen bewegt, hatte zu der Vorstellung eines Firmaments: einer soliden krystallenen Sphäre geführt, an welche sich Anaximenes (vielleicht nicht viel jünger als Pythagoras) die Sterne wie Nägel angeheftet dachte. Geminus der Rhodier, gleichzeitig mit Cicero, bezweifelt, daß die Sternbilder in einer Fläche liegen; einige liegen nach ihm höher, andere tiefer. Die Vorstellung vom Fixsternhimmel wurde auf die Planeten übergetragen; und so entstand die Theorie der excentrischen in einander geschachtelten Sphären des Eudoxus, Menächmus und des Aristoteles, der die *rückwirkenden* Sphären erfand. Die Theorie der Epicykeln: eine Construction, welche sich der Darstellung und Berechnung der planetarischen Bewegungen leichter anpaßte, verdrängte nach einem Jahrhundert durch den Scharfsinn des Apollonius die starren Sphären. Ob man, wie Ideler glaubt, erst nach Errichtung des alexandrinischen Museums angefangen habe „eine freie Bewegung der Planeten im Weltraume für möglich zu halten"; ob man sich allgemein früher sowohl die eingeschachtelten durchsichtigen Sphären (nach Eudoxus 27, nach Aristoteles 55) als die Epicykeln, die Hipparch und Ptolemäus dem Mittelalter überlieferten, nicht als fest, von materieller Dichte, sondern nur als ideelle Anschauungen dachte: darüber enthalte ich mich hier aller historischen Entscheidung, so sehr ich auch der „bloß ideellen Anschauung“ zugethan bin. Gewisser ist es, daß in der Mitte des 16ten Jahrhunderts, da die Theorie der 77 homocentrischen Sphären des gelehrten Polyhistors Girolamo Fracastoro Beifall fand und da später die Gegner des Copernicus alle Mittel aufsuchten das ptolemäische System aufrecht zu halten, die, besonders von den Kirchenvätern begünstigte Vorstellung von der Existenz *solider* Sphären, Kreise und Epicykeln noch weit verbreitet war. Tycho de Brahe rühmt sich ausdrücklich des Verdienstes, durch seine Betrachtungen über die *Cometenbahnen* zuerst die Unmöglichkeit solider Sphären erwiesen, das künstliche Gerüste derselben zertrümmert zu haben. Er füllte den freien Himmelsraum mit Luft; und glaubte sogar, das *widerstehende Mittel* könne, von den kreisenden Weltkörpern erschüttert, Töne erzeugen. Diese erneuerte pythagorische Ton-Mythe glaubte der wenig poetische Rothmann widerlegen zu müssen.

Die große Entdeckung Kepler's, daß alle Planeten sich in Ellipsen um die Sonne bewegen und daß die Sonne in dem einen Brennpunkt dieser Ellipsen liegt, hat endlich das ursprüngliche copernicanische System von den excentrischen Kreisen und von allen Epicykeln befreit. Der planetarische Weltbau erschien nun objectiv, gleichsam architectonisch, in seiner einfachen Größe; aber das Spiel und der Zusammenhang der inneren, treibenden und erhaltenden Kräfte wurden erst von Isaac Newton enthüllt. Wie man oft schon in der Geschichte der allmäligen Entwickelung des menschlichen Wissens bemerkt hat: daß wichtige, aber scheinbar zufällige Entdeckungen, wie das Auftreten großer Geister sich in einen kurzen Zeitraum zusammendrängen; so sehen wir diese Erscheinung auf die auffallendste Weise in dem ersten Decennium des 17ten Jahrhunderts wiederholt. Tycho, der Gründer der neueren messenden Astronomie, Kepler, Galilei und Bacon von Verulam sind Zeitgenossen. Alle, außer Tycho, haben in reifen Jahren noch die Arbeiten von Descartes und Fermat erlebt. Die Grundzüge von Bacon's *Instauratio Magna* erschienen in englischer Sprache schon 1605, funfzehn Jahre vor dem *Novum Organon*. Die Erfindung des Fernrohrs und die größten Entdeckungen der physischen Astronomie (Jupiterstrabanten, Sonnenflecken, Phasen der Venus, Wundergestalt des Saturn) fallen zwischen die Jahre 1609 und 1612. Kepler's Speculationen über die elliptische Marsbahn beginnen 1601 und geben Anlaß zu der acht Jahre darauf vollendeten *Astronomia nova seu Physica coelestis*. „Durch das Studium der Bahn des Planeten Mars“, schreibt Kepler, „müssen wir zu den Geheimnissen der Astronomie gelangen oder wir bleiben in derselben auf immer unwissend. Es ist mir durch hartnäckig fortgesetzte Arbeit gelungen die Ungleichheiten der Bewegung des Mars Einem Naturgesetz zu unterwerfen.“ Die Verallgemeinerung desselben Gedankens hat Kepler zu den großen Wahrheiten und kosmischen Ahndungen geführt, die der phantasiereiche Mann zehn Jahre später in seiner *Weltharmonie* (*Harmonices Mundi libri quinque*) dargelegt. „Ich glaube“, sagt Kepler schön in einem Briefe an den dänischen Astronomen Longomontanus, „daß Astronomie und Physik so genau mit einander verknüpft sind, daß keine ohne die andere vervollkommnet werden kann." Auch erschienen die Früchte seiner Arbeiten über die Structur des Auges und die Theorie des Sehens 1604 in den *Paralipomenen zum Vitellion*, die *Dioptrik* selbst schon 1611. So verbreitete sich das Wissen über die wichtigsten Gegenstände der Erscheinungswelt in den himmlischen Räumen wie über die Art, durch Erfindung neuer Organe, diese Gegenstände zu erfassen, in dem kurzen Zeitraume der ersten 10 bis 12 Jahre eines, mit Galilei und Kepler anbrechenden, mit Newton und Leibnitz endenden Jahrhunderts.

Die zufällige Erfindung der raumdurchdringenden Kraft der *Fernröhre* wurde zuerst in Holland, wahrscheinlich schon in den letzten Monaten des Jahres 1608, bekannt. Nach den neuesten archivarischen UntersuchungenVergl. zwei vortreffliche Abhandlungen über die Erfindung des Fernrohrs von Prof. *Moll* aus Utrecht im *Journal of the Royal Institution* 1831 Vol. I. p. 319 und von *Wilde* zu Berlin in seiner *Geschichte der Optik* 1838 Th. I. S. 138–172. Das in holländischer Sprache abgefaßte Werk von Moll führt den Titel: *geschiedkundig Onderzoek naar de eerste Uitfinders der Vernkykers*, uit de Aantekeningen van wyle den Hoogl. *van Swinden* zamengesteld door *G. Moll.* (Amsterdam 1831.) Olbers hat einen Auszug aus dieser interessanten Schrift mitgetheilt in *Schumacher's Jahrbuch* für 1843 S. 56–65. Die optischen Instrumente, welche Jansen dem Prinzen Moritz von Nassau und dem Erzherzog Albert lieferte (letzterer schenkte das seinige an Cornelius Drebbel), waren, wie aus dem Briefe des Gesandten Boreel erhellt, der als Kind oft in des Brillenmachers Jansen Hause gewesen war und die Instrumente später im Laden sah, Microscope von 18 Zoll Länge: „durch welche kleine Gegenstände, wenn man von oben hineinsah, wunderbar vergrößert wurden". Die Verwechselung der Microscope und Telescope verdunkelt die Geschichte der Erfindungen beider Werkzeuge. Der eben erwähnte Brief von Boreel (aus Paris 1655) macht es, trotz der Autorität von Tiraboschi, unwahrscheinlich, daß die erste Erfindung des zusammengesetzten Microscops Galilei gehöre. Vergl. über diese dunkle Geschichte optischer Erfindungen Vincenzio *Antinori* in den *saggi di Naturali Esperienze fatte nell' Accademia del Cimento* 1841 p. 22–26. Huygens, dessen Geburtsjahr kaum 25 Jahre nach der muthmaßlichen Erfindungs-Epoche des Fernrohrs fällt, wagt schon nicht mit Gewißheit über den Namen des ersten Erfinders zu entscheiden (*Opera reliqua* 1728 Vol. II. p. 125). Nach den archivarischen Forschungen von *van Swinden* und *Moll* besaß nicht nur Lippershey schon den 2 Oct. 1608 von ihm selbst angefertigte Fernröhre; sondern der französische Gesandte im Haag, Präsident Jeannin, schrieb auch schon den 28 Dec. desselben Jahres an Sully: „daß er mit dem Middelburger Brillenmacher über ein Fernrohr unterhandle, welches er dem König Heinrich IV schicken wolle." Simon Marius (Mayer aus Gunzenhausen, der Mit-Entdecker der Jupitersmonde) erzählt sogar, daß seinem Freunde Fuchs von Bimbach, geheimem Rath des Markgrafen von Ansbach, bereits im Herbste 1608 in Frankfurt am Main von einem Belgier ein Fernrohr angeboten worden sei. Zu London fabricirte man Fernröhre im Februar 1610, also ein Jahr später als Galilei das seinige zu Stande brachte (*Rigaud on Harriot's papers* 1833 p. 23, 26 und 46).

Man nannte sie anfangs *Cylinder*. Porta, der Erfinder der Camera obscura, hat: wie früher Fracastoro, der Zeitgenosse von Columbus, Copernicus und Cardanus, bloß von der Möglichkeit gesprochen durch auf einander gelegte convexe und concave Gläser (duo specilla ocularia alterum alteri superposita) „alles größer und näher zu sehen"; aber die Erfindung des Fernrohrs kann man ihnen nicht zuschreiben. (*Tiraboschi, storia della Letter. ital.* T. XI. p. 467; *Wilde, Gesch. der Optik* Th. I. S. 121.) *Brillen* waren in Harlem seit dem Anfang des 14ten Jahrhunderts bekannt, und eine Grabschrift in der Kirche Maria Maggiore zu Florenz nennt als Erfinder (inventore degli occhiali) den 1317 gestorbenen Salvino degli Armati. Einzelne, wie es scheint, sichere Angaben über den Gebrauch der Brillen durch Greise hat man selbst von 1299 und 1305. Die Stellen von Roger Bacon beziehen sich auf die vergrößernde Kraft gläserner Kugelsegmente. S. *Wilde, Gesch. der Optik* Th. I. S. 93 bis 96. können Ansprüche auf diese große Erfindung machen: *Hans Lippershey*, gebürtig aus Wesel, Brillenmacher zu Middelburg; *Jacob Adriaansz* mit dem Beinamen *Metius*, der auch Brennspiegel von Eis verfertigt haben soll; und *Zacharias Jansen*. Der Erste wird in dem wichtigen Briefe des holländischen Gesandten Boreel an den Arzt Borelli, Verfasser der Abhandlung *de vero telescopii inventore* (1655), immer Laprey genannt. Wenn man die Priorität nach den Zeitepochen bestimmen will, in denen den Generalstaaten Anträge gemacht wurden, so gehört dem Hans Lippershey der Vorrang. Er bietet der Regierung drei Instrumente an, „mit denen man in die Ferne sieht", am 2 October 1608. Des Metius Anerbieten ist erst vom 17 October desselben Jahres, aber er sagt ausdrücklich in der Bittschrift: „daß er durch Fleiß und Nachdenken schon seit zwei Jahren solche Instrumente construirt habe". Zacharias Jansen (wie Lippershey Brillenmacher zu Middelburg) erfand in Gemeinschaft mit seinem Vater Hans Jansen gegen das Ende des 16ten Jahrhunderts (wahrscheinlich nach 1590) das *zusammengesetzte* Microscop, dessen Ocular ein Zerstreuungsglas ist; aber erst 1610, wie der Gesandte Boreel es bezeugt, das Fernrohr: welches er und seine Freunde zwar auf ferne irdische, aber nicht auf himmlische Gegenstände richteten. Der Einfluß, welchen das Microscop auf die tiefere Kenntniß alles Organischen in Gestaltung und Bewegung der Theile, das Fernrohr auf die plötzliche Erschließung der Welträume ausgeübt haben, ist so unermeßlich gewesen, daß die Geschichte der Entdeckung hier umständlicher berührt werden mußte.

Als die Nachricht von der in Holland gemachten Erfindung des telescopischen Sehens im Mai 1609 sich nach Venedig verbreitete, wo Galilei zufällig anwesend war, errieth dieser das Wesentliche der Construction eines Fernrohrs und brachte sogleich das seinige in Padua zu Stande. Er richtete dasselbe zuerst auf die Gebirgslandschaften des Mondes, deren höchste Punkte er zu messen lehrt: während er, wie Leonardo da Vinci und Möstlin, das aschfarbene Licht des Mondes dem von der Erde auf den Mond reflectirten Sonnenlichte zuschrieb; er durchforschte mit schwacher Vergrößerung die Gruppe der Plejaden, den Sternhaufen der Krippe im Krebse, die Milchstraße und die Sterngruppe im Kopf des Orion. Dann folgten schnell hinter einander die großen

Entdeckungen der *vier Trabanten* des Jupiter, der zwei Handhaben des Saturn (seine undeutlich gesehene, nicht erkannte Ring-Umgebung), der *Sonnenflecken* und der *sichelförmigen Gestalt der Venus.*

Die *Monde* des *Jupiter,* die ersten aller durch das Fernrohr aufgefundenen *Nebenplaneten,* wurden, wie es scheint, fast zugleich, und ganz unabhängigerweise, am 29 December 1609 von Simon Marius zu Ansbach und am 7 Januar 1610 von Galilei zu Padua entdeckt. In der Publication dieser Entdeckung kam Galilei durch den *Nuncius Sidereus* (1610) dem *Mundus Jovialis* (1614) des Simon Marius zuvor. Dieser hatte den Jupiterstrabanten den Namen Sidera Brandenburgica zugedacht; Galilei schlug die Namen Sidera Cosmica oder Medicea vor, von denen in Florenz der letztere am Hofe mehr Beifall fand. Die collectiven Namen genügten aber nicht dem schmeichlerischen Sinne. Statt die Monde, wie wir jetzt thun, durch Zahlen zu bezeichnen, nannte sie Marius: Io, Europa, Ganymed und Callisto; durch Galilei's Nomenclatur traten an die Stelle dieser mythologischen Wesen die Familiennamen des mediceischen Herrscherhauses: Catharina, Maria, Cosimo der ältere und Cosimo der jüngere.

Die Bekanntschaft mit dem Satelliten-System des Jupiter und die mit den Phasen der Venus haben den wesentlichsten Einfluß auf die Befestigung und Verbreitung des copernicanischen Systemes gehabt. Die kleine *Jupiterswelt* (Mundus Jovialis) bot dem geistigen Blicke ein vollkommenes Bild des großen Planeten- und Sonnensystems dar. Man erkannte, daß die Nebenplaneten den von Kepler entdeckten Gesetzen gehorchen; am frühesten, daß die Quadrate der Umlaufszeiten sich verhalten wie die Würfel der mittleren Entfernungen der Satelliten vom Hauptplaneten. Deshalb ruft Kepler, in der *Harmonice Mundi,* in dem festen Vertrauen und der Sicherheit, welche „einem deutschen Manne“ die philosophische Freimüthigkeit einflößt, den Stimmführenden jenseits der Alpen zu: „achtzig Jahre sind verflossen, in denen des Copernicus Lehre von der Bewegung der Erde und von der Ruhe der Sonne ungehindert gelesen wurde, weil man für erlaubt hielt über natürliche Dinge zu disputiren und die Werke Gottes zu beleuchten; und jetzt da *neue Documente* zum *Beweis der Lehre* aufgefunden sind: Documente, welche den (geistlichen) Richtern unbekannt waren, wird die Verbreitung des wahren Systems vom Weltbau bei Euch verpönt!“ Diese Verpönung, Folge des alten Kampfes der Naturwissenschaft mit der Kirche, hatte schon früh Kepler selbst in dem protestantischen Deutschland erfahren.Frhr. von *Breitschwert, Keppler's Leben* S. 36.

Für die Geschichte der Astronomie, ja für die Schicksale ihrer BegründungSir John *Herschel, Astron.* § 465., bezeichnet die Entdeckung der Jupiterstrabanten eine ewig denkwürdige Epoche. Die Verfinsterungen der Trabanten, ihr Eintritt in den Schatten Jupiters haben auf die *Geschwindigkeit des Lichts* (1675) und durch die Kenntniß dieser Geschwindigkeit zur Erklärung der *Aberrations-Ellipse* der Fixsterne (1727) geleitet, in der sich gleichsam am Himmelsgewölbe die große Bahn der Erde in ihrem jährlichen Laufe um die Sonne abspiegelt. Man hat diese Entdeckungen Römer's und Bradley's mit Recht „den Schlußstein des copernicanischen Systems", den sinnlichen Beweis von der translatorischen Bewegung der Erde genannt.

Auch die Wichtigkeit, welche die Verfinsterungen der Jupiterstrabanten für die geographischen Längen-Bestimmungen auf dem festen Lande darbieten, wurde von Galilei früh (Sept. 1612) erkannt. Er schlug diese Längen-Methode erst dem spanischen Hofe (1616), später den Generalstaaten von Holland, und zwar für das Seewesen, vor praktische Anwendung der Methode auf dem vielbewegten Elemente findet. Er wollte mit hundert von ihm anzufertigenden Fernröhren selbst nach Spanien gehen oder seinen Sohn Vicenzio dahin schicken. Er verlangt als Belohnung "una Croce di S. Jago" und ein Jahrgehalt von 4000 Scudi; eine geringe Summe, sagt er, da man ihm anfangs im Hause des Cardinals Borgia zu 6000 Ducaten Renten Hoffnung gemacht.

Auf die Entdeckung der Nebenplaneten des Jupiter folgte bald die Beobachtung der sogenannten *Dreigestaltung* des Saturn, planeta tergeminus. Schon im November 1610 meldete Galilei an Kepler, daß „der Saturn aus drei Sternen bestehe, die sich gegenseitig berühren". In dieser Beobachtung lag der Keim zur Entdeckung des Saturnringes. Hevelius beschrieb (1656) das Veränderliche dieser Gestaltung, die ungleiche Oeffnung der *Ansen* (Henkel) und ihr zuweilen eintreffendes gänzliches Verschwinden. Das Verdienst alle Erscheinungen des einigen Saturnringes wissenschaftlich erklärt zu haben gehört aber (1655) dem scharfsinnigen Huygens: der nach der mißtrauischen Sitte der Zeit seine Entdeckung, wie Galilei, in ein Anagramm und zwar von 88 Buchstaben einhüllte. Erst Dominicus Cassini sah den schwarzen Streifen am Ringe und erkannte (1684), daß er sich (wenigstens) in zwei concentrische Ringe theile. Ich fasse zusammen, was Ein Jahrhundert über die wunderbarste, ungeahndetste aller Gestaltungen in den himmlischen Räumen gelehrt hat: über eine Gestaltung, die auf scharfsinnige Vermuthungen über die ursprüngliche Bildung von Neben- und Hauptplaneten hat leiten können.

Die *Sonnenflecken* sind zuerst durch Fernröhre von Johann Fabricius, dem Ostfriesen, und von Galilei (man behauptet: zu Padua oder Venedig) beobachtet worden; in der Veröffentlichung der Entdeckung ist unbestreitbar Fabricius (Junius 1611) dem Galilei (erster Brief an den Bürgermeister Marcus Welser vom 4 Mai 1612) um ein Jahr zuvorgekommen. Die ersten Beobachtungen des Fabricius sind nach Arago's sorgfältiger Untersuchung vom März 1611, nach Sir David Brewster sogar von dem Ende des Jahres 1610: wenn Christoph Scheiner die seinigen selbst nur bis April 1611 zurückführt und wahrscheinlich sich erst im October desselben Jahres ernsthaft mit den Sonnenflecken beschäftigte. Ueber Galilei besitzen wir nur sehr dunkle und von einander abweichende Angaben. Wahrscheinlich erkannte er die Sonnenflecken im April 1611; denn er zeigte sie öffentlich zu Rom im Garten des Cardinals Bandini am Quirinal im April und Mai desselben Jahres. Harriot, welchem Baron Zach die Entdeckung der Sonnenflecken (am

16 Januar 1610!) zuschreibt, sah allerdings schon drei derselben den 8 Dec. 1610 und bildete ihre Lage in einem Register der Beobachtungen ab; er wußte aber nicht, daß er Sonnenflecken gesehen: so wenig als Flamsteed am 23 Dec. 1690 oder Tobias Mayer am 25 Sept. 1756 den Uranus als Planeten erkannten, als er durch ihr Fernrohr ging. Harriot erkennt die Sonnenflecken erst den 1 Dec. 1611, also 5 Monate nachdem Fabricius die Entdeckung veröffentlicht hatte. Galilei bemerkt schon, daß die Sonnenflecken: „von denen viele größer als das mittelländische Meer, ja als Afrika und Asien sind", eine bestimmte Zone auf der Sonnenscheibe einnehmen. Er sieht bisweilen denselben Flecken wiederkehren: er ist überzeugt, daß sie zu dem Sonnenkörper selbst gehören. Die Unterschiede der Dimensionen im Centrum der Sonne und bei dem Verschwinden am Rande fesseln besonders seine Aufmerksamkeit; doch finde ich in dem merkwürdigen zweiten Briefe an Marcus Welser (vom 14 Aug. 1612) nichts, das sich auf eine beobachtete Ungleichheit des aschfarbenen Randes zu beiden Seiten des schwarzen Kernes am Sonnenrande (Alexander Wilson's schöne Bemerkung von 1773!) deuten ließe. Von dem Canonicus Tarde (1620) und von Malapertus (1633) wurden alle Verdunkelungen der Sonne kleinen um dieselbe circulirenden, lichtraubenden Weltkörpern zugeschrieben, den bourbonischen und österreichischen Gestirnen (Borbonia und Austriaca Sidera). Fabricius erkannte, wie Galilei, daß die Flecken dem SonnenkörperIn Galilei's Briefe an den Principe Cesi (25 Mai 1612) ist dieselbe Meinung ausgedrückt; *Venturi* P. I. p. 172. selbst angehören; auch er sah früher gesehene verschwinden und dann wiederkehren; solche Erscheinungen lehrten ihn die Rotation der Sonne, die Kepler schon vor Entdeckung der Sonnenflecken geahndet hat. Die genauesten Bestimmungen (1630) der *Rotations-Dauer* sind aber von dem fleißigen Scheiner. Wenn in der neuesten Zeit das stärkste Licht, welches die Menschen bisher hervorgebracht, das *Drummond'sche Erglühen des Kalkes*, auf die Sonnenscheibe projicirt, tintenartig schwarz erschienen ist; so darf es nicht Wunder nehmen, daß Galilei, der zweifelsohne die großen Sonnenfackeln zuerst beschrieben hat, das Licht des Kernes der Sonnenflecken für intensiver hielt als das des Vollmondes oder der Luft nahe um die Sonnenscheibe.S. geistreiche Betrachtungen *Arago's* über diesen Gegenstand im *Annuaire* pour l'an 1842 p. 481–488. (Der Versuche mit dem Drummond'schen auf die Sonnenscheibe projicirten Lichte erwähnt Sir John *Herschel* in der *Astron.* § 334.) Phantasien über die mehrfachen Luft-, Wolken- und Lichthüllen, welche den (schwarzen) *erdhaften Kern* der Sonne umgeben, finden sich schon in den Schriften des Cardinals Nicolaus von Cusa aus der Mitte des 15ten Jahrhunderts.

Um den Cyclus der bewundernswürdigen Entdeckungen zu schließen, welcher kaum zwei Jahre umfaßt und in welchem des großen, unsterblichen Florentiners Name vorleuchtet, muß ich noch der Lichtgestalten der Venus erwähnen. Schon im Februar 1610 sah Galilei den Planeten sichelförmig: und verbarg (11 Dec. 1610), nach einer Sitte, deren wir bereits oben erwähnt, die wichtige Entdeckung in ein Anagramm, dessen Kepler in der Vorrede zu seiner Dioptrik gedenkt. Auch von der wechselnden

Lichtgestalt des Mars glaubt er etwas trotz der schwachen Vergrößerung seiner Fernröhre zu erkennen, wie er in einem Briefe an Benedetto Castelli (30 Dec. 1610) sagt. Die Entdeckung der mondartigen Sichelgestalt der Venus war der Triumph des copernicanischen Systems. Dem Urheber dieses Systems konnte gewiß die Nothwendigkeit der Existenz der Phasen nicht entgehen; er discutirt umständlich in dem 10ten Capitel des ersten Buchs die Zweifel, welche in Hinsicht der Lichtgestalten die neueren Anhänger platonischer Meinungen gegen den ptolemäischen Weltbau erheben. Bei der Entwickelung seines eigenen Systems spricht er sich aber nicht besonders über die Phasen der Venus aus, wie Thomas Smith es in seiner Optik behauptet.

Die Erweiterungen des kosmischen Wissens, deren Schilderung leider! nicht ganz von dem unheimlichen Hader über Prioritätsrecht der Entdeckungen zu trennen ist, fanden, wie alles, was die *physische Astronomie* berührt, einen um so allgemeineren Anklang, als die Erfindung der Fernröhre (1608) in eine Zeit fiel, in welcher: 36, 8 und 4 Jahre zuvor, große *Himmelsbegebenheiten* (das plötzliche Erscheinen und Verlöschen dreier neuer Sterne: in der Cassiopea 1572, im Schwan 1600 und am Fuß des Ophiuchus 1604) das Zusammenlaufen von erstaunten Volksmassen erregt hatten. Alle diese Sterne waren heller als Sterne erster Größe, und der von Kepler beobachtete im Schwan blieb 21 Jahre leuchtend am Himmelsgewölbe die ganze Periode der Galilei'schen Entdeckungen hindurch. Drei und ein halbes Jahrhundert sind nun fast verflossen, und kein *neuer* Stern erster oder zweiter Größe ist seitdem erschienen; denn die merkwürdige Himmelsbegebenheit, deren Zeuge Sir John Herschel (1837) in der südlichen Halbkugel war, ist die übergroße Zunahme der Licht-Intensität eines längst gesehenen Sternes zweiter Größe (η Argo), den man bisher nicht als veränderlich gekannt. Wie mächtig das Erscheinen neuer Sterne zwischen 1572 und 1604 die Neugierde gefesselt, den Antheil an astronomischen Entdeckungen vermehrt, ja zu phantasiereichen Combinationen angeregt hat: lehren Kepler's Schriften; lehrt alles, was wir erfahren, wenn dem bloßen Auge sichtbare Cometen auftreten. Auch irdische Naturbegebenheiten: wie Erdbeben in Gegenden, wo dieselben sehr selten gespürt worden sind, Ausbrüche lang ruhender Vulkane, das Geräusch der Aërolithen, die unsere Atmosphäre durchstreichen und sich in derselben erhitzen; beleben auf eine gewisse Zeit von neuem das Interesse für Probleme, die dem Volke noch ungelöster als den dogmatisirenden Physikern erscheinen.

Wenn ich in diesen Betrachtungen über den Einfluß der unmittelbaren Sinnesanschauung Kepler vorzugsweise genannt habe, so war es, um daran zu erinnern: wie sich in diesem großen, herrlich begabten und wunderbaren Manne jener Hang zu phantasiereichen Combinationen mit einem ausgezeichneten Beobachtungstalente und einer ernsten, strengen Inductionsmethode: mit einer muthigen, fast beispiellosen Beharrlichkeit im Rechnen: mit einem mathematischen Tiefsinne vereinigt fand, der, in der *Stereometria doliorum* offenbart, auf Fermat und durch diesen auf die Erfindung der *Rechnung des Unendlichen* einen glücklichen Einfluß ausgeübt hat. Ein solcher

GeistSir David *Brewster* sagt sehr schön in dem *account of Kepler's Method of investigating Truth:* "The influence of imagination as an instrument of research has been much overlooked by those who have ventured to give laws to philosophy. This faculty is of greatest value in physical inquiries. If we use it as a guide and confide in its indications, it will infallibly deceive us; but if we employ it as an auxiliary, it will afford us the most invaluable aid." (*Martyrs of Science* p. 215) war recht vorzugsweise vor allen dazu geeignet, durch den Reichthum und die Beweglichkeit seiner Ideen, ja durch die Wagnisse cosmologischer Ahndungen Leben um sich her zu verbreiten; die Bewegung zu vermehren, welche das siebzehnte Jahrhundert unaufhaltsam seinem erhabenen Ziele erweiterter Weltanschauung zuführte.

Die vielen dem Auge sichtbaren Cometen von 1577 an bis zu der Erscheinung des Halley'schen Cometen 1607 (acht an der Zahl) und das bereits oben erwähnte Erscheinen von drei neuen Sternen fast in derselben Periode regten zu Speculationen über die Entstehung dieser Weltkörper aus einem die Himmelsräume füllenden *kosmischen Nebel* und *Weltdunste* an. Kepler glaubte, wie Tycho, daß die neuen Sterne sich aus diesem Weltdunste zusammengeballt und daß sie sich in ihn wieder auflösen. *Arago* im *Annuaire* 1842 p. 434 (de la transformation des Nébuleuses et de la matière diffuse en étoiles). Auch die Cometen: denen er, vor der thatsächlichen Ergründung der elliptischen Bahn der Planeten, eine *geradlinige*, nicht in sich wiederkehrende und geschlossene Bahn zuschrieb, ließ er (1608) in seinem *neuen und seltsamen Discurse über die Haarsterne* "aus himmlischer Luft" entstehen. Er setzte sogar nach uralten Phantasien über die *mutterlose* Erzeugung hinzu: daß Cometen entstehen, „wie aus jeder Erde ein Kraut auch ohne Saamen wachse und wie aus dem Salzwasser Fische durch generatio spontanea erzeugt werden."

Glücklicher in anderen kosmischen *Ahndungen*, wagte Kepler folgende Sätze aufzustellen: alle Fixsterne sind Sonnen wie die unsrige, von Planetensystemen umgeben; unsere Sonne ist in eine Atmosphäre gehüllt, die sich als eine weiße Lichtkrone in den totalen Sonnenfinsternissen offenbart; unsere Sonne liegt in der großen Welteninsel so, daß sie das Centrum des zusammengedrängten Sternenringes der Milchstraße bildet; sie selbst: deren Flecken damals noch nicht entdeckt waren, alle Planeten und alle Fixsterne haben eine Rotation um ihre Achsen; um Saturn (und um Mars) wird man Trabanten, wie die von Galilei um den Jupiter aufgefundenen, entdecken: in dem viel zu großen Abstand zwischen Mars und Jupiter, wo wir jetzt 7 *Asteroiden* kennen, (wie zwischen Venus und Merkur) bewegen sich, ihrer Kleinheit wegen dem bloßen Auge unsichtbare Planeten. Ahndungsvolle Aussprüche dieser Art, ein glückliches Errathen von dem, was großentheils später aufgefunden wurde, erregten ein allgemeines Interesse: während daß keiner von Kepler's Zeitgenossen, Galilei selbst nicht ausgenommen, der Entdeckung der drei Gesetze mit gerechtem Ruhme erwähnt, welche seit Newton und der Erscheinung der Gravitations-Theorie Kepler's Namen auf ewig verherrlichen*Delambre, Hist. de l'Astronomie moderne* T. I. p. 360.. Kosmische

Betrachtungen: selbst die, welche nicht auf Beobachtungen, sondern auf schwache Analogien gegründet sind, fesselten damals, wie oft noch jetzt, die Aufmerksamkeit mehr als die wichtigsten Ergebnisse der *rechnenden Astronomie*.

Nachdem ich die wichtigen Entdeckungen geschildert, die in einem so kleinen Cyclus von Jahren die Kenntniß der Welträume erweitert haben, muß ich noch der Fortschritte in der physischen Astronomie gedenken, durch welche sich die zweite Hälfte des großen Jahrhunderts auszeichnet. Die Vervollkommnung der Fernröhre veranlaßte die Auffindung der *Saturnstrabanten*. Huygens entdeckte zuerst (25 März 1655) den sechsten durch ein von ihm selbst geschliffenes Objectiv, 45 Jahre nach der Entdeckung der Jupiterstrabanten. Nach dem Vorurtheil, welches er mit mehreren Astronomen seiner Zeit theilte, daß die Zahl der Nebenplaneten die der Hauptplaneten nicht übertreffen könne, bemühte er sich nicht andere Saturnsmonde zu entdecken. Vier derselben, Sidera Lodovicea: d. i. den 7ten äußersten, mit großer Licht-Abwechselung (1671), den 5ten (1672), den 4ten und 3ten, durch Campani'sche Objective von 100–136 Fuß Focallänge (1684): fand Dominicus Cassini; die zwei innersten, den 1ten und 2ten, mehr als ein Jahrhundert später (1788 und 1789) durch sein Riesentelescop Wilhelm Herschel. Der letztgenannte Saturnmond bietet die merkwürdige Erscheinung eines Umlaufs um den Hauptplaneten von weniger als einem Tage dar.

Bald nach Huygens Entdeckung eines Saturnstrabanten beobachtete Childrey (1658–1661) das *Thierkreislicht:* dessen räumliche Verhältnisse aber erst Dominicus Cassini (1683) bestimmt hat. Der Letztere hielt dasselbe nicht für einen Theil der Sonnen-Atmosphäre, sondern wie Schubert, Laplace und Poisson für einen *abgesondert* kreisenden *Nebelring*. Nächst der erwiesenen Existenz von *Nebenplaneten* und von dem freien und dazu concentrisch getheilten *Saturnsringe* gehört unstreitig die muthmaßliche, wahrscheinliche Existenz des *dunstartigen Thierkreisringes* zu den großartigsten Erweiterungen der Ansicht des, früher so einfach scheinenden Planetensystems. In unseren Tagen haben die in einander geschlungenen Bahnen der *kleinen Planeten* zwischen Mars und Jupiter, die *inneren Cometen:* deren ersten Encke als solchen erwiesen, und die an bestimmte Tage geknüpften *Sternschnuppenschwärme* (wenn man sie anders als kleine, mit planetarischer Geschwindigkeit sich bewegende, kosmische Massen betrachten darf) jene Weltansichten wie mit neuen Objecten der Betrachtung in wundersamer *Mannigfaltigkeit* bereichert.

Auch die Ideen über den *Inhalt der Welträume* jenseits des äußersten Planetenkreises und jenseits aller Cometenbahnen, über die Vertheilung der Materie (des *Geschaffenen*, wie man das *Seiende* und *Werdende* zu nennen pflegt) wurden in dem Zeitalter von Kepler und Galilei großartig erweitert. In derselben Periode, in welcher (1572–1604) drei neue Sterne erster Größe in der Cassiopea, im Schwan und im Schlangenträger aufloderten, bemerkten David Fabricius, Pfarrer zu Ostell in Ostfriesland (Vater des

Entdeckers der Sonnenflecken), (1596) und Johann Bayer zu Augsburg (1603) am Halse des Wallfisches einen wieder verschwindenden Stern: dessen *veränderlichen Lichtwechsel* aber, wie Arago in einer für die Geschichte astronomischer Entdeckungen wichtigen Abhandlung gezeigt hat, erst Johann Phocylides Holwarda, Professor in Franeker, (1638 und 1639) erkannt hat. Das Phänomen zeigte sich nicht isolirt. Noch in der letzten Hälfte des 17ten Jahrhunderts wurden periodisch veränderliche Sterne im Medusenhaupte, in der Wasserschlange und im Schwane entdeckt. Wie genaue Beobachtungen des Lichtwechsels des Algol unmittelbar zur Bestimmung der Geschwindigkeit des Lichts dieses Sternes führen können, ist in der eben angeführten Abhandlung von 1842 mit vielem Scharfsinn gezeigt worden.

Der Gebrauch des Fernrohrs reizte nun auch zu der ernsteren Beobachtung einer Classe von Erscheinungen, von denen einige wenige auch dem unbewaffneten Auge nicht entgehen konnten. Simon Marius beschrieb (1612) den Nebelfleck der Andromeda, Huygens entwarf (1656) das Bild von dem am Schwerdt des Orion. Beide Nebel konnten als Typen dienen von einer verschiedenartig, mehr oder weniger fortgeschrittenen Verdichtung der dunstförmigen kosmischen Materie. Indem Marius den Nebelfleck der Andromeda mit „einem Kerzenlichte“ vergleicht, „das man durch einen halb durchsichtigen Körper betrachtet: bezeichnet er durch diese Vergleichung sehr passend den Unterschied zwischen den Nebelflecken überhaupt und den von Galilei untersuchten *Sternhaufen* und *Sternschwärmen*, den Plejaden und der Krippe im Krebse. Schon im Anfange des 16ten Jahrhunderts hatten spanische und portugiesische Seefahrer, ohne den Vortheil des telescopischen Sehens, die beiden Magellanischen um den Südpol kreisenden *Lichtwolken* bewundert: deren eine, wie schon oben bemerkt, der *weiße Fleck* oder *Ochse* des persischen Astronomen Abdurrahman Sufi (aus der Mitte des zehnten Jahrhunderts) ist. Galilei gebraucht im *Nuncius Sidereus* die Benennungen Stellae nebulosae und Nebulosae eigentlich für Sternschwärme, die (wie er sich ausdrückt) als areolae sparsim per aethera subfulgent. Da er den, dem bloßen Auge sichtbaren, aber für die stärksten Vergrößerungen bisher sternlosen Nebelfleck der Andromeda keiner besonderen Aufmerksamkeit gewürdigt hat; so hält er allen Schein des Nebels, alle seine Nebulosae, wie die Milchstraße selbst, für Lichtmassen sehr zusammengedrängter Sterne. Er unterscheidet nicht Nebel und Stern, wie Huygens im Nebelfleck des Orion thut. Das sind die schwachen Anfänge der großen Arbeiten über die *Nebelflecke*, welche die ersten Astronomen unserer Zeit in beiden Hemisphären rühmlichst beschäftigt haben.

Wenn auch das siebzehnte Jahrhundert in seinem *Anfang* der plötzlichen Erweiterung der Kenntniß der *Himmelsräume* durch Galilei und Kepler, an seinem *Ende* den Fortschritten des reinen *mathematischen* Wissens durch Newton und Leibnitz seinen Hauptglanz verdankt; so hat doch zugleich auch der größte Theil der *physikalischen Probleme*, welche uns gegenwärtig beschäftigen, in jenem Jahrhundert eine wohlthätige und befruchtende Pflege erfahren. Um der Geschichte der Weltanschauung nichts von ihrem eigenthümlichen Charakter zu rauben, beschränke ich mich, nur die Arbeiten zu erwähnen, welche unmittelbar einen wesentlichen Einfluß auf allgemeine, d. h. kosmische Natur-Ansichten ausgeübt haben. Für die Processe des *Lichts*, der *Wärme* und des *Magnetismus* nennen wir zuerst Huygens, Galilei und Gilbert. Als Huygens mit der doppelten Brechung des Lichts im isländischen Krystall, d. h. mit der Zerspaltung in zwei Lichtstrahlen, beschäftigt war, entdeckte er (1678) auch die Art der *Polarisation* des Lichtes, welche seinen Namen führt. Der Entdeckung dieser vereinzelten Erscheinung, welche erst 1690, also fünf Jahre vor seinem Tode, veröffentlicht wurde, sind die großen Entdeckungen von Malus, Arago und Fresnel, von Brewster und Biot erst nach mehr als einem Jahrhunderte gefolgt! Malus fand (1808) die Polarisation durch Zurückwerfung von spiegelnden Flächen, Arago (1811) die farbige Polarisation. Eine Wunderwelt mannigfach modificirter, mit neuen Eigenschaften begabter *Lichtwellen* ward nun eröffnet. Ein Lichtstrahl, der viele Millionen Meilen weit aus den fernsten Himmelsräumen zu unserem Auge gelangt, verkündigt in Arago's Polariscop gleichsam von selbst, ob er reflectirt oder gebrochen sei; ob er von einem festen, oder tropfbar flüssigen, oder gasförmigen Körper emanirt; er verkündigt sogar den Grad seiner Intensität. Auf diesem Wege, der uns zu dem siebzehnten Jahrhundert durch Huygens zurückführt, werden wir über die Constitution des Sonnenkörpers und seiner Hüllen, über das reflectirte oder eigene Licht der Cometenschweife und des Thierkreislichtes, über die optischen Eigenschaften unserer Atmosphäre und die Lage von vier *neutralen Punkten* der Polarisation unterrichtet: welche Arago, Babinet und Brewster entdeckt haben. So schafft sich der Mensch Organe, die, mit Scharfsinn angewandt, neue Weltansichten eröffnen.

Neben der Polarisation des Lichtes ist noch der auffallendsten aller optischen Erscheinungen, der *Interferenz*, zu erwähnen: von welcher ebenfalls im 17ten Jahrhundert schon schwache Spuren ohne Verständniß der ursächlichen Bedingungen von Grimaldi (1665) und Hooke beobachtet worden waren. Die Auffindung dieser Bedingungen; die klare Erkenntniß der Gesetze, nach denen (unpolarisirte) Lichtstrahlen sich zerstören und Finsterniß hervorbringen, wenn sie aus einer und derselben Quelle mit verschiedener Länge des Weges kommen: verdankt die neuere Zeit dem glücklichen Scharfblicke von Thomas Young. Die Gesetze der Interferenz des polarisirten Lichtes haben Arago und Fresnel (1816) entdeckt. Die von Huygens und Hooke angeregte, von Leonhard Euler vertheidigte *Undulations-Theorie* fand endlich festen und sicheren Grund.

War die letzte Hälfte des 17ten Jahrhunderts durch die erlangte Einsicht in die Natur der doppelten Strahlenbrechung für die Erweiterung des optischen Wissens wichtig geworden, so hat sie einen weit höheren Glanz noch durch Newton's Experimental-Arbeiten und durch Olaus Römer's Entdeckung (1675) der meßbaren *Geschwindigkeit des Lichts* gewonnen. Ein halbes Jahrhundert später (1728) hat diese Entdeckung Bradley in den Stand gesetzt die von ihm aufgefundene Veränderung des scheinbaren Orts der

Sterne als eine Folge der Bewegung der Erde in ihrer Bahn verbunden mit der Fortpflanzung des Lichts zu betrachten. Newton's herrliches Werk, seine Optik, erschien (1704) aus persönlichen Gründen erst zwei Jahre nach Hooke's Tode, in englischer Sprache; es wird aber versichert, daß der große Mann schon *vor* den Jahren 1666 und 1667 im Besitz*Brewster, the life of Sir Isaac Newton* p. 17. Für die Erfindung des method of fluxions: nach der officiellen Erklärung des Comité's der königl. Societät zu London vom 24 April 1712 "one and the same with the differential method, excepting the name and mode of notation", wird das Jahr 1665 angenommen. Ueber den ganzen unheimlichen Prioritätsstreit mit Leibnitz, welchem (wundersam genug!) sogar Anschuldigungen gegen Newton's Rechtgläubigkeit eingemischt waren, s. *Brewster* p. 189–218. – Daß in dem weißen Lichte alle Farben enthalten sind, behaupteten schon de la *Chambre* in seinem Werke: *la Lumière* (Paris 1657); und Isaac *Vossius*, welcher später Canonicus in Windsor wurde, in einer merkwürdigen Schrift, deren Mittheilung ich vor zwei Jahren in Paris Herrn Arago verdankte: *de Lucis natura et proprietate* (Amstelod. 1662). Von dieser Schrift handeln *Brandes* in der neuen Bearbeitung von *Gehler's physikalischem Wörterbuch* Bd. IV (1827) S. 43 und sehr umständlich *Wilde* in seiner *Gesch. der Optik* Th. I. (1838) S. 223, 228 und 317. Als Grundstoff aller Farbe betrachtet aber Isaac Vossius den Schwefel, welcher nach ihm allen Körpern beigemischt ist (cap. 25 p. 60). – In *Vossii responsum ad objecta Joh. de Bruyn, Professoris Trajectini, et Petri Petiti* 1663 heißt es pag. 69: "Nec lumen ullum est absque calore, nec calor ullus absque lumine. Lux, sonus, anima(!), odor, vis magnetica, quamvis incorporea, sunt tamen aliquid." (*De Lucis nat.* cap. 13 p. 29.) des Hauptsächlichsten seiner optischen Anschauungen, seiner Gravitations-Theorie und der Differential-Rechnung (method of fluxions) gewesen sei.

Um das gemeinsame Band nicht aufzulösen, welches die allgemeinen *primitiven Erscheinungen der Materie* umschlingt, lassen wir hier auf die aphoristische Erwähnung der optischen Entdeckungen von Huygens, Grimaldi und Newton die Betrachtungen über *Erd-Magnetismus* und *Wärme* des Luftkreises folgen: in so fern beide Lehren im Laufe des Jahrhunderts begründet worden sind, dessen Schilderung wir hier unternommen haben. Das geistreichste und wichtigste Werk über die magnetischen und electrischen Kräfte, William Gilbert's *Physiologia nova de Magnete*, erschien in dem Jahre 1600. Ich habe Gelegenheit gehabt desselben schon mehrmals zu gedenken. Der von Galilei wegen seines Scharfsinnes so bewunderte Mann *ahndet* vieles von dem, was wir jetzt wissen. Er hält Magnetisums und Electricität für zwei Emanationen der einigen aller Materie inwohnenden Grundkraft. Er behandelt daher beide zugleich. Solche dunkle auf Analogien gegründete Ahndungen über die Wirkung des heracleischen Magnetsteins auf das Eisen, und die Ziehkraft des, wie Plinius sagt, durch Wärme und Reibung *beseelten* Amber gegen dürre Spreu gehören allen Zeiten, ja allen Volksstämmen, der ionischen Naturphilosophie wie den chinesischen(S. 372.) . Physikern an. Dem William Gilbert ist die Erde selbst ein Magnet; und die Curven gleicher Abweichung und Neigung hangen in ihren Inflexionen von der Massenvertheilung oder Gestaltung der Continente, von der Form und Ausdehnung der tiefen dazwischen liegenden oceanischen Becken ab. Die periodische Veränderlichkeit, welche die drei Hauptformen der magnetischen Erscheinungen (die *isoklinischen, isogonischen* und *isodynamischen*) charakterisirt, ist mit diesem starren System der Kraft- und Massenvertheilung schwer zu vereinigen, wenn man sich nicht die Ziehkraft der materiellen Theile durch ebenfalls periodische Temperatur-Veränderungen im Innern des Erdkörpers modificirt vorstellt.

In Gilbert's Theorie wird bloß, wie bei der Gravitation, die Quantität der materiellen Theile geschätzt, ohne auf die specifische Heterogeneität der Stoffe zu achten. Dieser Umstand hat seinem Werke, zu Galilei's und Kepler's Zeit, einen Charakter kosmischer Größe gegeben. Durch die unerwartete Entdeckung des *Rotations-Magnetismus* von Arago (1825) ist factisch bewiesen worden, daß alle Arten der Materie des Magnetismus fähig sind; die neuesten Arbeiten von Faraday über die diamagnetischen Substanzen bestätigen: unter besonderen Bedingnissen der *Meridian-* oder *Aequatorial-Richtung*, des festen, flüssigen oder gasförmig-unwirksamen Zustandes der Körper, jenes wichtige Resultat. Gilbert hatte einen so klaren Begriff von der Mittheilung der *tellurischen Magnetkraft*, daß er bereits den magnetischen Zustand von Eisenstangen am Kreuz alter Kirchthürme dieser Einwirkung der Erde zuschrieb.

Die zunehmende Thätigkeit der Schifffahrt bis zu den höchsten Breiten und die Vervollkommnung der magnetischen Instrumente: denen sich schon seit 1576 die von Robert Norman aus Ratcliffe construirte Neigungs-Nadel (das Inclinatorium) beigesellt hatte, verallgemeinerten erst im Lauf des 17ten Jahrhunderts die Kenntniß von dem *periodischen Fortschreiten* eines Theils der magnetischen Curven, der *Linien ohne Abweichung*. Die Lage des magnetischen Aequators, den man lange mit dem geographischen identisch glaubte, blieb ununtersucht. *Inclinations-Beobachtungen* wurden nur in einigen Hauptstädten des westlichen und südlichen Europa's angestellt; und die ebenfalls in Raum und Zeit veränderliche *Intensität* der magnetischen Erdkraft ist zwar von Graham zu London (1723) durch die Oscillationen einer Magnetnadel zu messen versucht worden, aber nach dem resultatlosen Unternehmen von Borda auf seiner letzten Reise nach den canarischen Inseln (1776) ist es erst Lamanon (1785) in la Pérouse's Expedition geglückt die Intensität in verschiedenen Erdzonen mit einander zu vergleichen.

Auf eine große Masse schon vorhandener Declinations-Beobachtungen von sehr ungleichem Werthe (Beobachtungen von Baffin, Hudson, James Hall und Schouten) gestützt, entwarf Edmund Halley 1683 seine Theorie von vier magnetischen Polen oder Convergenz-Punkten und von der periodischen Bewegung der magnetischen Linie ohne Abweichung. Um diese Theorie zu prüfen und mit Hülfe neuer und genauerer Beobachtungen zu vervollkommnen, ließ die englische Regierung ihn drei Reisen (1698–

1702) in dem atlantischen Ocean auf einem Schiffe machen, das er selbst befehligte. Er gelangte auf einer dieser Seefahrten bis zu 52° südlicher Breite. Dies Unternehmen hat Epoche in der Geschichte des tellurischen Magnetismus gemacht. Eine allgemeine *Variations-Karte:* in der die Punkte, an welchen die Seefahrer die Abweichung von gleicher Größe gefunden hatten, durch krumme Linien verbunden sind, war die Frucht derselben. Nie vorher, glaube ich, hatte ein Gouvernement eine See-Expedition zu einem Zwecke angeordnet, von dessen Erreichung die praktische Nautik sich zwar viel versprechen durfte, der aber doch recht eigentlich ein wissenschaftlicher, physiko-mathematischer genannt zu werden verdiente.

Da von einem aufmerksamen Forscher keine Erscheinung isolirt ergründet werden kann, ohne in ihrem Verhältniß zu einer anderen betrachtet zu werden; so wagte auch schon Halley, von seinen Reisen zurückgekehrt, die Vermuthung, daß das Nordlicht eine magnetische Erscheinung sei. Ich habe in dem allgemeinen *Naturgemälde* bemerkt, daß Faraday's glänzende Entdeckung (*Lichtentwickelung* durch magnetische Kräfte) jene 1714 ausgesprochene Hypothese zu einer empirischen Gewißheit erhoben hat.

Sollen aber die Gesetze des Erd-Magnetismus gründlich, d. h. in dem großen Cyclus des periodischen räumlichen Fortschreitens aller drei Arten von magnetischen Curven, erforscht werden, so ist es nicht genug den täglichen regelmäßigen oder gestörten Gang der Nadel in den *magnetischen Stationen* zu beobachten, die seit 1828 angefangen haben einen beträchtlichen Theil der Erdoberfläche in nördlichen und südlichen Breiten zu bedecken; es müßte auch viermal in jedem Jahrhundert eine Expedition von drei Schiffen ausgesandt werden, welche möglichst gleichzeitig den Zustand des Magnetismus der Erde, so weit er sich auf ihrer mit Wasser bedeckten Oberfläche für uns meßbar offenbart, zu untersuchen hätten. Der magnetische Aequator: d. h. die Curve, auf welcher die Neigung null ist, müßte nicht bloß aus der geographischen Ortslänge ihrer *Knoten* (der Intersection mit dem geographischen Aequator) geschlossen werden; sondern, den Curs des Schiffes nach den Inclinations-Angaben perpetuirlich abändernd, müßte man den dermaligen magnetischen Aequator nie verlassen. Land-Expeditionen wären mit diesem Unternehmen zu verbinden: um da, wo eine Ländermasse nicht ganz durchstrichen werden kann, genau zu bestimmen, an welchen Punkten des Littorals die magnetischen Curven (besonders die Linien ohne Abweichung) eintreten. Eine vorzügliche Aufmerksamkeit möchten in ihrer Bewegung und allmäligen Auflösung zwei isolirte *geschlossene Systeme* von eiförmiger Gestaltung mit fast concentrischen Abweichungs-Curven, im östlichen Asien und in der Südsee im Meridian der Marquesas-Inselgruppe, verdienen. Seitdem die ruhmvolle antarctische Expedition von *Sir James Clark Roß* (1839–1843), mit vortrefflichen Instrumenten ausgerüstet, ein großes Licht über die südliche Erdhälfte bis zum Polar-Abstand verbreitet und empirisch den magnetischen Südpol bestimmt hat; seitdem es dem großen Mathematiker unseres Zeitalters, meinem verehrten Freunde *Friedrich Gauß*, gelungen ist die erste allgemeine Theorie des Erd-Magnetismus aufzustellen: darf man, bei so vielfachem Bedürfniß der

Wissenschaft und der Schifffahrt, die Hoffnung nicht aufgeben, daß dieser so oft schon von mir angeregte Plan dereinst ausgeführt werde. Möge das Jahr 1850 als die erste normale Epoche bezeichnet werden können, in der die Materialien zu einer *magnetischen Weltkarte* gesammelt werden sollen! mögen permanente wissenschaftliche Institute (Akademien) es sich zum Gesetz machen, von 25 zu 25 Jahren ein die Fortschritte der Nautik begünstigendes Gouvernement an die Wichtigkeit des Unternehmens zu erinnern, dessen großer kosmischer Werth an eine lange Wiederholung geknüpft ist.

Die Erfindung wärmemessender Instrumente (Galilei's *Thermoscope* von 1593 und 1602 waren gleichzeitig von den Veränderungen der Temperatur und des äußeren Luftdruckes abhängig) regte zuerst den Gedanken an, durch eine Reihe zusammenhangender Beobachtungen, der Zeitfolge nach, die Modificationen des Luftkreises zu ergründen. Wir erfahren aus dem *Diario* der Academia del Cimento, welche in der kurzen Dauer ihrer Wirksamkeit einen so glücklichen Einfluß auf die Liebe zu planmäßigem Experimentiren ausgeübt hat, daß mit Alkohol-Thermometern, den unsrigen ähnlich, in vielen Stationen: zu Florenz im Kloster degli Angeli, in den Ebenen der Lombardei und den Gebirgen um Pistoja, ja in der Hochebene von Innsbruck, bereits seit 1641, fünfmal täglich Temperatur-Beobachtungen angestellt wurden. Vincenzio *Antinori* in den *saggi di Naturali Esperienze fatte nell' Accademia del Cimento* 1841 p. 30–44. Der Großherzog Ferdinand II beauftragte mit dieser Arbeit die Mönche mehrerer Klöster in seinen Staaten. S. *über Bestimmung der Scale des Thermometers* der Academia del Cimento und über die, 16 Jahre lang, von einem Schüler des Galilei, dem Pater Raineri, fortgesetzten meteorologischen Beobachtungen *Libri* in den *Annales de Chimie et de Physique* T. XLV. 1830 p. 354, und eine spätere ähnliche Arbeit von *Schouw* in seinem *tableau du Climat et de la Végétation de l'Italie* 1839 p. 99–106. Auch die Temperatur der Mineralquellen wurde damals bestimmt: was zu vielen Fragen über die Erd-Temperatur Veranlassung gab. Da alle Naturerscheinungen, alle Veränderungen der irdischen Materie mit Modificationen der *Wärme*, des *Lichtes* und der *Electricität*, der ruhenden oder der in Strömen bewegten, zusammenhangen: zugleich die Phänomene der Wärme, auf *Ausdehnung* wirkend, der sinnlichen Wahrnehmung am zugänglichsten sind; so mußte, wie ich schon an einem anderen Orte erinnert habe, die Erfindung und Vervollkommnung von *Wärmemessern* eine große Epoche unter den Fortschritten des allgemeinen Naturwissens bezeichnen. Das Gebiet der Anwendung des Thermometers und der rationellen Folgerungen, die aus seinen Anzeigen gezogen werden können, ist so unermeßlich als das Gebiet der Naturkräfte selbst, welche in dem Luftmeer, auf der Feste oder in den über einander gelagerten Schichten des Oceans, in den unorganischen Stoffen wie in den chemischen Lebensprocessen der organischen walten.

Auch die Wirkungen der *strahlenden* Wärme sind mehr als ein Jahrhundert vor Scheele's großen Arbeiten, von den florentiner Mitgliedern der Academia del Cimento, durch merkwürdige Versuche mit Hohlspiegeln, gegen welche nicht leuchtende erhitzte Körper und Eismassen bis zu 500 Pfund Gewicht wirklich und *scheinbar* strahlten, ergründet worden. Mariotte am Ende des 17ten Jahrhunderts untersuchte die Verhältnisse der strahlenden Wärme bei ihrem Durchgange durch Glastafeln. Es mußte dieser vereinzelten Experimente hier gedacht werden, da in späterer Zeit die Lehre von der *Wärmestrahlung* ein großes Licht über Erkaltung des Bodens, die Entstehung des Thaues und viele allgemeine klimatische Modificationen verbreitet, ja durch Melloni's bewundernswürdigen Scharfsinn zu der contrastirenden *Diathermanie* des Steinsalzes und Alauns geführt hat.

Den Untersuchungen über die nach Maaßgabe der geographischen Breite, der Jahreszeiten und der Erhebung des Bodens veränderte Wärme des Luftkreises gesellten sich bald andere bei über den wechselnden Druck und die Dunstmenge der Atmosphäre; über die so oft beobachtete periodische Folge, d. h. das *Drehungsgesetz*, der Winde. Galilei's richtige Ansichten vom Luftdrucke hatten Torricelli ein Jahr nach dem Tode seines großen Lehrers auf die Construction des Barometers geleitet. Daß die Quecksilbersäule in der Torricelli'schen Röhre minder niedrig am Fuß eines Thurmes oder eines Berges als auf deren Höhe stehe, bemerkte, wie es scheint, zuerst in Pisa Claudio Beriguardi; und fünf Jahre später in Frankreich, auf Pascal's Aufforderung, des Letzteren Schwager Perrier, da er den Puy de Dôme (840 Fuß höher als der Vesuv) bestieg. Die Idee das Barometer zu Höhenmessungen anzuwenden bot sich nun wie von selbst dar; vielleicht ward sie in Pascal durch einen Brief von Descartes*Ren. Cartesii Epistolae* Amstel. 1682 P: III. Ep. 67. geweckt. Wie viel das Barometer: als hypsometrisches Werkzeug auf die Bestimmung der partiellen Oberflächen-Gestalt der Erde, als meteorologisches Werkzeug auf Ergründung des Einflusses der Luftströme angewandt, zur Erweiterung der physikalischen Erdbeschreibung und der Witterungslehre beigetragen habe; erheischt hier keine besondere Erörterung. Die Theorie der eben erwähnten Luftströme ist in ihren festen Grundpfeilern ebenfalls vor dem Schluß des 17ten Jahrhunderts erkannt worden. Bacon hat das Verdienst (1664) gehabt, in seiner berühmten *historia naturalis et experimentalis de ventisBacon's Works by Shaw* 1733 Col. III. p. 441. die Richtung der Winde in ihrer Abhängigkeit von der Temperatur und den Hydrometeoren zu betrachten; aber, die Richtigkeit des copernicanischen Systems unmathematisch läugnend, fabelte er von der Möglichkeit, „daß unsere Atmosphäre sich auf gleiche Weise als der Himmel täglich um die Erde drehen und so den tropischen Ostwind veranlassen könne".

Hooke's allumfassendes Genie verbreitete auch hier wieder Gesetzmäßigkeit und Licht. Er erkannte den Einfluß der Rotation der Erde, wie die oberen und unteren Strömungen warmer und kalter Luft: vom Aequator zu den Polen, und von diesen zum Aequator zurückkehrend. Galilei hatte in seinem letzten *Dialogo* allerdings auch die Passatwinde als Folge der Rotation der Erde betrachtet; aber das Zurückbleiben der Lufttheile innerhalb der Tropen gegen die Rotations-Geschwindigkeit der Erde schrieb er einer dunstlosen Reinheit der Luft zwischen den Wendekreisen zu. Hooke's richtigere Ansicht ist spät erst im 18ten Jahrhundert von Halley wiederum aufgenommen und in Hinsicht auf die Wirkung der jedem Parallelkreise zugehörigen Umdrehungs-Geschwindigkeit umständlicher und befriedigend erläutert worden. Halley, durch seinen langen Aufenthalt in der heißen Zone dazu veranlaßt, hatte früher (1686) eine treffliche empirische Arbeit über die geographische Verbreitung der Passate (trade-winds und monsoons) geliefert. Es ist zu verwundern, daß er in seinen magnetischen Expeditionen des für die gesammte Meteorologie so wichtigen *Drehungsgesetzes* der Winde gar nicht erwähnt, da es doch durch Bacon und Johann Christian Sturm aus Hippolstein (nach Brewster*Brewster* im *Edinburgh Journal of Science* Vol. II. 1825 p. 145. *Sturm* hat das Differential-Thermometer beschrieben in dem kleinen Werke: *Collegium experimentale curiosum* (Nürnb. 1676 p. 49). Ueber das Baconische Gesetz der Winddrehung, das Dove erst auf beide Zonen ausgedehnt und in seinem inneren Zusammenhange mit den Ursachen aller Luftströmungen erkannt hat, s. die ausführliche Abhandlung von *Muncke* in der neuen Bearb. von *Gehler's physikal. Wörterbuch* Bd. X. S. 2003–2019 und 2030–2035. den eigentlichen Erfinder des Differential-Thermometers) in allgemeinen Zügen erkannt war.

In dem glänzenden Zeitalter der Gründung einer *mathematischen Naturphilosophie* fehlte es auch nicht an Versuchen die Luftfeuchtigkeit in ihrem Zusammenhange mit den Veränderungen der Temperatur und der Windesrichtung zu erforschen. Die Academia del Cimento hatte den glücklichen Gedanken die Dampfmenge durch Verdunstung und Niederschlag zu bestimmen. Das älteste florentiner Hygrometer war demnach ein *Condensations-Hygrometer:* ein Apparat, in welchem die Menge des niedergeschlagenen ablaufenden Wassers durch Abwägen bestimmt wurde.*Antinori* p. 45 und in den *saggi* selbst p. 17–19. Diesem Condensations-Hygrometer: das durch Benutzung der Ideen von le Roy in unseren Tagen zu den genauen psychrometrischen Methoden von Dalton, Daniell und August allmälig geleitet hat; gesellten sich, schon nach Leonardo's da Vinci Vorgange, Absorptions-Hygrometer aus Substanzen des Thier- und Pflanzenreiches von Santori (1625), Torricelli (1646) und Molineux bei. Darmsaiten und Grannen von Gräsern wurden fast gleichzeitig angewandt. Solche Instrumente, welche sich auf die Absorption der in der Atmosphäre enthaltenen Wasserdämpfe durch organische Stoffe gründeten, waren mit Zeigern und kleinen Gegengewichten versehen, der Construction nach den Saussure'schen und Deluc'schen Haar- und Fischbein-Hygrometern sehr ähnlich; aber es fehlte bei den Instrumenten des 17ten Jahrhunderts die zur Vergleichung und zum Verständniß der Resultate so nothwendige und endlich durch Regnault erreichte Bestimmung fester Punkte der Trockenheit und Nässe, minder die Empfindlichkeit bei langer Dauer der angewandten hygrometrischen Substanzen. Pictet*Bibliothèque Universelle de Genève* T. XXVII. 1824 p. 120. fand in einem Saussure'schen Hygrometer befriedigend empfindlich das Haar einer Guanschen-Mumie von Teneriffa, die vielleicht an tausend Jahre alt war.

Der *electrische Proceß* ward als Wirkung einer eigenen, wenn gleich der magnetischen verwandten, Naturkraft von William Gilbert erkannt. Das Buch, in welchem diese Ansicht zuerst ausgesprochen: ja die Worte *electrische* Kraft, *electrische* Ausflüsse, *electrische* Anziehung zuerst*Gilbert de Magnete* lib. II cap. 2–4 p. 46–71. Schon in der Interpretation der gebrauchten Nomenclatur heißt es: *Electrica* quae attrahit eadem ratione ut electrum; versorium non magneticum ex quovis metallo, inserviens electricis experimentis. Im Texte selbst findet man: magneticè ut ita dicam, vel electricè attrahere (vim illam electricam nobis placet appellare...) (p. 52); effluvia electrica, attractiones electricae. Der abstracte Ausdruck electricitas findet sich nicht, so wenig als das barbarische Wort magnetismus des 18ten Jahrhunderts. Ueber die schon im Timäus des *Plato* p. 80c angedeutete Ableitung von ἤλεκτρον: „dem *Zieher* und *Zugsteine*“, von ἕλξις und ἕλκειν, und den wahrscheinlichen Uebergang durch ein härteres ἕλκτρον, s. *Buttmann, Mythologus* Bd. II. (1829) S. 357. Unter den von Gilbert aufgestellten theoretischen Sätzen (die nicht immer mit gleicher Klarheit ausgedrückt sind) wähle ich aus: "Cum duo sint corporum genera, quae manifestis sensibus nostris motionibus corpora allicere videntur, Electrica et Magnetica; Electrica naturalibus ab humore effluviis; Magnetica formalibus efficientiis, seu potius primariis vigoribus, incitationes faciunt. – Facile est hominibus ingenio acutis, absque experimentis, et usu rerum labi, et errare. Substantiae proprietates aut familiaritates sunt generales nimis, nec tamen verae designatae causae, atque, ut ita dicam, verba quaedam sonant, re ipsâ nihil in specie ostendunt. Neque ista succini credita attractio, a singulari aliquâ proprietate substantiae, aut familiaritate assurgit: cum in pluribus aliis corporibus eundem effectum, majori industria invenimus, et omnia etiam corpora, cujusmodicunque proprietatis, ab omnibus illis alliciuntur.“ (*De Magnete* p. 50, 51, 60 und 65.) Gilbert's vorzüglichere Arbeiten scheinen zwischen 1590 und 1600 zu fallen. Whewell weist ihm mit Recht eine wichtige Stelle unter denen an, die er „practical Reformers der positiven Wissenschaften“ nennt. Gilbert war Leibarzt der Königinn Elisabeth und Jacobs I, und starb schon 1603. Nach seinem Tode erschien ein zweites Werk: *de Mundo nostro Sublunari Philosophia nova*. gebraucht sind, ist die oft genannte im Jahr 1600 erschienene *Physiologie vom Magnete und von dem Erdkörper als einem großen Magnet* (de magno magnete tellure). „Die Fähigkeit“, sagt Gilbert, „gerieben, leichte Stoffe, welcher Natur sie auch seien, anzuziehen ist nicht dem Bernstein allein eigen: der ein verdickter Erdsaft ist, welchen die Meereswogen aufwühlen und in dem fliegende Insecten, Ameisen und Gewürme wie in ewigen Gräbern (aeternis sepulchris) eingekerkert liegen. Die Ziehkraft gehört einer ganzen Classe von sehr verschiedenen Substanzen an: wie Glas, Schwefel, Siegellack und allen Harzen, dem Bergkrystall und allen Edelsteinen, dem Alaun und dem Steinsalze.“ Die Stärke der erregten Electricität mißt Gilbert an einer nicht eisernen kleinen Nadel, die sich auf einem Stifte frei bewegt (versorium electricum): ganz dem Apparate ähnlich, dessen sich Hauy und Brewster bei Prüfung der Electricität geriebener und erwärmter Mineralien bedienten. „Die Reibung“, sagt Gilbert weiter, „bringt stärkere Wirkungen hervor bei trockner als bei feuchter Luft; das Reiben mit seidenen Tüchern ist am vortheilhaftesten befunden. Die Erdkugel wird wie durch eine electrische Kraft (?) zusammengehalten (globus telluris per se electrice congregatur et cohaeret); denn das electrische Streben geht auf bindende Anhäufung aus (motus electricus est motus coacervationis materiae).“ In diesen dunkeln Axiomen liegt ausgedrückt die Ansicht einer *tellurischen Electricität:* die Aeußerung einer Kraft, welche, wie der Magnetismus, der Materie als solcher angehört. Von Abstoßung, von Unterschied zwischen Isolatoren und Leitern ist noch keine Rede.

Mehr als bloße Anziehungs-Erscheinungen beobachtete zuerst der sinnige Erfinder der Luftpumpe, Otto von Guericke. In seinen Versuchen mit einem geriebenen Schwefelkuchen erkannte er Phänomene der Abstoßung und solche, die später auf die Gesetze der Wirkungskreise und Vertheilung der Electricität geleitet haben. Er hörte das erste Geräusch, sah das erste Licht in selbsthervorgerufener Electricität. In einem Versuche, welchen Newton 1675 anstellte, zeigten sich die ersten Spuren der electrischen *Ladung* an einer geriebenen Glasplatte. Wir haben hier bloß nach den ersten Keimen des electrischen Wissens geforscht: das in seiner großen, sonderbar verspäteten Entwickelung nicht bloß einer der wichtigsten Theile der Meteorologie geworden ist: sondern auch, seitdem man gelernt, daß der Magnetismus eine der vielfachen Formen ist, unter denen die Electricität sich offenbart, so vieles von dem inneren Treiben der Erdkräfte aufgehellt hat.

Wenn gleich schon Wall (1708), Stephan Gray (1734) und Nollet die Identität der Reibungs-Electricität und des Blitzes vermutheten, so wurde die empirische Gewißheit doch erst um die Mitte des achtzehnten Jahrhunderts durch die glücklichen Bestrebungen des edeln Benjamin Franklin erlangt. Von dem Zeitpunkte an trat der electrische Proceß aus dem Gebiet der speculativen Physik in das Gebiet kosmischer Natur-Anschauung, aus dem Studirzimmer in das Freie. Die Lehre von der Electricität hat, wie die Optik und wie der Magnetismus, lange Epochen überaus schwacher Entwickelung gehabt: bis in den eben genannten drei Disciplinen die Arbeiten von Franklin und Volta, Thomas Young und Malus, Oersted und Faraday die Zeitgenossen zu einer bewundernswürdigen Thätigkeit anregten. An solchen Wechsel von Schlummer und plötzlich erweckter Thätigkeit ist der Fortschritt des menschlichen Wissens geknüpft.

Sind aber auch, wie wir eben entwickelt, durch die Erfindung geeigneter, obgleich noch sehr unvollkommener, physikalischer Werkzeuge und durch den Scharfblick von Galilei, Torricelli und der Mitglieder der Academia del Cimento die Temperatur-Verhältnisse, der wechselnde Luftdruck und die Dunstmenge der Atmosphäre ein

Gegenstand unmittelbarer Forschung geworden; so ist dagegen alles, was dic *chemische* Zusammensetzung des Luftkreises betrifft, in Dunkel gehüllt geblieben. Allerdings sind die Grundlagen der *pneumatischen Chemie* durch Johann Baptist van Helmont und Jean Rey in der ersten: durch Hooke, Mayow, Boyle und den dogmatisirenden Becher in der letzten Hälfte des 17ten Jahrhunderts gelegt worden; aber so auffallend auch die richtige Auffassung einzelner und wichtiger Erscheinungen ist, fehlte doch die Einsicht in ihren Zusammenhang. Der alte Glaube an die elementarische Einfachheit der, auf Verbrennung, Oxydation der Metalle und das Athmen wirkenden Luft war ein schwer zu überwindendes Hinderniß.

Die entzündlichen oder lichtverlöschenden Gas-Arten in Höhlen und Bergwerken (die spirutus letales des Plinius), das Entweichen dieser Gas-Arten in Form von Bläschen in Sümpfen und Mineralquellen: also *Grubenwetter* und *Brunnengeister*, hatten schon die Aufmerksamkeit des Erfurter Benedictiners Basilius Valentinus (wahrscheinlich aus dem Ende des 15ten Jahrhunderts) und des Libavius (1612), eines Bewunderers des Paracelsus, gefesselt. Man verglich, was man in alchymistischen Laboratorien zufällig bemerkte, mit dem, was man in den großen Werkstätten der Natur, besonders im Inneren der Erde, bereitet sah. Bergbau auf erzführenden Lagerstätten (vorzüglich auf schwefelkieshaltigen, die sich durch Oxydation und Contact-Electricität erwärmen) führte zu Ahndungen über den chemischen Verkehr zwischen Metall, Säure und zutretender äußerer Luft. Schon Paracelsus, dessen Schwärmereien in die Epoche der ersten Eroberung von Amerika fallen, bemerkte die Gas-Entwickelung während der Auflösung von Eisen in Schwefelsäure. Van Helmont, welcher sich zuerst des Wortes *Gase* bedient hat, unterscheidet dieselben von der atmosphärischen Luft, und wegen ihrer Nicht-Condensirbarkeit auch von den Dämpfen. Die Wolken sind ihm Dämpfe, sie werden zu Gas bei sehr heiterem Himmel „durch Kälte und den Einfluß der Gestirne". Gas kann nur zu Wasser werden, wenn es vorher wiederum in Dampf verwandelt ist. Das sind Ansichten über den meteorologischen Proceß aus der ersten Hälfte des siebzehnten Jahrhunderts. Van Helmont kennt noch nicht das einfache Mittel sein Gas sylvestre (unter diesem Namen begriff er alle unentzündbaren, die Flamme und das Athmen nicht unterhaltenden, von der reinen atmosphärischen Luft verschiedenen Gase) aufzufangen und abzusondern; doch ließ er ein Licht unter einem durch Wasser abgesperrten Gefäße brennen: und bemerkte, als die Flamme erlosch, das Eindringen des Wassers und die Abnahme des *Luftvolums*. Auch durch *Gewichtsbestimmungen*, die wir schon bei Cardanus finden, suchte van Helmont zu beweisen, daß sich alle feste Theile der Vegetabilien aus Wasser bilden.

Die mittelalterlichen alchymistischen Meinungen von der Zusammensetzung der Metalle, von ihrer glanzzerstörenden Verbrennung (*Einäscherung*, *Vererdung* und *Verkalkung*) unter Zutritt der Luft regten an zu erforschen, was diesen Proceß begleite, welche Veränderung die sich verkalkenden oder vererdenden Metalle und die mit ihnen in Contact tretende Luft erleiden. Schon

Cardanus hatte (1553) die *Gewichtszunahme* bei der Oxydation des Bleies wahrgenommen und sie, ganz im Sinne der Mythe vom Phlogiston, einer entweichenden, leichtmachenden „himmlischen Feuermaterie“ zugeschrieben: aber erst achtzig Jahre später sprach Jean Rey: ein überaus geschickter Experimentator zu Bergerac, der mit größerer Genauigkeit die Gewichtszunahme der Metallkalke des Bleies, des Zinnes und des Antimons erforscht hatte, das wichtige Resultat aus, die Gewichtszunahme sei dem Zutritt der Luft an den Metallkalk zuzuschreiben. “Je responds et soustiens glorieusement, sagte er, que ce surcroît de poids vient de l'air qui dans le vase a esté espessi.“

Man war nun auf den Weg gerathen, der zur Chemie unserer Tage und durch sie zur Kenntniß eines großen kosmischen Phänomens, des Verkehrs zwischen dem Sauerstoff der Atmosphäre und dem Pflanzenleben, führen sollte. Die Gedankenverbindung aber, die sich ausgezeichneten Männern darbot, war zunächst von sonderbar complicirter Natur. Gegen das Ende des 17ten Jahrhunderts trat: dunkel bei Hooke in seiner *Micrographia* (1665), ausgebildeter bei Mayow (1669) und bei Willis (1671), ein Glaube an salpetrige Partikel (spiritus nitro-aëreus, pabulum nitrosum) auf, welche, mit den im Salpeter fixirten identisch, in der Luft enthalten und das Bedingende in den Verbrennungs-Processen sein sollten. „Es wurde behauptet, das Erlöschen der Flamme im geschlossenen Raume finde nicht deshalb statt, weil die vorhandene Luft mit Dämpfen aus dem brennenden Körper übersättigt werde, sondern das Erlöschen sei eine Folge der gänzlichen Absorption des ursprünglich in der Luft enthaltenen salpetrigen spiritus nitro-aëreus.“ Das plötzliche Beleben der Gluth, wenn schmelzender (Sauerstoffgas ausstoßender) Salpeter auf Kohle gestreuet wird, und das sogenannte Auswittern des Salpeters an Thonwänden im Contact mit der Atmosphäre scheinen diese Meinung gleichzeitig begünstigt zu haben. Die salpetrigen Partikeln der Luft bedingen, nach Mayow, das Athmen der Thiere: dessen Folge die Hervorbringung thierischer Wärme und Entschwärzung des Blutes ist; sie bedingen alle Verbrennungsprocesse und die Verkalkung der Metalle: sie spielen ohngefähr die Rolle des *Sauerstoffs* in der antiphlogistischen Chemie. Der vorsichtig zweifelnde Robert Boyle erkannte zwar, daß die Anwesenheit eines gewissen Bestandtheils der atmosphärischen Luft zum Verbrennungsprocesse nothwendig sei: aber er blieb ungewiß über die salpetrige Natur desselben.

Der Sauerstoff war für Hooke und Mayow ein ideeller Gegenstand, eine Fiction der Gedankenwelt. Als Gas sah den Sauerstoff zuerst der scharfsinnige Chemiker und Pflanzen-Physiolog Hales aus dem Blei, das er zu Mennige verkalkte, bei starker Hitze in großer Menge (1727) entweichen. Er sah das Entweichen, ohne die Natur der Luftart zu untersuchen oder das lebhafte Brennen der Flamme in derselben zu bemerken. Hales ahndete nicht die Wichtigkeit der Substanz, die er bereitet hatte. Die lebhafte Lichtentwickelung brennender Körper im Sauerstoffgas und die Eigenschaften desselben wurden: – wie Viele behaupten, ganz unabhängig, von Priestley (1772–1774), von Scheele (1774 und 1775), und von Lavoisier und Trudaine (1775) entdeckt.

Die Anfänge der *pneumatischen Chemie* sind in diesen Blättern, ihrem historischen Zusammenhange nach, berührt worden, weil sie, wie die schwachen Anfänge des electrischen Wissens, das vorbereitet haben, was das folgende Jahrhundert an großen Ansichten über die Constitution des Luftkreises und dessen meteorologische Veränderungen hat offenbaren können. Die Idee specifisch verschiedener Gas-Arten wurde im siebzehnten Jahrhundert denen, welche diese Gas-Arten erzeugten, nie völlig klar. Man fing wieder an, den Unterschied zwischen der atmosphärischen Luft und den irrespirabeln, lichtverlöschenden oder entzündlichen Gas-Arten der Einmengung von gewissen Dünsten ausschließlich zuzuschreiben. Black und Cavendish erwiesen erst 1766, daß Kohlensäure (fixe Luft) und Wasserstoffgas (brennbare Luft) specifisch verschiedene luftförmige Flüssigkeiten sind. So lange hatte der uralte Glaube an die *elementare* Einfachheit des Luftkreises jeden Fortschritt des Wissens gelähmt. Die endliche Ergründung der chemischen Zusammensetzung der Atmosphäre (die feinste Bestimmung ihrer quantitativen Verhältnisse durch die schönen Arbeiten von Boussingault und Dumas) ist einer der Glanzpunkte der neueren Meteorologie.

Die hier fragmentarisch geschilderte Erweiterung des physikalischen und chemischen Wissens konnte nicht ohne Einfluß bleiben auf die früheste Ausbildung der *Geognosie*. Ein großer Theil der geognostischen Fragen, mit deren Lösung sich unser Zeitalter beschäftigt, wurden durch einen Mann von den umfassendsten Kenntnissen: den großen dänischen Anatomen Nicolaus Steno (Stenson), welchen der Großherzog von Toscana Ferdinand II in seine Dienste berief; durch einen anderen (englischen) Arzt, Martin Lister, und den „würdigen Nebenbuhler Newton's", Robert Hooke, angeregt. Von Stenos Verdiensten um die *Positions-* oder *Lagerungs*-Geognosie habe ich umständlicher in einem anderen Werke. Allerdings hatten schon Leonardo da Vinci gegen das Ende des 15ten Jahrhunderts (wahrscheinlich indem er in der Lombardei Canäle anlegte, welche Schuttland und Tertiärschichten durchschnitten), Fracastoro (1517) bei Gelegenheit zufällig entblößter fischreicher Gesteinschichten im Monte Bolca bei Verona, und Bernard Palissy bei seinen Nachforschungen über die Springbrunnen (1563) das Dasein einer untergegangenen oceanischen Thierwelt in ihren hinterlassenen Spuren erkannt. Leonardo, wie im Vorgefühl einer philosophischeren Eintheilung thierischer Gestaltung, nennt die Conchylien "animali che hanno l'ossa di fuori". Steno, in seinem Werke *„über das in den Gesteinen Enthaltene"* (*de Solido intra Solidum naturaliter contento*), unterscheidet (1669) „Gesteinschichten (uranfängliche?), die sich früher erhärtet haben, als es Pflanzen und Thiere gab, und daher nie organische Reste enthalten: von Sedimentschichten (turbidi maris sedimenta sibi invicem imposita), welche unter einander abwechseln und jene bedecken. Alle versteinerungshaltigen Niederschlagsschichten waren ursprünglich horizontal gelagert. Ihre Neigung (Fallen) ist entstanden theils durch den Ausbruch unterirdischer Dämpfe, welche die

Centralwärme (ignis in medio terrae) erzeugt, theils durch das Nachgeben von schwach unterstützenden unteren Schichten.*Steno de Solido intra Solidum naturaliter contento* 1669 p. 2, 17, 28, 63 und 69 (fig. 20–25). Die Thäler sind die Folge der Umstürzung."

Steno's Theorie der Thalformen ist die von Deluc: während Leonardo da Vinci*Venturi, essai sur les ouvrages physico-mathématiques de Léonard de Vinci* 1797 § 5 no. 124., wie Cuvier, die Thäler durch ablaufende Fluthen einfurchen läßt. In der geognostischen Beschaffenheit des Bodens von Toscana erkennt Steno Umwälzungen, welche sechs großen Natur-Epochen zugeschrieben werden müssen (sex sunt distinctae Etruriae facies, ex praesenti facie Etruriae collectae). Sechsmal nämlich ist periodisch das Meer eingebrochen und hat sich, erst nach langem Verbleiben im Innern des Landes, in seine alten Grenzen zurückgezogen. Alle Petrefacte gehören aber nicht dem Meere an; Steno unterscheidet die pelagischen von den Süßwasser-Petrefacten. Scilla (1670) gab Abbildungen von den Versteinerungen von Calabrien und Malta. Unter den letzteren hat unser großer Zergliederer und Zoologe Johannes Müller die älteste Abbildung der Zähne des riesenhaften Hydrarchus (Zeuglodon cetoides von Owen) von Alabama, eines Säugethiers aus der großen Ordnung der Cetaceen, entdeckt: Zähne, deren Krone wie bei den Seehunden gestaltet ist.

Lister stellte schon (1678) die wichtige Behauptung auf, daß jede Gebirgsart durch eigene Fossilien charakterisirt ist; und daß „die Arten von Murex, Tellina und Trochus, welche in den Steinbrüchen von Northamptonshire vorkommen, zwar denen der heutigen Meere ähnlich, aber, genauer untersucht, von diesen verschieden gefunden werden." Es seien, sagt er, specifisch andere.Martin *Lister* in den *Philos. Transact.* Vol. VI. 1671 Numb. 76 p. 2283. Die strengen Beweise von der Richtigkeit so großartiger Ahndungen konnten freilich, bei dem unvollkommenen Zustande der beschreibenden Morphologie, nicht gegeben werden. Wir bezeichnen ein früh aufdämmerndes, bald wieder ersticktes Licht vor den herrlichen paläontologischen Arbeiten von Cuvier und Alexander Brongniart, welche der Geognosie der Sediment-Formationen eine neue Gestaltung gegeben haben.S. eine lichtvolle Entwickelung der früheren Fortschritte des paläontologischen Studiums in *Whewell, history of the inductive Sciences* 1837 Vol. III. p. 507–545. Lister, aufmerksam auf die regelmäßige Reihenfolge der Schichten in England, fühlte zuerst das Bedürfniß geognostischer Karten. Wenn gleich diese Erscheinungen und ihr Zusammenhang mit alten Ueberfluthungen (einer einmaligen oder mehrfachen) das Interesse fesselten und, Glauben und Wissen mit einander vermengend, die sogenannten Systeme von Ray, Woodward, Burnet und Whiston in England erzeugten; so blieb doch, bei gänzlichem Mangel *mineralogischer* Unterscheidung in den Bestandtheilen zusammengesetzter Gebirgsarten, alles, was das krystallinische und *massige Eruptions-Gestein* und seine Umwandlung betrifft, unbearbeitet. Trotz der Annahme einer Centralwärme des Erdkörpers wurden Erdbeben, heiße Quellen und vulkanische Ausbrüche nicht als

Folgen der Reaction des Planeten gegen seine äußere Rinde angesehen, sondern kleinlichen Local-Ursachen: z. B. der Selbstentzündung von Schwefelkies-Lagern, zugeschrieben. Spielende Versuche von Lemery (1700) sind leider! von langdauerndem Einfluß auf vulkanische Theorien geblieben, wenn gleich die letzteren durch die phantasiereiche *Protogaea* von Leibnitz (1680) zu allgemeineren Ansichten hätten erhoben werden können.

Die *Protogaea*, bisweilen dichterischer als die vielen jetzt eben bekannt gewordenen metrischen Versuche desselben Philosophen, lehrt „die Verschlackung der cavernösen, glühenden, einst selbstständig leuchtenden Erdrinde; die allmälige Abkühlung der in Dämpfe gehüllten wärmestrahlenden Oberfläche, den Niederschlag und die Verdichtung der allmälig erkalteten Dampf-Atmosphäre zu Wasser, das Sinken des Meeresspiegels durch Eindringen der Wasser in die inneren Erdhöhlen; endlich den Einsturz dieser Höhlen, welche das *Fallen* der Schichten (ihre Neigung gegen den Horizont) veranlaßt.“ Der physische Theil dieses wilden Phantasiebildes bietet einige Züge dar, welche den Anhängern der neuen, nach allen Richtungen mehr ausgebildeten Geognosie nicht verwerflich scheinen werden. Dahin gehören die Bewegung der Wärme im Inneren des Erdkörpers und die Abkühlung mittelst der Ausstrahlung durch die Oberfläche, die Existenz einer Dampf-Atmosphäre; der Druck, welchen diese Dämpfe während der Consolidirung der Schichten auf letztere ausüben; der doppelte Ursprung der Massen, als *geschmolzen* und erstarrt oder aus den Gewässern niedergeschlagen. Von dem typischen Charakter und dem mineralogischen Unterschiede der *Gebirgsarten:* d. h. der in den entferntesten Gegenden wiederkehrenden Associationen gewisser, meist krystallisirter Substanzen, ist in der *Protogaea* so wenig die Rede wie in Hooke's geognostischen Ansichten. Auch bei diesem haben die physischen Speculationen über die Wirkung unterirdischer Kräfte im Erdbeben, in der plötzlichen *Hebung des Meeresbodens und der Küstenländer*, in der Entstehung von Inseln und Bergen die Oberhand. Die Natur der organischen Ueberreste der Vorwelt leitete ihn sogar auf die Vermuthung, daß die gemäßigte Zone früher die Wärme des *tropischen Klima's* müsse genossen haben.

Es bleibt noch übrig der größten aller geognostischen Erscheinungen zu gedenken: der mathematischen *Gestalt der Erde*, in welcher die Zustände der Urzeit sich erkennbar abspiegeln, die Flüssigkeit der rotirenden Masse und ihre Erhärtung als Erdsphäroid. In seinen Hauptzügen, freilich nicht genau in den numerischen Angaben des Verhältnisses zwischen der Polar- und Aequatorial-Achse, wurde das Bild der Erdgestaltung am Ende des 17ten Jahrhunderts entworfen. Picard's *Gradmessung*, mit von ihm selbst vervollkommneten Meßinstrumenten (1670) ausgeführt, ist um so wichtiger gewesen, als sie zuerst Newton veranlaßte seine schon 1666 aufgefundene und später vernachlässigte Gravitations-Theorie wiederum mit erneuertem Eifer aufzunehmen; weil sie dem tiefsinnigen und glücklichen Forscher die Mittel zu beweisen darbot, wie die Anziehung der Erde den, durch die Schwungkraft umgetriebenen Mond in seiner Bahn erhalte. Die viel früher erkannte Abplattung des Jupiter hatte, wie man glaubt, Newton angeregt über die Ursach einer solchen von der Sphäricität abweichenden Erscheinung nachzudenken. Den Versuchen über die wahre Länge des Secunden-Pendels zu Cayenne von Richer (1673) und an der westlichen afrikanischen Küste von Varin waren andere, weniger entscheidende zu London, Lyon und Bologna in 7° Breiten-Unterschied vorhergegangen. Die Abnahme der Schwere vom Pol zum Aequator, welche lange noch selbst Picard geläugnet, wurde nun allgemein angenommen. Newton erkannte die *Polar-Abplattung* der Erde und ihre sphäroidische Gestalt als eine Folge der Rotation; er wagte sogar unter der Voraussetzung einer *homogenen* Masse das Maaß dieser Erd-Abplattung numerisch zu bestimmen. Es blieb den verglichenen Gradmessungen des 18ten und 19ten Jahrhunderts unter dem Aequator, dem Nordpol nahe und in den gemäßigten Zonen beider Halbkugeln, der südlichen und nördlichen, vorbehalten, dieses Maaß der *mittleren* Abplattung und so die wahre *Figur der Erde* genau zu erörtern. Die Existenz der Abplattung selbst verkündigt, wie schon in dem *Naturgemälde* bemerkt. Den Prioritätsstreit über die Abplattung in Hinsicht auf eine von Huygens in der Pariser Akademie 1669 vorgelesene Abhandlung hat zuerst Delambre aufgeklärt in seiner *Hist. de l'Astr. mod.* T. I. p. LII und T. II. p. 558. Richer's Rückkunft nach Europa fiel allerdings schon in das Jahr 1673, aber sein Werk wurde erst 1679 gedruckt; und da Huygens Paris 1682 verließ, so hat er das Additamentum zu der sehr verspätet publicirten Abhandlung von 1669 erst dann geschrieben, als er schon die Resultate von Richer's Pendel-Versuchen und von Newton's großem Werke: *Philosophiae Naturalis Principia mathematica* vor Augen hatte. worden ist, was man die älteste aller *geognostischen* Begebenheiten nennen kann: den Zustand der allgemeinen Flüssigkeit eines Planeten, seine frühere und spätere Erhärtung.

Wir haben die Schilderung des großen Zeitalters von Galilei und Kepler, Newton und Leibnitz mit den Entdeckungen in den Himmelsräumen durch das neuerfundene Fernrohr begonnen. Wir endigen mit der Erdgestaltung, wie sie aus theoretischen Schlüssen erkannt worden ist. „Newton erhob sich zu der *Erklärung* des Weltsystems, weil es ihm glückte die *Kraft* zu finden, von deren Wirkung die Kepler'schen Gesetze die nothwendige Folge sind: und welche den Erscheinungen entsprechen mußte, indem diese Gesetze ihnen entsprachen und sie vorherverkündigten." Die Auffindung einer solchen *Kraft*, deren Dasein Newton in seinem unsterblichen Werke der *Principien* (einer allgemeinen *Naturlehre*) entwickelt hat, ist fast gleichzeitig gewesen mit den durch die *Infinitesimal-Rechnung* eröffneten Wegen zu neuen mathematischen Entdeckungen. Die Geistesarbeit zeigt sich in ihrer erhabensten Größe da, wo sie, statt äußerer materieller Mittel zu bedürfen, ihren Glanz allein von dem erhält, was der mathematischen Gedankenentwickelung, der reinen Abstraction entquillt. Es wohnet inne ein fesselnder, von dem ganzen Alterthum gefeierter Zauber *Wilhelms von Humboldt gesammelte Werke* Bd. I. S. 11. in der Anschauung mathematischer Wahrheiten, der ewigen Verhältnisse der Zeit und des Raumes, wie sie sich in Tönen und Zahlen und Linien offenbaren. Die Vervollkommnung eines geistigen Werkzeuges der Forschung, der Analysis, hat die gegenseitige Befruchtung der Ideen, welche eben so wichtig als der Reichthum ihrer Erzeugung ist, mächtig befördert. Sie hat der physischen Weltanschauung in ihrer irdischen und himmlischen Sphäre (in den periodischen Schwankungen der Oberfläche des Weltmeeres, wie in den wechselnden Störungen der Planeten) neue Gebiete von ungemessenem Umfange eröffnet.

VIII.

Rückblick auf die Reihenfolge der durchlaufenen Perioden. – Einfluß äußerer Ereignisse auf die sich entwickelnde Erkenntniß des Weltganzen. – Vielseitigkeit und innigere Verkettung der wissenschaftlichen Bestrebungen in der neuesten Zeit. – Die Geschichte der physischen Wissenschaften schmilzt allmälig mit der Geschichte des Kosmos zusammen.

Ich nähere mich dem Ende eines vielgewagten, inhaltschweren Unternehmens. Mehr als zwei Jahrtausende sind durchlaufen worden: von den frühen Zuständen der Cultur unter den Völkern, die das Becken des Mittelmeeres und die fruchtbaren Stromgebiete des westlichen Asiens umwohnten, bis zu dem Anfange des letztverflossenen Jahrhunderts: also bis zu einer Zeit, in der Ansichten und Gefühle sich schon mit den unsrigen verschmelzen. Ich habe in sieben scharf von einander geschiedenen Abtheilungen, gleichsam in der Reihenfolge von eben so viel einzelnen Gemälden, die *Geschichte der physischen Weltanschauung,* d. h. die Geschichte der sich allmälig entwickelnden Erkenntniß des Weltganzen, darzustellen geglaubt. Ob es einigermaßen gelungen ist die Masse des angehäuften Stoffes zu beherrschen, den Charakter der Haupt-Epochen aufzufassen, die Wege zu bezeichnen, auf denen Ideen und Gesittung zugeführt worden sind: darf, in gerechtem Mißtrauen der ihm übrig gebliebenen Kräfte, der nicht entscheiden, dem mit Klarheit nur in allgemeinen Zügen der Entwurf zu einem so großen Unternehmen vor der Seele schwebte.

Ich habe bereits in dem Eingange zu der arabischen Epoche, als ich den mächtigen Einfluß zu schildern begann, den ein der europäischen Civilisation eingemischtes fremdartiges Element ausgeübt, die Grenze angegeben, über welche hinaus die Geschichte des Kosmos mit der der physischen Wissenschaften zusammenfällt. Die geschichtliche Erkenntniß der allmäligen Erweiterung des Naturwissens in beiden Sphären, der Erd- und Himmelskunde, ist nach meiner Ansicht an bestimmte Perioden, an gewisse räumlich und intellectuell wirkende Ereignisse gebunden, die jenen Perioden Eigenthümlichkeit und Färbung verleihen. Solche Ereignisse waren die Unternehmungen, welche in den Pontus führten und jenseits des Phasis ein anderes Seeufer ahnden ließen; die Expeditionen nach tropischen Gold und Weihrauchländern; die Durchschiffung der westlichen Meerenge: oder Eröffnung der großen maritimen

Völkerstraße, auf der in langen Zeitabständen Cerne und die Hesperiden, die nördlichen Zinn- und Bernstein-Inseln, die vulkanischen Azoren und der Neue Continent des Columbus, südlich von den alten scandinavischen Ansiedelungen, entdeckt wurden. Auf die Bewegungen, welche aus dem Becken des Mittelmeeres und dem nördlichsten Ende des nahen arabischen Meerbusens ausgingen, auf die Pontus- und Ophirfahrten, folgen in meiner historischen Schilderung die Heerzüge des Macedoniers und sein Versuch den Westen mit dem Osten zu verschmelzen; die Wirkungen des indischen Seehandels und der alexandrinischen Institute unter den Lagiden, die Weltherrschaft der Römer unter den Cäsaren; der folgenreiche Hang der Araber zum Verkehr mit der Natur und ihren Kräften, zu astronomischem, mathematischem und praktisch-chemischem Wissen. Mit der Besitznahme einer ganzen Erdhälfte, welche verhüllt lag; mit den größten Entdeckungen im Raume, welche je den Menschen geglückt: ist für mich die Reihe der Ereignisse und Begebenheiten geschlossen, welche plötzlich den Horizont der Ideen erweitert, zum Erforschen von physischen Gesetzen angeregt, das Streben nach dem endlichen Erfassen des Weltganzen belebt haben. Die Intelligenz bringt fortan, wie wir schon oben angedeutet, Großes ohne Anregung durch Begebenheiten, als Wirkung eigener innerer Kraft, gleichzeitig nach allen Richtungen hervor.

Unter den Werkzeugen, gleichsam neuen Organen, die der Mensch sich geschaffen und welche das sinnliche Wahrnehmungsvermögen erhöhen, hat eines jedoch wie ein plötzliches Ereigniß gewirkt. Durch die raumdurchdringende Eigenschaft des Fernrohrs wird, fast wie auf einmal, ein beträchtlicher Theil des Himmels erforscht, die Zahl der erkannten Weltkörper vermehrt, ihre Gestaltung und Bahn zu bestimmen versucht. Die Menschheit gelangt jetzt erst in den Besitz der „himmlischen Sphäre“ des Kosmos. Ein siebenter Abschnitt der Geschichte der Weltanschauung konnte auf die Wichtigkeit dieser Besitznahme und auf die Einheit der Bestrebungen gegründet werden, welche der Gebrauch des Fernrohrs hervorrief. Vergleichen wir mit der Erfindung dieses optischen Werkzeuges eine andere große Erfindung und zwar der neueren Zeit, die der Volta'schen Säule: wie den Einfluß, welchen dieselbe auf die scharfsinnige electro-chemische Theorie, auf die Darstellung der Alkali- und Erd-Metalle und auf die lange ersehnte Entdeckung des Electro-Magnetismus ausgeübt; so gelangen wir an eine Verkettung nach Willkühr hervorzurufender Erscheinungen, welche nach vielen Seiten tief in die Erkenntniß des Waltens der Naturkräfte eingreift, aber mehr einen Abschnitt in der Geschichte der physischen Disciplinen als unmittelbar in der Geschichte der kosmischen Anschauungen bildet. Eben diese vielseitige Verknüpfung alles jetzigen Wissens erschwert die Absonderung und Umgrenzung des Einzelnen. Den Electro-Magnetismus haben wir ja neuerlichst selbst auf die Richtung des polarisirten Lichtstrahls wirken sehen, Modificationen hervorbringend wie chemische Mischungen. Wo durch die Geistesarbeit des Jahrhunderts alles im Werden begriffen scheint, ist es eben so gefahrvoll, in den intellectuellen Proceß einzugreifen und das unaufhaltsam Fortschreitende wie am Ziele angelangt zu schildern als, bei dem Bewußtsein eigener

Beschränktheit sich über die relative Wichtigkeit ruhmvoller Bestrebungen der Mitlebenden oder Nächst-Hingeschiedenen auszusprechen.

In den historischen Betrachtungen habe ich fast überall bei Angabe der frühen Keime des Naturwissens den Grad der Entwickelung bezeichnet, zu dem sie in der neuesten Zeit gelangt sind. Der dritte und letzte Theil meines Werkes liefert zur Erläuterung des allgemeinen *Naturgemäldes* die Ergebnisse der Beobachtung, auf welche der jetzige Zustand wissenschaftlicher Meinungen hauptsächlich gegründet ist. Vieles, das man nach anderen Ansichten der Composition eines *Buches von der Natur*, als die meinigen sind, hier vermissen kann, wird dort seinen Platz finden. Durch den Glanz neuer Entdeckungen angeregt, mit Hoffnungen genährt, deren Täuschung oft spät erst eintritt: wähnt jedes Zeitalter dem Culminationspunkte im Erkennen und Verstehen der Natur nahe gelangt zu sein. Ich bezweifle, daß bei ernstem Nachdenken ein solcher Glaube den Genuß der Gegenwart wahrhaft erhöhe. Belebender und der Idee von der großen Bestimmung unseres Geschlechtes angemessener ist die Ueberzeugung, daß der eroberte Besitz nur ein sehr unbeträchtlicher Theil von dem ist, was bei fortschreitender Thätigkeit und gemeinsamer Ausbildung die freie Menschheit in den kommenden Jahrhunderten erringen wird. Jedes Erforschte ist nur eine Stufe zu etwas Höherem in dem verhängnißvollen Laufe der Dinge.

Was die Fortschritte der Erkenntniß in dem neunzehnten Jahrhundert besonders befördert und den Hauptcharakter der Zeit gebildet hat: ist das allgemeine und erfolgreiche Bemühen den Blick nicht auf das Neu-Errungene zu beschränken, sondern alles früher Berührte nach Maaß und Gewicht streng zu prüfen, das bloß aus Analogien Geschlossene von dem Gewissen zu sondern: und so einer und derselben strengen kritischen Methode alle Theile des Wissens: physikalische Astronomie, Studium der irdischen Naturkräfte, Geologie und Alterthumskunde, zu unterwerfen. Die Allgemeinheit eines solchen kritischen Verfahrens hat besonders dazu beigetragen die jedesmaligen Grenzen der einzelnen Wissenschaften kenntlich zu machen: ja die Schwäche gewisser Disciplinen aufzudecken, in denen unbegründete Meinungen als Thatsachen, symbolisirende Mythen unter alten Firmen als ernste Theorien auftreten. Unbestimmtheit der Sprache, Uebertragung der Nomenclatur aus einer Wissenschaft in die andere haben zu irrigen Ansichten, zu täuschenden Analogien geführt. Die Zoologie ist lange in ihren Fortschritten dadurch gefährdet worden, daß man in den unteren Thierclassen alle Lebensthätigkeiten an gleichgestaltete Organe wie in den höchsten Thierclassen gebunden glaubte. Noch mehr ist die Kenntniß von der Entwickelungsgeschichte der Pflanzen in den sogenannten cryptogamischen *Cormophyten* (den Laub- und Lebermoosen, Farren, Lycopodiaceen) oder in den noch niedrigeren *Thallophyten* (Algen, Flechten, Pilzen) dadurch verdunkelt worden, daß man überall Analogien aus der geschlechtlichen Fortpflanzung des Thierreichs zu finden glaubte.

Wenn die *Kunst* innerhalb des Zauberkreises der Einbildungskraft, recht eigentlich innerhalb des Gemüthes liegt, so beruhet dagegen die Erweiterung des *Wissens* vorzugsweise auf dem Contact mit der Außenwelt. Dieser wird bei zunehmendem Völkerverkehr mannigfaltiger und inniger zugleich. Das Erschaffen neuer Organe (Werkzeuge der Beobachtung) vermehrt die geistige, oft auch die physische Macht des Menschen. Schneller als das Licht trägt in die weiteste Ferne Gedanken und Willen der geschlossene electrische Strom. Kräfte, deren stilles Treiben in der elementarischen Natur, wie in den zarten Zellen organischer Gewebe, jetzt noch unseren Sinnen entgeht, werden: erkannt, benutzt, zu höherer Thätigkeit erweckt, einst in die unabsehbare Reihe der Mittel treten, welche der Beherrschung einzelner Naturgebiete und der lebendigeren Erkenntniß des Weltganzen näher führen.

CPSIA information can be obtained
at www.ICGtesting.com
Printed in the USA
LVHW060752251022
731487LV00010B/752

9 783966 378673